Lynn Austin

Wüsten-
schwestern

Bibliografische Information der Deutschen Nationalbibliothek
Die Deutsche Nationalbibliothek verzeichnet diese Publikation in der
Deutschen Nationalbibliografie; detaillierte bibliografische Daten sind im
Internet über http://dnb.dnb.de abrufbar.

ISBN 978-3-96362-000-3
Alle Rechte vorbehalten
Copyright © 2017 by Lynn Austin
Originally published in English under the title
Where We Belong
by Bethany House Publishers,
a division of Baker Publishing Group,
Grand Rapids, Michigan, 49516, USA
German edition © 2018 by Verlag der Francke-Buchhandlung GmbH
35037 Marburg an der Lahn
Deutsch von Dorothee Dziewas
Cover design by Dan Thornberg, Design Source Creative
Umschlaggestaltung: Verlag der Francke-Buchhandlung GmbH /
Christian Heinritz
Satz: Verlag der Francke-Buchhandlung GmbH
Druck und Bindung: CPI books GmbH, Leck

www.francke-buch.de

Für meine Familie:
Ken, Joshua, Vanessa, Benjamin,
Maya, Snir und Lyla Rose
in Liebe und Dankbarkeit

Teil I

Rebecca

KAPITEL 1

Die Wüste Sinai
1890

Rebecca Hawes lag wach in ihrem Zelt, überzeugt davon, dass der heulende Wind gleich ihr ganzes Lager in die Luft wirbeln und bis zum anderen Ende der Wüste schleudern würde. Vor dem Eingang ihres Zeltes erstreckte sich die Einöde der Sinaihalbinsel Tausende Kilometer weit, von ihrer Heimat Chicago eine ganze Welt entfernt. Der Sand prasselte auf die Plane; der dicke Stoff flatterte im Wind, als wollte er abheben. In der Dunkelheit blickte Rebecca sich mit großen Augen um. Sie sah nichts. Der Sandsturm löschte jeden Strahl von Sternenlicht oder Mondschein aus, sodass die Finsternis geradezu biblisch wirkte wie eine der Plagen, mit denen Gott die Ägypter bestraft hatte – eine Finsternis, die man fühlen konnte. Sie hatte gedacht, mit ihren fünfundvierzig Jahren würde sie noch mindestens zwanzig Jahre leben, aber dieser Sturm könnte ihr Ende sein. Schade. Sie hatte gehofft, noch so viel zu erreichen.

Sie dachte an das luxuriöse Hotelzimmer, das sie vor zwei Tagen in Kairo zurückgelassen hatte, und verstand jetzt, warum die Israeliten nach Ägypten hatten zurückkehren wollen, nachdem sie in der Wüste ihre Zelte aufgeschlagen hatten, auch wenn das bedeutete, versklavt zu sein. Mose hatte sie zum Berg Sinai geführt, damit sie dort Gott anbeteten, und sie war auf dem Weg zum Katharinenkloster, das an derselben Stelle errichtet worden war. Die jahrhundertealte Geschichte, die diesen mystischen Ort prägt, faszinierte sie. Man stelle es sich nur vor – Kaiser Justinian hatte die Kirche der

Heiligen Katharina im Jahr 557 erbauen lassen! Rebecca hoffte, sie würde die Nacht überleben, um diese Kirche zu sehen.

Ein merkwürdig hämmerndes Geräusch erregte Rebeccas Aufmerksamkeit, ein Stakkatorhythmus, der sich zu dem tosenden Wind und der im Sturm flatternden Zeltplane gesellte. Als sie das Geräusch erkannte, war es beruhigend – die beduinischen Führer der Karawane befestigten die Heringe, die sich im Sturm gelöst hatten. Vielleicht würde sie doch nicht weggeweht werden. Wie die Männer in dieser völligen Dunkelheit überhaupt etwas sehen konnten, war ihr ein Rätsel. Sie hörte, wie sie mit ihren Kamelen sprachen. Die Tiere zischten und knurrten als Erwiderung. Scheußliche Biester!

Dann kam ihr ein neuer Gedanke: Was, wenn der Sand sich um ihr Zelt anhäufte und dabei sie, die Ausrüstung, die Führer und sogar die Kamele unter sich begrub?

Mit einer Handbewegung wischte sie diesen Gedanken beiseite. Es gab weitaus schlimmere Arten zu sterben.

„Becky? Bist du wach?", flüsterte ihre jüngere Schwester Flora. Sie lag auf einem Feldbett keinen Meter entfernt und doch war sie in der Dunkelheit unsichtbar.

„Ja, ich bin hier." Rebecca streckte die Hand nach dem Klang von Floras Stimme aus und fand ihren Arm, den sie beruhigend tätschelte.

„Das ist ein richtiges Abenteuer, nicht wahr?", fragte Flora.

Rebecca hörte das unterdrückte Lachen in Floras Stimme und grinste. „Ja, ich glaube, die Bezeichnung ist ziemlich zutreffend." Sie lachte laut auf und vergrub dann das Gesicht in ihrer Decke, um das Geräusch zu dämpfen. Sie konnte hören, dass Flora es ebenso machte. Es war, als wären sie wieder Schulmädchen, die im dunklen Schlafsaal tuschelten, und nicht zwei Schwestern mittleren Alters.

„Wenn unsere Quäkerfreunde uns jetzt sehen könnten …", prustete Flora.

„Sie würden uns in die Irrenanstalt stecken!"

„Ich finde, Thomas Cook sollte Sinai-Reisen mit Beduinenkarawane in sein vornehmes Programm aufnehmen", schlug Flora vor. „Meinst du nicht auch?"

Bei dem Gedanken musste Rebecca wieder laut lachen, doch auch diesmal dämpfte sie das Geräusch ganz schnell.

„Schhh … sonst wecken wir Kate auf", flüsterte Flora.

„Ich bin schon wach, Miss Flora." Kate klang verärgert.

„Oh, tut mir leid, meine Liebe. Aber wenn ich daran denke, wo wir sind und wie absurd dieser Sturm ist …"

„Genau. Sollten wir nicht lieber Besuche machen oder Spenden für eine deiner Wohltätigkeitsorganisationen sammeln?", fragte Rebecca mit ihrer vornehmsten Stimme. Wieder brachen Flora und sie in Gelächter aus. „Wir reißen uns besser zusammen", sagte Rebecca schließlich, „sonst streckt Petersen noch seinen Kopf durch den Zelteingang und blickt uns streng an, weil er denkt, wir wären hysterisch geworden."

„Der Junge ist seit zwei Jahren unser Butler, Becky. Er weiß genau, wie hysterisch wir sind. Weißt du noch, als er das erste Mal gesehen hat, wie wir in unserer Unterwäsche im Garten Freiübungen gemacht haben?"

Ihre Worte brachten sie wieder zum Lachen und Rebecca fuhr sich mit der Hand über die Augen. Sie fühlte eine feine Schicht Sandkörner und schmeckte sie auch auf den Lippen. Der Wind presste den feinen Sand durch jede Ritze, Naht und Öffnung. Hoffentlich nahm ihre fotografische Ausrüstung keinen Schaden. „Verzeih, Kate, Liebes. Wir beruhigen uns jetzt wieder, versprochen. Schlaf ruhig weiter."

„Wie soll ich denn schlafen, wenn ich gleich fortgeweht werde?", murrte Kate. In der Dunkelheit konnte Rebecca ihre sogenannte Zofe nicht sehen, aber sie konnte sich das griesgrämige Stirnrunzeln auf Kates Gesicht vorstellen, ebenso wie ihre steife Haltung und die verschränkten Arme. Es war Floras Idee gewesen, aus dem diebischen achtzehnjährigen Gassenkind ihre Zofe zu machen. Allmählich glaubte Rebecca, dass es leichter wäre, Stroh zu Gold zu spinnen.

„Meinst du, wir könnten bis zum Morgen lebendig begraben sein?", fragte Flora. „Denk doch mal an Nimrods Palast, der ganz und gar von Sand bedeckt war, sodass die Araber nicht einmal wussten, dass er dort war, bis Henry Layard ihn ausgegraben hat."

Rebecca lächelte. „Dieser Gedanke ist mir auch schon gekommen. Vielleicht wird in tausend Jahren ein Archäologe kommen und uns finden und sich fragen, was in aller Welt diese verrückten Schwestern vorhatten."

„Ach ... erinnere mich noch mal daran, warum wir das hier machen", sagte Flora.

Rebecca hörte das Lächeln in der Stimme ihrer Schwester und war froh darüber, dass sie zusammen waren. Seit ihrer Kindheit liebten sie exotische Reisen: durch die labyrinthartigen Straßen von Paris streifen, die Basare und dunklen Gassen von Kairo und Jerusalem erkunden oder in einer Dahabeya auf dem Nil fahren, um die Pyramiden zu sehen.

„Ich glaube, wir sind hergekommen, um ein Abenteuer zu erleben, weißt du noch?", erwiderte Rebecca. Aber das war nicht der einzige Grund. In der Mitte ihres Lebens hatte Rebecca sich verliebt. Professor Timothy Dyk war intelligent, gelehrt, warmherzig, gesellig – und liebte sie auch. Sie passten so gut zueinander, dass es Rebecca vorkam, als wäre sie aus seiner Rippe geformt worden. Aber sie konnte Timothys Heiratsantrag nicht annehmen – jedenfalls noch nicht. Vielleicht würde sie es niemals können. Diese Reise zum Katharinenkloster war ihr letzter Ausweg, und wenn er scheiterte, hatte sie keine andere Wahl, als eine alte Jungfer zu bleiben. Rebecca würde Sandstürme und Wüstengefahren und noch viel, viel mehr ertragen, wenn sie damit die Mauer zwischen ihnen endlich zum Einsturz bringen konnte.

Und dann war da noch ihre junge Bedienstete, Kate Rafferty. Wer wusste schon, welche Wirkung diese Reise auf ihr steinernes Herz haben würde? Oder auf ihren mürrischen, neunzehnjährigen Butler Petersen, den Flora aus einem Waisenhaus gerettet hatte? Jemand musste doch versuchen, zu diesen jungen Menschen durchzudringen, bevor sie für immer verloren gingen. Warum nicht Rebecca und Flora?

Draußen begann eines der Kamele laut zu wiehern. „Ach, diese armen Tiere", sagte Flora. „Sie haben gar keinen Schutz vor dem Sturm."

„Sie wollen sie doch wohl nicht in unser Zelt einladen, oder?", fragte Kate. „Ich weiß doch, was für ein weiches Herz Sie haben, Miss Flora."

„Nicht, bevor sie gebadet haben", erwiderte Flora lachend. „Sie stinken zum Himmel!"

„Außerdem sind sie an Wüstenbedingungen gewöhnt", gab Rebecca zu bedenken. „Gott hat sie so geschaffen, dass sie Sandstürme aushalten können." Sie glaubte nicht einen Augenblick lang, dass sie sich durch den Prozess der natürlichen Auslese *entwickelt* hatten, wie dieser Heide Charles Darwin behauptete. Seine unerhörten Theorien standen dieser Tage in allen Zeitungen und viele der Wissenschaftler, die sie kannte, schienen sie zu übernehmen. Das konnte und wollte Rebecca nicht.

„Wir sollten jetzt wirklich versuchen zu schlafen", sagte sie. „Der Tag morgen wird mit Sicherheit lang." Gestern waren sie sieben Stunden durch die steinige Wüste gereist, heute dann waren sie schon vor Sonnenaufgang aufgestanden und acht Stunden gereist, bevor der Sandsturm sie gezwungen hatte, sich in Sicherheit zu bringen. Der Sturm war zugleich schön und beängstigend gewesen, als er auf sie zugerollt war, den Himmel verdunkelt und den Horizont erfüllt hatte wie eine unheimliche gelbe Gewitterwolke. Die Etappe morgen würde mindestens so lang werden wie die letzte, immer vorausgesetzt, der Sturm ließ tatsächlich nach, wie der Beduinenscheich ihr versichert hatte. Das Tempo war anstrengend, aber Rebecca hatte die Karawane mit ihren Kamelen nur für vierzig Tage gemietet und darin war die Reisezeit zum Berg Sinai und zurück enthalten. Sie wollte so viele Tage wie möglich mit Recherchen im Kloster verbringen.

„Wie lange noch, bis wir da sind?", wollte Kate wissen.

„Es müsste noch eine Woche dauern, bis wir das Katharinenkloster erreichen."

„Und wird es jede Nacht solche Sandstürme geben? Wenn, dann können wir genauso gut gleich umkehren und nach Hause gehen. Außerdem traue ich diesen Kameltreibern nicht über den Weg. Die Männer starren mich immer an."

„Ein Sandsturm allein genügt nicht, damit Flora und ich aufgeben und umdrehen", erklärte Rebecca. „Und ich glaube auch nicht, dass der Scheich dir etwas antun will. Wahrscheinlich starrt er dich nur an, weil er dich hübsch findet. Deine roten Haare sind eben sehr ungewöhnlich."

Kates ärgerlicher Seufzer war laut. Ihr Feldbett knarrte und raschelte, als sie sich im Dunkeln umdrehte.

„Als wir heute unterwegs waren, musste ich an das Volk Israel denken", sagte Flora. „Es muss wirklich schwer gewesen sein, Gott zu vertrauen und weiter durch so ödes Land zu laufen. Wir wissen, wie ihre Geschichte endet und dass sie schließlich ins Gelobte Land kamen, aber sie hatten ja keine Ahnung, was geschehen würde. Sie mussten einfach Gott vertrauen und weitergehen."

Rebecca wusste auch nicht, wie ihre Reise durch die Sinaihalbinsel enden würde – ob ihre Mission ein Erfolg sein und bei Timothy einen Durchbruch bewirken würde oder das Ende ihrer Beziehung bedeutete. Sie wünschte den beiden anderen noch einmal eine gute Nacht und versuchte, es sich auf ihrem Lager bequem zu machen. Dabei erinnerte sie sich daran, wie weit sie bereits gekommen waren – die Zugfahrt von Chicago nach New York; die Reise mit dem Dampfschiff nach Frankreich; dann wieder auf einem Dampfer durchs Mittelmeer bis nach Kairo, wo sie mehrere Tage warten mussten, während sie die Erlaubnis des Erzbischofs vom Sinai einholten, das Kloster zu besuchen. Dass sie in der Lage war, sich auf Griechisch mit dem Geistlichen zu unterhalten, hatte ihn sehr beeindruckt, und er hatte ihr nicht nur die Erlaubnis gegeben, sondern sich sogar die Zeit genommen, Gott um Bewahrung vor den heißen Wüstenwinden zu bitten, die von der Sahara herüberwehten. Er war sehr freundlich gewesen – aber seine Gebete hatten Gottes Meinung zu dem Wind offensichtlich nicht beeinflusst.

In Kairo hatten sie auch die Dienste des Agenten Mr Farouk in Anspruch genommen, der sie auf ihrer Reise begleiten sollte. Er hatte ihnen die ganze Ausrüstung gekauft, einen Koch eingestellt und eine Kamelkarawane organisiert. Außerdem hatte er genügend Essen und Trinkwasser für ihre vierzigtägige Expedition beschafft. Dann hatten Rebecca und Flora und ihr Gefolge den Golf von Suez überquert und die Beduinen und ihre Tiere kennengelernt. Die struppigen, sonnengebräunten Männer sahen aus, als wären sie geradewegs den Seiten von *Tausendundeine Nacht* entstiegen, von oben bis unten in weiße Gewänder gekleidet, um den Kopf Turbane gewickelt und mit Schwertern an der Hüfte. Nachdem sie ein Dutzend Kisten mit lebenden Hühnern und Puten auf die Kamele geschnallt hatten, hatten sie sich auf den Weg gemacht.

Rebecca wusste, wie unerhört es war, dass zwei Frauen allein durch eine so unwirtliche Gegend reisten, nur begleitet von ihrer Zofe und ihrem jungen Butler – dem ernsten, aber zuverlässigen Petersen. Wer wusste schon, was für eine Person Mr Farouk war? Ganz zu schweigen von den zwölf Kameltreibern, Beduinen und ihrem Scheich, der darauf bestanden hatte, sie zu begleiten, und ein antikes, rostiges Gewehr bei sich trug, das er von Zeit zu Zeit gefährlich durch die Luft schwenkte. Doch Rebecca hatte gelernt, nichts darauf zu geben, was andere dachten. Was ihre Sicherheit betraf, so kannte Gott bereits das Ende ihrer Tage. Sie hatte keinen Grund, sich zu ängstigen.

Aber Petersen tat ihr leid. Er war auf den Straßen von Chicago aufgewachsen und hatte noch nie auf einem Pferd gesessen, geschweige denn auf einem Kamel. In den letzten beiden Tagen hatte er besonders viel Mühe gehabt, eine bequeme Sitzposition zu finden, und sie hatte gesehen, dass er sich das Gesäß rieb, wann immer er abstieg. Keine der beiden Schwestern hatte Peterson diese Unannehmlichkeiten zumuten wollen, aber er hatte darauf bestanden, sie zu begleiten, wobei er mit seiner Erklärung „Wo Sie hingehen, werde ich auch hingehen!" sehr biblisch geklungen hatte. Da sie wusste, wie sehr Petersen Kate misstraute, hatte Rebecca den Verdacht, dass er vor allem mitgekommen war, um sie vor dem Mädchen zu beschützen und weniger vor den heidnischen Fremden.

Der Wind heulte weiter; die Zeltplane flatterte. Rebecca zog die Decke fester um sich, mehr zum Trost als wegen der Wärme. Wie wäre es wohl, wenn der Mann, den sie liebte, neben ihr schliefe, an sie geschmiegt wie zwei Löffel in einer Schublade, während sie dem vertrauten Rhythmus seines Atems lauschte und seinen Herzschlag spürte? Vielleicht würde sie es nie wissen. Aber unabhängig davon, ob Timothy Teil ihrer Zukunft war oder nicht, hoffte Rebecca, dass die Entdeckungen, die sie am Berg Sinai machte, am Ende diese lange, gefährliche Reise wert waren.

Sie wälzte sich auf der schmalen Liege hin und her und fand einfach keine bequeme Position. Es nutzte nichts – sie konnte nicht einschlafen; der laute Wind und der trommelnde Sand machten sie einfach nervös. Trotz all ihrer sorgfältig durchgeführten Planung war Rebecca in diesem Augenblick hilflos. Aber war sie nicht auf einigen anderen Reisen auch schon Gefahren begegnet? Sie waren vielleicht nicht so bedrohlich gewesen wie ein Sandsturm, aber trotzdem beängstigend. Sie beschloss, in ihrer Erinnerung zum Anfang zurückzugehen, als es nur Vater, Flora und sie gegeben hatte – und natürlich die alten Bediensteten, die für sie gesorgt hatten.

Wenn Rebecca wirklich sterben musste, würde sie in ihren letzten Augenblicken wenigstens an Menschen denken, die sie liebte.

Solange Rebecca denken konnte, war Flora an ihrer Seite gewesen – Schwester, beste Freundin, Vertraute und Partnerin bei allen Abenteuern, den kleinen wie den großen ...

KAPITEL 2

Chicago
1860
Dreißig Jahre früher

Während die Kutsche über die langweiligen, vertrauten Straßen von Chicago holperte, träumte Rebecca von einem aufregenderen Leben. Der Frühlingstag schien voller Verheißung, doch auf sie wartete wieder nichts anderes als ein langer, anstrengender Tag Unterricht an der Privatschule, die sie und ihre Schwester Flora besuchten. Mit ihren fünfzehn Jahren hatte Rebecca inzwischen jede aufregende Abenteuergeschichte gelesen, die sie in die Finger bekommen konnte – *Die Abenteuer des Robinson Crusoe, Der letzte Mohikaner, Ivanhoe* und *Tausendundeine Nacht*. Vater hatte eine wunderbare Bibliothek mit Klassikern zu Hause, Homers *Ilias* und auch die *Odyssee* hatte sie ebenfalls schon gelesen. Zweimal sogar. In ihrer Vorstellung war sie mit diesen Helden und Heldinnen an all die exotischen Orte gereist. Diese Abenteuer im Lehnstuhl befriedigten sie aber nur für eine Weile. Am Ende waren sie doch nie genug. „Wann bin ich denn mal an der Reihe?", murmelte sie.

„Womit?", fragte ihre Schwester.

„Damit, ein Abenteuer zu erleben. Etwas zu erleben, das Spaß macht und aufregend ist. Ich langweile mich schrecklich in der Schule, du nicht auch?"

„Doch", sagte Flora und seufzte melodramatisch. Sie war vierzehn und schien sich in letzter Zeit als Heldin in einer kitschigen Tragikkomödie zu sehen, was zu der unerfreulichen Angewohnheit geführt hatte, tief zu seufzen und verträumt dreinzuschauen. „Mir scheint, wir könnten so viel mehr lernen, wenn man es uns selbst überließe. In der Schule bringen sie uns kaum etwas Interessantes bei."

„Wir müssen ins Ausland reisen. Ich bin mir sicher, dass wir dafür inzwischen erwachsen genug sind. Wir könnten die Ruinen von Pompeji mit eigenen Augen besichtigen, anstatt in verstaubten alten Büchern davon zu lesen."

„Ich würde unheimlich gerne nach Frankreich reisen – das Schloss von Versailles besichtigen, die Kathedrale von Notre Dame …" Dabei wanderte Floras Blick in die Ferne, so als sähe sie in den Wolken die französischen Schlösser.

„Dann ist es abgemacht." Rebecca schlug mit der Faust auf den Sitz der Kutsche, sodass eine Wolke aus Staub und Rosshaar aufstob und im Sonnenschein tanzte. „Heute Abend bitten wir Vater, mit uns nach Frankreich zu fahren."

„Der Zeitpunkt ist genau richtig. In ein paar Monaten beginnen die Sommerferien."

„Ja, perfekt!" Das polternde Geräusch der Pferdehufe veränderte sich, als die Kutsche die Brücke in der Rush Street überquerte. Einige Häuserblocks weiter östlich floss der Chicago River in den Lake Michigan, und als Rebecca zu dem Wald aus Schiffsmasten in der Ferne hinübersah, konnte sie ihre Sehnsucht nach fremden Ländern kaum noch zügeln. „Wenn Vater doch nur nicht so lange bräuchte, um alles zu planen. Ehe wir es uns versehen, ist es wieder September und wir sind nirgends gewesen."

„Da hast du recht", sagte Flora mit einem neuerlichen empörten Seufzer. „Immer ist er so beschäftigt."

Wieder schlug Rebecca auf den Sitz. „Weißt du was? Fangen wir doch einfach an, unsere eigenen Pläne zu machen. Wir werden die Fahrpläne studieren und herausfinden, was es kostet, nach Frankreich zu segeln, und dann legen wir Vater alles in einem Bericht vor. Er muss dann gar nichts mehr tun – außer natürlich, dafür zu bezahlen." Rebecca zweifelte kaum daran, dass er es sich leisten konnte. Neben seiner bescheidenen Anwaltskanzlei hatte Vater viel Geld verdient, als er in die Eisenbahn investiert hatte.

„Aber wie sollen wir das alles herausfinden?", fragte Flora.

„Das kann doch nicht so schwierig sein. Der Bahnhof ist gleich dort drüben auf der anderen Seite des Chicago River, nahe am See.

Dort gibt es bestimmt Informationen über Bahnfahrkarten nach New York – und vielleicht können sie uns auch etwas über die Schiffe sagen. Die Leute buchen doch ständig Passagen nach Europa."

„Welche Leute?"

„Du weißt schon ... interessante Leute." Rebecca zuckte vage mit den Schultern, weil sie wusste, dass Flora alles, was sie von sich gab, für die reine Wahrheit hielt. Sie waren sich immer sehr nahe gewesen, obwohl sie überhaupt nicht wie Schwestern aussahen. Rebecca glich ihrem Vater mit seiner untersetzten, kräftigen Figur und den dunklen Haaren – jedenfalls waren sein Haar und sein Bart einmal dunkel gewesen, bevor sie zu Silber verblasst waren. Flora hatte den hellen Teint und die koboldartige Gestalt ihrer Mutter geerbt. Aber die Natur hatte ihnen einen Streich gespielt und Rebecca zu dem dunklen Haar die blassblauen Augen ihrer Mutter gegeben, während Flora Vaters dunkelbraune Augen geerbt hatte, die einen Kontrast zu ihren blonden Haaren bildeten.

Während ihre Kutsche sich der Schule näherte und vor dem Tor ausrollte, überschlugen sich in Rebeccas Kopf die Gedanken an die Europareise. Eilig riss sie die Tür auf und sprang hinunter, anstatt darauf zu warten, dass Rufus, der Kutscher, ihr half. Als sie ihren Fehler bemerkte, warf sie einen schnellen Blick zum Schultor hinüber und hoffte, dass niemand es bemerkt hatte. Die Schulleiterin hatte Rebecca schon zweimal deswegen in ihr Büro bestellt: „Junge Damen fallen nicht von alleine aus der Kutsche. Sie warten, bis man ihnen hilft."

„Aber warum?", hatte Rebecca gefragt. „Ich brauche dabei doch keine Hilfe."

„Darum geht es nicht, Miss Hawes. Damenhaftes Benehmen muss früh im Leben einer jungen Frau gebildet werden. Sie muss Haltung, Gleichmut und Selbstbeherrschung lernen. Mädchen in Ihrem Alter sollten so sittsam und anmutig wie eine Rosenknospe sein ..." Sie hatte noch weitergeredet, aber Rebecca hatte nicht mehr zugehört. Die anderen Mädchen in ihrer vornehmen Privatschule kamen ebenso aus wohlhabenden Familien, aber sie hatten wahrscheinlich gelernt, sittsam und anmutig zu sein, weil sie ihre Mutter beobachtet hatten. Rebecca hatte keine Mutter, die ihr solche Dinge beibringen konnte, und in gewisser Weise war sie froh darüber. Anmutig zu sein, war langweilig. Ihr machte es mehr Spaß, im Park nahe ihres Hauses auf Bäume zu klettern und Steine über die Wasseroberfläche des Lake Michigan hüpfen zu lassen.

Ihre Mutter war an dem Tag nach Floras Geburt in den Himmel entschwunden. Da war Rebecca gerade einmal dreizehn Monate alt gewesen war. Weil sich keine der beiden Schwestern an ihre Mutter erinnerte, waren sie nie besonders traurig über den Verlust gewesen. Wenn Vater getrauert hatte, dann hatte er es jedenfalls für sich behalten, denn nie erwähnte er seine Frau, die Rebecca nur von einem kleinen Ölgemälde in seinem Arbeitszimmer kannte. Er schien auch kein bisschen geneigt, wieder zu heiraten und sie mit einer Stiefmutter zu versorgen – und das war auch gut so, wenn man bedachte, wie die Stiefmütter in Märchen normalerweise waren. 1837, also in dem Jahr, in dem der Ort Stadtrecht erhielt, war Vater nach Chicago gezogen, um seine eigene Anwaltspraxis zu eröffnen. Mit vierundvierzig hatte er Rebeccas Mutter geheiratet, die zwanzig Jahre jünger war als er. Und schon drei Jahre später war er Witwer und Vater von zwei kleinen Kindern.

Pflichtbewusst wartete Flora auf die Hilfe ihres Fahrers, bevor sie aus der Kutsche stieg. Rebecca machte sich Sorgen, dass ihre Schwester dem Drängen der Schule, aus ihr eine anmutige junge Dame zu machen, zu sehr nachgab. Wie sollten Flora und sie Partnerinnen bei großen Abenteuern sein, wenn Flora schon zu zart war, um alleine aus einer Kutsche zu steigen? Jetzt standen sie nebeneinander und sahen zu, wie der Wagen in dem dichten Verkehr verschwand. Gruppenweise huschten Mädchen schnatternd wie Gänse in ihren gestärkten grauen Uniformen über den winzigen Schulhof, aber Rebecca hatte nicht das Verlangen, sich zu ihnen zu gesellen. Sie wusste, dass sie nicht wie die anderen war und dass diese hinter ihrem Rücken über sie kicherten. Wenn sie sich von den anderen durch fleißiges Lernen und das Verschlingen von Büchern unterschied, dann war es eben so. Wenigstens hatte sie Flora als beste Freundin.

Der Morgen war so schön, dass Rebecca die Arme ausbreitete und sich in der warmen Frühlingssonne drehte. Bei dem Gedanken hineinzugehen und über verblichenen Landkarten und Erdkundebüchern mit Eselsohren zu brüten, stöhnte sie laut. Sie sehnte sich danach zu reisen und die echte Welt zu erkunden. Da fasste sie einen Entschluss. Sie wandte sich zu Flora um und fasste sie bei den Händen. „Gehen wir jetzt gleich."

„Nach Frankreich?"

„Nein, Dummerchen, zum Bahnhof. Ich will nicht noch mehr Zeit verschwenden. Wenn wir erst einmal die Informationen haben, die wir brauchen, kann Vater unsere Schiffspassage buchen und …"

„Aber die Schule fängt doch gleich an."

„Lass uns die Schule schwänzen."

Flora starrte sie so entgeistert an, als hätte Rebecca ihr vorgeschlagen, sie sollten ihre Kleider ausziehen und nackt auf der Straße tanzen. „Wir können doch nicht die Schule schwänzen!"

„Warum denn nicht? Wir sind beide die Klassenbesten. Du weißt, dass wir viel mehr wissen als die anderen Mädchen." Tatsächlich hatte Rebecca alle ihre Lehrbücher schon zwei Monate vor dem Ende des Schuljahres durchgearbeitet. „Komm schon, Flora. Was schadet es schon?"

„Werden wir denn keinen Ärger bekommen?"

„Vielleicht", sagte sie mit einem schelmischen Grinsen. „Aber wir können doch nicht erwarten, ein Abenteuer zu erleben, ohne ein bisschen Ärger zu bekommen. Das gehört mit dazu. Außerdem, was kann die Direktorin schon tun – uns ins Gefängnis werfen?"

„Sie könnte uns von der Schule werfen." Flora senkte ängstlich die Stimme, als könnte bereits die Erwähnung eines Schulverweises einen solchen zur Folge haben.

„Gut. Ich hoffe, sie tut es. Die Schule langweilt mich zu Tode. Wenn sie uns rauswirft, muss Vater einen Privatlehrer einstellen und das ist bestimmt viel interessanter." Rebecca hielt immer noch Floras Hände fest und schüttelte sie ein wenig. „Komm schon – wir haben uns doch schon immer ein bisschen Aufregung gewünscht."

Eine Schulaufseherin kam durch die zweiflügelige Tür und blieb auf der obersten Stufe stehen, um die Schulglocke zu läuten. Die anderen Mädchen eilten auf sie zu, als wären sie ihre Küken. Flora versuchte ebenfalls, sich in Richtung Schule zu schieben, aber Rebecca hielt sie entschlossen fest. „Ich gehe nicht dort hinein, Flora. Heute ist ein wundervoller Frühlingstag mit einer herrlichen Brise vom See – warum sollen wir in einem stickigen Klassenzimmer sitzen, in dem die Lehrerin nicht einmal ein Fenster öffnet, weil sie Angst hat, die Luft könnte für junge Damen zu frisch sein und wir könnten welken? Bitte komm mit mir zum Bahnhof!"

„Nur wir beide? Werden wir uns nicht verlaufen?"

„Wir können uns gar nicht verlaufen. Die Straßen von Chicago sind rechtwinklig angelegt. Solange der Lake Michigan rechts von uns ist, wissen wir, dass wir nach Norden gehen." Sie hakte sich bei ihrer Schwester unter und begann, sich mit eiligen Schritten von der Schule zu entfernen, damit Flora keine Zeit zum Nachdenken hatte. Hinter ihnen wurde es still auf dem Schulhof, als die gehorsamen Mädchen hineingingen.

„Wir müssen nur über den Fluss gehen und in Richtung See abbiegen. Dann kommen wir direkt zum Bahnhof. Er ist so groß, dass wir ihn gar nicht übersehen können."

„Bist du dir sicher, Becky?" Floras Schritte waren zögerlich und ihre sorgenvollen braunen Augen verrieten ihre Unsicherheit. Sie war ängstlicher als Rebecca und dem gefürchteten Ziel, damenhaft zu werden, viel näher als ihre große Schwester. Doch Rebecca würde sie vor diesem Schicksal retten, bevor es zu spät war.

„Natürlich bin ich mir sicher. Willst du nicht mutig und stark sein wie die Frauen in der Bibel? Sarah ist gehorsam an Abrahams Seite gelaufen, als er von zu Hause aufbrach und Gott folgte. Und Deborah hat eine ganze Armee in die Schlacht geführt, als all die Männer Angst hatten. Königin Esther …"

„Ist ja schon gut, ich weiß, was du meinst. Ich komme ja mit." Sie sahen sich an und mussten grinsen.

Zuerst nahmen sie denselben Weg, den sie jeden Tag zur Schule und zurück fuhren, bis sie bei der Rush Street Bridge den Chicago River überquerten. Sie brauchten beinahe eine Stunde, weil es weiter war, als Rebecca gedacht hatte – und weil sie stehen geblieben waren, um die Segelboote auf dem Fluss zu beobachten. An manchen Stellen war der Verkehr so dicht, dass sie warten mussten, bis sie die Straße überqueren konnten, ohne dass sie Gefahr liefen, unter die Räder der vorbeifahrenden Kutschen zu geraten. Die ganze Zeit über sprachen und träumten sie davon zu reisen.

„Wohin möchtest du am liebsten?", fragte Flora sie.

„Ins Heilige Land. Ich habe das Gefühl, aus den Karten und biblischen Geschichten schon viel darüber zu wissen, aber ich würde es so gerne mit eigenen Augen sehen – Bethlehem, Jerusalem, den See Genezareth …" Der Pastor in ihrer Kirche würzte die Sonntagspredigten oft mit Geschichten aus dem Alten Testament und so hatte das Heilige Land in Rebeccas Vorstellung bereits die Form eines echten Landes. „Wenn ich an den Orten herumlaufen könnte, an denen Mose und Abraham und Jesus auch schon waren ... dann würde für mich ein Traum wahr."

„Könnten wir auch den Palast von Nimrod besuchen?", fragte Flora.

„Ja! Warum nicht? Das würde Vater gefallen." Als Laie war er fasziniert von den archäologischen Entdeckungen in den alten Ländern der Bibel, die zum Osmanischen Reich gehörten, und in regelmäßigen Abständen gab er Rebecca und Flora Zeitungsartikel zu lesen. Sie wussten alles über die Entdeckung von Nimrods Palast und wie Henry Layard ihn aus dem Sand gegraben hatte, wo er jahrtausendelang verborgen gewesen war.

„Alle dachten, in der Bibel stünden nur Märchen", hatte Vater zu ihnen gesagt, seine ernsten Züge vor Erregung gerötet. „Die Skeptiker dachten, es gebe so einen Ort wie Assyrien oder einen König namens Sennacherib gar nicht, bis Layard bewies, dass die Bibel doch stimmt. Wie wunderbar, eine solche Entdeckung zu machen!"

Rebecca überlegte, ob sie ihren Vater darauf hinweisen sollte, dass er, wenn er so eine Entdeckung machen wollte, Chicago verlassen musste, aber sie wollte ihm die gute Laune nicht verderben.

„Wohin möchtest du denn gerne reisen, Flora, abgesehen von Frankreich?"

„Ich würde gerne nach Ägypten fahren und die Pyramiden sehen. Und die Sphinx."

„Ich auch." Rebecca nahm ihre Haube ab, damit sie die warme Sonne auf Gesicht und Haaren spüren konnte.

„Aber das ist diesen Sommer bestimmt nicht möglich", sagte Flora. „Deshalb gebe ich mich damit zufrieden, die ägyptischen Fundstücke im Louvre in Paris zu besichtigen."

„Irgendwann werden wir die Pyramiden sehen, Flora. Das verspreche ich dir." Allmählich taten Rebecca die Füße in den dünn besohlten Schuhen weh. „Wenn wir unsere richtigen Reisen unternehmen, brauchen wir festere Schuhe", sagte sie zu Flora. „Welche, die nicht so damenhaft sind."

„Und kratzige Unterröcke müssen wir dann auch nicht tragen, oder?"

„Auf keinen Fall!"

Endlich erschien vor ihnen das gewölbte Dach des Bahnhofs.

„Da ist er", sagte Rebecca mit ausgestrecktem Zeigefinger. „Siehst du? Das war doch einfach, nicht wahr?"

Als sie die riesige Halle betraten, begann Rebeccas Herz vor Aufregung schneller zu schlagen. Hierfür war sie geboren! Der gewaltige, lärmerfüllte Bau bebte von der Kraft der Lokomotiven, die ein und aus fuhren; die Luft roch nach Kohle und Dampf und heißen Eisenbahnschienen. Die hohe Decke wölbte sich über ihnen und verstärkte die lauten Zugsignale noch, die von allen Seiten widerhallten. Wohin sie auch blickte, tummelten sich Gruppen von Reisenden, stapelten sich Truhen und Koffer, schoben Gepäckträger beladende Wagen umher. Auf Schildern waren Fahrtziele wie New York, Cincinnati, Philadelphia und St. Louis zu lesen.

„Würdest du da nicht am liebsten gleich einsteigen und irgendwo hinfahren, Flora?"

„Ja, so geht es mir auch." Sie stieß einen bühnenreifen Seufzer aus und fragte: „Und was jetzt, Becky? Wo fangen wir an?"

Rebecca hatte sich das auch schon gefragt. Aber dann hatte sie einen Schalter entdeckt, auf dem *Information* stand. Sie stellten sich in die Schlange, während der Angestellte zwei anderen Kunden half, dann traten sie vor, als sie an der Reihe waren. Als der Mann sie sah, runzelte er die Stirn – oder zumindest runzelte er sie angesichts ihrer Köpfe, denn mehr konnte er von seiner Position hinter einem vergitterten Fenster wahrscheinlich nicht von ihnen sehen. „Ja, Mädchen? Kann ich euch helfen?"

„Ich hoffe es." Rebecca stellte sich auf Zehenspitzen, um so groß wie möglich zu wirken. „Wir möchten mit der Eisenbahn nach New York City fahren und dann eine Schiffspassage nach Calais in Frankreich buchen – begleitet von unserem Vater natürlich", fügte sie hinzu, als die Falten auf der Stirn des Angestellten sich vertieften. „Wo können wir bitte Informationen über Fahrpläne und Preise bekommen?"

Der Mann zwirbelte die Enden seines spitz zulaufenden Schnurrbarts, der ihn ein bisschen unheimlich aussehen ließ. Er musterte Rebecca sehr lange, wie ihr schien, aber sie reckte das Kinn ein wenig höher und hielt seinem Blick stand, obwohl ihr die Füße wehtaten, weil sie auf Zehenspitzen stand. „An Schalter 3 könnt ihr Fahrkarten nach New York kaufen", sagte er schließlich. „Der Kollege dort kann euch die Zeiten und Preise nennen. Was die Schiffsreise betrifft, so müsst ihr das Büro einer Dampfschifffahrtsgesellschaft aufsuchen, zum Beispiel von *Cunard* oder der *White Star Line*."

„Hat eine von diesen Gesellschaften vielleicht zufällig ein Büro hier in der Nähe?"

Er blickte über Rebeccas Kopf hinweg auf die länger werdende Schlange hinter ihr und schien nicht geneigt zu antworten. Rebecca stieß Flora an in der Hoffnung, sie würde ihn mit ihren flehenden braunen Augen und ihrem liebreizenden Lächeln sanfter stimmen. Stattdessen sagte Flora nur: „Autsch!"

„Cunard befindet sich in der Michigan Avenue", sagte der Mann schließlich. „Der Nächste bitte?"

„Vielen Dank für Ihre Hilfe", sagte Rebecca. Es hatte keinen Sinn, unhöflich zu sein, nur weil er es war. Sie zog Flora am Arm und marschierte mit ihr über den gekachelten Boden, um sich bei Schalter 3 anzustellen.

„Warum hast du mich denn angestoßen?", fragte Flora, während sie sich die Seite rieb.

„Ich wollte, dass du ihn anlächelst und charmant bist. Vielleicht sind diese Angestellten hilfsbereiter, wenn wir sie umgarnen. Und du bist einfach viel hübscher als ich." Sie warteten, bis sie an der Reihe waren, und wieder stellte Rebecca sich auf die Zehenspitzen, um dem Fahrkartenverkäufer zu sagen, was sie wollte. Diesmal strahlte Flora ihn wie eine Gaslaterne an. Aber das schien er gar nicht zu bemerken, während er die Seiten eines dicken Bahnfahrplans studierte.

„Nach New York geht täglich ein Zug", erklärte er ihnen und nannte die Preise für zwei minderjährige Reisende und einen Erwachsenen. Kurz angebunden und sachlich zog er leere Fahrkartenformulare und einen offiziell wirkenden Gummistempel heraus – dann erfuhr er, dass Rebecca die Fahrkarten nicht sofort kaufen würde, und reagierte verärgert. Er schob alles beiseite und knurrte: „Aus dem Weg, Mädchen. Der Nächste bitte!"

Sie dankte ihm und wandte sich zum Gehen, doch dann drehte sie sich noch einmal um. „Sie wissen nicht zufällig, wo das Büro der *Cunard* Schifffahrtsgesellschaft auf der Michigan Avenue ist, oder?"

„Irgendwo in der Nähe von Washington. Oder vielleicht Madison. Einer von diesen Präsidenten. Der Nächste bitte?"

„Weißt du, wo diese Straßen sind?", fragte Flora, als sie sich von dem Schalter entfernten. „Sind sie sehr weit von hier entfernt?"

„Ich glaube nicht. Warte mal … zu welcher Tür sind wir hereingekommen?"

„Können wir uns einen Augenblick hinsetzen und ausruhen? Meine Füße fühlen sich an, als wären wir *kilometerweit* gelaufen." Sie zog das Wort theatralisch in die Länge. Rebecca hoffte, sie würde nicht wieder seufzen.

„Da drüben ist eine freie Bank." Sie durchquerten den riesigen Bahnhof und sanken auf einen harten Holzsitz, der weder zum bequemen Sitzen noch zum Verweilen gemacht war. Rebecca blickte zu der riesigen Uhr an der Wand hinauf und sah, dass die Schule bereits vor zwei Stunden begonnen hatte. „Wir müssen auf der Stelle mit Freiübungen anfangen, Flora, damit wir für unsere Reise in Form sind. Forscher müssen abgehärtet sein, weißt du. Aber ist es nicht aufregend, ein Teil dieser Geschäftigkeit und Zielstrebigkeit zu sein? Denk doch nur: Alle diese Menschen werden neue Städte besuchen und fremde Dinge sehen."

„Oder vielleicht waren sie auch schon an herrlichen Orten und sind jetzt nach einer langen Reise auf dem Heimweg. Vielleicht waren sie im Westen, um das Land der Indianer und Büffel zu sehen." Flora schien nach ihrer kurzen Rast wieder aufzuleben.

„Gib zu, dass es Spaß macht. Heute ist der Anfang unserer Reise! Irgendwann werden wir an diesen Tag zurückdenken und uns daran erinnern, wie alles begonnen hat."

Flora kicherte und sagte: „Oder wir werden uns daran erinnern, wie wir der Schule verwiesen wurden."

„Wäre dir das sehr peinlich? Dann täte es mir ehrlich leid, dass ich dich zum Schwänzen angestiftet habe. Ich werde der Schulleiterin sagen, dass es allein meine Schuld war und ich dich gezwungen habe mitzukommen …"

„Nein, wir machen das hier zusammen, komme, was wolle. Wir sind wie die *Drei Musketiere*! … Nur dass wir zu zweit sind. Ich hoffe aber, dass Vater es uns nicht allzu übel nimmt."

„Das wird er nicht. Er wird stolz sein, weil wir Initiative und Unabhängigkeit bewiesen haben." Es stimmte. Vater hatte sie schon früh wie kleine Erwachsene behandelt und es schien ihm zu gefallen, dass sie nicht wie hilflose Kinder an ihm hingen. „Aber auf jeden Fall müssen wir ihm erklären, wie sehr wir uns in dieser Schule langweilen. Ich möchte aufregende Dinge lernen und nicht, wie man sich als feine Dame verhält. Ich wünschte, sie würden uns Latein beibringen. Oder vielleicht Griechisch. Dann könnten wir Homer auf Griechisch lesen. Vater sagt, die Odyssee sei in der Originalsprache noch besser."

„Er soll uns versprechen, dass er einen Griechischlehrer für uns einstellt", schlug Flora vor.

„So ist es recht! Kannst du weitergehen?" Sie standen auf und Rebecca ging als Erste durch das Tor. Sie entfernten sich vom See und gingen in Richtung Westen bis zur Michigan Avenue, dann bogen sie nach Süden ab. „Halte du auf dieser Straßenseite nach der Schifffahrtsgesellschaft Ausschau", sagte Rebecca, während sie gingen, „und ich suche auf der gegenüberliegenden Seite."

Drei lange Häuserblocks später entdeckte Flora das Büro. *Cunards* Dampfschifffahrtsgesellschaft verbreitete die gleiche aufregende Atmosphäre wie der Bahnhof, obwohl das Büro klein und vollgestopft war und sich Unterlagen und dicke Bücher auf den Schreibtischen türmten. Rebecca vermutete, das Spannende waren vor allem die bunten Lithografien, die an den Wänden hingen und Segelschiffe und Dampfer in exotischen, von Palmen gesäumten Häfen zeigten. Beim ersten Schreibtisch blieben sie stehen. Der Mann dahinter blickte auch nicht freundlicher drein als die beiden Angestellten im Bahnhof, also beschloss Rebecca angesichts der Tatsache, dass sie beide ihre Schuluniformen trugen, dieses Mal anders vorzugehen.

„Guten Morgen. Könnten Sie mir und meiner Schwester vielleicht bei einem Schulprojekt helfen? Wir müssen wissen, was es kostet, mit einem Ihrer Schiffe nach Calais in Frankreich zu fahren – und den Preis nach Dover", fügte sie hinzu, weil sie ein Plakat mit diesem Reiseziel entdeckt hatte.

„Das hängt davon ab, in welcher Klasse die Überfahrt sein soll. Und zu welcher Jahreszeit ihr fahren wollt."

„Erster Klasse, bitte. Während der Sommermonate." Vater machte sich nichts aus vornehmen Unterkünften, aber wenn sie ihm den Spitzentarif nannten, konnte er von dem Preis ausgehend so viel sparen, wie er wollte. Sie wartete, während der Mann in einem dicken Katalog blätterte. Er schien nicht zu bemerken, dass Flora den blonden Kopf ein wenig schief hielt und süß und schüchtern lächelte, um ihn um den Finger zu wickeln. Schließlich nannte er ihnen die Preise für die beiden Reiseziele. Sie klangen gar nicht so hoch. „Könnten Sie diese Informationen bitte für uns aufschreiben? Und wir brauchen auch einen Eindruck davon, wie der Fahrplan aussieht."

Er kramte in der Schublade seines Schreibtisches und reichte ihnen eine Broschüre voller eng bedruckter Zahlenspalten. „Hier ist ein Fahrplan. Darin stehen auch die Preise." Sie dankten ihm und traten wieder auf die Michigan Avenue hinaus.

„Und jetzt?", wollte Flora wissen. „Sollen wir in die Schule zurückgehen?"

Rebecca zog eine Grimasse. „Eigentlich hat es jetzt nicht viel Sinn, noch zurückzugehen, oder? Wahrscheinlich schicken sie uns dann sofort zum Büro der Direktorin, wo sie uns warten lassen, bis sie denken, wir hätten so richtig Angst bekommen. Dann wird die Schulleiterin uns einen langen, strengen Vortrag halten und uns mit Weltuntergang und Ruin drohen, wenn wir unser ungezogenes Benehmen nicht aufgeben und …"

Flora fing an zu kichern. „Du hast recht. Sparen wir uns den Vortrag für morgen auf. Es ist herrlich draußen. Ich würde sagen, wir gehen weiter."

„Einverstanden. Lake Park kann nicht weit sein. Bis wir dort sind, ist es bestimmt Mittag, dann können wir uns bei einem der Straßenverkäufer geröstete Erdnüsse kaufen. Hast du Geld dabei?"

„Ein bisschen." Flora hatte immer einige Münzen in der Tasche für den Fall, dass sie einen Bettler sah. Besonders für die jüngsten unter den Straßenkindern hatte sie ein Herz.

Untergehakt gingen Rebecca und ihre Schwester weiter die Michigan Avenue entlang, vorbei an vornehmen Häusern auf der einen und dünnen Baumreihen auf der anderen Straßenseite. Jenseits der Bäume gab es eine schmale Lagune, die durch einen Landstreifen vom Lake Michigan getrennt war. Dort fuhren die Lokomotiven in den großen Bahnhof hinein und wieder hinaus. Selbst aus dieser Entfernung konnte Rebecca ihr Pfeifen hören und die Wolken sehen, die in den blauen Himmel aufstiegen. Segelschiffe in allen Größen und Formen waren auf dem See verteilt. Freiheit und Aufregung lockten sie.

Eine Stunde später waren sie im Lake Park und setzten sich auf eine Bank, wo sie Erdnüsse aßen und die Eichhörnchen beobachteten, die sich gegenseitig jagten. Im Geiste erstellten sie eine Liste all der Orte, die sie sehen wollten, und der europäischen Städte und Länder, die sie zu bereisen gedachten. Rebecca genoss es von Herzen, von exotischen Orten zu träumen, doch bald wurde ihr bewusst, dass sie sich auf den Heimweg machen sollten. Sie mussten zu Hause ankommen, bevor Rufus losfuhr, um sie von der Schule abzuholen.

Müde und verschwitzt und mit geröteten Wangen kamen sie schließlich bei ihrem großen, als Holzkonstruktion errichteten Gebäude an. Vater hatte das Haus in dem Jahr seiner Hochzeit errichten lassen und dabei wahrscheinlich die vielen Feste im Sinn gehabt, die er und seine Frau in dem geräumigen Salon und dem Speisesaal geben würden, während Dutzende Kinder die Schlafzimmer im Obergeschoss füllten. Aber die Räume blieben leer, den Großteil des Jahres ungenutzt.

Als Rebecca und Flora das Foyer betraten, stürzte sich die Hauswirtschafterin Mrs Griffin wie eine Furie auf sie. „Hier sind Sie!", rief sie. Rebecca war sich nicht sicher, ob sie gleich eine Ohrfeige bekam oder mit einer Umarmung rechnen konnte. Die anderen Bediensteten kamen ebenfalls herbeigerannt. Die Köchin Maria Elena bekreuzigte sich, dann wischte sie sich mit ihrer Schürze die Tränen aus den Augen. Dann folgte ein solcher Redeschwall in ihrer italienischen Muttersprache, dass Rebecca nicht erkennen konnte, ob sie schimpfte oder sich über ihre Rückkehr freute. Rufus, der Kutscher, lehnte sich erleichtert an die Wand, als er sie sah, und wischte sich mit dem Unterarm den Schweiß von der Stirn. Er war in New Orleans Sklave gewesen, bevor er sich freigekauft hatte, und arbeitete als Vaters treuer Kutscher, seit Rebecca denken konnte. „Gott sei Dank ist Ihnen nichts passiert", sagte er.

„Natürlich nicht. Warum sollte uns denn etwas passiert sein?", fragte Rebecca.

Das Gesicht der Hauswirtschafterin lief leuchtend rot an und ihre Züge waren vor Gefühl ganz verzerrt. Der Butler, Griffin, legte seiner Frau die Hand auf die Schulter und seine Miene war streng. „Wir haben von der Direktorin Ihrer Schule eine Nachricht erhalten, dass Sie verschwunden sind."

Flora sog so laut die Luft ein, dass es einer Schauspielerin zur Ehre gereicht hätte. „Ihr dachtet, wir wären verschwunden?"

„Die Schulleiterin hat sich Sorgen gemacht, weil mehrere Schülerinnen gesehen haben, wie Ihre Kutsche hielt, aber dann waren Sie plötzlich fort. Wir wussten nicht, was wir ihr sagen sollten. Rufus hat steif und fest behauptet, dass er Sie rechtzeitig bei der Schule abgesetzt hat …"

„Das habe ich auch! Das weiß ich!", rief Rufus, der sich noch immer an der Wand abstützte. „Die Schulglocke hatte noch nicht mal geklingelt. Die Mädchen waren alle noch draußen."

„Ich hoffe, ihr habt Vater nichts davon erzählt", sagte Rebecca.

„Nein. Rufus ist losgefahren, um Sie zu suchen, und ist mit leeren Händen zurückgekommen", erklärte Griffin. „Wir haben gerade überlegt, was wir als Nächstes tun sollen."

Die Köchin fuhr sich ein letztes Mal mit der Schürze über die Augen. „Wir hatten schreckliche Angst um Sie!"

Rebecca verstand gar nicht, was die ganze Aufregung sollte, aber Flora hatte Tränen in den dunklen Augen, als sie sah, wie aufgebracht ihre treuen Dienstboten waren. „Es tut mir schrecklich leid, wenn wir euch einen Schrecken eingejagt haben", sagte sie. „Wir hätten nie gedacht, dass ihr euch Sorgen um uns macht. Ich habe ein furchtbar schlechtes Gewissen!" Die Köchin bot Flora einen Zipfel ihrer Schürze an, um die Tränen zu trocknen.

„Mir tut es auch leid", sagte Rebecca. „Ich hätte mir die Sache gründlicher überlegen sollen. Aber der Tag war einfach zu schön, um drinnen zu bleiben. Wir dachten nicht, dass uns jemand vermissen würde … Rufus, bitte sagen Sie nichts, wenn Sie Vater von der Arbeit abholen. Ich werde ihm alles erklären, wenn er zu Hause ist, das verspreche ich."

„Ist gut, Miss Rebecca."

Nachdem die Anspannung sich gelegt hatte, gingen Rebecca und Flora hinauf in ihr Zimmer. In dem geräumigen Obergeschoss hätten sie jede ein Zimmer für sich haben können, aber sie zogen es vor, sich eines zu teilen, wie sie es schon als Kleinkinder getan hatten. „Das war schrecklich", sagte Rebecca, als sie die Tür hinter sich schloss. „Wir müssen es wiedergutmachen, aber von unseren Plänen dürfen wir uns trotzdem nicht abbringen lassen."

Den restlichen Nachmittag verbrachten sie damit, einen Bericht für ihren Vater vorzubereiten, und zwar so sorgfältig, als würden sie ein Schulprojekt erarbeiten mit den ordentlich aufgelisteten Kosten für eine Bahnfahrt nach New York und die anschließende Reise nach Europa. Die Informationen aus dem geheimnisvollen Prospekt von *Cunards* Schifffahrtsgesellschaft zu entziffern, erwies sich als beinahe so schwierig, wie Hieroglyphen zu dechiffrieren, aber irgendwann knackte Rebecca den Code und schrieb die nötigen Einzelheiten eigenhändig ab. Vater wusste einen gut recherchierten Vorschlag zu schätzen. Tatsächlich gab er ihnen häufig ein Thema, über das sie Nachforschungen anstellen sollten, und hörte dann zu, wenn sie ihre Ergebnisse vortrugen, um anschließend beim Abendessen darüber zu diskutieren. Wahrscheinlich war es ihm nie in den Sinn gekommen, dass die meisten Mädchen in ihrem Alter mit ihren Vätern nicht auf diese Weise kommunizierten. Oder dass die Mahlzeiten in den meisten Familien nicht wie Aufsichtsratssitzungen abgehalten wurden. Rebecca wusste, dass Außenseiter ihren Vater mitunter für unterkühlt und distanziert hielten, aber sie vergötterte ihn.

Das Essen wirkte an diesem Abend etwas improvisiert, wahrscheinlich wegen des Aufruhrs am Nachmittag. Als Vater den letzten Bissen gegessen hatte und sich auf seinem Stuhl zurücklehnte, ergriff Rebecca die Gelegenheit. „Flora und ich haben einen Vorschlag, den wir dir gerne unterbreiten würden, Vater." Sie gab ihm die erste Seite ihres Berichts. „Da unsere Schule sehr beschränkt ist in dem, was sie uns beibringen kann, glauben wir, dass wir viel mehr lernen könnten, wenn wir eine Reise ins Ausland machen würden. Wie du an unserer Liste sehen kannst, gibt es mehrere Orte, die wir gerne besuchen möchten, dazu haben wir uns auch verschiedene Unternehmungen und Sehenswürdigkeiten überlegt, die sich dort lohnen würden, zum Beispiel die ägyptische Sammlung im Louvre in Paris anzuschauen."

Vater strich sich über den silbernen Bart, während er das Blatt studierte. „Das sieht recht gründlich aus ... Vielleicht ist es wirklich an der Zeit, eure Ausbildung ein wenig zu erweitern."

„Für diesen Fall haben wir eine andere Liste mit geschätzten Reisekosten erstellt", sagte sie und reichte ihm das zweite Papier. „Und auf diesem dritten Blatt sind einige mögliche Abfahrtszeiten von Eisenbahnen und Dampfschiffen aufgelistet. Wir dachten, die Sommermonate würden sich gut eignen, nachdem die Schulferien begonnen haben."

„Diesen Sommer?"

„Ja, Vater", antworteten sie wie aus einem Munde.

„Bitte!", fügte Flora hinzu und blickte mit ihren samtig braunen Augen zu ihm auf.

Vater überlegte einen Augenblick. Er hielt viel von der biblischen Warnung, jeder Mann solle „schnell zum Hören, langsam zum Reden, langsam zum Zorn" sein, und Rebecca verließ sich darauf, dass sich dieser Grundsatz zu ihren Gunsten auswirken würde. Schließlich nahm er die Blätter und legte sie zu einem ordentlichen Stapel auf den Tisch. „Ihr habt eure Sache gut gemacht. Aber erst müsst ihr Französisch lernen. Wenn ihr die Sprache lesen und einigermaßen flüssig darin Konversation betreiben könnt, werde ich mit euch nach Paris fahren. Dasselbe gilt für jede andere Sprache, die ihr lernt. Ich habe euch ja schon oft gesagt, dass wir hier auf der Erde sind, um etwas Produktives mit unserem Leben anzufangen. Ob reich oder arm, wir alle haben eine göttliche Berufung zu erfüllen. Es geht nur darum herauszufinden, was diese Berufung ist. Vielleicht wird eine Auslandsreise euch Mädchen bei dieser Suche helfen."

Rebecca hätte vor Freude am liebsten getanzt. „Ganz unsere Meinung, Vater." Flora und sie grinsten sich voll freudiger Erregung an. Vater glaubte wahrscheinlich, er könnte Zeit schinden, indem er sie Französisch lernen ließ. Er hatte ja keine Ahnung, wie entschlossen Rebecca war. „Wirst du einen Französischlehrer für uns einstellen?", fragte sie.

„Jetzt gleich?", fügte Flora hinzu.

Wieder dachte er einen Moment lang nach. „Ja. Ich werde eure Schulleiterin bitten, mir jemanden zu empfehlen."

Mit einem Mal war Rebeccas Vorfreude gedämpft. Sie zog eine Grimasse, während sie überlegte, wie sie das nächste Thema ansprechen sollte. „Vater … Es tut mir leid, aber ich fürchte, die Schulleiterin ist gerade nicht sehr zufrieden mit mir. Weißt du, ich habe Flora überredet, heute die Schule zu schwänzen, damit wir für dich die Reiseinformationen und die Kosten in Erfahrung bringen konnten. Wir dachten nicht, dass uns jemand vermissen oder sich Sorgen um uns machen könnte, aber offenbar hat die Schulleiterin das getan."

„Ihr seid alleine losgezogen? Ohne Rufus?"

„Ja, Vater", sagten sie gleichzeitig. Rebecca hoffte, dass er sich an den zweiten Teil seines geliebten Bibelverses erinnerte: *„Denn des Menschen Zorn tut nicht, was vor Gott recht ist."*

„Wie du sehen kannst", sagte sie, „haben wir uns leicht in Chicago zurechtgefunden und sind heimgekommen, ohne uns zu verlaufen. Und wir haben unser Ziel erreicht. Es liegt alles vor dir auf dem Tisch. Wir wollten dir beweisen, dass wir alt und reif genug sind, um zu reisen."

„Aber natürlich brauchen wir dich trotzdem, damit du mit uns nach Europa fährst", fügte Flora hinzu.

Rebecca wartete. Vater schien nicht zornig zu sein; er verlor nur sehr selten die Beherrschung und wenn, dann in der Regel wegen etwas, das er in der Zeitung über die politischen Verhältnisse in Washington gelesen hatte. Als Rebecca die Spannung nicht länger aushielt, sagte sie: „Bestimmt ist die Schulleiterin verärgert, weil wir die Schule geschwänzt haben, aber vielleicht würde es helfen, wenn du ihr einen erklärenden Brief schreibst, den wir morgen mitnehmen können. Wenn du sie bittest, unser Fehlen zu entschuldigen …"

„Und einen Französischlehrer zu empfehlen", fügte Flora hinzu.

„… wären wir dir sehr dankbar."

Nach einer Weile nickte Vater kurz und schob seinen Stuhl zurück. „Gut." Er hätte genauso gut sagen können: „Die Sitzung ist beendet." Er war schon an der Tür, als er hinzufügte: „Wenn ihr das nächste Mal eure Pläne ändert, rate ich euch, jemandem zu sagen, wohin ihr geht."

„Ja, Vater", antworteten sie wie aus einem Munde.

Als er gegangen war, rutschten Rebecca und Flora von ihren Stühlen und umarmten sich. „Wir werden unser allererstes Abenteuer erleben!", quietschte Flora vor Übermut.

„Nein, es wird unser zweites Abenteuer sein, Flora. Heute war das erste."

KAPITEL 3

Paris
Sommer 1860

Während der ganzen Reise über den Atlantik war Vater seekrank. Es gelang ihm, sich jeden Abend aus dem Bett und aus seiner Kabine zu quälen, um mit Rebecca und Flora gemeinsam zu essen, aber er nahm nie viel zu sich. Rebecca hingegen fühlte sich auf den Wellen zu Hause wie ein erfahrener Seemann. Flora und sie sprachen miteinander ausschließlich Französisch und übten ihre Sprachfertigkeit mit anderen französischsprachigen Reisenden, die bereit waren, sich mit ihnen zu unterhalten. Vater hatte sich überrascht gezeigt, weil sie die Sprache so schnell gelernt hatten, aber er freute sich darüber – obwohl es bedeutete, dass er sein Wort halten und mit ihnen nach Frankreich reisen musste, sobald das Schuljahr zu Ende war.

„Ihre Töchter haben eine natürliche Begabung für Sprachen", hatte ihr Französischlehrer ihm erklärt. „Ich empfehle Ihnen, einen Griechischlehrer zu engagieren, wenn Sie aus Europa zurück sind. Die jungen Damen haben ein Interesse daran bekundet, auch diese Sprache zu lernen, und ich glaube, dass es ihnen schnell gelingen wird." Rebecca hatte eine Wette mit ihm abgeschlossen, um ihn dazu zu bringen, dass er den Griechischunterricht vorschlug. Sie hatte gewettet, dass Flora und sie ihren französischen Grammatiktest fehlerfrei bestehen würden. Als dies eintraf, hatte er seinen Teil der Abmachung erfüllt – und dann prompt alles verdorben, indem er hinzugefügt hatte: „Obwohl es für junge Mädchen sehr ungewöhnlich ist, Griechisch zu lernen. Und zweifellos ganz sinnlos."

Als sie in ihren Französischlektionen schon recht weit fortgeschritten waren, verbrachten sie jede freie Minute mit ihrer Köchin Maria Elena, um Grundkenntnisse des Italienischen zu erwerben. Sie konnten es nicht sehr gut lesen, weil sie kein richtiges Lehrbuch besaßen – obwohl Rebecca nicht ganz sicher war, ob Maria Elena selbst ihre Muttersprache lesen konnte. Aber sie lernten genügend Italienisch, um sich mit Hotelangestellten und Kellnern zu verständigen und nach dem Weg zum Kolosseum oder zum Petersdom zu fragen. Vor allem beherrschten sie die Sprache gut genug, um ihren Vater zu beeindrucken und ihn davon zu überzeugen, dass er Italien in ihre Reiseroute aufnahm.

Im Hafen von Dover in Großbritannien gingen sie von Bord und stiegen in eine Eisenbahn nach London, wo sie zwei herrliche Wochen damit zubrachten, diese faszinierende Stadt mit ihrem Prunk und den Palästen zu erkunden. „Im Vergleich zu London sehen Chicago und sogar New York City nagelneu aus", bemerkte Flora. Vater hatte sich in der Zwischenzeit von seiner Seekrankheit erholt, aber auf der kurzen stürmischen Überfahrt über den Ärmelkanal nach Calais erfasste sie ihn erneut mit voller Wucht. Nach einer Bahnfahrt in Richtung Süden durch Frankreich kamen sie schließlich nach Paris – herrliches Paris! Aber als sie in ihrem Hotel in der *Rue des Capucines* eincheckten, war es Vater ganz schwindelig und er wankte wie ein Betrunkener die Treppe hinauf und in ihre Suite.

„Morgen sehen wir uns alles an, Mädchen, versprochen", sagte er zu ihnen. Dann lag er rücklings ganz still auf seinem Bett, die Augen geschlossen. „Morgen."

„Morgen ist Sonntag", gab Rebecca zu bedenken. „*Dimanche*", fügte sie auf Französisch hinzu.

„Dann am Montag ... Der Louvre, den Palast von Versailles, was immer ihr wollt. Aber jetzt lasst mich ausruhen."

„Und was ist mit dem Abendessen?"

Er stöhnte wie ein Sterbender. „Bestellt euch etwas aufs Zimmer."

Das erwies sich für Rebecca als großes Vergnügen, denn sie probierte unbekannte Speisen und gleichzeitig ihr Französisch aus, als sie *coq au vin* und *escargots* von der Speisekarte auswählte und sich dann mit dem Kellner unterhielt, der das Essen brachte.

Wie sich herausstellte, war der Sonntag ein herrlicher Sommertag. Sie waren in Paris! Und Vater konnte den Kopf noch immer nicht bewegen, geschweige denn aus dem Bett aufstehen, ohne erneut Übelkeit zu verspüren. Sein Gesicht war so blass wie sein silbergraues Haar und sein Bart.

„Müssen wir uns Sorgen um dich machen?", fragte Rebecca ihn.

„Ganz und gar nicht. Morgen wird es mir wieder gut gehen. Bereitet einen Plan vor für unsere Unternehmungen. Dann fragt den Concierge, wo wir ein Gefährt und einen Führer für die Woche bekommen können." Wahrscheinlich dachte er, diese Aufgabe würde sie den Rest des Tages beschäftigen, aber Rebecca und Flora hatten bereits am Mittag ihre ganze Woche geplant.

Dann saßen sie am offenen Fenster in ihrem Zimmer, während die Vorhänge im Wind wehten, und aßen von dem Käse- und Obstteller, den sie beim Zimmerservice bestellt hatten. Dabei starrten sie sehnsüchtig auf die Allee hinaus, die voller Menschen und Kutschen war. An einem Sommersonntag schien in Paris die ganze Stadt aus ihren *maisons* und *apartements* zu strömen, wild entschlossen, sich zu amüsieren. Lachende, plaudernde Pariser tummelten sich auf allen Boulevards und Straßen, so weit Rebecca sehen konnte. Und viele dieser bunt gekleideten Menschen liefen geradewegs an ihrem Hotel vorbei. Wohin wollten sie nur alle?

„Das wird ein langweiliger Tag", seufzte Flora. Sie hob ihre Teetasse und streckte dabei den kleinen Finger aus, so wie sie es in der Schule gelernt hatten.

Rebecca sprang auf. „Er muss nicht langweilig sein. Wir können doch etwas unternehmen."

„Ohne Vater? ... Ich meine, *sans Papa?*"

„Warum nicht? Was schadet es schon, wenn wir eine kleine Runde um den Block drehen oder auch um zwei? Vielleicht können wir auch zur Seine hinuntergehen und den Booten zusehen. Ich glaube, es ist nicht weit dorthin ... Bitte, Flora!"

„Aber werden wir uns nicht verlaufen?"

„Natürlich nicht. Als wir auf eigene Faust in Chicago losgezogen sind, haben wir uns doch auch nicht verlaufen."

„Das stimmt. Nun ja, ein kleiner Spaziergang schadet wohl nicht ... wenn du sicher bist, dass du dich zurechtfindest."

Sie verließen ihr Zimmer in bester Laune, nachdem sie eine

Nachricht für ihren Vater zurückgelassen hatten, in der sie ihre Absicht kundtaten, einmal um den Block zu laufen und gleich wieder zurückzukehren. „*Excusez-moi ...*", sagte Rebecca, als der uniformierte Portier ihnen die Tür aufhielt. „Aber wohin gehen all diese Menschen?", fragte sie auf Französisch.

Er zuckte lässig mit den Schultern, als wäre die Antwort für jedermann völlig offensichtlich. „Es ist Sonntag, *mademoiselle*."

„Sie gehen alle in die Kirche?"

Er schnaubte verächtlich und tat diese Vorstellung mit einem Kopfschütteln und einer wegwerfenden Handbewegung ab. „Das glaube ich nicht, *mademoiselle*."

„Aber ... gibt es heute eine Parade? Ist dies eine besondere ...?" Ihr fiel das Wort für Gelegenheit nicht ein.

„Parade? Es gibt keine Parade, *mademoiselle*." Er schien verärgert darüber, dass sie überhaupt eine so lächerliche Frage stellen konnte. „Es gibt den *Jardin des Tuileries*, die *Rue de Rivoli*, die *Champs-Elysées!*" Mit jedem Ortsnamen wurden seine Gesten ausladender.

„*Merci beaucoup*", sagte Flora. Sie zog Rebecca am Arm fort. „Hast du ihn verstanden?", fragte sie dann. „Warum war er so verärgert?"

„Ich weiß nicht. Eine Sprache zu lernen, ist eine Sache, aber die Menschen, die sie sprechen, zu verstehen, ist etwas ganz anderes. Komm mit." Sie reihte sich in den Strom der Fußgänger ein und zog Flora hinter sich her.

„Wohin gehen wir?"

„Dahin, wohin alle anderen auch gehen."

„Aber ... woher wissen wir, wo das ist? Du hast doch gesagt, dass wir nur eine Runde um den Block drehen und gleich wieder zurückgehen."

„Sag mal, willst du wirklich an einem so schönen Tag in unserem Hotelzimmer sitzen? Mir ist nach einem Abenteuer zumute, Flora. Du willst doch auch Paris sehen, oder etwa nicht?"

„Ja, natürlich, aber sollten wir nicht auf Vater warten?"

„Wenn wir das tun, werden wir unser Hotel nie verlassen. Als Reisebegleitung ist er wirklich eine Enttäuschung. Wenn wir die Welt sehen wollen, werden wir ihn zurücklassen müssen."

„Aber ... aber wir sind Schulmädchen, Becky! Ganz allein ... in einem fremden Land!"

Rebecca ließ den Arm ihrer Schwester los. „Du kannst ja umdrehen und zurückgehen, wenn du willst, aber ich gehe spazieren."

Einen Moment lang schien Flora zu schwanken, während sie Rebecca anstarrte, doch dann lächelte sie und hakte sich wieder bei ihrer Schwester unter. „Du bist wirklich furchtlos."

„Ich weigere mich nur, mein Leben wie eine ängstliche, jammernde Maid zu verbringen und auf einen Ritter in glänzender Rüstung zu warten, der mich rettet. Es ist nicht Furchtlosigkeit, die mich antreibt, sondern Neugier. Warum sollen wir aus Büchern etwas über die Welt lernen, wenn wir selbst aufregende Orte besuchen, neue Dinge sehen und das Leben entdecken können? Außerdem kennt Gott das Ende unserer Tage, also brauchen wir keine Angst zu haben."

Sie schoben sich mit der Menschenmenge die Straße entlang, bis sie an eine Kreuzung kamen. Alle schienen nach rechts abzubiegen, also taten Rebecca und Flora es ihnen nach. Rebecca suchte nach einem Straßennamen, damit sie wieder zurückfinden konnten, aber sie sah keinen. Also hielt sie stattdessen nach einem Orientierungspunkt Ausschau, aber die hübschen, palastartigen Steingebäude, die alle Straßen säumten, sahen sich schrecklich ähnlich. Doch sie wusste, dass ihr Hotel sich in der *Rue des Capucines* befand, und war zuversichtlich, dass sie den Weg zurück finden würden. Sie kamen an zahlreichen Cafés vorbei, vor denen Leute an winzigen Tischen saßen und etwas aßen. Alles sah so einladend aus, dass sie sich am liebsten dazugesetzt hätte.

„Warum haben wir eigentlich immer in unserem Zimmer gegessen, wenn wir unsere Mahlzeiten auch hier draußen zu uns nehmen könnten, Flora?"

„Weil Vater gesagt hat, wir sollen uns etwas aufs Zimmer kommen lassen und ..."

„Wäre es nicht viel schöner, hier an der frischen Luft am Gehweg zu sitzen und die Leute vorbeischlendern zu sehen?"

„Ja, aber ... trauen wir uns, ganz allein in Paris essen zu gehen? Unsere Schulleiterin sagt, junge Mädchen sollten immer eine Anstandsdame bei sich haben ..."

„Ich wette, unsere Schulleiterin hat sich noch nie im Leben amüsiert." Sie überquerten einen kleinen Platz und entdeckten dann ein Stück weiter Bäume. „Sieh mal, Flora. Das muss der berühmte *Jardin des Tuileries* sein." Gespannt beschleunigten sie ihre Schritte.

„Oh, ist das schön!", stieß Flora aus, nachdem sie die *Rue de Rivoli* überquert und das Gelände betreten hatten. Eine riesige Rasenfläche erstreckte sich vor ihnen. Der Garten war durchzogen von Gehwegen und hier und da gab es Fontänen und Statuen und kleine Teiche. Menschen jedes Alters – einige in vornehmen Gewändern, andere einfach gekleidet – schlenderten umher oder hatten sich zum Picknick auf dem Rasen niedergelassen und allesamt genossen sie den herrlichen Nachmittag. Begeistert mischten sich Rebecca und Flora unter die Pariser Bevölkerung und schritten durch den Park bis zum *Quai des Tuileries* am Seineufer, wo sie sich auf eine Bank setzten und es genossen, den vorbeifahrenden Booten nachzublicken. Nachdem sie sich eine Weile ausgeruht hatten, liefen sie noch ein Stück weiter und Rebecca glaubte den berühmten Monolithen aus Ägypten über den Baumwipfeln entdeckt zu haben.

„Sieh mal, Flora! Ich glaube, das ist Kleopatras Nadel aus dem Tempel von Ramses II. in Theben. Wir haben davon gelesen, weißt du noch?" Sie folgten dem Weg durch den ganzen Park, bis sie zu dem fast dreiundzwanzig Meter hohen Obelisk kamen, der mit Hieroglyphen versehen war. Flora ging zweimal um das Monument herum und blickte ehrfürchtig staunend hinauf.

„Ich kann mir nicht einmal vorstellen, wie alt der ist!" Vor ihnen drängten sich die Menschen auf der breiten *Champs-Elysées*. Es war wie auf einem Jahrmarkt; so viel gab es zu sehen und zu entdecken, dass Rebecca gar nicht wusste, was sie zuerst tun sollte. Die Stunden vergingen wie im Flug, während sie Jongleuren und einem Puppentheater zusahen und den Musikern lauschten, die am Straßenrand spontane Konzerte gaben. Sie gesellten sich zu den Schaulustigen, die bei Glücksspielen zusahen, und wurden Zeugen, wie Gauner die Unglücklichen um ihr Geld brachten. Rebecca wollte gar nicht, dass der Tag zu Ende ging. Anstatt ihren Hunger nach Abenteuern zu stillen, wurde ihr Appetit nur noch größer. Sie war unersättlich.

„Was meinst du, wie lange wir schon fort sind?", fragte Flora, als sie das Ende des Parks erreicht hatten. Allmählich glich sie einer Blume, die anfing zu welken, ihre blasse Haut von der Sonne gerötet.

„Ich weiß nicht … eine oder zwei Stunden?" Viel länger jedenfalls, als Rebecca hatte fortbleiben wollen.

„Ich glaube, wir sollten jetzt lieber zum Hotel zurückgehen", sagte Flora. „Ich möchte nicht, dass Vater sich Sorgen macht."

Rebecca war der Meinung, dass sie den Weg zurück leicht finden würden, aber schon bald stellte sie fest, dass die Straßen von Paris nicht in einem quadratischen Raster angelegt waren wie die Straßen in Chicago, und sie waren auch nicht gut beschildert. Als sie an einem Türsteher vorbeikamen, der vor einem der zahleichen Apartmenthäuser stand, die alle gleich aussahen, fragte sie ihn nach dem Weg zur *Rue des Capucines*, in der sich ihr Hotel befand. Nachdem sie furchtbar lange gelaufen waren, stellte sie fest, dass er sie versehentlich zum *Boulevard des Capucines* geschickt hatte. Inzwischen war die Nachmittagssonne hinter dunkler werdenden Wolken verschwunden und jetzt waren die Straßen nicht mehr voller Menschen. Als Rebecca drei junge Männer bemerkte, die ihnen lachend folgten, anzügliche Gesten machten und ihnen hinterherriefen, bekam Rebecca es mit der Angst zu tun. Sie packte ihre Schwester am Arm und lief schneller, während ein leichter Regen einsetzte.

„Was sagen diese Männer?", wollte Flora wissen.

„Ich bin mir nicht sicher. Ich glaube nicht, dass unser Französischlehrer uns diese Sätze beigebracht hat." Aber sie wusste genug über die Welt, um zu erraten, was sie im Schilde führten. Rebecca war bewusst, dass sie mit ihrem breiten, kantigen Gesicht, das sie von Vater geerbt hatte, nicht besonders hübsch war. Aber Flora war unschuldig und attraktiv mit ihrem blonden Haar und ihrer zierlichen Figur – und Rebecca war für ihre Sicherheit verantwortlich. Auf der Suche nach einem Polizeibeamten blickte sie sich um, aber sie sah keinen. Zu allem Überfluss öffnete der Himmel plötzlich seine Schleusen und ließ strömenden Regen auf sie niederprasseln. Sie überlegte anzuhalten und unter einer Markise Zuflucht zu suchen, aber dann würden die jungen Männer sie ganz sicher einholen.

Flora sollte nicht merken, wie beunruhigt Rebecca war und wie sehr sie sich verlaufen hatten, sonst würde ihre Schwester ihr nie wieder bei einer Expedition trauen. Ja, es war dumm von ihr gewesen, auf eigene Faust das Hotel zu verlassen, aber jetzt lag es an ihr, sie beide wieder zurückzubringen. *Denk nach, Rebecca! Denk nach!* Die einzigen Waffen, die sie hatte, waren ihre Intelligenz und ihr gesunder Menschenverstand. Und das Gebet. Sie flüsterte eine Entschuldigung und eine schnelle Bitte um Hilfe, die fast ebenso schnell erhört zu werden schien. Denn in einer Seitenstraße entdeckte sie ein kleines Café.

„Hast du Geld bei dir, Flora? Dann können wir uns vor dem Regen in Sicherheit bringen."

In dem Café war es sehr voll und sogleich waren sie von fröhlichem Geplauder französischer Stimmen, dem Klappern von Geschirr und dem Duft von Kaffee und Zigarettenrauch umgeben. Nachdem sie mehrere Minuten gewartet hatten, fanden sie in der Nähe des Schaufensters einen winzigen Tisch für zwei und bestellten Gebäck und zwei dampfende Tassen *café au lait*. Während Rebecca an dem heißen Milchkaffee nippte, zeichnete sie in Gedanken eine Karte all der Orte, an denen sie gewesen waren, und schon bald erkannte sie ihren Fehler. Sie hatten sich zu weit von dem Garten entfernt. Rebecca erinnerte sich nämlich daran, dass zwischen dem Hotel und der *Rue de Rivoli* nur zwei Seitenstraßen gewesen waren. Sie mussten zurückgehen, in Richtung *Tuileries*.

„Wir haben uns verlaufen, oder?", fragte Flora.

Rebecca wich dem Blick ihrer Schwester aus. „Ja, und das tut mir wirklich sehr leid. Aber es ist nur vorübergehend. Ich weiß, wo wir falsch abgebogen sind. Sobald der Regen nachlässt, werde ich mir den Weg erklären lassen, dann finden wir zurück. Vergibst du mir, dass ich uns in diese Lage gebracht habe?" Jetzt sah sie Flora an und wartete.

„Ja, natürlich", sagte ihre Schwester und nahm ihre Hand.

Rebecca würde sie aus dieser misslichen Lage herausführen. Das würde sie! Als sie in den strömenden Regen und den dunkel werdenden Himmel hinaussah, erblickte sie im Fenster ihr Spiegelbild und musste lachen. Kein Wunder, dass die Männer ihnen gefolgt waren. Flora und sie ähnelten verlotterten Straßenkindern, nicht anständigen jungen Damen aus einer angesehenen Familie. Die nassen Haare klebten ihnen am Kopf, die aufgerollten Zöpfe hatten sich halb aus den Haarnadeln gelöst. Die durchnässten Mieder klebten an ihren Oberkörpern und ihre Röcke trieften so, dass sie eine ganze Schüssel Wasser daraus hätten wringen können. Sie hoffte nur, dass ihre Schuhe nicht völlig ruiniert waren. „Was ist denn so lustig?", wollte Flora wissen.

Rebecca zeigte auf ihr Spiegelbild. „Sieh nur, wie wir aussehen!" Da fing auch Flora an zu lachen.

Als sie den Kellner nach dem Weg gefragt hatten, bezahlte Rebecca die Rechnung und machte sich mit ihrer Schwester erneut auf den Weg. Zum Glück hatte der Regen nachgelassen, sodass es nur noch nieselte. Die drei Fremden hatten ihr Vorhaben aufgegeben und waren verschwunden. Und nur wenige Minuten später fand Rebecca die richtige Straße und entdeckte ein Stück weiter die Markise ihres Hotels.

„Das hat doch Spaß gemacht, oder?", fragte sie Flora.

„Bis wir uns verlaufen haben. Und diese Männer uns gefolgt sind. Und wir pitschnass geworden sind." Ihre sonst so gutmütige Schwester klang verärgert.

„Aber es war ein Abenteuer, Flora. Und du weißt ja, dass wir keine Abenteuer erleben können, ohne in irgendwelche Schwierigkeiten zu geraten. Außerdem haben wir wieder einmal bewiesen, dass wir auch alleine gut zurechtkommen, nicht wahr?"

„Willst du Vater erzählen, dass wir uns verlaufen haben? Und dass diese Männer uns gefolgt sind?"

„Warum sollte ich das tun? Es würde ihn nur aufregen und er muss die Ruhe bewahren und gesund werden. Außerdem haben sie uns ja nichts getan. Überlass lieber mir das Reden, wenn wir bei Vater sind."

Als der Portier sie entdeckte, ließ er eine solche Schimpftirade auf Französisch los, dass Rebecca ihm unmöglich folgen konnte. *„Pardonnez-moi, monsieur?"*, fragte sie verwirrt, als er mit hektischen Gesten auf sie zeigte. Er schnaubte und deutete mit seiner Hand, die in weißen Handschuhen steckte, in Richtung Hotellobby, wo ihr Vater stand. Er war endlich aus dem Bett aufgestanden, hielt sich aber an der Rückenlehne eines Stuhls fest, so als wäre er immer noch auf hoher See. Er sah sehr blass aus, aber ob vom Schwindel oder vor Sorge, konnte Rebecca nicht erkennen. Er wirkte erleichtert, als er sie sah, und sank auf den Stuhl, auf den er sich vorher gestützt hatte.

Flora lief zu ihm und umarmte ihn, sodass sein Hemd ganz nass wurde. „Es tut mir so leid, wenn du dir unsretwegen Sorgen gemacht hast", sagte sie.

„Wir sind vom Regen überrascht worden", sagte Rebecca und deutete dabei auf ihren triefenden Rock.

„Das sehe ich."

„Wir mussten eine Weile Zuflucht in einem Café suchen. Mir tut es auch sehr leid, Vater."

„Der Portier hat mir gesagt, dass ihr schon vor einiger Zeit das Hotel verlassen habt, aber er hat euch nicht zurückkommen sehen. Ich habe mir Sorgen gemacht."

„Der Nachmittag erschien uns viel zu schön, um ihn drinnen zu verbringen – jedenfalls zu Anfang", sagte Rebecca. „Und wir dachten, du willst bestimmt nicht mit uns spazieren gehen. Geht es dir denn jetzt besser, sodass du morgen mit uns die Sehenswürdigkeiten anschauen kannst? Flora und ich haben alles geplant."

„Ja ... es geht mir wieder gut. Ich bin froh, dass ihr wieder da seid."

Wie Rebecca gehofft hatte, behandelte ihr Vater sie zum Glück wie Erwachsene, die keinen Babysitter und keine Anstandsdame mehr brauchten, anstatt wie dumme Mädchen, die nicht alleine durch die Straßen von Paris hätten laufen dürfen. Jetzt musste sie nur noch dafür sorgen, dass Flora nicht alles verdarb und die beunruhigenden Einzelheiten ihres Nachmittags ausplauderte. „Gehen wir hinauf", sagte sie deshalb und nahm Vaters Arm, um ihm aufzuhelfen. „Flora und ich könnten ein warmes Bad gebrauchen. Willst du vorgehen, Flora?", fragte sie und zog die wenigen übrig gebliebenen Haarnadeln aus ihren triefend nassen Haaren.

„Ein Bad klingt wunderbar."

Flora war genauso wenig nachtragend wie ihr Vater. Wenn Rebecca erst einmal das Vertrauen ihrer Schwester wiedergewonnen hatte, wäre alles wieder gut. Sie seufzte, als sie die Treppe zu ihrer Suite hochging. Das nächste Abenteuer wartete schon auf sie.

KAPITEL 4

Der Atlantik
1860

Rebecca stützte ihren Vater an der einen Seite und Flora an der anderen, während er an Bord ihres Dampfers den Korridor entlangstolperte. Eine elegant gekleidete Frau aus der Nachbarkabine hatte Mühe, mit ihrem Schlüssel die Tür zu öffnen. Rebecca wollte Vater so schnell wie möglich zu seinem Bett und seinem Eimer zurückbringen, aber als vollendeter Gentleman blieb Vater stehen und fragte: „Darf ich Ihnen behilflich sein?"

„Oh, das wäre sehr freundlich von Ihnen", erwiderte die Frau. „Dieser Schlüssel scheint nicht zu funktionieren." Vater gelang es gleich beim ersten Versuch, die Tür zu öffnen. Die Frau dankte ihm so überschwänglich, als hätte er die Tür zu König Salomos Schätzen geöffnet. Als sie mit ihrer Lobeshymne fertig war, streckte sie ihm ihre rechte Hand entgegen. „Ich heiße übrigens Priscilla Worthington."

„Freut mich sehr. Edward Hawes, und dies sind meine Töchter Rebecca und Flora."

„Es freut mich, Sie kennenzulernen", sagte Flora, während Rebecca nur nickte, ängstlich darauf bedacht, ihren Vater wieder ins Bett zu bringen.

„Das Reisen kann eine echte Herausforderung sein, Mr Hawes, meinen Sie nicht auch?", fragte Mrs Worthington. „Vor allem, wenn man ganz allein ist, so wie ich es bin. Wissen Sie, mein Mann, George Worthington, ist vor etwas über einem Jahr verstorben."

„Mein Beileid", sagte Vater.

Sie lächelte zu ihm auf und berührte seinen Arm. „Danke. Nach meinem Trauerjahr bin ich nach Europa gefahren, um etwas anderes zu sehen, und in den vergangenen sechs Wochen war ich mit meinem Bruder und meiner Schwägerin unterwegs. Sie haben beschlossen, noch einen Monat in Frankreich zu bleiben, sodass ich ganz auf mich allein gestellt bin – mit diesem dummen Schloss!"

„Ihr Mut ist bewundernswert, Mrs Worthington. Ich hatte nach dem Tod meiner Frau kein rechtes Interesse am Reisen."

„Oh, das tut mir leid." Wieder berührte die Witwe seinen Arm und rückte dabei ein Stückchen näher. Sie war ungefähr zehn Jahre jünger als er und musste eine ganze Flasche französisches Parfum über sich ausgegossen haben, so sehr roch sie danach. Rebecca musste sich die Nase zuhalten, um nicht zu niesen.

„Meine Töchter wollten die Welt sehen", fuhr Vater fort, „deshalb habe ich beschlossen, dass der Zeitpunkt jetzt gekommen ist."

„Wo sind Sie denn zu Hause, Mr Hawes?"

„Wir leben in Chicago, Illinois."

„Was für ein Zufall! Ich bin auch auf dem Heimweg nach Chicago. Jetzt werde ich Sie nicht länger aufhalten, aber ich hoffe, wir werden während der Überfahrt die Gelegenheit haben, uns noch einmal zu unterhalten. Vielleicht haben wir gemeinsame Bekannte. Ich freue mich darauf, mit Ihnen zu plaudern – vielleicht irgendwann abends beim Essen?"

„Vater kann nicht zu Abend essen", sagte Rebecca. „Er leidet an der Seekrankheit. Wenn wir auf See sind, kann er kaum das Bett verlassen, geschweige denn etwas essen." Sie hoffte, die Unterhaltung damit zu beenden. Dadurch, dass sie die Witwe auf Vaters Schwächen hinwies, wollte sie deren Interesse an ihm im Keim ersticken. Vielleicht ließ die Frau sie dann in Ruhe. Aber anstatt abgestoßen zu sein, leuchteten die Augen der Witwe auf.

„Früher habe ich auch an der Seekrankheit gelitten. Warten Sie hier, Mr Hawes. Ich habe etwas, das Ihnen helfen wird. Da bin ich mir sicher." Mit einem Vorrat an geheimnisvollen Pulvern kehrte sie zurück und bestand darauf, dass er etwas davon in Wasser auflöste, dazu eine kleine Dose mit etwas, das wie Zucker aussah. „Das ist kristallisierter Ingwer", erklärte sie. „Er wirkt Wunder und beruhigt den Magen, wenn man ihn kaut." Vater versprach, sie noch am selben Abend zum Essen zu begleiten, wenn ihr Heilmittel wirken sollte.

Die Medizin erwies sich tatsächlich als Wunderheilmittel und zuerst war Rebecca der Witwe wirklich dankbar. Wenn Vater geheilt war, konnte er mit ihnen durch die ganze Welt reisen. Es schien nur gerecht, dass Mrs Worthington sich zum Abendessen zu ihnen gesellte. Schließlich war es ihr zu verdanken, dass Vater wieder essen konnte. Aber wie ein streunender Hund, der immer wiederkommt, wenn man ihn füttert, hängte sich die Witwe an ihren wohlhabenden, vornehmen Vater. Sie klebte förmlich an ihm wie Mörtel an Ziegelsteinen.

Was in den nächsten Tagen folgte, war ein Meisterstück der Verführung vonseiten der Witwe. Sie war nicht im klassischen Sinne schön, aber sie machte das Beste aus dem, was sie hatte – darunter auch ein üppiger Busen –, sodass sie attraktiv wirkte, vor allem auf das andere Geschlecht. Ihr heller Teint, der einen Kontrast zu den dunklen Haaren bildete, die reizenden Strähnen, die ihre geröteten Wangen umrahmten, wie sie den Kopf neigte, um bewundernd zu Vater aufzusehen – das alles verlieh ihr diesen hilflosen, femininen Reiz, auf den ansonsten vernünftige Männer hereinzufallen schienen. Nach einer Woche auf See unterhielten die Witwe und Vater sich, als würden sie sich schon ein Leben lang kennen, und redeten sich mit Priscilla und Edward an. Rebecca hatte mit Eifersucht zu kämpfen, denn sie war es nicht gewohnt, die Aufmerksamkeit ihres Vaters mit jemandem zu teilen. Würden sie die Frau den ganzen Weg nach Chicago ertragen müssen?

„Typisch!", knurrte Rebecca, als sie und Flora auf dem Passagierdeck in der Sonne saßen. Sie lasen in ihren Büchern und beobachteten die Leute, die vorbeischlenderten – darunter auch Vater und die Witwe, die sich bequem bei ihm untergehakt hatte. „Warum musste ihre Kabine ausgerechnet neben unserer sein? Ich wünschte, sie würde Vater in Ruhe lassen."

Flora blickte kaum von ihrem Roman auf. „Sei doch froh, dass er nicht mehr unter Deck ist, mit dem Kopf über dem Eimer." Sie las *Onkel Toms Hütte* und schien völlig gefesselt davon. Rebecca hatte das Buch für die Reise nach Frankreich mitgebracht und jetzt auf dem Heimweg schien Flora gar nicht genug davon zu bekommen.

„Ich frage mich, was in ihren magischen Pulvern ist. Sie hat ihn ja völlig in ihren Bann gezogen."

Flora machte ein vages Geräusch, blätterte eine Seite um und las weiter. Rebecca sah einige Passagiere der ersten Klasse vorbeischlendern. Da war der mürrische Schotte mit der geraden Haltung, der winzige, ärgerliche Schritte machte, wenn er ging. Und die elegante Französin, die so groß und dünn war wie ein Greyhound und über das Deck zu gleiten schien, als würde sie auf Schlittschuhen stehen. Eine Frau aus Deutschland mit geflochtenen grauen Haaren marschierte den lieben langen Tag um das Deck herum und runzelte dabei die Stirn, als müsste sie den ganzen Weg nach New York zu Fuß zurücklegen. Warum hatte Vater sich nicht mit einem dieser anderen Gäste anfreunden können?

„Ich habe einmal einen faszinierenden Artikel über Spinnenweibchen gelesen", sagte Rebecca. „Die Netze, die sie spinnen, sind beinahe unsichtbar, damit sie ahnungslose Insekten fangen und sie als Beute verspeisen können. Eine Art, die ironischerweise die Schwarze Witwe genannt wird, frisst die männliche Spinne nach der Paarung auf."

„Du musst aufhören, solche merkwürdigen Dinge zu lesen. Deine Fantasie läuft aus dem Ruder."

„Jedenfalls mag ich die Witwe Worthington nicht. Mir gefällt nicht, was sie für eine Wirkung auf unseren Vater hat."

Flora blickte überrascht auf. „Wäre es dir lieber, wenn er krank unter Deck läge?"

„Nein, natürlich nicht. Aber warum muss sie jede freie Minute mit ihm verbringen? Und sie hängt sich immerzu an seinen Arm, als wäre er eine Rettungsweste und sie kurz vor dem Ertrinken."

„Also, ich freue mich für ihn", sagte Flora. „Er ist schon viel zu lange Witwer."

„Wenn er wieder heiraten will, sollte er warten, bis wir fort sind."

„Fort? Wohin gehen wir denn?"

„Ich weiß ja nicht, wie es bei dir ist, Flora, aber ich habe vor, um die Welt zu reisen, wenn wir mit der Schule fertig sind. Vielleicht werde ich an einem exotischen Ort leben. Ich hatte gehofft, Vater würde noch weitere Reisen mit uns unternehmen, wo er nicht mehr seekrank wird, aber auf keinen Fall will ich sie dabeihaben – Medizin hin oder her."

„Es dauert noch ein paar Jahre, bis wir die Schule hinter uns haben, Becky. In dieser Zeit kann viel passieren. Du machst dir Sorgen wegen nichts und wieder nichts." Flora wandte sich wieder ihrem Buch zu.

Rebecca beobachtete einige Ehepaare, die vorbeikamen. Keines der Paare sah besonders glücklich aus. „Wo wir gerade davon sprechen, was geschehen könnte, Flora – ist dir schon mal aufgefallen, dass alles Seufzen und Händchenhalten und In-die-Augen-Schauen nach ein paar Jahren Ehe verschwindet? So wie die Liebe in Romanen beschrieben wird, ist es gar nicht."

„Darauf habe ich noch gar nicht geachtet ...", murmelte Flora, ohne aufzublicken.

„Du glaubst doch nicht, dass Vater so dumm ist und diese Witwe heiratet, oder?"

„Natürlich nicht. Schließlich haben sie sich ja erst vor einer Woche kennengelernt."

„Und wenn doch?"

„Was soll's? Hat er nicht ein bisschen Glück verdient?"

Rebecca legte eine Hand auf die Buchseite, die ihre Schwester gerade las, um ihre Aufmerksamkeit zu erlangen. „Wir wissen gar nichts von ihr, Flora. Was ist, wenn sie nur hinter seinem Geld her ist? Witwen tun so etwas, musst du wissen. Stell dir vor, wie schrecklich unser Leben mit einer Stiefmutter wäre. Wir sind zu alt, um bemuttert zu werden, meinst du nicht?"

„Ich glaube, du machst dir unbegründete Sorgen. Vater ist ein sehr vernünftiger Mann. Und die Witwe sieht nicht so aus, als wäre sie auf sein Geld angewiesen. Schau dir doch mal ihre Garderobe an und dann die Reise durch Europa." Sie schob Rebeccas Hand fort. „Und jetzt hör auf, mich zu stören. Ich lese gerade einen sehr spannenden Abschnitt."

Rebecca versuchte ebenfalls, ihr Buch weiterzulesen, konnte sich aber nicht recht konzentrieren. Immer wieder musste sie daran denken, wie die Witwe ihre schmalen Finger auf Vaters Arm legte, wenn sie seine Aufmerksamkeit erlangen wollte, und wie sie über alles lachte, was er sagte, so trivial es auch sein mochte. Ihr Bein schien ständig an seines gedrückt, wenn sie nebeneinandersaßen. Und am schlimmsten war, dass Vater die Aufmerksamkeit zu genießen schien. Selten hatte er so lebhaft gewirkt. Dank der Witwe Worthington war die Farbe in seine Wangen zurückgekehrt trotz der manchmal turbulenten Ozeanfahrt. Ja, die Schwarze Witwe hatte ihn in ihrem klebrigen Netz gefangen.

„Mir gefällt unser Leben, wie es ist", sagte Rebecca und schlug ihr Buch auf. Vater hatte es in einer wunderbaren kleinen Buchhandlung in London gekauft. Der Besitzer hatte den Band empfohlen und gesagt, seit seinem Erscheinen im vergangenen Jahr habe das Buch in intellektuellen Kreisen und in Zeitungsartikeln hohe Wellen geschlagen. Aus Neugier hatte Vater es gekauft, um zu sehen, was es mit der ganzen Aufregung auf sich hatte. *Die Entstehung der Arten durch natürliche Zuchtwahl*, geschrieben von einem englischen Naturforscher und Geologen namens Charles Darwin, trug den Untertitel *Die Erhaltung der begünstigten Rassen im Kampf ums Dasein*. Für gewöhnlich las Vater gerne wissenschaftliche Arbeiten, aber diese hatte ihm sehr missfallen.

„Der Autor ist ein gottloser Narr", hatte er gesagt. „Seine sogenannten wissenschaftlichen Erkenntnisse sind ein unerhörter Affront gegen die Wahrheit der Bibel – und gegen alles, was wir wertschätzen. Ich verstehe, warum die Leute sich über dieses Buch ereifern, obwohl ich mir nicht vorstellen kann, dass vernünftige, gottesfürchtige Menschen ihm Glauben schenken." Er wollte das Buch gar nicht mit nach Hause nehmen, aber Rebecca bat darum, es lesen zu dürfen. Bis jetzt hatte sie sich nicht darauf konzentrieren können, weil sie sich mehr Gedanken über Vater und die Witwe gemacht hatte. Auch jetzt schlug sie das Buch wieder zu und versuchte, ihre Stimmung zu verbessern, indem sie an ihre Reise zurückdachte.

Einen Tag, nachdem Flora und sie sich verlaufen hatten, waren sie im Louvre gewesen und hatten stundenlang die faszinierenden Sammlungen ägyptischer Artefakte studiert – Mumien und Kartuschen und riesige Statuen. „Die Welt und die Geschichte haben so viel mehr zu bieten, als man uns jemals in der Schule beibringen könnte", hatte sie zu ihrem Vater gesagt. „Bitte versprich uns, dass du einen guten Lehrer für uns einstellst, wenn wir wieder zu Hause sind, anstatt uns in diese schreckliche Schule zurückzuschicken."

„Es überrascht mich, dass ihr Mädchen euch für all das interessiert."

„Natürlich interessieren wir uns dafür, Vater. Du denn nicht?"

„Doch, natürlich, aber ..."

„Wir auch!"

Als ihr Hunger nach Kultur in Frankreich gestillt war, waren sie nach Italien weitergereist. Es wäre einfacher gewesen, ein Dampfschiff von Marseille nach Rom zu nehmen, aber da schon der Anblick von Wasser ihren Vater blass werden ließ, fuhren sie mit der Eisenbahn durch Frankreich, dann über die Alpen und bis nach Italien. „Es tut mir leid, aber Venedig müssen wir auslassen", sagte Vater zu ihnen. „Wie es scheint, haben sie Kanäle statt Straßen und man kommt in der Stadt kaum irgendwohin, ohne ein Boot zu nehmen."

„Du wirst mit dem Schiff reisen müssen, um nach Hause zu kommen", hatte Rebecca zu Bedenken gegeben. „Es sei denn, du planst, dich irgendwo hier in Europa niederzulassen."

„Bring mich nicht auf Ideen …", murmelte er.

Rebeccas Augen leuchteten. „Ich finde, es ist eine wunderbare Idee, einige Jahre im Ausland zu leben!"

Sie verbrachten zwei Wochen in Italien und wieder einmal planten Rebecca und ihre Schwester alle ihre Exkursionen und buchten Reiseführer und Kutschen. Rebecca war enttäuscht, weil sie in Rom nicht die Gelegenheit hatte, auf eigene Faust loszuziehen, so wie sie es in Paris getan hatte, weil sie sich und ihrer Schwester so gerne bewiesen hätte, dass sie sich in der Stadt zurechtfinden konnte, ohne sich zu verlaufen. Den Rückweg von Italien nach Frankreich und zum Hafen von Calais legten sie wieder mit der Bahn zurück.

Eines Morgens nach dem Frühstück hatte Vater Rebecca und Flora gebeten, von ihren Eindrücken während ihrer Reise zu berichten und zu sagen, welche Schlüsse sie daraus gezogen hatten. „Nach zwei Monaten auf Reisen würde ich gerne eure Erkenntnisse und Ansichten hören."

Rebecca sprach als Erste, wie sie es in diesen Aufsichtsratssitzungen bei Tisch immer tat. „Es war eine wunderbare Reise, Vater, aber nicht annähernd lang genug. Es war so, als würde man einen winzigen Bissen von einem herrlichen Bankett probieren, bevor alles abgeräumt wird. Ich habe noch Hunger nach mehr."

„Genau so geht es mir auch", stimmte Flora zu.

„Dieser Sommer ist wie im Flug vergangen", fuhr Rebecca fort. „Und jetzt möchte ich noch mehr lernen, weiterstudieren und so viele interessante Orte besuchen wie möglich. Ob mein Wunsch, die Welt zu erkunden und neue Dinge zu lernen, wohl bedeutet, dass Gott in Zukunft eine Aufgabe für mich hat, für die ich diese Leidenschaft und dieses Interesse brauche?"

„Hmm …" Vater fuhr sich mit den Fingern durch seinen silbergrauen Bart. „Und was glaubst du, was das sein könnte? Vielleicht, Lehrerin zu werden?"

„Ich hoffe nicht. Ich kann mir nichts Enttäuschenderes vorstellen als den Versuch, ein so faszinierendes Thema wie Geschichte Schülern zu vermitteln, die nicht das geringste Interesse daran haben. Ich wünschte, es gäbe für Frauen mehr Möglichkeiten, als nur Lehrerin zu werden. Vielleicht werde ich stattdessen durch die Welt reisen und Handbücher schreiben, die andere Reisende lesen können."

„Und was ist mit dir, Flora?"

„Ich glaube, ich bin zu jung, um schon zu entscheiden, wie meine Zukunft aussehen könnte. Aber schon jetzt kann ich es kaum erwarten, im nächsten Sommer wieder eine Reise zu machen. Können wir, Vater? Bitte!"

Schon allein der Gedanke daran ließ ihn erbleichen. „Wir werden sehen", antwortete er. Am nächsten Tag waren sie an Bord des Dampfers nach New York gegangen, Vater voller Angst vor der Überfahrt – und dann war die Witwe in ihr Leben getreten. Rebecca wusste, dass sie dankbar sein sollte, aber bei dem bloßen Gedanken an Mrs Worthingtons zarte, glockenhafte Stimme, so zerbrechlich wie Porzellan, die Vater mit ihren falschen Fragen und vorgetäuschtem Interesse bedrängte, musste sie ein Stöhnen unterdrücken. *Das ist so faszinierend, Edward! Sie müssen mir mehr darüber erzählen!*

Rebecca schlug ihr Buch wieder auf und versuchte gerade, sich zu konzentrieren, als jemand neben ihr stehen blieb. An der erstickenden Wolke Parfum erkannte sie gleich, dass es die Witwe war.

„Darf ich mich zu euch setzen?", fragte sie.

„Natürlich", erwiderte Flora. „Setzen Sie sich doch zwischen uns." Höflich klappte sie ihren Roman zu und rutschte auf einen freien Stuhl, sodass die Witwe in der Mitte sitzen konnte.

„Wo ist unser Vater?", wollte Rebecca wissen. Sie stellte sich vor, wie er betäubt und gefesselt von einem Spinnennetz in der Ecke von Mrs Worthingtons Kabine baumelte.

„Er ist mit den anderen Herren im Raucherzimmer."

„Wir können Ihnen gar nicht genug dafür danken, dass Sie ihm von Ihrem Mittel gegen die Seekrankheit gegeben haben", sagte Flora. „Er ist wie ausgewechselt."

„Das freut mich wirklich. Es wäre doch eine Schande, wenn euer Vater die Reise nicht genießen könnte. Er ist ein so charmanter Reisebegleiter."

Nur mit Mühe unterdrückte Rebecca ein verächtliches Schnauben. Niemand, der ihren Vater kannte, hatte ihn jemals als charmant bezeichnet. Er war direkt und rechthaberisch und hatte kaum Zeit für jene, die ihm intellektuell nicht gewachsen waren. Und niemand, der einen Abend mit der Witwe verbracht hatte, würde jemals auf die Idee kommen, sie sei ihm intellektuell gewachsen. Die größte Begabung dieser Frau schien es zu sein, tief ausgeschnittene Kleider zu füllen und ein aufmerksames Publikum zu bieten, wenn Vater seine Vorträge hielt.

„Ich habe bemerkt, dass ihr Mädchen viel lest", sagte sie jetzt.

„Oh ja, Mrs Worthington", nickte Flora lächelnd, ganz eitel Sonnenschein. „Ein gutes Buch kann einen Menschen in eine ganz andere Zeit und an einen völlig anderen Ort versetzen."

„Das mag sein", erwiderte sie, „aber ihr verpasst all die herrlichen gesellschaftlichen Aktivitäten an Bord dieses Schiffes. Es gibt mehrere junge Damen in eurem Alter. Vielleicht könnt ihr euch mit ihnen anfreunden, wenn ihr sie kennenlernt."

Durch die Anspielungen der Witwe bei Tisch glaubte Rebecca zu wissen, was sie im Schilde führte. Sie wollte, dass Rebecca und Flora neue Freundinnen fanden, damit Vater und sie allein dinieren konnten. Rebecca hatte versucht, sich mit einigen anderen jungen Damen zu unterhalten, aber am Ende hatte sie nur das Gefühl gehabt, nicht dazuzugehören. Diese Mädchen waren ganz anders als sie – so wie ihre Mitschülerinnen zu Hause. Eines von ihnen hatte sich sogar damit gebrüstet, noch nie im Leben ein Buch gelesen zu haben. Ein anderes sagte, sie hasse das Reisen, das Besichtigen fremder europäischer Städte und die ungewohnten Speisen. Sie schienen alle nur nach Hause zu wollen, um neue Ballkleider für die Herbstsaison zu bestellen. „Ich habe mit ihnen nur sehr wenig gemein", sagte Rebecca schließlich. „Und sie scheinen mich nicht zu mögen."

„Vielleicht müssen wir uns nur etwas mehr Mühe geben", wandte Flora ein. „Wenn sie dich kennenlernten, würden sie dich lieben, Becky. Du bist klug und geistreich und hast eine einzigartige Sicht auf die Welt."

Rebecca wusste, dass Flora sich ebenfalls fehl am Platze gefühlt

hatte, aber sie war zu gutmütig, um schlecht über andere zu reden.
„Am meisten hat mir bei diesen Mädchen zu schaffen gemacht, dass sie anscheinend gar kein Interesse daran haben, den Sinn ihres Lebens herauszufinden. Sie haben sogar gelacht, als ich das Thema angesprochen habe. Vater glaubt – und Flora und ich stimmen ihm zu –, dass Gott eine Aufgabe für jeden von uns hat, während wir hier auf der Erde sind, egal, wie reich oder arm wir sind, wie intelligent oder gewöhnlich. Bücher zu lesen und ins Ausland zu reisen und neue Dinge zu lernen – das sind wunderbare Gelegenheiten herauszufinden, was diese Aufgabe sein könnte."

„Gott hat dich als Frau erschaffen, Rebecca. Die Rolle einer Frau ist es zu heiraten und Kinder zu bekommen."

Vor Empörung hätte Rebecca beinahe laut aufgeschrien. Sie wartete, bis sie sich beruhigt hatte, und sagte dann: „Unsere Mutter hat zwei Kinder bekommen und ist dann gestorben. War das ihr einziger Lebenszweck?"

„Das kann ich wirklich nicht sagen …"

„Ich hoffe, dass ich irgendwann heiraten und Kinder haben werde", sagte Rebecca, „aber ich glaube nicht, dass das alles ist, was Gott mit mir vorhat."

„Wir haben natürlich noch viel Zeit, unseren Lebenszweck zu entdecken", wandte Flora ein, lieb und versöhnlich wie immer. „Wir sind noch nicht einmal mit der Schule fertig. In der Zwischenzeit kann es nicht schaden, sich mit anderen Mädchen anzufreunden."

„Haben Sie herausgefunden, welche Aufgabe Ihnen von Gott gegeben ist, Mrs Worthington?", fragte Rebecca.

Die Wangen der Witwe röteten sich unter ihrem Rouge. Ihr Gesicht bebte von der Anstrengung weiterzulächeln. „Das ist eine sehr persönliche Frage, Rebecca, Liebes. Man muss lernen, andere nicht so in Verlegenheit zu bringen."

Es lag Rebecca auf der Zunge zu sagen: *„Sie haben keine Ahnung, was Ihr Lebenssinn ist, oder?"* Aber sie beherrschte sich gerade noch rechtzeitig und machte ihrer Verärgerung in Form eines lauten Seufzers Luft. „Ich war noch nie sehr gut in dem, was unsere Schulleiterin höfliche Konversation nennt. Flora kann das viel besser. Ihr könnt euch doch eine Weile ohne mich unterhalten." Sie bedeutete ihrer Schwester, sie solle übernehmen, und wandte sich dann wieder dem Buch von Charles Darwin zu.

Flora räusperte sich. „Ich bin wirklich froh, dass das Wetter so schön ist. Und das Meer ist verhältnismäßig ruhig, nicht wahr?" Rebecca blickte erst wieder auf, als Mrs Worthington einige Minuten später ging. „Du warst sehr unhöflich, Becky", sagte Flora, als die Witwe sie nicht mehr hören konnte. „Ich glaube, du hast sie beleidigt."

„Vielleicht hört sie auf, Vater zu belästigen, wenn sie seine Tochter unausstehlich findet."

„Bist du etwa eifersüchtig auf sie, Becky?"

„Vielleicht." Es tat weh, das zuzugeben. „Vor allem bin ich sie leid."

Zehn Minuten später schlenderte die Witwe an Vaters Arm vorbei und lächelte zu ihm auf, als hätte er gerade die Sterne für sie vom Himmel geholt. Er schien in ihrer Bewunderung förmlich aufzublühen.

Flora stieß Rebecca an. „Sieh ihn doch nur an, Becky ... macht er auf dich den Eindruck, als würde er sich belästigt fühlen?"

„Nein. Und genau das macht mir Sorgen."

KAPITEL 5

Chicago
1860

Rebeccas zweimonatige Auslandsreise endete an einem schwülheißen Nachmittag im August, als ihr Zug im Bahnhof von Chicago zum Stehen kam. Da ihr Abenteuer im letzten Frühjahr genau hier begonnen hatte, als Flora und sie die Schule geschwänzt hatten, war es ein befriedigendes Ende der Reise – abgesehen von der Tatsache, dass die Witwe gleich neben ihnen aus dem Zug stieg und mit ihrer hellen Glockenstimme drauflosplapperte. Sie hatte sich während der ganzen Bahnreise von New York nach Chicago an Vater geheftet wie Federn an heißen Teer, genauso wie sie es auf dem Ozeandampfer getan hatte.

Rufus lächelte breit, als er sie zu Hause willkommen hieß, und half ihnen, ihre Koffer aus dem Gepäckabteil zu holen. Und als ein Fahrer kam, um Mrs Worthington und ihre Überseekoffer einzusammeln, hoffte Rebecca, dass sie die Witwe jetzt endlich los sein würden. Aber sie hatten kaum Zeit gehabt, zu Hause ihre Sachen auszupacken, als eine offizielle Nachricht der Witwe eintraf, in der sie die drei zu einem Abendessen einlud.

„Jetzt, wo er wieder in seinen gewohnten Abläufen ist, wird Vater doch sicher zur Vernunft kommen, oder?", fragte Rebecca, als Flora und sie das elegante Briefpapier anstarrten. „Aus Essenseinladungen und solchem Unsinn hat er sich doch nie etwas gemacht. Hat er nicht langsam genug von ihr? Ich ganz bestimmt!"

„Ich glaube, er wird dich überraschen", erwiderte Flora.

Und das tat er. Vaters ernste Miene wich einem schwachen Lächeln, als er die Einladung las. „Priscilla hat mir gesagt, dass sie uns ihre Familie vorstellen möchte", sagte er.

„Vater! Du kannst doch unmöglich vorhaben, die Einladung anzunehmen!"

Er blickte Rebecca erstaunt an. „Natürlich nehmen wir sie an. Warum denn nicht?"

Sie wusste nicht, mit welchem der vielen Gründe sie anfangen sollte.

Als die Hawes an dem entsprechenden Abend bei dem Herrenhaus ankamen, wurden sie von der Witwe Worthington im Foyer begrüßt. Sie trug ein glänzendes Gewand mit üppigem Dekolleté. Schnell stellte sie die vornehmen jungen Leute, die mit ihr im Foyer warteten, als ihre zwei Nichten und drei Neffen vor, aber deren Namen vergaß Rebecca gleich wieder, weil sie sich so fehl am Platze fühlte, dass sie wünschte, sie könnte auf dem Absatz kehrtmachen und nach Hause rennen. Was machte sie hier in diesem schicken Haus bei diesen modischen Leuten? Sie war sich sicher, dass sie nichts mit ihnen gemein hatte. Das fing schon bei der eleganten Kleidung an.

„Meine Zofe wird euch zum Damensalon führen", sagte die Witwe, während sie Rebecca und Flora zu der geschwungenen Treppe schob. „Ihr könnt eure Umhänge dort ablegen und euch nach eurer Reise hierher ein wenig frisch machen." Dabei nickte sie dem wartenden Dienstmädchen zu und widmete dann ihre ganze Aufmerksamkeit Rebeccas Vater.

„Frisch machen?", flüsterte Rebecca ihrer Schwester zu, während sie die Treppe hinaufstiegen. „Frischer als jetzt war ich noch nie. Und was die ‚Reise' betrifft, so hätten wir den Weg hierher auch zu Fuß zurücklegen können."

Die Zofe öffnete die Tür zu einem aufwendig gestalteten Wohnzimmer. Die geblümte Tapete passte zum Stoff des Diwans, der wiederum im Einklang mit den schweren Vorhängen an den Fenstern stand. Es war eine drückende Atmosphäre. Auf der Kommode unter einem vergoldeten Spiegel lagen verschiedene Toilettenartikel zu ihrem Gebrauch. „Kann ich Ihnen helfen?", fragte das Dienstmädchen.

„Nein, danke", erwiderte Rebecca, doch dann hielt sie die Zofe doch zurück. Dienstboten waren oft eine gute Quelle für Klatsch und Tratsch und geheime Informationen – vor allem, wenn sie unzufrieden waren. Rebecca war entschlossen, die Wahrheit über die Witwe in Erfahrung zu bringen. „Warte … wie heißt du?"

„Mary, Miss."

„Und wie lange arbeitest du schon für Mrs Worthington, Mary?"

Verlegen starrte das Mädchen zu Boden. „Ich arbeite nicht für sie, Miss. Ich arbeite für Mr und Mrs Charles Worthington."

„Haben sie dich für den Abend ausgeliehen?"

Mary blickte verwirrt auf. „Nein … dieses Haus gehört ihnen – Mr und Mrs Worthington, meine ich. Sie sind noch in Frankreich."

„Aber ich dachte, Priscilla Worthington lebt hier. Das ist doch ihre Essenseinladung, nicht wahr?"

„Mrs Worthington musste hierherziehen, nachdem ihr Mann gestorben war. Mr Worthington ist ihr Schwager." Das Mädchen schob sich in Richtung Tür. „Wenn sonst nichts ist, Miss, dann gehe ich besser." Mit diesen Worten floh sie und schloss die Tür hinter sich.

„Siehst du? Wie ich es mir gedacht habe!" Rebecca warf ihr Umschlagtuch auf den Stuhl, auf dem die anderen Damen ihre abgelegt hatten. „Die Witwe ist verarmt und versucht Vater seines Geldes wegen zu heiraten. Wir müssen ihn warnen …" Sie verstummte, als sie sich zu Flora umwandte, weil sie überrascht feststellte, dass ihre Schwester den Tränen nahe war. „Flora, was ist denn?"

„Ich schäme mich so! Vater sieht in seinem feinen Anzug so vornehm aus, aber ich fühle mich in diesem Kleid wie Unkraut zwischen Rosen." Sie hob eine Stofffalte ihres abgetragenen Reisekleides hoch und ließ sie wieder fallen. Flora und sie hatten keine schicken Seidenroben, sondern nur einfache Kleider aus Baumwolle und Gabardine, die bequem und praktisch waren. Zur Schule trugen sie immer ihre Uniform.

„Hör mal, du siehst sehr hübsch aus. Aber hast du gehört, was die Zofe gerade über die Witwe gesagt hat?"

„Ich sehe gar nicht hübsch aus! Hast du denn nicht die Kleider der anderen Mädchen gesehen?"

Rebecca schüttelte den Kopf. „Die sind mir nicht aufgefallen. Ich war zu abgelenkt von dem Ausschnitt am Kleid der Witwe Worthington und davon, dass sie sich wie ein giftiger Efeu an Vater gehängt hat. Meiner Meinung nach ist er viel zu erpicht darauf, ihre

Rankhilfe zu sein. Jetzt, wo wir wissen, dass sie arm ist, müssen wir ihn warnen …"

„Wir sehen hier völlig unpassend aus, Becky. Die anderen Mädchen tragen alle die modischsten Reifröcke und Mieder – und sieh uns doch einmal an!"

„Wer braucht schon so unpraktische Reifröcke? Diese Mädchen kommen mit den dummen Dingern ja kaum durch eine Tür. Und bequem sitzen können sie auch nicht. Wenn die umfallen, kommen sie sicher nie wieder auf die Beine."

„Im Vergleich zu ihnen sehen wir so schlicht und farblos aus."

„Wahrscheinlich haben sie Zofen, die sie in ihre Korsette einschnüren und ihnen die Kleider zuknöpfen und ihnen die Haare machen. Und sie haben …" Beinahe hätte sie gesagt: *Mütter, die ihnen raten und mit ihnen einkaufen gehen können,* aber dann beherrschte sie sich gerade noch rechtzeitig. Außerdem hörte Flora ihr ohnehin nicht zu.

„Und sieh dir nur meine Haare an! Sie sind so langweilig! Ich kämme sie immer nur straff zurück und flechte sie und dann stecke ich den Zopf hoch. „Ich sehe aus wie diese vertrocknete alte Frau aus Deutschland, die jeden Tag an Deck des Schiffes ihre Runden gedreht hat."

Rebecca unterdrückte ein Kichern. Es stimmte, die Frau hatte die Haare genauso getragen wie Flora und sie. „Das ist doch gleichgültig", sagte sie und legte den Arm um Floras Schultern. „Ich bin mir ganz sicher, dass du viel klüger bist als diese beiden Reifrockmädchen zusammen."

„Aber ich will nicht klug sein", jammerte sie. „Nur einmal im Leben möchte ich hübsch sein!"

„Aber das bist du doch, Flora. Hier, sieh mal in den Spiegel." Sie drehte ihre Schwester um. „Siehst du? Du bist schlank und zierlich und hast ein reizendes Gesicht mit fesselnden Augen. Sie sind dunkel und geheimnisvoll wie die einer Spanierin. Meine dagegen sind blassblau."

„Du bist auch hübsch …", begann Flora, aber Rebecca unterbrach sie.

„Unsinn. Der Spiegel sagt mir etwas anderes. Aber jetzt hör zu. Wenn diese Leute da unten uns nach unseren Haaren und unseren Kleidern beurteilen, dann sind sie es nicht wert, dass wir unsere

Zeit mit ihnen verschwenden. Du und ich, wir sind interessante junge Damen, und wenn sie das nicht sehen, dann ist es ihr eigener Schaden."

„Wahrscheinlich hast du recht ... aber es ist mir trotzdem peinlich."

Rebecca betrachtete das blonde Haar ihrer Schwester, das sie streng aus dem Gesicht gebunden hatte. „Warum nimmst du nicht den Kamm und ziehst damit ein paar Strähnen heraus, wie die Witwe es tut?"

„Sieht es dann nicht unordentlich aus?"

„Meiner Meinung nach ja, aber was weiß ich schon? All die anderen Mädchen scheinen Strähnen um die Augen hängen zu haben." Flora nahm den Kamm und löste ein paar Strähnen aus ihrer Frisur, sodass ihr Gesicht sogar noch weicher und hübscher aussah als vorher. Auf einmal verspürte Rebecca einen Anflug von Neid.

„Soll ich bei dir auch ein paar Strähnen herausziehen?", fragte Flora, als sie fertig war.

„Nein, danke. Es würde mich ganz verrückt machen, wenn mir die Haare den ganzen Abend in die Augen hingen. Bist du so weit?" Flora nickte. Rebecca öffnete die Tür und blieb dann auf der Schwelle stehen. „Sag mal, ich könnte doch so tun, als wäre mir nicht gut, damit Vater uns nach Hause bringen muss. Dann können wir ihn warnen ..."

„Nein, mach das nicht. Es wäre sehr unhöflich. Schließlich hat sich die Witwe die Mühe gemacht, ein Abendessen für uns zu planen." Flora richtete sich auf, strich einige eingebildete Falten aus ihrem Kleid und setzte ihr reizendstes Lächeln auf. Die Tatsache, dass Flora sich keine Sorgen über die Tricks der Witwe machte und nicht gehen wollte, schien Rebecca wie ein böses Omen. Flora ließ sich wie ihr Vater von dem klebrigen Spinnennetz der Witwe einfangen. Das würde nicht gut enden.

„Wenn du es dir anders überlegst, kann ich mich immer noch auf Kommando übergeben", flüsterte Rebecca, als sie am Fuß der Treppe angekommen waren. Flora schüttelte den Kopf, sodass ihre losen Strähnen hübsch tanzten.

Rebecca konnte sich nicht erinnern, jemals einen qualvolleren Abend verbracht zu haben. Sie schlenderte mit ihrer Schwester durch den Salon, nippte an einer winzigen Tasse Punsch und lernte die uninteressanten Verwandten der Witwe kennen, darunter auch einen Cousin und seine Frau und eine Ansammlung von Nichten und Neffen, die praktischerweise ähnlich alt waren wie Rebecca und Flora. Die Witwe, so schien es, hatte selbst nie Kinder gehabt. Der geräumige Salon schien Rebecca zu eng, vollgestopft mit Möbeln und Nippes und Bronzestatuen und mit schweren Stoffen zugehängt wie ein Bestattungsunternehmen. Selbst die Kunstgegenstände waren langweilig und farblos – genau wie die Unterhaltung. Niemand sprach über irgendetwas Wichtiges, wie zum Beispiel die bevorstehenden Präsidentschaftswahlen, den Streit um die Abschaffung der Sklaverei oder die schwelenden politischen Unruhen zwischen den Nord- und Südstaaten. Vater hatte sehr besorgt gewirkt, als er zu Hause von diesen Dingen gelesen hatte, aber keiner der anderen Gäste machte sich Gedanken darüber. Verzweifelt auf der Suche nach einem anregenden Gesprächsstoff, erwähnte Rebecca den Roman *Onkel Toms Hütte* in der Hoffnung, mit den gleichaltrigen Mädchen darüber diskutieren zu können. Aber sie interessierten sich viel mehr dafür, über Mode zu reden.

„Ich habe gehört, dass Sie vor Kurzem aus Frankreich zurückgekommen sind", sagte eines der Mädchen. „Sie müssen uns sagen, was die Frauen in Paris tragen. Sind Tournüren dort immer noch in Mode? Und Reifröcke?"

„Darauf habe ich nicht geachtet. Ich war so gefesselt von den wundervollen Kunstwerken der großen Meister, die wir im Louvre gesehen haben."

„Und auch die ägyptische Sammlung", fügte Flora hinzu. „Wir haben einen antiken Obelisken gesehen, der mit Hieroglyphen übersät war, und erfahren, wie der Museumskurator, Monsieur Champollion, sie mithilfe des Steins von Rosette entziffert hat." Rebecca sah die verständnislosen Blicke und wusste, dass ihre Schwester genauso gut selbst hätte Ägyptisch sprechen können. Rebecca überlegte gerade, ob sie nicht doch noch ihren Fluchtplan in die Tat umsetzen und sich übergeben oder vielleicht ohnmächtig werden sollte, als einer der Neffen der Witwe neben sie trat. Wie hieß er noch gleich?

„Die Glocke zum Abendessen hat geläutet", sagte er. „Tante Priscilla hat mich gebeten, Sie zum Tisch zu geleiten." Er zeigte in Richtung Speisesaal, der lediglich ein Dutzend Schritte entfernt war.

„Danke, aber Sie können ihr sagen, dass ich den Weg alleine finde. Immerhin bin ich gerade erst durch ganz Europa gereist." Es sollte ein Scherz sein, aber er lächelte nicht und sein Blick war gequält, als er ihr den Arm darbot – als wäre sie zu schwach, um ohne Stütze zu laufen. Beim Tisch angekommen, hielt er den Stuhl für sie, damit sie sich setzen konnte, dann nahm er neben ihr Platz. Rebecca fragte sich, ob er ihr auch das Fleisch in Stücke schneiden würde. Sie hoffte, dass ihre Schwester neben ihr saß, damit sie sich nicht so fehl am Platze fühlte, aber ein anderer Neffe der Witwe ließ sich zu ihrer Linken nieder. Flora, die von einem dritten Neffen begleitet worden war, saß zu weit weg, als dass Rebecca mit ihr hätte sprechen können, ohne sich vorzubeugen und die Stimme zu erheben. Und sie wusste, das wäre unhöflich. Derweil zermarterte sie sich das Hirn, um sich an den Namen ihres Nachbarn zu erinnern, und schließlich fiel ihr ein, dass er Frederick hieß.

„Sagen Sie, Mr Worthington, was machen Sie eigentlich, wenn Sie nicht Jungfern in Nöten zum Esstisch geleiten?"

Er gab sich keine Mühe zu lächeln, nicht einmal aus Höflichkeit. „Ich werde in diesem Herbst zu meinen Studien an die Universität von Yale zurückkehren."

Zum zweiten Mal an diesem Abend war Rebecca ein wenig neidisch. Warum durften Männer an wunderbaren Universitäten wie Yale studieren und Frauen nicht? Beinahe hätte sie die Frage laut ausgesprochen, aber ein Bediensteter, der gerade einen Teller mit einer Fischspeise vor ihr platzierte, hielt sie davon ab. Um ihren Teller herum lag genug Silberbesteck für eine ganze Woche. Wo sollte sie nur anfangen? Sie wartete, um zu sehen, welche Utensilien Freddy benutzte. „Was haben Sie vor, wenn Sie Ihren Abschluss gemacht haben?", fragte sie, während sie seine Besteckwahl nachahmte.

„Jurist werden, glaube ich. Wenn ich nicht irre, ist es das, was Ihr Vater auch macht. Vor dem Essen hatte ich eine interessante Unterhaltung mit ihm."

„Meine Unterhaltung vor dem Essen drehte sich darum, ob Reifröcke in Paris in Mode sind oder nicht."

Er zuckte mit keiner Wimper und sprach weiter, als hätte sie nichts gesagt. „Wie ich höre, ist Ihr Vater ein hervorragender Investor. Ich würde gerne mehr von ihm lernen."

„Damit Sie viel Geld machen können? Ist das Ihr Lebensziel?"

Freddy geruhte, nicht zu antworten, also aß Rebecca pflichtbewusst ihren Fisch und wartete auf den nächsten Gang. Es waren Austern, für die man offensichtlich ein anderes Besteck brauchte. Nachdem sie beobachtet hatte, wie Freddy die Austern in Angriff nahm, beschloss sie, das Schweigen zu brechen. „Vater, Flora und ich haben den Stein der Rosette im Britischen Museum in London gesehen. Dort konnten wir auch einige faszinierende Gegenstände besichtigen, die Henry Layard im Nahen Osten entdeckt hat. Im Louvre gibt es ebenfalls einige assyrische Funde, aber die ägyptische Sammlung vom Tal der Könige war natürlich das *piece de resistance*." Sie versuchte nicht, ihn zu erstaunen oder gar zu beeindrucken. Sie wollte sich einfach nur mit jemandem unterhalten, der sich genauso für diese antiken archäologischen Entdeckungen interessierte wie sie. Aber seine fehlende Reaktion machte ihr deutlich, dass er kein Interesse hatte.

Auch wenn es unhöflich war, beugte Rebecca sich vor, um zu sehen, wie es ihrer Schwester erging. Vielleicht war jetzt der richtige Zeitpunkt gekommen, um an einem Stück Roastbeef zu ersticken. Aber Flora amüsierte sich prächtig, wie es schien, denn sie unterhielt sich lebhaft mit den beiden jungen Männern rechts und links von ihr. Ihrem vergnügten Lachen nach zu urteilen hatten sie Gesprächsstoff gefunden.

Schon lange vor dem Dessert schmerzte Rebeccas Kiefer von unterdrücktem Gähnen. Nach dem Essen ertrug sie einen quälenden Klaviervortrag der beiden Nichten der Witwe, die beide kein Taktgefühl hatten. Danach gab es weitere Gespräche. Es war unmöglich, Vater allein zu sprechen, damit sie ihm die Wahrheit über die Witwe sagen konnte. Aber als Rebecca hörte, wie ihr Vater lachte – lachte! –, wurde ihr wirklich übel. Es war der längste Abend ihres Lebens.

Kaum saßen sie zur Heimfahrt in ihrer Kutsche, wandte Rebecca sich an ihren Vater. „Wusstest du, dass das Haus gar nicht Mrs Worthington gehört? Es gehört ihrem Schwager. Sie musste dort einziehen, nachdem ihr Mann gestorben war, und das bedeutet ..."

„Ja, ich weiß. Sie hat es mir erzählt."

Seine Worte ließen Rebecca verstummen. „Das hat sie?"

„Natürlich. Aber ich wüsste nicht, was uns das angeht."

Es war ein Tadel. Rebecca wagte nicht, noch etwas zu sagen, bis sie zu Hause waren und Flora und sie sich für die Nacht in ihr Zimmer zurückgezogen hatten. „Was für ein schrecklicher Abend", stöhnte sie und ließ sich auf ihr Bett fallen. „Diese berechnende Witwe hat unseren Vater verhext. Die Unterhaltung war langweilig, die Musik entsetzlich, und" – sie hob Daumen und Zeigefinger in einer entsprechenden Geste – „ich war so kurz davor, in Ohnmacht zu fallen, nur um dem öden Frederick zu entfliehen. Wir müssen uns so bald wie möglich mit Vater zusammensetzen. Es gibt ein paar Dinge, die wir mit ihm zu besprechen haben."

„Das stimmt", erwiderte Flora. „Wir müssen ihm sagen, dass wir neue Kleider haben wollen. Und eine Zofe, die uns richtig frisiert."

„Was ist nur in dich gefahren, Flora? Hast du auch etwas von dem Zaubermittel der Witwe genommen?"

„Was meinst du? Ist das nicht der Grund, weswegen du mit Vater reden willst?"

„Wohl kaum! Ich will ihn davor warnen, dass die Witwe nur hinter seinem Geld her ist. Ich will ihn dazu bringen, dass wir in diesem Herbst die Schule wechseln dürfen und eine finden, in der wir herrliche Sachen wie antike Geschichte und Griechisch lernen. Du denn nicht?"

„Doch, sicher ..."

Am Abend darauf versuchte Rebecca nach dem Essen, die finanzielle Situation der Witwe anzusprechen, aber wieder wies ihr Vater sie zurecht. „Das geht uns nichts an, Rebecca. Lass es gut sein." Frustriert wechselte sie das Thema und sprach von ihrer Enttäuschung über ihre Schule. Flora warf ein, dass sie ein neues Kleid brauchte. „Gebt mir eine Woche Zeit, mir darüber Gedanken zu machen", erwiderte Vater. „Ich habe noch viel Arbeit nachzuholen, nachdem ich zwei Monate fort war."

Das Treffen, das er eine Woche später einberief, war ganz von den klebrigen Fingerabdrücken der Witwe geprägt. Diesmal führte er sie in seine Bibliothek. Wie zwei unzufriedene Angestellte nahmen sie auf den Ledersesseln vor seinem Schreibtisch Platz, während er seine Zigarre rauchte. „Es tut mir leid, dass ihr in all den Jahren keine Mutter hattet, die euch hätte raten können", begann er, „aber ich habe mit Mrs Worthington gesprochen und sie hat sich freundlicherweise bereit erklärt, euch die Orientierung zu geben, die euch bislang gefehlt hat."

„Was hat uns denn gefehlt?", platzte Rebecca heraus. „Wir sind beide die besten Schülerinnen unserer Klasse, wir sind unabhängig und für unser Alter reif …"

„Sie meint, ihr braucht Hilfe bei den Manieren und beim Zurechtmachen und bei einem weiblichen Betragen. Ähnliche Bedenken habe ich im Laufe der Jahre von eurer Schuldirektorin auch schon gehört, also ist es vielleicht an der Zeit, sich diesen Dingen zu widmen." Er zog an seiner Zigarre und fügte dann hinzu: „Mrs Worthington wird euch auch helfen, die gesellschaftlichen Beziehungen zu knüpfen, die ihr in den nächsten Jahren brauchen werdet."

Rebecca war es, als würden die Wände der Bibliothek um sie herum einstürzen und sie unter den Klassikern ihres Vaters begraben. „Ich verspreche dir, dass ich jedes Buch über Manieren lesen werde, das die Witwe empfiehlt. Ich werde sogar ein Dutzend Bücher darüber lesen. Aber vor allem möchte ich eine bessere Schule besuchen."

„Mrs Worthington hat mir versichert, dass die Schule, die ihr derzeit besucht, eine der besten in Chicago ist, um junge Damen auszubilden."

„Auszubilden wozu? Offenbar nicht dazu, ihr Gehirn zu benutzen."

„Sie meint, ihr werdet einmal Schwierigkeiten haben, einen geeigneten Ehemann zu finden, wenn ihr das seid, was die Gesellschaft ‚Blaustrümpfe' nennt – Frauen, die zu viel gelernt haben."

Rebecca war sprachlos. Sie sank auf ihrem Sessel zusammen, als hätte jemand ihr einen Schlag versetzt. Dann fragte Flora in die Stille hinein: „Wird Mrs Worthington uns auch helfen, neue Kleider auszusuchen?"

„Ja. Ich habe sie gebeten, euch gleich morgen Nachmittag einen Besuch abzustatten, wenn ich im Büro bin, damit ihr damit anfangen könnt."

Flora schien begeistert. „Das ist wunderbar, Vater. Danke."

„Verräterin …", murmelte Rebecca.

„Hm? Was hast du gesagt?", wollte Vater wissen.

„Ist es dein Ziel, dass wir reiche Männer heiraten, eine Familie gründen und Kinder bekommen?"

Er überlegte und atmete eine Rauchwolke aus, bevor er sagte: „Es scheint das Beste für euch zu sein."

„Aber ich würde nach meinem Schulabschluss gerne zur Universität gehen. Ich weiß, dass ich eine finden muss, die Frauen aufnimmt, und ich weiß auch, dass mir Jura und Medizin wahrscheinlich verschlossen bleiben, aber je mehr ich lerne, desto mehr möchte ich wissen. Hast du uns nicht immer gesagt, wir müssten Gottes Willen für unser Leben herausfinden? Was ist, wenn die Ehe gar nicht dazugehört?"

„Trotzdem möchte ich, dass ihr die Voraussetzungen habt, einen guten Ehemann zu finden. Mrs Worthington hat mir dafür ihre Hilfe angeboten." Einen Moment lang wirkte er nachdenklich, während er die Asche von seiner Zigarre klopfte. Dann sah er sie beide nacheinander eindringlich an. Rebecca hielt die Luft an, weil sie schon fürchtete, er würde jetzt seine Verlobung mit der Witwe kundtun. „Während wir in Übersee waren, ist ein wichtiger Klient von mir gestorben. Er hat keine Erben und hat mich zum Nachlassverwalter gemacht und auch zu einem der Erben seines beträchtlichen Vermögens. Sein unerwarteter Tod hat mich daran erinnert, dass ich vielleicht nicht immer für euch Mädchen da sein werde. Es würde mich beruhigen, wenn ich wüsste, dass ihr gute Ehemänner habt, die euch versorgen."

„Ich tue, was immer du willst, Vater", sagte Flora, während sie aufstand und den Arm ausstreckte, um seine Hand zu drücken. „Wir wollen, dass du noch viele Jahre zu unserem Leben gehörst."

Und in diesem ergreifenden Augenblick hatte Rebecca das Gefühl, dass ihr nichts anderes übrig blieb, als sich ebenfalls seinen Wünschen zu fügen.

☙

Am darauffolgenden Nachmittag kam die Witwe Worthington ins Foyer gerauscht und sah sich in ihrem vornehmen Haus um wie ein Verhungernder, der ein Bankett beäugt. Das Haus war zweifellos schön gewesen, als Vater es vor sechzehn Jahren hatte bauen lassen, aber die Einrichtung wirkte schäbig und unmodern verglichen mit der, die Rebecca in dem überfüllten Haus von Mrs Worthingtons Bruder gesehen hatte. Die Augen der Witwe leuchteten, so als könne sie es kaum erwarten, das Haus in die Finger zu bekommen – mit Vaters üppigem Wohlstand natürlich. „Ich bin bereits dabei, mich um eine Zofe für euch Mädchen zu kümmern", begann sie, als sie zu dritt im Salon saßen, der nur selten benutzt wurde. Die Bediensteten hatten die Schutzbezüge der Sitzmöbel entfernt und der aufgewirbelte Staub tanzte immer noch im Sonnenschein. „Es gibt mehrere Kandidatinnen, die in einem Vorstellungsgespräch befragt werden sollen, und …"

„Sie meinen von Flora und mir?", unterbrach Rebecca sie.

„Nein, ich werde das selbst übernehmen … und ich habe eine hervorragende Schneiderin, die anfangen kann, an euren neuen Kleidern zu arbeiten, sobald wir Maß genommen und die Modelle ausgewählt haben. Ihr werdet Kleider für Vormittagsbesuche brauchen und Abendkleider für Einladungen und Diners und gesellschaftliche Anlässe. Außerdem braucht ihr ein sogenanntes Promenadenkleid für Einkäufe und Reisen, etwas, das nicht zu bunt oder gewöhnlich ist. Accessoires wie Handschuhe und Hauben und Schuhe für verschiedene Gelegenheiten werden wir gemeinsam einkaufen gehen."

Rebecca schloss die Augen. Sie war jetzt schon erschöpft, dabei hatte die Witwe gerade erst angefangen. „Ihr müsst jede einen Duft haben", fuhr sie fort. „Einen, der unvergesslich ist und nur mit euch in Verbindung gebracht wird. Männer lieben Parfum. Euer Duft wird einen Mann an euch erinnern, sodass ihr ihn fesselt und immer in seinen Gedanken seid."

Oder besser gesagt, ihn erstickt, damit er keine Luft mehr bekommt, hätte Rebecca am liebsten gesagt. Die Bediensteten würden alle Fenster im Salon aufreißen müssen, wenn die Witwe und ihr unvergesslicher Duft gegangen waren.

„Mein Papierhändler druckt bereits Visitenkarten für jede von euch. Wenn ihr erst einmal gelernt habt, wie man sich benimmt, und für gesellschaftliche Belange korrekt gekleidet seid, werden wir einen Abend hier in eurem Haus planen, damit ihr lernen könnt, gute Gastgeberinnen zu sein. Neben allen anderen gesellschaftlichen Umgangsformen werdet ihr Haltung lernen müssen. Ich werde euch beibringen, wie man mit Dienstboten umgeht, ein Haus führt und die Gäste eurer zukünftigen Ehemänner bewirtet."

Flora lauschte gebannt, wie es schien. Sie saß auf der Vorderkante ihres Stuhls wie ein Schoßhund, der auf den Pfiff seines Herrchens wartet. „Viele dieser Dinge unterrichten sie schon in der Schule und …"

„Und diese Stunden finden wir todlangweilig", unterbrach Rebecca. „Sei doch ehrlich, Flora. Wir haben immer darüber gelacht, wie albern dieser Unterricht ist."

Die Witwe warf Rebecca einen mitleidigen Blick zu und fuhr dann fort, als wäre sie nicht unterbrochen worden. „Ich habe bemerkt, dass ihr beide beim Essen letzte Woche gelegentlich unsicher gewirkt habt. Aber ich kann euch zeigen, wie man aufmerksam zuhört und zurückhaltende Beiträge zur Unterhaltung leistet."

„Aber ich würde lieber intelligente Beiträge zur Unterhaltung leisten", sagte Rebecca.

„Das ist im Moment nicht wichtig, Rebecca."

„Für mich schon", murmelte sie und ließ sich in ihren Sessel zurückfallen.

„Auch eine angemessene Haltung werden wir üben", fügte die Witwe hinzu.

Am liebsten hätte Rebecca laut geschrien. Es gelang ihr jedoch, sich den restlichen langen Nachmittag über zu beherrschen, bis die Witwe endlich ging, mit dem Versprechen, für die vielen zukünftigen Lektionen, die sie gewiss brauchen würden, zurückzukehren. „Willst du wirklich all diese nutzlosen Dinge lernen?", fragte Rebecca ihre Schwester, als sie wieder allein waren. „Willst du eine perfekte Kopie der Witwe Worthington werden oder lieber dein wahres Selbst entdecken?"

Sie waren in ihr Zimmer hinaufgegangen und dort stand Flora mit bekümmerter Miene vor ihrem Schrank. Wahrscheinlich träumte sie von all den neuen Kleidern, die sie bald besitzen würden. „Vater scheint es sich in den Kopf gesetzt zu haben, aus uns richtige Damen zu machen", antwortete sie. „Ich möchte ihm diesen Gefallen tun."

„Unsinn! Die Witwe hat ihn irgendwie verzaubert; und jetzt denkt er, das wäre das Beste für uns. Das ist es aber nicht! Ich will nicht glauben, dass Gott uns unseren Verstand, unsere Neugier und die Liebe zum Lernen geschenkt hat, nur damit wir bei Essenseinladungen zurückhaltende Beiträge zur Unterhaltung leisten und mit aufrechter Haltung sitzen."

Flora schloss langsam die Schranktür und wandte sich zu ihr um. „Vielleicht können wir ja beides tun, Becky. Warum können wir nicht üben, richtige Damen zu sein, und trotzdem weiterlernen?"

„Das wird die Witwe niemals zulassen. Sie sagt, wir werden nie einen geeigneten Ehemann finden, wenn wir Blaustrümpfe sind. Aber ich will keinen geeigneten Ehemann, wenn er mir nicht erlaubt, ich selbst zu sein. Ich will jemanden heiraten, der das Lernen und das Reisen ebenso liebt wie ich. Du nicht auch? Sag mir die Wahrheit, Flora, dann lass ich dich für immer in Ruhe – glaubst du wirklich, dass du bis an dein Ende so leben könntest wie die Witwe? Wärst du mit einem Mann glücklich, der den Verstand, den Gott dir gegeben hat, nicht respektiert, sondern nur an einer Frau interessiert ist, die als Zierde an seinem Arm hängt?"

„Ich finde, wir sollten wenigstens versuchen zu lernen, was Mrs Worthington uns beibringt, Vater zuliebe. All die anderen Dinge, die wir wissen wollen, können wir selbst lernen. Außerdem haben wir noch ein paar Jahre Zeit, um zu entscheiden, wie unsere Zukunft aussehen soll, oder nicht?"

Am Ende gab Rebecca nach. Sie würde lernen, eine Dame zu sein, um ihrem Vater einen Gefallen zu tun und weil Flora eine sein wollte. Aber bei jedem Zugeständnis, das sie machte, schwor Rebecca sich, würde sie eine eigene Forderung aufstellen. Schon eine Woche später, bei einer von Vaters Besprechungen nach dem Abendessen, verhandelte sie in seiner Bibliothek mit ihm. „Mrs Worthington glaubt, dass ihr von Tanzunterricht profitieren würdet", begann er.

„Ich bin einverstanden, wenn wir auch Reitstunden nehmen können."

„Reitstunden? Wozu um alles in der Welt?"

„Für einige unserer Reisen nach Übersee müssen wir wissen, wie man mit einem Pferd umgeht. Die verlorene Stadt Petra liegt mitten im Nirgendwo."

„Ich werde Rufus sagen, dass er sich darum kümmern soll", sagte er. „Ihr solltet wissen, dass Mrs Worthington auch eine Klavierlehrerin für euch organisiert hat."

„Gut. Solange du auch einen Griechischlehrer für uns einstellst. Flora und ich hoffen, dass du im nächsten Sommer mit uns nach Griechenland fährst."

Resigniert seufzte er und drückte seine Zigarre aus. „Also gut."

„Und noch eins, Vater. Flora und ich bekommen nicht genügend sportliche Ertüchtigung. Wir müssen in der Lage sein, die Pyramiden hinaufzusteigen und abgelegenere Teile der Welt zu erkunden. Könntest du bitte in unserem Garten ein Reck errichten lassen?"

„Ich werde Mrs Worthington fragen, was sie davon hält."

„Bitte nicht. Sie versucht aus uns schwache Mädchen zu machen, die keine zehn Schritte gehen können, ohne in Ohnmacht zu fallen und nach dem Riechsalz zu greifen. Flora und ich sind gesund und kräftig und das wollen wir auch bleiben. Wir tun sonst alles, was die Witwe von uns verlangt, aber lass uns bitte das eine ... bitte!"

„Sportgeräte?"

„Ja! Erinnerst du dich an die biblische Geschichte von Daniel und seinen Freunden? Der König wollte, dass sie sein Essen aßen, aber sie weigerten sich und am Ende waren sie gesünder als alle anderen. Können wir nicht ein paar Dinge so machen, wie wir es mögen – bitte, Vater?"

„Also gut. Ich werde im Garten Sportgeräte anbringen lassen. Ich hoffe, das ist alles."

Rebecca schenkte ihm ihr lieblichstes Lächeln. „Ja, Vater ... im Moment."

Mrs Worthingtons wöchentliche Etikette-Lektionen in ihrem staubigen Salon waren voller Verbote: Iss nicht so schnell; iss niemals den Teller leer; mach bei Tisch keine ausladenden Handbewegungen; lies nie, wenn andere dabei sind. Sie bestand darauf, dass das Einkaufen zur höchsten Berufung einer Frau gehörte, und verbrachte Stunden damit, es ihnen beizubringen. Rebecca ertrug Einkaufstouren, Kleideranproben, Tanz- und Klavierunterricht, aber die Höhepunkte ihrer Woche waren ihre Reitstunden auf einem nahe gelegenen Gestüt, das Rufus für sie gefunden hatte, und ihr Griechischunterricht mit einem wild aussehenden Gelehrten namens Professor Vasilakis. Der Professor lehrte sie, klassische griechische Werke wie Homer zu lesen, aber er brachte ihnen auch moderne griechische Sätze und die richtige Aussprache bei, damit sie im nächsten Sommer Griechenland besuchen konnten. Als Kälte und Schnee sich über die Stadt legten, planten Rebecca und Flora ihre Reise in allen Einzelheiten.

Doch dann änderte sich alles.

Im November desselben Jahres, 1860, gewann Abraham Lincoln die Präsidentschaftswahlen und sieben Südstaaten sagten sich von der Union los. Dann, an einem sonnigen Morgen im April 1861, wachte Rebecca auf und erfuhr, dass die konföderierten Staaten bei Fort Sumter Truppen der Union bombardiert und zur Kapitulation gezwungen hatten. „Was bedeutet das?", fragte sie ihren Vater, der mit grimmiger Miene die aktuelle Ausgabe der Zeitung las.

Sorgfältig faltete er die Seiten zusammen und legte sie auf den Tisch. „Es bedeutet, dass zwischen den Staaten Krieg ausgebrochen ist. Ich hatte das schon befürchtet."

„Wird der Krieg bis Juni vorbei sein? Sodass wir nach Griechenland fahren können?"

Er schüttelte den Kopf. „Es tut mir leid, aber wir werden unsere Pläne aufschieben müssen. Meine Investitionen und Geschäfte benötigen meine ganze Aufmerksamkeit, bis die Sache vorüber ist."

„Und was ist, wenn du eine Begleitung für uns engagierst?"

„Es tut mir leid, aber möglicherweise ist es zu gefährlich, ins Ausland zu reisen, während Krieg herrscht."

Rebecca weinte nicht so schnell, aber jetzt war sie den Tränen nahe. „Aber in einem Jahr können wir doch reisen, oder? So lange wird der Krieg doch nicht dauern, oder?"

„Das kann ich mir nicht vorstellen. Einige Monate – ein Jahr höchstens. Aber ich kann mich auch irren."

Damit hatte er recht.

KAPITEL 6

Die Wüste Sinai
1890

Irgendwann während der Nacht war der Sandsturm verebbt und einer tiefen Stille gewichen. Die Sonne war noch nicht aufgegangen, als Rebecca von einem Albtraum erwachte, in dem Flora und die Witwe Worthington vorgekommen waren. Sie lauschte den gedämpften Geräuschen draußen vor dem Zelt, wo die Beduinen die Kamele beluden und alles zum Aufbruch und zur Weiterreise bereit machten. Der Geruch von Kerosin und gebackenem Brot drang herein. So leise wie möglich kleidete sie sich an, um Flora und Kate nicht zu wecken. Dabei zog sie Rock und Bluse über die langen Unterhosen und das Hemdchen. Unter ihren Füßen knirschte der Sand auf der Unterlegplane, als sie in ihre derben Stiefel stieg und ihre Jacke überzog. Dann band Rebecca den Zelteingang los und schlüpfte durch die Öffnung hinaus. Doch erschrocken wich sie zurück. Der beduinische Scheich saß auf einem Felsvorsprung, keine zwei Meter von ihrem Zelt entfernt, sein antikes Gewehr im Arm.

„Ach, du liebe Güte!", rief sie und presste eine Hand auf ihr hämmerndes Herz. „Ich hatte nicht erwartet, Sie auf meiner Türschwelle zu finden!" Das habichtartige Gesicht des Scheichs zeigte überhaupt keine Emotionen, während er an ihrem Zelt vorbeistarrte. Er war ein Furcht einflößend aussehender Mann, wie ein Schurke aus einem Groschenroman. Das Gewehr hielt er, als würde er einen hohen Würdenträger beschützen. Schnell hatte sich Rebecca wieder gefangen und ging zu der Stelle, an der ihr Koch auf dem Reisekocher Fladenbrote zubereitete.

Petersen, ihr junger Butler, war auch schon auf und angekleidet. Er deckte gerade den Klapptisch für das Frühstück. Als er Rebecca sah, eilte er herüber und begrüßte sie mit einer Verneigung. „Guten Morgen, Miss Rebecca. Ihr Tee ist gleich fertig. Ich hoffe, Sie und Miss Flora konnten bei dem Sturm schlafen."

„Ja, am Ende haben wir ganz gut geschlafen. Und Sie?"

Wieder verneigte er sich. „Machen Sie sich um mich keine Gedanken, Miss Rebecca." Unzählige Male hatte sie Petersen gesagt, dass er mit ihr und Flora nicht so förmlich reden musste und dass seine unterwürfigen Verbeugungen völlig unnötig waren, vor allem hier draußen in der Wüste. Aber ihre Worte hatten an seinem Verhalten nichts geändert. Sie streckte die Hände in Richtung Kocher, um sie zu wärmen, während Petersen eine Tasse nebst Untertasse für sie organisierte und dazu das Teesieb. Sie hatte ihm auch schon oft erklärt, dass er sie nicht bedienen musste, aber auch das hatte keinerlei Wirkung gezeigt. Er reichte ihr eine Tasse mit herrlich starkem Tee und zog dann mit einer eleganten Bewegung einen Falthocker hervor, damit sie sich setzen konnte.

Sören Petersen war so groß und dünn wie eine Birke und sehr, sehr blond. Es war gar nicht so einfach, am Tag seine helle Haut vor der Wüstensonne zu schützen. Ohne Schutz wurde er so rot wie ein Granatapfel. Ihr Agent, Mr Farouk, hatte ihm ein fließendes weißes Gewand mit Kapuze besorgt, das er über seiner Kleidung trug. Aber darin sah er nicht wie ein Beduine aus, sondern zur Belustigung aller eher wie ein Geist. Petersen mochte dünn sein, aber er war durchaus gesund und kräftig. Rebecca hatte gesehen, wie er am Reck im Garten Klimmzüge machte, wenn er sich unbeobachtet glaubte. Sie erlaubte nur ihm, ihre schwere Kameraausrüstung zu berühren und zu tragen.

„Nehmen Sie sich doch selbst auch einen Tee und setzen Sie sich zu mir, Sören." Sie nannte ihn absichtlich hin und wieder beim Vornamen, weil sie hoffte, sie könnte sein eisiges Äußeres durchdringen und hinter seiner Reserviertheit den wahren Sören Petersen entdecken, aber ihre Versuche, herzlich zu sein, machten ihn nur noch mürrischer. Schon oft hatte sie sich gefragt, ob diese unterkühlte Art ein Überbleibsel seiner skandinavischen Wurzeln war oder ob sie in den kalten grauen Mauern des Waisenhauses von Chicago ihren Ursprung hatte. „Bitte, Sören. Setzen Sie sich", sagte sie, als er zögerte. „Ich könnte heute Morgen ein wenig Gesellschaft gebrauchen. Das ist ein Befehl." Letzteres fügte sie hinzu, obwohl sie es nicht gerne tat, damit er ihrer Aufforderung auch wirklich Folge leistete.

„Gewiss, Miss Rebecca." Er zog eine Kiste näher, um sich daraufzusetzen, und füllte einen verbeulten Zinnbecher mit Tee. Aus beiden Tassen stieg der Dampf in die kühle Luft auf.

„Finden Sie es nicht auch erstaunlich, dass die unberechenbaren Wüstentemperaturen von bratpfannenheiß während des Tages bis zähneklappernd kalt des Nachts schwanken?", fragte sie.

„Doch, Miss Rebecca." Petersen wirkte in keiner Weise erstaunt.

„Haben Sie schon einmal so ein Wetter erlebt mit solch extremen Temperaturen und heftigen Sandstürmen?"

„Nein, Miss Rebecca."

Sie beobachtete, wie Mr Farouk wie eine Ameise durch das Lager huschte, die Heringe des Zeltes herausriss, in dem Petersen und er geschlafen hatten, und ihre Decken und Reiseutensilien neben den Dingen und Lebensmitteln stapelte, die auf den Kamelen befestigt werden sollten. Mit seinen kurzen dünnen Beinen, dem runden Leib und dem dunklen, glänzenden Haar erinnerte Mr Farouk Rebecca an einen Käfer. Er und Sören waren so unterschiedlich wie ein Wolfshund und ein Dackel. Sie blickte zu den blasser werdenden Sternen und dem kahlen Panorama auf, das in der Dämmerung allmählich Gestalt annahm. „Nach dem Sturm von vergangener Nacht glaube ich zu verstehen, warum diese Berge hier so öde und unfruchtbar sind. Der Wind und der Sand schmirgeln alles fort, wie die Borsten eines Besens einen gepflasterten Gehweg von allem befreien."

„So scheint es, Miss Rebecca."

„Was halten Sie bis jetzt von der Wüste? Sehen Sie hier irgendwelche Schönheit?"

„Nein, Miss Rebecca." Sich mit Petersen zu unterhalten, erinnerte sie an den mühseligen Vorgang, Wasser aus einem Brunnen zu schöpfen, den sie einmal im Heiligen Land gesehen hatte. Das Wasser war bestimmt einhundert Meter unter ihnen gewesen und man konnte es nur erreichen, indem man auf spiralförmig angeordneten schmalen Steinstufen in einen tiefen Schacht hinabstieg, bis man irgendwann am Boden ankam. Dort hatte sie einen Eimer an einem Seil noch tiefer in die Erde absenken müssen, um an das Wasser zu gelangen. Als sie fertig war, hatte sie mehr Durst gehabt als zu Beginn. Mit Petersen zu sprechen, schien ebenso mühsam und sie fragte sich, ob sich die Mühe lohnte.

„Haben Sie eine Ahnung, warum der Scheich heute Morgen vor unserem Zelt Wache hält?", fragte sie, während sie in ihren Tee pustete, um ihn ein wenig abzukühlen.

„Nein, Miss Rebecca. Er saß heute Morgen schon so da, als ich aufstand."

Sie sah zu, wie die beduinischen Kameltreiber eilig ihre Arbeiten verrichteten, ihre Kamele fütterten und die dicke Schicht Sand von den Sätteln und allem anderen wischten, das über Nacht draußen geblieben war. Rebecca hoffte nur, dass der Sand nicht ihre Kamera oder die Objektive beschädigt hatte. Der Scheich erhob sich von seinem Wachposten bei ihrem Zelt und betrachtete den Himmel im Osten, während die Sterne nach und nach im zunehmenden Morgenlicht verblassten. Auf seinen Befehl hin ließen alle Männer, auch Mr Farouk und der Koch, ihre Arbeit stehen und liegen und rollten ihre Gebetsteppiche aus, um niederzuknien und zu beten. Dieses Ritual wiederholten sie fünfmal am Tag: vor Sonnenaufgang, wenn sie zu Mittag Rast machten, bei einer Rast am Nachmittag, vor Sonnenuntergang und ein letztes Mal, bevor sie schlafen gingen.

„Was halten Sie von diesem gewissenhaften Beten, Petersen? Haben Sie bemerkt, dass die Männer fünfmal am Tag beten?"

Petersen zögerte so lange mit einer Erwiderung, dass sie nicht sicher war, ob er überhaupt antworten würde. „Ich finde, sie vergeuden ihre Zeit", sagte er schließlich.

„Hmm ... Wollen Sie damit sagen, dass alles Beten eine Zeitverschwendung ist? Oder dass sie ihre Zeit vergeuden, weil sie nicht zu dem Gott der Bibel beten?"

Petersen starrte auf den Becher in seiner Hand hinunter und drehte ihn langsam, als müsste er verhindern, dass das heiße Metall seine Haut verbrannte. Er hatte lange, anmutige Finger – Künstlerhände –, obwohl er kein bisschen fantasievoll oder künstlerisch war, soweit Rebecca das beurteilen konnte. Seit sie ihn vor zwei Jahren als Butler angestellt hatten, war er mit Flora und ihr in die Kirche gegangen, aber in dieser Zeit hatte er nicht zu erkennen gegeben, ob er etwas von all dem glaubte oder nicht. Rebecca hatte ihn schon lange danach fragen wollen – sie mochte den jungen Mann und machte sich Sorgen um seine unsterbliche Seele –, aber Flora bestand darauf, dass sie Geduld haben sollten. Wenn er so weit sei, werde er schon offenbaren, was er dachte und glaubte, hatte sie gesagt. Trotzdem hatte Rebecca beschlossen, die Gunst der Stunde zu nutzen, um seine Meinung in Erfahrung zu bringen, während sie die Beduinen bei ihrem morgendlichen Gebet beobachteten.

„Ich weiß nicht", sagte Petersen schließlich. „Was halten Sie denn von der Religion dieser Leute, Miss Rebecca?"

„Also, sie haben recht, wenn sie sagen, dass es nur einen Gott gibt und nicht mehrere. Aber nachdem ich gehört habe, wie Muslime beschreiben, wie ihr Gott ist und was er von den Gläubigen verlangt, muss ich zu dem Schluss kommen, dass sie nicht denselben Gott kennen wie ich."

Petersens eisblaue Augen blickten einen Moment lang in ihre, so als bitte er um eine Erklärung.

„Man könnte es so erklären", sagte sie. „Nehmen wir an, ich würde fragen: ‚Kennen Sie John Smith?', und Sie antworten: ‚Ja, ich kenne ihn sehr gut'. Aber wenn wir dann über John sprechen und ich ihn als groß und schlank mit roten Haaren beschreibe und Sie daraufhin sagen: ‚Nein, Sie irren sich. John ist klein und dick und kahlköpfig', dann ist es doch klar, dass wir nicht denselben John Smith meinen, nicht wahr?"

„Das leuchtet ein, Miss."

„Ihr Gott ist ganz anders als unserer. Trotzdem", sagte sie und zeigte auf die sich verneigenden Männer, „wären wir Christen gut beraten, wenn wir immer wieder während des Tages unsere Arbeit niederlegen und beten würden, meinen Sie nicht? Immerhin hat der Apostel Paulus gesagt, wir sollen ohne Unterlass beten. Aber zurück zu meiner Frage, Petersen. Meinen Sie, alles Beten ist eine Zeitverschwendung …?"

„Guten Morgen, guten Morgen!", unterbrach Floras fröhliche Stimme sie, bevor Rebecca den Satz beenden konnte. „Seht euch nur den Sonnenaufgang an. Was für ein herrlicher Anblick!" Sie zeigte auf die Stelle, an der der Himmel sich rosa und violett färbte. „Und der Sand hat uns letzte Nacht doch nicht bei lebendigem Leibe begraben, also haben wir heute Morgen viel Grund zur Dankbarkeit, nicht wahr?"

„Gewiss, Miss Flora." Beim Klang ihrer Stimme war Petersen sofort aufgesprungen und lief jetzt, um einen Falthocker und eine Tasse Tee für sie zu holen. Als sie sich gesetzt hatte, hob er vorsichtig den Klapptisch mit dem Frühstück hoch, das der Koch zubereitet hatte, und stellte ihn zwischen Rebecca und Flora.

„Danke, Petersen. Das sieht wundervoll aus", sagte Flora. „Sie können sich gerne zu uns setzen und mitessen, wissen Sie. Hier draußen in der Wüste Sinai gibt es keinen Grund für Förmlichkeiten."

„Ich muss Ihre Sachen packen, Miss Flora." Er öffnete für sie die Dose mit Dattelhonig, als er sah, dass sie sich damit abmühte. Dann sagte er: „Sollte Ihre Zofe Ihnen nicht helfen?"

Flora lächelte zu ihm auf. „Ich lasse Kate ein bisschen länger schlafen, die Arme. Der Sturm in der Nacht hat sie nicht schlafen lassen."

„Er hat uns alle nicht schlafen lassen, Miss. Sie ist da keine Ausnahme." Petersen sah aus, als hätte er am liebsten die Zeltplane zurückgerissen und die schlafende Kate von ihrem Feldbett gezerrt. Stattdessen verneigte er sich ein wenig, nahm wortlos die Kiste, auf der er gesessen hatte, und stapfte davon, damit Kate keinen Sitzplatz hatte, wenn sie endlich aufstand. Rebecca sah, wie er auch die anderen Falthocker einsammelte und in der Nähe der angebundenen Kamele stapelte, weil er wusste, dass Kate sich nicht in die Nähe der launischen Tiere trauen würde. Dann kehrte er zum Zelt zurück und trug die sperrige Kameraausrüstung ebenfalls zur Karawane, bevor er das Gleiche mit seinem ordentlich zusammengerollten Bettzeug und der Reisetasche tat.

„Was meinst du, warum Petersen Kate so sehr hasst?", fragte Rebecca, als Flora ihr den Dattelhonig reichte. Der klebrige Sirup schmeckte köstlich auf dem frisch gebackenen Fladenbrot des Kochs.

„Er hasst sie nicht. Hass ist ein so starkes Wort. Aber ich frage mich, ob er vielleicht etwas eifersüchtig auf sie ist. Was denkst du?"

„Du meinst, weil er uns mehr als ein Jahr lang für sich hatte, bevor wir Kate aufgenommen haben?"

„Ja. Und weil sie aus ganz anderen Gründen zu uns kam als er. Seit dem Tag, als sie uns beraubt hat, traut er Kate nicht über den Weg."

„Petersen hat sehr starre Ansichten, was Verbrechen und Strafe betrifft", erwiderte Rebecca. „Ich glaube, es wäre ihm lieber gewesen, wenn wir Kate ins Gefängnis geschickt hätten. Oder in ein dunkles, feuchtes Verließ. Oder sogar an den Galgen. Ich glaube, es wäre ihm immer noch lieber."

„Ich glaube nicht, dass es so schlimm ist. Petersen will dich und mich nur beschützen, das ist alles. Das liegt in seinem Wesen. Er kann nicht anders."

„Wer sagt denn, dass wir Schutz brauchen?", entgegnete Rebecca stirnrunzelnd. „Sind wir beide nicht in all den Jahren bestens zurechtgekommen? Wann hatten wir schon einmal Angst, alleine zu reisen?"

Flora lächelte. „Das stimmt, Becky. Wir sind ganz furchtlos, nicht wahr? Wir brauchen Petersen nicht und Kate brauchen wir eigentlich auch nicht. In der Wüste Sinai braucht niemand eine Zofe oder einen Butler." Sie lachte und beugte sich vor, um hinzuzufügen: „In Wahrheit brauchen Kate und Sören *uns*. Haben wir sie nicht deshalb mitgenommen?"

Rebecca aß noch einen Bissen von ihrem Brot. „Ja, aber diese beiden Armen hatten ja keine Ahnung, was sie da freiwillig auf sich genommen haben, oder?" Flora und sie lachten noch immer, als Kate endlich aus dem Zelt kroch, verärgert und ungepflegt, die roten Haare vom Schlaf zerzaust.

„Was gibt es da zu lachen?", fragte sie und verschränkte die Arme vor der Brust. Sie hatte genug Feuer und Mumm für ein Mädchen, das dreimal so groß war wie sie. Rebecca dachte an die Lektionen in damenhaftem Betragen, die Mrs Worthington ihr damals hatte einimpfen wollen, und sie lächelte angesichts der Ironie, dass sie jetzt selbst versucht war, einer anderen jungen Frau damenhaftes Betragen beizubringen.

„Wir genießen nur den Morgen", sagte Flora. „Und diesen herrlichen Dattelhonig. Komm und iss etwas mit uns."

„Ich habe keinen Hunger."

„Aber später wirst du welchen bekommen. Wir haben heute eine lange Reise vor uns."

Kate schnaubte und verdrehte die Augen. „Woher wissen diese dummen Kameltreiber überhaupt, wohin sie gehen?"

„Also, du darfst die Leute nicht als dumm bezeichnen, Katie, Liebes", sagte Flora mit erhobenem Zeigefinger.

„Sehen Sie sich doch nur um!", fuhr sie ungeachtet dessen fort. „Hier gibt es nichts als Steine! Keine Straßen oder Schilder, die einem den Weg weisen, nur Kilometer um Kilometer nichts! Was ist, wenn wir uns verlaufen haben und sie es nur nicht zugeben wollen? Woher sollen wir wissen, ob wir überhaupt in die richtige Richtung reiten? Wer weiß schon, wohin sie uns bringen?"

„Du hast recht, all das wissen wir nicht", sagte Rebecca. „Wir müssen ihnen und Mr Farouk einfach vertrauen."

Kate warf die Arme in die Luft. „Na, das ist ja fantastisch! Wir könnten alle hier draußen sterben und es würde keinen Menschen kümmern!"

Sie wäre hübsch, dachte Rebecca, *wenn sie nicht so stachlig wie eine Drahtbürste wäre.* „Trink erst einmal einen Tee, meine Liebe. Irgendwo muss es noch eine Tasse geben." Sie hörte ein rauschendes Geräusch und drehte sich um. Petersen hatte die Mittelstange aus einem Zelt gezogen, sodass es in sich zusammenfiel und die Luft hörbar entwich. Gleich darauf kroch er unter der Plane hervor, die Stange in der Hand, und sah aus, als wollte er sie Kate über den Schädel ziehen.

„Da bist du ja", knurrte er. „Wird auch Zeit. Ist in eurem Zelt alles gepackt? Wir müssen aufbrechen, bevor die Sonne zu heiß wird."

Sie funkelte ihn an, das Kinn trotzig vorgereckt. „Packen Sie es doch selbst, wenn Sie es so eilig haben."

„Das ist deine Aufgabe, Kate. Eine, für die du gut bezahlt wirst, wie du weißt."

Sie schnaubte verächtlich. „Ich würde lieber wieder in der Hemdenfabrik arbeiten als an Ihrer Seite!" Sie fuhr herum und stapfte ins Zelt zurück.

„Diese Fabrik hat dich bestimmt gefeuert!", rief Petersen ihr nach. „Wahrscheinlich aus gutem Grund!" Kate verschwand im Zelt und riss die Zeltplane hinter sich zu, als würde sie eine Tür zuknallen. Eine Dusche aus Sand regnete von dem schrägen Zeltdach. „Ich weiß, dass ich wahrscheinlich nicht das Recht habe, das zu sagen", bemerkte Petersen, während er ihr nachblickte, „aber sie sollte nicht so respektlos sein."

„Da haben Sie völlig recht", sagte Rebecca lächelnd. „Vielleicht sollten wir sie umgehend nach Hause schicken. Ganz allein. Durch die Wüste."

„Es geschähe ihr recht, Miss Rebecca."

„Ehrlich gesagt, glaube ich, dass ihr das sogar das Liebste wäre", fügte Flora lachend hinzu.

Rebecca hörte die Rufe von Männern und stand auf, um zu sehen, was los war. Die Beduinen hatten ihr Gebet beendet und der Scheich und Mr Farouk stritten sich. Der Scheich stand wild gestikulierend vor dem kleinen Mann, so als wollte er ihn wie einen Kegel umstoßen. Aber was Rebecca beunruhigte, war die Tatsache, dass er auf ihr Zelt zeigte und dabei mit seinem Gewehr wedelte. Sie eilte auf die Männer zu, aber der Scheich stapfte davon, noch bevor sie bei ihnen war. „Was ist los, Mr Farouk?", fragte sie den klein gewachsenen Agenten.

„Es ist nichts, Miss. Keine Sorge."

„Ich habe deutlich gehört, wie Sie sich gestritten haben. Und warum saß der Scheich heute Morgen mit seinem Gewehr vor meinem Zelt?"

„Keine Sorge. Ich kümmere mich um ihn." Er verneigte sich mehrmals und machte einige Schritte rückwärts, bevor er davoneilte, um den Kameltreibern beim Beladen der Karawane zu helfen. In ihrer Eile befestigten die Männer eine Kiste mit Hühnern verkehrt herum, sodass wütendes Gekreische und Federnschlagen die Folge war, während das Geflügel sich neu sortierte. Einer der Männer half Rebecca, auf das liegende Kamel zu steigen, und dann stand es schwankend auf, sodass sie kurz nach hinten geworfen wurde, während das Tier die Vorderbeine ausstreckte. Schließlich wurde sie wieder aufgerichtet, als das Kamel sich auf die Hinterbeine erhob. Das Ganze war völlig anders, als auf einem Pferd zu reiten. Erstens saß Rebecca ziemlich hoch über dem Erdboden. Zweitens waren Kamele viel mürrischer als Pferde. Man konnte sich unmöglich mit ihnen anfreunden, vermutete sie, selbst ihre eigenen Kameltreiber schafften das nicht. Die schaukelnde Bewegung, wenn die Tiere liefen, erinnerte sie an eine Segelfahrt auf einer sehr stürmischen See. Ihr armer Vater wäre zweifellos seekrank geworden, wenn er auf einem solchen Tier hätte reiten müssen. Und Kamele rochen auch sehr viel strenger als Pferde. Trotzdem waren Flora und sie das Kamelreiten aus vergangenen Reisen bereits gewohnt. Petersen und Kate taten sich viel schwerer, vor allem, da sie kein Ziel hatten, das sie am Ende ihrer Reise erreichen wollten, so wie es bei ihr war. Anders als Rebecca waren sie nicht von der Vorfreude auf die Entdeckung und das erhebende Gefühl erfüllt, endlich ein lange verborgenes Geheimnis zu enthüllen.

Sie waren ungefähr eine Stunde geritten, als Rebecca feststellte, dass Kate neben ihr ritt, und sie beschloss, sich mit dem Mädchen zu unterhalten. „Darf ich dich etwas fragen, Kate? Du hast heute Morgen erwähnt, dass du lieber in der Hemdenfabrik arbeiten würdest als für Flora und mich. Ich weiß aus eigener Erfahrung, welche schrecklichen Arbeitsbedingungen in diesen Fabriken herrschen, deshalb habe ich mich gefragt, ob du bei uns wirklich unglücklich bist. Denn wenn es so ist, dann möchte ich dich um Verzeihung dafür bitten, dass wir dich hierher mitgeschleppt haben. Flora und ich haben versucht, dich auf das vorzubereiten, was dich hier erwarten würde, und ich dachte, wir hätten dir ganz klargemacht, dass du auch in Chicago hättest bleiben können, wenn es dein Wunsch gewesen wäre. Wir wollten dir die Entscheidung überlassen, ob du mitkommst oder nicht."

„Ich weiß, ich weiß. Ich bin selbst schuld, weil ich Ja gesagt habe", gab sie widerwillig zu.

„Darf ich fragen, warum du beschlossen hast mitzukommen?"

„Ich dachte, in der Stadt zu bleiben und auf der Straße zu leben, kann auch nicht schlimmer sein." Sie lachte auf. „Da sieht man mal, wie man sich täuschen kann! So habe ich mir das nicht vorgestellt." Sie zeigte auf die endlosen Hügel, so unfruchtbar und braun und faltig wie eine alte Kartoffel.

„Das tut mir leid, Kate. Ich bin sicher, du hast in deinem Leben schon genug durchgemacht. Flora und ich wollten dem nicht noch mehr Beschwernis hinzufügen."

„Ich habe kein Problem mit Ihnen und Miss Flora ... Was Petersen betrifft, so kann ich das allerdings nicht behaupten."

„Er macht nur seine Arbeit."

Sie stieß einen Seufzer aus, so endlos wie der wolkenlose Himmel. „Es ist nur ... Ich weiß nicht ... Ach, ist auch egal."

„Sprich mit mir, Kate. Du kannst mir alles sagen, was du willst. Wir haben den ganzen Tag Zeit."

Es dauerte lange, bis Kate antwortete, und als sie es tat, klang ihre Stimme kleinlaut und bedrückt, ganz anders als die forsche Kate Rafferty, die Rebecca kannte. „Ich fühle mich hier draußen so verloren. Und mit jedem Schritt, den wir uns weiter von zu Hause entfernen, komme ich mir noch verlorener vor. Alles ist so … anders! In Chicago komme ich gut alleine klar, da brauche ich niemanden. Aber hier draußen fühle ich mich so … klein."

„Hier sind wir aufeinander angewiesen, nicht wahr? Vor allem brauchen wir Mr Farouk und die Beduinen."

„Aber das gefällt mir nicht. Ich bin nicht gerne von jemand anderem als mir selbst abhängig. Woher sollen wir wissen, dass wir ihnen trauen können? Und der Scheich starrt mich immerzu an."

Rebecca konnte nur ahnen, was Kate in ihrem kurzen Leben schon alles mitgemacht hatte, wenn ihr Vertrauen in andere Menschen so gründlich zerstört war, dass sie sich nur noch auf sich selbst verließ. „Mr Farouk wurde uns vom Erzbischof von Kairo empfohlen", erwiderte Rebecca. „Er hat die besten Referenzen. Aber du hast recht, wir wissen wirklich nicht, ob wir diesen Männern trauen können. Aber wir dienen einem Gott, der ganz und gar vertrauenswürdig ist, und Flora und ich glauben, dass er uns auf dieser Expedition führt. Wir sind seine Dienerinnen, so wie Petersen und du unsere Bediensteten seid. Wir gehorchen Befehlen, genau wie ihr."

Als Kate nicht antwortete, warf Rebecca ihr einen Blick zu und sah, wie sie vornübergebeugt auf dem schwankenden Tier saß, das Kinn gesenkt. Ihr Strohhut war mit dünnem Leinen zugehängt, um sie vor der Sonne zu schützen, deshalb konnte Rebecca ihr Gesicht nicht sehen. Sie fragte sich, ob Kate weinte. Seitdem Rebecca sie kannte, hatte Kate Rafferty noch nie geweint. Das arme Kind war hier so fehl am Platze wie die dunkelhäutigen Beduinen es in den Straßen von Chicago wären. „Ist alles in Ordnung?", fragte Rebecca.

„Ja", schniefte sie. „Ich mag es nur nicht, wenn ich mich so klein fühle."

„Das verstehe ich. Aber denk doch nur daran, was du alles verpasst hättest, wenn du daheimgeblieben wärst. Du hättest nie die Weite des Meeres gesehen oder die salzige Luft geschmeckt oder die ungeheure Kraft der Wellen erlebt. Du hättest keine Menschen aus anderen Ländern und Kontinenten kennengelernt, hättest nie ihr Essen probiert und nicht entdeckt, wie wunderbar unterschiedlich wir alle sind. Du hättest nie die Berge oder Palmen oder Krokodile im Nil gesehen … und wärst nie auf einem Kamel geritten. All diese Erinnerungen kannst du mit nach Hause nehmen und sie begleiten dich, solange du lebst. Es mag sein, dass du deinen Besitz verlierst, so wie es bei Flora und mir einmal war, aber deine Erinnerungen kann dir niemand nehmen."

„Das gilt aber auch für die schlechten."

Diese Antwort schockierte Rebecca. So eine negative Sicht bei einem so jungen Menschen. „Vielleicht werden all deine schlechten Erinnerungen unter einem Haufen neuer begraben sein, wenn wir wieder nach Hause zurückkehren", sagte sie sanft.

„Falls wir jemals wieder zu Hause ankommen", murmelte Kate.

Rebecca wollte etwas erwidern, ließ es dann aber. Flora hatte ihr geraten, sie solle nicht versuchen, auf Kate oder Petersen einzuwirken, um sie zu verändern, sondern den Allmächtigen seine Arbeit tun lassen. Da ein langer Tag vor ihr lag, beschloss Rebecca, in den reichen Schatz ihrer eigenen Erinnerungen einzutauchen und durch die Zeit zurückzureisen, wie sie es in der Nacht getan hatte, um einige ihrer vielen Erlebnisse noch einmal zu durchleben – die guten wie die schlechten.

KAPITEL 7

Chicago
1862
Achtundzwanzig Jahre früher

Der Krieg zwischen den Staaten wütete weiter und ein Ende war nicht in Sicht, als Rebecca siebzehn wurde. Sie und ihre Schwester waren inzwischen fest in Mrs Worthingtons Spinnennetz aus Etikette, Anstandsregeln und gesellschaftlichen Verpflichtungen gefangen. Sie nahmen an Essenseinladungen und Bällen teil zusammen mit jungen Männern und Frauen, die Rebecca merkwürdig ansahen, wann immer sie versuchte, über Themen zu reden, die sie interessierten. Die Welt, in die sie gezwängt wurde, fühlte sich für ihre Begriffe viel zu klein an.

Alles um sie herum wurde anders. Die Witwe hatte auch einen Inneneinrichter beauftragt, der ihr friedliches Zuhause von einem Ort stiller Studien in ein Irrenhaus verwandelte, indem die Arbeiter einen Raum nach dem anderen renovierten, Möbel umstellten und Vorhänge anbrachten. Selbst die Bediensteten mussten lernen, wie man sich verneigt und knickst und Gäste angemessen begrüßt. Griffin, ihr Butler, fühlte sich äußerst unbehaglich, wenn er in Abendgarderobe die Tür öffnen musste. Bei Mrs Griffin schien die weiße Haube immer schief zu sitzen und ständig gab es Flecken auf ihrer neuen gerüschten weißen Schürze. Rebecca hoffte, dass die Hauswirtschafterin das absichtlich machte. Ihr Kutscher Rufus sah in seinen polierten Stiefeln und der auffälligen Livree wie eine Karikatur seiner selbst aus. Gewiss wünschten sie sich ihr altes Leben ebenso zurück, wie Rebecca es tat.

Manchmal glaubte sie, ihr Leben könne unmöglich noch öder und sinnloser werden. Sie saß in einer langweiligen Schule fest und in einem Alltag, den sie hasste, und ihren Traum, an exotische Orte zu reisen, konnte sie nicht weiterverfolgen. Das Schlimmste war, dass ihre Schwester und beste Freundin allmählich genauso wurde wie die hohlköpfigen Mädchen, die sie früher so verachtet hatte. Rebecca wusste, dass sie etwas unternehmen musste. Es war an der Zeit, ein neues Abenteuer zu planen.

Sie fand ihre Schwester auf dem Sofa in ihrem neu renovierten Wohnzimmer, wo sie in einer Zeitschrift der Witwe blätterte. Jenseits der Terrassentür, die ebenfalls neu war, standen ihre Sportgeräte unbenutzt in der hellen Sommersonne und schienen Rebecca nach draußen zu rufen. „Willst du den ganzen Tag diese albernen Zeitschriften lesen?", fragte Rebecca. „Wir haben doch mehr als genug zum Anziehen."

„Ich weiß, aber ich sehe mir trotzdem gerne neue Kleider an."

Rebecca streckte die Hand aus und klappte die Zeitschrift zu. „Komm, lass uns zusammen etwas unternehmen, das Spaß macht. Wir könnten unsere langen Unterhosen anziehen und draußen unsere Übungen machen. Und dabei könnten wir üben, uns auf Griechisch zu unterhalten."

„Dafür ist es draußen zu heiß. Und wir können schon genug Griechisch. Außerdem können wir erst nach Griechenland reisen, wenn der Krieg vorbei ist, und wer weiß, wann das sein wird."

Rebeccas Unzufriedenheit angesichts ihres eingeengten geregelten Lebens schwelte seit Monaten unter der Oberfläche. Jetzt brach sie aus ihr heraus. „Ich muss jetzt sofort irgendeine tolle Reise machen!", schrie sie. „Heute!"

„Aber Becky, wir können nicht …"

„Erzähl mir nicht, was wir nicht können! Wir hatten früher so viel Spaß, als wir zusammen auf Erkundungstour gegangen sind, weißt du noch? Und jetzt hat Mrs Worthington unser Leben an sich gerissen und mit dir kann man gar nichts mehr anfangen." Sie wandte sich zum Gehen, aber Flora rief ihr hinterher.

„Warte! Sei nicht böse, Becky … Was würdest du denn heute gerne machen – abgesehen von Freiübungen?"

Rebecca erinnerte sich an etwas, das ihr Griechischlehrer ihnen einmal erzählt hatte, und schon begann sich eine Idee in ihrem

Kopf zu formen. „Wir könnten Teile der Stadt erforschen, die wir noch nie gesehen haben – wie das Viertel von Chicago, in dem die griechischen Seeleute und ihre Familien leben. Es wird fast so sein, wie nach Griechenland zu fahren, und wir können üben, indem wir den Leuten zuhören, wenn sie sich unterhalten."

Flora rümpfte ihre hübsche Nase. „Ach, du liebe Güte ... ausländische Seeleute?"

Ihre Reaktion bestätigte Rebecca nur in ihrer Entschlossenheit, ihre Schwester aus dieser sinnlosen Langeweile zu retten. „Warum nicht? Mr Vasilakis hat uns doch erzählt, wo die Pensionen der Seeleute sind, weißt du noch?"

Flora schien noch tiefer in die Sofakissen zu sinken, so als wollte sie dort Wurzeln schlagen. „Ich weiß nicht ... Ist es denn nicht zu gefährlich, allein durch Chicago zu laufen? Sollten wir nicht eine Begleitperson dabeihaben? Ich glaube, es gehört sich nicht, wenn wir ..."

„Um Himmels willen, Flora! Wenn wir ein Abenteuer erleben wollen, können wir uns keine Gedanken darüber machen, was sich gehört! Lass uns doch zur Abwechslung einmal etwas Spannendes tun! Neue Dinge kennenlernen, neue Orte entdecken, fremde Menschen treffen." Sie nahm Floras Hand und riss daran, als müsste sie eine Eiche ausreißen, immer noch wild entschlossen, ihre Schwester zu retten. „Komm mit. Bitte!"

„Aber Mrs Worthington kommt heute Nachmittag, um ..."

„Das ist mir gleichgültig! Ich habe genug von ihr. Seit beinahe zwei Jahren tue ich all die langweiligen Dinge, die sie von mir verlangt, und ich habe alles gemacht, worauf du Vater zuliebe bestanden hast. Jetzt will ich etwas anderes machen, etwas ... Aufregendes!"

„Aber unser Ruf ..."

„Bah!" Rebecca ließ Floras Hand los und ging zur Tür. „Ich gehe auf Entdeckungsreise, mit dir oder ohne dich."

„Warte, Becky!"

Rebecca blieb stehen und wandte sich um. Sie sah, wie Flora sich wand, um sich aus dem Sofa zu befreien. In ihrem Korsett und den vielen Röcken konnte sie kaum atmen, geschweige denn sich frei bewegen. Floras Kampf war eine passende Metapher dafür, wie fest ihr tatenloses Leben sie im Griff hatte. „Wirst du mich begleiten?"

„Du musst dir das gut überlegen und ..."

„Bis später." Rebecca rannte ganz und gar nicht damenhaft zu ihrem Schlafzimmer hinauf, indem sie zwei Stufen auf einmal nahm. Flora und sie schliefen jetzt in getrennten Zimmern, nachdem Mrs Worthington Flora überredet hatte, in ein eigenes Zimmer zu ziehen, damit sie Platz für ihre Schränke mit Kleidern und Accessoires hatte. Ein weiteres Zeichen dafür, wie sehr Rebecca und ihre Schwester sich voneinander entfernt hatten, und Rebecca war damit ganz und gar nicht einverstanden.

Als sie in ihrem Zimmer war, schüttelte sie das alberne Tuch ab, das sie auf Verlangen der Witwe im Haus trug, und kramte in ihrem Schrank nach dem Kleid, das sie zwei Jahre zuvor in Frankreich getragen hatte. Sie hoffte, dass es noch passte. Als sie das Kleid auf dem Bett ausgebreitet hatte, suchte sie nach ihren festen Lederschuhen, denn sie erinnerte sich an die vielen Kilometer, die sie zurückgelegt hatte, als sie durch Londons faszinierende Museen gelaufen und die reizenden Straßen von Paris entlanggeschlendert war und die Hügel von Rom erklommen hatte. Sie schluckte den Kloß hinunter, der sich bei der Erinnerung daran in ihrer Kehle bildete. Würde sie jemals wieder reisen und die Welt erforschen können?

Das Kleid war ein wenig eng und einige Zentimeter zu kurz, aber sie passte immer noch hinein. In den Schuhen konnte sie nicht weit laufen, aber für diesmal würden sie genügen. Trotz des zu engen Kleides hatte Rebecca zum ersten Mal, seit die Witwe in ihr Leben marschiert war, das Gefühl, bequem gekleidet zu sein. Sie drehte sich zur Schlafzimmertür um und sah, dass Flora dort stand und sie mit einer Mischung aus Ängstlichkeit und Neid ansah. „Kommst du nun mit oder nicht?", wollte Rebecca wissen.

„Ich ... ich ..."

„Denn wenn, dann musst du dich umkleiden und richtige Schuhe anziehen."

„Oh, Becky. Ich weiß nicht, was ich sagen soll ..."

„Früher haben wir all unsere Abenteuer zusammen erlebt, bis die Witwe dich in ihr enges Korsett gezwängt und mit ihren Anstandsregeln gefesselt hat. Weißt du noch, wie viel Spaß es gemacht hat, gemeinsam Paris zu erkunden? Wir hätten niemals den Garten der Tuilerien an einem herrlichen Sommertag gesehen oder den ägyptischen Obelisken, wenn die Witwe in der Nähe gewesen wäre."

Flora starrte sie an, sagte aber nichts und Rebecca spürte, wie hin- und hergerissen sie war. Sie schob sich an ihrer zögernden Schwester vorbei auf den Flur. „Ich werde dir alles erzählen, wenn ich wiederkomme."

„Warte! Du willst doch nicht ganz allein in der Stadt herumlaufen, oder?"

„Ich werde nicht laufen. Wahrscheinlich werde ich mit öffentlichen Verkehrsmitteln fahren. Das ist ein neues Erlebnis." Sie war am Ende des Flures angekommen und nahm die erste Stufe die Treppe hinunter.

„Warte! ... I ... ich komme mit, wenn ... wenn Rufus uns fährt. Und wenn wir nur einen neuen Teil der Stadt ansehen und nicht versuchen, mit griechischen Seeleuten zu sprechen ... Und wenn wir zurück sind, bevor Mrs Worthington kommt ..."

„Ausgezeichnet!", sagte Rebecca, bevor Flora noch mehr *Wenns* hinzufügen konnte. „Ich werde Rufus sagen, dass er die Kutsche fertig machen soll, während du dich umziehst ... und keine Reifröcke, Flora."

Während sie im Kutschhaus stand und wartete, bis Rufus ihr Pferd angespannt hatte, überlegte sie sich einen Plan. Die wahre Flora war immer noch irgendwo im Innern vorhanden, auch wenn die Witwe sie beinahe unter Bergen von schicken Kleidern und gesellschaftlichen Erwartungen versteckt hatte. Rebecca musste sie wieder ausgraben – die Flora, die immer Münzen in der Tasche gehabt hatte, damit sie den Armen Almosen geben konnte, egal wo sie war. Die Schwester, die sich mehr danach gesehnt hatte, Gottes Berufung für ihr Leben zu finden, als nach einer vollen Tanzkarte oder einem erfolgreichen Ehemann. „Weißt du, in welchem Teil der Stadt die meisten irischen Einwanderer wohnen?", fragte sie den Kutscher.

„Ja ... aber da wollen Sie nicht hin, Miss Rebecca."

„Doch, genau dort will ich hin, Rufus. Und bitte ziehen Sie nicht diese komische Kutscheruniform an."

„Aber Missus Worthington hat gesagt ..."

„Sie ist nicht hier, Rufus. Fahren wir einfach herum, wie wir es früher getan haben."

Er grinste breit. „In Ordnung, Miss Rebecca."

Flora erschien zwanzig Minuten später und schien sich in ihrem schlichten, verblichenen Baumwollrock und der Bluse nicht wohlzufühlen. Die Nähte in ihrem Mieder sahen aus, als könnten sie jeden Augenblick platzen, aber wenigstens war Flora in den vergangenen zwei Jahren nicht gewachsen, deshalb sah man ihre Fußgelenke nicht. Ihr kleines Täschchen baumelte ihr am Handgelenk, wahrscheinlich hatte sie Geld dabei ... und ihr Riechsalz. Hilflose junge Damen wurden dazu angehalten, es überallhin mitzunehmen.

Als sie sich vom See und ihrem wohlhabenden Viertel entfernten, fühlte Rebecca sich gleich leichter – freier. „Weißt du, Flora, Chicago zu erkunden könnte beinahe so interessant sein, wie ein fremdes Land zu bereisen. Auf diese Idee hätte ich schon viel eher kommen sollen." Flora und sie waren wieder zusammen, Schwestern und Partnerinnen in ihren vernünftigen Kleidern und unmodernen Schuhen, auf der Suche nach einem Abenteuer.

Die bunt gemischten Häuser drängten sich näher aneinander, als sie das Stadtzentrum hinter sich ließen. Die Straßen wurden schlechter und waren bald nur noch ungepflasterte Wege. Rebecca hielt die Luft an, um nicht würgen zu müssen, als die Gerüche von Latrinen und Müllbergen stärker wurden. Beinahe musste sie sich übergeben, als sie an einem toten Pferd vorbeikamen, das auf der Straße verweste. Irgendwann waren die engen Gassen so überfüllt mit Menschen, dass die Kutsche nicht weiterkam. „Sie können uns hier absetzen, Rufus. Wir wollen laufen."

„Das ist kein Ort für Sie, Miss Rebecca. Ihrem Vater würde das nicht gefallen."

„Wir gehen nur bis zum Ende dieser Straße und zurück. Sie können uns von hier aus zusehen. Keine Sorge." Während sie sprach, kletterte sie aus dem Gefährt und zog ihre Schwester hinter sich her.

Flora stotterte: „Äh ... ich finde, wir sollten ..."

„Flora. Gott kennt das Ende unserer Tage. Wir brauchen keine Angst zu haben."

„Ja, aber ich glaube, Gott will nicht, dass wir uns absichtlich in Gefahr begeben."

„Sieh dich doch um, Flora. Das ist ein Wohnviertel, auch wenn es ein sehr armes Viertel ist. Es ist ganz anders als unseres, aber ich sehe hier keine Gefahren." Während sie sprach, zog sie ihre Schwester weiter. Sie zeigte auf die baufälligen Behausungen, zwischen denen Wäscheleinen gespannt waren, an denen Kleidungsstücke im

Wind flatterten. Sie kamen an einen Pferch mit lebenden Schafen und Schweinen vor einem Fleischmarkt. Blutige Kadaver und ungerupfte Hühner hingen im Schaufenster am Haken. Der Gestank hätte sie beide fast überwältigt. Sie eilten weiter und kamen zu einer Gruppe zerlumpter Kinder, die in einer Schlammpfütze an dem kommunalen Wasserhahn spielten, während ihre älteren Geschwister anstanden, um Eimer und Kochtöpfe zu füllen.

„Siehst du? Sie sind genau wie wir, Flora – nur arm."

Ein kleines Mädchen von ungefähr vier Jahren bemühte sich, einen Säugling und ein Kleinkind zu betreuen, beide mit nacktem Hintern. „Oh, sieh nur all die Kleinen an!", rief Flora, ihr weiches Herz gleich angerührt. „Es ist so traurig, dass sie keinen anderen Ort zum Spielen haben!" Die Kinder sahen sie neugierig an, als sie vorbeigingen, als wären Flora und sie seltene Tiere, die aus einem Zoo geflohen waren. Schließlich sahen sie einen kaputten hölzernen Wagen, auf dem sich Obst türmte, und der alte Mann, der den Wagen schob, blickte mit Hoffnung in seinen tränenden Augen auf. „Wie viel kosten Ihre Äpfel?", fragte Flora. Sie kaufte so viele, wie Rebecca und sie tragen konnten, dann kehrte sie zu den spielenden Kindern zurück. „Ich heiße Flora", sagte sie und gab einem der kleinen Mädchen einen Apfel. „Und wie heißt du?"

„Maggie." Sie nahm die angebotene Frucht, als wäre sie aus Glas. Gleich darauf scharten sich andere Kinder um sie, die aus schmalen Gassen und von Haustreppen gelaufen kamen, und kicherten, während sie Flora ihren Namen sagten. Staunend starrten sie die Äpfel an und genossen den Duft und das Gefühl, sie in der Hand zu halten, bevor sie sich einen Bissen gestatteten. Die kleine Maggie schob den Apfel in ihre Tasche.

„Willst du ihn nicht essen?", fragte Rebecca.

Sie nickte schüchtern und sagte dann: „Doch, aber ich gebe Mama und meinen kleinen Brüdern was davon ab."

„In welche Schule gehst du?", wollte Flora wissen. Doch Maggie zuckte nur mit den Schultern.

„Wir gehen nicht zur Schule", sagte ein älteres Mädchen.

„Warum nicht?"

„Wir hüten die Babys, während unsere Mütter arbeiten." Sie klang stolz.

„Sind eure Väter im Krieg?"

Die meisten Kinder nickten, aber ein Junge sagte: „Meiner arbeitet in der Lederfabrik." Er zeigte auf ein düsteres Steingebäude mit schmierigen Fenstern, etwa einen halben Block entfernt.

„Meine Schwester war in der Schule", sagte ein anderes Kind, „aber jetzt arbeitet sie auch da."

Flora sah Rebecca an, ganz offensichtlich bestürzt. „Können wir nichts tun, um diesen Kindern zu helfen? Sie müssen doch lesen und schreiben lernen, wenn sie einmal ein besseres Leben haben wollen."

Rebecca machte eine hilflose Geste. „Ich weiß nicht." Sie war genauso aufgewühlt wie Flora, aber was konnte sie schon tun? Was als Gelegenheit zum Erforschen neuer Orte begonnen hatte, war jetzt zu etwas ganz anderem geworden.

Sie gingen weiter die Straße entlang bis zu der Fabrik am Ende des Häuserblocks. Auf einem großen handgeschriebenen Schild an der offenen Tür stand *Wir stellen ein*. Drinnen ertönte das Signal zum Mittag und aus den Notausgängen im zweiten Stock strömten Arbeiter in ihre Mittagspause. Ein Dutzend Mädchen, kaum älter als acht oder zehn Jahre, kamen zuerst heraus und kletterten mit ihrem in Zeitungspapier gewickelten Essen die hölzerne Fluchttreppe hinunter. Sie waren allesamt barfuß. Die Frauen und älteren Mädchen setzten sich auf die Stufen und baufälligen Treppenabsätze, um zu essen. Flora eilte mit den restlichen Äpfeln zu ihnen und verteilte sie unter den Mädchen. „Arbeitet ihr in dieser Fabrik?", fragte sie erstaunt.

„Wir machen Uniformen für die Soldaten", antwortete eine der jüngsten Arbeiterinnen. Sie schien stolz darauf zu sein, so als würde sie mit ihren gerade einmal acht Jahren dabei helfen, den Krieg zu gewinnen.

„Wegen dem Krieg gibt's viel Arbeit", sagte ein anderes Mädchen. „Ich verdiene vier Dollar die Woche!"

„Vier ...!" Mit Tränen in den Augen drehte Flora sich zu Rebecca um. „Sie beuten diese Kinder aus, Becky. Bestimmt könnten sie ihren Arbeiterinnen mehr geben, wenn man bedenkt, wie groß die Nachfrage nach Uniformen ist."

„Du hast recht. Das ist unerhört!"

Beide leerten ihre Geldbörsen und kauften Äpfel für alle, bis der Obstkarren leer war. Die Kinder folgten Flora, als wäre sie eine Königin und sie ihre Dienerinnen. Als sie zu Rufus und der wartenden Kutsche zurückkehrten, wischte Flora sich noch immer Tränen von der Wange. „Ich habe ein furchtbar schlechtes Gewissen, wenn ich daran denke, wie viel Geld ich gerade für ein neues Sommerkleid ausgegeben habe", schniefte sie auf dem Heimweg. „Hast du bemerkt, dass sie alle barfuß waren? Meine neuen Schuhe, die ich nicht einmal brauche, kosten mehr, als diese kleinen Mädchen in einem Monat verdienen!"

Rebecca antwortete nicht. Sie war sehr froh darüber, dass sie ihre Schwester wiederhatte, und doch hatte der Besuch in dem Armenviertel eine Seite an ihr selbst offenbart, die Rebecca gar nicht gefiel. Ihr Wunsch, Entdeckungen zu machen und exotische Erfahrungen zu sammeln, nur um etwas Neues zu erleben, schien ebenso falsch wie Floras Wunsch, einen Schrank voller neuer Kleider zu haben. Mit welchem Recht starrte sie das Unglück anderer Menschen an? Wenn sie Zeit und Geld ausgab, um ihrer Reiselust zu frönen, sollten ihre Abenteuer mehr sein als nur Abwechslung und eine Flucht vor der Langeweile. Floras Frage ließ sie nicht los. *„Können wir denn gar nichts tun, um zu helfen?"* Sie musste sich etwas einfallen lassen.

Später am Nachmittag traf sie Flora unten im Wohnzimmer an, wo sie auf Mrs Worthington wartete. Sie sah bedrückt aus. „Ich muss immerzu an all das denken, was wir heute gesehen haben", sagte Flora, als Rebecca neben ihr Platz nahm.

„Ich weiß. Ich auch ... Ich wollte meine Neugier befriedigen, aber das kommt mir jetzt sehr selbstsüchtig vor. Es ist nicht recht, neue Erfahrungen zu machen und dann einfach wieder zu gehen, ohne auch nur den Versuch unternommen zu haben, etwas zu ändern. Wir haben diesen Kindern Äpfel geschenkt, aber wer wird ihnen morgen etwas zu essen geben?"

„Was glaubst du, wie es für diese kleinen Mädchen ist, in der Fabrik zu arbeiten?", fragte Flora.

Rebecca zuckte mit den Schultern. „Die Fabrik muss einen Vertrag mit der Regierung haben, wenn sie Uniformen für die Armee herstellt, das heißt, die Eigentümer machen bestimmt einen ordentlichen Gewinn. Sollte nicht wenigstens ein Teil dieses Gewinns den Arbeitern zugutekommen? Ich glaube nicht, dass vier Dollar ein gerechter Lohn für die Arbeit einer ganzen Woche sind, oder was meinst du?"

„Nein. Und diese kleinen Mädchen sollten überhaupt nicht arbeiten müssen! Was machen sie wohl den ganzen Tag da drin?"

Plötzlich hatte Rebecca eine Idee – es war, als hätte sie der Schlag getroffen. „Ich glaube, ich weiß, wie wir es herausfinden können." Flora sah sie erwartungsvoll an. „Wir können uns selbst dort um Arbeit bewerben."

„Das ist nicht dein Ernst! Warum sollten wir das tun? Wir brauchen das Geld doch nicht. Außerdem sind wir älter als die Mädchen dort."

„Stimmt, aber ich habe auch ein paar Mädchen in unserem Alter gesehen, die ihr Essen auf der Feuertreppe zu sich genommen haben. Wir könnten alte Kleider anziehen und ausprobieren, ob sie uns einstellen. Auf diese Weise können wir uns drinnen gut umsehen."

„Und was dann?"

Rebecca überlegte krampfhaft. „Also ... wenn wir wissen, was dort los ist, können wir vielleicht einen Weg finden, etwas daran zu ändern. Vater kann uns helfen. Er kennt eine Menge wichtiger Leute hier in Chicago. Überleg doch nur, was es für diese Familien bedeuten würde, wenn die Eltern einen anständigen Lohn bekämen und die Kinder in die Schule gehen könnten."

„Meinst du, wir trauen uns das?"

„Willst du lieber wegsehen?"

Flora schüttelte energisch den Kopf, sodass ihre lockigen Strähnen tanzten. „Nein. Ich kann nicht wegsehen. Jesus hat seinen Jüngern auch gesagt, dass sie Mitleid haben sollen. Er hat gesagt, wenn wir viel haben, dann wird auch viel von uns verlangt. Aber ..." Sie senkte die Stimme. „Aber glaubst du, Vater wird wütend sein, wenn er es erfährt?"

„Nein. Ich glaube, er wird stolz auf uns sein. Am besten fahren wir gleich morgen wieder hin."

„Ich weiß nicht, Becky. Mrs Worthington hat unsere ganze Woche mit gesellschaftlichen Verpflichtungen verplant und ..."

„Wir werden ihr sagen, dass wir krank sind oder eine Woche Urlaub brauchen oder dass wir etwas Wichtigeres zu tun haben – und das stimmt ja auch. Es wird ihr nicht gefallen, aber dann ist es eben so. Sie hat unser Leben schon genug ruiniert."

„Du bist ungerecht, Becky. Sie versucht doch nur, uns zu helfen."

„Und jetzt ist es an der Zeit, dass *wir* jemandem helfen. Bist du dabei oder nicht?"

„Du würdest nicht alleine dorthin zurückgehen, oder?"

Rebecca überlegte einen Moment. „Doch, das würde ich. Aber lieber würde ich mit dir zusammen hingehen."

„Also, wenn du wirklich meinst, wir sollten …"

„Das meine ich."

Mrs Worthington konnte ihr Missfallen kaum verbergen, als Rebecca und Flora ihr erklärten, sie könnten den Rest der Woche weder Besuche machen noch sie empfangen. Sie war mit ihren neuen Visitenkarten erschienen, frisch aus der Druckerei, und ihre Wangen färbten sich von rosa zu rot, als sie im Foyer stand und sich bemühte, die Beherrschung nicht zu verlieren und damenhaft zu bleiben. „Warum um alles in der Welt könnt ihr keine Besuche machen?", fragte sie.

„Es gibt etwas Wichtigeres, das wir tun müssen", sagte Flora. Mehr gab sie nicht preis. Rebecca grinste ihre Schwester an, weil diese so viel Mumm zeigte wie schon lange nicht mehr.

„Aber ihr habt doch gesellschaftliche Verpflichtungen. Das gehört sich einfach nicht!" Die Witwe hätte nicht empörter sein können, wenn sie ihr gesagt hätten, sie würden sich der konföderierten Armee anschließen. Rebecca unterdrückte ein Lächeln, weil sie wusste, dass Mrs Worthington vor Entsetzen in Ohnmacht fallen würde, wenn sie die Wahrheit wüsste. „Weiß euer Vater von euren Plänen?"

„Wir erzählen ihm natürlich davon", erwiderte Rebecca. *Wenn das Experiment vorüber ist*, fügte sie ihm Stillen hinzu.

„Aber … wie soll ich eure ungewöhnliche Abwesenheit erklären?" Die Witwe Worthington richtete ihre Frage an Flora, wohl wissend, dass diese sich leichter würde drängen lassen, Einzelheiten herauszurücken.

„Ich glaube nicht, dass es außer uns jemanden etwas angeht", erwiderte sie. „Wenn jemand mehr wissen will, ist er einfach neugierig." Rebecca hätte am liebsten gejubelt. Plötzlich schien Flora sich zu besinnen, denn sie fügte hinzu: „Wenn es recht ist, Mrs Worthington."

An diesem Abend nach dem Essen planten sie ihre Verkleidung. So nannte Flora es – Verkleidung. Rebecca gefiel der geheimnisvolle Klang des Wortes. Sie fanden Röcke und Blusen, die sie seit Jahren nicht mehr getragen hatten, und bearbeiteten sie mit Scheren, schnitten und rissen Löcher hinein und fransten sie aus, bis sie ebenso abgerissen aussahen wie die der Straßenkinder. „Irgendwie wirkt es immer noch nicht richtig", entschied Rebecca, also nahmen sie die Kleidungsstücke mit ins Kutschhaus und schleiften sie dort über den Boden, bis sie schmutzig waren. Rufus sah mit großen Augen zu. Auf dem Weg zurück nach oben machte Rebecca in der Küche halt und bat die Köchin um einen Klumpen Schmalz. Maria-Elena blickte ebenso erstaunt drein wie Rufus. „Das reiben wir uns morgen früh in die Haare", erklärte Rebecca ihrer Schwester, „damit sie fettig und ungewaschen aussehen." An diesem Abend war sie vor dem Schlafengehen so aufgeregt, wie schon seit Langem nicht mehr.

Als sie am nächsten Morgen wie üblich zusammen mit ihrem Vater gefrühstückt hatten, eilten sie in ihre Zimmer hinauf, um ihre Verkleidung anzulegen. „Macht das nicht Spaß?", fragte Rebecca, als sie mit dem Kamm das Fett in ihren Haaren verteilte.

Flora zog eine Grimasse. „Nein, ich finde es ziemlich eklig. Aber ich vertraue darauf, dass es sich am Ende lohnt." Als sie in den Spiegel blickte, kam Rebecca sich wie eine Hochstaplerin vor. Andererseits hatte sie dieses Gefühl oft auch, wenn sie sich in den schicken Kleidern der Witwe betrachtete. Beide Spiegelbilder entsprachen nicht der wahren Rebecca. Aber wer war sie dann?

Rufus, der zurückkam, nachdem er Vater zur Arbeit gefahren hatte, riss die Augen auf, als er sah, wie sie im Kutschhaus auf ihn warteten. „Was haben Sie beide denn jetzt wieder vor? Weiß Ihr Vater davon? Mrs Worthington will Sie bestimmt nicht so sehen!"

„Wir wollen noch einmal in das Viertel, zu dem Sie uns gestern gefahren haben", sagte Rebecca, „aber diesmal wollen wir nicht auffallen."

„Das werden Sie auch nicht. In diesem Aufzug, Miss. Aber ich glaube nicht ..."

„Uns wird nichts passieren, Rufus. Das versprechen wir."

Er starrte sie so lange an, dass Rebecca sich fragte, ob sie öffentliche Verkehrsmittel würden nehmen müssen. Aber schließlich seufzte er und streckte die Hand aus, um Flora in die Kutsche zu helfen, während er murmelte: „Ich hoffe nur, ich bekomme nicht so viel Ärger wie Sie." Er fuhr sie zu derselben Stelle, an der sie am Tag zuvor gewesen waren, und stellte die Kutsche ab. Das verwesende Pferd lag unverändert auf der Straße und stank nach einem weiteren Tag in der Sommersonne noch schlimmer.

„Wenn wir in einer Stunde nicht zurück sind, Rufus, können Sie nach Hause fahren und …"

„Ich lasse Sie nur hier zurück, wenn Ihr Vater es erlaubt!"

Rebecca wusste nicht, was sie tun sollte. Sie hatte keine Ahnung, ob ihre Verkleidung funktionieren würde und ob sie in der Fabrik überhaupt eine Arbeit bekamen. „Dann warte hier auf uns", sagte sie. „Wir kommen zurück."

Das Szenario in der Straße war genauso wie am Tag zuvor. Niemand schien in ihnen die feinen Damen wiederzuerkennen, die erst gestern Äpfel verschenkt hatten. Sie liefen den Häuserblock entlang bis zu der trostlosen Fabrik und betraten sie durch die offen stehende Tür. Der beißende Geruch von gegerbten Tierhäuten und der Lärm der Maschinen schlug ihnen aus der Lederfabrik im Erdgeschoss entgegen. Flora hielt sich die Ohren zu, während sie die schmale Holztreppe zur Uniformfabrik im zweiten Stock hinaufstiegen. „Wie können die Menschen es nur ertragen, hier zu arbeiten?", fragte sie und musste dabei beinahe schreien.

Oben angekommen, sahen sie hinter der Eingangstür blaue Stoffballen für die Uniformen der Unionsarmee. Sie lagen auf dem Flur, auf der Treppe und an jedem freien Fleckchen gestapelt. Die Sommerhitze und Luftfeuchtigkeit waren in der Fabrik gefangen und selbst durch die geöffneten Fenster kam keine Brise herein, weil dicht gedrängt um die Fabrik andere Fabriken und Wohnhäuser standen. Ein Großteil dieses Stockwerks war mit langen Reihen von Tischen gefüllt, an denen Näherinnen saßen. Die jungen Frauen hoben nicht den Blick, während sie unermüdlich an ihren tuckernden Maschinen arbeiteten. Ein Mann mit schütterem Haar und einem Walrossschnurrbart saß an einem Schreibtisch direkt vor ihnen und rauchte eine Zigarre. Als er sie sah, blickte er von seinen Büchern und Papierstapeln auf. „Was kann ich für euch Mädchen tun?"

„Wir suchen Arbeit", sagte Rebecca. Sie hatte Flora ermahnt, sich nicht zu verraten, indem sie vornehm sprach. „Haben gehört, Sie brauchen Leute."

„Könnt ihr mit einer Nähmaschine umgehen?", fragte er.

„Können wir lernen."

Er grinste und schüttelte den Kopf. „Vergesst es. Ich habe keine Zeit, es euch beizubringen. Und um Fäden zu durchtrennen, bist du zu alt", fügte er hinzu und zeigte mit der Zigarre auf Rebecca. „Aber du nicht." Er deutete auf Flora, die trotz ihrer sechzehn Jahre klein und zierlich war und in ihrer Verkleidung kaum älter als zwölf wirkte. „Kannst die Arbeit haben, wenn du willst."

„Gibt es was anderes für mich?", wollte Rebecca wissen.

Er strich sich über den Walrossbart und warf einen strengen Blick über die Näherinnen wie eine Katze, die nach Mäusen Ausschau hält. „Du siehst nicht kräftig genug aus, um durch mehrere Lagen Wolle zu schneiden", sagte er und zeigte auf den Schneidetisch. „Oder ein Dampfbügeleisen zu bedienen. Versuch's in der Lederfabrik unten."

„Aber ich bin sehr stark und ich kann Dinge tragen – so wie sie." Rebecca zeigte auf ein junges Mädchen das mit Bergen von Kleidungsstücken zwischen den Tischen hin- und hereilte. Der Chef musterte Rebecca von Kopf bis Fuß und einen Augenblick lang fürchtete Rebecca, er hätte ihre Verkleidung durchschaut und erkannt, dass sie siebzehn war.

„Du siehst gut genährt aus", sagte er schließlich und schlug eines seiner Registerbücher auf. „Weißt du was? Ich versuche es und gucke mal, wie du dich machst."

„Ich bin Becky und sie heißt Flora. Nachname Hawes."

Er schrieb die Namen in sein Buch und sagte dann: „Ihr fangt morgen früh um sieben an. Wenn ihr zu spät kommt, zieh ich es von eurem Lohn ab, der beträgt vier Dollar die Woche – außer du schneidest in den Stoff, dann musst du das bezahlen", sagte er zu Flora. „Bringt euer Mittagessen mit. Der Arbeitstag endet um viertel nach sechs."

„Das ist aber ein sehr langer Tag!", sagte Flora, als sie wieder die knarrende Treppe hinuntergingen. „Wie schaffen das diese kleinen Mädchen nur? Hast du gesehen, wie sie an dem großen Tisch arbeiten. Sie haben nicht einmal Stühle zum Sitzen!"

„Wir werden es wohl herausfinden müssen, wie es ist, den ganzen Tag über zu arbeiten." Rebecca wusste, dass es albern war, sich angesichts der Arbeit an einem solchen Ort und der lächerlichen

Entlohnung zu freuen, aber wenn sie an ihr neues Abenteuer dachte, konnte sie gar nicht aufhören zu lächeln. Plötzlich blieb ihre Schwester stehen und Rebecca hätte sie beinahe umgerannt. „Was ist?"

„Wir müssen verrückt sein, so etwas zu machen." Flora wirkte beunruhigt. Insgeheim hoffte Rebecca, dass ihre Schwester es sich nicht anders überlegte, aber dann schien Flora sich zu wappnen. „Trotzdem werde ich es tun, Becky. Der Allmächtige hat uns so viel geschenkt und ich muss versuchen, etwas in dieser Welt zu verändern."

Rebecca lächelte den ganzen Heimweg über. Der Vorarbeiter hatte sich durch ihre Verkleidung täuschen lassen. Jetzt glaubte sie, das schuldbewusste Vergnügen zu kennen, das ein Verbrecher empfand, wenn man dem anderen ein Schnippchen geschlagen hatte. Dieser Schwung an Energie und diese freudige Erregung. Man stelle sich das nur vor! Die wohlhabenden Debütantinnen Rebecca und Flora Hawes würden in einer Uniformfabrik arbeiten.

Bis jetzt war es leicht gewesen. Aber am nächsten Morgen fand Rebecca heraus, dass der schwierigste Schritt ihres Plans darin bestand, Rufus dazu zu überreden, dass er sie vor sieben Uhr in dem heruntergekommenen Viertel absetzte und sie um viertel nach sechs abends wieder abholen kam. Als sie ihm den Ablauf erklärten, zog er seinen Hut ab und kratzte sich am ergrauten Kopf. „Ich habe zugesehen, wie Sie beide aufgewachsen sind, und immer auf Sie aufgepasst, und ich weiß, das ist kein Ort für Sie kleine Damen. Nein, das ist einfach nicht recht."

Rebecca versuchte zu erklären, was sie vorhatten und warum. „Wir wollen diesen kleinen Mädchen helfen, Rufus. Ihre Situation verändern. Sie haben doch gesehen, wie sie leben. Wenn wir älter wären, würden wir das auf andere Weise erreichen, aber wir sind noch zu jung dafür. Nur wenn wir selbst in der Fabrik arbeiten, haben wir eine Chance, über die Arbeitsbedingungen dort zu berichten. Bitte helfen Sie uns. Wir wollen nicht unser ganzes Leben als nutzlose reiche Mädchen verbringen."

Rufus schüttelte weiter den Kopf und schnaubte wie eines seiner Pferde. Nach langem Überreden gab er schließlich nach. „Also gut, ich fahre Sie. Aber wenn Ihnen irgendwas passiert, werde ich mir das nie verzeihen."

„Uns wird nichts passieren."

Rebecca merkte, wie nervös Flora war, als sie am nächsten Morgen hinfuhren. Den ganzen Weg über sagte sie kein einziges Wort, sondern rutschte auf ihrem Sitz hin und her, als hätte die Schneiderin ein Dutzend Stecknadeln in ihrem Kleid vergessen. Sie gaben Rufus die Anweisung, in einer Seitenstraße zu halten, einen Block von der Fabrik entfernt, fädelten sich dann in den Strom der Arbeiter ein, der überwiegend aus Frauen und Mädchen bestand, und gingen die enge Treppe zum Obergeschoss hinauf. Der Mann mit dem Walrossschnurrbart wartete neben seinem Schreibtisch auf sie. „Ihr seid also gekommen", grunzte er. „War mir nicht sicher, ob ihr auftauchen würdet. Lasst euer Mittagessen in der Garderobe und kommt mit." Er führte sie auf einer gewundenen Route durch das überfüllte Fabrikgeschoss, indem er sich zwischen den Nähmaschinen hindurchschlängelte, an denen die Frauen eilig ihre Plätze einnahmen. Fäden und blaue Flusen von der Wolle lagen überall auf dem Boden und den Fensterbänken und klebten in der feuchten Hitze an fast allen Oberflächen. Sie kamen an den Zuschneidetischen vorbei, auf denen sich mehrere Lagen blauen Wollstoffs stapelten. Einige Arbeiterinnen machten sich bereits daran, mit riesigen Scheren Stapel von Musterstücken zuzuschneiden. Ein kleineres Mädchen stand bereit, um die zugeschnittenen Teile zu den Näherinnen zu bringen und dann wieder zum Schneidtisch zurückzulaufen und die nächsten Stücke zu holen.

Der Aufseher blieb an einem großen Tisch stehen, auf dem sich ein hoher Berg aus Uniformen türmte. Die kleinen barfüßigen Mädchen, die Rebecca und Flora am Tag zuvor gesehen hatten, versammelten sich um diesen Tisch, und als ein kreischender Pfiff ertönte, schnappte sich jede von ihnen ein Kleidungsstück von dem Berg und fing an, Fäden abzuschneiden. Der Mann griff in eine Schachtel auf dem Tisch und gab Flora eine kleine Schere.

„Schneid all die losen Fäden ab, die die Näherinnen drangelassen haben", wies er sie an. „Es wird nicht getrödelt und ich will auch kein Gerede hören, sonst zieh ich dir das vom Lohn ab. Und wenn du in den Stoff schneidest und das Kleidungsstück ruinierst, bezahlst du dafür. Das letzte Mädchen war so nachlässig, dass sie am Ende mehr bezahlen musste, als sie verdient hat. Ich musste sie feuern. Verstanden?"

„Ja, Sir." Floras Stimme bebte vor Angst. An dem Tisch gab es keine Stühle, sie würde also auf einer Stelle stehen müssen, bis in fünf Stunden das Mittagssignal ertönte. Dann noch einmal fünf Stunden, bis der Arbeitstag zu Ende war. Flora hob die Hand, als wäre sie in der Schule. „Äh … was ist, wenn wir zur Toilette müssen?", fragte sie.

Er funkelte sie an, als hätte sie gesagt, sie wolle die Fabrik kaufen. „Dafür ist die Mittagspause da." Schon jetzt bereute Rebecca es, dass sie zum Frühstück zwei Tassen Tee getrunken hatte. „Du – komm mit", sagte er und deutete mit seiner unangezündeten Zigarre auf sie. Dann führte er sie zu einem Berg Uniformen auf der anderen Seite des Raumes, um den herum sich weitere Uniformen zu Bündeln geschnürt stapelten. „Wenn die Mädchen mit den Fäden fertig sind", sagte er, „bringt ein Mädchen sie hierher. Dann bindest du ein Dutzend pro Bündel zusammen. Du kannst bis zwölf zählen, oder?"

„Ja, Sir." Rebecca hätte ihm gerne gesagt, dass sie bei einem Privatlehrer Algebra und Geometrie gelernt hatte, aber sie hielt lieber den Mund.

„Abends kommt jemand, der sie abholt und zu den Leuten bringt, die in Heimarbeit die Knöpfe annähen und mit der Hand die Kanten säumen. Die Bündel da drüben sind schon fertig. Die schnürst du auf, zählst sie und siehst nach, ob alle Knöpfe dran sind, dann bringst du sie zu den Büglern." Er zeigte auf eine Ecke des Raumes, in der Männer in Hemdsärmeln an Bügeltischen standen und in der Hitze schwitzend die fertigen Uniformen mit Dampfbügeleisen plätteten. Der Geruch von feuchter Wolle hing in der Luft und kratzte Rebecca im Hals. Dampf vernebelte die Luft und ließ die Fenster beschlagen. Die meisten Arbeiter in der Fabrik waren Frauen und die Männer, die mit dem Zuschnitt oder den Bügeleisen arbeiteten, waren zu alt oder nicht mehr gesund genug, um im Krieg zu kämpfen.

Als das Signal zur Mittagspause ertönte, konnte Rebecca sich nicht erinnern, jemals so müde gewesen zu sein. Noch nie war sie fünf Stunden lang auf den Beinen gewesen, ohne dass sie sich zwischendurch setzen konnte. Und sie musste noch einmal fünf Stunden stehen, bis der Arbeitstag zu Ende war. Sie holte ihr in Zeitungspapier gewickeltes Essen aus der Garderobe und folgte ihrer Schwester und den anderen Mädchen die Feuertreppe hinunter, um es draußen zu sich zu nehmen. Aber zuerst stellten sie sich an, um das stinkende Klosett zu benutzen, und suchten sich dann ein schattiges Plätzchen an der Fabrikmauer, um sich zu setzen. Flora stöhnte, als sie sich auf den Boden fallen ließ. „Ich weiß nicht, ob ich das noch einmal fünf Stunden durchhalte, Becky. Mir tut alles weh, weil ich die ganze Zeit am selben Fleck gestanden habe." Ihr Gesicht und die Rückseite ihrer Bluse waren vom Schweiß ganz feucht. Wollflusen und Fäden klebten an dem Schmalz, das sie sich in die Haare geschmiert hatten. Rebecca unterdrückte ein Kichern.

„Was gibt es da zu lachen?"

„Du siehst richtig authentisch aus. Wenn die Witwe dich jetzt sehen könnte, würden alle ihre Korsettstangen rausspringen."

„Ich bin zu erschöpft, um darüber zu lachen", seufzte Flora, aber ein leichtes Lächeln brachte sie doch zustande. „Du siehst selbst ziemlich albern aus mit dem blauen Flaum überall an den Armen."

„Diese Wolle ist furchtbar kratzig! Aber ich traue mich nicht, die Arbeit zu unterbrechen, um mich zu kratzen." Sie stürzten sich auf das Essen, das Maria Elena ihnen eingepackt hatte, als hätten sie tagelang nichts gegessen, wobei sie sorgfältig darauf achteten, dass die anderen Mädchen nicht sahen, was sie aßen. „Übrigens habe ich ausgerechnet, dass wir bis jetzt ungefähr dreiunddreißig Cents verdient haben", sagte Rebecca mit vollem Mund.

„Mehr nicht?"

„Ich fürchte, nein." Flora schloss die Augen, aber ob es Erschöpfung oder Enttäuschung war, konnte Rebecca nicht sagen. Sie gab Flora ihr letztes Stück Apfel und faltete das benutzte Papier zusammen, wie die anderen Mädchen es taten, so als wollten sie es noch einmal verwenden.

„Ich habe schrecklichen Durst", sagte Flora, als sie fertig waren. „Ich werde da drüben an dem Wasserhahn etwas trinken."

„Nein, tu das nicht!" Rebecca packte sie am Arm, um sie zurückzuhalten. „Vielleicht ist das Wasser in diesem Stadtteil nicht sauber. Außerdem musst du noch mal fünf Stunden warten, bis du wieder auf die Toilette gehen kannst."

Flora stöhnte und sank mit hängenden Schultern wieder zu Boden. „Ich bin nicht sicher, ob ich noch fünf Stunden schaffe, Becky. Können wir nicht einfach gehen?"

„Das könnten wir schon, aber Rufus holt uns erst um viertel nach sechs ab. Es wäre ein langer Marsch nach Hause."

Flora betastete ihre Haare, wie sie es sonst immer tat, um zu überprüfen, ob alle Haarnadeln am Platz waren, und hatte gleich darauf eine schmierige Hand. Sie zog eine Grimasse und wischte sich die Finger am Rock ab. „Wenigstens haben wir ein schönes Haus, in das wir zurückkehren, und ein herrliches Abendessen."

„Und nicht zu vergessen: ein heißes Bad", fügte Rebecca hinzu.

„Was diese armen Mädchen wohl haben, worauf sie sich nach zehn Stunden Arbeit freuen können?"

„Ich nehme an, sie haben sechsundsechzig Cent und morgen wieder einen langen Arbeitstag vor sich."

„Oh, Becky. Und ich finde es so traurig, dass sie auch noch froh darüber sind."

„Weißt du, wir müssen heute alles in unseren Bericht für Vater schreiben – wie erschöpft wir sind, wie schrecklich die Arbeitsbedingungen sind und wie hoffnungslos das Leben für all diese Frauen und Mädchen sein muss. Vielleicht kann er uns helfen zu überlegen, was wir dagegen tun können."

Sie schafften es bis zum Ende des Arbeitstages – wenn auch nur knapp. Noch nie im Leben hatten Rebecca die Füße und Schultern so wehgetan. Flora klagte über schmerzende Beine und einen steifen Rücken. Sie schlief in der Badewanne ein und war zu erschöpft, um einen Stift zu halten oder auch nur ein Wort für ihren Vater aufzuschreiben. Rebecca verfasste den Bericht in ihrer beider Namen, angespornt von Empörung, Müdigkeit und Wut. Sie beendeten ihren Bericht mit einer Auflistung der Möglichkeiten, wie man die schrecklichen Arbeitsbedingungen in der Fabrik ändern könnte, zum Beispiel, indem die Mädchen auf Hockern saßen, während sie die Fäden durchtrennten, und durch zusätzliche Pausen am Vormittag und Nachmittag, damit die Arbeiterinnen etwas trinken oder die Toilette benutzen konnten.

Am folgenden Abend überreichten sie ihrem Vater den Bericht, nachdem sie nach dem Essen um eine Besprechung in seinem Arbeitszimmer gebeten hatten. Seine Miene verfinsterte sich, während er ihr Schreiben las, und die Falten auf seiner Stirn wurden zahlreicher und tiefer. Er war noch nicht einmal bei der zweiten Seite angekommen, als er seine Zigarre fortlegte und das Blatt sinken ließ.

Sichtlich aufgebracht starrte er sie an, ihr milder, würdevoller Vater. „Ihr seid dorthin gegangen? Ganz allein? Ohne Begleitperson?"

„Ja, aber wir hatten einen sehr guten Grund dafür", sagte Rebecca. „Bitte lies weiter, Vater, dann siehst du, was wir erreichen wollten." Er ließ die Zigarre im Aschenbecher glühen und wandte sich wieder dem Bericht zu. Als er die letzte Seite gelesen hatte und die Blätter zu einem ordentlichen Stapel zusammenlegte, schien er weniger wütend. Rebecca versuchte, ihre Ungeduld zu zähmen, während sie auf seine Reaktion wartete.

„Ihr habt eure Argumente sehr gut vorgetragen."

„Wirst du uns helfen, etwas wegen der Situation zu unternehmen, Vater?"

Er überlegte lange. „Ich sehe, dass euer Erlebnis euch berührt hat. Und ich bin stolz darauf, dass meine Töchter so mitfühlende Herzen haben. Aber leider muss ich euch sagen, dass das, was ihr dort gesehen habt, in Städten und Fabriken überall in unserem Land jeden Tag geschieht. Gleichzeitig gibt es viele großherzige Christen und Christinnen in diesen Städten – und auch hier in Chicago –, die daran arbeiten, dass die Dinge sich ändern. Das wird nicht über Nacht geschehen. Wenn ihr älter seid, wird es noch genug für euch zu tun geben."

„Aber ich will jetzt etwas tun", wandte Rebecca ein. Flora nickte zustimmend.

Vater schüttelte den Kopf. „Wenn ihr älter seid." Er nahm seine Zigarre und zog daran. Als das Ende wieder rot glühte, sah er sie an und sagte: „Eure Mutter hatte auch ein weiches Herz für benachteiligte Menschen. Sie hätte sich gefreut." Rebecca machte Anstalten, etwas zu sagen, aber er erhob die Stimme und fuhr ihr über den Mund. „Aber ich werde dafür sorgen, dass ihr so etwas nie wieder tut. Ihr wart sehr leichtsinnig. Ihr hattet Glück, weil ihr nicht in Gefahr geraten seid. Ich werde Rufus anweisen, nicht mehr auf euch zu hören, wenn ..."

„Bitte gib ihm nicht die Schuld, Vater", bat Rebecca und sprang auf. „Er hat sich zuerst geweigert, uns hinzufahren, aber wir haben damit gedroht, die öffentlichen Verkehrsmittel zu nehmen, wenn er uns nicht fährt. Er hat nur eingewilligt, damit er auf uns aufpassen konnte."

Vater fuhr fort, als hätte sie nichts gesagt. „Außerdem gedenke ich, Mrs Worthington zu bitten, dass sie von jetzt an eine aktivere Rolle in eurem Leben übernimmt und euch besser überwacht."

Rebecca hatte sich wieder gesetzt, doch jetzt sprang sie erneut auf. „Nein, Vater! Bitte! Ich wollte doch überhaupt nur in diesen Stadtteil fahren, weil mich all die Dinge, die wir ihretwegen tun müssen, so schrecklich langweilen. Ich wollte eine neue Erfahrung machen, etwas Neues entdecken und den guten Verstand, den Gott mir gegeben hat, nutzen. Da wir wegen des Krieges nicht ins Ausland fahren können, habe ich Flora überredet, mit mir in diesem Viertel Chicagos auf Erkundungsreise zu gehen."

Vater hob eine Hand. „Wir werden wieder ins Ausland reisen, Rebecca, alles zu seiner Zeit. Ich weiß, wie wissbegierig du bist und wie scharfsinnig dein Verstand ist. Deshalb habe ich euch beide für den Herbst am Northwestern Female College eingeschrieben – gegen den Rat von Mrs Worthington übrigens. Sie fürchtet, ihr werdet zu Blaustrümpfen, die alle Verehrer einschüchtern."

„Ha! Was für Verehrer denn?", lachte Rebecca. „Meinst du ihre Neffen?"

„Das reicht, Rebecca", sagte er, aber in seiner Stimme lag keine Verärgerung. Auch seine Miene war jetzt milder. „Ihr könnt mir glauben, wenn ich sage, dass ich nur das Beste für euch im Sinn habe. Aber ich werde nicht ewig leben. Es ist meine Pflicht – und mein Wunsch –, euch gut versorgt zu wissen, mit einer eigenen Familie und mit Ehemännern, die für euch da sind, wenn ich einmal nicht mehr bin."

Rebecca wäre beinahe wieder aufgesprungen, um zu verkünden, dass sie sehr gut für sich selbst sorgen konnte, aber sie schwieg lieber. Wenn sie ehrlich darüber nachdachte, wollte sie eigentlich auch nicht ihr ganzes Leben allein bleiben. Auch wenn sie reisen und studieren und so viel lernen wollte wie nur möglich, sehnte sie sich doch danach, sich in einen Mann zu verlieben, der ebenso abenteuerhungrig war wie sie und der bei ihren Reisen durch die Welt ihr Gefährte war.

Vater war noch nicht am Ende. „Mrs Worthington hat mir versichert, dass die Lektionen, die sie euch lehrt, und die Orientierung, die sie euch gibt, in eine gute Zukunft führen werden, wenn für euch die Zeit zum Heiraten kommt. Deshalb werde ich dafür sorgen, dass sie von jetzt an genauer kontrolliert, was ihr tut. Ist das klar?"

„Ganz klar", erwiderte Rebecca. Sie würde wieder in einem Käfig sitzen, der sich viel zu klein anfühlte.

Flora hob die Hand wie eine Schülerin, die darum bittet, sprechen zu dürfen. „Ich habe eine Frage, Vater. Die meisten dieser armen kleinen Mädchen hatten keine Schuhe. Darf ich eine Wohltätigkeitsveranstaltung durchführen, um Schuhe und Kleidung für sie zu besorgen?"

Er sah überrascht aus. Und erfreut. „Natürlich, Flora."

„Und da wir ja nicht mehr in das Viertel zurückgehen dürfen – kannst du mir bitte helfen, einen Weg zu finden, wie wir die Sachen verteilen können?"

Ein Anflug von Lächeln huschte über sein Gesicht, bevor es wieder verschwand. „Ja, Flora. Ich unterstütze mehrere angesehene Wohltätigkeitsorganisationen, die dir dabei helfen können. Ich werde die Information an Mrs Worthington weitergeben und ihr beide könnt dann zusammen an deinem Projekt arbeiten."

Rebecca entschuldigte sich und eilte aus dem Arbeitszimmer, ohne auf ihre Schwester zu warten. Obwohl es nicht Floras Absicht gewesen war, hatte ihre Schwester sie mit ihrer letzten Bitte beschämt. Nach allem, was sie in den letzten Tagen in der Fabrik und dem Viertel gesehen hatten, hatte Rebecca trotzdem nur an sich selbst und an ihre Sehnsucht nach Abenteuer gedacht. Floras weiches Herz hatte sie dazu gebracht, zuerst an die anderen zu denken. Rebecca wollte unbedingt ihren Wissensdurst befriedigen und Neues lernen, aber als sie nach oben rannte und immer zwei Stufen auf einmal nahm, damit niemand ihre Tränen sah, dachte sie, dass ihre beste Lehrerin vielleicht immer Flora sein würde.

KAPITEL 8

Chicago
1865
Fünfundzwanzig Jahre früher

Rebecca grinste von einem Ohr bis zum anderen, als sie an einem regnerischen Morgen im April mit der ausgebreiteten Zeitung beim Frühstück saß. Vater und Flora und sie warteten seit Wochen auf diese Nachricht und hatten zu Hause und in der Kirche dafür gebetet. Jetzt machte die Überschrift es offiziell: Der Krieg war vorbei. General Lee hatte sich mitsamt der Armee von Nord-Virginia General Grant ergeben. Als Flora mit ihren Schulbüchern auf dem Arm hereingelaufen kam und sich auf ihren Stuhl fallen ließ, hielt Rebecca die erste Seite hoch. „Sie haben einen Friedensvertrag unterzeichnet, Flora, in einem Dorf in Virginia namens ..." Sie drehte die Zeitung um und las noch einmal nach: „Appomattox Court House. Ich glaube, ich bin beinahe so froh wie die kriegsmüden Soldaten."

Flora schloss einen Moment lang die Augen und stieß einen tiefen Seufzer aus. „Dem Himmel sei Dank. Überleg doch nur, was das für all die ehemaligen Sklaven bedeutet. Endlich können sie als freie Männer und Frauen leben." Flora dankte Maria Elena, die einen Teller mit Ei und Toast vor ihr platzierte, dann senkte sie den Kopf zum Tischgebet.

„Ja, und auch unser Leben kann jetzt wieder in normalen Bahnen verlaufen", sagte Rebecca, als Flora fertig war. „In diesem Sommer können wir endlich unsere Reise nach Europa machen, die wir so lange aufgeschoben haben." Sie strich Erdbeermarmelade auf ihren

Toast und vertiefte sich wieder in die Artikel über den Krieg, bis ihre Kutsche draußen in der Wagenauffahrt hielt.

Rufus wartete am Eingang und hielt ihnen einen Schirm über den Kopf, während er ihnen für die Fahrt nach Evanston auf ihre Sitze half. In zwei Monaten würde Rebecca am Northwestern Female College ihren Abschluss in Geschichte machen. Was für ein perfekter Zeitpunkt für eine Auslandsreise.

„Ich wünschte, ich wüsste, wie wir helfen können", sagte Flora, als die Kutsche mit einem Ruck anfuhr und dann auf die geschäftige Straße abbog.

„Wem helfen? Wobei?" Rebecca hatte die Zeitung mitgenommen, faltete sie aber jetzt zusammen und legte sie auf ihren Schoß.

„Den ehemaligen Sklaven", antwortete Flora, als wäre das ganz offensichtlich.

„Oh, natürlich. Ich bin sicher, dass es etwas gibt, das wir tun können. Aber ehrlich gesagt möchte ich erst reisen. Ich plane diese Reise schon seit Kriegsbeginn." Weil Flora nicht sofort antwortete und wenig Begeisterung zeigte, machte Rebecca sich Sorgen. Sie wartete und lauschte den Kutschrädern, die durch Pfützen platschten, und dem Regen, der wie nervöse Finger auf das Dach des Wagens trommelte. „Und ...?", fragte sie schließlich.

Flora schüttelte den Kopf. „Ich kann mir nicht vorstellen, dass wir jetzt reisen können, Becky. Vater scheint es gar nicht gut zu gehen. Hast du nicht bemerkt, wie sehr er außer Atem ist, wenn er die Treppe hinaufgeht?"

„Ja, das ist mir auch aufgefallen." Im Laufe des Krieges war die kräftige Gestalt ihres Vaters in sich zusammengefallen. Auch sein Appetit hatte nachgelassen. Erst gestern Abend hatte Rebecca gesehen, wie er seinen Teller unangetastet von sich geschoben hatte, und ihn gefragt: „Müssen wir uns Sorgen um dich machen?"

„Ganz und gar nicht", hatte er erwidert. „Nur ein wenig Sodbrennen." Rebecca hatte beschlossen, ihm zu glauben. Immerhin war es nur verständlich, dass er mit seinen dreiundsechzig Jahren allmählich etwas kürzertrat.

„Wenn er nicht reisen möchte, kann er doch eine Begleitperson für uns einstellen. Es ist gewiss nicht schwer, einen erfahrenen Reisegefährten für uns zu finden, oder was meinst du?"

Flora schüttelte immer noch den Kopf. „Ich will nirgendwohin reisen, solange es Vater so schlecht geht. Es wäre nicht recht, ihn hier ganz allein zurückzulassen, wenn er nicht wohlauf ist."

Enttäuscht drehte sich Rebecca zum Fenster. Unter dem wolkenverhangenen Himmel wirkte die Stadt grau und düster und sie sehnte sich danach, Chicago zu verlassen. Sie liebte ihren Vater und würde am Boden zerstört sein, wenn ihm etwas zustieß, aber sie wartete schon so lange darauf zu reisen, und konnte ihre Verärgerung darüber, noch länger warten zu müssen, kaum unterdrücken. Auch Flora sagte nichts mehr, bis die Kutsche vor dem College hielt und Rufus mit dem Schirm an der Tür erschien.

„Mrs Worthington kommt heute um vier Uhr zu uns", sagte Flora zu Rebecca. „Vergiss es nicht."

„Wie könnte ich das vergessen?" Seit ihrem Geheimeinsatz in der Uniformfabrik hatte die Witwe sie immerzu argwöhnisch beobachtet. Jetzt, im Alter von zwanzig Jahren, war Rebecca es leid, bewacht zu werden. Aber die Witwe war die ständige Gefährtin ihres Vaters und grub sich in sein Leben ein wie eine Schlange.

„Geh nur nicht in der Bibliothek verloren, mit dem Kopf in irgendeinem Geschichtsbuch", mahnte Flora.

„Keine Angst. Wir treffen uns rechtzeitig hier." Rebecca schritt durch den feinen Nieselregen auf das Gebäude zu und überließ ihrer Schwester den Schirm, da Flora sich viel mehr Gedanken um ihr Äußeres machte. Aufgeregte Stimmen drangen durch die Flure, auf denen die Studentinnen die Nachricht vom Friedensabkommen feierten. Rebecca grüßte niemanden, sondern eilte stattdessen zu ihrem Zufluchtsort, dem Klassenzimmer. Diese akademische Welt mit ihren Vorlesungen und Hausarbeiten und Examen liebte sie. Ihre Leidenschaft für Geschichte und Forschung war im College aufgeblüht, aber dieses Kapitel ihres Lebens würde auch bald abgeschlossen sein. Sie hatte keine Ahnung, was als Nächstes kommen sollte. Sie hatte gehofft, dass sich durch ihre Auslandsreise eine neue Richtung auftun würde.

Der Tag fühlte sich an wie ein Ferientag, weil Studierende und Lehrende das Kriegsende feierten und die Rückkehr ihrer Brüder, Väter, Verlobten und Freunde vom Schlachtfeld. Mitzufeiern fiel Rebecca schwer, weil sie immerzu an ihre Enttäuschung denken musste und an das schuldbewusste Gefühl, dass sie selbstsüchtig war, weil sie reisen wollte, während ihr Vater krank war. Sollte sie ihn bitten, einen Arzt aufzusuchen? Vielleicht sollte sie Mrs Worthington bitten einzuschreiten. Schließlich lag es auch im Interesse der Witwe, dass Vater seine Gesundheit wiedererlangte. Aber was war, wenn er sie einlud, sie auf ihrer Reise zu begleiten? Oder noch schlimmer, wenn er sie heiratete? Rebecca hatte ihren Vater gebeten, die Witwe nicht zu heiraten, bevor sie ihren College-Abschluss hatte, und er hatte eingewilligt. Aber jetzt rückte dieser Zeitpunkt immer näher.

Als die Witwe an diesem Nachmittag erschien, kam Rebecca sofort auf die Gesundheit ihres Vaters zu sprechen. Mrs Worthington hatte gerade den Salon betreten und noch nicht einmal Hut und Mantel abgelegt, als Rebecca schon sagte: „Wir machen uns Sorgen um unseren Vater. Haben Sie bemerkt, wie unwohl er in letzter Zeit zu sein scheint? Wissen Sie noch, dass er letzte Woche das Abendessen absagen musste?"

Die Witwe antwortete nicht sofort, sondern legte erst Hut und Handschuhe ab. Mit makelloser Haltung hockte sie auf der Kante des Rosshaarsofas. Der neu gestaltete Salon war anmutig und rüschig, so wie es der Witwe gefiel, aber es entsprach nicht Rebeccas oder Floras Geschmack – und ganz gewiss nicht dem ihres Vaters. Aber der kleine Tisch am Kamin war immer noch ein stiller, angenehmer Ort, an dem Rebecca ihre Bücher ausbreiten und an verregneten Nachmittagen lernen konnte.

„Er wirkt in letzter Zeit tatsächlich müde", sagte die Witwe schließlich. „Ich werde mit ihm über eure Sorgen sprechen. Aber heute müssen wir erst einmal ..."

„Jetzt, wo der Krieg vorüber ist, wollen Flora und ich nach Griechenland und Ägypten reisen, noch in diesem Sommer", unterbrach Rebecca sie. „Ich habe *Murrays Reiseführer für das moderne Ägypten und Theben* gelesen und unsere Reiseroute steht bereits fest. Wir brauchen nur noch ein Abreisedatum – und möglicherweise eine Begleitperson, falls es Vater nicht gut genug geht, um mit uns zu reisen."

Mrs Worthington beugte sich vor und legte Rebecca die Hand auf den Arm. An ihrem traurigen Blick und daran, wie die Witwe den Kopf ein wenig zur Seite neigte, erkannte Rebecca, dass es schlechte Nachrichten gab. „Diesen Sommer wird keine Zeit zum Reisen sein, meine Liebe. Jetzt, wo all die jungen Männer aus dem

Krieg zurückkehren, wird ein heftiger Wettstreit um die Ehemänner entbrennen. Wir müssen dafür sorgen, dass ihr beide ganz oben auf der Liste jedes geeigneten Kandidaten steht."

„Nicht das schon wieder!", stöhnte Rebecca. Enttäuscht sank sie auf ihrem Sitz zusammen. Nachdem die meisten geeigneten Männer in den Krieg gezogen waren, hatten Flora und sie die Pause in Mrs Worthingtons Heiratsplänen genossen. Diejenigen, die es noch gegeben hatte, waren körperlich untauglich oder so feige, dass sie sich freigekauft hatten. Darüber, dass sie keine geeigneten Ehemänner abgaben, waren sich alle einig.

„Setz dich richtig hin, Rebecca, und hör mir zu. Es ist entscheidend, dass wir uns heute euren gesellschaftlichen Terminen widmen, damit ihr in den kommenden Wochen einen vollen Kalender und damit viele Gelegenheiten habt."

Panik drückte die Luft aus Rebeccas Lunge wie ein zu enges Korsett. Die herrlichen Reisemonate im Sommer würden aus ihrem Leben gepresst werden wie Saft aus einer Orange. „Aber ich will keinen vollen Kalender oder …"

„Euer Vater hat mir versichert, dass dies sein Wunsch für euch ist."

„Aber es spielt doch gewiss keine Rolle für unsere Heiratsaussichten, ob wir zwei oder drei Monate fort sind."

„Rebecca, Liebes, ihr seid nicht die einzigen heiratsfähigen Frauen in Chicago. Ich kenne Paare, die sich innerhalb von zwei oder drei Monaten kennengelernt, verlobt und geheiratet haben. Die zurückkehrenden Soldaten werden sehr darauf bedacht sein, eine Familie zu gründen und wieder ein ziviles Leben zu führen."

Nach dem stürmischen Morgen hatte sich die Sonne an diesem Nachmittag doch noch blicken lassen, aber in diesem Augenblick verschwand sie hinter einer Wolke und es war, als wären alle Lampen im Raum gelöscht worden. Alle Hoffnung auf eine Reise war ebenso erloschen. Als die Sonne nach einigen Minuten immer noch nicht wieder zu sehen war, hatte Rebecca das Gefühl, dem Untergang geweiht zu sein.

Den restlichen Nachmittag verbrachten sie damit, ein Essen bei Mrs Worthington zu planen, um die „wichtigen" Soldaten, wie die Witwe sie nannte, daheim willkommen zu heißen. „Wichtig" hieß, dass sie auf der Liste jeder heiratsfähigen Frau ganz oben standen.

Es wunderte Rebecca nicht, dass zwei von Mrs Worthingtons Neffen, Frederick und Thomas, die Liste anführten. „Ein bisschen Vetternwirtschaft spitzt Amors Pfeile besonders gut", murrte Rebecca, als Flora und sie sich an dem betreffenden Abend für das Essen ankleideten.

„Aber möchtest du nicht auch einen wundervollen Mann kennenlernen und dich verlieben, Becky? Die Liebe ist das Thema jeder guten Geschichte. Denk nur an *Romeo und Julia* und …"

„Als Literaturstudentin musst du das ja jetzt sagen." Rebecca atmete ein, während ihre Zofe ihr Korsett enger schnürte. Das Ankleiden hatte sich dank Mrs Worthington zu einem komplizierten, langwierigen Prozess entwickelt. Die Tage, als Rebecca sich mühelos für besondere Anlässe selbst zurechtmachen konnte, waren endgültig vorbei.

„Das Thema wahrer Liebe findet sich auch in deinen Geschichtsbüchern überall", gab Flora zu bedenken. Sie saß am Frisiertisch, während ihre Zofe ihr die goldblonden Haare aufsteckte. „Was ist mit der schönen Helena? Oder mit Antonius und Kleopatra? Männer haben für die Frauen, die sie liebten, Kriege geführt."

Bei der Erwähnung von Kleopatra und der bitteren Erinnerung an ihre vereitelte Ägyptenreise zog Rebecca eine Grimasse. Sie hob die Arme, als die Zofe den Reifrock über ihren Kopf zog, und betrachtete sich in dem Standspiegel. Das Gesicht, das sie dort sah, war kantig und unattraktiv. Egal, wie viele Rüschen und Volants und Spitzenlagen die Schneiderin an ihre Kleider nähte – Rebecca würde niemals hübsch sein. Ihre Haare mochten professionell gelockt und aufgesteckt sein, aber sie hatten trotzdem eine langweilige stumpfe braune Farbe. „Seien wir doch mal ehrlich, Flora. Der einzige Grund, warum Männer sich um mich prügeln werden, ist Vaters Wohlstand."

„Das stimmt nicht …"

„Du hingegen bist nicht nur klug und gütig, du bist schön." Rebecca wusste, dass ihre Schwester das hübsche, dunkeläugige Bild, das sie im Spiegel sah, nicht leugnen konnte. Ihre schmale Figur würde selbst in einem Jutesack noch anmutig und weiblich aussehen. Aber was Flora noch attraktiver machte, war die Tatsache, dass ihr überhaupt nicht bewusst war, wie reizend sie war. In ihrer Schönheit lagen kein Stolz, keine Arroganz. Aus ihr leuchtete eine innere Schönheit, die nur wenige attraktive Frauen jemals erlangten. Ihr gütiges Herz ließ in jedem Raum, den sie betrat, die Sonne aufgehen, vom düsteren Speisesaal im Armenhaus der Stadt, in dem sie freiwillig half, bis zu den eleganten Ballsälen in den feinsten Herrenhäusern Chicagos. Rebecca hätte auf ihre Schwester neidisch sein können, wenn sie sie nicht so leidenschaftlich geliebt hätte.

„Wir werden beide jemanden finden. Jemanden, der etwas Besonderes ist, Becky, das weiß ich. Vielleicht sogar schon heute Abend."

„Das wäre mir nur recht. Je eher ich jemanden finde, desto eher können wir unsere Reisen ins Ausland antreten. Der Mann, der mir einen Heiratsantrag macht, sollte auf jeden Fall bereit sein, die Welt zu erkunden."

„Und für ein Abenteuer zu haben sein, richtig? Es macht doch keinen Spaß zu reisen, wenn nichts Aufregendes passiert?"

„Genau." Rebecca beugte sich vor, damit die Zofe ihr das Seidenkleid über den Kopf streifen konnte, dann richtete sie sich wieder auf, während sie ihr die winzigen Knöpfe auf dem Rücken zumachte und die Schleife band. „Ich möchte auch die große Liebe und einen Gefährten finden, Flora, aber ich weiß immer noch nicht, was Gottes Wille für mein Leben ist. Ich werde mich nicht mit einem Ehemann zufriedengeben, der mir nicht erlaubt, diesen Sinn im Leben zu finden. Ich bin so enttäuscht, weil andere Leute entscheiden, was ich tue, wie ich mich verhalten soll und sogar, was ich trage. Warum kann ich nicht meine eigenen Entscheidungen treffen?"

Flora erhob sich von ihrem Stuhl und nahm Rebecca in die Arme, sodass ihre ausladenden Röcke und Reifen zwischen ihnen zusammengedrückt wurden. „Ich weiß, ich weiß. Aber das hier ist nur vorübergehend, Becky. Irgendwann werden wir diese Reise nach Ägypten machen, das verspreche ich dir."

Die frisch aus dem Militärdienst entlassenen Neffen der Witwe, Thomas und Frederick, warteten bereits im Foyer des Worthington-Hauses, um Rebecca und Flora zu begrüßen. Nach den Jahren bei der Armee wirkten sie drahtig und nervös und erinnerten Rebecca an reinrassige Pferde, die bei einem Rennen auf den Startschuss warten, um in Richtung Ziellinie zu galoppieren. Es war ein beunruhigendes Gefühl zu wissen, dass Flora und sie das Preisgeld waren. Sie erinnerte sich an Freddy Worthington von vor dem Krieg, als er träge und blass gewesen war und sie ihn um sein Studium an der Universität Yale beneidet hatte. Sie wusste auch noch, wie schwierig es gewesen war, ein Gesprächsthema zu finden, das sie beide interessierte.

Sie begrüßten sich, noch bevor Rebecca und Flora sich entschuldigten, um ihre Umhänge abzulegen und sich frisch zu machen, und zwar in demselben Zimmer im Obergeschoss, in dem sie fünf Jahre zuvor gewesen waren – und bei vielen anderen Gelegenheiten seither. Diesmal waren sie besser vorbereitet auf eine elegante Abendgesellschaft und auch besser gekleidet, was sie der Witwe zu verdanken hatten. Aber Rebecca fühlte sich noch immer so unwohl wie die getigerte Katze, die Flora und sie früher in Puppenkleider gesteckt hatten. Ihr Spiegelbild ähnelte dem inneren Bild, das sie von sich selbst hatte, so ganz und gar nicht.

„Ganz offensichtlich hat die Witwe es so eingerichtet, dass ihre Neffen die Ersten sind, die uns den Hof machen können", sagte Rebecca, während sie zusah, wie Flora sich in die Wangen kniff, um sie zu röten. „Wir könnten jetzt auf dem Weg nach Kairo oder Athen sein und ich bin ganz sicher, diese beiden würden auf uns warten – und auf Vaters Geld."

„Ich weiß, dass du diese gesellschaftlichen Dinge nicht magst, Becky, aber wir tun es Vater zuliebe, weißt du noch? Er will, dass wir gut versorgt sind."

„Ich würde lieber für mich selbst sorgen, vielen Dank."

„Du musst der Liebe eine Chance geben. Sie kann nicht durch eine Tür gehen, die fest verschlossen ist. Aber sie könnte dich überraschen und sich hereinschleichen, wenn du die Tür einen Spaltbreit offen stehen lässt."

Rebecca runzelte die Stirn. „Aus welchem Roman stammt das denn?"

„Aus gar keinem. Das habe ich mir gerade ausgedacht."

Sie gingen in den Salon und machten gefällige Konversation, bis die Glocke zum Essen klingelte. Fredrick Worthington bot Rebecca den Arm, wie er es bei ihrer ersten Begegnung getan hatte, und geleitete sie ins Speisezimmer. Freddys Cousin, Thomas Worthington, hatte offenbar das längere Streichholz gezogen oder die richtige Seite der Münze gewählt oder wie auch immer die Entscheidung gefallen war und war Floras Begleitung an diesem Abend.

„Erzählen Sie mir vom Krieg", sagte Rebecca, als der erste Gang aufgetragen war. Ohne Zögern griff sie zu der richtigen Gabel, da ihr die Regeln der Etikette inzwischen in Fleisch und Blut übergegangen waren. „Es muss aufregend gewesen sein, Chicago zu verlassen und an neue Orte zu reisen, selbst unter so schwierigen Umständen."

„Ich war während des Krieges in Washington stationiert und habe im Büro des Quartermaster Generals gearbeitet."

Rebecca dachte bei sich, dass auch ein weniger gesunder Mann diese Schreibtischtätigkeit hätte erledigen können. Dann wäre Freddy in den Kampf gezogen und hätte die Truppe direkt unterstützt. Aber das behielt sie lieber für sich. „Wie interessant. Was haben Sie dort gemacht?"

„Ich habe Vorräte organisiert, Regierungsverträge mit Herstellern verhandelt, den Transport veranlasst ..."

„Auch von Uniformen?"

„Unter anderem."

„Flora und ich waren hier in Chicago in einer Fabrik, die Armeeuniformen herstellte. Die Arbeitsbedingungen dort waren entsetzlich. Sogar achtjährige Mädchen haben dort gearbeitet und nur vier Dollar die Woche verdient."

„Davon weiß ich nichts."

Es schien ihn auch nicht zu interessieren. Rebecca wartete, bis der Bedienstete ihren Fischteller entfernt hatte und ihre Empörung etwas nachgelassen hatte, bevor sie wieder das Wort ergriff. „Konnten Sie in der Gegend von Washington irgendwelche interessanten Orte besichtigen, während Sie dort waren?"

„Danach stand mir nicht der Sinn und ich hatte auch keine Zeit dazu."

„Und wie ist es jetzt? Sie haben doch gewiss Reisepläne, jetzt wo der Krieg beendet ist."

„Ich bin froh, wieder in Chicago zu sein, und möchte so bald wie möglich wieder in der Geschäftswelt arbeiten."

„Waren Sie jemals im Ausland?"

„Ich hatte nie das Verlangen. Natürlich, wenn meine Arbeit mich ins Ausland führte, würde ich gehen. Aber zu reisen, um lediglich die Sehenswürdigkeiten zu besuchen, ist reine Zeit- und Geldverschwendung."

Rebeccas brennende Wangen verrieten ihre zunehmende Verärgerung. Angesichts seiner Ignoranz musste sie innerlich gegen ihre Ungeduld ankämpfen. *Zeitverschwendung – was für eine Frechheit!* „Reisen können sehr lehrreich sein. Es gibt sehr viele Dinge, die man lernen kann, wenn man fremde Länder besucht und andere Kulturen beobachtet. Und es gibt sehr viel Kunst und Architektur zu sehen, die sichtbaren Zeugnisse der Geschichte dieser Welt. Als ich das letzte Mal im Ausland war, habe ich mein eigenes Land mit ganz neuen Augen sehen gelernt." Sie wartete auf eine Erwiderung und eine Frage nach ihren Erlebnissen, aber er sagte nichts. Die Unterhaltung hatte eine Richtung eingeschlagen, die er scheinbar nicht weiterverfolgen wollte.

Rebecca fand keinen rechten Geschmack an den Delikatessen, die ihr vorgesetzt wurden – teils wegen der Enge ihrer Korsettstangen, teils wegen ihrer Empörung. Sie tat so, als interessiere sie sich für das Essen, um all die beleidigenden Bemerkungen, die ihr in den Sinn kamen, nicht auszusprechen – zum Beispiel, dass Freddy vielleicht weniger langweilig wäre, wenn er sein Büro mal verlassen und irgendwohin reisen würde.

Er sah nicht schlecht aus – manche hätten ihn vielleicht sogar als attraktiv bezeichnet. Aber er hatte eine Art, das Kinn anzuheben und andere von oben herab anzusehen, die Rebecca ärgerte. Er hatte dunkles lockiges Haar, einen hellen Teint und denselben gierigen Blick in seinen tief liegenden blauen Augen wie seine Tante, Mrs Worthington. Er war mindestens einen Meter achtzig groß, neigte unter seinem gut geschnittenen Abendanzug aber bereits zur Rundlichkeit. Freddy hatte eine nervöse Unruhe an sich, die man auf Kriegsmüdigkeit hätte zurückführen können, wenn er tatsächlich im Krieg gewesen wäre, anstatt in Washington zu sitzen. Wenn er nichts in der Hand hielt, trommelte er mit den Fingern und sein Bein wippte unaufhörlich auf und ab, wenn er saß, so als wartete er auf jemanden, der sich verspätet hatte. Wie konnte ein so langweiliger Mann nur so zappelig sein?

Aber vielleicht tat sie Freddy auch unrecht. Anstatt über ihre eigenen Interessen zu reden, sollte sie seine in Erfahrung bringen. Als die Zeit für den nächsten Gang gekommen war, wählte sie höflich ein neues Thema. „Erzählen Sie mir von Ihrer Arbeit."

„Ich arbeite im Bereich Finanzen und Investitionen. Mit den

Details will ich Sie nicht langweilen. Außerdem würden Sie diese wahrscheinlich ohnehin nicht verstehen."

Rebecca legte ihre Gabel nieder, damit sie nicht in Versuchung geriet, ihn damit aufzuspießen. „Wollen wir es auf einen Versuch ankommen lassen?", forderte sie ihn heraus. „Ich werde demnächst mein Studium am Northwestern Female College mit *summa cum laude* abschließen. Meine Professoren haben mir versichert, ich sei sehr intelligent für eine Frau."

Doch er lächelte nur herablassend. „Das hat meine Tante mir erzählt. Aber ich möchte ihr besonderes Diner nicht mit Diskussionen über meine Arbeit verderben."

Rebecca versuchte noch mehrere andere Gesprächsthemen, während sie sich durch das 5-Gänge-Menü aßen, aber jeder Vorstoß endete wie der letzte. Sie hörte, wie Flora und Thomas am anderen Ende des Tisches lachten, und schloss daraus, dass ihre Schwester besser Konversation machen konnte als sie. Oder aber Thomas war nicht so öde wie Freddy. Rebecca hielt es für unwahrscheinlich, dass zwischen ihnen der Funke überspringen könnte, denn Freddy war ungefähr so interessant wie ein nasser Waschlappen. Aber sie hatte gelernt, dass es die Aufgabe der Frau war, das Gespräch in Gang zu halten, indem sie faszinierende Themen ansprach und neugierige Fragen stellte – sofern sie nicht zu persönlich waren. Als der Diener das luftige Erdbeerdessert brachte, versuchte sie ein letztes Mal, seine Vorstellungskraft zu entzünden.

„Wenn Sie die Gelegenheit hätten zu reisen, welchen Ort würden Sie dann am liebsten besuchen?"

„Ich habe überhaupt nicht den Wunsch, irgendwohin zu reisen."

Jetzt hatte Rebecca genug. Entgegen jeden anderslautenden Rat beschloss sie, über sich selbst zu sprechen. „Also, ich denke oft darüber nach. Wenn ich könnte, würde ich morgen losfahren und die Länder der Bibel besuchen – Ägypten, Jerusalem, den See Genezareth. Ich würde die Gegenden erkunden, in denen …"

„Soweit ich weiß, sind diese Orte sehr rückständig und kaum zivilisiert. Ich bezweifle, dass es dort die Annehmlichkeiten gäbe, die wir gewohnt sind."

„Annehmlichkeiten wären mir gleichgültig. Ich würde einfach nur gerne auf den Spuren Jesu wandeln und die jahrhundertelange Geschichte des Heiligen Landes in mich aufsaugen. Eine der Missionen, die wir als Familie unterstützen, ist eine evangelische Kirche mitten in der Altstadt von Jerusalem, genau dort, wo das Christentum begonnen hat. Die Missionare dieser Organisation kommen von Zeit zu Zeit her und erzählen von ihrer Arbeit in jenem Teil der Welt. Ich finde ihre Berichte immer äußerst fesselnd."

Wie ein Wagen ohne Bremse rollte Rebecca weiter mit ihrem Thema, das sie so sehr interessierte. Sie konnte gar nicht mehr aufhören. „Außerdem würde ich gerne jene Länder der Erde bereisen, in denen all die archäologischen Entdeckungen gemacht wurden, und die Ausgrabungen von Layard und Botta besichtigen, Orte wie Chorsabad und den Palast von Sargon." Sie warf einen schnellen Blick zu Freddy hinüber, der aussah, als hätte er nicht die geringste Ahnung, wovon sie redete, und fuhr dann fort mit zunehmendem Schwung, während sie sich fragte, wie seine Reaktion aussehen würde, wenn sie irgendwann fertig war. Entweder würde er zugeben, dass sie ihn langweilte, und einer anderen den Hof machen, oder er würde durch sein Interesse an ihrer Leidenschaft beweisen, dass er ein geeigneter Ehemann wäre.

„Besonders faszinierend fand ich bei meinem Geschichtsstudium, dass die Menschen und Orte, die in der Bibel erwähnt sind, echt waren – Personen wie König Nebukadnezar und Orte wie Assyrien und Babylon. Es war genau so, wie der Prophet Jeremia es vorhergesagt hat: Babylon war ein Haufen Ruinen geworden ohne Bewohner, besiedelt von Eulen und Schakalen." Sie meinte zu sehen, wie Freddy ein Gähnen unterdrückte, und sprach erst recht weiter. „Aber niemand kann die Bibel noch als Mythos und Legende abtun, weil Layards Entdeckungen bewiesen haben, dass es diese Personen und Orte gegeben hat und dass die Darstellung der geschichtlichen Ereignisse in der Bibel doch auf Tatsachen beruht. Ich würde sehr gerne dorthin reisen und an solchen erstaunlichen Entdeckungen beteiligt sein. Sie nicht?"

„Nein. Im ganzen Osmanischen Reich ist das Reisen viel zu gefährlich." Seine Stimme klang so kalt, dass es Rebecca fröstelte. Zum Glück hatte der Dienstbote ihre Gabel entfernt und mit ihr die neuerliche Versuchung, Freddy damit zu durchlöchern. Sie beschloss, sein Interesse an ihr ein für alle Mal zunichtezumachen.

„Meine Lehrer haben mir bestätigt, dass ich eine Begabung für Sprachen habe. Mein Traum ist es, tun zu können, was Champollion tat, als er einen unschätzbar wertvollen Fund wie den Stein der Rosette deutete. Stellen Sie sich nur vor, wie aufregend es wäre, Hieroglyphen zu entziffern. Es wäre so, als würde man einen Geheimcode knacken und den Historikern eine ganze Welt voller Entdeckungen eröffnen – ein Blick in die Vergangenheit mit eigenen Augen."

„Aber wozu sollte das gut sein, Miss Hawes? Es würde doch niemandem den Alltag hier in Chicago erleichtern."

„Im Römerbrief gibt es einen Vers, in dem steht, dass alles, was in der Vergangenheit geschrieben wurde, dazu da ist, dass wir etwas daraus lernen, damit wir Mut und Hoffnung haben. Lesen wir die Bibel nicht deshalb? Damit wir von der Vergangenheit wissen und daraus lernen können? Wir können uns die Ruinen von Babylon ansehen und die Gründe studieren, die zur Zerstörung geführt haben, damit wir daraus lernen und nicht dieselben Fehler machen. Als Flora und ich noch klein waren, hat der Pastor unserer Gemeinde in seinen Predigten von den Menschen und Orten des Alten Testaments erzählt: Abraham, der Ur in Chaldäa verlassen hat, um Gott zu gehorchen; Mose, der Gottes Stimme in einem brennenden Dornbusch hörte und sich dem Pharao entgegengestellt hat mit der Aufforderung: ‚Lass mein Volk ziehen!' Wir hörten von der ägyptischen Armee, die im Roten Meer ertrank, von den Zehn Geboten auf dem Berg Sinai, von Josua, der Jericho eroberte. Und aus diesen Beispielen zog der Pastor Lektionen, die wir in unserem täglichen Leben gebrauchen konnten."

„Ich kann mir vorstellen, dass diese Geschichten im Kontext einer Predigt ihre Berechtigung haben. Aber Ihr Geistlicher hat doch darüber gesprochen, ohne die riskante Reise nach Ägypten anzutreten, nicht wahr?"

Frustriert stieß Rebecca einen wenig damenhaften Seufzer aus. „Finden Sie Geschichte nicht um ihrer selbst willen spannend? Ich schon."

„Ehrlich gesagt interessiert es mich mehr, in die Zukunft zu blicken als zurück in die Vergangenheit. Jetzt, wo der Krieg vorbei ist, wird dieses Land sehr schnell wachsen und sich verändern. Die neuen Eisenbahnlinien quer durch Amerika haben den Osten mit dem Westen verbunden und Chicago befindet sich genau in der Mitte unseres Landes. Ich möchte mit herausragenden Männern wie Ihrem Vater zusammenarbeiten und lernen, wie ich am besten in Amerikas Zukunft investieren kann."

Da war es also. Endlich hatte Freddy sein Motiv offenbart, warum er ihr den Hof machte, absichtlich oder nicht. Sie legte die gefalteten Hände in den Schoß, um nicht mit dem Finger auf ihn zu zeigen und zu rufen: *Ha!* Als sie sich wieder beruhigt hatte, sagte sie: „Wenn Sie Zeit mit meinem Vater verbringen, werden Sie feststellen, dass er sich ebenso für Geschichte interessiert wie ich. Seine Bibliothek ist voller Bände zu diesem Thema. Ich vermute, dass ich mein Interesse daher habe." Zu spät erkannte Rebecca ihren Fehler. Freddy könnte ein Interesse an Geschichte vortäuschen, um sich bei ihrem Vater lieb Kind zu machen.

Sie wusste nicht, was sie sonst noch sagen sollte. Als das qualvolle Essen zu Ende war, begab sie sich erleichtert in den Salon, der zum Tanzen leer geräumt worden war. Diesmal war Rebecca viel besser auf den Walzer vorbereitet, was sie den Lektionen der Witwe zu verdanken hatte, und sie fühlte sich anmutig und geschmeidig im Vergleich zu Freddy, der tanzte, als stünde er bei einer Parade Gewehr bei Fuß. Am anderen Ende des Raumes schienen Flora und Thomas wie füreinander geschaffen. Sie schwebten und drehten sich auf der Tanzfläche, als würden sie auf Eis dahingleiten. Ihre Schwester war wirklich lebhaft und hübsch. Rebecca hoffte, dass Thomas Worthington ihrer würdig war.

Als der Abend sich dem Ende entgegenneigte, war Rebecca von Freddy so gelangweilt, dass sie ganz benommen war – und er von ihr wahrscheinlich auch. Nach diesem Abend würde er einer anderen wohlhabenden Tochter den Hof machen, was ihr nur recht war. Aber als er im Foyer stand, um ihr mit ihrem Umhang zu helfen, überraschte er sie mit der Frage: „Wären Sie so freundlich, mich nächste Woche zu meinem Regimentsdinner zu begleiten?"

Warum?, hätte sie beinahe gefragt. *Wir haben doch keinerlei Gemeinsamkeiten.* Aber dann sah sie, dass ihr Vater sie beobachtete. Er hatte dunkle Ringe unter den Augen und sah so bleich aus wie damals, als er an der Seekrankheit gelitten hatte. Rebecca wollte zu seiner Genesung beitragen, indem sie ihm einen Gefallen tat. Er war ein exzellenter Menschenkenner und musste irgendetwas Gutes an Freddy sehen. Daher drehte sie sich zu dem jungen Worthington um. „Es wäre mir ein Vergnügen", log sie.

KAPITEL 9

In diesem Frühjahr nahm Rebecca zusammen mit Freddy Worthington an einer Veranstaltung nach der anderen teil und jedes Mal hoffte sie, er würde sich endlich dafür interessieren, was sie dachte, für ihre Hoffnungen und ihre Träume oder für die Person, die sie wirklich war. Aber das geschah nicht. Trotzdem spielte sie ihrem Vater zuliebe weiter die Rolle einer wohlerzogenen Schaufensterpuppe, deren Sinn es war, gesehen, aber nicht gehört zu werden. Gelegentlich offenbarte Freddy eine charmante Seite seiner Person, zum Beispiel als er mit einem Blumenstrauß erschien oder ihr zu ihrem College-Abschluss ein elegantes goldenes Armband mit ihren Initialen schenkte. „Ich genieße es, mit dir zusammen zu sein, Rebecca", erklärte er ihr. „Du bist nicht so albern wie die meisten Frauen, die ich kenne." Wenn er doch nur Humor hätte, dachte Rebecca seufzend. Oder auch nur einen Hauch von Neugier. Ihr wäre es viel lieber, wenn er sie nach dem Thema ihrer Abschlussarbeit in Geschichte fragen würde, anstatt ihr Blumen zu schenken.

Sie sehnte sich danach, ihrem Vater zu sagen, dass sie gerne einen anderen Verehrer hätte, aber jedes Mal, wenn sie allen Mut zusammengenommen hatte, sah sie, wie angeregt er sich mit Freddy unterhielt, und ihr wurden zwei Dinge bewusst: wie glücklich Freddy ihren Vater machte und wie krank ihr Vater war. Der Sommer des Jahres 1865 kam und wieder einmal blieben Rebeccas Reisepläne in der Schublade ihres Frisiertisches zusammen mit einem Buch voller neuer Artikel über Ägypten. Der Prince of Wales war vor drei Jahren den Nil hinuntergefahren und sie hatte die Seiten mit wöchentlichen Berichten von seinen Reisen gefüllt, außerdem mit Artikeln über die Fortschritte bei den Bauarbeiten am Suezkanal. Ägypten war inzwischen zu einem exotischen Reiseziel für die besonders wohlhabenden Touristen Europas geworden und es frustrierte Rebecca, dass diese Leute sich die Pyramiden ansehen konnten und sie nicht. Wenn es Vater besser ging, würde Flora sicher mit ihr reisen, selbst wenn er nicht mitkommen wollte, da war sich Rebecca sicher. Aber es kam ihr auch irgendwie hartherzig vor, dass sie sich vor allem deshalb Gedanken um ihren Vater machte, weil sie reisen wollte.

Um etwas gegen ihre Langeweile zu tun, plante Rebecca für den 4. Juli ein Picknick im nahe gelegenen Lake Park. Sie erinnerte sich an die Menschen, die sie im *Jardin des Tuileries* in Paris auf den Wiesen hatte sitzen sehen, und hoffte, dass ein romantischer Nachmittag in Chicago unter freiem Himmel Freddy und sie einander näherbringen würde. Sie hoffte auch, sein Interesse an Ägypten zu wecken und ihn zu dem Reisegefährten zu machen, den sie sich so sehnlich wünschte. Während sie auf einer Decke saßen, die sie auf dem Rasen ausgebreitet hatten, und Maria Elenas gebratenes Hühnchen und Maisbrot aßen, entfaltete Rebecca einen Zeitungsartikel. „Hast du schon die Nachrichten über den Suezkanal gelesen, Freddy?" Er schüttelte den Kopf und schlug mit der Hand nach einer Fliege, die ihm um den Kopf schwirrte. „Sie graben schon seit fünf Jahren und haben bisher die Hälfte geschafft. Stell dir nur vor, wie viel Zeit man sparen wird, wenn der Kanal erst einmal eröffnet ist. Dann müssen die Schiffe nicht mehr um den ganzen afrikanischen Kontinent herumfahren, um nach Indien oder in den Fernen Osten zu gelangen." Sie breitete den Zeitungsausschnitt zwar demonstrativ vor ihm aus, aber er zeigte kein Interesse, sondern schien sich mehr für eine Ameisenkolonie zu interessieren, die mit großer Entschlossenheit auf ihren Picknickkorb zumarschierte.

„Hör mal, können wir irgendwie diese Insekten loswerden?", fragte er. „Sie sind überall."

„Nicht dass ich wüsste. Zum Charme eines Picknicks im Freien gehören sie dazu. Wir dringen in ihr Territorium ein, also ist es nur gerecht, dass sie uns näher begutachten."

„Ich finde Insekten aber nicht besonders charmant."

„Denk nicht an sie, Freddy. Wir sind von wunderschönen Bäumen umgeben – und sieh nur, was für eine hübsche Farbe der Lake Michigan heute hat. Ich genieße es, den Vögeln zuzuhören und die Eichhörnchen zu beobachten, die miteinander Fangen spielen. Du nicht? Wenn ich könnte, würde ich alle meine Mahlzeiten draußen einnehmen."

Freddy erschauerte, als würden die Ameisen sein Hosenbein hinaufkrabbeln. Die Menschen in Paris hatten bei ihrem Picknick nicht mürrisch und unbehaglich gewirkt. Aber vielleicht fühlte Freddy sich hier ebenso unwohl, wie sie sich bei steifen Gesellschaften fühlte, wenn ihr Korsett zu eng geschnürt war und die Reifröcke sie juckten. Sie seufzte und versuchte es noch einmal.

„Wenn es Vater besser geht, möchte ich immer noch nach Ägypten reisen. Und ins Heilige Land und nach Griechenland. Flora und ich haben Griechisch gelernt, damit wir uns mit den Leuten dort unterhalten können. Und vor Kurzem habe ich einen Lehrer gefunden, der uns für unsere Reisen ins Osmanische Reich Arabisch beibringen kann."

„Du hast doch gewiss die Nachrichten gelesen über die Unruhen in Europa zwischen Österreich und Preußen. Ich kann mir nicht vorstellen, dass es ein sicheres Reiseziel ist."

„Europa ist ein großer Kontinent, Freddy. Bestimmt kann man reisen und dabei den Konflikten aus dem Weg gehen." Sie sah, wie er mit Daumen und Zeigefinger ein Hühnerbein nahm, so als wollte er sich nicht die Hände schmutzig machen. Vergeblich hatte er im Korb nach Tellern und Besteck gesucht und schließlich eine Serviette auf dem Schoß ausgebreitet.

„Was Ägypten und das Osmanische Reich betrifft", fuhr er fort, „besteht an solchen rückständigen Orten die große Gefahr, sich mit Cholera und Ruhr anzustecken. Man sollte meinen, das würde deine Begeisterung dämpfen."

„Ganz und gar nicht. Selbst hier in Chicago ist die Cholera schon ausgebrochen." Rebecca sah zu, wie Freddy an seinem Mittagessen nagte, während er vergeblich gegen die Ameisen und Fliegen und eine lästige Wespe ankämpfte, die es scheinbar alle auf ihn abgesehen hatten. Rebecca konnte sich beim besten Willen nicht vorstellen, dass er vor einem romantischen Café in Paris Kaffee trank, geschweige denn auf einem Schiff den Nil hinunterfuhr.

Der Nachmittag wurde nicht besser. Freddy weigerte sich, einen Spaziergang am Ufer des Sees zu machen, weil er fürchtete, der feuchte Sand könnte seine Schuhe ruinieren. Er wollte nicht bis zum Feuerwerk warten und klagte über Mücken, als die Sonne untergegangen war. Rebeccas Hoffnung, dass Freddy und sie in einer entspannteren Umgebung mehr Gemeinsamkeiten entdecken würden, hatte sich nicht erfüllt. Trotzdem erlaubte sie ihm einen kleinen Kuss im Foyer, als er sie nach Hause brachte. Sie sah, wie er näher kam und sich herabbeugte, und sie schloss erwartungsvoll die Augen und fragte sich, wie es sich wohl anfühlen würde, geküsst zu werden. In der Literatur wurde es als etwas Wunderbares beschrieben. Freddy legte den Arm um ihre Taille und presste dann einige Sekunden lang seine feuchten Lippen auf ihre, bevor er sich von ihr löste. Im Licht des Foyers konnte sie sehen, dass seine Wangen so rot geworden waren wie reife Äpfel. Leider war das einzige Gefühl, das Rebecca empfand, Verlegenheit. „Auf Wiedersehen", sagte sie knapp. „Danke für den schönen Nachmittag." Dann schob sie ihn zur Tür hinaus.

Ihre Brautwerbung dauerte in den Herbst- und Wintermonaten an, während die Möglichkeit, ins Ausland zu reisen, weiterhin außer Reichweite blieb. Die Witwe hatte Rebeccas gesellschaftlichen Kalender und ihre Verabredungen mit Freddy Wochen im Voraus geplant und Rebecca wusste nicht, wie sie Mrs Worthington – oder auch Freddy selbst – erklären sollte, dass sie gerne mit jemand anderem ausgehen würde. Mit jemandem, der sich für die gleichen Dinge interessierte wie sie. Jemandem, der witzig und spontan und geistreich war. Jemandem, der über das diskutieren wollte, was auch sie bewegte. Wo war der stete Strom von geeigneten Verehrern, der angeblich nach dem Krieg vor ihrer Tür Schlange stehen würde? Da sie keinen Ausweg wusste, ließ Rebecca sich mitziehen und hörte neidisch zu, wie Flora unentwegt von Thomas plauderte, der scheinbar genauso war, wie ihre Schwester sich einen Partner vorstellte. Flora interessierte sich kaum noch für ihr letztes Jahr am Northwestern College, während Rebecca jede freie Minute damit zubrachte, bei einem Privatlehrer Arabisch zu lernen und so viele Geschichts- oder Theologievorlesungen wie möglich zu besuchen, nachdem sie die Professoren überredet hatte, ihr die Teilnahme zu erlauben.

Im Frühling 1866 war es dann so weit. Sie fand Freddy nicht nur fürchterlich langweilig, sondern empfand eine regelrechte Abneigung gegen ihn. Er schien sich einzig und allein dafür zu interessieren, wie er mehr Geld verdienen konnte. Rebecca wusste, dass der

Anstand es verbot, über Religion zu sprechen, aber als sie am Sonntag von der Kirche nach Hause fuhren, beschloss sie, sich trotzdem in theologische Gewässer zu begeben. Freddy ging seit mehreren Monaten mit ihr und ihrem Vater in den Gottesdienst – und mit Mrs Worthington natürlich.

„Wir haben nie über Gott oder unseren Glauben gesprochen", begann sie, „aber ich wüsste gerne, was du von der Predigt heute hältst und von Jonas widerwilliger Reaktion auf Gottes Ruf. Hast du schon einmal Gottes Ruf in deinem Leben gehört?"

Freddys nervöses Fußwippen wurde schneller. „Als Christ bin ich der Meinung, dass die Kirche in unserem Leben eine große Rolle spielt."

„Aber wie ist es mit *Gott*? Spielt er in deinem Leben eine Rolle?"

„Die Frage verstehe ich nicht. Was ist der Unterschied?"

„Es ist ein riesiger Unterschied! Die Kirche besteht aus uns allen und Gott ist ... nun ja, er ist Gott! Er hat mich aus gutem Grund so geschaffen, wie ich bin, und ich will ihm gehorchen, wenn er will, dass ich etwas für ihn tue, anstatt in die andere Richtung zu rennen, wie Jona es getan hat. Aber ich weiß immer noch nicht genau, wozu Gott mich beruft."

Freddy rutschte unruhig hin und her, das Wippen seines Beins wurde schneller. „Ich habe immer versucht, die Lehren der Kirche zu befolgen und ein guter Mensch zu sein ..."

„Aber was ist, wenn Gott dich fragen würde ..."

„Ehrlich gesagt", unterbrach er sie, „ist das eine Unterhaltung, die mir unangenehm ist, Rebecca."

Sie beharrte nicht darauf. Aber an diesem Tag beschloss Rebecca, dass sie keinen einzigen Tag länger so tun konnte, als hätte sie Interesse an Freddy. Ihre Brautwerbung war in eine Sackgasse geraten. Ihn zu heiraten, kam nicht infrage. Sie konnte sich nicht vorstellen, ein Leben lang mit einem Mann zu verbringen, dessen Glaube nur lauwarm war und der einen so eingeschränkten Horizont hatte. Rebecca konnte sich nicht daran erinnern, dass er sie jemals dazu gebracht hätte, laut aufzulachen, oder dass sie ihm ihr Herz ausgeschüttet oder über ein interessantes Thema mit ihm diskutiert hätte. Sie war entschlossen, ihrem Vater ihre Entscheidung mitzuteilen und diese Sache zu beenden, gleichgültig, wie krank Vater war oder wie sehr es ihn aufbringen würde. Sie hatte sich alle Mühe gegeben,

Freddy zu mögen, das hatte sie wirklich. Aber wenn sie so weitermachte, würde sie sich allmählich selbst nicht mehr leiden mögen.

Die Gelegenheit ergab sich am folgenden Abend, als Vater sie und Flora zu einer Besprechung in sein Arbeitszimmer bat. Der vertraute Geruch von seiner Zigarre und dem verschlissenen Ledersessel lag in der Luft. Die Bücherregale um sie herum machten ihr Mut. Ihr Vater hatte eine ebenso unersättliche Liebe zur Bildung wie sie selbst und er würde nicht von ihr verlangen, sich mit einem Mann zufriedenzugeben, der niemals ein Buch aufschlug. Aber als er sich ihnen gegenüber an seinen Mahagonischreibtisch setzte, wirkte ihr Vater schrecklich klein und bleich wie ein Gespenst. „Ich weiß, dass ihr Mädchen euch Sorgen um meine Gesundheit macht", begann er, „also werde ich euch die Wahrheit sagen. Die Ärzte haben gesagt, dass ich ein Loch im Herzen habe."

„Oh nein!" Flora schlug sich die Hand vor den Mund. Rebeccas eigenes Herz schien zu stocken.

„Dass ich manchmal Atemnot habe, liegt daran, dass sich Flüssigkeit in meinem Brustkorb sammelt, wenn mein Herz schwächer wird."

Rebecca fragte sich, wie die Bücher in den Regalen stehen bleiben konnten, während der Raum sich zu drehen und zu neigen schien. Vater war die Stütze ihres Lebens, die Quelle ihres unabhängigen Wesens, ihr Ermutiger, ihre Inspiration. Er durfte nicht sterben! Sie umklammerte die Armlehnen, um Halt zu finden, während sich etwas in ihrem Innern durch die Erschütterung zu lösen schien. „Können sie dir irgendwie helfen?"

„Man hat mir versichert, dass ich die bestmögliche Versorgung erhalte." Er nahm eine neue Zigarre aus seinem Humidor, knipste das Ende ab und roch daran, bevor er sie zwischen die Finger nahm. Das vertraute Ritual, das seit ihrer Kindheit zu Rebeccas Leben gehörte, versetzte ihr einen Stich ins Herz. Aber den letzten Schritt, die Zigarre anzuzünden, tat Vater nicht, und es schien wie ein Omen. Er räusperte sich und sagte: „Außerdem möchte ich heute Abend mit euch beiden etwas besprechen ..."

„Warte!", rief Rebecca. „Erzähl uns zuerst alles, was die Ärzte gesagt haben." Sie wollte fragen, ob er sterben würde, und wenn ja, wie viel Zeit ihnen noch mit ihm blieb, aber sie hatte Angst, die Worte laut auszusprechen.

„Die Ärzte haben einige Maßnahmen beschrieben, die helfen können. Und sie haben mir geraten, weniger zu arbeiten, vielleicht indem ich einen Assistenten einstelle. Was mich zu Frederick Worthington bringt." Sogleich zog Rebeccas Magen sich zusammen. „Er war bei mir und hat um deine Hand angehalten, Rebecca. Er ist ein anständiger junger Mann aus einer guten Familie und er würde nicht nur einen fähigen Assistenten für mich abgeben, sondern auch einen guten Ehemann für dich."

Rebecca krallte die Finger noch fester um die Armlehne, während sie gegen den inneren Drang ankämpfte, heftig den Kopf zu schütteln. Sie sah keinen Ausweg, ohne ihren Vater zu enttäuschen – und wer wusste, wie lange er noch zu leben hatte? Er wollte seine Familie versorgt wissen, bevor er starb, das verstand sie. Aber für sie war der Preis viel zu hoch. „Es ist nur ... ich möchte noch reisen und die Welt sehen und Freddy will das nicht. Gibt es keine Möglichkeit für mich, ins Ausland zu gehen und diesen Hunger zu stillen, bevor ich mich in einer Ehe binde?"

„Vielleicht, aber im Augenblick ist es dringlich, dass ich einen Partner für dich finde, der intelligent und vertrauenswürdig genug ist, dein Geld zu verwalten. Flora und du, ihr werdet sehr vermögende Frauen sein, wenn ich nicht mehr bin, und ich fürchte, ich habe euch nicht genügend auf die Verantwortung vorbereitet, mit einem so großen Vermögen umzugehen. Ich erwarte nicht, dass ihr über Investitionen und Treuhandfonds und solche Dinge Bescheid wisst, aber ich bin der Überzeugung, dass der Wohlstand, den ich erworben habe, mir von Gott anvertraut wurde, und deshalb ist es meine Pflicht, ihn in fähige Hände zu übergeben."

„Aber du stirbst doch nicht jetzt, oder, Vater?", fragte Rebecca. Panik stieg in ihr auf wie eine Sintflut. „Warum ist es so wichtig, dass ich Freddy heirate und nicht einen anderen Mann?" *Jeden anderen!* Einen Mann, der mit ihr lachte, mit ihr träumte.

„Weil dein Erbe an deinen Ehemann übergehen wird, wenn du heiratest. Ich will mich vergewissern, dass die Männer, die Flora und du einmal heiraten, damit umgehen können. Nach dem Gesetz dieses Landes erhält dein Ehemann die vollständige Kontrolle über dein Erbe, deinen Grundbesitz und dein Vermögen, wenn du verheiratet bist, und ..."

„Warte! Vollständige Kontrolle?" Das Gefühl der Hilflosigkeit erfüllte Rebecca mit Wut. „Bedeutet das, ich kann nicht über mein eigenes Leben bestimmen oder meine eigenen Entscheidungen treffen, wenn ich verheiratet bin? Ich kann nicht einmal mein eigenes Erbe einfordern? Das ist ja unerhört!"

„So ist das Gesetz, Rebecca."

„Weiß Freddy, wie vermögend du bist?"

„Er hat einen ganz guten Eindruck davon."

„Woher willst du dann wissen, dass er mich nicht nur meines Geldes wegen heiraten will?"

„Weil er Mrs Worthingtons Neffe ist. Sie hat sich für seinen hervorragenden Charakter verbürgt."

„Meinst du nicht, dass sie vielleicht ein wenig parteiisch ist?"

„Jetzt sei nicht ungerecht, Rebecca."

Mit einem Mal fühlte sie, wie eine zentnerschwere Last sie niederdrückte, sodass sie kaum noch denken oder atmen konnte. Und ganz zuoberst auf diesem Gewicht saß Freddy Worthington. Panisch kämpfte sie gegen die aufsteigende Verzweiflung an, während sie nach einem Ausweg suchte.

„Es tut mir leid, Vater, aber ich glaube nicht, dass ich Freddys Antrag im Moment annehmen kann. Er ist nicht der Meinung, dass ich reisen und die Welt entdecken sollte, obwohl das mein sehnlichster Wunsch ist. Er hat auch sehr deutlich gemacht, dass er mich nicht auf irgendwelche Reisen begleiten will."

„Vielleicht findet ihr ja doch noch eine Lösung ..."

„Hast du mir und Flora nicht immer gesagt, wir sollten Gottes Willen für unser Leben im Blick haben? Ich kann nicht glauben, dass es mein Lebenszweck ist, Freddy Worthington zu heiraten und den Rest meines Lebens damit zu verbringen, seine wichtigen Kunden zum Abendessen einzuladen."

„Was willst du denn sonst mit deinem Leben anfangen, Rebecca?"

„Ich weiß nicht. Das ist das Problem. Ich muss herausfinden, warum Gott mir ein solches Interesse an Geschichte und Sprachen und Reisen gegeben hat. Warum er uns so viel Wohlstand gegeben hat, wenn die meisten Menschen auf der Erde so arm sind. Es muss etwas geben, was ich mit diesen Gaben tun soll."

„Ich glaube ..."

„Und was ist mit der Liebe?", fiel sie ihrem Vater ins Wort. „Zwei

Menschen sollten sich doch lieben, wenn sie ihr ganzes Leben zusammen verbringen wollen?"

„Frederick hat mir versichert, dass er dich sehr gern hat ..."

„*Gern?* Du willst, dass ich mein restliches Leben mit einem Mann verbringe, der mich nur *gern hat?* Hast du unsere Mutter geliebt, als du sie geheiratet hast, oder hattest du sie nur *gern?*"

Er betrachtete seine Zigarre, die er immer noch zwischen den Fingern hielt. Sie hörte, wie er pfeifend Luft holte, und entsetzt wurde ihr bewusst, warum die Zigarre nicht brannte. Er war nicht in der Lage, tief genug einzuatmen, um sie zu entzünden. „Ich habe eure Mutter sehr geliebt", sagte er leise.

Als sie die Zärtlichkeit in seiner Stimme hörte, kamen Rebecca die Tränen. „Ich möchte mich auch verlieben, Vater."

Er nickte und legte die Zigarre fort. „Gut, ich werde dich nicht zwingen, Frederick zu heiraten. Aber ich bitte dich, noch einmal über seinen Antrag nachzudenken, bevor du ihn ablehnst. Frederick wird sich dir bald erklären. Bitte bete um die richtige Antwort."

„Das werde ich." Die Worte klangen ganz erstickt, so dick war der Kloß der Trauer in ihrer Kehle.

„Und was ist mit dir, Flora?", wandte er sich an seine andere Tochter. „Fredericks Cousin Thomas hat mich um deine Hand gebeten und ..."

„Warte mal – was?", unterbrach Rebecca ihn. Sie wusste, wie gutmütig Flora war und wie sehr sie ihrem Vater einen Gefallen tun wollte. Rebecca durfte nicht zulassen, dass ihre Schwester überstürzt eine Ehe einging, die sie irgendwann bereuen würde. „Du bist gerade einmal zwanzig Jahre alt, Flora. Und deinen College-Abschluss hast du auch noch nicht. Wieso hast du es so eilig?"

Flora starrte sie an, als überraschte Rebeccas Einwand sie.

Vater antwortete, noch bevor Flora das Wort ergreifen konnte. „Ich glaube, ihr habt beide keine Eile, einen Termin für die Hochzeit festzulegen. Es wird eine Weile dauern, bis ich Thomas und Frederick in die komplexen Zusammenhänge meines Vermögens eingeweiht habe. Keiner von ihnen wäre derzeit in der Lage, es zu verwalten. Aber ich möchte mit der Ausbildung erst beginnen, wenn ihr beide euch festgelegt habt, was die Heirat betrifft."

„Ich kann mir nicht vorstellen, einen anderen als Thomas zu heiraten", sagte Flora mit verträumter Stimme.

„Das liegt daran, dass er dir nicht die Gelegenheit gegeben hat, jemand anderen kennenzulernen!", rief Rebecca aufgebracht. „Sag, hast du mit ihm über deine wohltätige Arbeit gesprochen? Weißt du, was er davon hält, dass du den Armen so viel Zeit und Geld widmest?"

„Thomas weiß, dass ich im Waisenhaus helfe, aber wir haben nicht viel darüber gesprochen oder …"

„Dann solltet ihr das besser bald tun, Flora. Wenn er erst einmal die Kontrolle über all dein Geld hat, wird er es sein, der entscheidet, für welche Zwecke du es spenden kannst und welche er als Verschwendung deines Geldes betrachtet – oder besser: *seines* Geldes. Denn es wird ja alles *ihm* gehören! Er wird …"

„Das reicht, Rebecca", sagte Vater. „Flora braucht nicht unglücklich zu sein, nur weil du es bist."

Doch sie weigerte sich nachzugeben. „Es tut mir leid, Vater, aber dies ist für uns beide eine enorm wichtige Entscheidung. Ich mache mir Sorgen, dass Flora sich von Thomas' Charme blenden lässt und von ihrem Wunsch geleitet wird, dir einen Gefallen zu tun. Flora weiß nicht mehr, wie man Nein sagt."

„Becky!" Flora klang eher verletzt als verärgert.

„Es tut mir leid, aber diese Unterhaltung hat mich sehr betroffen gemacht. Ich habe nicht nur erfahren, dass Vater schwer krank ist, sondern habe gleichzeitig auch das Gefühl, dass ich gezwungen werde, die Kontrolle über mein Leben einem Mann zu überlassen, der mich nicht einmal liebt und der mich unendlich langweilt!" Sie sprang auf, um das Zimmer zu verlassen.

„Einen Moment noch", sagte Vater, bevor sie an der Tür war. „Eines möchte ich noch sagen." Rebecca drehte sich auf der Schwelle um, ihr standen die Tränen in den Augen. „Ich habe Mrs Worthington gebeten, meine Frau zu werden. Es wird eine stille Zeremonie sein, kein Aufsehen. Und sie wird im nächsten Sommer stattfinden, wenn Flora mit dem College fertig ist."

„Meinetwegen brauchst du nicht zu warten", sagte Flora.

Sein Blick wanderte an Flora vorbei zu Rebecca, die zitternd in der Tür stand. Sie schüttelte den Kopf. „Ich glaube, es ist das Beste, wenn Mrs Worthington und ich warten", sagte er.

Rebecca wandte sich um und rannte hoch in ihr Zimmer, wobei sie über ihre Unterröcke stolperte, die sie auf ihrem Weg nach oben behinderten. Freddy Worthington würde ihr einen Heiratsantrag machen. Das wollte ihr Vater jedenfalls und dabei glaubte er, es sei das Beste für sie. Sie schloss ihre Tür ab und warf sich auf ihr Bett, wo sie in ihr Kissen schluchzte, während sie Floras Flehen, sie hereinzulassen, ignorierte.

ೞ

Zwei Wochen später waren Rebecca und Freddy bei einer Geburtstagsfeier für Mrs Worthington, eine Verabredung, die schon vor Wochen getroffen worden war. Dem Abend sah sie mit Bangen entgegen, weil sie fürchtete, er könnte den festlichen Anlass nutzen, um ihr den Antrag zu machen. Rebecca beobachtete Freddys unermüdlich trommelnde Finger auf der Tischdecke, während Mrs Worthington ihre Geburtstagstorte anschnitt, und spürte, wie sein wippender Fuß den Boden erbeben ließ. Insgeheim hoffte sie, er würde endlich um ihre Hand anhalten, damit sie es hinter sich bringen konnte. Stattdessen wartete er, bis der Abend zu Ende war und sie vor ihrem Haus in seiner Kutsche saßen. Freddy nahm ihre Hand in seine, räusperte sich und fragte: „Rebecca ... willst du meine Frau werden?" Es gab keine romantische Geste, er sank nicht vor ihr auf die Knie und schwor ihr auch nicht ewige Liebe und Hingabe. Er hatte kein Erbstück und keinen Ring aus der Familie der Worthingtons, um diesen Moment zu würdigen. Für solche bedeutsamen Gesten fehlte Freddy die nötige Fantasie. Rebecca hörte seinen Fuß auf dem Kutschenboden wippen, während er auf ihre Antwort wartete.

Was sollte sie ihm antworten? Rebecca hatte wieder und wieder darüber nachgedacht und um Führung gebetet, wie Vater es von ihr erbeten hatte. Sie hatte Dutzende Gespräche im Geiste geprobt, während sie zwischen Pflicht und Herz hin- und hergerissen war. Am Ende hatte sie entschieden, dass ihre Reaktion davon abhängen würde, wie Freddy eine entscheidende Frage beantwortete. Noch immer hielt er ihre Hand, also drückte sie seine leicht und fragte dann: „Wirst du mich eine Exkursion nach Ägypten machen lassen, die ich für diesen Sommer geplant habe?" Er wirkte verblüfft und dann verärgert, weil sie seinen Antrag nicht mit einem freudigen *Ja!* quittiert hatte.

„Was sollte eine solche Reise bringen, Rebecca? Vor allem, wenn es vor der Hochzeit so viele Dinge zu regeln gibt? Und ich glaube, wir haben schon darüber gesprochen, wie gefährlich und leichtsinnig es ist, in diesen Teil der Erde zu reisen."

„Du sagst also, dass ich nicht gehen kann?"

„Als dein Verlobter und erst recht als dein Ehemann würde ich es verbieten müssen." Seine Stimme klang streng wie die eines Vaters, der ein kleines Kind zurechtweist.

Als sie ihm ihre Hand entzog, fühlte sich die Erleichterung, die sie empfand, so an, als hätte jemand ihren Hals aus der Schlinge gezogen. „Es mir leid, Freddy, aber dann muss meine Antwort auf deinen Antrag *Nein* lauten. Ich kann dich nicht heiraten."

Überrascht wich er zurück, als wäre es ihm nie in den Sinn gekommen, sie könnte ihn abweisen. Sie beobachtete seine Miene und sah, wie sein Gesichtsausdruck sich von Schock zu Wut wandelte und dann zu Panik, als ihm bewusst zu werden schien, welches Vermögen ihm in diesem Augenblick entglitten war. Rebecca musste sich abwenden. Dieser kurze Einblick in die wahren Motive hinter seinem Antrag trieben ihr die Tränen der Demütigung in die Augen. Er flehte sie nicht an, dass er ohne sie nicht leben könne, und er schwor ihr auch nicht ewige Liebe. Nichts von all dem. Darum sagte sie nur: „Ich gehe jetzt besser", und streckte die Hand nach dem Türgriff aus.

„Warte, Rebecca." Sie wandte sich zu ihm um, wischte ihre Tränen fort und hasste den Gedanken, dass er sie sah. „Ich wollte nicht, dass meine Antwort so barsch klingt, aber du musst verstehen, dass ich die Pflicht habe, dich zu beschützen. Das heißt ... ich *möchte* dich beschützen und ..."

„Mein Vater hat mich mein ganzes Leben lang beschützt und er hat mich immer dazu ermutigt, die Welt zu erforschen und meine Interessen zu verfolgen."

„Vielleicht ... unter den richtigen Umständen ... mit den richtigen Begleitpersonen können wir vielleicht eine Reise organisieren und ..."

„Aber du hättest kein Interesse daran, mich zu begleiten?"

„I ... ich ... Für mich wäre es Zeitverschwendung."

„Ich verstehe." Es wäre für ihn Zeitverschwendung, mit ihr zusammen zu sein, sie glücklich zu machen. „Und wenn wir erst einmal verheiratet sind, würde ich dann reisen können, wohin und wann ich wollte? Denn ich weiß aus Erfahrung, dass der Wunsch zu reisen etwas ist, was nicht verschwinden wird. Jede Reise hinterlässt einen Hunger nach mehr. Und es gibt so viele Orte, die ich sehen will, während ich nach dem Sinn meines Lebens suche."

„Es ist nur … das Reisen wird vielleicht nicht sehr praktisch sein, wenn wir verheiratet sind, mit all den gesellschaftlichen Verpflichtungen als meine Frau und …"

„Zum Teufel mit meinen gesellschaftlichen Verpflichtungen!", schrie sie.

„Rebecca!"

„So! Jetzt habe ich dich schockiert. Freddy Worthington, du musst wissen, dass die wahre Rebecca Hawes offen und temperamentvoll und eigensinnig ist. Ich weiß nicht, warum ich zugelassen habe, dass ich diese … diese unechte Person einer sittsamen feinen Dame werde, die deine Tante erschaffen hat. Aber diese Person ist nicht mein wahres Ich." Während sie sprach, zog sie ihren Hut vom Kopf und warf ihn auf den Boden der Kutsche. Dann zerrte sie so fest an ihren Handschuhen, dass die zarte Spitze zerriss. Auch diese schleuderte sie auf den Fußboden. Sie hätte sich sogar ihrer Unterröcke und der kratzigen Reifröcke entledigt, wenn es ihr nicht unmöglich gewesen wäre, sich ohne die Hilfe ihrer Zofe daraus zu befreien. „Das Leben, das du mir bietest, ist nicht das Leben, das ich will, Freddy. Es ist so erstickend wie dieses dämliche Korsett, das ich tragen muss!"

„Rebecca … bitte …" Bei ihrem spontanen Gefühlsausbruch und der unschicklichen Erwähnung ihrer Unterwäsche wurde sein Gesicht plötzlich puterrot.

„Ich hasse die Tatsache, dass meine Kleider so kompliziert sind, dass ich sie nicht einmal alleine ablegen kann. Und dass jemand anders meine Haare bürsten und kämmen und locken und aufstecken muss. Du hast keine Ahnung, wie ich mich danach sehne, meine Haarnadeln herauszuziehen und mich bis auf die Unterhosen auszuziehen und in unseren Garten zu rennen und auf dem Parallelbarren zu turnen, den Vater für uns gebaut hat."

„Ich habe genug gehört."

„Gut. Dann verstehst du, dass ich nichts mit der Welt der reichen Gesellschaft zu tun haben will, die du so liebst. Meinem Vater zuliebe habe ich bei allem mitgemacht, zu dem deine Tante mich gezwungen hat. Das hatte er sich für mich gewünscht. Aber ich habe mich einsperren lassen wie ein wilder Vogel in einem vergoldeten Käfig und jetzt wird es Zeit, dass ich ausbreche und in die Freiheit fliege."

Die Panik schien Freddy den Atem zu rauben, so als sähe er das Leben, das er sich ausgemalt hatte, mit ihr davonfliegen. „Vielleicht brauchst du noch etwas Zeit, um …"

„Nein. Das ist es nicht. Du bist ein netter Mann, Freddy, und ich bin sicher, du wirst die Frau finden, die du brauchst. Eine, die deine Werte und Ziele teilt. Aber ich werde das nicht sein."

Rebecca kletterte aus der Kutsche und trat dabei auf ihre Handschuhe und ihren Hut, den sie zerdrückt zurückließ. Dann stapfte sie zur Haustür, streifte am Fuß der Treppe ihre feinen Schuhe ab und hüpfte ungeheuer erleichtert zu ihrem Schlafzimmer hinauf. Die Last, die sie so lange niedergedrückt hatte, war mit einem Mal verschwunden. Rebecca zog die Nadeln aus ihrer Frisur und schüttelte den Kopf, sodass ihre Haare fliegen konnten. Vielleicht sollte sie sich das Haar kurz schneiden lassen. Vielleicht würde sie es sogar selbst abschneiden. Morgen würde sie ihrer Schneiderin den Auftrag geben, einige schlichte Kleider aus ganz gewöhnlichem Stoff zu schneidern, die keinen Reifrock und kein Korsett und kein Gefolge aus Dienstboten erforderten, um sie zuzuknöpfen. Und von jetzt an würde Rebecca Hawes nicht mehr zulassen, dass sie in einen Käfig der Etikette und der gesellschaftlichen Verpflichtungen gesperrt wurde, und schon gar nicht mit einem Mann, der sich nicht wirklich für sie interessierte oder sie liebte.

Als Flora von der Geburtstagsfeier der Witwe zurückkehrte, erzählte Rebecca ihr von Freddys Heiratsantrag. Und von ihrem Nein. „Ich werde wahrscheinlich nie heiraten – und das ist für mich in Ordnung. Wenn ich keinen Ehemann finden kann, der mich so liebt, wie ich bin, dann werde ich mir irgendwo eine Universität suchen, die mich studieren und lernen lässt. Ich brauche keinen Mann, um etwas aus meinem Leben zu machen. Das kann ich auch allein."

„Bist du dir da wirklich sicher, Becky? Das scheint mir eine sehr drastische Entscheidung."

„Ganz und gar sicher. Seit Mrs Worthington in unser Leben gekommen ist, habe ich mich in ihre Ausbildung gefügt und mich von ihr in etwas verwandeln lassen, das ich nicht bin – und ich habe es gehasst! Jetzt bin ich endlich zur Vernunft gekommen und kann mein Leben so leben, wie ich es leben soll."

„Ich weiß nicht, was Vater dazu sagen wird."

Mit einem Schlag löste sich Rebeccas Euphorie in Luft auf. „Ich weiß. Er wird sehr enttäuscht von mir sein. Und ich habe auch Angst, es ihm zu sagen. Er kann Freddy ja immer noch einstellen, um mein Erbe zu verwalten, wenn er will, aber heiraten kann ich ihn nicht."

Flora nahm Rebeccas Hände. „Vielleicht wird der Schlag für Vater nicht so schlimm, wenn ich ihm von meinen Neuigkeiten erzähle."

„Oh, Flora, du hast doch nicht …"

„Bitte denk nicht schlecht von mir", sagte sie und drückte ihre Hände ganz fest. „Aber ich habe den Heiratsantrag von Thomas angenommen."

Einen Moment machte Rebecca die Augen zu. „Macht er dich glücklich?", fragte sie, als sie die Augen wieder aufschlug.

„Ja", sagte Flora.

Aber Rebecca entdeckte Tränen in ihren Augen, bevor Flora sie umarmte. Sie hoffte, es waren Freudentränen. „Dann freue ich mich für dich", sagte sie.

Wenigstens war einer der gefangenen Vögel entkommen.

KAPITEL 10

Am nächsten Morgen zog Rebecca sich gerade zum Frühstück an, als sie hörte, wie Griffin, ihr Butler, einen Besucher im Foyer begrüßte. Schnell schloss sie die letzten Knöpfe ihrer Bluse und ging mit bloßen Füßen hinunter, um zu sehen, wer gekommen war. Ohne Schuhe und Strümpfe herumzulaufen, war ein köstlicher Luxus, der Mrs Worthington entsetzen würde. Sie würde wahrscheinlich noch Reifröcke tragen, wenn sie an der Pest starb. Das Foyer war leer, abgesehen von Griffin, der mit dem silbernen Tablett und der Karte des Besuchs darauf vor ihr stand. „Wer war denn der Besucher?", fragte Rebecca.

„Mrs Worthington, Miss. Sie erwartet Sie und Mr Hawes in der Bibliothek."

„Das heißt, ich werde vor Gericht zitiert?"

„So scheint es." Ein ironisches Lächeln huschte über das Gesicht des Butlers. Auch er mochte die Witwe und ihre hochnäsigen „Verbesserungen" nicht, die sie von ihm und den anderen Bediensteten verlangte.

Rebecca eilte wieder hinauf, um ihre Schuhe zu holen und Flora, die sich für den Unterricht fertig machte, von der bevorstehenden Auseinandersetzung zu berichten. „Mrs Worthington ist hier", sagte sie, nachdem sie an Floras Tür geklopft hatte. „Ich vermute, sie hat gehört, dass ich Freddys Antrag abgelehnt habe."

„Ach, du liebe Güte."

„Ich bin in die Bibliothek bestellt worden. Komm mit, Flora. Deinen Beistand werde ich brauchen."

In den letzten Wochen hatte Vater sein Frühstück im Bett zu sich genommen und war spät zur Arbeit gegangen, aber jetzt kam er in Morgenmantel und Hausschuhen herunter – das erste Mal, soweit

Rebecca sich entsinnen konnte – und setzte sich an seinen Schreibtisch in der Bibliothek, Mrs Worthington gegenüber. Rebecca war zu nervös, um sich zu setzen, und überließ Flora den Sessel neben der Witwe.

„Hat Rebecca dir erzählt, was sie getan hat, Edward?", fragte Mrs Worthington ohne Vorrede.

„Ich hatte noch nicht die Gelegenheit, ihm …", begann Rebecca.

„Gestern Abend hat sie Freddys Heiratsantrag abgelehnt."

Vater wirkte überrascht. Mit gerunzelter Stirn sah er Rebecca an und wartete auf eine Erklärung. „Es stimmt, ich habe ihn abgewiesen. Das musste ich tun, weil …" Sie zögerte. Es war noch früh am Morgen und es fiel ihr schwer, all die Gründe aufzuzählen, denn sie war viel zu erleichtert darüber, Freddy los zu sein. Außerdem wollte sie auch keinen Krieg mit Mrs Worthington beginnen, indem sie Freddys Fehler auflistete. Deshalb atmete sie nur aus und sagte: „Weil ich ihn nicht liebe. Ich habe es versucht, aber ich kann es einfach nicht. Und er liebt mich auch nicht. Ich finde, Liebe ist in einer Ehe wichtig, meint ihr nicht auch?"

Vater lehnte sich auf seinem Stuhl zurück. „Natürlich bin ich enttäuscht von deiner Entscheidung, aber …"

„Flora hingegen hat Thomas' Antrag freundlicherweise angenommen", unterbrach die Witwe ihn. Sie wirkte selbstzufrieden, so als hätte sie immerhin einen Sieg errungen.

„Die Neuigkeiten wollte ich dir heute Morgen erzählen, Vater", bestätigte Flora.

Er blickte von einer zur anderen und Rebecca hielt die Luft an, während sie auf seine Reaktion wartete. „Ihr seid beide kluge, vernünftige Mädchen", sagte er schließlich, „und deshalb habe ich euch immer erlaubt, eure eigenen Entscheidungen zu treffen. Das gilt umso mehr für etwas so Wichtiges wie die Ehe. Vielleicht gibt es jemand anderen für dich, Rebecca."

Sie war erleichtert – aber nur einen Moment lang. Die Witwe wollte das letzte Wort haben. „Aber siehst du denn nicht, wie selbstsüchtig es von Rebecca war, Freddy die ganze Zeit an der Nase herumzuführen?" Sie bot das perfekte Bild gerechter Entrüstung, mit vollendeter Haltung, ohne die Stimme zu erheben, auch wenn Rebecca merkte, dass sie vor Wut kochte. „Du hast seine kostbare Zeit verschwendet, Rebecca. Er ist sehr niedergeschlagen."

„Ist er niedergeschlagen, weil er mich liebt oder weil er jetzt mein Geld nicht erben wird?"

Vater räusperte sich. „Rebecca ..."

Aber sie war noch nicht fertig mit der Witwe. „Haben Sie Flora und mir nicht versprochen, Dutzende geeigneter Verehrer würden Schlange stehen, um uns den Hof zu machen? Wo sind denn all diese Verehrer?"

„Jetzt ist es zu spät. Alle sind davon ausgegangen, dass Freddy und du ein Paar seid."

„Sie können ihnen sagen, dass das nicht der Fall ist. Und da Sie gerade hier sind, Mrs Worthington, können Sie bis zum Ende des Monats alle meine gesellschaftlichen Verpflichtungen aus dem Kalender streichen. Oder besser noch bis zum Ende des Jahres. Wenn ich meinen zukünftigen Ehemann kennenlerne, soll es nicht bei irgendeiner steifen, langweiligen Veranstaltung sein, bei der ich mich in Korsett und Reifrock schnüren lassen muss. Ich möchte jemanden kennenlernen, der mit mir am Seeufer spazieren gehen will oder an einem Sonntagnachmittag durch den Park schlendert oder mit der Eisenbahn aufs Land hinausfährt. Vor allem möchte ich jemanden kennenlernen, der sich ebenso sehnlich wie ich wünscht, ferne Länder zu bereisen."

„Dabei kann ich dir nicht helfen", erwiderte die Witwe kalt. „Nicht, wenn du unseren Lebensstil so beleidigst."

„Bitte streitet euch nicht", sagte Flora, wie immer die Friedensstifterin. „Lasst uns weiter darüber reden, wenn sich die Gemüter beruhigt haben. Haben Sie schon gefrühstückt, Mrs Worthington? Möchten Sie mit uns essen?"

„Nein, danke", antwortete sie und erhob sich. „Ich muss los. Ich wollte nur, dass du weißt, was deine Tochter getan hat, Edward."

„Sie tut gerade so, als hätte ich Freddy kaltblütig ermordet ...", murmelte Rebecca und Flora hielt sich die Hand vor den Mund, um ein Lächeln zu verbergen.

☙

Zwei Monate lang genoss Rebecca ihre Freiheit. Dann, an einem sonnigen Tag im Mai, zerbrach ihre Welt. Einen Ehemann zu finden, schien auf einmal nicht mehr wichtig. Zwei Wochen, bevor

Flora ihren Abschluss am College machen sollte, und einen Monat, bevor die Witwe Worthington ihre Stiefmutter geworden wäre, fand Vaters Angestellter ihn tot auf dem Boden seines Büros liegen. Rebecca und Flora waren untröstlich.

„Das ging zu schnell", weinte Rebecca und klammerte sich an Flora. „Wir sollten doch noch so viele gemeinsame Jahre haben."

„Er sollte mich zum Altar führen, wenn ich Thomas heirate", fügte Flora hinzu.

„Ich fühle mich so schuldig, weil ich ihn enttäuscht habe. Er wollte doch wissen, dass wir versorgt sind, wenn er nicht mehr da ist."

„Aber er wollte nicht, dass du jemanden heiratest, den du nicht liebst."

„Ich weiß nicht, Flora ... Ich mache mir schreckliche Vorwürfe, dass er gestorben ist, bevor diese Sache geklärt war."

Vater hatte schriftliche Anweisungen für seine Trauerfeier und Beerdigung hinterlassen, was gut war, denn weder Rebecca noch Flora konnten an etwas anderes denken als an ihre Trauer. Rebecca musste die Tür zur Bibliothek in ihrem Haus schließen, weil sie es nicht ertragen konnte hineinzusehen und den leeren Stuhl zu erblicken oder den Duft seiner Zigarren und Bücher zu riechen. Sie hörte, wie die Bediensteten um ihn weinten, und wusste, dass auch sie ihn geliebt hatten. Rufus fuhr sich immer noch mit der Hand über die Augen, als er sie alle zu Vaters Beerdigung in der überfüllten Kirche fuhr. Rebecca hörte kaum die wortreichen Reden der führenden Bürger von Chicago. Ihr musste niemand sagen, was für ein feiner Christ ihr Vater gewesen war. Die Etikette erforderte, dass sie Haltung bewahrte und ihre Tränen für Augenblicke aufsparte, in denen sie allein war, so wie Mrs Worthington es tat, aber das war Rebecca gleichgültig. Sie weinte während der ganzen Trauerfeier und am Grab und bemerkte kaum den blühenden Flieder auf dem Friedhof, als sie ihren Vater neben ihrer Mutter begruben.

Rebecca sehnte sich danach, allein mit ihrer Schwester zu sein und trauern zu können, aber die Worthingtons und all die anderen Trauergäste kamen zum Mittagessen, das die Dienstboten vorbereitet hatten, zu ihnen nach Hause. Es war Teil des Trauerprozesses, die Rolle der Gastgeberin zu spielen und Beileidsbekundungen entgegenzunehmen, aber sie wollte eigentlich nur in den Garten hinauslaufen und weinen. An diesem Abend fiel Rebecca erschöpft vor Kummer ins Bett. Was sollte sie jetzt mit ihrem Leben anfangen, wo sie mit dem College fertig war und keinen Ehepartner in Aussicht hatte?

Eine Woche nach der Beerdigung gingen Flora und sie zur Testamentsverlesung zu Vaters Anwalt. „Was machen die denn hier?", fragte sie den Testamentsvollstrecker, als sie Thomas und Mrs Worthington ebenfalls ankommen sah.

„Ihr Vater wollte, dass sie dabei sind", erwiderte der Anwalt. „Thomas Worthington ist mit Miss Flora verlobt und Mrs Worthington ist im Testament erwähnt." Wenigstens war Freddy nicht mitgekommen. Rebecca blieb nichts anderes übrig, als neben ihnen zu sitzen, während der Jurist vorlas, wie das erhebliche Vermögen ihres Vaters verteilt werden sollte.

Großzügige Spenden gingen an Vaters Gemeinde und mehrere andere wohltätige Organisationen. Er war gestorben, bevor er Mrs Worthington geheiratet hatte, aber er hatte ihr jahrelanges geduldiges Warten mit einer ansehnlichen jährlichen Zahlung belohnt. Der Großteil des Vermögens sollte gleichmäßig auf seine beiden Töchter entfallen – und Thomas Worthington würde Floras gesamten Anteil erben, sobald sie heirateten. Als der Angestellte die lange Liste mit Geldbeträgen und Investitionseinkünften verlas, stellte Rebecca erstaunt fest, wie wohlhabend Flora und sie tatsächlich waren. Wenn sie doch nur wüsste, was sie mit all dem Geld anfangen sollte.

Anschließend eilte sie hinaus, um allein zu sein, während Flora mit Mrs Worthington und Thomas sprach. Rebecca fürchtete, sie könnte die Beherrschung verlieren, wenn sie etwas anderes als Trauer in ihren Mienen entdeckte. Sie legte ihren Hut und den Trauerflor ab, während sie neben der Kutsche stand und ihr der warme Wind durchs Haar fuhr. Sie sah zu, wie Flora die Worthingtons zum Abschied umarmte, und Rebecca fürchtete, angesichts des Vermögens, das hier auf dem Spiel stand, könnten sie Druck auf Flora ausüben, damit sie und Thomas schnell heirateten. Als ihre Schwester bei der Kutsche angekommen war, sagte Rebecca: „Versprich mir, dass du erst nach dem Trauerjahr einen Termin für deine Hochzeit festlegst."

Flora hielt ihren Hut fest, als ein Windstoß ihn wegzuwehen drohte. „Aber Thomas möchte ..."

„Es spielt keine Rolle, was er will. Ich bitte dich zu warten, um meinetwillen. Bitte?"

Flora hob den schwarzen Schleier von ihrem Gesicht und ihre Miene war voller Liebe. „Natürlich warte ich, Becky."

Als Rufus die Tür zur Kutsche öffnete, stieg Flora ein. Rebecca hatte bereits einen Fuß auf der Stufe, aber als sie in die schwarz drapierte Enge blickte, hatte sie das Gefühl zu ersticken. Sie stellte den Fuß wieder auf den Boden. „Ich glaube, ich laufe nach Hause."

„Aber es ist doch so weit."

„Das macht nichts. Ich brauche Zeit zum Nachdenken."

„Soll ich mitkommen?"

Rebecca warf einen Blick auf Floras dünne Schuhe und schüttelte den Kopf. „Nein, danke. Ich möchte gerne allein sein." Ihre eigenen Schuhe waren auch nicht viel robuster als die ihrer Schwester, was sie Mrs Worthingtons Einmischung zu verdanken hatten, aber Rebecca machte sich auf den Weg, die Straße entlang, ohne Rücksicht darauf, wie viele Blasen sie sich laufen würde. Der Wochentagsverkehr rauschte an ihr vorbei, während die Bewohner von Chicago ihren Geschäften nachgingen, ohne etwas von Rebeccas Verlust zu ahnen. Sie trauerte nicht nur um ihren Vater, sondern auch angesichts der Leere, die ihr Leben in den kommenden Tagen zu beherrschen drohte. Wie gerne hätte sie einen Sinn in all dem gesehen!

In der Ferne ertönte ein Zugsignal, als eine Eisenbahn sich dem Bahnhof näherte. Es schien Rebecca zu rufen, das Lied einer Sirene, die Hoffnung verhieß. Ihre Sehnsucht wurde immer stärker, als sie die Michigan Avenue entlangging, und dann stand sie plötzlich vor demselben Büro von Cunards Schifffahrtsgesellschaft, das Flora und sie als Schülerinnen einmal besucht hatten. Eine Stunde später kam Rebecca wieder heraus – mit zwei Fahrkarten für das Dampfschiff von New York City nach Frankreich – und schlenderte den restlichen Weg nach Hause, einen kleinen, neu entzündeten Funken der Hoffnung in ihrem Herzen.

An diesem Abend saßen Flora und sie nebeneinander am Esstisch und versuchten, nicht ständig Vaters leeren Stuhl anzustarren. Rebecca zwang sich dazu, dreimal am Tag zu essen – nicht weil sie Appetit gehabt hätte, sondern weil die Bediensteten darauf bestanden. Und weil Flora sagte, sie sollten Maria Elenas Arbeit würdigen.

Rebecca wartete, bis Griffin das Essen aufgetragen hatte, dann zog sie die Karten für die Schiffspassage heraus und legte sie vor ihrer Schwester hin.

„Was ist das, Becky?", wollte Flora wissen.

„Lies." Sie ließ ihrer Schwester einen Augenblick Zeit, um die winzige Schrift zu entziffern, dann sagte sie: „Wenn wir in Chicago bleiben, während wir um Vater trauern, bringt ihn das auch nicht zurück. Ich habe beschlossen, dass ich jetzt endlich unsere lang geplante Reise nach Ägypten in Angriff nehme. Vielleicht reise ich auch noch ins Heilige Land. Und nach Griechenland. Du hast doch auch einmal davon geträumt, all diese Orte zu besuchen, weißt du noch? Ich würde mich unglaublich freuen, wenn du mitkommst."

„Nur wir beide?"

„Also, ich werde keine Zofe brauchen, wenn wir in einem Segelschiff den Nil hinunterfahren, aber du kannst deine mitnehmen, wenn du willst."

„Würden wir mit einer Reisegruppe fahren?"

„Lieber nicht. Der Mann bei Cunards hat gesagt, wir können ein Reisebüro engagieren, das für uns die Hotels bucht und den Transport vor Ort organisiert, wenn wir uns für eine Route entschieden haben. Und an jedem Ort, den wir besuchen, werden wir einen Führer mieten – so wie in Frankreich und Italien mit Vater, weißt du noch?"

Bei der Erwähnung ihres Vaters kamen Flora die Tränen. Rebecca kannte ihre Schwester nur zu gut und wusste, schon bevor sie antwortete, dass sie Nein sagen würde. „Thomas würde nicht wollen, dass ich ohne Begleitperson so weit reise."

„Ich bin bereit, jemanden zu engagieren, wenn du willst. Aber Thomas hat nicht das Recht, solche Entscheidungen für dich zu treffen. Schließlich bist du nicht mit ihm verheiratet. Ihr habt noch nicht einmal eure Verlobung offiziell verkündet."

„Ich möchte ihn aber nicht verärgern."

„Ich bezweifle, dass er es riskieren würde, dein Erbe zu verlieren – oder deine Liebe –, indem er mit dir streitet. Ich verlange ja gar nicht, dass du deine Verlobung löst. Ich wünsche mir nur, dass du eine letzte Reise mit mir machst, bevor du ihn heiratest."

Flora legte die Fahrkarte fort, als könnte sie sich die Finger daran verbrennen. Sie starrte auf ihren leeren Teller, die Hände auf dem Schoß gefaltet. „Es kommt mir so merkwürdig vor, dass wir Vater nicht um Rat fragen können. Vielleicht sollte ich erst mit Thomas oder Mrs Worthington reden."

Rebecca widerstand dem Drang, ihre Schwester zu schütteln, damit sie Vernunft annahm. „Im Moment sind wir auf uns allein gestellt und wir müssen selbständig denken, unsere eigenen Entscheidungen treffen."

Schließlich blickte Flora auf. „Warum willst du unbedingt dorthin, Becky?"

Wie konnte sie das erklären? Rebecca wusste, dass sie es versuchen musste. „Der Drang zu reisen hat mich nie verlassen – niemals! – trotz all der Etikette-Lektionen, meiner katastrophalen Beziehung zu Freddy oder sogar meines Studiums. Es ist wie eine Stimme in meinem Herzen, die nicht aufhört, sich zu melden. Und deshalb glaube ich inzwischen, dass diese Stimme wichtig sein muss. Dass sie mich zu etwas Wichtigem führen wird."

„Und was glaubst du, was das sein könnte?"

Rebecca überlegte einen Moment lang, bevor sie antwortete. „Erinnerst du dich noch daran, wie ich dich überredet habe, in den ärmsten Stadtteil von Chicago zu gehen? Und wie das zu unserem verrückten Plan geführt hat, in der Fabrik zu arbeiten? Durch diese Erfahrungen ist dir bewusst geworden, dass du dazu berufen bist, den Armen zu helfen, und das hast du seitdem getan. Ich weiß, dass ich eine Leidenschaft für Geschichte habe, aber ich muss noch herausfinden, was ich damit anfangen soll. Ich hoffe, diese Reise wird es mir zeigen."

Flora hörte ihr aufmerksam zu. Sie war der einzige Mensch außer ihrem Vater, der ihr jemals wirklich zugehört hatte. „Ich verstehe", sagte Flora schließlich. Aber sie sah noch immer nicht aus, als wäre sie überzeugt.

„Wenn du nicht mitkommen willst, finde ich jemand anders, der mich begleitet. Aber es gibt niemanden auf der ganzen Welt, mit dem ich diese Reise lieber erleben würde als mit dir. Du bist meine Schwester, meine beste Freundin. Die Reise wird es uns ermöglichen, gemeinsam um Vater zu trauern, ohne dass wir ständig abgelenkt werden. Ihm würde es gefallen, dass wir endlich auf Reisen gehen. Und für uns beide ist es ein Geschenk, diese Zeit miteinander zu verbringen, bevor du das Haus verlässt, um Thomas zu heiraten."

Flora streckte die Hand nach dem Ticket aus. Dann betrachtete sie es lange, bevor sie schließlich wieder zu Rebecca aufblickte. „Wenn ich das richtig sehe, dauert es keinen Monat mehr, bis unser Schiff geht. Wir fangen besser an zu packen, wenn wir rechtzeitig fertig sein wollen."

Darauf stieß Rebecca einen ganz undamenhaften Juchzer aus.

KAPITEL 11

Der Atlantik

Als sie gerade einmal drei Tage auf See waren, geriet ihr Schiff in ein Unwetter, aber während die anderen Passagiere der ersten Klasse sich in ihren Kabinen vergruben oder auf ihre Liegestühle zurückzogen, umklammerten Rebecca und Flora die Reling des Passagierdecks und sahen zu, wie die Wellen gegen den Schiffsrumpf schlugen. Jedes Mal, wenn der Wind einen Sprühnebel aus Salzwasser herüberwehte, der ihre Gesichter benetzte, lachten sie laut. „Ich liebe die Freiheit auf dem offenen Meer!", rief Rebecca gegen den Sturm an. „Das macht mich lebendig, Flora! Hier draußen blühe ich auf! Und trotzdem kann ich es kaum erwarten, an Land zu gehen und neue Orte zu erkunden!"

„Du hattest recht damit, diese Reise zu planen, Becky. Ich bin froh, dass wir das hier zusammen machen. Es weckt so viele gute Erinnerungen an die Reise mit Vater. Und ich kann noch ein letztes Abenteuer erleben, bevor ich mit Thomas eine Familie gründe."

„Hast du mit Thomas darüber gesprochen, wie es mit dem Reisen aussieht, wenn ihr verheiratet seid? Hat er Interesse daran?"

„Ich habe es erwähnt, aber er macht sich nichts aus Reisen. Er hat geklagt, wie schrecklich heiß es während des Krieges in Atlanta war, und seitdem hasst er warme Gegenden. Außerdem möchte ich so bald wie möglich Kinder haben. Dutzende. Ich wünsche mir nichts sehnlicher, als Mutter zu sein."

Rebecca blickte lange in die aufgewühlten Wellen und das graue Wasser hinunter. „Wir wissen eigentlich gar nicht, wie eine Mutter ist, nicht wahr? Aber trotzdem hatte ich nie das Gefühl, dass mir etwas fehlt."

„Ich schon. Und ich will für die Kinder, die Thomas und ich einmal haben werden, die allerbeste Mutter der Welt sein."

„Ich hoffe, das bedeutet, dass du sie reisen und die Welt entdecken lässt. Du wirst sie nicht mit all den Dingen festnageln, die sie tun ‚müssen', oder?"

„Nein, ich werde dafür sorgen, dass sie mit ihrer wundervollen Tante Becky durch die Welt reisen."

Ein Wasserschwall schlug ihnen überraschend ins Gesicht und durchnässte sogar ihre Mäntel. Flora quietschte und Rebecca hielt die Luft an. Dann umarmten sie sich und lachten wie Schulmädchen. „Wir sind unterwegs nach Ägypten!", schrie Rebecca. „Wir werden die Pyramiden sehen – so wie wir es uns immer erträumt haben."

Laut Murrays Reiseführer für das moderne Ägypten und Theben gab es drei Hauptrouten für Reisende, die von Frankreich aus zu den Pyramiden wollten. Rebecca hatte alles gründlich studiert und sich für die abenteuerlichste Route entschieden, damit sie so viel wie möglich von Europa sehen konnten. Als sie in Frankreich an Land gegangen waren, fuhren sie mit der Eisenbahn und per Kutsche nach Osten bis zur Donau. Von dort aus nahmen sie ein Dampfschiff flussabwärts zum Schwarzen Meer, wobei sie auf dem Weg haltmachten, um etwas Zeit im schönen Wien zu verbringen, bevor sie ins Osmanische Reich gelangten. Ein kleiner Dampfer brachte sie übers Schwarze Meer nach Konstantinopel, wo sie drei Tage lang blieben und die Stadt erkundeten. Sie engagierten einen Reiseleiter, der ihnen die interessantesten Sehenswürdigkeiten zeigen sollte, aßen in einheimischen Restaurants und schliefen in den besten Hotels am Ort. Die Sorge, ihnen könnte das Geld ausgehen, hatten sie nicht. Sie hatten den Anwalt ihres Vaters veranlasst, ihnen unterwegs die nötigen finanziellen Mittel zu überweisen.

„Die Reise durch das Osmanische Reich war wunderbar", sagte Rebecca, als sie schließlich an Bord eines anderen Schiffes gingen, um das Mittelmeer in Richtung Alexandria zu überqueren. „Freddy war ganz und gar dagegen, weil er behauptete, es sei gefährlich." Sie standen am Heck und sahen, wie die Skyline von Konstantinopel mit seinen vielen Kuppeln und Minaretten ihren Blicken entschwand. „Es ist so exotisch hier! Erinnert es dich nicht an *Tausendundeine Nacht*? Ich weiß noch, wie ich das Buch in der Schule gelesen habe, und jetzt besuchen wir endlich diese fremden Länder."

„Ich werde es noch einmal lesen, wenn wir wieder zu Hause sind", erwiderte Flora. „Denn erst jetzt kann ich mir das alles wirklich vorstellen."

Das Erste, was Rebecca auffiel, als sie in Kairo von Bord gingen, war der Gestank, eine streng riechende Mischung aus Schweiß, menschlichen Exkrementen, verfaulenden Melonen und Fisch, der zu lange in der glühend heißen Sonne gelegen hatte. Flora zerrte ihr Taschentuch aus dem Ärmel und hielt es sich vor die Nase. Die Fülle an Fliegen war das Zweite, was Rebecca unwillkürlich bemerkte. Sie band ihren Hut fester ums Gesicht, dankbar für das daran befestigte feine Netz, als die dicken schwarzen Fliegen um ihren Kopf herumschwirrten. „Also, das ist wirklich ein Abenteuer!", sagte sie, während sie darauf warteten, dass der Gepäckträger ihre Koffer holte.

„Meinst du, wir gewöhnen uns an den Geruch?", fragte Flora.

„Versuch, nicht zu tief einzuatmen", riet Rebecca ihr. Sie sah sich in der faszinierenden Menschenmenge um, ließ den Blick über die Schiffe im Hafen wandern und sah schließlich die Kutscher, die um Passagiere warben. Spontan schlug sie vor: „Komm, wir mieten uns diese offene Kutsche, Flora. Ich will alles sehen!"

„Bist du sicher, dass du diese willst, Becky? Das arme Pferd sieht aus, als wäre es reif für die Leimfabrik." Aber Rebecca eilte bereits hinüber und ließ sich von dem zahnlosen Kutscher auf den Sitz helfen.

„Bitte bringen Sie uns zu Shepheard's Hotel", sagte Rebecca, als ihr Gepäck sich schließlich auf dem schmalen Brett hinter ihnen türmte und mit Seilen befestigt war. Der ziemlich zerlumpte Fahrer ließ die Peitsche knallen und schon trottete das uralte Pferd los.

Die überfüllten Straßen von Kairo boten Rebecca mehr Fesselndes, als sie sich jemals erträumt hatte. Sie kamen an einem Verkaufsstand mit türkischen Teppichen vorbei, vor dem der Besitzer auf einem hölzernen Stuhl saß und eine Wasserpfeife rauchte. Barfüßige Mädchen mit langen Gewändern und gewundenen Kopfbedeckungen trugen getöpferte Krüge auf den Köpfen. Bärtige Männer mit Turbanen trotteten auf winzigen Eseln vorbei, sodass ihre Füße beinahe den Boden berührten. Sie hörte eine Trommel schlagen, und als sie sich umwandte, sah sie einen dunkelhäutigen Mann mit einem Esel, auf dessen Rücken ein Affe saß. „Ein Affe, Flora!", lachte sie. „Und er trägt einen kleinen Fez!"

„Das sieht man auf den Straßen von Chicago nicht."

„Und das auch nicht", fügte Rebecca hinzu und deutete auf eine Gruppe Soldaten zu Pferde, die mit den weiten Hosen und der typischen Kopfbedeckung der Zuaven bekleidet waren. „Sie sehen aus, als wären sie gerade erst von den Kreuzzügen heimgekehrt."

Je näher sie dem Shepheard's Hotel kamen, desto breiter wurden die Straßen und desto europäischer die Gebäude. „Mir ist unser Transportmittel ein bisschen peinlich", sagte Flora, als sie vor dem eleganten Hotel hielten, auf dessen breiter Veranda Männer und Frauen in westlicher Kleidung saßen.

„Mir nicht. Dieser fleißige Mann und sein Pferd müssen auch ihren Lebensunterhalt verdienen." Aber als drei Hotelportiers ihnen entgegeneilten, um ihnen zu helfen, wollten sie wahrscheinlich nur verhindern, dass der zerlumpte Ägypter mit seinen Sandalen ihr vornehmes Hotel betrat. Rebecca bezahlte den Mann für die Fahrt und fügte ein großzügiges Trinkgeld hinzu. Der Kutscher wirkte schockiert. Ob es wegen ihrer Großzügigkeit war oder wegen der Tatsache, dass sie ihm auf Arabisch dankte, das wusste sie nicht.

„Ich glaube, du hast ihm gerade genug Geld gegeben, um sich ein neues Pferd zu kaufen", flüsterte Flora.

„Ich finde, er könnte eins gebrauchen", gab sie flüsternd zurück.

Dann betraten sie das Hotel und damit eine andere Welt. Die exotischen Straßen von Kairo hätten genauso gut Hunderte Kilometer entfernt sein können. Die Angestellten sprachen Englisch und Französisch, die Gäste trugen Pariser Mode und das Essen und die Zimmer waren nach westlichem Geschmack gestaltet. Rebecca hasste es, aber um Floras willen ertrug sie es. Wenigstens konnte sie ein heißes Bad nehmen.

Nachdem sie ihre Schwester in das gemeinsame Zimmer begleitet und sich davon überzeugt hatte, dass Flora alles hatte, was sie brauchte, ging sie direkt zum Concierge, um mit ihm über eine Besichtigung der Pyramiden zu sprechen. „Natürlich, Mademoiselle. Morgen nach dem Frühstück bricht eine Reisegruppe in einer Kutsche von hier aus auf, wenn …"

„Ich möchte keine Reisegruppe und auch keine Kutsche. Meine Schwester und ich wollen mit dem Kamel reisen, um die Pyramiden zu sehen. Und wir möchten vor dem Frühstück aufbrechen, um den Sonnenaufgang zu beobachten."

Sein verbindliches Lächeln schien ein wenig zu wanken, aber er sagte: „Sehr wohl, Mademoiselle. Und wird Sie jemand begleiten? Ein Herr vielleicht?"

„Nur wir beide." Sie sah, dass ihn das schockierte. Aber sie wusste auch, dass es nicht das letzte Mal sein würde.

Ihre Planung für den nächsten Morgen erwies sich als vollkommen. Als Rebecca zum ersten Mal in ihrem Leben die Pyramiden von Gizeh sah, ging gerade die Sonne auf und tauchte den Himmel im Osten in ein Flammenmeer. Der Anblick von ihrem Hochsitz auf dem Kamelrücken aus war so beeindruckend, dass ihr der Atem stockte. „Ich hatte ja keine Ahnung, wie riesig die Pyramiden sind, Flora! Sind sie nicht herrlich?" Sie kamen vor allen anderen Touristen an und hatten die weite felsige Ebene und die gewaltige Aussicht ganz für sich. Flora drehte sich auf ihrem Sattel, als wollte sie alles in sich aufnehmen.

„Ich bin sprachlos, Becky!"

Sie baten den Kamelführer, näher an die Pyramiden zu reiten, und während die Sonne über dem entfernten Nil höher stieg, gelangten sie zum Fuß der Cheopspyramide. „Ich komme mir so klein und unbedeutend vor wie eine Ameise", flüsterte Flora. „Wie um alles in der Welt haben sie etwas so Gewaltiges gebaut?"

„Komm, wir versuchen hinaufzuklettern", schlug Rebecca vor. Sie stiegen ab und Rebecca bat den Karawanenführer und einen der Treiber, sie bei der Hand zu nehmen und die riesigen, stufenartigen Steine hinaufzuführen. Viele der Quader waren so groß wie sie selbst. Sie kamen nicht weiter als bis zur ersten Plattform. „Diese unsinnigen Röcke!", fauchte Rebecca. „In unseren langen Unterhosen hätten wir bis ganz nach oben klettern können."

„Das hätte die Gesellschaft in Kairo aber schockiert!" Sie setzten sich auf einen der riesigen Steine und ließen die Füße baumeln, während sie auf die Ebene von Gizeh hinuntersahen. Der gigantische Kopf der Sphinx erhob sich in der Ferne aus dem Boden, ihr Leib in der felsigen Erde begraben.

„Ich kann nicht fassen, dass wir endlich hier sind, Becky. Davon haben wir unser Leben lang geträumt. Ich wünschte nur, Vater könnte es sehen."

„Ich weiß. Das wünschte ich auch." Rebecca war ganz schwindelig vor Freude, als sie darüber nachdachte, was für ein bedeutsamer Moment das für sie war. „Ich habe einen Abschluss in Geschichte, aber trotzdem kann ich noch immer nicht begreifen, wie antik diese Pyramiden sind. Sie waren schon hier, als Abraham und Sarah nach Ägypten reisten. Josef hat sie vielleicht gesehen, als er hier Sklave war und als er Ägypten vor der Hungersnot gerettet hat. Die Israeliten müssen sie gesehen haben, als sie Ziegel herstellten – und Mose auch, als Gott ihm den Befehl gab, den Pharao herauszufordern und das Volk Israel aus der Sklaverei zu befreien. Selbst der kleine Jesus könnte sie gesehen haben, als Maria und Josef mit ihm hierher flohen, um König Herodes zu entkommen. All diese Jahrtausende voller Geschichte kann ich nicht erfassen. Und du?" Flora schüttelte den Kopf.

Rebecca war davon überzeugt gewesen, dass der Anblick der Pyramiden ihr Befriedigung geben würde – und bis zu einem gewissen Grad war es auch so. Aber da war noch etwas anderes, das sie weiterrief. „Ich habe das Gefühl, dass dies erst der Anfang ist, Flora", sagte sie und streckte die Arme aus. „Es gibt etwas, das ich tun soll, als Reaktion auf das hier. Etwas Wichtiges. Nur habe ich keine Ahnung, was das sein könnte."

„Dann werden wir einfach weiterfragen und suchen, bis du es weißt."

Sie verbrachten den ganzen Tag damit, die Pyramiden zu erforschen, und kehrten am späten Nachmittag müde, verschwitzt und von einer Staubschicht bedeckt nach Kairo zurück. Nach einem warmen Bad und einem englischen Abendessen, das aus Rinderbraten und Kartoffeln bestand, beschlossen sie, am nächsten Tag auf eigene Faust den Basar unter freiem Himmel zu erkunden. Der Concierge schien erschrocken, als Rebecca ihn nach dem Weg fragte, und bot an, ihnen einen Führer als Begleitung zu organisieren. Flora zuliebe gab sie nach und nach dem Frühstück brachen sie zu dritt auf, um den Markt zu besuchen, Flora und sie in ihren festen Schuhen. Bevor sie den Basar sahen, konnten sie ihn schon riechen. Die duftende Mischung aus Kreuzkümmel und Minze, frisch gebackenem Brot und Eselkot, starkem Tabak und noch stärkerem

Kaffee zog durch die schmalen, von Geschäften gesäumten Straßen. Käufer und Händler riefen temperamentvoll, während sie um die Waren feilschten, und Rebecca blieb vor einem Seidenhandel stehen, um eine Unterhaltung zu belauschen und zu sehen, wie viel sie verstand. Zuerst klang es so, als würden die beiden Männer sich jeden Augenblick an die Gurgel gehen, aber als sie schließlich begriff, was sie sagten, lachte Rebecca laut auf.

„Warum lachst du?", fragte Flora. „Worüber streiten sich die Männer denn?"

„Sie feilschen um diesen Ballen Seide, aber der Betrag, um den es geht, ist ganz klein." Die gleiche Szene spielte sich immer wieder ab, während sie die Straße entlanggingen, ob wegen einer Halskette aus Edelsteinen oder einer Tüte Pistazien.

„Das Feilschen scheint hier zur Lebensart zu gehören", schloss Flora daraus.

„Ja, und ich würde es unheimlich gerne einmal versuchen." Die Gelegenheit bot sich wenige Minuten später, als ein schmieriger kleiner Mann näher kam, in der Hand etwas, das wie eine Seite aus einem sehr alten Buch aussah. Ihr Begleiter versuchte den Mann zu verscheuchen, aber das antik aussehende Dokument weckte Rebeccas Neugier. Die dunklen Gassen des Basars ließen nicht viel Sonnenlicht herein und Rebecca blinzelte, um das Papier genauer zu betrachten. „Die Schrift ist nicht Hebräisch, aber sie sieht ähnlich aus. Ich wüsste gerne, ob das hier Pergament ist oder vielleicht Papyrus, aber ich habe keine Ahnung, was das auf Arabisch heißt. Es sieht jedenfalls alt aus."

„Aber es könnte auch eine geschickte Fälschung sein."

„Das stimmt. Ich glaube nicht, dass ich schon einmal echtes Pergament gesehen habe. Angeblich wird es aus Tierhäuten hergestellt." Sie hielt sich das Blatt an die Nase und roch daran, dann lachte sie und zog eine Grimasse. „Ach, du liebe Güte! Das stinkt ja schrecklich. Aber ich glaube, ich werde trotzdem mit ihm feilschen." Ihr Begleiter bot an, die Verhandlungen für sie zu übernehmen, aber Rebecca lehnte dankend ab. „Ich will doch nicht umsonst Arabisch gelernt haben."

„Und woher weißt du, ob du zu viel bezahlt hast?", fragte Flora.

„Das weiß ich nicht. Aber wahrscheinlich wird er mit einem lächerlich hohen Preis beginnen, also fange ich mit einem lächerlich niedrigen Betrag an und vielleicht treffen wir uns ja in der Mitte." Eine neugierige Gruppe ägyptischer Männer in Turban oder Fez und kleine Jungen in langen Tuniken und Käppchen sammelte sich um sie herum, um zuzusehen. Sie staunten nicht schlecht, dass eine Frau aus dem Westen ihre Sprache beherrschte. Ihren Mienen nach zu urteilen waren die Zuschauer schockiert, weil sie es wagte, mit einem Mann zu feilschen – dazu noch mit unverhülltem Gesicht. Rebecca bereitete das Ganze großes Vergnügen. „Ich verstehe, warum diese Menschen so gerne feilschen", sagte sie zu Flora, nachdem sie mehrere Minuten später einem Preis zugestimmt hatte. Er war deutlich näher an dem Anfangsbetrag des Ägypters als an ihrem, aber Rebecca fühlte sich großartig, als sie mit einer leichteren Geldbörse von dannen zog und einem Zettel, der sehr alt aussah. Jedenfalls roch er so. Als sie spät an diesem Nachmittag ins Hotel zurückkehrten, um den Staub und Schweiß von Kairo abzuwaschen, betrachtete Rebecca ihre Beute näher.

„Kannst du erkennen, was es ist? Ist es echt?", wollte Flora wissen.

„Ich habe keine Ahnung. Wenn wir wieder zu Hause sind, werde ich versuchen, es herauszufinden. Aber das hat doch Spaß gemacht, nicht wahr? Vielleicht sollte ich auch in Chicago um alles feilschen, wenn wir wieder zurück sind."

Sie verbrachten eine Woche in Kairo und erkundeten die Stadt zu Fuß oder manchmal mit der Kutsche. Sie aßen warmes Brot, das sie bei Straßenverkäufern erwarben, und tranken Kaffee in winzigen Cafés. Die anderen Hotelgäste wirkten schockiert, als Rebecca ihnen abends beim Essen von ihren Erlebnissen erzählte. „Das war eine einmalige Reise, Becky", sagte Flora am Ende einer wundervollen Woche. „Ich bin ja so froh, dass du mich überredet hast mitzukommen. Den Anblick dieser herrlichen Pyramiden werde ich niemals vergessen. Und auch nicht, wie arm und dreckig dieser Teil der Erde ist. Die Slums von Chicago kommen mir im Vergleich dazu geradezu reinlich vor – und das will etwas heißen."

Rebecca trat ans Fenster, an dem ihre Schwester stand und auf die Straße vor dem Hotel hinausblickte. „Hör mal, Flora, ich habe nachgedacht … Ich bin noch nicht bereit, nach Chicago zurückzukehren. Und du? Wir sind ja erst seit gut einem Monat unterwegs."

„Also … ich genieße diese Reise sehr und wäre bereit, noch etwas länger zu bleiben, aber dann sollte ich Thomas ein Telegramm schicken, dass wir unsere Pläne geändert haben."

Rebecca antwortete nicht. Floras Worte erinnerten sie daran, dass sie ihre Schwester bald verlieren würde. Wenn sie erst einmal zu Hause waren und Flora Mrs Thomas Worthington wurde, würde sich ihrer beider Leben in entgegengesetzte Richtung entwickeln. Da sie Freddys Heiratsantrag abgelehnt hatte, erwartete Rebecca nicht, zu den Familienfeiern der Worthingtons eingeladen zu werden, und sie legte auch keinerlei Wert darauf; sie würde ihrem Leben eine andere Richtung geben müssen.

„Lass uns heute Abend packen und zum Heiligen Land aufbrechen, Flora. Thomas telegrafieren wir dann, kurz bevor wir abreisen." Rebecca hoffte, dass sie schon in Jerusalem sein würden, wenn Thomas die Nachricht erhielt. Dann konnte er sein Missfallen nicht äußern und keinen Druck auf Flora ausüben. „Der einfachste Weg nach Jerusalem", fuhr sie fort, „wäre es, wenn wir mit dem Schiff den Nil hinunterfahren, das Mittelmeer überqueren und in Joppe an Land gehen würden …"

„Und vielleicht Schiffbruch erleiden wie der Apostel Paulus?", fragte Flora grinsend. „Oder wie Jona von einem riesigen Fisch verschluckt werden? Das klingt eindeutig nach Abenteuer!"

„Ja, das ist wahr. Aber ich finde, es wäre auch spannend, über Land zu reisen wie Abraham und Sarah, als sie von Ägypten ins Gelobte Land zogen. Es wäre authentischer und unterwegs könnten wir besser anhalten und uns Dinge ansehen."

„Wunderbar! So machen wir es!"

Rebecca bat den Concierge, am nächsten Morgen die Dienste eines Reisebüros in Anspruch zu nehmen, während Flora ein Telegramm an Thomas schickte, um ihn von ihren Plänen zu unterrichten. „Ich kann Ihnen eine Reisegruppe organisieren, die …", begann der Concierge, aber Rebecca unterbrach ihn.

„Nein, danke. Sie müssten doch inzwischen wissen, dass meine Schwester und ich die Dinge auf unkonventionelle Weise tun."

„Ja, Mademoiselle. Das weiß ich. Aber die Straße nach Gaza kann sehr gefährlich sein und …"

„Danke für Ihre Fürsorge. Ich bin sicher, uns wird nichts zustoßen." Es dauerte noch einen Tag, bis sie alle ihre Habseligkeiten außer den allerwichtigsten Kleidungsstücken und Gegenständen im

Hotel eingelagert hatten. Außerdem musste Habib, der Führer, den der Concierge beauftragt hatte, Vorräte besorgen und eine Karawane aus Pferden und Mulis organisieren. Bei Tagesanbruch verließen Rebecca und Flora dann Kairo im Damensitz auf zwei hübschen weißen Pferden, dankbar für die Reitstunden, die Rufus damals für sie organisiert hatte.

Als sie Kairo hinter sich gelassen hatten, kamen sie auf der Straße nach Gaza an einigen verstreuten Dörfern und Siedlungen vorbei, bevor es ganz einsam und verlassen wurde. Nach einer Weile schien es, als wären sie bereits Stunden unterwegs gewesen, seit sie durch eine Stadt gekommen waren, und in der ganzen Zeit sahen sie keine anderen Reisenden oder Karawanen. Rebecca beschloss, Flora nicht zu sagen, dass der Concierge diese Straße als „sehr gefährlich" bezeichnet hatte. Sie selbst überlegte gerade, wie schnell ihr Pferd galoppieren konnte, falls es Ärger gab, und ob sie sich im Sattel würde halten können, wenn es dazu kam, als plötzlich ein Stück weiter ein Haufen Lumpen am Straßenrand aufsprang und heftig mit den Armen zu wedeln begann. Ihre Begleiter waren skeptisch, als sie sich dem Mann näherten, und Rebecca war es auch, bis ihr bewusst wurde, dass er auf Englisch rief.

„Hallo! ... Hallo! Oh, Gott sei Dank!", seufzte er, als sie ihr Pferd zügelte. Unter dem Staub und Schweiß verbarg sich ein groß gewachsener, schlanker, angenehm wirkender Mann in den Dreißigern, mit strohblondem Haar und Augen, die so blau waren wie der Wüstenhimmel. „Wären Sie vielleicht so freundlich, mir zu helfen?", fragte er mit britischem Akzent.

„Was ist denn geschehen?", fragte Rebecca vom Pferderücken aus.

„Es ist mir schrecklich unangenehm, aber wie es aussieht, hat man mich übers Ohr gehauen. Der Führer und die Karawane, die ich in Kairo angeheuert habe, um mich nach Jerusalem zu bringen, haben all mein Bargeld und meine Ausrüstung gestohlen und mich hier am Straßenrand zurückgelassen. Ich hätte wissen müssen, dass der Preis, auf den wir uns verständigt hatten, zu gut war, aber ich hatte gehofft, ich könnte ein paar Pfund sparen, wissen Sie – und jetzt haben sie sich davongemacht wie Ali Baba und die vierzig Räuber, abgesehen davon, dass es nur ein halbes Dutzend Männer waren."

Rebecca hielt sich die Hand vor den Mund, um ein Lächeln zu verbergen. Der arme Mann wollte nicht scherzen und seine Lage war auch keinesfalls lustig, aber es hatte etwas Komisches an sich, mitten im Nirgendwo einen richtigen Engländer zu finden, in kurzen Kakihosen und mit einem Hut, wie ihn Archäologen trugen, wenn sie große Entdeckungen machten. Da musste sie einfach lächeln.

„Ich wechsele zwischen Laufen und Ausruhen ab", fuhr er fort und kramte in den Taschen seiner Shorts. „Wie es aussieht, haben sie mir auch meine Taschenuhr gestohlen, deshalb weiß ich nicht genau, wie lange ich schon hier bin. Auf jeden Fall seit heute Vormittag. Ich habe gebetet, dass Gott mir meine Dummheit, mich einer Horde Wegelagerer anzuvertrauen, vergeben möge und mich trotzdem rettet ... und endlich!! Sie sind seit Stunden die ersten Reisenden, die hier vorbeikommen."

„Sie sehen so aus, als wäre Ihnen sehr heiß", sagte Flora. „Möchten Sie etwas Wasser?"

„Ja, das wäre sehr freundlich. Das bisschen Wasser, das ich hatte, ist beinahe aufgebraucht." Er zog einen Wasserschlauch aus dem Leinenbeutel, den er über der Schulter trug, und lächelte schüchtern, als er ihn schüttelte. Das wenige Wasser darin machte ein leises plätscherndes Geräusch.

„Helfen sie uns beim Absteigen", wies Rebecca den Karawanenführer auf Arabisch an, „und geben Sie diesem Herrn etwas Wasser." Der Mann umfasste ihre Taille, als sie zu Boden glitt, dann half er Flora beim Absteigen. Habib band einen Wasserschlauch von den Vorräten los und gab ihn dem Fremden. Der Engländer setzte ihn an die Lippen und trank gierig daraus. Er sah aus wie der Prototyp eines exotischen Forschers. Er hatte die Ärmel hochgekrempelt und die Sonne hatte jeden Zentimeter seiner entblößten Haut an Armen, Gesicht und Beinen gebräunt. Wenn er sein von der Sonne ausgeblichenes Haar unter einem Federschmuck verborgen hätte, wäre er als Cherokee-Indianer durchgegangen. Er sah nett aus, fand Rebecca, und seine blauen Augen wirkten freundlich.

„Ah. Danke sehr, meine verehrten Damen", seufzte er, als er sich mit dem Ärmel über die Lippen gefahren war. „Ich glaube, ich verdanke Ihnen mein Leben. Sie haben Glück, dass Sie Arabisch sprechen. Dass ich nicht vorausschauend genug war, um die Sprache zu erlernen, hat dazu geführt, dass man mich betrogen hat. Ich war schon oft in diesem Teil der Erde, aber so etwas ist mir noch nie widerfahren."

„Wie bedauerlich, dass es Ihnen diesmal passiert ist. Ich heiße übrigens Rebecca Hawes", sagte sie und streckte ihm die Hand entgegen. „Und dies ist meine Schwester Flora. Wir kommen aus Chicago, Illinois."

„Edmund Merriday aus Cambridge in England. Wie geht es Ihnen?" Sein Händedruck war fest.

„Uns geht es sehr gut, vielen Dank", erwiderte Rebecca. „Während Sie, Mr Merriday, es weniger gut getroffen zu haben scheinen."

Er lachte herzhaft, so wie sie es gehofft hatte. „Ich habe das Gleichnis vom barmherzigen Samariter gelesen, während ich hier saß, und beschlossen, dass es mir etwas besser ergangen ist als jenem Reisenden. Ich wurde zwar ausgeraubt, aber wenigstens wurde ich nicht zusammengeschlagen und meinem Schicksal überlassen."

„Und Ihren Sinn für Humor haben Sie auch nicht verloren, wie ich sehe."

„Möchten Sie sich uns vielleicht anschließen, Mr Merriday?", fragte Flora. „Wir helfen Ihnen gerne bis ins nächste Dorf oder vielleicht bis Ashkelon, wenn Sie es wünschen. Jedenfalls können wir Sie nicht gestrandet hier zurücklassen."

„Das wäre sehr freundlich von Ihnen", sagte er sichtlich erleichtert.

Rebecca gab dem Karawanenführer Anweisung, die Sättel neu zu arrangieren und die Lasten umzuverteilen, damit Flora und sie auf demselben Tier ritten und Mr Merriday das andere Pferd nehmen konnte.

„Wie kommt es eigentlich, dass Sie beide gerade rechtzeitig zu meiner Rettung erschienen sind?", wollte er wissen.

„Wir frönen unserer Reiseleidenschaft", erwiderte Rebecca. „Nachdem wir Ägypten und die Pyramiden besichtigt haben, wollten wir das Heilige Land sehen."

„Sind Sie Teil einer Reisegruppe?" Er schirmte die Augen gegen die Sonne ab und blickte zurück. „Wo ist der Rest Ihrer Gruppe?"

„Wir sind zu zweit unterwegs. Unser Führer, Habib, kümmert sich um die Pferde und unsere Vorräte und engagiert Treiber für uns."

„Bravo!" Die Tatsache, dass sie allein reisten, schien ihn kein bisschen zu schockieren „Sie hatten großes Glück, einen guten Reiseführer zu finden. Der, den ich in Kairo angeheuert habe, hat sich als Schurke erwiesen."

Als die Pferde bereit waren, half Habib zuerst Flora in den Sattel und war dann Rebecca dabei behilflich, hinter ihr auf dem Pferderücken Platz zu nehmen. Es war keine besonders bequeme Lösung, aber Rebecca hatte sich schließlich ein Abenteuer gewünscht. Mr Merriday schwang sich auf das andere Pferd, so als wäre er es gewohnt zu reiten. Dann machten sie sich wieder auf den Weg und die Pferde trabten nebeneinanderher.

„Was führt Sie denn in diesen Teil der Welt, Mr Merriday?", fragte Flora.

„Bitte nennen Sie mich Edmund", grinste er. „Mr Merriday klingt viel zu steif, meinen Sie nicht auch?"

„Dann müssen Sie uns aber auch Flora und Rebecca nennen", gab sie zurück.

„Sehr gern, Flora. Um Ihre Frage zu beantworten: An der Universität in Cambridge sind gerade Sommerferien und ich arbeite dort als wissenschaftlicher Bibliothekar. Nebenbei betätige ich mich als Hobbyarchäologe, deshalb treibe ich mich in einer Gegend wie dieser herum auf der Suche nach Stücken für meine Sammlung."

„Was für eine Art Sammlung ist das denn?"

Er öffnete seine staubige Leinentasche und zog Teile von zerbrochenen Tonkrügen, Steine und Papierfetzen heraus, die er der Reihe nach hochhielt, damit sie sehen konnten. „Ich sammle Tonscherben wie diese hier. Und Fragmente biblischer Schriftrollen. Antike Manuskripte interessieren mich besonders. Zum Glück haben die Diebe den Wert dieser Relikte nicht erkannt und nur mein Geld genommen."

„Die meisten Männer, die ich kenne, wären angesichts der Vorstellung, ‚nur' ihr Geld zu verlieren, entsetzt", sagte Rebecca lachend. „Aber diese Papiere … sie sehen einem Zettel sehr ähnlich, den ich in Kairo gekauft habe. Darf ich Ihnen das Blatt zeigen?"

„Natürlich."

Rebecca hielt sich an Floras Jacke fest, damit sie nicht vom Pferd fiel, während sie in den Satteltaschen nach dem Pergament suchte, das sie auf dem Markt erworben hatte. Sie wickelte es aus und hielt es ihm hin. „Können Sie mir irgendetwas darüber sagen?" Er betrachtete es gründlich, hielt es ins Licht und blinzelte angesichts der winzigen Schrift, bevor er mit dem Fingernagel daran kratzte und daran schnupperte, wie sie es getan hatte. Und die ganze Zeit über balancierte er auf dem trabenden Pferd. Für einen Mann, der den ganzen Tag in einer Bibliothek arbeitete, wirkte er sehr sportlich.

„Ich bin beeindruckt", sagte er schließlich. „Ich glaube, dies ist ein antikes Pergament, aber ich müsste es mit einer Lupe untersuchen, bevor ich sicher sein kann."

„Wissen Sie, was darauf steht? Können Sie den Text etwa lesen?"

Er kramte in seiner Tasche und zog eine Hornbrille heraus. „Die Schrift scheint Aramäisch zu sein. Wenn ich mir den Blattrand ansehe, vermute ich, dass es sich um eine Seite aus einem sehr alten Kodex handelt. Darf ich fragen, wo Sie das gekauft haben?"

„Flora und ich haben eine der Seitenstraßen von Kairo erkundet, als ein schmieriger kleiner Mann fragte, ob ich es kaufen will."

„Wissen Sie noch, in welchem Teil von Kairo das war?"

„Ja, auf dem Markt, in der Nähe vom Shepheard's Hotel. Warum fragen Sie?"

„Ich wüsste gerne, ob es noch mehr Seiten von diesem Kodex gibt. Fragmente wie dieses hier tauchen immer wieder auf den Straßen von Kairo auf, seit Touristen Ägypten und die Pyramiden besuchen. Plünderer und Diebe finden oder stehlen Schriftrollen und Kodizes von unschätzbarem Wert und zerschneiden sie, um sie stückweise an Touristen zu verkaufen. Auf diese Weise wurden schon wertvolle Artefakte zerstört."

„Könnte man diese Dokumente denn irgendwie vor der Zerstörung retten?"

„Ja, indem man sie kauft – hoffentlich bevor sie in Stücke geschnitten werden – und sie zu einer Universität oder einem Museum bringt, wo Wissenschaftler sie untersuchen können. Ich würde sie selbst kaufen, wenn ich es mir leisten könnte."

Bei dem Gedanken, kostbare historische Dokumente zu retten, schlug Rebeccas Herz höher. „Ich würde so gerne mehr darüber erfahren, wenn Sie etwas Zeit haben", sagte sie. „Vor allem möchte ich lernen, woran man erkennt, ob etwas echt ist. Ich habe antike Geschichte studiert, weiß also um die Bedeutung solcher Dokumente."

Er lächelte und die Falten in seinem gebräunten Gesicht zeigten sich so natürlich um Augen und Mund, als würde er oft lächeln. Auf eine etwas unbeholfene Art war er sehr charmant. „Ich bringe Ihnen gerne bei, was ich weiß", sagte er. „Das ist das Mindeste, was ich im Gegenzug für Ihre Freundlichkeit tun kann."

„Offensichtlich sind Sie allein unterwegs", sagte Flora. „Aber haben Sie zu Hause in England Familie?"

„Zwei verheiratete Schwestern und einen Vater, der Landpfarrer ist. Aber ich bin mit meinen Interessen verheiratet und das ist eine Eigenschaft, die nicht sehr viele Damen an ihrem Ehemann zu schätzen wissen. Alle meine Urlaube verbringe ich auf Reisen wie dieser, schlafe in Zelten und erforsche antike Ruinen. Ich habe noch keine Frau gefunden, die ein Interesse daran hätte, sich mir dabei anzuschließen."

„Für mich klingt es himmlisch", sagte Rebecca. „Flora und ich haben zu Hause keine Angehörigen mehr. Leider sind unsere Eltern beide verstorben."

„Das tut mir leid. Aber wenn es Ihnen Freude bereitet, zu Pferd von Ägypten nach Gaza zu reisen, dann sind Sie die Ausnahme von der Regel, das kann ich Ihnen versichern. Normalerweise reise ich allein. Dann kann ich gehen, wohin ich will, bleiben, solange ich mag, und sehen, was mich zu sehen verlangt, ohne dass jemand mich zurückhält. Obwohl ich eine intelligente Unterhaltung am Abend schon auch vermisse. Da beneide ich Sie beide, dass Sie sich gegenseitig Gesellschaft leisten können."

„Das mit der Freiheit sehe ich ganz genauso", nickte Rebecca. „Deshalb haben Flora und ich unsere Pläne ohne eine dieser lästigen Reisegruppen erstellt. Wir wollten schon länger in diese Region reisen, aber der Krieg in unserem Land hat es bis jetzt unmöglich gemacht. Darf ich fragen, wohin Sie im Heiligen Land reisen wollen?"

„Ich hatte gehofft, Galiläa zu besuchen und die Ruinen der Synagoge in Kapernaum aus dem ersten Jahrhundert zu sehen, aber das wird nun erst im kommenden Jahr möglich sein. Diese Banditen haben mir alles gestohlen, außer meinen Reiseunterlagen und meiner Schiffspassage."

„In der Zeitung haben wir von diesen Ruinen gelesen. Es gibt so viele herrliche Dinge zu sehen und Orte zu erkunden. Unsere Liste wird immer länger, nicht wahr, Flora?"

Den ganzen Nachmittag über unterhielten sie sich und kamen erst kurz vor Sonnenuntergang bei ihrem Zielort an. Rebeccas Knie fühlten sich wacklig an, als sie abgestiegen war, und Edmund musste sie festhalten, damit sie nicht stürzte. „Tut mir leid. Ich bin einfach noch nicht daran gewöhnt, den ganzen Tag auf einem Pferd zu sitzen. Von dem schwankenden Gang ist mir ganz schwindelig."

„Ich kann Ihnen beiden gar nicht genug für Ihre Hilfe danken. Wahrscheinlich würde ich noch immer unter einer Akazie sitzen und wäre schon fast verdurstet, wenn Sie nicht so freundlich gewesen wären."

„Was werden Sie jetzt tun?", wollte Rebecca wissen.

„Ich habe einen Bekannten in Joppe, der mir vielleicht Geld leihen wird, damit ich nach Kairo zurückreisen kann. Ich gehe davon aus, dass ich dort meine Schiffspassage umbuchen und nach England zurückfahren kann."

„Das ist also das Ende Ihres Urlaubs?"

„Ich fürchte, ja. Für diesmal jedenfalls."

„Wo werden Sie heute Nacht schlafen?", fragte Flora. „Und was werden Sie essen?"

Hilflos zuckte er mit den Schultern, aber noch bevor er antworten konnte, sagte Rebecca: „Unser Reiseführer hat für uns ein Zimmer im Gasthaus gebucht. Ich werde ihn fragen, ob er Ihnen auch eines organisieren kann."

„Das kann ich unmöglich annehmen. Ich habe doch gar kein Geld, um dafür zu bezahlen."

„Machen Sie sich deshalb keine Sorgen. Wir können nicht zulassen, dass Sie auf der Straße nächtigen. Da könnte man Sie ja noch einmal ausrauben."

„Das ist sehr großzügig von Ihnen. Ich verspreche, dass ich meine Schulden bezahlen werde, sobald ich zu Hause bin. Aber Sie müssen mir versprechen, genau Buch darüber zu führen, was ich Ihnen schuldig bin."

„Ich hätte schon eine Idee, wie Sie sich erkenntlich zeigen könnten. Erzählen Sie mir mehr über antike Manuskripte im Allgemeinen und über meines im Besonderen", erwiderte Rebecca.

Habib hatte ihre Taschen abgeladen und wartete darauf, dass sie den gedrungenen, aus Naturstein erbauten Gasthof betraten, während die anderen Männer die Pferde zu ihrer Unterkunft mitnahmen. Er warf Edmund misstrauische Blicke zu und seine dunkle Stirn legte sich missbilligend in Falten, als Rebecca ihn bat, ein Zimmer für den Engländer zu buchen. Als er mit ihren Taschen hineinging, blickte Habib noch immer finster drein.

„Dieses Gebäude sieht aus, als käme es direkt aus dem Neuen Testament", sagte Flora. Es war ganz und gar aus sandfarbenen Steinen gebaut, hatte Steinwände und -böden und einen Hof in der Mitte. Der Besitzer des Gasthauses führte sie zu ihrem Zimmer, dessen Fußboden ein bunter türkischer Teppich zierte. Auf den beiden Holzbetten türmten sich marokkanische Decken. „Meinst du, hier gibt es Flöhe in den Betten?", fragte sie.

„Das ist ein Abenteuer, Flora. Da kannst du dir keine Gedanken über Flöhe machen."

Edmund wurde anschließend vom Gastwirt zu einem deutlich kleineren Zimmer geführt, mit einer Matratze aus Stroh, wahrscheinlich eine Dienstbotenkammer. „Sind Sie sicher, dass es gut genug ist?", fragte Rebecca ihn.

„Es ist viel besser, als ich zu hoffen gewagt habe. Danke."

Bevor sie sich verabschiedeten, wandte er sich zu ihnen um und fragte: „Mögen Sie marokkanisches Essen? Als ich das letzte Mal hier war, habe ich ein herrliches Restaurant entdeckt, und ich würde liebend gern noch einmal dort essen – wenn es noch in Betrieb ist."

„Ich glaube nicht, dass wir schon einmal marokkanisch gegessen haben, oder, Flora?"

„Wenn du willst, probiere ich es."

„Auf jeden Fall", sagte Rebecca. „Geben Sie uns eine Stunde, um ein wenig auszuruhen und uns frisch zu machen, Mr Merriday, dann treffen wir uns unten im Eingangsbereich."

Edmund steckte die Hand in die Tasche und wollte nach der Uhrzeit schauen. Doch dann fiel ihm ein, dass seine Uhr ja gestohlen war. „Ach, du liebe Güte ... Wie auch immer, wir sehen uns in ungefähr einer Stunde unten beim Empfang."

Eine Stunde später war die Sonne bereits untergegangen, als Edmund sie durch die schmalen, gewundenen Gassen führte, vorbei an einem Markt, der für heute die Stände schloss. Die Gerüche waren umwerfend – faulig und köstlich und verdorben und würzig, alles gleichzeitig. Edmund hätte sie an irgendeinen abgelegenen dunklen Ort führen können, um sie auszurauben oder ihnen etwas anzutun, aber das glaubte Rebecca nicht. Sein sonnengebräuntes Gesicht wirkte ehrlich und der Abend versprach einzigartig zu werden.

„Ah, hier ist es!", sagte er schließlich. Er führte sie durch einen dunklen Raum, vermutlich eine Wohnung, und in einen Innenhof unter freiem Himmel. Der Eigentümer lächelte sie an und verneigte sich, als er sie auf einem Teppich an einem niedrigen Tisch Platz nehmen hieß. Edmund bestellte alles für sie auf Französisch und sie sahen zu, wie ihre Mahlzeit in dem Holzofen auf der anderen Seite des Hofes zubereitet wurde. Der Ofen spendete auch Licht und Wärme, während sie aßen.

Es war ein wundervolles Essen, das beste, das Rebecca während der ganzen Reise zu sich genommen hatte. Sie konnten sehen, wie die Sterne am Himmel erschienen, während sie luftiges Fladenbrot mit zerdrückten Kichererbsen, einem köstlich würzigen Hühnchen und etwas, das Couscous hieß, aßen. Serviert wurde das Essen in einer bunten Keramikschüssel mit einem konischen Deckel und sie aßen alle aus demselben Gefäß, wobei sie die Brotstücke mit dem Finger in die Schüssel tauchten. Wie sehr sich dies doch von den steifen, förmlichen Diners unterschied, die Rebecca mit Freddy Worthington ertragen hatte, bei denen man Unmengen von Besteck richtig zuordnen musste. Sie lauschte, während Flora über Edmunds lebhafte Geschichten lachte, und fragte sich, ob auch ihre Schwester den Unterschied zwischen einem Essen mit Edmund und einer Einladung bei den Worthingtons bemerkte. Bis spät in die Nacht unterhielten sie sich darüber, wohin Rebecca und Flora am nächsten Tag reisen wollten, und Edmund beschrieb ihnen all die Orte, die sie unbedingt sehen sollten. Niemand wollte, dass der Abend endete.

„Wahrscheinlich können wir nicht sicher sein, ob Edmund Merriday uns die Wahrheit sagt oder uns betrügt, nicht wahr?", fragte Rebecca, nachdem sie zur Nacht in den Gasthof zurückgekehrt waren. „Es ist so wie bei diesem Stück Pergament, das ich gekauft habe – entweder es ist echt oder gefälscht."

„Er hat eine Bibel in seiner Tasche, Becky. Darin hat er gelesen, als wir ihn aufgesammelt haben."

„Vielleicht hat er die Bibel ja gestohlen und trägt sie nur als Täuschung bei sich."

Flora lächelte und tat den Gedanken mit einer Handbewegung ab. „Ich habe ein gutes Gefühl, was ihn betrifft, du nicht auch? Er scheint sehr nett zu sein. Und er hat einen herrlichen Sinn für Humor."

„Und die meisten Schurken haben keinen Humor, nehme ich an?"

„Die meisten Menschen, die ich kenne, haben keinen Humor", gab Flora zurück. Einen Moment lang blickte sie nachdenklich drein, dann sagte sie: „Hör mal, Becky, ich finde, wir sollten Edmund einladen, uns zu begleiten. Ich sehe nicht, was es schaden könnte. Wenn er für die Universität in Cambridge arbeitet, kann er kein allzu zwielichtiger Charakter sein."

„Du gehst also davon aus, dass er über Cambridge die Wahrheit gesagt hat?"

„Na ja ... ich denke schon."

Rebecca lachte und sagte dann: „Du hast recht. Ich glaube auch, dass er glaubwürdig ist. Immerhin hat er sich ja wohl nicht selbst da draußen stranden lassen. Und ich mag ihn. Er ist nicht nur intelligent und weiß viel, sondern er ist auch sehr charmant."

„Gut. Obwohl Thomas wahrscheinlich alles andere als erfreut wäre, wenn er wüsste, dass wir einen Fremden einladen, uns zu begleiten. Dazu noch einen mit kurzen Hosen und Haaren an den Beinen."

„Wie entsetzlich!", lachte Rebecca. „Aber Thomas muss ja nichts von Edmund erfahren. Ich werde ihn nicht erwähnen, wenn du es nicht tust."

„Dann sag ihm bitte auch nicht, dass ich auf einem Kamel geritten bin, um die Pyramiden zu sehen. Wahrscheinlich stellt er sich vor, dass ich in einer eleganten Kutsche mit farblich passendem Gespann vorgefahren bin."

„Bist du denn nicht froh darüber, dass wir es anders gemacht haben?"

„Doch, aber Thomas wäre ..."

„Hör auf, dir über Thomas Gedanken zu machen, und genieß dieses Abenteuer. Morgen werden wir Mr Merriday bitten, sich uns anzuschließen und in Jerusalem unser Reiseführer zu sein. Und ich hoffe, er willigt ein."

Als Rebecca die Lampe ausblies, herrschte mit einem Mal völlige Dunkelheit im Zimmer. Einen Moment später hörte sie Floras

Stimme aus dem anderen Bett. „Becky? Diese Decken sind wirklich sehr kratzig. Glaubst du, da sind Wanzen drin?"

„Wenn, dann wird es wieder eine neue Erfahrung sein. Und wir können schließlich kein Abenteuer erleben ohne ein bisschen Ärger, nicht wahr?"

KAPITEL 12

Als Edmund Merriday am nächsten Morgen seine schlanke Gestalt auf die Bank schob, um mit ihnen im Innenhof des Gasthauses zu frühstücken, wirkte er ausgeruht. „Guten Morgen, meine Damen. Ich möchte Ihnen noch einmal danken für …"

„Wir möchten Ihnen einen Vorschlag machen", unterbrach Rebecca ihn. „Wir möchten, dass Sie mit uns nach Jerusalem reisen und uns die Sehenswürdigkeiten zeigen. Vielleicht können wir ja sogar die Synagoge in Kapernaum in unserem Reiseplan unterbringen."

Er starrte sie einen Augenblick lang an, seine blauen Augen vor Überraschung weit aufgerissen. „Aber ich kann nicht für die Reisekosten aufkommen und auf keinen Fall will ich mich Ihnen aufdrängen …"

„Sie drängen sich nicht auf. Sie können sich Kost und Logis verdienen, indem Sie unser Reiseführer sind."

„Wir hätten ohnehin jemanden dafür bezahlt", fügte Flora hinzu, „und Sie scheinen sich gut auszukennen. Außerdem haben Sie den Vorteil, dass Sie perfekt Englisch sprechen."

Edmund blickte von einer zur anderen. Er schien unfähig, etwas zu erwidern.

„Wenn Sie mitkommen", fuhr Rebecca fort, „könnten Sie noch ein paar Wochen reisen, anstatt Ihren Urlaub abzukürzen. Und ich würde liebend gern mehr über antike Artefakte und Manuskripte von Ihnen lernen."

Edmund zog eine Augenbraue hoch. „Sind Sie sicher, dass Sie das nicht bereuen werden? Man sollte meinen, dass ich eine unbeholfene Bürde bin, wenn man bedenkt, in welch traurigem Zustand

Sie mich gefunden haben. Welcher anständige Reiseleiter ist schon ohne einen Penny und zu Fuß unterwegs?"

„Unsinn. Wir könnten einen interessanten Reisegefährten gebrauchen."

„Oh, bitte sagen Sie Ja", sagte Flora. „Wenn, dann werden wir Habib beauftragen, noch ein Pferd für Sie zu mieten."

Edmund überlegte einen Augenblick. „Also gut, aber nur, wenn Sie versprechen, dass Sie mich sofort wegschicken, wenn ich Ihnen auf die Nerven gehe."

„Abgemacht." Rebecca schlug mit ihm ein, um den Vertrag zu besiegeln.

Flora streckte ihm in angemessen damenhafter Manier die Hand hin. „Führen Sie uns durch Jerusalem und das Heilige Land, Edmund. Bringen Sie uns alles bei, was Sie wissen."

Die folgenden drei Nächte verbrachten sie in Zelten, die Habib mitgenommen hatte, während sie durch die hügelige Landschaft nach Jerusalem zogen. Je näher sie der antiken Stadt Jerusalem kamen, desto grüner und bergiger wurde die Gegend. Als ihr Pferd eine Anhöhe erklomm und sie zum ersten Mal in der Ferne die goldenen Mauern Jerusalems sah, war es Rebecca, als würde ihr Herz einen Schlag aussetzen. „Wie wundervoll!", rief sie. „Wie ein Schloss in einem Märchen."

„Aus dieser Entfernung vielleicht", sagte Edmund. „Ich will Ihnen nicht Ihre Illusionen rauben, meine Damen, aber aus der Nähe ist es ebenso wie all die anderen vernachlässigten, heruntergekommenen Städte des Osmanischen Reiches. Keiner der Eroberer Jerusalems konnte die Stadt wieder zum Blühen bringen, seit die Römer das jüdische Volk daraus vertrieben haben."

„Dann sollten wir hierbleiben und es noch ein wenig länger ansehen", sagte Flora. „Ich kann nicht fassen, dass wir dieselbe Stadt sehen, durch die Jesus gelaufen ist."

„Sehen Sie die große graue Kuppel hinter den Mauern?" Edmund deutete mit dem Finger darauf. „Das ist ein muslimisches Heiligtum, das vor etwa zwölfhundert Jahren erbaut wurde, und zwar genau an der Stelle, an der einst der jüdische Tempel stand. Ich werden Ihnen alles zeigen, wenn Sie wollen."

Sie besichtigten den Tempelberg und die Grabeskirche, wo sich angeblich das Grab Christi befand, und sie besuchten auch die Missionskirche in Jerusalem, die Rebeccas Gemeinde in all den Jahren unterstützt hatte. Edmund wanderte mit ihnen auf den Ölberg und dann auf der anderen Seite hinunter zum Dorf Bethanien, in dem Jesus seinen Freund Lazarus von den Toten auferweckt hatte. Während sie mit gerafften Röcken und bloßen Beinen auf den untersetzten kleinen Eseln ritten, die Edmund gemietet hatte, und herzhaft lachten, stellte Rebecca erleichtert fest, wie ihre Schwester sich verändert hatte. Endlich hatte Flora all die Regeln und Gepflogenheiten hinter sich gelassen, die sie in den letzten Jahren so eingeengt hatten. Jetzt schien sie sich keine Gedanken mehr über ihre Kleidung oder ihr Haar zu machen, geschweige denn darüber, was sittsam war. Rebecca hatte ihre Schwester schon lange nicht mehr so entspannt gesehen wie jetzt. Edmund erwies sich als wunderbarer Reiseführer, der in jeder Situation etwas Komisches entdeckte, sie mit Geschichten unterhielt und an jedem Ort, den sie besuchten, historische Ereignisse aus mehreren Jahrhunderten erzählen konnte. Sie hoffte, Flora würde beginnen, die Unterschiede zwischen dem charmanten Edmund und ihrem Verlobten Thomas zu sehen, sodass sie die Messlatte für eine lebenslange Verbindung nach ihrer Rückkehr höher legen würde. Ganz sicher gab es in Chicago mehr Männer für sie beide, unter denen sie wählen konnten, als nur Thomas und Freddy Worthington.

Edmund wusste, wo man gut essen konnte, und Rebecca hatte noch nie jemanden gesehen, der mit einer solchen Begeisterung neue Gerichte kostete. Er genoss jede Mahlzeit, als könnte sie seine letzte sein, und die Nahrung befeuerte seine grenzenlose Energie. Bei jeder Sehenswürdigkeit sprang er in seinen Kakishorts herum, spähte neugierig in jede Nische, stellte den Menschen, denen sie begegneten, Hunderte von Fragen, wobei er Rebecca als Übersetzerin einsetzte. Rebecca hatte noch nie einen Mann wie Edmund getroffen. Und sie wusste, dass sie es wahrscheinlich auch nie mehr tun würde. Fasziniert betrachtete sie seine eleganten Hände, während er aß und beim Reden die Arme bewegte, als würde er jeden Satz mit den Fingern malen. Sie hätte gerne mit den Fingerspitzen über die goldenen Haare auf seinen sonnengebräunten Armen gestrichen oder sein dickes blondes Haar zurückgekämmt, wenn es ihm wie einem spitzbübischen Schuljungen in die Augen fiel. Er brauchte dringend einen richtigen Haarschnitt und sein Bart, der seit ihrer

Begegnung dicht und buschig gewachsen war, müsste einmal gestutzt werden, aber Rebecca würde an diesem wunderbaren, bemerkenswerten Mann nicht das Geringste ändern. War sie dabei, sich in ihn zu verlieben? Schnell verwarf sie den Gedanken wieder. Sie hatten erfahren, dass er sechsunddreißig Jahre alt war, also fünfzehn Jahre älter als sie und sechzehn älter als Flora.

Er reiste mit ihnen nach Bethlehem, um die Kirche zu besichtigen, die Konstantin der Große im Jahr 333 an der Stelle hatte errichten lassen, an der Jesus der Überlieferung nach geboren worden war. Anschließend kauften sie Brot, Oliven, Gurken und Datteln und setzten sich auf eine Anhöhe am Rand des Dorfes, um dort zu Mittag zu essen, während ihre Pferde in der Nähe grasten. Ihre Reise ins Heilige Land hatte gerade erst begonnen und schon jetzt war Rebecca so erfüllt von dem, was sie gesehen und erlebt hatte, dass sie geradezu übersprudelte. Sie beobachtete einen Schäfer mit seiner zottigen Herde Schafe in der Ferne und dachte an die Engel, die in der Nacht von Jesu Geburt aus dem Himmel herabgestiegen waren und den Hirten die Gute Nachricht verkündigt hatten. Wenn Gott doch wenigstens einen Engel schicken könnte, um ihr seinen Plan für ihr Leben zu zeigen! Sie seufzte und nahm sich noch eine Dattel, während sie ihre Aufmerksamkeit wieder auf die Unterhaltung richtete, die Edmund und Flora führten.

„Sie glauben also, in der Geburtskirche könnte es alte Manuskripte geben?", fragte Flora ihn gerade.

„Zweifellos. Aber ich glaube, die wahre Goldmine für antike Handschriften ist das Katharinenkloster auf dem Berg Sinai."

„Demselben Berg Sinai, auf dem Mose von Gott die Zehn Gebote erhalten hat?"

„Der Überlieferung nach ist es derselbe Ort. Aber wie kann man das wirklich mit Sicherheit sagen?"

„Ich nehme nicht an, dass Mose ein riesiges Schild dort aufgestellt hat", sagte Rebecca lächelnd.

„Ich war einmal im Katharinenkloster und habe die Bibliothek dort besichtigt", fuhr Edmund fort. „Es herrschte ein ziemliches Durcheinander, nichts war katalogisiert oder sortiert. Einige Schriftrollen lagen einfach in Truhen und Kisten und zerfielen langsam zu Staub. Ich bot den Mönchen meine Hilfe an, um Ordnung in die Sachen zu bringen, da sie gar nicht zu wissen schienen, welche

Schätze sie da besaßen, und sie willigten ein. Aber als der Sommer zu Ende war, hatte ich erst einen winzigen Anfang gemacht und musste wieder nach Cambridge reisen. Ich versprach, im folgenden Jahr zurückzukommen und ihnen zu helfen, aber bevor sich die Gelegenheit dazu bot, kam der riesige Skandal, den der deutsche Forscher von Tischendorf verursacht hatte, zu einem sehr hässlichen Ende und die Türen des Katharinenklosters waren selbst einem harmlosen Bibliothekar wie mir verschlossen."

„Das klingt spannend", sagte Rebecca und nahm sich eine Handvoll Oliven. „Ich liebe einen ordentlichen Skandal. Erzählen Sie uns davon."

Edmund beugte sich vor, während er sprach. „Wie es aussieht, besuchte von Tischendorf das Kloster und sah in der Bibliothek die vielen antiken Manuskripte herumliegen, so wie ich. Er kehrte mit dreiundvierzig Seiten aus einem auf Griechisch verfassten Kodex des Alten Testaments an die Universität Leipzig zurück und behauptete, die Mönche hätten sie im Kamin verbrennen wollen. Erstaunt stellten Wissenschaftler fest, dass diese Seiten zu einer der ältesten Bibeln gehörten, die je entdeckt wurde. Natürlich wollte von Tischendorf auch den restlichen Kodex in die Finger bekommen. Er reiste nach Russland und erhielt vom russischen Zaren Unterstützung für seine Arbeit. Der Zar und seine Vorfahren unterstützten das Katharinenkloster seit Langem, deshalb mussten die Mönche ihres russischen Patrons wegen den deutschen Wissenschaftler willkommen heißen. Irgendwie überredete er die Brüder, ihm die ganze Bibel, die unter dem Namen *Codex Sinaiticus* bekannt ist, ‚auszuleihen', damit er sie dem russischen Kaiser zeigen konnte – aber der Kodex wurde nie zurückgegeben. Die Mönche fühlten sich natürlich beraubt, und deshalb ist seitdem die Bibliothek des Katharinenklosters für alle Forscher verschlossen."

„Ach, du liebe Güte. Was für eine Schande für die christlichen Forscher."

„Wenn der *Codex Sinaiticus* ein typisches Beispiel ist, dann glaube ich, dass die Mönche ohne ihr Wissen noch mehr antike Handschriften besitzen, die ebenso wertvoll sind. Die Bibliothek könnte sich als Schatztruhe erweisen, wenn Wissenschaftler jemals die Gelegenheit erhielten, dort zu forschen. Leider hat von Tischendorf allen anderen diese Möglichkeit verbaut."

„Wieso wäre es so bedeutsam, wenn man die Manuskripte fände?", wollte Flora wissen.

„Sie würden allen Skeptikern und Miesmachern beweisen, dass die Bibel, die wir heute lesen, sich in den mehreren Tausend Jahren, seit sie geschrieben wurde, nicht geändert hat. Die Worte Jesu sind im Laufe der Jahre nicht ausgeschmückt oder verändert worden. Die Echtheit der Bibel zu belegen, das ist das eigentliche Ziel all meiner Reisen und meiner Artefaktensammlung."

„Was meinen Sie damit?", hakte Rebecca nach.

„Mein christlicher Glaube ist mir sehr wichtig", sagte Edmund und seine Augen leuchteten, während er sprach. „Er ist Teil dessen, wer ich bin. Und deshalb habe ich neuere archäologische Funde in diesem Teil der Erde dokumentiert und untersucht, wie jede Entdeckung neues Licht auf die Heilige Schrift wirft."

„Flora und ich haben auch von diesen Entdeckungen gelesen. Erzählen Sie weiter."

„Jetzt, wo wissenschaftliche Methoden zunehmend von Interesse sind, machen sich viele Menschen in England über Wunder lustig und verspotten die Bibel. Sie glauben zum Beispiel nicht, dass Engel vor zweitausend Jahren aus dem Himmel in unsere Welt herabgekommen und auf einem Feld wie diesem hier den Menschen erschienen sind. Oder dass eine Jungfrau einen Sohn gebären kann, wie es Propheten Jahrhunderte zuvor geweissagt haben. Ihre Skepsis zerstört den Glauben der Menschen an die Richtigkeit der Bibel. Aber wenn ich zeigen kann, dass die Bibel als historisches Dokument zuverlässig ist und in jeder Hinsicht zutreffend, werden die Skeptiker vielleicht zugeben, dass die geistliche Botschaft der Bibel möglicherweise auch Gültigkeit hat."

„Das ist faszinierend!", sagte Rebecca. „Als ich Henry Layards Buch *Entdeckungen in den Ruinen von Ninive und Babylon* gelesen habe, wurde mir bewusst, dass Jeremias Prophezeiung sich erfüllt hat. Babylon war vollständig begraben worden."

„Genau! Jeremia 51!" Edmund sprang von dem Felsbrocken, auf dem er gesessen hatte, und tanzte vor Aufregung, während er die Bibelstelle zitierte. „,Und Babel soll zu Steinhaufen und zur Wohnung der Schakale werden, zum Entsetzen und zum Spott, dass niemand darin wohne.' Ich dachte, ich wäre der einzige Mensch auf der Welt, der sich für all das interessiert!"

„Das dachte ich auch von uns!" Rebecca war ebenfalls nach Tanzen zumute. „Flora und unser Vater waren die einzigen Personen in Chicago, mit denen ich auch nur darüber reden konnte." Als sie ihr Brot aus der Hand legte, weil sie zu aufgeregt war, um weiterzuessen, spürte sie, wie das Gefühl der Erregung in ihr wuchs. Edmunds Arbeit verband das Reisen mit dem Studieren, die antike Geschichte mit dem Glauben – alles ihre Leidenschaften! Und er hatte vor, seine Erkenntnisse in einem Buch zusammenzuführen, einem möglicherweise lebensverändernden Buch. „Wie weit sind Sie denn mit Ihrem Projekt?", fragte sie.

Er seufzte, nahm seinen Hut ab und fuhr sich mit den Fingern durchs Haar. „Ich habe einen ganzen Berg Notizen und Bemerkungen und Artefakte, die ich während meiner Ferien gesammelt habe, aber jedes Mal, wenn ich wieder zu Hause bin und das neue Semester beginnt, habe ich kaum Zeit, meine Funde zu ordnen, geschweige denn einen zusammenhängenden Bericht darüber zu schreiben. Außerdem bin ich Wissenschaftler, sodass mein Stil eher pedantisch ist. Gewiss würde eine allgemeine Leserschaft das nicht würdigen – und ich möchte ja viele Menschen erreichen. Jedenfalls kann ich meinem Projekt nicht annähernd so viel Zeit widmen, wie es nötig wäre, also ist es im Moment mehr ein Tagtraum. Und es gibt auch finanzielle Überlegungen. Ich muss arbeiten, natürlich, um meine Wohnung zu bezahlen, aber auch um meine Reisen zu finanzieren."

Rebecca wusste, dass sie die Mittel hatte, um Edmunds Arbeit zu unterstützen. War dies der Zweck, für den sie die Gaben und Talente, die Gott ihr gegeben hatte, einsetzen sollte?

Sie sammelten die Reste ihres Picknicks ein und kehrten zu ihrem Gasthof in Jerusalem zurück, aber je mehr Rebecca über Edmunds Buch nachdachte, desto mehr fesselte es sie. Immerzu musste sie daran denken. Sie überlegte, wie sie es anstellen könnte, ihm bei seiner Arbeit ihre finanzielle Hilfe anzubieten, ohne ihn zu beleidigen. An diesem Abend schmeckte sie kaum etwas von ihrem Essen, weil sie an die Manuskripte dachte, die möglicherweise in dunklen, staubigen Kirchen wie der Geburtskirche oder der Grabeskirche lagen, und daran, wie Edmunds Buch Verstand und Herz der Skeptiker erhellen könnte.

„Du warst den ganzen Nachmittag über so still, Becky", sagte

Flora, als sie ihr langes Haar vor dem Zubettgehen flocht. „Geht es dir nicht gut?"

„Ich habe mich noch nie besser gefühlt. Aber ich muss immerzu an Edmunds Projekt denken."

„Welches Projekt?" Offensichtlich hatte es Flora nicht so angesprochen wie Rebecca.

„Das Buch, das er uns heute beschrieben hat." Die Steine unter ihren Füßen fühlten sich warm an, als sie in ihrem winzigen Zimmer auf und ab ging, zu aufgeregt, um zu schlafen. „Ich habe mir vorgestellt, wie wunderbar es wäre, mit ihm daran zu arbeiten. In gewisser Weise habe ich das Gefühl, es könnte das sein, was ich tun soll. Was ist, wenn alles in meinem Leben auf diesen Punkt zugelaufen ist – all meine Studien, unsere Reisen, die Sprachen, die wir gelernt haben, die Art, wie Vater uns für die Archäologie begeistert hat?"

Sie hielt inne, um Floras Reaktion auf ihre Gedanken abzuwarten, und sah, dass ihre Schwester sie neugierig musterte. „Sprich weiter, ich höre zu."

„Seit Edmund uns von seinem Buch erzählt hat, betrachte ich mein ganzes Leben aus einem anderen Blickwinkel. In allem, dem Schönen und dem Schweren, sehe ich Gottes Hand. Und alles mündet in dieses Projekt. Ich komme mir vor wie Paulus, als er Jesus auf der Straße nach Damaskus begegnete und ihm endlich die Augen geöffnet wurden."

„Sprich doch mit Edmund noch ausführlicher darüber."

Rebecca hörte sie kaum. „Wenn ich daran denke, wie wir Edmund überhaupt begegnet sind, muss es doch mehr als ein Zufall sein, nicht wahr? Es kann nicht nur Glück sein, dass wir am selben Tag auf derselben Straße unterwegs waren. Oder dass unser Reiseleiter ehrlich war und der von Edmund nicht."

„Du meinst, Gott hat es so gefügt?"

„Das glaube ich. Nur für mich, Flora. Ich möchte Edmund bei seinem Buch helfen ... aber ..."

„Warum zögerst du?"

„Ich fürchte, er könnte meine Motive falsch deuten und glauben, ich wollte seine Idee stehlen."

„Er kennt uns inzwischen doch so gut, dass er dir das bestimmt nicht unterstellt. Sprich es direkt an und frag ihn gleich morgen.

Erzähl ihm alles, was du mir erzählt hast. Im schlimmsten Fall sagt er Nein."

Rebecca wäre am Boden zerstört, wenn Edmund sie abweisen würde. Was sollte sie dann tun? Sich selbst in die Forschung stürzen, seine Idee stehlen, so wie von Tischendorf den Kodex gestohlen hatte? Sie bewunderte Edmund Merriday zu sehr, um so etwas zu tun. Aber sie hatte trotzdem das Gefühl, dass sie an diesem Buch arbeiten sollte. „Ja ... vielleicht werde ich es einfach mit ihm besprechen", sagte sie schließlich. „Gute Nacht, Flora."

Als sie in ihrem schmalen Bett lag, versuchte sie vergeblich, zur Ruhe zu kommen. Sie wusste nicht, womit der Besitzer die Matratzen gestopft hatte, aber was immer es war, es stach sie durch den Bezugsstoff und die Bettwäsche wie Millionen winziger Stecknadeln. Also verbrachte sie die lange Nacht damit, eine bequeme Liegeposition zu finden und zu beten, dass Edmund ihr erlauben würde, ihm bei seinem Buch zu helfen. Das musste doch Gottes Weg für sie sein, oder etwa nicht?

„Was sollen wir heute ansehen?", fragte Edmund, als sie am nächsten Morgen zusammen Tee tranken.

„Wenn wir in Jerusalem alles gesehen haben", erwiderte Flora, „würde ich gerne in den Norden zum See Genezareth reisen."

Rebecca zwang sich zur Selbstbeherrschung, während sie dem morgendlichen Geplauder von Edmund und Flora lauschte und auf den richtigen Augenblick wartete, um ihren Vorschlag zu unterbreiten. Als dieser Moment endlich gekommen war, schob sie Teekanne, Tassen und Teller beiseite und bemühte sich, ganz ruhig zu sprechen, damit ihre Begeisterung ihn nicht in die Flucht schlug. „Bevor wir unseren Tag beginnen, möchte ich Ihnen etwas vorschlagen, Edmund. Sie müssen mir nicht sofort eine Antwort darauf geben – lassen Sie sich Zeit und denken Sie darüber nach ... Aber Flora und ich sind auch Christen, wie Sie ja wissen. Ich habe Geschichte studiert und mich erfüllt eine große Liebe zur Welt der Antike. Meine Lehrer haben mir versichert, dass ich ausgezeichnet schreibe – so wie Flora, die einen Abschluss in Literatur hat. Ich liebe Geschichte und kann Griechisch und Hebräisch und Französisch und ein bisschen Italienisch lesen. Ich reise und forsche gerne und unsere finanzielle Situation gibt uns die Freiheit, das auch zu tun. Und deshalb habe ich mich gefragt, ob ..." Sie holte tief Luft.

„Ob Sie mir vielleicht erlauben würden, mit Ihnen an dem Buch zu arbeiten, das Sie schreiben." Sie wünschte, sie könnte seine verblüffte Miene deuten, während er sich an der Stirn kratzte.

„Sie meinen, Sie wollen mir helfen, meinen unordentlichen Haufen Notizen in ein zusammenhängendes Buch zu verwandeln?"

„Ja, genau das meine ich." Ohne ihm die Zeit zu einer Antwort zu geben, sprach sie eilig weiter. „Ich liebe die Bibel und bin ebenso empört wie Sie über das, was sogenannte Wissenschaftler dem christlichen Glauben antun. Wissenschaftliche Untersuchungen wurden doch erst möglich, weil Menschen, die die Natur studierten, glaubten, dass sie Muster und Regeln und Gesetze finden würden, die auf den Schöpfer zurückgehen. Sie haben nicht versucht, die Heilige Schrift zu untergraben, sondern die Geheimnisse der Schöpfung aufzudecken. Über die Theorien von Charles Darwin möchte ich nur so viel sagen: Es ist schwerer zu glauben, dass wir von den Affen abstammen, als zu glauben, dass ein liebender Gott uns nach seinem Ebenbild geschaffen hat." Sie hielt inne, um Luft zu holen, bevor sie fortfuhr, aber Edmund streckte den Arm über den Tisch und legte seine Hand auf ihre, um sie zu unterbrechen.

„Sagen Sie nichts mehr, Miss Rebecca Hawes! Zum zweiten Mal in diesem Sommer sind Sie die Antwort auf meine Gebete. Ich kann nicht fassen, dass eine intelligente Frau wie Sie wirklich mit mir an diesem chaotischen Projekt arbeiten möchte, aber wenn es Ihr Ernst ist ..." Er sah aus wie ein Kind, das nicht zu glauben wagte, das Geschenk vor seinen Augen gehöre wirklich ihm.

„Natürlich ist es mein Ernst!"

„Dann ja! Ich würde mich freuen, wenn Sie mir helfen!"

„Danke!" Rebecca wusste so sicher, wie die Sonne am blauen Jerusalemer Himmel schien, dass sie endlich ihren Lebenssinn gefunden hatte. Sie sprang auf, schlang die Arme um seinen Hals und drückte ihm einen Kuss auf die sonnengebräunte Wange. Der Geruch seiner frischen, sauberen Haut und die feuchte Wärme seines Körpers unter seinem Kakihemd machten Rebecca ganz schwindelig. Noch mehr überraschte sie jedoch das Verlangen zu spüren, wie diese sonnengebräunten Arme ihre Umarmung erwiderten und sie hielten. Er hatte ihr den Wunsch erfüllt, mit ihm zu arbeiten, aber jetzt merkte sie, dass sie sich noch mehr wünschte, dass sie seine Lippen auf ihren spüren wollte. Rebecca konnte nicht länger leugnen, dass sie sich irgendwo zwischen der Straße nach Gaza und Jerusalem in Edmund Merriday verliebt hatte. Hatte sie ihm und der ganzen Welt diese Tatsache gerade offenbart? Ihre impulsive Geste schien Edmund ebenso zu überraschen wie sie selbst.

„Also ... du liebe Güte ... äh ... gern geschehen."

Flora rettete sie vor weiterer Verlegenheit, indem sie ihren Stuhl zurückschob und sagte: „Da wir das jetzt geklärt hätten, können wir doch gehen. Es gibt noch so vieles, was ich sehen möchte."

Ganz benommen ritt Rebecca auf den staubigen Straßen von Jerusalem bis nach Tiberius mit Blick auf den See Genezareth. Ihre Gefühle schienen sich ebenso auf und ab zu bewegen wie der felsige Boden. Einmal erklommen sie schwindelnde Höhen der Freude, weil sie endlich ihre Berufung gefunden hatte und mit dem Mann zusammenarbeiten konnte, den sie liebte, dann wieder stürzte sie angesichts der Aussichtslosigkeit dieser Liebe in Melancholie. Nicht nur, dass sie und Edmund von einem Ozean getrennt voneinander lebten; nachdem sie sich ihre eigenen Gefühle eingestanden hatte, wurde ihr immer klarer, dass er sie nicht erwiderte. Die Wahrheit traf sie wie ein Schlag, als sie mit Edmund und Flora am See Genezareth stand und über das glitzernde Gewässer mit den winzigen Fischerbooten darauf blickte.

„Es ist noch schöner, als ich es mir vorgestellt habe", sagte Flora.

Edmund murmelte eine Antwort – aber er sah nicht den See an. Er starrte die schöne Flora an. Und kein Wunder: Floras natürliche Schönheit wurde vom Sonnenschein noch verstärkt, der ihr Haar in goldenes Licht tauchte und ihren Teint pfirsichfarben leuchten ließ. Zu Hause in Chicago ließen die Regeln der Etikette und die Fischbeinkorsetts Flora steif und unterkühlt wirken. Aber ihre kühle Zurückhaltung verschwand, wenn sie sich in der Sommersonne entspannte. Floras Schönheit war mit jedem Tag ein wenig mehr aufgeblüht wie eine Rosenknospe, die irgendwann in voller Blüte steht. *Das ist meine wahre Schwester*, dachte Rebecca, *und nicht die unechte Version, die Mrs Worthington erschaffen hat.* Kein Wunder, dass Edmund Merriday sich in sie verliebt hatte. Zum ersten Mal im Leben wünschte Rebecca, sie wäre auch hübsch.

In den folgenden Tagen, während sie die Gegend erforschten, in der Christus Wunder vollbracht hatte, wurde Rebecca bewusst, wie viel Zeit Edmund damit verbrachte, ihre Schwester anzusehen.

Es gelang ihm immer, neben Flora zu sitzen und dafür zu sorgen, dass sie alles hatte, was sie brauchte. Langsam stellte sich eine subtile Veränderung ein, und als ihre Reise durch das Heilige Land zu Ende ging und sie mit dem Segelschiff von Joppe nach Kairo fuhren, bemerkte Rebecca, dass Flora Edmund mit dem gleichen zärtlichen Blick bedachte, mit dem er sie ansah.

Am Ende musste Rebecca wohl oder übel eine imaginäre weiße Flagge hissen und sich ergeben. Edmund würde sie niemals so lieben, wie sie ihn liebte. Es würde reichen müssen, dass sie mit ihm an seinem Buch arbeitete – an ihrem gemeinsamen Buch. Darin würde sie Freude und Zufriedenheit finden. Aber so sehr sie sich auch bemühte – und Rebecca kämpfte mit aller Macht –, sie konnte nicht aufhören, Edmund Merriday zu lieben. Sie war einundzwanzig Jahre alt, Tausende Kilometer von zu Hause entfernt und zum ersten Mal im Leben hoffnungslos verliebt. Sie wusste, dass es ihr das Herz brechen würde, aber wie ein entgleister Güterzug an einem Berghang konnte sie nichts dagegen tun.

KAPITEL 13

Der Direktor von Shepheard's Hotel in Kairo mag überrascht gewesen sein, dass Rebecca und Flora von ihrer Reise mit einem fremden Mann im Schlepptau zurückkehrten wie Großwildjäger, die eine Trophäe in Form von Elefantenstoßzähnen mitbringen. Aber er war zu gut erzogen, um es sich anmerken zu lassen. Er zuckte nicht mit der Wimper, als sie ein Zimmer für Edmund buchten, und setzte es auf ihre Rechnung. Aber während sie am ersten Abend vor dem eleganten Speisesaal darauf warteten, dass Edmund sich zum Essen zu ihnen gesellte, erfuhren Flora und Rebecca, dass Edmund in seinen zerknitterten Baumwollshorts nicht willkommen war.

„Komm, wir ziehen mit ihm los und kaufen ihm etwas zum Anziehen", schlug Rebecca vor. „Oder besser noch, der Concierge kann es liefern lassen." Schon wollte sie die Hotellobby zum Empfangstresen durchqueren, doch Flora hielt sie zurück.

„Das wird Edmund niemals zulassen, Becky. Er hat schon jetzt ein fürchterlich schlechtes Gewissen wegen all des Geldes, das wir in diesem Sommer für ihn ausgegeben haben. Er hat alles genau in sein kleines Notizbuch geschrieben, das er in seiner Tasche herumträgt."

„Das hat er nicht!"

„Ich habe genau gesehen, wie er die Kosten notiert hat, wenn wir zusammen gegessen haben, und den Preis für die Gasthäuser, in denen wir übernachtet haben. Deshalb wollte er nicht hier wohnen. Ich musste ziemlich lange auf ihn einreden."

„Er hat keine Ahnung, wie reich wir sind, nicht wahr?"

„Ich glaube, er könnte sich so viel Geld gar nicht vorstellen, selbst wenn wir es ihm sagen würden. Und er würde auch nichts davon annehmen wollen."

„Wenn das so ist, dann müssen wir einfach woanders essen, während wir in Kairo sind."

Edmund kannte natürlich viele gute Restaurants, in denen man kein Jackett und keine Krawatte brauchte. Er hatte Bekannte, egal wo er hinkam – Ägypter und Marokkaner und Syrer und Abessinier –, und er bat sie zu verbreiten, dass er und seine amerikanischen Freundinnen Interesse daran hatten, antike Manuskripte als Souvenirs zu kaufen. Sie mussten nicht lange warten. Während sie eines Tages in einem Café in der Nähe des Basars Tee tranken, forderte ein Mann mit weiten orientalischen Hosen und einem Fez Edmund auf, den Marktstand mit türkischen Teppichen zu besuchen. Edmund sprang auf, verschüttete seinen Tee und hätte in der Eile beinahe den ganzen Tisch umgestoßen. Dann wandte er sich an Flora und sagte: „Es wäre vielleicht besser, wenn Sie mit der Kutsche zum Hotel zurückfahren."

„Kommt nicht infrage, Edmund Merriday! Wo Becky hingeht, gehe ich mit. Und die brauchen Sie zum Übersetzen."

„Aber meine Liebe, es könnte gefährlich sein. Diese Leute wissen, dass wir Geld dabeihaben, da wir Souvenirs kaufen wollen und ..."

„Die Gefahr macht es doch so aufregend."

Widerstrebend gab Edmund nach, als klar wurde, dass Flora sich nicht umstimmen ließ. „Sie müssen wissen, dass die Männer im Nahen Osten sehr stolz sind", sagte Edmund, während sie über den Basar zum Stand des Teppichhändlers gingen. „Sie werden sich weigern, mit Frauen als ebenbürtigen Geschäftspartnern zu verhandeln."

„Es war aber ein Mann, der mir das erste Blatt verkauft hat", gab Rebecca zu bedenken.

„Trotzdem ist es besser, wenn wir so tun, als würden Sie für mich übersetzen und ich wäre derjenige, der mit ihm feilscht."

Rebecca gab ihm ihren kleinen Geldbeutel. „Dann nehmen Sie das Geld."

Der türkische Teppichhändler saß Wasserpfeife rauchend auf einem Stapel Kissen vor seinem Stand. Auf dem Kopf hatte er einen weißen Turban. Als Edmund erklärte, warum er gekommen war, klatschte der Mann in die Hände und ließ von seinem Diener weitere Kissen bringen, einen kleinen Mosaiktisch und winzige Tassen mit starkem Kaffee. Rebecca wurde angesichts der rituellen Formalitäten ungeduldig und ärgerte sich darüber, dass man Flora und ihr weder Kissen noch Kaffee anbot, aber sie spielte pflichtschuldigst die Rolle der Übersetzerin. Irgendwann gesellte sich derselbe schmierige Mann zu ihnen, der Rebecca vorher das Pergament verkauft hatte. „Gut", sagte Edmund, als sie es ihm erklärte. „Vielleicht verkauft der kleine Dieb uns jetzt den Rest des Kodex." Edmund zeigte ihm das Blatt, das Rebecca von ihm erworben hatte, und sagte: „Fragen Sie ihn, ob er noch mehr von diesen Blättern hat, die er verkaufen möchte."

Rebecca fragte ihn und wartete dann auf seine Antwort. „Er sagt: ‚Möglicherweise …' Er ist sehr misstrauisch, Edmund."

„Sagen Sie ihm, dass dieses Stück aus einem Buch mit vielen Blättern stammt und dass ich gerne das ganze Buch kaufen möchte. Es ist mir egal, in welchem Zustand es ist. Aber wir brauchen alles, nicht nur einzelne Blätter. Sie sind wertlos."

Rebecca sah Edmund mit gerunzelter Stirn an. „Ich dachte, auch die einzelnen Stücke wären von Wert."

„Das sind sie auch. Aber das muss er ja nicht wissen."

Sie wandte sich wieder an den Mann und übersetzte Edmunds Worte. Er forderte sie auf zu warten und verschwand. Die Männer tranken noch einen Kaffee und der Händler bot Edmund einen Zug von seiner Wasserpfeife an, was der höflich ablehnte. In der Zwischenzeit standen Rebecca und Flora in der engen Gasse und erstickten fast an den Rauchwolken.

Eine Viertelstunde später kehrte der untersetzte Mann zurück, in der Hand einen schmutzigen Stoffbeutel. Daraus zog er etwas, das wie ein Buch ohne Einband aussah. Mindestens die Hälfte der Seiten fehlte, aber die übrigen hatten die gleiche Größe und Form und waren in dem gleichen Zustand wie die Seite, die Rebecca bereits besaß. Edmund betrachtete das Buch, als wäre es ein Stück Abfall, das er in der Gosse gefunden hatte. Sie fragte sich, ob er sein wahres Interesse absichtlich verbarg oder ob das Buch wirklich wertlos war.

„Was meinen Sie?", fragte sie schließlich, als sie die Spannung nicht mehr aushielt.

„Es könnte sein, dass wir gerade dabei sind, ein Manuskript von unschätzbarem Wert zu retten", erwiderte Edmund mit noch immer finsterer Miene. „Aber es ist auch möglich, dass wir eine wertlose Fälschung kaufen, das müssen Sie wissen. Ich möchte Ihr Geld nicht verschwenden."

„Ich gehe das Risiko ein. Feilschen wir mit ihm." Die Verhandlungen begannen und wurden mit der Zeit immer lauter und lebhafter, während Rebecca Edmunds Anweisungen folgte. Irgendwann riss der Mann Edmund das Buch aus den Händen und stapfte davon, lautstark klagend, er könne mit dem Preis nicht weiter heruntergehen. „Soll ich ihn zurückrufen?", fragte Rebecca voller Panik.

„Nein, warten Sie." Bevor der Mann das Ende der Gasse erreicht hatte, drehte er um und sie einigten sich auf einen Kaufpreis. „Sagen Sie ihm, wenn er noch mehr solcher Bücher hat, wäre ich interessiert", sagte Edmund. Aber der kleine Mann schüttelte den Kopf und eilte davon.

Edmund erhob sich, und nachdem er noch einige Höflichkeiten mit dem Teppichhändler gewechselt hatte, bot er Flora einen Arm und Rebecca den anderen und sie gingen über den Basar zur Hauptstraße zurück. Rebecca wäre gern noch geblieben, um in den Geschäften zu stöbern und die Pracht und Volkstümlichkeit des Marktplatzes mit seinem schrillen Lärm zu erleben. Und um Edmund zu genießen. Aber er ging weiter, bis sie die Hotellobby erreicht hatten. Dann blieb er stehen und überreichte Rebecca das Buch. „Herzlichen Glückwunsch", sagte er. „Sie haben gerade Ihr allererstes Artefakt für Ihre Sammlung erworben."

„Ist sie nicht erstaunlich?", fragte Flora.

„Ja, eindeutig!", nickte Edmund. „Rebecca und ich werden bei unserem Buchprojekt ebenbürtige Partner sein und ihr Name wird neben meinem auf dem Einband stehen."

Rebecca hätte nicht sagen können, was sie glücklicher machte – zu wissen, dass er sie als gleichwertige Partnerin betrachtete, oder ein möglicherweise kostbares Kulturgut in Händen zu halten … oder einfach in Edmunds Nähe zu sein. Und doch war der Augenblick bittersüß. Während er in ihr eine faszinierende Kollegin sah, deren Gedanken er schätzte und deren Mitarbeit er begrüßte, war Flora die Schwester, die er liebte. Und seine Liebe zu Flora war ebenso bittersüß; Edmund wusste, dass sie verlobt war und er nicht die Hoffnung hatte, sie ihrem Verlobten in Chicago abspenstig zu machen. Trotzdem schien er damit zufrieden, Flora im Stillen zu lieben, bis es Zeit wurde, getrennte Wege zu gehen, und er genoss offenbar jeden verbleibenden Augenblick mit ihr wie ein Mann, der in der Wüste gestrandet ist und jeden kostbaren Tropfen Wasser wertschätzt. Rebecca verstand genau, wie es ihm erging.

„Ich wünschte, wir könnten herausfinden, woher er diesen Kodex hat", sagte Edmund, während sie noch in der Lobby standen.

„Ich habe ihn gefragt", sagte Rebecca, „aber das wollte er mir nicht sagen."

„Wenn wir noch einen Tag hierbleiben können, würde ich gerne warten und sehen, ob er mit weiteren Manuskripten erscheint."

„Von mir aus gerne", sagte Rebecca. „Aber was soll ich eigentlich mit diesem neuen Kodex tun, außer ihn in der Bibliothek meines Vaters ins Regal zu stellen, Edmund?"

„Wenn es Ihnen wirklich nichts ausmacht, sich eine Zeit lang davon zu trennen, würde ich das Buch gerne mitnehmen und den Experten in Cambridge zeigen. Sie können es untersuchen und Ihnen sagen, was Sie da gekauft haben. Ich werde dafür sorgen, dass Sie es bald zurückbekommen."

„Wenn es wertlos ist, würde ich es gerne zur Erinnerung behalten. Aber wenn es kostbar ist, können die Experten es gerne so lange studieren, wie es notwendig ist."

„Ich kümmere mich darum, dass Ihr Name in eventuellen Veröffentlichungen genannt wird und dass Ihre großzügige Überlassung an die Universität oder das Britische Museum gewürdigt wird."

Zwei Tage vergingen, ohne dass der zwielichtige untersetzte Mann mit den Manuskripten von sich hören ließ. Edmund konnte seine Heimreise nicht länger hinauszögern. Schließlich musste er zum Herbstsemester wieder in Cambridge sein. „Flora und ich haben beschlossen, Ihr Angebot anzunehmen und mit Ihnen nach Cambridge zu reisen", erklärte Rebecca ihm. „Sie können mir alle Ihre Notizen geben, die Sie für Ihr Buch gesammelt haben."

„Wunderbar! Aber es wird *unser* Buch sein, Rebecca. Ihres und meines."

Wenn Edmund sie so anlächelte, konnte sie es kaum ertragen. Obwohl sie ihr Möglichstes tat, nichts als geschwisterliche Zuneigung für ihn zu empfinden, gelang es ihr nicht. Wie sehr wünschte sie, Edmund würde *sie* lieben und nicht Flora. Aber das tat er nicht, es war nicht zu ändern. Und so war sie dankbar für die Weite des Meeres, das bald zwischen ihnen liegen würde.

Die Reise von Kairo aus übers Mittelmeer nach Frankreich war für sich schon eine exotische Ferienreise, denn es gab so viele interessante Menschen an Bord, dass Rebecca von ihren Gefühlen für Edmund immer wieder abgelenkt wurde. An einem wolkenlosen Abend ging Rebecca, nachdem sie sich noch mit anderen Gästen unterhalten hatte, zum Passagierdeck, um ihre Schwester zu suchen. Sie fand Flora in Edmunds Armen, während er sie küsste.

Unter Tränen floh Rebecca in ihre Kabine. Sie würde weiter mit ihm forschen und an dem Buch schreiben, auch wenn sie ihn nicht heiraten konnte. Aber Edmund hatte neue Maßstäbe für sie gesetzt und sie würde nur dann heiraten, beschloss sie, wenn sie einen Mann fand, der sie so ansah, wie Edmund Flora ansah.

Sie schloss die Kabinentür hinter sich und schlang die Arme um ihren Oberkörper, während sie wünschte, sie könnte seine sonnengebräunten Arme um sich spüren. Als sie hörte, wie Flora wenige Minuten später ihre Tür aufschloss, wischte sie schnell ihre Tränen fort.

„Tut mir leid, dass ich so lange weggeblieben bin", sagte Flora, „aber ich werde nicht mehr lange Edmunds Gesellschaft genießen können. Ich werde ihn schrecklich vermissen."

„Er ist faszinierend, nicht wahr? Und intelligent? Und fortschrittlich, was Frauen und ihre Rolle in der Gesellschaft betrifft?"

„Ja, das ist er." Flora sah sie mit gerunzelter Stirn an. „Wieso erwähnst du das?"

„Es gibt einen ziemlichen Unterschied zwischen Edmund und Thomas, nicht wahr?"

Die Falten auf ihrer Stirn wurden tiefer. „Es wäre sehr ungerecht, die beiden zu vergleichen …"

„Weil du weißt, dass Thomas den Kürzeren ziehen würde." Flora wandte sich ab und begann, sich bettfertig zu machen. „Vielleicht ist es nur, dass Edmund so ganz anders ist", sagte sie, „und die Tatsache, dass ich schon so lange von Thomas fort bin, aber wenn ich mit Edmund zusammen bin, habe ich das Gefühl, ein anderer Mensch zu sein. Er sieht in mir eine Partnerin und kein dummes kleines Schmuckstück, das nicht denken darf."

„Ich hatte gehofft, du würdest dir die Verlobung mit Thomas noch einmal überlegen, während ihr getrennt seid. Ehrlich gesagt war das einer der Gründe, warum ich dich auf diese Reise mitnehmen wollte."

Flora sank auf ihr Bett. In dem winzigen Raum stießen ihre Knie beinahe aneinander, als sie sich so gegenübersaßen. „In diesem Sommer schien es mir manchmal so, als wäre mein Leben mit Thomas in Chicago nur ein Traum, den ich einmal hatte. Aber wenn ich wieder zu Hause bei Thomas bin, wird mir wahrscheinlich diese Reise wie ein Traum vorkommen."

„Du musst entscheiden, welches Leben echt ist und welches nicht, und dann wählen, Flora. Es ist gleichgültig, was die anderen von dir erwarten oder wozu du dich verpflichtet fühlst. Was sagt dir dein Herz? Die Ehe ist eine lebenslange Bindung. Du wirst sehr lange mit deiner Wahl leben müssen."

„Das klingt so, als wolltest du, dass ich mich für Edmund entscheide. Er hat mir keinen Antrag gemacht, weißt du. Ich bezweifle auch, dass er es jemals tun wird. Er hat sein eigenes Leben. Und er ist sechzehn Jahre älter als ich."

„Jeder Narr sieht, dass er in dich verliebt ist. Ich habe vorhin gesehen, wie er dich geküsst hat."

Flora senkte den Kopf, als wollte sie sich verstecken. „Edmund und ich haben uns im Mondschein ein wenig hinreißen lassen. Bitte sag es Thomas nicht."

„Natürlich nicht."

Flora erhob sich wieder und ging zu dem kleinen Bullauge, um ihr Spiegelbild in dem dunklen Kreis zu betrachten. „Es ist nur, dass Edmund so viel ... *aufregender* ist als Thomas."

„Warum willst du dich dann mit weniger zufriedengeben?"

„Weil ich Thomas' Antrag bereits angenommen habe. Wir werden heiraten, wenn ich wieder zu Hause bin. Wenn ich unsere Verlobung löse, könnte Thomas mich verklagen, weil ich mein Versprechen gebrochen habe."

„Und? Soll er dich doch verklagen. Wäre eine Abfindung das Schlimmste, was dir passieren kann? Oder wäre es nicht viel schlimmer, einen Mann zu heiraten, von dem du nicht sicher bist, dass du ihn liebst?"

„Ach, ich weiß nicht. Ich kann irgendwie nicht nachdenken!" Wieder senkte sie den Kopf und schlug die Hände vors Gesicht. Als sie wieder aufblickte, fragte sie: „Was meinst du, was ich tun soll, Becky?"

„Meine Meinung spielt dabei keine Rolle. Schließlich ist es dein Leben."

„Du mochtest Thomas noch nie, nicht wahr? Zuck nicht mit den Schultern, Becky, ich weiß, dass es so ist."

„Also gut, ich gebe es zu. Ich finde, Thomas Worthington fehlt es an Fantasie, und ich glaube, dass er dich deines Erbes wegen heiratet. Es bereitet mir Kummer zu denken, dass du vielleicht den Rest deines Lebens mit ihm verbringen wirst. Du hast etwas viel Besseres verdient. Er wird all den goldenen Sonnenschein in deinem Wesen in einem Unwetter aus Verpflichtungen und Erwartungen ertränken. Du bist so viel glücklicher, wenn du mit Edmund zusammen bist ... Siehst du? Du errötest wie eine Rose, wann immer du seinen Namen hörst."

Flora betastete ihre Wangen, um zu überprüfen, ob das stimmte, dann wurde sie wieder ernst. „Aber du auch, Becky. Ich sehe es daran, wie deine Augen aufleuchten, wenn du mit ihm redest, wie du dich an seinem Arm festhältst und strahlst, wenn er dich lobt ... Du hast dich auch in Edmund verliebt, Rebecca. Vielleicht bist du es, die ihn heiraten sollte, nicht ich."

Es war, als würde Rebeccas Herz von einer Faust zerquetscht.

„Mich liebt Edmund nicht", sagte sie leise, „er liebt dich. Ich könnte ihn nicht heiraten, wenn ich weiß, dass ich nur die zweite Wahl bin. Dass er sich jedes Mal, wenn er mich umarmt, wünscht, die Frau in seinen Armen wärst du. Ich würde mir vorkommen, als hätte ich den zweiten Platz gewonnen – wie die hässliche Lea zu deiner schönen Rahel. Und jedes Mal, wenn wir dich und den langweiligen alten Thomas besuchen, würde ich sehen, wie Edmund sich nach dir verzehrt ... und das könnte ich nicht ertragen."

„Edmund hat nie von Heirat gesprochen. Er ist schon so lange Junggeselle ..."

„Mit ein wenig Ermutigung würde er dir sofort einen Antrag machen. Da bin ich mir ganz sicher."

„Aber ich mag Thomas auch und ich habe ihm versprochen ..."

„Wir alle müssen im Leben Entscheidungen treffen, Flora. Und dies ist eine sehr wichtige Entscheidung."

„Oh, ich wünschte, ich wüsste, was ich tun soll!"

„Denk in Ruhe darüber nach und tu nichts, bevor du dir nicht ganz im Klaren darüber bist. Sonst wirst du es den Rest deines Lebens bereuen."

Teil II

Flora

KAPITEL 14

Die Wüste Sinai
1890

In der letzten Woche war Flora auf einem Kamel durch die Wüste Sinai geritten und hatte sich daran erinnert, wie sie das erste Mal auf einem dieser Tiere gesessen hatte. Es war der Sommer gewesen, in dem sie die Pyramiden besucht und Edmund Merriday kennengelernt hatten. Aber der Kamelritt war nun schon fünfundzwanzig Jahre her und sie hatte überhaupt keine Übung mehr. Als ihr Reiseführer Mr Farouk nach einem langen vormittäglichen Ritt verkündete, dass sie zum Mittagessen haltmachen würden, kletterte Flora erleichtert von dem Tier. Der Ort, an dem die Karawane Rast machte, war so unwirtlich wie alle anderen Orte, die sie an diesem Morgen gesehen hatten, und die Sonne brannte unerbittlich auf Flora herab. Sie fühlte sich wie unter einer Kuppel aus heißem Messing. Mr Farouk führte sie und die anderen Reisenden zu einem schmalen schattigen Streifen unter einem überhängenden Felsen und sagte in seinem gebrochenen Englisch: „Sie müssen jetzt essen. Und trinken viel Wasser. Ich glaube, ein bisschen schlafen." Er ließ ihnen Wasser und eine Kiste mit Proviant da – Datteln und Feigen und Fladenbrot – und gesellte sich dann zu dem Scheich und den Karawanentreibern, die sich zum Gebet verneigten.

Flora war froh, hier zu sein, trotz der Hitze und der öden Landschaft. Vor Jahren hatte Becky sie überredet, nach dem Tod ihres Vaters mit ihr zu verreisen, und diese Reise hatte sich als der Tapetenwechsel erwiesen, den Flora gebraucht hatte. Sie hatten Edmund Merriday kennengelernt, und was als Reise nach Ägypten und ins

Heilige Land begonnen hatte, hatte ihr Leben verändert. Diesmal hatte Flora eingewilligt, weil ihre Schwester sie brauchte. Nach allem, was Becky im Laufe der Jahre für sie getan hatte, war es das Mindeste, was Flora tun konnte. „Mir war noch nie im Leben so heiß", sagte sie, während sie sich auf dem steinigen Boden niederließ, um sich auszuruhen.

„Mir auch nicht!" Becky machte sich über die Proviantkiste her und hielt Flora einen Klumpen Feigen hin. „Auch wenn ich es kaum erwarten kann, zum Katharinenkloster zu kommen, bin ich doch froh, dass wir jetzt erst einmal Rast machen. Der Sattel wurde allmählich unbequem."

„So ging es mir auch … Komm und iss etwas, Kate", rief sie ihrer Zofe zu. Das Mädchen ignorierte sie, wieder einmal in ein Wortgefecht mit Petersen verwickelt. Sie stritten sich jeden Tag, immer wieder, um die unwichtigsten Kleinigkeiten. „Ich wünschte, sie würden aufhören, sich zu zanken", sagte Flora. „Da bekommt man ja Kopfschmerzen!"

„Sie sind wie Hyänen, die um ihre Beute kämpfen." Becky holte eine Dose mit Oliven heraus – die verschrumpelten kleinen schwarzen, die Flora so gern aß. „Petersen hat recht, wenn er ihr gegenüber seine Autorität geltend macht, aber Kate wehrt sich einfach gegen jegliche Autorität."

„Ich bin sehr stolz auf Petersen und darauf, wie sehr er während dieser Reise gereift ist. Er ist für mich wie ein Sohn geworden, weißt du."

Becky stöhnte. „Bitte sag nicht, dass Kate wie eine Tochter für dich ist. Ich würde mich lieber mit einer ganzen Schlangenbrut anlegen als mit diesem Mädchen."

„Ich finde, diese Reise hat sie schon ein wenig nachgiebiger gemacht, findest du nicht auch?"

„Nicht im Geringsten. Die Hitze hat ihr Temperament erst so richtig zum Kochen gebracht. Ich habe es schon ein paarmal bereut, dass ich mich von dir habe überreden lassen, sie einzustellen. Und noch mehr, dass wir sie hierher mitgenommen haben."

Der Streit ihrer Bediensteten endete mit einem Aufschrei. Petersen schlug sich das Ende seines weißen Turbans vors Gesicht und stapfte davon. Kate ließ sich schnaubend neben Flora in den Schatten fallen, ihre Miene empört. Flora schob die Kiste mit den

Lebensmitteln in ihre Richtung. „Iss etwas, Kate. Und vergiss nicht, viel Wasser zu trinken."

„Ich bin es leid, Tag für Tag das gleiche Brot zu essen", klagte sie. „Und *ihn* bin ich erst recht leid!" Aber Flora konnte beobachten, wie Kate trotzdem zwei runde Fladenbrote verschlang.

„Der Scheich hat gesagt, dass wir morgen Nachmittag beim Kloster ankommen", sagte Becky. Sie war mit dem Essen fertig und lehnte sich an den Felsen. „Es war eine lange Reisewoche, nicht wahr? Ich weiß, dass es für dich anstrengend war, Flora, aber wir sind bald da."

„Es hat mir nichts ausgemacht. Auf dem Weg hatte ich genügend Zeit zu träumen und in Erinnerungen zu schwelgen."

„Ich kann es kaum erwarten, diese Bibliothek zu betreten und mir die Manuskripte anzusehen – vorausgesetzt, dass die Mönche uns überhaupt hineinlassen. Seit Edmund uns damals von der Bibliothek des Klosters erzählt hat, muss ich ständig daran denken. Weißt du noch? Der Gedanke, eine antike Kopie der Bibel zu finden, lässt mich Hitze und Verzweiflung ertragen. Es macht Spaß zu reisen, ja, aber diese Reise dient einem größeren Ziel. Für mich ist es wirklich wichtig. Und ich bin so froh, dass du bei mir bist, Flora. Ich kann dir gar nicht genug dafür danken, dass du mitgekommen bist."

Flora lächelte ihre große Schwester an. Ihr ganzes Leben lang hatte Becky sich nach Abenteuern gesehnt – und in der Regel war es ihr gelungen, Flora zum Mitmachen zu bewegen. Und jetzt waren sie hier in der Wüste Sinai, ritten auf Kamelen und begaben sich zum Berg Sinai wie die Israeliten damals. Flora hoffte, dass diese Suche am Ende dazu führen würde, dass Becky glücklich wurde. In Herzensangelegenheiten hatte sie immer Pech gehabt, aber jetzt, als sie endlich aufgehört hatte, danach zu suchen, hatte die Liebe sie überrascht. „Du hast für mich so viel aufgegeben", sagte Flora zu ihr, „da ist es doch das Mindeste, dass ich mich revanchiere, indem ich dich begleite. Außerdem habe ich so die Gelegenheit zu überlegen, was in meinem Leben als Nächstes ansteht. Unsere gemeinsamen Reisen haben immer meinen Blick geweitet."

„Ich habe mich unterwegs auch zurückerinnert und mir ist ein Geheimnis eingefallen, von dem ich dir nie erzählt habe, Flora. Das einzige Geheimnis, das ich jemals vor dir hatte."

„Da bin ich aber neugierig!"

„Jedenfalls habe ich nach all den Jahren noch immer ein schlechtes Gewissen und will reinen Tisch machen." Becky holte tief Luft und stieß sie dann in ihrer gewohnt melodramatischen Weise aus. „Erinnerst du dich noch an die Witwe Worthington?", fragte sie.

„Wie könnte ich sie vergessen?"

„Also, es ist meine Schuld, dass Vater sie nicht geheiratet hat. Ich habe ihn gebeten, es nicht zu tun."

„Das hast du nicht!"

„Doch. Ich habe ihm das Versprechen abgenommen zu warten, bis wir beide mit dem College fertig und verheiratet wären und auf eigenen Füßen ständen. Ich wollte nicht, dass unser Leben durcheinandergewirbelt wird."

„Oh, Becky. Ich habe mich immer gefragt, warum er sie nicht geheiratet hat. Ich glaube, er hatte sie wirklich gern. Sie hat seinem ansonsten langweiligen Leben Würze gegeben und er wirkte viel glücklicher, nachdem er sie kennengelernt hatte, weißt du noch? Ich habe nie verstanden, warum du sie nicht mochtest."

„Weil sie immer wieder versucht hat, mich zu verändern, Flora, und mich in eine Person zu verwandeln, die ich nicht bin. Deshalb habe ich mich so gegen sie gewehrt. Wenn ich nicht alles, wofür die Worthingtons mit ihren Werten und ihrem Lebensstil standen, abgelegt hätte, wäre ich nie die Frau geworden, die Gott in mir sieht. Was mich betrifft, hätte Mrs Worthington beinahe mein Leben ruiniert. Schließlich hat sie versucht, aus mir eine Dame der feinen Gesellschaft zu machen und mich mit ihrem Neffen zu verkuppeln."

„Aber in einer Hinsicht hatte sie recht. Unsere Manieren mussten wirklich verbessert werden. Und ich weiß nicht, wie es dir ging, Becky, aber ich habe mich damals nach einer Mutter gesehnt. Ich glaube, deshalb habe ich alles getan, was sie von uns verlangt hat. Mrs Worthington war das, was einer Mutter am nächsten kam."

„Nachdem Vater gestorben war, ist sie aber sehr schnell aus unserem Leben verschwunden. Vielleicht auf der Suche nach einem anderen reichen Witwer."

„Das glaube ich nicht. Aber sag, macht es dir zu schaffen, dass Vater sein Versprechen gehalten hat und dann gestorben ist, bevor er die Chance hatte, sie zu heiraten?"

„Er hätte auf meine Bitte nicht eingehen müssen ... aber ich bin froh, dass er es getan hat. Wenn nicht, dann wäre sie immer noch unsere Stiefmutter und all ihre schrecklichen Verwandten hätten wir ebenfalls am Hals."

„So wie Freddy Worthington? Du hättest ihn beinahe geheiratet."

„Ich sage dir, was ich von Freddy Worthington halte. Erinnerst du dich an all die Geschichten, die nach dem Krieg kursierten, dass ein Soldat beinahe von einer Kugel erwischt worden wäre oder nur deshalb nicht tödlich verwundet wurde, weil er eine Bibel oder einen Packen Liebesbriefe in der Tasche hatte? Ich bin Freddy wie durch ein Wunder entkommen – und damit einer Kugel ausgewichen, die mich mit Sicherheit umgebracht hätte."

„Du bist unmöglich! Aber deswegen liebe ich dich."

„Ich glaube, keine von uns beiden wäre heute hier, wenn ich Freddy geheiratet hätte."

„Das steht fest!", lachte Flora.

Sie beendeten ihre Mahlzeit und lehnten sich in dem kleinen Schattenstreifen zurück, um ein Nickerchen zu machen, während die Kamele sich ebenfalls ausruhten. Flora schlief nach kurzer Zeit ein und träumte gerade von Mrs Worthington, als sie von etwas geweckt wurde. Sie setzte sich auf und blickte sich um, während sie auf alle möglichen Geräusche lauschte. Die vollkommene Stille im Lager kam ihr ungewöhnlich vor. Sie hatte sich an das beinahe beständige Läuten der kleinen Messingglocken am Zaumzeug der Kamele gewöhnt und an das leise Gemurmel der Kameltreiber. Jetzt wirkte die Stille irgendwie unheilvoll.

Becky und Kate schliefen noch, also stand Flora auf und ging allein um den Felsen herum zum Lager, während die heiße Luft sie wie eine Wolldecke umfing. Zuerst bemerkte sie den Haufen Dinge auf dem Boden, wo die Kamele angebunden gewesen waren. Die Treiber luden das Gepäck nie ab, wenn die Karawane nur zur Mittagspause hielt. Nie. Sie ließen alles auf den Tieren, bis sie ihr Nachtlager aufschlugen. Aber Zelte, Ausrüstung und Proviant waren abgeladen und an einer Stelle gestapelt worden. Flora ging noch ein wenig weiter und sah Mr Farouk, Petersen und den Koch in einem anderen schattigen Streifen schlafen. Von den Kameltreibern war nichts zu sehen. Und wo waren die Tiere?

Flora stieg auf eine kleine Anhöhe, um einen besseren Überblick zu haben, aber auf der trockenen, brüchigen Erde rutschte sie immer wieder ab. Vielleicht hatten die Männer einen größeren schattigen Platz auf der anderen Seite des Hügels gefunden. Doch als sie verschwitzt und außer Atem oben ankam, sah Flora nichts außer öder Gegend und faltigen braunen Bergen, die in der diesigen Ferne verschwanden. Die Kamele, der Scheich und die beduinischen Kameltreiber waren verschwunden.

Ein Gefühl der Angst machte sich in ihrem Bauch breit. Jetzt verstand sie, wie Edmund sich all die Jahre zuvor gefühlt hatte, als er auf der Straße nach Gaza ausgeraubt und zurückgelassen worden war. Wenigstens war er an einer Karawanenroute gestrandet. In dieser Einöde gab es keine erkennbaren Straßen, keine Punkte, an denen man sich orientieren konnte. Der Sandsturm war beunruhigend gewesen, aber jetzt hatte Flora zum ersten Mal seit Beginn dieser Reise richtig Angst. Sie eilte den Hügel hinunter, die Schuhe voller Sand, und rüttelte Rebecca wach.

„Etwas stimmt nicht, Becky. Wach auf." Sie sprach in einem atemlosen Flüsterton, um ihre Zofe nicht zu wecken. „Die Kameltreiber und ihre Tiere sind nicht mehr da."

„Nicht mehr da? Was meinst du damit?"

„Sie sind verschwunden! Sieh doch – sie haben alles dort drüben abgeladen, aber der Scheich, die Kamele und die Männer sind nirgends zu sehen!"

„Dafür gibt es gewiss eine logische Erklärung." Becky lehnte sich an den Felsen, um sich abzustützen, während sie sich erhob. Dann drehte sie sich im Kreis und suchte die Gegend ab, so wie Flora es auch getan hatte. Doch auch sie sah nichts von der Karawane. Flora bemerkte, wie ein Schweißtropfen über Beckys Gesicht rann. Ihre furchtlose Schwester wirkte plötzlich erschüttert. „Hast du mit Mr Farouk gesprochen?", wollte sie jetzt wissen. „Weiß er, was los ist?"

„Nein, aber vielleicht sollten wir ihn wecken." Sie gingen zu der Stelle, an der Mr Farouk schlummerte, seine Kopfbedeckung wie einen Vorhang übers Gesicht gezogen. Petersen und der Koch schnarchten in der Nähe. Flora rüttelte Mr Farouk am Arm und er fuhr mit einem lauten Aufschrei hoch, sodass die beiden anderen Männer ebenfalls aufwachten. „Tut mir leid, dass ich Sie erschreckt habe, Mr Farouk. Aber wissen Sie, wohin der Scheich und all die Kameltreiber gegangen sind?"

Er sah sich mit trübem Blick im Lager um, als wäre er noch desorientiert vom Schlaf. „Sie müssen sein hier ..."

„Sind sie aber nicht. Sie haben alles abgeladen und unser Hab und Gut dort drüben gestapelt. Sehen Sie?" Mr Farouk blinzelte weiter und schüttelte immer wieder den Kopf, so als würde der Anblick sich ändern, wenn er nur lange genug hinsah.

Petersen hingegen sprang auf. „Was ist los? Wo sind die Kamele? Wie kann es sein, dass sie fort sind?" Suchend lief er umher, als könnte er die Tiere unter einem Stein finden. Flora hätte das Verhalten ihres Butlers komisch gefunden, wie ein Kind, das Verstecken spielt, wäre sie nicht so beunruhigt gewesen.

„Wann haben Sie den Scheich zuletzt gesehen, Mr Farouk?", fragte Rebecca.

„Wir mit Gebet fertig ... Der Scheich sagt alle schlafen. Er sagt, zu heiß zum Weitergehen ..."

„Vielleicht hat der Koch gesehen, wie sie davongeritten sind?", schlug Flora vor. Der kleine Koch saß auf dem Boden und sah verwirrt aus, aber er sprang auf und zuckte zusammen, als Mr Farouk ihn auf Arabisch anschrie. Flora fand, dass jeder, der Arabisch sprach, irgendwie wütend klang, aber diesmal konnte man Mr Farouks hysterisches Schreien wahrscheinlich kilometerweit hören. Der Koch machte ein, zwei Schritte zurück und schüttelte den Kopf so heftig, dass Flora fürchtete, er könnte abreißen. Es war deutlich zu sehen, dass der Koch von nichts wusste. Er war ebenso verängstigt wie sie, als er erfuhr, dass man sie in der Wüste zurückgelassen hatte.

Mr Farouk stürmte davon und stapfte denselben Hügel hinauf, den Flora erklommen hatte, mit Petersen direkt auf den Fersen. Wieder musste Becky an einen Käfer denken, als sie dem Mann mit seinen kurzen Beinen und dem glänzenden schwarzen Haar nachblickte – und im Augenblick war er ein sehr ängstlicher Käfer. Flora und Becky folgten den beiden Männern die Anhöhe hinauf, um mit ihnen den Horizont abzusuchen. Nicht einmal ein Hauch von Bewegung war in irgendeiner Richtung zu sehen. Als sie sich langsam umwandte, entdeckte Flora an einer flachen Stelle in der Ferne, an der die Erde den Himmel reflektierte, eine Wasserstelle. Doch es war eine Fata Morgana, das wusste sie inzwischen. Diese vermeintlichen Teiche hatten sie beinahe an jedem Tag ihrer Reise genarrt und erst nach acht Tagen voller Enttäuschungen war sie überzeugt davon, dass der Teich, den sie sah, nur eine optische Täuschung war.

„Ich verstehe nicht", murmelte Mr Farouk. „Wo sie hin ...?"

Petersen packte Mr Farouks Gewand am Kragen und schüttelte den kleinen Mann ein wenig. „Sie sollten doch auf diese Leute aufpassen! Sie sollten wissen, wo sie sind und was sie vorhaben!"

Flora eilte hinüber, um ihn zu beruhigen. „Es hat keinen Sinn, sich aufzuregen, Petersen. Ich bin sicher, sie können noch nicht weit sein."

„Uns hier draußen auszusetzen, ist unser Todesurteil, Miss Flora", sagte Petersen und ließ Mr Farouks Gewand los. „Und er weiß das!"

„Wir haben immer noch Wasser und es sieht aus, als wären alle unsere Vorräte hier. Wenn ich es richtig verstanden habe, sind wir nicht mehr weit vom Kloster entfernt, nicht wahr, Becky?"

„Ja, weniger als einen Tagesritt."

„Als würde uns das etwas nützen", wandte Petersen ein. „Selbst wenn wir zu Fuß dorthin gehen könnten, haben wir doch keine Ahnung, in welcher Richtung es liegt!" Er stapfte den Hügel hinunter und ließ dabei eine Wolke aus Staub und Erde aufstieben.

Flora weigerte sich, in Panik zu verfallen. „Ich bin sicher, die Beduinen werden zurückkommen. Immerhin zahlen wir für ihre Dienste in Raten und sie werden nicht den gesamten Betrag bekommen, bevor wir wieder an unserem Ausgangspunkt sind."

„Mr Farouk", sagte Rebecca, „wenn Sie auch nur die geringste Ahnung haben, was hier vor sich geht, müssen Sie es uns sagen."

„Hat es Schwierigkeiten mit den Beduinen gegeben, von denen Sie wissen?", fügte Flora hinzu. „Hat der Scheich etwas zu Ihnen gesagt?" Sie hatte in den vergangenen Tagen mehrmals gesehen, wie die beiden Männer sich gestritten hatten, aber den Grund dafür kannte sie nicht.

Farouk sah sie nicht an. Stattdessen schloss er die Augen und senkte das Kinn. Flora spürte, wie ihre Haut zu kribbeln begann. Becky wollte etwas sagen, aber Flora hob die Hand, um sie daran zu hindern. Sie hakte sich bei ihrer Schwester unter und zog sie den Hügel hinunter, fort von Mr Farouk. „Was soll das, Flora? Ich bin sicher, ihm ist etwas eingefallen."

„Ich weiß. Aber Edmund hat uns einmal gewarnt, dass Männer wie Mr Farouk, die aus dem Nahen Osten kommen, sehr stolz sind. Er wird seinen Fehler niemals zugeben, schon gar nicht vor zwei Frauen. Vielleicht erfahren wir mehr, wenn Petersen mit ihm spricht."

Sie fanden Petersen mit hängenden Schultern auf einem Felsen sitzen. „Wir sind in einer verzweifelten Lage", murmelte er. „Verzweifelt! Ich habe versprochen, Sie zu beschützen und …"

„Petersen", unterbrach Flora ihn, „wir glauben, dass Mr Farouk eine Idee hat, und er es vielleicht lieber Ihnen erklären möchte als uns."

Petersen erhob sich und blickte die Anhöhe hinauf zu der Stelle, an der Mr Farouk alleine stand. „Versuchen Sie, ganz ruhig mit ihm zu sprechen. Schreien Sie ihn nicht an, mein Lieber. Das macht die Sache nur noch schlimmer."

In der gleißenden Sonne und der heißen Luft fiel es Flora schwer zu atmen, vor allem, nachdem sie zweimal den Hügel hinauf- und wieder hinuntergelaufen war. Becky und sie kehrten zu dem schmalen Schattenstreifen zurück, wo sie geschlafen hatten, während Petersen erneut den Hügel hinaufstieg, um mit Mr Farouk zu reden. Flora konnte das Gesicht des Butlers nicht sehen, aber an seiner starren Haltung und Farouks wedelnden Armen konnte sie erkennen, dass der Reiseführer keine guten Nachrichten von sich gab.

„Es tut mir leid, dass ich dich mit hierher geschleppt habe, Flora", sagte Becky. „Ich hätte dich nie in die Sache hineinziehen dürfen."

„Unsinn. Ich bin sicher, es wird alles gut."

Kate erwachte von ihrem Mittagsschlaf und reckte sich wie eine Katze, während sie sich aufsetzte. „Was soll das ganze Geflüster? Was ist los?"

„Wir sind nicht ganz sicher", erwiderte Flora.

„Wird es nicht endlich Zeit, dass es weitergeht? Warum sind wir noch hier?" Noch bevor Flora antworten konnte, sprang Kate auf und rief: „Hey! Warum liegt all unser Zeug dort auf einem Haufen? Wir übernachten doch hier nicht, oder? Wo sind die Kamele? Und die Kameltreiber?"

„Das wissen wir auch nicht, Katie, Liebes. Wir warten darauf, dass sie zurückkommen …"

„Zurückkommen? Wo sind sie denn hin?"

„Das wissen wir nicht, aber …"

„Wusst' ich's doch! Ich wusste es! Wir werden alle hier draußen sterben, nicht wahr? Nicht wahr!"

„Und … los geht's", murmelte Becky, während sie dem panischen Wortschwall ihrer Zofe lauschten.

„Wir hätten diesen hinterhältigen Beduinen niemals trauen dürfen! Habe ich es nicht gesagt? Ich habe es gleich gesagt! Und jetzt sehen Sie ja, was passiert ist!"

Flora erhob sich und hielt Kate am Arm fest, um sie wieder in den Schatten zu ziehen. „Hör zu, meine Liebe. Es nützt nichts, sich aufzuregen, schon gar nicht in dieser Hitze."

„Aber was sollen wir denn jetzt machen? Sind sie wirklich spurlos verschwunden?"

„Ich nehme an, sie haben eine Spur aus Kameldung hinterlassen, der wir folgen könnten, wenn wir mit der Nase am Boden bleiben", sagte Becky.

Bei der Vorstellung, wie Petersen und Mr Farouk wie Spürhunde suchend über die Erde krochen, musste Flora unwillkürlich lachen. „Wie können Sie nur in einer solchen Situation lachen?", schrie Kate.

„Jedenfalls nützt es jetzt nichts zu jammern und zu weinen", erwiderte Flora. „Komm, setz dich und trink etwas Wasser, während Petersen und Mr Farouk miteinander reden. Versuch dich zu beruhigen."

„Haben wir denn genug Wasser? Sollten wir es nicht irgendwie einteilen?"

„Wie es scheint, haben sie alles Wasser und die ganzen anderen Vorräte hiergelassen. Wir haben genug."

„Aber ewig hält das auch nicht. Und wie lange werden wir hier sein – eine Ewigkeit! Selbst wenn wir wüssten, in welche Richtung wir gehen müssten, wüssten wir nicht, wie."

„Ach, jetzt setz dich hin und beruhige dich erst einmal", unterbrach Becky sie energisch. „Ich bin sicher, die Sache wird sich bald aufklären."

„Gott kennt das Ende unserer Tage", sagte Flora und tätschelte Kates Hand. „Wir haben nichts zu befürchten."

Kaum hatte Flora das gesagt, ertönte Petersens wütender Ruf über ihnen. Er rutschte den Hügel hinunter und eilte auf sie zu, sein blasses Gesicht so düster wie eine Gewitterwolke. „Ich muss allein mit Ihnen sprechen, Miss Flora und Miss Rebecca."

„Hey! Ich habe auch ein Recht zu wissen, was los ist!", protestierte Kate lautstark.

Mit gerunzelter Stirn betrachtete er die Zofe, die die Hände in die Hüften gestemmt hatte, als wäre sie auf Streit aus. Dann schüttelte er den Kopf und wandte sich an Flora. „Ich bin wirklich der Meinung, dass wir ungestört reden müssen."

„Nein! Ihr könnt mich nicht ausschließen …"

„Du lieber Himmel", warf Becky ein, „nun sagen Sie schon, was Mr Farouk Ihnen erzählt hat."

Er warf Kate einen skeptischen Blick zu und seufzte. „Mr Farouk sagt, es sei ihre Schuld, dass sie fort sind." Er zeigte auf die Zofe.

„Meine? Was habe ich denn getan? Das sagen Sie nur, weil Sie mich hassen!" Sie wollte sich auf den Butler stürzen, aber Flora packte sie an der Taille und hielt sie zurück. Kate war so dünn, dass Flora ihre Rippen spürte.

„Hör auf, Katie. Lass Petersen sagen, was er weiß."

„Es ist nicht einfach, Mr Farouks schreckliches Englisch zu verstehen", sagte Petersen, „aber offenbar hat der Scheich seit Tagen Fragen über das ‚feurige, rothaarige Dienstmädchen' gestellt. Er hat Mr Farouk gedrängt, mit Ihnen zu sprechen über … äh …" Er räusperte sich. „Er wollte um sie feilschen."

Flora spürte, wie Kate am ganzen Körper erschlaffte und das Mädchen sich an ihr festhielt. Dabei bekam Flora selbst ein wenig weiche Knie. „Feilschen …? Das ist ja unerhört", sagte sie.

„Der Scheich wurde heute Morgen wütend, weil Mr Farouk sich weigerte, in seinem Namen mit Ihnen zu verhandeln."

Rebecca stand auf und rief den Hügel hinauf: „Mr Farouk? Kommen Sie bitte zu uns." Er schleppte sich den Hang hinunter und stand kurz darauf mit hängendem Kopf vor ihnen. „Was genau haben Sie dem Scheich heute Morgen erzählt?", fragte Rebecca ihn.

„Ich erklärt, dass Dinge anders in Ihrem Land. Diener nicht Besitz von Ihnen."

„Warten Sie. Sie meinen, er will Kate als Magd kaufen?", wollte Rebecca wissen.

„Nicht Magd. Er will für seinen Harem."

Flora zog Kate an sich und hielt sie fest. So hatte sie dieses widerborstige Mädchen noch nie im Arm gehabt. „Nur über meine Leiche!"

„Oh, Flora", sagte Rebecca. „Ich fürchte, genau das haben sie im Sinn."

Kate wand sich aus Floras Armen und stapfte davon. Flora sah zu, wie sie eine Handvoll Steine aufhob und einen nach dem anderen so weit von sich schleuderte, wie sie nur konnte.

„Was soll ich jetzt tun?", fragte Petersen. Er zog seinen Turban vom Kopf und fuhr sich mit der Hand durch das helle Haar, offensichtlich erschüttert von seiner Hilflosigkeit.

„Zuerst einmal setzen wir uns alle in den Schatten", schlug Flora vor. Sie ging zu dem Felsvorsprung und wartete, bis Becky und Petersen sich niedergelassen hatten. Mr Farouk war zusammen mit dem Koch wieder die Anhöhe hinaufgestiegen. Kate warf immer noch Steine auf imaginäre Ziele, aber sie war in ihrer Nähe und konnte Flora hören. „Weißt du noch, wie wir vor vielen Jahren Edmund auf dem Weg nach Gaza getroffen haben, Becky? Er war gestrandet, genau wie wir jetzt."

„Ja, und zum Glück kamen wir ihm zu Hilfe."

„Als wir ihn fanden, hat er gebetet, erinnerst du dich? Und ich finde, genau das sollten wir jetzt auch tun." Petersen blickte skeptisch drein, aber Flora ergriff seine Hand. Sie fühlte sich verschwitzt und sandig an. Mit der anderen fasste sie Beckys Hand, um einen kleinen Kreis zu bilden. „Herr, du siehst uns jetzt. Du weißt, dass wir hier sind. Du lässt uns nie aus dem Blick und sorgst immer für uns. Du weißt, welche Angst Kate hat ..."

„Ich habe doch keine Angst! Ich bin nur wütend!", schrie sie aus einigen Metern Entfernung. „Ich habe Ihnen doch gleich gesagt, dass es mir nicht gefällt, wie die mich immer angesehen haben! Ich habe es Ihnen gesagt!"

„Herr, schick uns jemanden, der uns rettet, darum bitten wir. Zeig uns einen Ausweg und was wir tun sollen. Beruhige unsere Herzen durch die Zusage, dass du uns nie verlassen wirst."

Flora betete noch mehrere Minuten lang laut weiter, bis alle sich beruhigt hatten – sogar Kate, die endlich aufhörte, Steine zu werfen, und sich zu ihnen setzte und wartete.

„Hilfe wird kommen", sagte Flora. „Ihr werdet es sehen." So wie Hilfe gekommen war, eine Antwort auf Edmunds Gebete, als er damals am Straßenrand gesessen hatte ...

KAPITEL 15

Cambridge, England
1865
Fünfundzwanzig Jahre früher

Flora konnte gar nicht fassen, wie saftig und grün die britische Landschaft war, als der Zug sich der Stadt Cambridge näherte. Nach drei Monaten in ausgedörrten Ländern war es, als wäre sie ins Paradies zurückgekehrt. Sie überlegte, wie schön es wäre zu bleiben und die englische Landschaft mit Edmund zu erkunden, aber dann erinnerte sie sich ganz schuldbewusst an ihren Verlobten Thomas. Nach ihrem ursprünglichen Plan wären Becky und sie bereits vor einem Monat nach Chicago zurückgekehrt, aber sie waren noch weit von zu Hause entfernt. Von Kairo und Frankreich aus hatte Flora Thomas Telegramme geschickt und dann noch eins aus London, um ihre Verspätung zu erklären und ihm zu versichern, dass es ihnen gut ging, damit er sich keine Sorgen machte.

„Kommt mit mir nach Cambridge", hatte Edmund gebettelt, als sie nach ihrer langen Reise durch das Heilige Land wieder in Frankreich angekommen waren. „Ich will noch nicht Lebewohl sagen."

Flora hatte sich ebenso ungern von ihm verabschieden wollen, aber sie wusste, dass sie nicht noch länger bleiben sollte. Sie musste zu Thomas und ihrem Leben in Chicago zurückkehren, bevor sie ihr Herz vollständig an Edmund verlor. Je länger Flora mit ihm reiste, lachte und redete, desto mehr verliebte sie sich in ihn. Am Ende hatte Becky die Entscheidung getroffen.

„Ja, bitte lass uns nach Cambridge fahren, Flora. Ich werde Wochen brauchen, um Edmunds Notizen für unser Buch zu ordnen und all sein Material für den Transport nach Chicago zusammenzupacken. Dann fahren wir nach Hause, versprochen."

Kaum war sie aus der Eisenbahn gestiegen, hatte Flora sich in den kleinen Ort Cambridge verliebt. Sie konnte sich gut vorstellen, hier zu leben. „Es ist wie ein Bild aus einem Kinderbuch, Edmund", sagte sie mit Blick auf die Altstadt.

„Ja, es ist hübsch in dieser Jahreszeit, nicht wahr? So sehr ich das Reisen liebe, bin ich doch immer wieder froh zurückzukommen." Er zeigte ihnen das Dorf und das Universitätsgelände und organisierte für sie Zimmer in einem Gasthof, die sie mieten konnten. Edmunds winzige Wohnung in der Nähe der Bibliothek war ebenso interessant und exotisch wie er selbst mit Kisten und Dosen und staubigen Regalen voller Tonscherben, mit alten Pergamentfetzen und sogar dem einen oder anderen Knochen, den er von seinen vielen Reisen mitgebracht hatte. Über jeden Gegenstand im Zimmer konnte er herrliche Geschichten erzählen, und während sie auf dem Boden saßen und zusammen Tee tranken, unterhielt er sie mit Berichten von seinen Reisen. Und Bücher! Reihenweise interessante Bücher füllten Edmunds Regale. Weitere Exemplare stapelten sich auf dem Boden oder neben dem Bett und lagen überall in dem vollgestopften Zimmer herum.

Flora verglich seine Sammlung unwillkürlich mit der ordentlichen, gut abgestaubten Bibliothek, die Thomas Worthington ihr einmal in seinem Elternhaus gezeigt hatte. Und sie erinnerte sich noch gut an ihren Schock, als Thomas zugegeben hatte, dass er kein einziges dieser Bücher gelesen hatte. „Kein einziges", hatte er wiederholt. Es hatte irgendwie stolz geklungen.

„Aber warum nicht?", hatte sie ihn gefragt. „Hier gibt es so viele wunderbare Werke."

Thomas hatte gelacht und ihr Erstaunen mit einer Handbewegung abgetan. „Weil ich weder die Zeit noch das Interesse habe, sie zu lesen. Du kannst sie gerne ausleihen, wenn du magst. Mein Vater sammelt sie, aber er liest sie auch nicht." Flora wurde noch immer traurig, wenn sie an diese Unterhaltung zurückdachte. Als sie jetzt in Edmunds Büchern stöberte, viele mit Lesezeichen und Zetteln zwischen den Seiten, konnte sie erkennen, dass diese Sammlung fleißig in Gebrauch war.

„Hast du alle diese Bücher gelesen?", fragte sie ihn.

„Die meisten. Auf dem Stapel da drüben liegen die, von denen ich hoffe, dass ich sie in diesem Herbst lesen kann. Warum?"

„Ach, nur so." Sie fand es selbst schrecklich, dass sie die beiden Männer miteinander verglich; es war Thomas gegenüber nicht fair. Edmunds Leben war frei von der ungeheuren Verantwortung, die auf Thomas' Schultern ruhte. Geld zu verwalten, war eine schwierige Aufgabe, hatte er ihr erklärt.

Flora und Becky arbeiteten die ganze Woche über an Edmunds Seite und sahen seine Notizbücher und Unterlagen durch. Becky machte sich viele Notizen, während Edmund erklärte, was er mit den einzelnen Kapiteln vorhatte. So wuchs das geplante Buch an Umfang, während Becky noch mehr Ideen beisteuerte. „Das ist eine wunderbare Idee!", sagte Edmund dann, während sie alle über ihre Arbeit gebeugt waren. „Daran hätte ich nicht gedacht, Rebecca."

„Dazu werden weitere Nachforschungen nötig sein, aber ich würde es trotzdem liebend gerne in Angriff nehmen."

„Hervorragend!"

Becky blühte förmlich auf, wenn sie mit Edmund zusammen war. Genau genommen hatte Flora sie noch nie so glücklich gesehen. Zweifellos hatte sich auch ihre Schwester in Edmund Merriday verliebt. Aber Edmund sah Becky nicht so an, wie er sie ansah. Das Wissen, dass er sie vorzog, erfüllte Flora mit Schuldgefühlen. Vielleicht würde Edmund Becky in einem anderen Licht sehen, wenn sie zu Thomas nach Hause fuhr, so wie sie es tun sollte. Vielleicht würde er sie ja heiraten. Die beiden waren ein so gutes Gespann.

Viel zu schnell neigte sich die Zeit in Cambridge ihrem Ende zu. Es blieb noch ein Tag, bevor sie nach London zurückkehren und die Heimreise antreten würden, und dieser Tag war der Sonntag. „Wenn ihr nicht zu müde seid", sagte Edmund, „und wenn ihr bereit seid, früh aufzustehen, würde ich euch gerne meine Arbeit unter den Armen zeigen."

„Das wäre wundervoll", antwortete Flora.

Früh am nächsten Morgen kam Edmund zu ihnen ins Gasthaus, um sie in einer gemieteten Kutsche abzuholen. Während sie die Mill Road entlangfuhren, die sie aus der Stadt führte, erklärte Edmund, dass die Entwicklung der Eisenbahn eine Bevölkerungsexplosion in der Region verursacht hatte. „Aber gleichzeitig ist auch die Armut explodiert", fügte er hinzu.

„In Chicago ist es genauso", sagte Flora, als sie die baufälligen Häuser und die zerlumpten, schmutzigen Arbeiterkinder auf der Straße sah. Viele trugen keine Schuhe. Der Qualm von Lokomotiven und Fabrikschornsteinen hing tief in der schlechten Luft, selbst am Sonntag. Die Kutsche hielt und sie gingen zu Fuß weiter zu einer alten Kirche, die vor Jahrhunderten aus Stein gebaut worden war. Zwischen all den verarmten Menschen fühlte Flora sich irgendwie fehl am Platze, obwohl ihr Rock, ihre Bluse und ihr Hut im Vergleich zu ihrer modischen Garderobe zu Hause äußert schlicht waren. Die Gemeinde sang die Choräle mit Überzeugung und der Pastor predigte über die Liebe Jesu zu den Armen. Als der Gottesdienst vorüber war, führte Edmund sie wieder hinaus.

„Du hast uns nicht nur hierher gebracht, um mit uns in den Gottesdienst zu gehen, oder?", sagte Flora. Sie sprach es zwar nicht aus, aber lieber wäre sie in die herrliche Kings College Chapel gegangen.

„Nein, der Gottesdienst war nur der Auftakt. Jetzt fängt der Spaß erst an. Wisst ihr, einige Kollegen und ich haben in diesem Stadtteil eine Sonntagsschule eingerichtet, in der wir den armen Arbeiterkindern das Lesen und Schreiben beibringen können. Außerdem erzählen wir ihnen von der Bibel und davon, wer Jesus ist."

Floras Herz machte vor Begeisterung einen kleinen Satz. „Was für eine wunderbare Idee!"

„Ein Christ namens Robert Raikes hat die erste Sonntagsschule gegründet, weil er etwas gegen die Armut und den Analphabetismus tun wollte, die er überall sah. Seither hat die Idee Schule gemacht, und inzwischen haben wir mehr als 100 000 freiwillige Lehrer, die jede Woche mehr als eine Million Kinder erreichen."

„Dabei würde ich dir gerne helfen", sagte Flora. Während die Schwestern ihm zu dem Gebäude folgten, in dem der Unterricht stattfand, erzählte Flora von ihrem Abenteuer in Chicago, als Rebecca und sie sich in Lumpen gekleidet und ihre Gesichter schmutzig gemacht hatten, um in die Kleiderfabrik zu gelangen.

Edmund lachte. „Das ist nicht euer Ernst!"

„Doch, es ist eine wahre Geschichte. Aber wir haben es nur einen Tag lang in der Fabrik ausgehalten – und unseren Lohn haben wir nie abgeholt, nicht wahr, Becky?"

Ihre Schwester schüttelte lachend den Kopf. „Warum auch? Es war weniger als ein Dollar."

„Ich kann mir euch hübsche Damen gar nicht in zerrissenen Kleidern und schmutzigen Gesichtern vorstellen."

„Es war nicht nur ein Spaß, Edmund. Wir haben gesehen, wie diese Menschen lebten und wie wenig sie verdienten, und wollten etwas tun, um ihnen zu helfen. So wie du es hier tust. Die Sonntagsschule ist eine wunderbare Idee. Erinnerst du dich noch an die Mädchen, mit denen wir in der Fabrik gearbeitet haben, Becky? Und an die Kinder auf der Straße? Ich würde diesen Kleinen so gerne das Lesen und Schreiben beibringen."

„Und ich glaube, du wärst richtig gut darin", erwiderte Becky.

Dutzende zappelnder, plappernder Kinder strömten bereits in den Raum, der aussah wie die Lagerhalle einer Fabrik. Sie setzten sich auf den Steinfußboden und benutzten Holzkisten als Schreibtische. Flora half Edmund, während er die eifrigen Schüler unterrichtete, die ganz begeistert schienen, weil sie lesen lernten. Es war offensichtlich, dass sie Edmund liebten, der all seine unbeholfene Energie in den Unterricht steckte. Flora versuchte, sich Thomas in dieser Umgebung vorzustellen, aber es gelang ihr nicht. Wieder einmal schalt sie sich, weil sie die beiden Männer miteinander verglich. Becky machte ebenfalls mit und erzählte die biblischen Geschichten mit so dramatischer Stimme, dass die Kinder, die im Kreis um sie herum saßen, gebannt an ihren Lippen hingen. Als es Zeit wurde, nach Cambridge zurückzufahren, begleitete die ganze Kinderschar sie zu ihrem Wagen, umarmte sie und winkte ihnen zum Abschied.

An diesem Abend, während Edmund und Becky die letzten Unterlagen in seiner Wohnung einpackten, ging Flora hinaus, um allein am graswachsenen Flussufer zu sitzen. Sie beobachtete gerne die Boote, die vorbeizogen, Ruderboote und flache Kähne, und eine Rudermannschaft der Universität kämpfte gegen die Strömung an, während der Steuermann die Befehle gab. Als die Sonne sich dem Horizont näherte, kam Edmund auch dazu und setzte sich wortlos neben sie ins Gras. „Ist alles gepackt?", fragte Flora ihn.

Er nickte und riss einige Grashalme ab, die er anschließend zwischen den Fingern drehte. Sie hörte, wie er seufzte. „Zum ersten Mal im Leben", sagte er schließlich, „bedauere ich, dass ich so wenig irdische Güter und Reichtum habe. Und dass ich meine bescheidenen Mittel allesamt in das Reisen und die Forschung gesteckt habe."

„Aber warum solltest du das bedauern, Edmund? Du liebst dein Leben doch ganz offensichtlich."

Er berührte ihr Kinn und drehte sanft ihr Gesicht zu ihm, sodass sie ihn ansehen musste. „Weil ich mich in dich verliebt habe, Flora, und ich kann dir nichts bieten. Es schmerzt mich, dich nach Amerika zu deinem Verlobten zurückgehen zu lassen, und doch weiß ich, dass er dir ein Leben bieten kann, von dem ich nur träumen kann. Und dein Glück ist mein sehnlichster Wunsch."

Flora setzte an, um ihm zu sagen, dass sie mehr als genug Geld für sie beide hatte, aber er hinderte sie daran mit einem zärtlichen Kuss. „Nein, sag nichts, Flora. Ich möchte diesen Augenblick genau so in Erinnerung behalten, wie er ist."

Was konnte sie da noch sagen? Wollte sie ihre Verlobung mit Thomas lösen und nach England ziehen, um einen Mann zu heiraten, den sie erst seit ein paar Monaten kannte? Sie glaubte, ja, aber die Gelegenheit, ihm das zu sagen, war verstrichen. Sie kehrten zu Edmunds Wohnung zurück, um Becky zu holen.

In dieser Nacht spürte Flora in ihrem Zimmer im Gasthaus eine tiefe Traurigkeit, die sie nicht benennen konnte. Auch Becky schien keinen Schlaf zu finden und ging in dem schmalen Gang zwischen ihren Betten auf und ab, als würde eine innere Uhr sie antreiben, die zu fest aufgezogen war. Sie zeigte auf die Kiste mit Edmunds Büchern und Notizen und sagte: „Ich kann gar nicht sagen, wie sehr ich mich auf die Arbeit freue, die vor mir liegt. Ich soll dieses Buch zusammen mit Edmund schreiben, das weiß ich. Es war kein Zufall, dass wir ihn auf der Straße nach Gaza getroffen haben und … Was ist los, Flora? Warum weinst du denn?"

Flora hatte gehofft, Becky würde weitersprechen und auf und ab gehen und die Tränen, die ihr über das Gesicht liefen, gar nicht bemerken. Sie wollten einfach nicht versiegen. „Ich werde Edmund vermissen und … und all die aufregenden Dinge, die wir in diesem Sommer erlebt haben und … oh, ich weiß auch nicht, warum ich weine!" Sie wischte die nächste Träne fort und sagte: „Doch, ich weiß es … ich weine, weil Edmund mir heute Abend gesagt hat, dass er mich liebt."

„Aber natürlich liebt er dich. Sage ich das nicht schon die ganze Zeit?"

„Er hat gesagt, er wünschte, er hätte Geld, um für mich zu sorgen, aber da er es nicht hat, schickt er mich nach Hause zu meinem Verlobten. Ich wusste gar nicht, was ich darauf sagen sollte. Wie vermögend wir sind, davon hat er keine Ahnung, Becky. Er weiß gar nicht, dass ich Thomas nicht brauche und auch niemand anderen, damit ich versorgt bin."

„Liebst du ihn, Flora?"

„Ich … ja, das tu ich. Aber vor ein paar Monaten dachte ich auch, ich würde Thomas lieben." Becky reichte ihr ein Taschentuch, damit sie sich die Nase putzen konnte. „Tut mir leid, dass ich dir etwas vorheule. Ich muss vernünftig sein und mich nicht von diesen romantischen Ideen mitreißen lassen. Edmund ist wie … wie ein Held in einem Abenteuerroman. Und in diesem Sommer war alles im Heiligen Land so exotisch mit dem Mond auf dem See Genezareth und dem Duft von Rosmarin und Zedern in der Luft. Ich hätte nicht zulassen dürfen, dass Edmund Merriday mir den Kopf verdreht."

„Ist das denn so schlimm?", fragte Rebecca. „Brauchen wir nicht alle ein bisschen Romantik im Leben?"

„Ich habe mich von ihm küssen lassen, Becky. Dabei bin ich mit Thomas verlobt und ich habe ihn betrogen. Ich weiß nicht, was ich ihm erzählen soll, wenn ich nach Hause komme, aber ich muss mich bei ihm dafür entschuldigen, dass ich mich von meinem Herzen in die Irre habe führen lassen. Wäre ich doch nur meinem Verstand gefolgt und nicht meinem Herzen. Ich habe etwas Schreckliches getan und habe furchtbare Gewissensbisse deswegen. Nun werde ich Thomas alles beichten müssen und …"

„Warte mal! Was sollte eine solche Beichte denn schon nützen? Du würdest nur Thomas' Stolz verletzen. Weißt du noch, wie Edmund uns gewarnt hat, die Männer im Nahen Osten seien sehr stolz? In Wahrheit sind alle Männer zu stolz."

Flora liefen die Tränen über die Wangen. Der Strom wollte einfach nicht versiegen. „Ich weiß nicht, was ich tun soll."

„Dann tu nichts. Nimm dir Zeit, um dir über deine Gefühle klar zu werden. Auf der Heimreise wirst du keinen der beiden Männer um dich haben, daher kannst du die Sache mit etwas Abstand betrachten. Denk an all die Lektionen, die wir bei diesem Abenteuer gelernt haben – und es war doch ein Abenteuer, nicht wahr?"

„Das beste meines Lebens! Ich kann es kaum erwarten, Edmunds

Vorbild nachzueifern und in den Gemeinden zu Hause eine Sonntagsschule einzurichten. Du freust dich über das Buch, das ihr schreibt, und ich freue mich ebenso auf die Arbeit, die vor mir liegt. Ich will Thomas gleich davon erzählen, damit er mir zeigt, wie man eine Wohltätigkeitsorganisation gründet."

„Du hast also beschlossen, zu Thomas zurückzukehren?"

„Wir sind verlobt ... Ich glaube, ich sollte ... meinst du nicht?"

„Willst du wirklich wissen, was ich denke, Flora?"

„Ja, sag mir die Wahrheit." Aber Flora wusste bereits, was ihre Schwester sagen würde. Sie kniff die Augen zusammen, während sie auf die Worte wartete.

„Edmund Merriday ist ein zehnmal besserer Mann als Thomas. Und er liebt dich um deiner selbst willen, nicht wegen deines Geldes."

„Du glaubst immer, alle hätten es auf unser Geld abgesehen – Mrs Worthington, Freddy und jetzt Thomas."

Becky verschränkte die Arme vor der Brust. „Du wirst mich niemals vom Gegenteil überzeugen."

Flora verbrachte die lange Heimreise damit, über die beiden Männer nachzudenken, die sie liebte. Hatte Becky recht, was die Worthingtons betraf? Waren sie nur an ihrem Erbe interessiert? Flora konnte sich nicht überwinden, das zu glauben. Am Ende beschloss sie, dass sie den langen, ereignisreichen Sommer mit Edmund nie vergessen würde und eine heimliche Freude empfinden würde, wann immer sie an ihn dachte, aber dass ihr Platz in Chicago war an der Seite von Thomas.

Thomas erschien bei Flora zu Hause, noch bevor Mrs Griffin die Gelegenheit hatte, ihre Überseekoffer auszupacken. Sie trug noch ihre zerknitterte Reisekleidung, das Haar zu einem unordentlichen Knoten gesteckt, aber sie eilte die Treppe hinunter, damit er nicht warten musste. „Wie schön, dich zu sehen, Thomas! Wenn ich gewusst hätte, dass du kommst ..."

Er nahm sie in seine Arme und küsste sie. „Ich konnte keinen Augenblick länger warten", sagte er. Flora atmete den sauberen Duft von Seife und Rasierwasser ein, der ihn umgab, und dachte an Edmund – den rustikalen Naturgeruch seiner Kakikleidung, seine schwieligen Hände, das sonnengebleichte Haar und die gebräunte Haut. Erschrocken löste sie sich von Thomas.

„Vergib mir, meine liebste Flora", sagte er, weil er ihre Reaktion falsch deutete. „Ich habe dich nur so sehr vermisst."

„Gehen wir in den Salon. Ich werde die Dienstboten bitten, uns Tee zu bringen ... oder was immer du möchtest", sagte sie schnell, als ihr einfiel, dass es Edmund war, der Tee trank, nicht Thomas. Sie hielt seine glatte, maniküre Hand in ihrer und führte ihn in den Salon, wo sie neben ihm auf dem Sofa Platz nahm.

„Ich wollte dir so bald wie möglich erzählen, wie die Pläne für unsere Hochzeit sich entwickelt haben, während du fort warst", sagte er. „Tante Priscilla hat eine Schneiderin beauftragt, dein Kleid zu nähen, und ..."

„Aber wir haben doch noch gar kein Datum festgelegt."

„Ich habe mehrere mögliche Daten ausgesucht, aus denen du wählen kannst. Du brauchst dich auch nicht sofort zu entscheiden", sagte er mit einem kleinen Lachen, aber dann redete er immer weiter über das Hochzeitsessen, die Hunderte von geladenen Gästen und all die anderen Dinge, die er arrangiert hatte. Flora war ganz schwindelig. Thomas wollte ganz offenbar eine üppige und sehr teure Angelegenheit daraus machen. Nach einer Weile langweilten die Einzelheiten sie und sie fing an, von Edmunds Sonntagsschule zu träumen. Sie dachte daran, dass er laut gelacht hatte, als sie ihm von ihrer Arbeit in der Uniformfabrik erzählt hatte. Thomas hatte sie die Geschichte nie erzählt, aber sie konnte sich lebhaft vorstellen, wie entsetzt er sein würde. Seine Tante, Mrs Worthington, war nach dieser Eskapade ihre inoffizielle Gouvernante geworden – Becky nannte sie ihre Gefängniswärterin. „Was meinst du?", fragte Thomas, nachdem er endlich geendet hatte. Flora hatte einige Minuten lang gar nicht mehr zugehört.

„Müssen wir denn so eine große Sache daraus machen?", wollte sie wissen. „Ich würde mich bei einer schlichten Trauung viel wohler fühlen, vielleicht nur mit unseren Familien. Und einem einfachen Mittagsbüfett."

„Unsere Freunde aus der Gesellschaft wären vor den Kopf gestoßen, wenn sie nicht eingeladen wären. Es könnte einen Skandal auslösen, wenn sie denken, wir hätten etwas zu verbergen."

„Es interessiert mich eigentlich nicht besonders, was sie denken. Wir haben das Recht, unsere eigene Hochzeit so zu planen, wie wir es wollen."

Thomas nahm ihre beiden Hände. „Sei nicht verärgert, Flora. Ich versuche, in Chicago Fuß zu fassen und mir eine Zukunft in der Geschäftswelt aufzubauen. Ein Ereignis wie unsere Hochzeit bietet mir die vollkommene Gelegenheit, die notwendigen gesellschaftlichen Beziehungen aufzubauen. Und wo wir gerade vom Bauen sprechen: Ich habe entschieden, wo unser neues Haus sein wird. Ich habe Erkundigungen eingezogen, um das Grundstück zu kaufen, und mit einem Architekten über …"

„Aber ich liebe dieses Haus. Es ist mein Zuhause. Ich brauche kein anderes Haus." Sie dachte an die winzigen, staubigen Zimmer, in denen Edmund lebte, und daran, wie herrlich chaotisch und einladend sie waren. Bei dem Gedanken, in einem riesigen neuen Herrenhaus zu wohnen, dessen Bibliothek voller Bücher stand, die niemand las, Zimmer um Zimmer mit teuren Gegenständen, die jemand anders ausgesucht hatte, Regale voller Nippes, der für sie keinerlei Bedeutung hatte und mit dem sie keine Erinnerungen verband, stieg Panik in ihr auf. Und ein Blick durch das plüschige Wohnzimmer, das Mrs Worthington gestaltet hatte, ließ diese Panik erst recht hochkommen. Sie zog ihre Hand aus der von Thomas und fuhr sich mit der Hand über den Hals, weil sie auf einmal nicht mehr atmen konnte.

„Warum verkaufst du nicht deine Hälfte an diesem Haus an deine Schwester?", schlug Thomas vor.

„*Verkaufen?*"

„Ja. Wir werden für gesellschaftliche Zwecke ein viel größeres Haus brauchen. Ich möchte im zweiten Stockwerk einen Ballsaal für dich bauen lassen und ihn mit Musik und Tanz füllen – du tanzt doch so gerne Walzer, nicht wahr? Schließlich ist es nicht so, dass wir es uns nicht leisten könnten, ein neues Haus zu bauen. Immerhin sind wir sehr vermögend."

War das Habgier, was sie da in Thomas' Augen aufblitzen sah? Es war eindeutig, er hatte ausgefeilte Pläne, wie er das Geld, das ihm noch nicht einmal gehörte, ausgeben wollte. Plötzlich fiel Flora wieder ein, dass jeder einzelne Dollar ihres Erbes Thomas gehören würde, wenn sie verheiratet waren. Sie würde jegliche Kontrolle darüber verlieren. War es das, wofür Thomas ihr Geld ausgeben wollte, für einen verschwenderischen Lebensstil?

„Was ist denn, Flora?" Thomas strich ihr über die Hand. „Du

bist doch sonst nicht so nachdenklich. Gewiss bist du erschöpft von deiner Reise."

„Nein, ich musste nur gerade an etwas denken … Ich möchte dir von einer Idee erzählen, die ich in England gesehen habe. Dort hat man Schulen gegründet, die arme Kinder sonntags besuchen können, denn das ist ihr einziger freier Tag, weil sie wochentags arbeiten und Geld verdienen müssen. So können sie eine Ausbildung und vielleicht eine bessere Arbeit bekommen. Sie lernen Lesen, Schreiben und Rechnen, hören aber auch das Evangelium. Ich habe beschlossen, hier in Chicago dasselbe zu tun. Ich will die Kirchengemeinden in den ärmsten Stadtvierteln unterstützen, damit sie die Schulmaterialien bekommen und die Lehrer bezahlen können, die sie brauchen, um Sonntagsschulen zu gründen. Hilfst du mir dabei, eine Wohltätigkeitsorganisation zu gründen und die finanziellen Mittel gut zu verteilen? … Warum runzelst du die Stirn, Thomas?", fragte sie, als er nicht gleich antwortete.

„Wenn du anfängst, solchen Leuten Geld zu geben, wirst du nicht mehr damit aufhören können. Gleichgültig, wie viel du ihnen in den Rachen wirfst, sie werden immer sagen, dass es nicht genügt."

„Thomas! Was meinst du mit *solchen* Leuten?"

„Leute, die keine Ahnung haben, wie man mit Geld umgeht. Sie bekommen einen Wochenlohn und gehen als Erstes in den Saloon. Sie haben unzählige Kinder wie ein Wurf Welpen und können sich die Kinder weder leisten noch sie anständig erziehen."

„Und du kennst *diese Leute*, Thomas? Kennst du sie persönlich?"

„Ich weiß, wovon ich rede, Flora. Du hast ein sehr behütetes Leben geführt – und zu Recht."

„Ich weiß viel mehr, als du ahnst. Ich habe gesehen, wie *diese Leute* leben, und manchmal glaube ich, dass sie viel glücklicher sind als die feine Gesellschaft. Ich weiß auch, wie viel Geld ich geerbt habe. Ich war dabei, als das Testament meines Vaters verlesen wurde. Ich weiß, dass ich ohne Weiteres die Hälfte davon für gute Zwecke spenden könnte und immer noch eine sehr wohlhabende Frau wäre."

„Spenden …?" Thomas sah sie erschrocken an.

„Wenn ich darüber nachdenke", fuhr sie fort, „dann habe ich es so verstanden, dass mein Erbe unter meiner Kontrolle bleibt, solange ich nicht heirate. Also könnte ich schon morgen hingehen und sogar alles weggeben, wenn ich wollte."

„Flora, du verstehst nicht ..."

„Ich verstehe sehr gut, dass wir uns diese extravagante Hochzeit, die du für uns im Sinn hast, leisten könnten, aber es wäre eine Sünde, so viel Geld zu verschwenden, wo es hier in Chicago Menschen gibt, die keine Schuhe, nichts zu essen und kein Dach über dem Kopf haben."

„Du bist noch müde von der Reise, da gehen deine Emotionen mit dir durch. Ruh dich einige Tage aus, dann wirst du mir ganz sicher recht geben." Er versuchte, erneut ihre Hand zu fassen, aber sie schob ihn von sich.

„Ich verstehe auch, dass wir unsere Liebe zu Jesus ausdrücken, wenn wir den Armen helfen. Ich muss vor Gott Rechenschaft darüber ablegen, was ich mit meinem Erbe tue, Thomas."

„Aber du musst doch zugeben, dass du Anleitung brauchst. Sei vernünftig, Flora. Du kannst dich nicht so gehen lassen."

Sie erhob sich und trat einen Schritt zurück. „Ich kann dich nicht heiraten, Thomas. Es tut mir leid." Aber wenn sie ehrlich war, dann tat es ihr gar nicht leid. Vielmehr verspürte sie eine ungeheure Erleichterung. Sie wusste mit absoluter Gewissheit: Wenn sie Thomas Worthington heiratete, würde er jeden Bereich ihres Lebens beherrschen. Das durfte sie nicht zulassen. Die Sache mit der pompösen Hochzeit und dem großen Haus hatten ihr die Augen geöffnet. „Wir beide sind in zu vielen grundlegenden Dingen unterschiedlicher Meinung. Ich glaube, dass Gott uns unseren Wohlstand gibt, damit wir ihn für den Bau *seines* Reiches einsetzen, nicht für unseres. Ich will keine extravagante Hochzeit und kein riesiges Haus mit einem Ballsaal. Ich will kleinen Mädchen helfen, die den ganzen Tag in einer Fabrik stehen müssen und vier Dollar die Woche verdienen."

„Hör zu, Flora ..."

„Ich glaube, du solltest jetzt besser gehen."

„Aber ... können wir nicht noch einmal darüber reden?"

„Es gibt nichts mehr zu sagen. Lebe wohl, Thomas. Ich wünsche dir alles Gute."

Als sie aus dem Salon trat und Thomas sich selbst überließ, hatte sie weiche Knie. Sie wusste, dass Rebecca in der Bibliothek ihres

Vaters arbeitete und Edmunds Kisten auspackte, also ging sie hinüber und schloss die Tür hinter sich. Becky kniete auf dem Boden und sichtete stapelweise Notizbücher, aber als Flora eintrat, blickte sie auf. „Du liebe Güte, Flora! Du siehst ja aus, als hättest du ein Gespenst gesehen."

„Thomas war gerade hier. I… ich habe unsere Verlobung gelöst."

Becky riss die Augen auf. „Wirklich? Warum?"

„Er will meine Sonntagsschulidee nicht unterstützen. Er hat nur Verachtung für die Armen übrig – kein Mitgefühl, kein Herz. Er will all mein Geld für sich." Jetzt gaben Floras Knie unter ihr nach und sie sank auf einen der Sessel, der vor dem riesigen Schreibtisch stand. „Ich kann eine so kaltherzige Einstellung nicht nachvollziehen. Kannst du das verstehen? Vor allem, wo wir doch so viel Geld haben."

Becky starrte sie lange an. Dann fing sie an zu lachen. Es war ein albernes, ungestümes Lachen, das ihren ganzen Körper erschütterte, bis ihr die Tränen kamen. Flora wusste nicht, was für eine Reaktion sie von Becky erwartet hatte, aber ganz sicher nicht Gelächter. Becky erhob sich vom Boden, wo sie zwischen den Kisten gekniet hatte, und schlang die Arme um Flora. „Bravo, kleine Schwester! Ich bin ja so stolz auf dich! Das war eine riesige Entscheidung. Wirst du es verwinden?"

„I… ich glaube schon. Ich fühle mich wie … neugeboren!"

Am nächsten Tag begann Flora mit ihrer wohltätigen Arbeit. Wenn ihre Schwester Arabisch lernen und Berge von Forschung zu einem Buch verarbeiten konnte, dann konnte Flora sicher lernen, wie man mit Geld umging und eine Sonntagsschule gründete. Sie beauftragte einen Juristen aus der Firma ihres Vaters damit, ihr zu erklären, was sich hinter Begriffen wie Stiftung, Investitionen, Dividenden und wohltätige Treuhandgesellschaften verbarg, damit sie ihr Erbe klug verwalten konnte. „Wenn Thomas und Freddy Worthington so etwas lernen können, dann kann ich das auch", sagte sie zu Becky. Anstatt Zeit und Geld auf eine extravagante Hochzeit und den Bau eines riesigen Hauses zu verschwenden, arbeitete Flora mit drei Kirchen in Chicago zusammen, um Sonntagsschulen zu gründen. Sie weitete die ursprüngliche Idee sogar dahingehend aus, dass auch arbeitende Männer und Frauen lesen und schreiben lernen konnten. Neben dem Alphabet lehrte die Schule außerdem das Evangelium.

Die unzähligen Nachrichten, Briefe und Besuche von Thomas und ihren ehemaligen gemeinsamen Freunden aus der gehobenen Gesellschaft, darunter auch die der Witwe Worthington, ignorierte Flora einfach. Sie alle flehten Flora an, ihre Entscheidung doch zu überdenken. Thomas versprach sogar, ihr einen jährlichen Betrag für ihre Wohltätigkeitsarbeit zu überschreiben und ihr freie Hand zu lassen, was die Verwendung dieses Geldes betraf, aber Flora lehnte ab. „Ich lerne gerade, wie ich mein Geld selbst verwalten kann", erklärte sie Becky. „Wieso glaubt er nur, ich würde mich mit einem mickrigen Taschengeld zufriedengeben?"

„Bereust du deine Entscheidung, Thomas nicht geheiratet zu haben?", fragte Rebecca sie an einem Sonntagnachmittag, als sie gemeinsam vom Unterricht nach Hause fuhren.

Flora lächelte und schüttelte den Kopf. „Keine Minute."

Vier Monate später, es war kurz vor Weihnachten, kam Rebecca aus der Bibliothek ihres Vaters, wo sie an ihrem Buchprojekt gearbeitet hatte, und fand Flora im Wohnzimmer, wo sie über ihren Konten brütete. Über dem Arm hatte sie Floras Wintermantel. „Komm, fahr mit mir aus", sagte Becky.

„Jetzt gleich? Ich bin gerade mitten in der Arbeit."

„Wir brauchen eine Pause und etwas frische Luft. Ich habe beschlossen, ein winzig kleines Abenteuer zu unternehmen."

Flora war nicht in der Stimmung für ein Abenteuer und außerdem waren Beckys Abenteuer niemals winzig klein. Aber es war ihr schon immer schwergefallen, ihrer Schwester etwas abzuschlagen, also rechnete sie die Spalte zu Ende und stand dann auf, um Mantel und Handschuhe anzuziehen. Überrascht stellte sie fest, dass die Kutsche schon draußen wartete. Sie stieg neben Becky ein. Vor Kurzem erst hatten sie eine neue Kutsche erworben, um das alte quietschende, klappernde Gefährt zu ersetzen, mit dem sie früher zur Schule gefahren waren. Sie hatten auch ein neues Pferdegespann. Aber es war immer noch Rufus, der darauf bestand, sie überall hinzufahren, auch wenn er ihnen erlaubt hatte, einen jungen Pferdeknecht namens Andrew einzustellen, der ihm im Kutschhaus half.

Ein kräftiger Wind blies vom See herüber, als die Kutsche in nördlicher Richtung die Michigan Avenue entlangfuhr. Die Bäume waren kahl und Flora wusste, dass bald die ersten Schneeflocken fallen würden. Sie fragte sich gerade, wie sie dafür sorgen konnte, dass die ärmsten Kinder in Chicago Schuhe und warme Mäntel für den Winter bekamen, als die Kutsche nach rechts zum See hin abbog, kurz vor der Rush Street Bridge.

„Warum fahren wir zum Bahnhof?", wollte Flora wissen. „Sag nicht, dass du wieder Fahrkarten gekauft hast, denn so gerne ich mit dir reisen würde, Becky, aber diesmal kann ich wirklich nicht alles stehen und liegen lassen."

„Keine Angst", sagte sie, als sie vor dem Bahnhofsgebäude hielten. „Wir fahren nirgendwohin. Tu mir den Gefallen und komm mit hinein."

Der Trubel in dem lauten Bahnhof weckte Erinnerungen an die Reise des letzten Sommers, vor allem an die Zugfahrt durch die üppige grüne Landschaft nach Cambridge. Becky zog Flora am Arm hinter sich her und gemeinsam schoben sie sich durch die Weihnachtsreisenden, bis sie schließlich an einem Gleis stehen blieben. Dampf und Rauch und Winterluft wirbelten um sie herum. Einige Minuten lang geschah nichts, während sie warteten. Dann ertönte in der Ferne der schrille Pfiff einer Lokomotive und ein Schaffner verkündete laut, dass der Zug, der auf sie zuratterte, aus New York kam. Flora ließ sich von der erregten Atmosphäre mitreißen, als sie dort stand und zusah, wie Menschen aus dem Zug stiegen, auf ihre Lieben zurannten und lachten und einander umarmten. Eilige Gepäckträger luden Koffer und Taschen ab.

„Warum sind wir hier, Becky? Wir erwarten doch keine Gäste ..." In diesem Augenblick sah sie, wie er auf den Bahnsteig trat, groß und schlaksig und blond und herrlich zerzaust. Flora packte Becky am Arm, um Halt zu suchen. „Edmund? ... Ist er es wirklich?" Noch bevor Becky antworten konnte, hatte Edmund Flora ebenfalls entdeckt. Sofort ließ er seinen Koffer auf den Boden fallen und rannte auf sie zu. Er nahm sie in die Arme, hob sie vom Boden und drückte sie an sich. Es war gut, dass er sie festhielt, denn ihre Knie waren vor Freude wie Pudding. Flora wusste, dass es sich für ein unverheiratetes Paar nicht gehörte, sich in der Öffentlichkeit zu umarmen, wo die ganze Welt es sehen konnte – und dann noch direkt auf dem Bahnsteig! Die Witwe Worthington hätte Riechsalz gebraucht, um sich von diesem Schock zu erholen. Aber Flora war es egal. Sie umarmte Edmund mit aller Kraft, bis er sie schließlich wieder auf den

Boden stellte. Flora drehte sich um, weil sie Becky danken wollte, und sah, dass ihre Schwester sich verstohlen eine Träne fortwischte. „Hast du das arrangiert, Becky?"

„Hm ... Ich habe möglicherweise in einem meiner Briefe an Edmund erwähnt, dass du deine Verlobung mit Thomas gelöst hast."

„Aber es war meine Idee herzukommen", sagte Edmund. Seine Augen glänzten vor Liebe und Tränen. „Ich fürchte, ich habe mich selbst eingeladen. Schrecklich ungehörig, ich weiß. Und ich verspreche, dir die Reisekosten zu erstatten, Rebecca", fügte er mit besorgter Miene hinzu.

„Ich werde sie von unserem ersten Honorar abziehen, wenn unser Buch erst einmal erschienen ist", sagte sie mit einem ironischen Lächeln.

„Was ist denn mit deiner Arbeit in der Bibliothek in Cambridge?", wollte Flora wissen.

„Ich habe zusätzlich zu meinen Weihnachtsferien um Urlaub gebeten und bin dann auf das allererste Schiff gesprungen, das ich finden konnte. Ich konnte dich doch nicht ein zweites Mal aus meinem Leben verschwinden lassen."

Flora umarmte ihn noch einmal, weil sie fürchtete, sie träume das alles. „Komm, Edmund, wir fahren nach Hause", sagte sie. „Es gibt so vieles, worüber wir reden müssen. Und ich kann es kaum erwarten, dir die Arbeit zu zeigen, die Becky und ich in unseren drei neuen Sonntagsschulen machen."

Bevor er in die Kutsche stieg, blieb Edmund stehen und blickte auf den Lake Michigan hinaus, die Augen mit der Hand vor der gleißenden Wintersonne abgeschirmt. „Ich kann nicht fassen, dass das ein See ist. Er ist riesig! Wie ein Meer! Man kann die andere Seite gar nicht sehen."

Flora sah nicht den See an. Sie wollte einfach nicht den Blick von Edmund abwenden. Noch immer konnte sie es nicht fassen, dass er tatsächlich hier war. „Es gibt eine ganze Seenplatte. Ich werde sie dir auf einer Karte zeigen, wenn wir zu Hause sind."

„Hier in Amerika sieht alles so neu aus", sagte er, als sie die Michigan Avenue entlangfuhren.

„Es *ist* neu. Im Gegensatz zu Cambridge, das Hunderte von Jahren alt ist, erhielt Chicago erst im Jahr 1837 Stadtrechte."

„Hier wohnen bestimmt die Adligen", sagte er, als sie in ihrem

Viertel angekommen waren. „Wie viele Familien wohnen in einem solchen Haus?"

„Nur eine. Und das hier ist unseres", sagte Flora, als die Kutsche zum Stillstand kam.

„Du machst Witze."

„Nein, hier wohnen Becky und ich."

Edmund schien sich nicht rühren zu können, während er zum Haus hinaufstarrte. „Ach, du …"

„Unseres ist beileibe nicht das größte oder eleganteste."

„Ihr habt mir im vergangenen Sommer ja immer gesagt, ich solle mir des Geldes wegen keine Gedanken machen, aber ich hatte keine Ahnung, dass ihr so reich seid!"

„Ich gehe schon mal rein, dann könnt ihr euch ungestört unterhalten", sagte Becky und schlüpfte aus der Kutsche.

„I… ich glaube, ich bin sprachlos …", murmelte Edmund. „Das kann ich nicht fassen."

„Es ist nur ein Haus, Edmund. Meine Eltern haben es gebaut. Wen kümmert es schon, wie groß es ist?"

„Ich wollte dich überzeugen, mich zu heiraten und mit mir nach England zurückzukehren, aber jetzt, wo ich dein Zuhause sehe, wäre es mir schrecklich unangenehm, dich zu bitten, in meine enge kleine Wohnung zu ziehen."

„Gehen wir hinein. Es ist zu kalt, um hier draußen zu sitzen. Und Rufus muss den Wagen wegbringen."

„Ihr – ihr habt auch Dienstpersonal?", murmelte er, als Rufus ihnen aus der Kutsche half und Griffin die Tür öffnete, um Edmund anschließend Mantel und Koffer abzunehmen. Flora führte Edmund nur in den kleinen Salon, damit er nicht noch mehr überwältigt wurde, aber selbst dieser Raum, der nach Mrs Worthingtons Geschmack eingerichtet war, würde ihm pompös erscheinen. „Ihr habt bestimmt königliches Blut in den Adern", sagte er, als er sich umblickte.

„Sei nicht albern. In Amerika gibt es keine Monarchen." Flora bedeutete ihm, er solle sich setzen, aber er rührte sich nicht vom Fleck, also blieb sie auch stehen. „Du hast einmal gesagt, dass du mich liebst, Edmund. Ist das immer noch so?"

Jetzt sah er ihr in die Augen „Ja. Von ganzem Herzen. Seit du abgereist bist, lebe ich in qualvollem Verdruss und ich habe mich schon tausendmal dafür in den Allerwertesten getreten, dass ich dich habe gehen lassen. Und doch wusste ich, dass ich dir nicht das Leben bieten kann, das du verdient hast. Ich kann es noch immer nicht. Sieh das alles doch an! Ihr müsst Millionäre sein!"

„Das sind wir tatsächlich, wenn ich es so offen sagen darf. Unser Vater hat einige sehr kluge Investitionen getätigt, bevor er starb, sodass Becky und ich ein erhebliches Vermögen geerbt haben. In den letzten Monaten habe ich angefangen, die Feinheiten des Bankwesens und der Geldanlagen zu studieren, damit ich dieses Erbe klug verwalten kann, aber wir werden uns bis an unser Lebensende keine finanziellen Sorgen machen müssen." Sie gab ihm einen Moment Zeit, ihre Worte zu verdauen, aber der Ausdruck des Staunens und Erschreckens lag unverändert auf seinem Gesicht. „Gefällt dir deine Arbeit in Cambridge, Edmund? Denn wenn du mich immer noch heiraten willst, müsstest du nie wieder arbeiten."

„Ich sehne mich danach, dich zu heiraten, Flora! Deshalb bin ich ja auf das erstbeste Dampfschiff nach Amerika gesprungen. Deshalb wäre ich am liebsten in den Maschinenraum gegangen und hätte eigenhändig Kohle in die Heizkessel geschaufelt, damit es schneller geht. Ich liebe dich mehr, als ich mir je erträumt habe, einen Menschen lieben zu können. Aber ich werde nicht wie ein Schmarotzer von deinem Erbe leben. Und du kannst offensichtlich viel besser mit Geld umgehen als ich."

„Aber du kannst es lernen. Ich habe es auch gelernt."

Er ging auf sie zu und legte die Hände um ihr Gesicht. „Du bist ein so liebes, gutes Mädchen. Du hast keine Ahnung, wie schlau du bist, nicht wahr? Oder wie hoffnungslos ich bin, wenn es um Geld geht."

„Ich verstehe, wenn du nicht so leben möchtest wie ich. Ich will es auch nicht und deshalb habe ich Thomas Worthington auch nicht geheiratet. Aber Gott hat Becky und mir dieses Erbe gegeben und ich glaube, dass die Worte Jesu uns gelten: Wem viel gegeben ist, von dem wird auch viel erwartet. Ich habe die Verpflichtung, das, was mir anvertraut ist, gut zu verwalten."

„Dafür bewundere ich dich zutiefst. Und ich verstehe auch, warum du hier in Amerika bleiben musst. Die Arbeit, die du für die Armen machst, klingt wunderbar."

„Aber …? Es klingt, als würdest du mir gleich sagen, warum du mich nicht heiraten kannst."

„Hör zu, Flora ... Ich bin sechzehn Jahre älter als du. Und ich bin nur ein reisender Gelehrter, der Sohn eines einfachen Landpfarrers ..."

„Wen kümmert denn das? Warum muss dein dämlicher Stolz alles ruinieren? Dein Stolz ist dafür verantwortlich, dass du mich im Sommer nach Amerika zurückgeschickt hast, weil du dachtest, du könntest nicht für mich sorgen. In Wahrheit brauche ich aber weder dich noch jemand anderen, damit er für mich sorgt. Wenn wir uns lieben, warum können wir dann nicht jeder seine Rolle so akzeptieren, wie sie nun einmal ist? Du und ich, wir sind keine gewöhnlichen Menschen, Edmund. Keiner von uns schert sich um die Regeln der Gesellschaft. Warum kann unsere Ehe nicht auch unkonventionell sein?"

„Machst du mir gerade einen Heiratsantrag?"

„Ja, das tu ich!", sagte Flora und stampfte mit dem Fuß auf. „Und ich rate dir, mir lieber keinen Korb zu geben, Edmund Merriday, wenn du weißt, was gut für dich ist!"

Er lachte und nahm sie in die Arme. „Dann nehme ich deinen Antrag an, liebste Flora, aber unter einer Bedingung."

„Und die wäre?" Sie war nicht in der Stimmung für weitere Diskussionen.

„Ich bestehe darauf, dass ich mir hier in Chicago eine Arbeit suche und meinen Lebensunterhalt ehrlich verdiene, anstatt mich von meiner Frau aushalten zu lassen und den ganzen Tag untätig zu sein."

„Aber was ist mit dem Buch, das du mit Becky schreibst?"

„Das füllt ja nicht den ganzen Tag aus und außerdem wird sie das viel besser machen als ich."

„Also gut! Dann steh jeden Morgen auf und geh für deinen Lebensunterhalt arbeiten, wenn es dich glücklich macht – du wunderbarer, alberner Mann! Aber ich werde dich heiraten, und wenn es das Letzte ist, was ich tue!" Flora stellte sich auf die Zehenspitzen und sie besiegelten ihre Abmachung mit einem Kuss.

Plötzlich hörten sie lautes Klatschen. Rufus, Griffin, Maria Elena, Mrs Griffin und Becky beobachteten sie von der Tür aus und applaudierten ihnen.

Floras Freude schien grenzenlos und vollkommen – abgesehen von einem Problem. Auch Becky liebte Edmund. Als an diesem

Abend alle zu Bett gegangen waren, klopfte Flora an die Schlafzimmertür ihrer Schwester. „Kann ich reinkommen, Becky? Ich würde gerne mit dir reden." Ihre Schwester saß im Bett und las, aber als Flora aufs Bett kletterte, sich dort im Schneidersitz niederließ und sie ansah, legte sie das Buch beiseite. „Ich werde dir niemals genug dafür danken können, dass du Edmund geschrieben und ihm die Passage hierher bezahlt hast. Ich weiß, dass du ihn auch liebst, und doch hast du etwas so Tapferes, Selbstloses getan – für mich. Dafür danke ich dir von ganzem Herzen."

„Dafür sind Schwestern doch da." Becky bemühte sich zu lächeln, aber Flora merkte, dass sie mit den Tränen kämpfte.

„Was kann ich im Gegenzug für dich tun? Ich will nicht, dass es zwischen uns Spannungen gibt oder dass du jedes Mal leidest, wenn du Edmund siehst. Bitte sag mir, was wir tun sollen. Edmund und ich könnten uns ein anderes Haus suchen, wenn dir das hilft. Aber eigentlich möchte ich lieber, dass du für immer bei uns lebst. Sag mir einfach, was das Beste und Leichteste für dich ist. Ich kann nur erahnen, wie schwer es für dich sein muss."

„Es ist nicht leicht", gab Becky zu und schloss einen Moment lang die Augen. „Aber die Tatsache, dass Edmund keine Ahnung hat, was ich für ihn empfinde, macht es etwas leichter für mich. Ich hatte Zeit, mich daran zu gewöhnen, und die Wunde konnte heilen. Und ich weiß, dass er dich von Herzen liebt – und du ihn." Wieder versuchte sie zu lächeln. „Und Gott hat dir einen wunderbaren Ehemann geschenkt und mir einen Koautor und ein Buch, das ich schreiben kann. Das ist mehr als genug, um dankbar zu sein."

„Aber was ist mit unserer Wohnsituation? Soll ich unseren Umzug vorbereiten?"

„Lassen wir die Dinge erst einmal, wie sie sind, und nehmen wir einen Tag nach dem anderen in Angriff."

Flora beugte sich vor und umarmte Becky ganz fest. „Danke", flüsterte sie. „Wenn es irgendetwas auf der Welt gibt, das ich für dich tun kann …"

„Also, eine Idee hätte ich da", sagte Becky, als Flora sich wieder von ihr gelöst hatte.

„Was immer du willst!"

„Da Vater nicht hier ist, um dich an deinem Hochzeitstag zum Altar zu führen, darf ich Edmund deine Hand geben?"

„Ja, warum nicht?", sagte Flora lachend. „Du hast noch nie im Leben etwas so gemacht, wie andere es tun, warum also solltest du jetzt damit anfangen?"

Eine Woche später heirateten Flora und Edmund. Eine kleine Runde ihrer engsten Freunde und treuen Bediensteten feierte mit. Alle Bekannten aus den gesellschaftlichen Kreisen Chicagos, die darüber hätten tratschen können, dass Edmund ein mittelloser Ausländer war, der eigentlich zu alt für sie war, wurden gar nicht erst eingeladen. Dazu zählten auch die Worthingtons. Die Witwe hätte einen Schock bekommen, wenn sie gesehen hätte, dass Flora in einem Kleid aus dem letzten Jahr heiratete, von dem sie fast alle Rüschen und Spitzen entfernt hatte. Edmund trug den einzigen guten Anzug, den er eingepackt hatte. Zufällig war das auch der einzige gute Anzug, den er besaß. Weder er noch Flora waren bereit, darauf zu warten, dass ein Schneider ihm einen neuen nähte.

Flora war es, als müsste sie vor Freude platzen, als sie sich bei Edmund unterhakte und mit ihm aus der Kirche trat, um ihr neues Leben zu beginnen. Sie war jetzt Mrs Edmund Merriday. Nach einem Empfang bei ihnen zu Hause, wo jeder Gast diesen wunderbaren Mann kennenlernen konnte, der ihr so viel Freude bereitete, segelten die beiden auf Hochzeitsreise nach England. Ihre Nächte verbrachten sie in einem Gasthof in Cambridge und tagsüber erkundeten sie die Gegend und packten Edmunds Habseligkeiten und Bücher und Kunstgegenstände ein, damit sie nach Chicago gebracht werden konnten. Sie veranstalteten noch eine kleine Feier, damit Edmund sich von seiner Familie und seinen Freunden und Kollegen in Cambridge verabschieden konnte, und reisten dann nach Amerika zurück, wo sie mit Becky in ihrem Elternhaus leben würden. Dort gab es mehr als genug Platz für alle drei.

„Sag mir, was du dir wünschst, meine liebste Flora", sagte Edmund, als sie an einem windigen Abend auf See an der Schiffsreling standen. Sie hatten sich gegen die kalte Luft und die salzige Gischt dick eingewickelt. Flora musste ihren Hut festhalten, als der starke Wind ihn ihr vom Kopf zu reißen drohte. Edmund hatte den Kampf längst aufgegeben und hielt seinen Hut in der Hand, sodass sein blondes Haar wild im Wind wehte.

Flora lächelte und sagte: „Es wäre noch romantischer, wenn über uns der Vollmond und ein Himmel voller Sterne wären."

„Ja, aber warum sollten wir einen märchenhaften Abend oder eine ruhige Überfahrt erwarten, wenn unser gemeinsames Leben in jeder Hinsicht einzigartig werden wird?" Sie erschraken beide, als eine vorwitzige Welle Wasser an Deck schleuderte, sodass ihre Schuhe durchnässt wurden. Sie traten von der Reling zurück und sanken lachend auf einen Liegestuhl. Eng aneinander geschmiegt zogen sie eine Decke über ihre Beine. „Aber abgesehen von Mondschein und Sternenlicht, meine liebste Flora, was wünschst du dir sonst noch, wenn wir wieder zu Hause sind? Ich bin bereit, dir jeden Wunsch zu erfüllen."

„Ich wünsche mir Kinder. Dutzende, die unser Haus mit ihrem Lachen und flinken Schritten erfüllen. Ich möchte ihnen jeden Abend Geschichten vorlesen – all die wunderbaren Erzählungen, die ich als Kind so geliebt habe."

„Ich nehme an, du willst sie auch alle auf Kamele setzen und mit auf unsere vielen Reisen nehmen, nicht wahr?"

„Auf jeden Fall! Ich kann es kaum erwarten, mit ihnen zu verreisen, und du? Ich bin sicher, sie werden genauso neugierig und furchtlos sein wie ihr Vater."

„Und so anbetungswürdig und entschlossen wie ihre schöne Mutter."

„Und so schlau und abenteuerlustig wie ihre Tante Becky. Aber was wünschst du dir denn, Edmund?"

Er seufzte und nahm ihre Hand. „Im Augenblick ist mein Leben so voller Freude, dass ich nicht wagen würde, mir noch mehr zu erbitten. Ich weiß, dass wir in den kommenden Jahren auch Kummer erleben werden. Aber bei allem wünsche ich mir, dass wir für Gott leben, ein Leben voller Sinn und Ziel."

Wie Flora diesen Mann liebte!

KAPITEL 16

Chicago
1871
Neunzehn Jahre früher

Die Feier an einem milden Samstagabend im Oktober war eine großartige Angelegenheit. Sechs Jahre nach ihrer Hochzeit und zwei Tage vor Edmunds zweiundvierzigstem Geburtstag sah Flora voller Stolz zu, wie ihr Mann und ihre Schwester den Essensgästen zum Abschied Exemplare ihres neu erschienenen Buches schenkten – langjährige Freunde aus der Gemeinde und aus Floras vielen Wohltätigkeitsorganisationen sowie Kollegen von Edmund von der Northwestern University im nahe gelegenen Evanston, wo er seit fünf Jahren arbeitete. Weitere Kisten mit dem Buch, das Becky und er gemeinsam geschrieben hatten, stapelten sich in Vaters Arbeitszimmer. Die Namen der Autoren waren in alphabetischer Reihenfolge auf dem Einband aufgeführt. Einladungen zu Vorträgen erhielten die beiden schon jetzt.

„Haben Sie eine Ahnung, was heute Abend los war?", fragte Flora ihren Butler Griffin, als er die Tür hinter den letzten Gästen geschlossen hatte. „Es klang so, als wäre in der Ferne ein Feuer ausgebrochen. Ich habe mehrmals den Feueralarm gehört, während wir gegessen haben."

„Es heißt, in der West Side brennt es, unweit des großen Getreidelagerhauses. Rufus hat berichtet, dass dort der Himmel rot leuchtet."

„Das überrascht mich nicht. Alles ist schrecklich trocken. Ich weiß gar nicht mehr, wann es das letzte Mal geregnet hat. Ich hoffe, sie haben den Brand jetzt unter Kontrolle?"

„Die Feuerwehrmänner waren den ganzen Abend beschäftigt, Miss Flora. In der letzten Stunde habe ich keine Glocken mehr gehört, also haben sie das Feuer wohl gelöscht."

Edmund war neben Flora getreten und hörte das Ende der Unterhaltung mit. „Ist nicht eine der Sonntagsschulen, die wir unterstützen, in der West Side?", fragte er.

„Ja. Deshalb mache ich mir Sorgen. Vielleicht kann Rufus uns morgen hinfahren, dann können wir sehen, ob ..."

„Morgen gehen wir nirgends hin außer zur Kirche." Edmund legte einen Arm um Floras Schultern und schob sie in Richtung Treppe. „Ich finde, unsere Bediensteten haben morgen einen freien Tag verdient, nachdem sie so fleißig für die Feier zu unserem neuen Buch gearbeitet haben, und das gilt auch für Rufus."

„Er hat recht", sagte Becky, die hinter ihnen die Treppe hochging. „Selbst mit dem zusätzlichen Personal, das wir für das Fest eingestellt haben, müssen sie alle erschöpft sein. Ich bin es jedenfalls."

Als sie am nächsten Tag zu Fuß zur Kirche gingen, wehte ein starker Wind. Er krallte sich in Floras Hut und wehte ihr feinen Staub in die Augen, sodass sie brannten. „Das muss die Asche von dem Brand gestern sein", sagte sie. Sie stellte sich auf Zehenspitzen, um das feine Pulver von Edmunds dunklem Anzug zu wischen, bevor sie die Kirche betraten.

„Gut, dass das Feuer gestern Abend war", sagte er, „und nicht an einem windigen Tag wie heute."

Den ganzen restlichen Tag über ließ Flora die Sorge nicht los. Sie musste nachsehen, ob die Kirche in der West Side noch stand, ob die Kinder in Sicherheit waren und die Familien dort ausreichend versorgt waren. Kurz bevor es Zeit wurde, zum Abendgottesdienst loszuziehen, suchte sie Becky auf und bat sie, am nächsten Tag mit ihr zur West Side zu fahren. Ihre Schwester saß in Vaters Arbeitszimmer. Sie hatte den Stuhl zum Fenster gedreht und starrte nach draußen. „Becky? Ich wollte dich fragen, ob ..." Sie verstummte, als Becky sich umwandte. Ihre Schwester hatte geweint und das kam selten vor bei Becky.

„Sag mir, was los ist", bat Flora und setzte sich in einen der Sessel vor ihrem Schreibtisch.

„Es ist nichts", sagte Becky mit einer abwehrenden Handbewegung. „Ich bin nur albern, das ist alles."

„Es ist ganz und gar nicht albern, traurig zu sein, wenn das Werk, an dem du in den letzten fünf Jahren so fleißig gearbeitet hast, jetzt fertig ist."

Becky blinzelte überrascht. „Woher weißt du …?"

„Weil wir uns so gut kennen. Ich erinnere mich noch an den Augenblick in Bethlehem, als du wusstest, dass es deine Berufung ist, zusammen mit Edmund an diesem Buch zu arbeiten. Ich habe die gleiche Erfahrung gemacht, als ich Edmunds Sonntagsschule in Cambridge gesehen habe."

„Ich weiß. Und ich sehe, dass du dir Sorgen machst wegen des Feuers in der West Side. Ich fahre morgen mit dir hin, wenn du willst."

„Danke, das würde ich gerne." Eines der neuen Bücher lag auf dem Schreibtisch und Flora beobachtete, wie Becky mit der Hand über den Einband fuhr, als würde eine Mutter die Wange ihres Kindes streicheln. „Du fragst dich, was du als Nächstes tun sollst, nicht wahr, Becky?" Sie nickte und schob das Buch zur Seite. „Wir wissen beide, dass es nicht das letzte Buch sein wird. Und so wie Gott dir die Arbeit gezeigt hast, die er für dich im Sinn hatte, indem er Edmund an der Straße nach Gaza hat stranden lassen, wird er dir auch zeigen, wohin dich dein Weg als Nächstes führt, wenn du ihm vertraust und wartest." Becky nickte, zu aufgewühlt, um zu sprechen. „Komm mit", sagte Flora und erhob sich. „Es wird Zeit für die Kirche."

Als sie auf dem Heimweg vom Abendgottesdienst waren, erklang schon wieder der Feueralarm. „Ich frage mich, ob das Feuer aus der Asche des letzten Brandes wieder ausgebrochen ist", sagte Edmund, als sie sich zum Schlafengehen fertig machten. Floras Sorgen hatten sich während des Tages gelegt, aber jetzt kehrten sie mit aller Macht zurück, als die Alarmglocken in der Ferne ertönten.

„Diese armen Menschen. Die Gebäude in dem Stadtteil sind alle aus Holz, weißt du. Sie wurden einfach zusammengezimmert, weil die Stadt während des Krieges so schnell gewachsen ist." Sie kroch neben ihrem Mann unter die Bettdecke, aber nachdem sie sich eine Stunde lang rastlos hin- und hergeworfen hatte, stand sie wieder auf und zog ihren Morgenmantel über.

„Was ist los, Liebling?", fragte Edmund gähnend.

„Ich muss immerzu daran denken, wie ich Hilfe für die Opfer des Feuers organisieren kann. Da kann ich genauso gut aufstehen und einige der Möglichkeiten aufschreiben. Diese Menschen haben ohnehin so wenig, da ist es das Mindeste, dass ich Spenden sammle, damit sie Dinge für den täglichen Bedarf wie Bettdecken und Haushaltsgegenstände ersetzen können."

„Soll ich dir helfen, Ideen zu sammeln?"

„Nein, mein Lieber. Schlaf du ruhig weiter. Du musst morgen arbeiten." Sie ging hinunter in das kleine Wohnzimmer im hinteren Teil des Hauses und setzte sich mit Stift und Papier an ihren Tisch. Mrs Worthingtons nutzlose Rüschen und allen Plunder hatte sie entsorgt und den Raum in ein bequemes Arbeitszimmer verwandelt, in dem sie sich um die Finanzen kümmerte und die Treuhandgesellschaften von ihrem und Beckys Erbe überwachte. Mehr als eine Stunde saß sie dort und arbeitete; sie wählte zwei wohltätige Stiftungen aus, die sie für diesen Zweck nutzen wollte, dann drehte sie die Gaslampe aus, um wieder zu Bett zu gehen. Sie war schon auf dem Treppenabsatz angekommen, als sie jenseits des riesigen bogenförmigen Fensters das Leuchten am Himmel sah. Es sah aus, als würde gleich die Sonne aufgeben an einem von Unwetter geröteten Himmel – aber die Uhr auf dem Gang hatte gerade erst Mitternacht geschlagen. Und die Sonne ging im Osten auf, nicht im Westen. Flora eilte in ihr Zimmer und rüttelte Edmund wach.

„Komm und sieh dir den Himmel an, Edmund. Er ist ganz rot." Schläfrig stand er auf und folgte ihr auf den Flur hinaus, während er sich die Augen rieb.

„Gütiger Himmel", sagte er. „Das Feuer muss ungeheuerlich sein, wenn es den Himmel so erleuchtet! Und es scheint auch nicht auf die Gegend beschränkt zu sein, in der es letzte Nacht gebrannt hat."

„Es wundert mich nicht, dass die Flammen sich ausbreiten. Hör doch nur, wie der Wind heult. Das Feuer wird doch nicht über den Fluss kommen, oder?"

„Das kann ich mir nicht vorstellen. Aber wir sollten vorsichtshalber Rebecca und die Dienstboten wecken, nur als Sicherheitsmaßnahme. Sag ihnen, sie sollen sich anziehen und überlegen, was sie einpacken sollten, falls es schlimmer wird."

Damit verbrachten sie eine halbe Stunde. Die ganze Zeit über erklangen Alarmglocken in der Ferne und der Wind heulte um das Haus, dass die Fensterscheiben klirrten, als wollten sie zerbersten. Als Flora eine Kiste mit wichtigen Unterlagen ins Foyer gestellt hatte, in dem sie ihre Wertsachen sammelten, erschien Rebecca mit einer Schachtel Forschungsdokumenten, die Edmund und sie für ihr Buch gebraucht hatten. „Ich gehe zum Dachboden hinauf und sehe nach, ob ich vom Fenster aus irgendetwas erkennen kann", sagte Becky. „Wollt ihr mitkommen?"

„Ich glaube, das wäre gut." Flora holte Edmund und mit einer Lampe in der Hand stiegen sie die Treppe zum Dachboden hinauf.

„Ich weiß noch, wie wir hier als Kinder gespielt haben", sagte Becky, als sie den dämmrigen Raum betraten.

„Es sieht so aus, als wäre seitdem niemand mehr hier oben gewesen." Flora stellte überrascht fest, dass unter den mit Spinnweben umwobenen Dachbalken jede Menge ausgemusterte Möbelstücke, Haushaltsgegenstände und alte Kleidung lagerte. „Hier gibt es ganz viel, das wir spenden können, wenn dieser Brand vorüber ist. Bestimmt haben die meisten unserer Freunde auch Dachböden, die voll sind mit nützlichen Dingen." Ihre Gedanken überschlugen sich, als sie zu dritt über die Balken und losen Dielen zum Fenster in der Westseite balancierten. Über ihren Köpfen pfiff der Wind im Dachgestühl. „Wir können Wagen und Möbelpacker anheuern, um die Spenden zu einer der Kirchen in der West Side zu bringen. Außerdem sollten wir um Lebensmittelspenden bitten und warme Mahlzeiten für die Menschen organisieren."

Als sie beim Fenster angelangt waren, stellte Flora die Lampe beiseite und blickte hinaus. Was sie sah, drehte ihr den Magen um. In der Ferne züngelten die Flammen gen Himmel bis hinauf zu den Wolken. Ein übler orangegelber Schein ließ das Herz der Stadt erstrahlen. „Lieber Gott, hilf uns", flüsterte sie. Edmund legte ihr einen Arm um die Schultern.

„Wir packen besser weiter", sagte er.

Floras Herz raste, als sie eilig vom Dachboden hinabstiegen. Was sollten sie packen? Wohin sollten sie gehen? Als sie das Foyer betrat und den Stapel aus Kisten sah, der sich bereits gebildet hatte, fiel ihr noch etwas ein. „Edmund! Wenn das Feuer in die Innenstadt gelangt, wird Vaters Büro in Gefahr sein. Alle unsere wichtigen Geschäftsunterlagen und Aktienzertifikate und Immobilienurkunden sind dort im Safe."

„Ist der Safe feuerfest?"

„Das sollte er ... aber ich würde ungern darauf vertrauen."

„Soll ich hinfahren und sie für euch holen?", fragte er.

„Nein, ich muss dich begleiten und dir helfen."

„Aber Flora, Liebling, es ist viel zu gefährlich für dich ..."

„Pack mich nicht in Watte, Edmund. Für dich ist es ebenso gefährlich wie für mich. Wenn ich hierbliebe und dich allein gehen ließe, würde ich mich schrecklich sorgen. Außerdem kann ich alles sofort finden und die wichtigen Dinge viel schneller einsammeln als du."

„Auf keinen Fall werdet ihr beide ohne mich in ein Abenteuer ziehen", warf Rebecca ein. „Ich komme mit."

Sie beschlossen, zu Fuß zu gehen, nachdem sie Rufus und Andrew angewiesen hatten, die Kutsche bereitzuhalten, für den Fall, dass sie eilig das Haus verlassen mussten. Hitze und Rauch wurden dichter, als sie sich der Innenstadt näherten. Auch die Straßen wurden immer voller, weil verzweifelte Menschen Koffer und Truhen hinter sich herzogen und Bündel auf dem Rücken trugen, während sie vor den näher kommenden Flammen flohen. Weggeworfene Gegenstände lagen überall verstreut, zurückgelassen von Menschen, die in Eile waren. Funkenregen und Stücke brennender Trümmer flogen durch die Luft, getragen von den Sturmböen.

„Seht nur!", rief Becky und zeigte nach oben. „Der Sitz des Gerichts brennt!" Die Flammen verschlangen schon die Kuppel des Gebäudes, das nur wenige Häuserblocks entfernt war. Sie schlugen so hoch in den Himmel und breiteten sich so schnell auf die umliegenden Dächer aus, dass Flora sich nicht vorstellen konnte, wie sie aufzuhalten wären. Die Skyline im Westen war eine einzige Wand aus Feuer.

„Wir müssen uns beeilen", sagte Edmund, „bevor es sich bis zu eurem Gebäude ausbreitet."

Floras Hände zitterten, als sie mit ihrem Schlüssel die Eingangstür aufschloss. Als diese sich endlich öffnete, rannte sie die Treppe zu Vaters Rechts- und Anlagenberatungsfirma im zweiten Stock hinauf, wobei sie immer zwei Stufen auf einmal nahm. Erleichtert stellte sie fest, dass mehrere Teilhaber und Geschäftspartner ihres Vaters bereits dort waren und den Safe geöffnet hatten, um die wertvollen Unterlagen zu retten. Die Räume waren vom Schein der Flammen so hell erleuchtet, dass sie keine Lampe benötigten. Edmund half Flora, Urkunden und Zertifikate in den Rucksäcken und Leinenbeuteln zu verstauen, die er klugerweise mitgebracht hatte.

„Das reicht, Flora", sagte er, als alle Taschen gefüllt waren. „Wir müssen hier raus." Sie rannten die Treppe hinunter und raus aus dem Gebäude, um sich dann östlich in Richtung See und Zuhause zu wenden, während die Hitze des Feuers ihnen den Rücken wärmte.

Als sie in ihrer Straße angekommen waren, fühlte Flora sich vor Erschöpfung ganz schwach. Edmund war bleich und keuchte von dem Rauch. „Dieses Feuer ist unfassbar", murmelte Becky. „Ich frage mich immer noch, ob ich das alles nur träume." Sie sahen, dass viele ihrer Nachbarn ihre Kinder und wertvolle Gegenstände in Kutschen und auf Wagen luden. Andere zerrissen ihre Teppiche und tränkten sie mit Wasser, um sie anschließend auf den Dächern zu verteilen, damit diese vor Funkenflug geschützt waren.

„Glaubst du, wir sollten unser Dach ebenfalls abdecken, damit das Feuer nicht überspringen kann?", fragte Becky. Sie war immer furchtlos gewesen, aber Flora sah, dass der unheimliche Schrecken dieser merkwürdigen Nacht sie erschütterte.

„Ich wüsste nicht, wie wir das bewerkstelligen sollten", sagte Edmund. „Wir können nicht bis zum Dach hinaufklettern und wir haben niemanden, der uns helfen kann. Rufus und Griffin sind zu alt und euch Frauen werde ich ganz sicher nicht erlauben, es zu tun. Außerdem steht unser Haus so dicht neben den anderen, dass wir unmöglich verhindern können, dass das Feuer überspringt, wenn es wirklich bis hierherkommt."

„Gott helfe uns", flüsterte Flora.

Becky drückte ihre Hand. „Er ist der Einzige, der es kann."

Sie gingen hinein, um sich zu sammeln und zu überlegen, was als Nächstes zu tun war. „Ich glaube, wir müssen alle abreisen und irgendwohin fahren, wo wir in Sicherheit sind", sagte Edmund. „Das Feuer ist schon auf diese Flussseite gewandert und könnte bald hierherkommen. Ich will, dass alle in die Kutsche steigen, damit Rufus uns nach Norden über den Hauptarm des Chicago River bringen kann. Nehmt euren wichtigsten Besitz und lasst uns gehen."

Flora sah die Angst in den Augen ihrer alten Bediensteten, als sie forteilten, um ihre Sachen zu holen. Rufus hatte schon die Kutsche am Eingang geparkt, und Andrew und er begannen, die Kisten einzuladen. Flora zog Edmund beiseite, sodass die anderen sie nicht hören konnten, und sagte: „Wir werden nicht alle hineinpassen, Edmund. Diese Kutsche ist viel zu klein. Am besten schicken wir Becky und die Dienstboten zuerst los. Dann kann Rufus oder Andrew zurückkommen und uns holen, wenn noch Zeit ist."

„Aber ich will, dass du in Sicherheit bist, Liebling. Du hast doch gesehen, wie schnell die Flammen sich in der Stadt ausbreiten."

„Ich kann schnell laufen und sie nicht – ich bin bestimmt dreißig Jahre jünger als die Griffins und Maria Elena. Außerdem müssen wir dafür sorgen, dass alle diese Dokumente und unsere Forschungsunterlagen heil hier herauskommen, und sie werden in der Kutsche viel Platz einnehmen."

„Dann laden wir alles auf, damit Rebecca und die Dienstboten losfahren können."

„Ohne euch beide gehe ich nirgendwohin", sagte Becky. Sie stand im Türrahmen und hatte Floras Plan gehört. „Ich kann genauso schnell laufen wie du, Flora. Wahrscheinlich sogar schneller. Das hier stehen wir zusammen durch. Wir alle drei."

Edmund schleppte ihre Kisten und Taschen nach draußen und half Rufus, sie hinten an der Kutsche zu befestigen. Flora hatte recht gehabt – die Dienstboten konnten sich nur mit Mühe in das Gefährt quetschen, nachdem all ihre Sachen verstaut waren. „Wo sollen wir uns treffen?", fragte Flora, als Rufus sich anschickte loszufahren.

„Meine Schwester arbeitet für eine Familie in der LaSalle Street", schlug Mrs Griffin vor. Flora notierte die Anschrift und schob sie in ihre Tasche.

„Es ist mir gar nicht recht, Sie hier zurückzulassen", sagte Rufus. Seine Miene war genauso besorgt, wie sie es damals gewesen war, als er Flora und Becky bei der Uniformfabrik abgesetzt hatte.

Flora streckte die Hand aus und drückte seinen Arm. „Wir kommen schon zurecht, Rufus. Machen Sie sich um uns keine Gedanken. Gott und Edmund werden auf uns achtgeben." Rufus nickte und tippte sich an den Hut, bevor er losfuhr. Flora staunte über den Verkehr auf ihrer sonst so ruhigen Straße. Ihre Nachbarn und deren Dienstboten trugen teure Möbelstücke und ganze Schränke mit Kleidern durch die Straßen zum Lake Michigan und eilten dann zurück, um noch mehr Dinge zu holen. „Gibt es etwas, das wir versuchen sollten zu retten?", fragte sie Becky, als sie die hektischen Aktivitäten der Nachbarn beobachtete.

„Nichts davon ist wirklich wichtig. Lassen wir alles in Gottes Hand." Zu dritt gingen sie ins Haus zurück, und als Flora sich in dem riesigen Salon mit all seinen Möbeln und Bronzestatuen und Ölgemälden umsah, wusste sie, dass Becky recht hatte. Es war nutzlos, all ihr Hab und Gut retten zu wollen, gleichgültig, wie wertvoll es war. Entweder ihr Haus wurde verschont – oder aber nicht.

Sie wandte sich an Edmund. „Wie gut, dass deine Bücher und Kunstsammlungen in deinem Büro in Evanston sind. So weit wird das Feuer nicht kommen, oder?"

„Zwanzig Kilometer? Das glaube ich nicht. Aber was ist mit der Bibliothek eures Vaters? Gibt es eine Möglichkeit, all diese herrlichen Bücher zu retten?"

„Wir könnten einige im Garten vergraben", überlegte Becky. „Es gibt dort schon ein großes Loch; der Gärtner hat neulich einen riesigen Busch ausgegraben, aber einen neuen hat er, glaube ich, noch nicht gepflanzt."

Sie schleppten eine leere Truhe aus dem Obergeschoss hinunter und Becky füllte sie mit den besten Bänden aus der Sammlung ihres Vaters. Flora ging durch die Zimmer und sammelte einige wenige Erinnerungsstücke ein, darunter auch das winzige Ölgemälde von ihrer Mutter und ein paar Schmuckstücke. Edmund legte eine Decke auf den Boden des Speisesaals, sammelte das Familiensilber darauf und verschnürte das Bündel anschließend. Er musste das Loch noch etwas größer machen, damit alles hineinpasste, darunter auch eine Kiste mit Exemplaren des Buches, das sie geschrieben hatten, und als das Loch wieder mit Erde bedeckt war, schwitzte er von der Anstrengung. Sie gingen hinein, um sich Asche und Erde von den Händen zu waschen.

„Und jetzt?", fragte Becky, als sie sich in den unordentlichen Räumen umsah. Wie zur Erwiderung schlug die Uhr im Foyer halb vier.

„Es ist immer noch mitten in der Nacht", sagte Edmund, „und seht nur – es ist taghell hier drinnen. Wir können nicht darauf warten, dass Rufus zurückkommt. Wir müssen losgehen." Sein Gesicht war mit Ruß beschmiert wie das eines Arbeiters und eine Schicht Asche hatte seine Haare ergrauen lassen. Flora trat zu ihm und umarmte ihn ganz fest und sie wusste, dass sie lieber das Haus und alles darin verlieren würde als ihn und Becky.

„Du hast recht. Gehen wir lieber."

Sie füllten ihre Taschen und Edmunds Seesack mit allem Bargeld, das sie im Haus hatten. Becky packte zusätzlich Brot und Äpfel und etwas übrig gebliebenes Hühnchen von ihrem Festmahl ein. Dann traten sie aus der Tür, in der Hoffnung, dass es nicht das letzte Mal sein würde, wandten sich gen Norden in Richtung Brücke, die über den Chicago River führte, und gesellten sich zu der Flut flüchtender Menschen. „Rufus würde mit der Kutsche niemals hier durchkommen, selbst wenn er es wollte", sagte Flora. Der Wind riss an ihren Kleidern und ließ Schauer aus feurigen Funken wie Regen auf sie niedergehen. Einige der größeren Stücke versengten den Stoff von Floras Bluse und brannten auf ihren Armen und ihrem Rücken wie Wespenstiche. Sie nahm den Hut ab, weil sie fürchtete, das Stroh könnte sich entzünden und ihre Haare in Brand setzen, und sogleich riss der Wind ihn ihr aus den Händen. Der Qualm, der ihnen die Sicht nahm und ihnen in den Augen brannte, war so dicht, dass er ihnen schier den Atem nahm. Panik stieg in Floras Brust auf. Sie hatten zu lange gewartet. Das Feuer würde sie einholen. Sie packte Edmund und Becky bei der Hand, damit sie in der Menschenmenge nicht von ihnen getrennt wurde.

Aber eine Gruppe grob aussehender Männer, die offensichtlich nicht in diese vornehme Gegend gehörten, bewegte sich in entgegengesetzter Richtung. Flora sah aus mehreren Häusern Plünderer kommen, die Arme voller Wertsachen. Ein Mann trug mehrere Schichten feiner Herrenkleidung und auf dem Arm ein Bündel Seidenkleider. „Glaubt ihr, sie werden unser Haus auch plündern?", fragte sie.

Becky drückte ihr die Hand. „Wir können jetzt nichts dagegen tun."

Es gab nur eine begrenzte Zahl Brücken, die auf die Nordseite des Flusses führten, und die gesamte Bevölkerung von Chicago strömte darauf zu. Menschen in Panik mit allen möglichen Habseligkeiten verstopften die Straßen, viele zogen Truhen und Koffer hinter sich her, schoben Schubkarren oder fuhren Wagen oder Kutschen und jede nur erdenkliche Form von Karren. Kinder schrien vor Angst und ihre Panik brach Flora fast das Herz. Sie hatte sich in den letzten fünf Jahren so sehr nach einem Baby gesehnt, aber als sie sah, wie die verängstigten Kleinen durch die Straßen getragen und gescheucht wurden, war sie froh darüber, dass sie kein Kind hatte, das diese Gefahren und Schrecken miterleben musste.

Endlich sahen sie vor sich am rot erleuchteten Himmel die Bogen der Brücke auftauchen. Aber die Menschenmenge blieb plötzlich stehen und von allen Seiten drängten die Leute auf sie zu. Edmund, Becky und sie hatten Mühe zusammenzubleiben. „Was ist los? Warum bleiben wir stehen?", wollte Flora wissen. Dann hörte sie das Knarren und Rattern der Zahnräder der Drehbrücke und sah die Spitzen mehrerer Masten auf dem Fluss. Sie öffneten die Brücke, um ein Schiff durchzulassen. Dadurch mussten all diese Menschen hier warten! Nach einer Zeit, die ihr vorkam wie eine Ewigkeit, schwang die Brücke wieder zu und die Menge eilte weiter, um sie zu überqueren.

Das Feuer war jetzt unmittelbar hinter ihnen und kam immer näher. Westlich von ihnen sah Flora die vom Wind angefachten Flammen über den Fluss springen, als sie über die Brücke liefen, und zum ersten Mal in dieser Nacht fragte sie sich, ob sie diese Katastrophe überleben würden. Haufenweise Gegenstände lagen vor ihnen auf der Straße, von ihren Besitzern zurückgelassen, um schneller fliehen zu können. „Ich glaube nicht, dass wir dem Feuer davonlaufen können", schrie Edmund über den Lärm hinweg. „Wir müssen zum Seeufer!" Er zog sie an der Hand zum See, begleitet von einem Hagelsturm aus Glut und Funken. Flora hatte gerade die schwarze Leere des Wasser vor ihnen entdeckt, als ein brennender Stoffballen hinter ihnen über die Straße rollte und den Saum von Beckys Kleid in Brand setzte. Beim Klang ihrer Schreie drehte Edmund sich um, riss ein Stück von ihrem Rock ab und trat darauf, um das Feuer zu löschen. „Alles in Ordnung?", keuchte er.

„Ja. Aber wir müssen uns beeilen!"

Tausende Menschen hatten den See vor ihnen erreicht – Reich und Arm, Jung und Alt, ein Murmeln in verschiedenen Sprachen. Manche weinten, andere beteten, aber die meisten kauerten neben ihrem Hab und Gut am Strand und starrten ungläubig zur

Stadt hinüber. „Seht nur", sagte Becky und zeigte auf den großen Zentralbahnhof. Er erhellte die Nacht, während er auf der anderen Flussseite niederbrannte.

Manchmal wurde der erstickende Qualm so schlimm, dass sie kaum noch atmen konnten. Die Hitze ließ sie in das kühle Wasser waten, und als sie dort standen, die Arme umeinandergelegt, fragte Flora: „Ob wir wohl sterben werden?"

„Gott kennt das Ende unserer Tage", sagte Becky. „Wir brauchen uns nicht zu fürchten ... Aber ich hoffe inständig, dass es nicht heute Nacht kommt." Flora und sie sahen sich an und fingen an zu lachen. Das Lachen stieg tief aus Floras Innerem auf und sie ließ ihren Mann einen Moment lang los, um ihre Schwester fest zu umarmen.

„Das ist ein ganz schönes Abenteuer, nicht wahr, Becky?"

„Ja, du hast recht, aber eins, das ich mir nicht ausgesucht hätte."

Nach einer Weile stiegen sie wieder aus dem Wasser und setzten sich auf den Boden, wo sie mit all den anderen Flüchtlingen saßen und fröstelten. Edmund verließ sie für kurze Zeit, und als er zurückkehrte, sah er besorgt aus. „Ich sage es ja nur ungern, aber hier können wir nicht bleiben. Alles entlang den Docks wird in Flammen aufgehen – die Brauerei, das ganze Holz, diese Lagerhäuser und Kohlehaufen. Wenn das Feuer uns nicht umbringt, wird der Rauch es tun. Wir müssen weiter Richtung Norden."

Floras Herz begann zu rasen. „Zurück ins Feuer?"

„Ich glaube, wir können ihm entkommen, wenn wir uns im Zickzackkurs durch die Straßen bewegen ... seid ihr bereit?"

Erneut machten sie sich auf, um der Feuersbrunst zu entfliehen. Manchmal sahen sie die Flammen kaum einen halben Häuserblock entfernt, als würden sie vom Feuer gejagt, verhöhnt. Edmund musste mehrmals stehen bleiben, weil er von Hustenanfällen geschüttelt wurde, und dann setzten sie sich auf den Bordstein, um ein wenig auszuruhen. Bei Tagesanbruch war das Feuer hinter ihnen und sie wankten auf den Friedhof nahe Lincoln Park. Wenigstens glaubte Flora, dass der Morgen dämmerte – der Himmel war so hell von den Flammen, dass es nur schwer zu erkennen war. Tausende Menschen hatten die Sicherheit des Friedhofs vor ihnen erreicht und es war eine Szene der Verzweiflung und Trostlosigkeit. Wo sollten all diese Menschen leben? Wie würden sie die kommenden Tage überstehen, wenn die Wut des Feuers erloschen war? Falls es jemals dazu kam.

Zu dritt sanken sie auf eines der Gräber und lehnten sich an die Grabsteine. Dort aßen sie die Lebensmittel, die Becky noch schnell eingepackt hatte, und waren dankbar dafür. Flora sehnte sich nach einem Schluck Wasser, weil Mund und Kehle ausgedörrt waren, aber es gab keines. Müde vor Erschöpfung und Kummer schloss sie die Augen und nickte ein.

Als sie wieder erwachte, wogten schwarze Rauchwolken über der Stadt, die noch immer in Flammen stand. „Als wäre eine Nacht in dieser Hölle auf Erden nicht genug", hörte sie Edmund zu Becky sagen. „Wie es scheint, kommt noch mehr. Das Feuer macht keine Anstalten nachzulassen."

„Meinst du, wir sind hier in Sicherheit?"

„Ich weiß es nicht. Im Moment vielleicht. Aber ich mache mir Sorgen um unsere Dienstboten. Die Flammen bahnen sich einen Weg genau in Richtung Norden durch den Teil der Stadt. Wirst du dich um Flora kümmern, während ich versuche, sie zu finden und zu warnen, damit sie fliehen?"

Flora setzte sich auf und spürte, dass jede Faser ihres Körpers schmerzte. „Kommt nicht infrage! Entweder wir gehen alle oder keiner geht."

Wieder machten sie sich auf den Weg und kämpften sich in westlicher Richtung zu der LaSalle Street durch. Wie viele Tausend würden obdachlos sein, wenn dieser Albtraum vorbei war? Würden auch Edmund, Becky und sie ohne Dach über dem Kopf dastehen? Als sie sich LaSalle näherten, fiel Flora auf, dass ihr die Gegend bekannt vorkam, und dann wurde ihr bewusst, dass Mrs Worthington in der Nähe wohnte. Flora hatte um Vaters willen versucht, mit ihr befreundet zu bleiben, aber die Witwe hatte nichts mehr mit ihr zu tun haben wollen.

„Warte, Edmund", sagte sie, als sie nach Norden auf die LaSalle Street abbiegen wollten. „Können wir einen Block weiter zur Wells Street gehen? Dort lebt Mrs Worthington und ich möchte mich vergewissern, dass es ihr gut geht. Sie hat keine Kinder, daher braucht sie vielleicht Hilfe. Hast du etwas dagegen, Becky?"

„Nein, aber wir müssen uns beeilen. Das Feuer ist uns unmittelbar auf den Fersen und wir haben unsere Dienstboten immer noch nicht gefunden."

Hier, wo die Witwe wohnte, spielten sich dieselben Szenen ab wie in den anderen Straßen, die sie in dieser endlosen Nacht gesehen hatten – Menschen luden Haushaltsgegenstände auf Karren und Wagen und drängten sich in den Häusern von Freunden und Fremden, während sie darauf warteten, dass die Gefahr vorüberging, und sich fragten, ob sie weiter fliehen mussten. Flora blieb vor einem Herrenhaus im georgianischen Stil stehen, das Mrs Worthington von dem Geld gekauft hatte, das Vater ihr vermacht hatte. „Ich warte hier draußen", sagte Becky. „Sicher wird sie meinen Aufzug nicht gutheißen." Sie zeigte auf ihren halb abgerissenen Rock und das nackte Bein, das durch die verkohlten Ränder des Stoffs zu sehen war. Flora musste bei dem Anblick grinsen, dann ging sie mit Edmund durch die weit offen stehende Haustür und fand die Witwe mitten in heillosem Durcheinander. Halb gepackte Kisten lagen in jedem Raum verstreut, als wollte sie versuchen, die gesamte Ausstattung des Hauses zu verstauen. Mrs Worthington selbst wirkte verstört, ihre Haare waren zerzaust, ihre Wangen fieberhaft gerötet. „Flora, die ganzen Gaslampen sind ausgegangen!", sagte sie ohne jegliche Begrüßung. „Und jetzt scheint es auch kein Wasser mehr zu geben."

„Das liegt daran, dass das Gaswerk und die Pumpenstation brennen. Die Flammen kommen hierher, Mrs Worthington. Sie müssen hier raus."

„Ich warte auf meinen Fahrer. Ich habe ihn mit der ersten Ladung an Wertgegenständen zum Haus meiner Cousine geschickt und er ist noch nicht zurückgekommen. Die restlichen Dienstboten wollten nicht länger auf ihn warten, da haben mich die Feiglinge alle im Stich gelassen."

„Ich bezweifle, dass Ihr Fahrer zurückkommen kann", erklärte Flora ihr. „Die Straßen sind voller Menschen und Wagen, die alle in die entgegengesetzte Richtung fliehen. Sie sollten alles zurücklassen und fliehen, solange Sie können."

„Alle Erinnerungen meines Lebens zurücklassen? Wie kann ich das tun, meine Liebe? Außerdem kann ich ohne eine Kutsche nirgendwohin. Ich bin es nicht gewohnt zu laufen."

„Soll ich sehen, ob ich Ihnen einen Platz auf einem anderen Wagen besorgen kann?", bot Edmund an. „In dieser verzweifelten Situation tun Menschen alles, wenn der Preis stimmt."

„Haben Sie keine Kutsche?", fragte sie.

„Nein, Ma'am, wir ..."

„Sie haben Ihre Frau gezwungen, den ganzen Weg zu *laufen?*" Flora sah die Verachtung für Edmund in ihrer Miene und hörte sie in ihrer Stimme. „Sie leben kilometerweit entfernt!"

Flora spürte jeden einzelnen Kilometer in ihren schmerzenden Füßen und ihrem erschöpften Körper. „Er hat mich nicht dazu gezwungen, Mrs Worthington. Wir haben unsere Dienstboten gestern Abend mit der Kutsche fortgeschickt, damit sie sich in Sicherheit bringen. Wir sind gerade auf dem Weg zu ihnen. Bitte kommen Sie mit uns."

„Ich verlasse mein Haus nicht. Und auch nicht all meinen anderen Besitz." Sie legte die silberne Teekanne, die sie in der Hand gehalten hatte, in eine der offenen Kisten.

„Können Sie denn nicht den Rauch riechen, Mrs Worthington?", fragte Flora. Die Witwe antwortete nicht. Flora versuchte es ein letztes Mal. „Bitte, Mrs Worthington. Ich weiß, wie sehr mein Vater Sie geschätzt hat, und ich möchte Sie nicht hier zurücklassen. Kommen Sie um seinetwillen mit. Bitte."

„Nein, danke. Die Verbindung zwischen unseren Familien wurde vor Jahren durchtrennt, als du *ihn* geheiratet hast." Sie deutete mit dem Kinn auf Edmund – den wunderbaren, mutigen, erschöpften Edmund, der sein Leben riskieren würde, um Becky und sie zu retten. „Guten Tag", fügte Mrs Worthington steif hinzu.

Flora wischte sich die Tränen fort, als Edmund die Tür hinter sich schloss und sie sich auf der überfüllten Straße wieder zu Becky gesellten. An dem dichten Rauch in der Luft und dem Funkenregen, der auf sie niederging, erkannte sie, dass das Feuer näher kam. Flora schmeckte die Asche im Mund und rieb sich die brennenden Augen. „Wenigstens hast du es versucht", sagte Edmund zu ihr. „Komm, suchen wir unsere Dienstboten."

Im Gegensatz zu Mrs Worthingtons menschenleerem Haus war das Haus, in dem ihre Bediensteten Zuflucht gesucht hatten, voller Menschen. Viele von ihnen waren Bekannte der Besitzer, die aus der Innenstadt nach Norden geflohen waren, aber es gab auch viele Fremde, die die lange Nacht dort verbracht hatten. Die Hausbesitzer hatten ihre Speisekammer geöffnet und Maria Elena, Mrs Griffin und die anderen sorgten dafür, dass alle etwas zu essen hatten. Rufus versuchte einen weinenden Mann zu trösten, der in dem Durcheinander seine Familie verloren hatte. Eine verzweifelte Mutter erschien an der Tür, auf der Suche nach ihren Kindern. Sie hatte sie mit ihrem Kindermädchen vorgeschickt und wollte sie im Haus seiner Verwandten wiedertreffen – aber weil das Haus in der Schneise stand, die die Flammen geschlagen hatten, hatte die Familie fliehen müssen. Sie wusste nicht, wo ihre Kinder waren. Ein Mann erzählte Edmund, dass er einen Wagen mit all seinen Wertsachen beladen hatte, aber als er ins Haus gegangen war, um einige letzte Dinge zu holen, hatte ein Dieb den Wagen gestohlen und war mit all seinem Hab und Gut davongefahren.

Flora setzte sich kurz mit Becky ins Speisezimmer, um etwas zu essen, ihren Durst zu löschen und ihre schmerzenden Füße ein wenig auszuruhen, während Edmund allen anderen erklärte, dass sie weiter nach Norden oder Westen fliehen mussten. „Die Flammen kommen hierher und dieses Haus steht genau in der Feuerschneise."

Der Vater des Hausbesitzers war schwer krank und bettlägerig. Edmund machte in ihrer Kutsche Platz für ihn, indem er die Taschen mit ihren wichtigen Unterlagen herausnahm und beschloss, dass Flora, Becky und er selbst sie tragen konnten, bis sie in Sicherheit waren. Als er mit ihren eigenen Dienstboten verabredet hatte, dass sie sich bei ihrem Haus treffen würden, wenn dieser Albtraum vorüber war – falls sie dann noch ein Haus hatten, zu dem sie zurückkehren konnten –, verabschiedeten sie sich erneut voneinander.

„Wohin, Edmund?", fragte Flora.

„Nach Westen, glaube ich. Der Wind weht von Süden."

Den ganzen Montag über gelang es ihnen, den Flammen zu entfliehen, wobei sie oft Rast machten und sich auf die Freundlichkeit von Fremden verließen. Als es dunkel wurde, schlief Flora einige Stunden auf der Veranda eines Hauses, dessen Eigentümer sie nicht kannten, und noch vor Tagesanbruch wurde sie von Regengeräuschen auf dem Dach geweckt. Vorsichtig setzte sie sich auf, um Edmund nicht zu wecken, der neben ihr lag, und dann sah sie ihre Schwester mit ihrem verschmutzten Gesicht im Regen stehen, die rußigen Hände gen Himmel gestreckt. Becky und ihre zerrissenen Kleider wurden ganz nass, aber es schien ihr nichts auszumachen. Gott hatte sie endlich gerettet.

KAPITEL 17

Flora starrte auf den Berg aus Asche und Backsteinen, der einmal ihr Zuhause gewesen war. Nichts war mehr davon zu erkennen außer dem bröckelnden Schornstein in ihrem ehemaligen Salon. „Ich hatte ja damit gerechnet, dass unser Haus nicht mehr steht", sagte sie, „aber nun vor der Ruine zu stehen, ist trotzdem ein schrecklicher Schock." Sie suchte in den Taschen ihres verkohlten Rockes vergeblich nach einem Taschentuch, um sich die Tränen zu trocknen.

„So viel verloren", sagte Edmund, den Arm um ihre Schultern gelegt. „Aber wenigstens sind wir alle in Sicherheit."

Am späten Dienstagnachmittag, als sie sicher waren, dass das Feuer gelöscht war, hatte Edmund einen leeren Lieferwagen angehalten und den Fahrer fürstlich dafür entlohnt, dass er sie nach Hause brachte. Die Zerstörung, die sie auf dem Weg sahen, war unbegreiflich – Kilometer um Kilometer ausgebrannte Häuser und Geschäfte und Kirchen. Vom großen Zentralbahnhof stand nur noch eine Wand. Die ganze Stadt war zerstört; geblieben waren nur verkohlte Mauerreste und Schornsteine, die sich über die Trümmer erhoben. Selbst die Bäume waren zu Holzkohle verbrannt. Chicagos benommene Bürger liefen zwischen den noch qualmenden Ruinen hin und her und suchten nach irgendwelchen Erinnerungen an ihre Vergangenheit, und seien sie auch noch so klein. Flora hatte nicht den Mut, durch die Innenstadt zu fahren, in der Vaters Firma einst gewesen war; an den ausgebrannten Gebäuden in der Ferne konnte sie sehen, dass sie auch nicht mehr stand.

„All die Investitionen", klagte sie. „All die Gebäude, die ihm gehörten – die uns gehörten –, sind nicht mehr da!"

„Waren sie denn versichert?", fragte Edmund.

„Einige ja. Und uns gehört immer noch das Land. Wahrscheinlich können wir neu bauen und noch einmal von vorne anfangen. Im Moment ist dieser Gedanke jedoch zu überwältigend."

Ihr Viertel war ein Ort der Verwüstung – bis hinunter ans Seeufer. Die Möbel, die ihre Nachbarn in Sicherheit gebracht hatten, standen immer noch am Ufer, aber wo sollten diese Möbel hin? Alle Häuser waren abgebrannt.

„Sehen wir nach, was mit den Sachen ist, die wir im Garten vergraben haben", schlug Becky vor. Flora folgte ihr vorsichtig durch die heruntergefallenen Backsteine und verkohlten Balken, die in der Einfahrt lagen. Die Küchenwand war eingestürzt und sie konnte die verdrehten, geschmolzenen Überreste ihres gusseisernen Herdes sehen. Flora wusste, dass sie ihren Schock und die Verzweiflung beiseiteschieben und überlegen musste, wo sie wohnen und wie sie überleben konnten. Das schmutzige, zerrissene und mit Brandlöchern übersäte Stück Stoff, das sie seit Sonntagabend am Leib trug, war das einzige Kleid, das sie jetzt noch besaß. Die Sohlen ihrer Schuhe, die löchrig und abgelaufen waren, lösten sich an einigen Stellen schon vom Oberleder. Warum hatte sie nicht wenigstens etwas zum Wechseln eingepackt?

Flora betrachtete die Überreste des Kutschhauses und der Wohnung, in der Rufus gewohnt hatte. Wo sollte er leben? Wo würden sie ihre Pferde unterstellen? So viele Fragen und keine Antworten.

Becky fand die Stelle, an der ihre einzigen noch verbliebenen Habseligkeiten vergraben waren, aber ihre Schaufel hatte keinen Holzgriff mehr und war zum Graben nicht mehr zu gebrauchen. „So viel dazu", sagte Becky und warf das Gerät auf den Boden. „Wir haben ohnehin keinen Platz, wo wir unsere Sachen lagern könnten, wenn wir sie ausgegraben haben. Da können wir sie genauso gut erst einmal hier in der Erde lassen. Außerdem bezweifle ich, dass sich im Moment jemand für mein neues Buch interessiert."

„Oh, Becky – dein nagelneues Buch hatte ich ganz vergessen. Wie furchtbar, dass die Freude an deinem Erfolg so überschattet ist." Flora konnte sich immer darauf verlassen, dass ihre Schwester tapfer und nüchtern war, aber jetzt liefen Becky die Tränen über die Wangen und hinterließen ihre Spuren in dem Ruß auf ihrem Gesicht. Flora ging zu ihr und umarmte sie ganz fest.

„Wir werden es überleben", murmelte sie. „Gott hat einen Plan … Er hat immer einen Plan." Sie löste sich von ihrer Schwester, als sie hörte, wie Edmund von der Einfahrt aus ihren Namen rief.

„Flora! Komm und sieh, wer hier ist."

Becky und sie gingen um die Trümmer herum nach vorne – und da stand Rufus neben ihrer Kutsche, den Hut in der Hand. „Sagen Sie mir einfach, wohin Sie wollen", sagte er, „dann bringe ich Sie hin." Flora konnte nicht anders, als ihn zu umarmen.

„Sie lieber, herzensguter Mann. Auch Sie haben alles verloren, was Sie besitzen."

„Ist nicht so schlimm. Mein wahrer Schatz wartet im Himmel auf mich."

„Es ist zu deprimierend, hier zu stehen und sich das Elend anzusehen", entschied Edmund. „Im Moment können wir ohnehin nichts tun. Rufus sagt, dass Maria Elena, Andrew und die Griffins bei Freunden und Verwandten untergekommen sind. Ich würde sagen, wir fahren zu ihnen und geben ihnen etwas Bargeld, damit sie versorgt sind, und machen uns dann auf den Weg nach Evanston. Ich bin mir sicher, dass uns einer meiner Kollegen so lange bei sich aufnehmen wird, bis wir etwas finden, wo wir zur Miete wohnen können." Diese Freunde hatten anlässlich der Veröffentlichung ihres Buches einen Toast auf Edmund und Becky ausgebracht – war das wirklich erst vor zwei Tagen gewesen? Es kam Flora wie eine Ewigkeit vor.

Die folgenden chaotischen Tage waren für Flora ebenso anstrengend, während sie alle versuchten, die Scherben ihres Lebens zusammenzusetzen. Soldaten erschienen in der Stadt, um weitere Plünderungen zu verhindern. Hilfe kam von überallher in den USA und aus Kanada zu ihnen. Floras unmittelbare Sorge war es zu erfahren, was mit Freunden und Kollegen geschehen war, und nachdem sie Anzeigen in der wieder auferstandenen *Chicago Tribune* geschaltet hatte, wie Hunderte anderer es auch taten, fand sie Mrs Worthington. Ihr Haus und all ihr Besitz waren verbrannt, aber ihr Neffe war rechtzeitig zurückgekommen, um sie zu retten. Etwa dreihundert Menschen hatten ihr Leben verloren. Flora, Becky und Edmund waren unter den mehr als 100 000, die obdachlos waren. Das Feuer hatte eine sechs Kilometer lange und anderthalb Kilometer breite Schneise durch die Stadt geschlagen. Mehr als eine Million Dollar Bargeld war in Banken und im Gebäude der US-Notenbank in Flammen aufgegangen.

Nachdem sie über eine Woche bei Freunden gewohnt hatten, fand Edmund in Evanston ein Haus, das sie mieten konnten, unweit seiner Arbeit. An einem kühlen Tag Ende Oktober fuhren Rufus und Andrew Flora und Becky zu dem Ort zurück, an dem ihr altes Haus gestanden hatte, um die Ruine zu durchsuchen und die Gegenstände im Garten auszugraben. Der Überseekoffer mit Vaters Büchern, ihr Familiensilber und die Kiste mit Beckys neuen Büchern waren feucht und von der Hitze angesengt, aber zu retten. Becky lachte, als Andrew die Decke mit dem Silber ihrer Eltern aus der Grube im Garten zog. „Was in aller Welt sollen wir mit einer silbernen Teekanne anfangen?"

„Das weiß nur der liebe Gott", lächelte Flora. Als Andrew und Rufus fertig waren, starrte Flora auf den deprimierenden Trümmerhaufen ihres ehemaligen Zuhauses. „Lohnt es sich, dieses Elend zu durchsuchen und zu sehen, ob irgendetwas überlebt hat?", fragte sie.

Becky schüttelte den Kopf. „Nein, ich glaube, es ist auch nicht ganz ungefährlich, in den Trümmern zu stochern."

„Aber das Ganze ist uns eine Lehre, nicht wahr? Wahrscheinlich hätten wir diese ganzen Dinge von Anfang an nicht gebraucht. Ich bin froh, dass wir unser Leben und unsere Identität nicht davon abhängig gemacht haben."

„Wenn, dann wären wir jetzt – wie so viele andere – von Verzweiflung überwältigt."

Als sie die geretteten Güter in die Kutsche geladen hatten, baten Rufus und Andrew darum, die Trümmer des Kutschhauses durchsuchen zu dürfen. „Natürlich. Aber seien Sie vorsichtig", sagte Flora. Becky und sie setzten sich auf die Steintreppe, die früher zur Hintertür geführt hatte, und sahen aus der Entfernung zu. Ihre Turnstangen im Garten waren von der Hitze verbogen und verdreht. „Was glaubst du, was die Stadt mit all den Trümmern machen wird?", fragte Flora.

„Ich habe in der Zeitung gelesen, dass sie alles im See entsorgen wollen, um dann am Ufer auf dem neuen Land, das sie damit schaffen, einen Park anzulegen."

„Das wäre schön ... Edmund meint, wir sollten dieses Grundstück verkaufen und ein neues Haus in Evanston bauen, aber ich habe ihm gesagt, dass wir beide noch ein wenig Zeit brauchen, um darüber nachzudenken."

„Ich brauche keine Zeit, Flora. Ich finde, es ist eine gute Idee. Aber es wird eine Weile dauern, ein neues Haus zu bauen, weil die Nachfrage nach Bauholz und Material und Arbeitern im Moment so groß ist. In der Zwischenzeit müssen wir entscheiden, was wir als Nächstes tun wollen."

„Ich hoffe, du wirst mir bei meinen Hilfsaktionen helfen. Alle drei Kirchen, in denen wir Sonntagsschule gehalten haben, sind abgebrannt und müssen wiederaufgebaut werden. Die Menschen brauchen Essen und ein Dach über dem Kopf und …"

„Ich weiß, ich weiß. Und ich helfe dir gerne. Aber es gibt noch etwas, worüber wir nachdenken sollten. Du wirst wahrscheinlich nicht meiner Meinung sein, aber hör mich bitte erst einmal an." Becky machte eine Pause, und als Flora hörte, wie ernst die Stimme ihrer Schwester klang, blickte sie Becky an. „Ich glaube, wir müssen ins Ausland reisen."

„Oh, Becky! Wie kannst du jetzt nur ans Reisen denken?"

„Nein, hör mir zu, Flora. Jetzt, wo alles, was wir einmal hatten, nicht mehr da ist, wissen wir nicht mehr, wohin wir gehören. Aber jede Reise, die wir unternommen haben, und jedes Abenteuer, das wir in der Vergangenheit erlebt haben, hat uns geholfen, einen Puzzlestein für unser Leben zu finden. Die erste Reise nach Frankreich hat mir geholfen, meine Begabung für neue Sprachen zu entdecken, und dort sind wir auch auf Mr Darwins Buch gestoßen. Beides ist zu einem wichtigen Element der Arbeit geworden, die Gott mir gegeben hat. Auf der Reise haben wir auch Mrs Worthington getroffen und infolgedessen gelernt, wie man sich in Gesellschaft benimmt. Zu wissen, wie man sich in gehobenen Kreisen bewegt, hat dir für deine Wohltätigkeitsarbeit schon oft genützt."

„Das stimmt, aber …"

„Dir ist es ein Anliegen geworden, anderen Menschen zu helfen, als wir in der Uniformfabrik gearbeitet haben – noch eines unserer Abenteuer. Und wir hätten Edmund niemals kennengelernt, wenn wir nach Vaters Tod nicht etwas ganz Unlogisches getan und das Heilige Land bereist hätten. Jetzt hat das Feuer uns alles genommen und wir müssen noch einmal ganz von vorne anfangen. Bevor wir ein neues Haus bauen und versuchen, den Besitz eines ganzen Lebens zu ersetzen, müssen wir von der Zerstörung und all ihren Ablenkungen Abstand gewinnen und Gott um Führung bitten. Sonst werden wir uns nur um unsere täglichen Bedürfnisse kümmern und tun, was gerade ansteht, und wir werden unser Leben neu aufbauen, ohne dabei das große Ganze zu sehen. Was ist, wenn Gott uns eine viel größere Welt zeigt mit Bedürfnissen, die weit über die Stadt Chicago hinausgehen?"

„Aber unsere Sonntagsschulen … Ich muss hierbleiben und arbeiten …"

„Gott ist sehr wohl in der Lage, seine Arbeit auch ohne dich zu tun, Flora. Wir beide brauchen eine Auszeit. Wir sind emotional und körperlich erschöpft. Warum verreisen wir nicht für ein paar Wochen und hören auf Gottes Stimme, bevor wir etwas anderes tun? Ich muss hören, was Gott zu mir sagt. Ich muss wissen, ob ich noch ein Buch schreiben soll."

„Aber Edmund hat seine Arbeit an der Universität. Er würde uns nicht begleiten können."

„Wir sind durchaus in der Lage, auch ohne ihn nach Übersee zu fahren. Außerdem – hast du den Brief vergessen, den er kurz vor dem Brand aus Cambridge erhalten hat?"

Flora hatte den Brief tatsächlich vergessen. Darin stand, dass der Kodex, den Becky und Edmund in Kairo gekauft hatten, ein seltenes Exemplar des Matthäusevangeliums aus dem zehnten Jahrhundert war. Die Universität bat sie inständig, nach Ägypten zurückzukehren und nach weiteren solchen Manuskripten zu suchen.

„Ich glaube, auch Edmund würde wollen, dass wir so etwas Wichtiges tun", fuhr Becky fort. „Handschriften zu retten, war seine Leidenschaft, schon lange bevor er uns kennenlernte, weißt du noch? Wir haben die Zeit und das Wissen und die finanziellen Mittel, das jetzt zu tun."

„Aber ich komme mir wie ein Feigling vor, wenn ich vor dem Elend hier davonlaufe."

„Du läufst nicht davon. Und selbst wenn es so wäre, würde es dir niemand verübeln. Es wird lange dauern, bis die Stadt wieder auf die Beine kommt. Und wir sind selbst obdachlos. Was wir brauchen, ist eine Auszeit, um herauszufinden, was wir als Nächstes tun sollen. Gott hätte uns niemals alles genommen, wenn er uns dafür nicht etwas Herrliches schenken wollte."

„Ich muss das mit Edmund besprechen ..."

„Also ... bitte sei mir jetzt nicht böse, aber er war es, der mit dieser Idee zu mir gekommen ist. Er findet, dass du Erholung brauchst, und ich stimme ihm zu."

„Ha! Seit wann sind deine Abenteuer denn erholsam?"

Becky grinste. „Wir werden eine lange, entspannte Reise übers Meer haben, bei der wir uns bestens erholen können."

„Ha!", machte Flora noch einmal. „Bei dem Glück, das wir immer haben, wird das Schiff in einen Sturm geraten!"

KAPITEL 18

Das Mittelmeer

Flora und ihre Schwester saßen auf dem Boden ihrer Kabine und klammerten sich an ihr Gepäck und die Betten. Nur so konnten sie verhindern, dass die Koffer hin und her rutschten, während ihr Dampfschiff gegen die wütenden Wellen eines Wintersturms auf dem Mittelmeer ankämpfte. Der Raum neigte sich, als das Schiff eine besonders hohe Welle erklomm, und Flora wappnete sich für die ruckartige Abwärtsbewegung, die unweigerlich folgen würde. „Ich weiß nicht, Becky", sagte sie, „aber ich fürchte, diese Reise könnte unser Ende sein."

„Ich weiß. Wir sind vom Feuer in die Flut gestürzt. Meinst du, Gott will irgendwie unsere Aufmerksamkeit erregen?"

„Meine hat er jedenfalls! Wenn ich mich recht entsinne, sollte diese Reise erholsam werden und uns nicht mit unserer eigenen Sterblichkeit konfrontieren." Flora fragte sich, ob sie ebenso bleich war wie Becky. In den vergangenen zwei Stunden hatten sie sich einen Eimer geteilt, zum ersten Mal auf einer ihrer Reisen überwältigt von Übelkeit und Seekrankheit. Sie konnte sich nicht vorstellen, jemals wieder etwas essen zu wollen.

Becky ließ ihr Bett einen Moment lang los und zog den Eimer näher, so als würde sie ihn bald benötigen, und klemmte ihn sich zwischen die Knie. „Wenn ich bedenke, was wir in den vergangenen Monaten alles durchgemacht haben", sagte sie, „könnte man meinen, Gott hätte sich gegen uns gewandt. Aber weißt du was? Noch nie habe ich ihn so nah gespürt wie bei all diesen Prüfungen."

„Ich weiß. Ich bete auch mehr als je zuvor."

„Vielleicht will er uns etwas sagen, Flora. Zum Beispiel, dass wir ihm vertrauen sollen."

„Ja. Aber es ist einfacher, ihm zu vertrauen, wenn das Leben so läuft, wie wir es uns vorstellen. Vielleicht …" Als das Schiff sich plötzlich so weit auf die Seite legte, dass sie Angst hatte, es würde kentern, schrie Flora auf. Sie wurde gegen die Wand geschleudert und ihr großer Überseekoffer drückte mit voller Wucht gegen sie. Als das Schiff sich kurz darauf wieder aufrichtete, schob Becky den Koffer beiseite, um Flora zu befreien.

„Alles in Ordnung, Flora?"

„Ich glaube schon." Es dauerte einen Augenblick, bis sich ihre Nerven beruhigt und sie ihr Gepäck wieder gesichert hatten.

Dann atmete Becky aus. „Gott kennt das Ende unserer Tage", sagte sie mit zittriger Stimme. „Aber ich hoffe inständig, dass es nicht heute schon kommt."

„Ich auch." Flora wartete, bis ihr das Herz nicht mehr bis zum Halse schlug, und sagte: „Inzwischen weiß ich besser zu schätzen, was Paulus und Lukas in der Apostelgeschichte durchgemacht haben, als sie Schiffbruch erlitten. Hat ihr Sturm nicht sehr lange gedauert?"

„Vierzehn Tage, glaube ich." Becky kroch auf allen vieren, um den Eimer, der ihr beim Aufbäumen des Schiffes entglitten war, zurückzuholen und wieder zwischen ihre Knie zu klemmen. „Und ich verstehe jetzt auch besser, wie unser armer Vater gelitten hat, bevor die Witwe ihm ihre Zaubermedizin gegeben hat."

„Ich wünschte, wir hätten jetzt etwas davon", stöhnte Flora.

Sie blieben die ganze Nacht über wach und hielten durch und beteten. Irgendwann klarte der Himmel auf und das Meer beruhigte sich so weit, dass sie auf ihre Betten klettern und schlafen konnten. Zum Glück dauerte das Unwetter nur einen Tag. Aber als sie Kairo erreichten und im Shepheard's Hotel abstiegen, brauchten Flora und Becky zwei Tage, um sich zu erholen. Die raue See hatte sie sehr geschwächt, weil sie nichts gegessen hatten, aber sie waren sehr froh, am Leben zu sein. Der Concierge erzählte ihnen, dass ein anderer Dampfer, der auf derselben Route unterwegs gewesen war, in jener Nacht gesunken war.

Becky erholte sich schneller als Flora und behauptete, die Erfahrung hätte ihre Begeisterung für das Reisen in keiner Weise gedämpft. „Aber du solltest dich noch ein bisschen länger ausruhen", riet Becky ihr. „Ich gehe und miete ein privates Segelboot für unsere Reise auf dem Nil."

„Warte. Ich dachte, in Murrays Reiseführer wäre zu lesen, es gebe regelmäßige Exkursionen mit dem Dampfschiff zu allen Sehenswürdigkeiten am Nil."

„Das stimmt. Aber wenn wir ein Touristenschiff nehmen, müssen wir uns an den Zeitplan der anderen halten, anstatt ihn selbst zu bestimmen."

Sie charterten einen Zweimaster, eine sogenannte Dahabeya, komplett mit Kapitän, Mannschaft und Koch. Das Gefährt war ein Segelschiff mit vier Kabinen, einem Speiseraum und einem Wohnzimmer auf dem Hauptdeck. Die Mannschaft schlief unter Deck, wo das Gepäck und die Vorräte gelagert wurden. Das Schiff war viel größer, als es für sie beide notwendig gewesen wäre, aber sie würden mehrere Wochen darauf verbringen, während sie auf dem Nil nach Sakkara, Abydos und Theben reisten. Flora genoss es, mit Becky unter einem Baldachin auf dem Dach der Kabinen zu sitzen, von wo aus man den besten Blick hatte. Sie beobachteten, wie flache grüne Felder und schwankende Palmen an ihnen vorbeizogen, und staunten über die deutliche Trennlinie zwischen dem grünen Streifen fruchtbaren Landes entlang des Nils und der trostlosen Einöde, die sich direkt daran anschloss. Sie sahen eine Fülle wilder Tiere – Kraniche und Reiher und Pelikane. Und Krokodile! Ägyptische Frauen in Gewändern, die auch zur Zeit der Bibel hätten in Mode sein können, wuschen am Flussufer ihre Wäsche, während ihre nackten Kinder in der Nähe schwammen. Scheinbar waren sie sich der Gefahren nicht bewusst.

Nach ihrer stürmischen Seereise war Flora froh darüber, dass sie auf dem Nil nur sehr wenige Abenteuer erlebten – obwohl eines davon mit Ratten zu tun hatte. Das Schiff war voll von ihnen, bis Becky den Kapitän zwang, in einem Dorf auf dem Weg anzuhalten und drei Katzen zu kaufen, um die Plage unter Kontrolle zu bringen. Und es gab einige Tage auf der Flussfahrt, an denen der Wind erstarb; und so saßen Flora und Becky mit hängenden Segeln in der Flaute fest und warteten auf eine frische Brise. Die Zeit vertrieben sie sich, indem Sie sich gegenseitig aus dem Buch Exodus vorlasen.

„Jetzt wird mir klar, warum das Volk Israel sich bei Mose beschwert hat und so gerne an Ägypten zurückdachte", sagte Flora, während sie sich mit einem Papierfächer Luft zuwedelte. „Sieh nur, wie grün und üppig es am Nil ist. Und weißt du noch, wie trostlos die Straße nach Gaza war, auf der unser armer Edmund gestrandet war?"

„Wir müssen aufpassen, dass uns nicht dasselbe passiert wie den Israeliten", erwiderte Becky. „Nachdem wir so viel verloren haben, wird es für uns schwer sein, nicht zurückzublicken auf das, was war, sondern nach vorne zu sehen."

„Du hast recht", nickte Flora. „Obwohl ich gestehen muss, dass ich oft an die Dinge denke, die wir durch das Feuer verloren haben. Beinahe jeden Tag fällt mir etwas ein – so wie Vaters alter Schreibtisch. Er hat mich an Vater erinnert und ihn lebendig werden lassen, wann immer ich das alte Stück angesehen habe."

Beckys Blick ging in die Ferne, so als könnte sie das Möbelstück vor sich sehen. „Wir müssen dieses Trauma als einen Neuanfang begreifen", sagte sie, „so wie der Neuanfang der Israeliten, als sie Ägypten verlassen hatten. Der Tempel mit all den ägyptischen Götzen, den wir gestern gesehen haben, hat mich auf den Gedanken gebracht, ob ich vielleicht auch Götzen habe, die ich zurücklassen muss."

Flora schloss die Augen und erinnerte sich an ihre Schränke voller Kleider und Accessoires, die jetzt nichts als Asche waren. „Ich werde nicht annähernd so viele Kleider und Schuhe und Hüte brauchen, wie ich vorher hatte. Du liebe Güte, was für eine Verschwendung von Zeit und Geld. Da hattest du wirklich recht, Becky." Sie beobachtete, wie ein Touristenboot auf sie zukam, und sah die elegant gekleideten Menschen, die auf dem Hauptdeck saßen. Becky grinste ihnen zu und winkte. „Ich bin froh, dass wir nicht in solchem Luxus reisen wie sie", sagte Flora, „auch wenn wir mit schlaffen Segeln hier festsitzen. Du bist immer so klug, Becky."

Endlich frischte der Wind auf und sie gingen in Theben an Land, wo sie mehrere Stunden damit zubrachten, die ausgedehnten Ruinen ägyptischer Tempel zu erforschen. An Beckys Seite lief Flora eine lange Straße entlang, an der sich Hunderte von Widderstatuen aufreihten. Dann kamen sie zu dem riesigen Saal im Tempel des Amun-Re, der selbst in seinem zerfallenen Zustand noch beeindruckend war. Becky durchquerte die staubige Fläche und fuhr mit den Händen über die gehauenen Wände und aufragenden Säulen, während ihre Augen vor Begeisterung tanzten. „Was geht in deinem Kopf vor sich?", fragte Flora. „Ich kann deine Gedanken förmlich rattern hören wie ein Uhrwerk." Das war noch etwas, das Flora vermissen würde – die große Uhr, die in ihrem Foyer gestanden hatte und geduldig mit ihrem tiefen, satten Glockenklang die Stunde geschlagen hatte.

„Ich glaube, ich hab's, Flora! Ich glaube, mir wird allmählich klar, was mein nächstes Buchprojekt sein soll."

„Setzen wir uns einen Moment, dann kannst du mir davon erzählen." Flora suchte sich einen Sitzplatz auf einem der riesigen Steinquader und ließ neben sich Raum für ihre Schwester, aber Becky war zu aufgeregt, um sich zu setzen.

„Es wird um all das hier gehen", sagte sie und breitete die Arme aus. „Das Königreich Ägypten, die Pracht dieser Tempelanlagen und aufwendigen Grabmäler, die Macht des Pharaos – und dass der Götzendienst so ganz anders ist als das, was Gott von sich selbst offenbart. Die Mauern dieses Tempels beschreiben die ausgefeilten Rituale, die Menschen vollführten, um ihre Götter zu besänftigen …"

„Aber haben wir nicht gerade erst im zweiten Buch Mose von all den Gesetzen gelesen, die Gott den Juden gab, und von den genauen Einzelheiten der Opfer, die sie bringen mussten?"

„Ja, aber zwischen beiden gibt es einen riesigen Unterschied. Nichts von all dem hier", sagte sie und drehte sich im Kreis, „hat die Ägypter ihren Göttern nähergebracht. Die Rituale wurden vollführt, um die Götter zufriedenzustellen und Katastrophen zu vermeiden. Und wann immer wir etwas tun und dabei versuchen, Gott zu gefallen, denken wir genau wie die Ägypter. Aber Gott hat uns die Tempelopfer gegeben – und schließlich das Opfer seines Sohnes –, damit wir ihm näherkommen. Wir dienen ihm doch nicht, um Katastrophen von uns abzuwenden."

„Seit dem Feuer", sagte Flora, „habe ich oft die Frage gehört, wie ein liebender Gott es zulassen kann, dass wir einen solchen Albtraum erleben und solche Verluste erleiden müssen."

Becky zeigte wieder auf die verzierten Mauern. „Das ägyptische Denken würde sagen, dass wir ihn verärgert haben müssen. Dass er uns bestraft. Aber unser Glaube fordert uns auf, ihm zu vertrauen und zu glauben, dass er einen Plan zu unserem Besten hat, selbst in der Katastrophe."

„Ich wünschte, ich könnte seinen Plan sehen", sagte Flora. „Ich muss immerzu an unsere Sonntagsschulen denken, an all die Bücher und Materialien, die verbrannt sind. Es ergibt keinen Sinn, wo wir doch so viel Gutes bei diesen Kindern erreicht haben."

„Und die Israeliten haben vielleicht auch an Ägypten zurückgedacht und alles beklagt, was sie zurückgelassen hatten", sagte Becky, „obwohl sie dort Sklaven waren. Gott hat sie in die Wüste geführt, um sie als Volk neu aufzurichten, damit sie ihm dienen. Vielleicht liegt die Lektion für uns im Wiederaufbau, Flora. Vielleicht will Gott uns sagen, dass wir zusammenarbeiten und teilen sollen, was wir haben. Vielleicht sind ein Dutzend Sonntagschullektionen nicht so einprägsam wie die Erfahrung, seine Gemeinde nach dem Feuer in Aktion zu sehen."

„So habe ich das noch nie betrachtet", sagte Flora. „Jetzt wünschte ich, ich wäre zu Hause, um daran mitzuwirken."

„Keine Sorge, wenn wir nach Hause fahren, werden sie immer noch dabei sein, Chicago wiederaufzubauen. Aber ich glaube, Gott wirbelt die Dinge manchmal durcheinander, nur um uns unser falsches Denken vor Augen zu führen. Die Israeliten haben jahrhundertelang hier in Ägypten gelebt, also haben sie wahrscheinlich angefangen, wie Ägypter zu denken und ihre Götter zu übernehmen, um zu bekommen, was sie wollten. Ich möchte ein Buch schreiben, das zeigt, wie Gott die Plagen und die lange Wanderung durch die Wüste dazu gebrauchte, um das Denken seines Volkes zu verändern und es wieder näher zu sich zu holen."

„Die Katastrophe von Chicago könnte also auch Gottes Methode sein, um uns etwas zu sagen?"

„Ja, wenn wir uns die Zeit nehmen, auf ihn zu hören."

Flora schwieg einen Moment, während sie über die weisen Worte ihrer Schwester nachdachte. „Ich bin froh, dass du mich überredet hast mitzukommen, Becky."

Sie gingen wieder hinaus und blieben am Eingang stehen. Becky zeigte auf die kargen Berge und die trostlose Wüste in der Ferne. „Wir haben die klare Trennlinie zwischen den grünen Feldern am Nilufer und der Einöde dahinter gesehen. Jetzt stell dir nur vor, du hast dein Leben lang in dem üppigen Grüngürtel gelebt und plötzlich verlangt Gott von dir, dass du in die Wüste ziehst, um ihn anzubeten. Würdest du ihm vertrauen?"

„Wahrscheinlich nicht", lachte Flora. „Ich würde ihn fragen: ‚Was sollen wir essen? Woher bekommen wir Kleider?' Die gleichen Fragen, die wir uns nach dem Brand gestellt haben."

„Aber Gott hat gesagt: ‚Vertraut mir.' Und denk an die Worte Jesu, der gesagt hat: ‚Macht euch keine Gedanken darüber, was ihr essen oder anziehen sollt, sondern sucht zuerst sein Reich, dann werdet ihr all diese anderen Dinge auch erhalten.'"

„Du und ich, wir sind so vermögend, dass wir uns keine Sorgen um Essen und Kleidung machen müssen", gab Flora zu bedenken. „Und ich weiß, dass die Wohltätigkeitsorganisationen, die wir gegründet haben, den Armen beim Neuanfang helfen werden. Aber ich habe trotzdem das Gefühl, dass ich noch mehr tun sollte, etwas anderes, um Gottes Liebe weiterzugeben, abgesehen von Geldspenden."

„Er wird dir zeigen, was du tun sollst, Flora."

Nach einem langen Tag in der Sonne kehrten sie zu ihrem Boot zurück und aßen an Bord zu Abend, während sie zusahen, wie die Sonne in roten und goldenen Flammen in der Wüste versank. Flora vermutete, dass ihre Schwester es kaum erwarten konnte, in ihre Kabine zu gehen und mit den Notizen für ihr neues Buch zu beginnen, aber Becky ließ sich beim Essen Zeit und entspannte sich langsam, während sie gemeinsam den friedlichen Abend genossen und den quakenden Fröschen und den Insekten lauschten. Nach dem Essen standen sie noch an Deck und blickten zu den Sternen hinauf.

„Meinst du, Edmund ist bereit, mit mir an diesem neuen Buch zu arbeiten?", fragte Becky. „Ohne ihn würde ich es mir nicht zutrauen."

„Da bin ich mir sicher. Ägypten hat ihn schon immer fasziniert. Und die Geschichte des Exodus ist eine seiner Lieblingsgeschichten."

„Flora, sieh mal!", sagte Becky und zeigte auf eine Sternschnuppe. „Wünsch dir etwas!"

Die Sterne verschwammen durch ihre Tränen, als Flora sich ein Kind wünschte. Nach sechs Jahren Ehe hatte Gott ihr Gebet noch immer nicht erhört. „Erzähl mir erst deinen Wunsch", sagte sie.

Becky seufzte. „Tja ... also gut ... Ich sehne mich nach dem, was du mit Edmund hast. Aber als alte Jungfer von siebenundzwanzig

Jahren ist es jetzt wahrscheinlich zu spät, um die Liebe zu finden. Mrs Worthington hatte recht, als sie mich Blaustrumpf nannte und sagte, ich würde nie einen Mann finden, wenn ich weiter studiere."

Flora hörte die tiefe Traurigkeit in der Stimme ihrer Schwester und nahm sie in die Arme. „Oh, Becky! Ich hatte ja keine Ahnung, dass du so empfindest. Du wirkst so stark und unabhängig und scherst dich nicht darum, was andere denken. Und du hast so viel Erfolg bei dem, was du so leidenschaftlich tust. Ich dachte immer, du wärst mit deinem Leben zufrieden."

„Das bin ich ja auch – meistens jedenfalls. Aber manchmal frage ich mich, wie es wäre, einen Gefährten zu haben, mit dem ich mein Leben teilen kann. Jemanden, mit dem ich abends reden kann. Jemanden, den ich lieben kann."

„Oh, Becky …"

„Nun lass uns nicht trübsinnig werden", sagte Becky und löste sich aus Floras Umarmung. „Ich habe jetzt genug in Selbstmitleid gebadet. Erzähl mir von deinem Wunsch."

Jetzt war es Flora unangenehm, es zuzugeben, aber sie wusste, dass ihre Schwester keine Ruhe geben würde, bis sie ihren Wunsch ausgesprochen hatte. „Also … ich habe mir ein Kind gewünscht. Mein Leben ist so reich und voll, und doch … warum versagt Gott mir diesen einen Wunsch?"

„Wir sind genauso wie die Israeliten, nicht wahr? Gott gibt uns Manna vom Himmel und Wasser aus einem Felsen und wir wollen den Lauch und die Melonen aus Ägypten. Warum sind wir nur nie zufrieden mit dem, was Gott uns gibt?"

Diese Frage konnte Flora nicht beantworten. Sie setzte sich auf eine Kiste, während das Boot sanft auf den Wellen schaukelte, und lauschte den gedämpften Stimmen der Crew und den kratzenden Geräuschen der Ratten unter Deck. Sie konnte den Tabak des Kapitäns riechen, der an seiner Zigarette zog, und der Duft vermischte sich mit dem Fischgeruch des Nils. „Becky? … Soll ich Edmund fragen, ob es an der Universität jemanden gibt, den du kennenlernen könntest …"

„Nein, bitte tu das nicht. Die Ägypter haben ihre Rituale benutzt, um die Götter zu manipulieren, damit sie ihnen geben, was sie wollten, und ich muss mein Leben in Gottes Hand legen und damit zufrieden sein. Ich gebe zu, dass ich noch nicht glücklich bin, aber ich versuche es. In der Zwischenzeit muss ich sein Werk tun, ohne dafür als Belohnung eine Erfüllung aller meiner Wünsche zu erwarten."

Beckys Worte versetzten Flora einen Stich. Versuchte sie, Gott auf diese Weise zu missbrauchen? Sie dachte an ihre Arbeit für die Armen, vor allem an die armen Kinder und an die vielen Stunden freiwilliger Arbeit in den Sonntagsschulen. Tat sie das nur, um Gottes Zustimmung zu erlangen, damit er ihr und Edmund ein Baby schenkte? Wenn sie ganz ehrlich war, musste sie zugeben, dass dies auch ein Grund war. „Ich gehe schlafen", sagte sie zu Becky. „Du hast mir eine Menge Stoff zum Nachdenken gegeben. Und ich habe das Gefühl, dass du anfangen möchtest, deine Ideen zu Papier zu bringen, richtig?"

Becky sah sie an und lächelte. „Du kennst mich einfach zu gut. Gute Nacht, Flora." Aber so gut kannte Flora ihre Schwester gar nicht. Sie hatte keine Ahnung gehabt, dass die kluge, unabhängige Becky noch immer auf der Suche nach der Liebe war.

Am nächsten Morgen sagte Becky dem Kapitän, dass er umkehren und die Reise zurück nach Kairo antreten könne. Von jetzt an würde die Strömung des Flusses sie tragen und die Rückreise würde viel schneller gehen, da sie nicht mehr auf den Wind angewiesen waren. Während Flora mit ihrer Schwester unter dem Baldachin auf dem oberen Deck saß und hin- und hergerissen war zwischen ihrem eigenen Willen und dem Willen Gottes, fragte sie sich, was sie als Nächstes tun sollte, wenn sie wieder in Chicago waren. Becky hatte durch die Idee für ihr nächstes Buch ein neues Ziel gefunden, aber Flora wusste immer noch nicht, was Gott für sie im Sinn hatte. Sie malte sich gerade aus, wie der lange, schwere Wiederaufbau vonstattengehen würde, als sie Rufe und Wassergeräusche in der Nähe hörte.

„Flora, sieh mal!", rief Becky. Sie war aufgestanden und zeigte auf mehrere Ägypter mit entblößter Brust, die versuchten, ein Krokodil, das sie gefangen hatten, ans Ufer zu ziehen. Das Tier schnappte nach ihnen und schlug um sich im Bestreben, sich zu befreien, und sein weit geöffneter Rachen ließ eine Reihe scharfer Zähne aufblitzen. Flora zuckte zusammen, als einer der Männer nur knapp dem Biss des Tieres entging. „Das scheint mir eine sehr gefährliche Beschäftigung zu sein", sagte Becky. Sie beobachteten den gefährlichen Kampf weiter, bis die Männer schließlich siegten und das Krokodil mit einem Speer töteten.

„Weißt du", sagte Flora, als sie weiterfuhren, „jahrelang habe ich die Geschichte von dem Baby Mose gelesen, der in seinem kleinen Korb auf dem Nil treibt, aber mir ist nie klar gewesen, dass es in diesem Fluss Krokodile gibt. Da ist das Gottvertrauen seiner Mutter noch erstaunlicher."

„Ich kann nicht verstehen, wie die ägyptische Kultur – oder irgendeine Kultur – so grausam sein kann, ihre Kinder nicht wertzuschätzen", überlegte Becky. „Das ist noch so ein Bereich, in dem die Ägypter anders denken, als Gott es von uns erwartet. Als er Mose auf dem Berg Sinai seine Gebote gab, hat er dafür gesorgt, dass die schwächsten Mitglieder der Gesellschaft versorgt wurden. Und er hat die Würde aller Menschen unterstrichen, weil wir nach seinem Ebenbild geschaffen sind. Auch Jesus hat diese Dinge betont, als er die kleinen Kinder segnete und sagte, wenn wir die Bedürfnisse der Geringsten stillen, dann tun wir es für ihn."

Etwas in Floras Herz rührte sich, als sie ihrer Schwester zuhörte. „Diese Kinder, die in der Uniformfabrik gearbeitet haben und die in unsere Sonntagsschulen kommen … es ist so, als hätte die Gesellschaft sie zum Sterben in den Nil geworfen. Aber was wäre, wenn wir ihnen ein Rettungsboot bauen könnten, Becky? Einen Ort, an dem Waisen ein neues Zuhause finden können, so wie das Baby Mose? Einen Ort, an dem Familien in Not ihre Kinder getrost eine Zeit lang lassen können, weil sie wissen, dass sie dort Essen und Kleidung erhalten und nachts in einem warmen Bett schlafen können?"

„Du könntest diesen Ort erschaffen, Flora."

Flora starrte in die Ferne, während unzählige Ängste und Einwände an die Oberfläche kamen. „Aber i… ich wüsste nicht einmal, wie ich das anfangen sollte."

„Unsinn! Du fängst mit dem ersten Schritt an und vertraust darauf, dass Gott das Meer teilen wird."

„Hilfst du mir dabei, Becky?"

„Nein", sagte sie grinsend. „Ich habe meine eigene Arbeit. Aber ich bin sicher, Gott wird dir helfen."

Die Landschaft zog an Flora vorbei, aber davon nahm sie kaum etwas wahr, während sie flussabwärts nach Kairo zurückreisten. Immerzu musste sie an ihre Idee denken, ein Waisenhaus in Chicago zu gründen, und an all die Dinge, die nötig waren, um diese Idee in die Tat umzusetzen. Aber so begierig sie darauf war, die Heimreise anzutreten, wusste sie doch, wie wichtig es war, eine gewisse Zeit in Kairo zu verbringen, um den Schwarzmarkt nach antiken Handschriften und Kodizes abzusuchen. Vielleicht fanden sie ja so einen wie den, den Becky und Edmund gerettet hatten.

„Ich kann mir keinen besseren Zweck für mein Erbe vorstellen, als verlorene biblische Texte zu kaufen", sagte Becky, als sie in dem Teppichgeschäft, in dem sie fünf Jahre zuvor gewesen waren, auf einen Verkäufer warteten. Flora versuchte, das flaue Gefühl in ihrem Bauch zu ignorieren, wenn sie daran dachte, wie angreifbar sie waren ohne Edmund, der sie sonst beschützt hatte.

„Vielleicht hat Gott dich und mich so unterschiedlich geschaffen", fuhr Becky fort, „weil in seinem Reich ganz unterschiedliche Dinge gebraucht werden. Du hast deine Arbeit mit den Armen, während es meine Aufgabe ist, Bücher für intellektuelle Historiker zu schreiben, die die Bibel ablehnen."

„Das ist eine schöne Sichtweise", nickte Flora. Sie suchte die dunklen Schatten nach irgendwelchen Bewegungen ab und wünschte, ihr Herz würde sich beruhigen und Becky wäre nicht so arglos angesichts der Tatsache, dass sie einen vollen Geldbeutel bei sich hatten. Am Ende waren Floras Ängste unbegründet. Becky kaufte mehrere alt aussehende Manuskripte und Pergamentfragmente und anschließend kehrten sie in ihr sicheres Hotel zurück.

„Ich habe keine Ahnung, ob ich gerade mein Geld für wertlose Fälschungen aus dem Fenster geworfen habe oder nicht", sagte Becky, als sie die Handschriften unter einer Lampe betrachtete.

„Können wir jetzt wieder nach Hause reisen?" Flora hoffte, die Antwort würde Ja lauten, aber als sie Beckys ernste Miene sah, kamen ihr Bedenken.

„Also ... ich habe überlegt ..."

„Ach, du liebe Güte. Ich bin mir nicht sicher, ob mir das gefällt. Bitte sag nicht, dass du noch eine Reise für uns geplant hast."

„Nein, aber ich denke, vielleicht ist es an der Zeit, dass du und ich getrennte Wege gehen. Würde es dir sehr viel ausmachen, alleine nach Hause zu reisen?"

„Ich lasse dich doch nicht allein in Kairo zurück, Becky. Das kannst du dir gleich aus dem Kopf schlagen."

„Nein, ich will keine Dummheit begehen", sagte sie mit einer abwehrenden Handbewegung. „Aber ich möchte nicht weiter Artefakte kaufen, ohne zu wissen, was ich tue. Ich muss mehr darüber lernen, wie man das Alter eines Dokuments bestimmt und wie man Echtes von Fälschungen unterscheidet. Deshalb würde ich gerne den Winter in Cambridge verbringen und von den Experten lernen. Ich kann mir Privatunterricht leisten. Und sie können sich bei mir für meine Erwerbungen revanchieren, indem sie mich einige Monate lang in ihre akademischen Kreise aufnehmen und mich nach Möglichkeit beteiligen."

Wieder hatte Flora Angst um ihre Schwester, eine junge Frau, die allein in einem fremden Land unterwegs war und dort lebte. Und um sich selbst, wenn sie allein nach Chicago reiste. Das gehörte sich einfach nicht und wahrscheinlich gab es dafür gute Gründe. Aber wenn sie auf dieser Reise etwas gelernt hatte, dann, Gott zu vertrauen. Ob sie vor dem Flammeninferno in Chicago floh oder sich in einem heftigen Sturm auf See wiederfand – Gott hatte alles in der Hand. Es war seine Entscheidung, wann oder ob sie ein Kind bekam und wann oder ob überhaupt Becky einen Mann fand. Flora traute es Gott zu, dass er für ihre Schwester in Cambridge das Meer teilte und dass er ihr selbst in Chicago einen Weg bahnte, um ein Waisenhaus zu gründen.

„Also, was meinst du?", fragt Becky, die noch immer auf eine Antwort wartete.

„Ich meine, wir sollten zusammen bis Southampton reisen und dann macht sich jede von uns an Gottes Arbeit."

KAPITEL 19

Die Wüste Sinai
1890

„Ich frage mich, was als Nächstes geschehen wird", sagte Flora, als sie sich neben Becky im Schatten niederließ. Die gleißende Sonne stand hoch über ihnen und röstete sie wie einen Toast. Der Anblick brauner Felsen und faltiger Berge war überall gleich, egal, wohin sie blickte, also hörte sie auf damit, sich umzusehen. Petersen und Mr Farouk waren wieder auf den Hügel gestiegen und suchten den Horizont in alle Richtungen nach irgendeiner Spur der Beduinen ab. Der Koch saß allein auf einem Felsen in der Nähe, schüttelte immer wieder den Kopf und murmelte etwas auf Arabisch. Und die arme Kate Rafferty lief im Kreis herum, trat nach Steinen und wirbelte Staub auf.

„Ich weiß nicht, wie es möglich sein kann", erwiderte Becky, „aber ich bin trotz unserer Situation ganz ruhig. Ich fühle mich für diese Lage verantwortlich, da ich der Grund dafür bin, dass wir alle überhaupt hier sind. Aber Gott hat mich auf diese Suche geführt und bislang schon viele Türen geöffnet und ich glaube, dass wir das Kloster erreichen werden, so oder so."

„Ich hoffe, ohne dass wir Kate an den Beduinen verkaufen müssen!"

Becky sah sie an und lächelte. „Da würdest du sicher niemals zustimmen – obwohl Petersen vielleicht versucht wäre."

„Schhh!" Flora stieß ihre Schwester an, lieber den Mund zu halten, denn Kate kam in diesem Augenblick näher und ließ sich neben ihnen nieder.

„Ich verstehe nicht, warum der Scheich mich überhaupt will", sagte sie.

„Ach du liebe Güte", sagte Flora, während sie sich mit ihrem Strohhut Luft zufächelte. „Hat dich nie jemand aufgeklärt, Kate?"

Sie zog eine Grimasse, als hätte sie in eine Zitrone gebissen. „Wenn Sie meinen, was ich vermute, dann weiß ich natürlich, was Männer immer wollen – aber warum gerade ich?"

„Ich glaube, du gefällst dem Scheich, weil du jung und hübsch bist", erwiderte Flora.

„Und warum hat er dann nicht mit mir gesprochen? Nicht dass ich Interesse an ihm hätte. Außerdem verstehe ich kein einziges Wort von dem, was er sagt."

„In seiner Kultur werden Frauen anders behandelt", erklärte Flora und setzte sich den Hut wieder auf. „In diesem Teil der Welt verhandelt ein Mann mit dem Vater des Mädchens, wenn er es zur Frau nehmen will. Es ist eher ein Geschäft. Romantik und Gefühle der Liebe sind da zunächst nicht im Spiel, anders als bei Amerikanern, die einer Frau den Hof machen."

„Du meinst bei *manchen* Amerikanern", fügte Becky hinzu. „Erinnerst du dich an Freddy Worthington? Wenn das kein Geschäft war!"

Flora stieß sie an. „Das ist jetzt nicht sehr hilfreich, Becky."

„Und was passiert jetzt mit uns?", wollte Kate wissen. In ihrer Stimme schwang etwas mit, das Flora noch nie gehört hatte. Das energische, freche Straßenmädchen hatte doch tatsächlich Angst.

„Wir müssen einfach die Ruhe bewahren", sagte Flora, „und abwarten. Sich Sorgen zu machen, nützt nichts, aber Beten hilft." Sie versuchte, nicht nur Kate zu überzeugen, sondern auch sich selbst. Einige Minuten später kam Petersen vom Hügel herunter und stellte sich neben sie in den Schatten. „Ist von unseren Freunden etwas zu sehen?", fragte Flora ihn.

„Nichts." Er nahm seine Kopfbedeckung ab und fuhr sich mit den Fingern durch das helle Haar, das jetzt vom Schweiß etwas dunkler geworden war. „Ich verstehe es immer noch nicht", sagte er. „Der Scheich hätte Kate doch einfach entführen und verschwinden können, wenn er sie unbedingt haben wollte."

„Na, vielen Dank!"

„Warum hat er sie mit all den Vorräten hier bei uns zurückgelassen?", fuhr Petersen unbeirrt fort. „Sie hätten Kate im Schlaf überfallen und sich mit der Karawane davonschleichen können, dann hätte niemand je erfahren, was aus uns geworden ist."

„Er hat recht", nickte Becky. „Das alles ergibt keinen Sinn. Es sei denn, sie sind wütend auf uns, weil wir sie ihnen nicht verkauft haben."

„Und warum haben sie uns dann die Vorräte hiergelassen?", fragte Petersen kopfschüttelnd.

„Vielleicht kommen sie ja mit Verstärkung zurück", sagte Kate.

„Das ergibt auch keinen Sinn. Sie waren doch schon in der Überzahl."

„Ich glaube, wir müssen einfach weiter um Hilfe beten", sagte Flora. „Und unser Leben ganz bewusst in Gottes Hände legen."

„In der Zwischenzeit", sagte Petersen, als wollte er sich nicht nur auf Gottes Hilfe verlassen, „können wir vielleicht herausfinden, in welcher Richtung das Kloster von hier aus liegt. Als wir Rast gemacht haben, haben sich die Männer beim Beten dorthin verneigt", sagte er und zeigte in die entsprechende Richtung. „Wenn Mr Farouk eine Karte oder so etwas hat, könnte ich losgehen und versuchen, Hilfe zu holen."

„Nein, nein, nein", protestierte Flora. „Das würden Sie niemals schaffen, Sören. Diese Berge sehen alle gleich aus. Sie würden eine Nadel im Heuhaufen suchen, nicht wahr, Mr Farouk?" Während sie geredet hatten, war er den Hügel heruntergekommen und stand jetzt händeringend da. Er sah aus wie eine Schildkröte, die ihren Panzer verloren hat.

„Nur Scheich wissen, wo Mönche leben", erwiderte er.

Der kleine Reiseführer war überhaupt keine Hilfe. Flora war froh, als Petersen plötzlich das Kommando übernahm. „Schlagen wir die Zelte auf. Sie werden uns Schatten spenden, damit wir nicht in der Sonne sitzen müssen. Und wir müssen unsere Lebensmittel und das Wasser einteilen, damit sie möglichst lange halten." Er trieb den Koch und Mr Farouk an, sich nützlich zu machen, und gemeinsam begannen sie, die Ausrüstung auszupacken. Die Zelte würden ihre Lage nicht ändern, aber Flora wusste, dass Petersen etwas tun musste, anstatt hilflos herumzusitzen. Der Schweiß hatte seine Kleider schon nach kurzer Zeit durchnässt, während er nach möglichst großen ebenen Steinen suchte, sodass Platz für die Zelte war. Wahrscheinlich wünschte er, er könnte sein schweres Gewand ablegen, aber aufgrund seiner hellen Haut hätte er in wenigen Minuten einen schrecklichen Sonnenbrand. Während die Männer arbeiteten, beschloss Flora, Bibelverse aufzusagen, damit alle sich besser fühlten, allen voran sie selbst.

„*Ich hebe meine Augen auf zu den Bergen*", begann sie. „*Woher kommt mir Hilfe? Meine Hilfe ist im Herrn, der Himmel und Erde gemacht hat …*" Die Worte schienen die anderen zu ermutigen. Selbst Kate wirkte etwas entspannter, also fuhr Flora fort. „*Der Herr behüte dich vor allem Übel, er behüte deine Seele. Der Herr …* Wie geht der letzte Vers, Becky?"

„*Der Herr behüte deinen Ausgang und Eingang von nun an bis in Ewigkeit!*"

Flora zitierte ihr gesamtes Repertoire an auswendig gelernten Versen, während die Zelte aufgebaut und die Vorräte verstaut wurden. Dann wechselten Petersen, Mr Farouk und der Koch sich damit ab, auf der kleinen Anhöhe zu stehen und den Horizont nach irgendwelchen Lebenszeichen abzusuchen.

Flora sehnte den Sonnenuntergang und damit das Ende der sengenden Hitze und blendenden Sonne herbei, als Petersen bei seiner Schicht vom Kamm des Hügels herunterrief. Becky rappelte sich auf und hielt Flora eine ausgestreckte Hand hin, um ihr aufzuhelfen. „Komm, wir sehen besser nach, was los ist."

„Meinen Sie, das ist eine Staubwolke dort hinten?", fragte er, als sie oben angekommen waren. „Sehen Sie? Oder ist es eher ein Sandsturm?"

Flora tupfte sich mit ihrem Taschentuch den Schweiß von der Stirn und schirmte ihre Augen gegen die Sonne ab. „Wenn, dann bin ich froh, dass Sie die Zelte aufgeschlagen haben, Petersen." Die größer werdende Wolke kam näher. Als Flora endlich erkennen konnte, was es war, hatte sie das Gefühl, als hätte ihr jemand in den Magen getreten. Es war schlimmer als ein Sandsturm. Eine große Menge Menschen näherte sich auf Kamelen.

„Die Beduinen sind zurück", sagte Petersen. „In großer Zahl."

„Ich weiß nicht, ob das eine gute oder eine schlechte Nachricht ist", murmelte Becky.

„Gott kennt das Ende unserer Tage", sagte Flora. „Wir brauchen uns nicht zu fürchten." Aber sie hatte trotzdem Angst. Ihr Herz schlug im Takt mit den Hufen.

„Ich finde, wir sollten alle zu unserem Lager gehen und warten", sagte Petersen, als die Horde so nah war, dass man die einzelnen Reiter genau erkennen konnte. Er ging als Erster den Hügel hinunter, wieder ihr Anführer. Normalerweise hätten Flora oder Becky Befehle erteilt, aber sie wussten beide, wie viel es Petersen bedeutete, ihr Beschützer zu sein. „Kate, geh ins Zelt und bleib dort", befahl er. „Und komm erst heraus, wenn ich es sage."

Als er versuchte, sie in Richtung Zelteingang zu schieben, wehrte sie sich. „Hände weg! Wer hat Sie denn hier zum Anführer ernannt? Habe ich gar nichts mitzureden?"

„Willst du denn die Frau des Scheichs werden?", fragte er.

„Natürlich nicht. Ich will ihm sagen, dass er auf Nimmerwiedersehen verschwinden soll!"

„Und genau das wird mit uns passieren, wenn du ihm das sagst – wir werden auf Nimmerwiedersehen verschwinden!"

Flora legte einen Arm um die Schultern des Mädchens und schob sie weiter. „Petersen hat recht, Katie. Im Moment ist es besser, wenn du dich nicht blicken lässt."

„Aber ich will wissen, wer da kommt und was los ist."

„Ich werde vor dem Zelt stehen und dir erzählen, was passiert, aber du darfst nicht herauskommen." Flora band den Eingang hinter Kate zu – als würde das verhindern, dass Eindringlinge hineingingen oder Kate herauskam.

Jetzt konnten sie die Glöckchen an den Kamelen der Beduinen hören. Petersen kramte in der Kiste mit den Utensilien und zog drei Messer heraus, wobei er das größte Fleischermesser für sich behielt und die anderen beiden Mr Farouk und dem Koch gab. „Ich nehme auch ein Messer", sagte Becky, als sie sah, was er tat. Er gab ihr das Beil, mit dem der Koch den Hühnern den Kopf abhackte.

Die Karawane hielt in einer Wolke aus Staub, ein Stück von ihrem Lager entfernt. Floras Herz hämmerte wie galoppierende Pferde, als sie den Scheich erkannte, der den anderen Männern Befehle zubrüllte. Dutzenden und Aberdutzenden von Männern. „Der Scheich ist zurück, Katie", erklärte Flora ihr. „Mit einer ganzen Dorfbevölkerung im Schlepptau, wie es aussieht. Ich sehe beduinische Frauen mit langen Gewändern und Goldschmuck und auch kleine Kinder. Sie scheinen Tiere dabeizuhaben – Schafe und Ziegen."

„Kommen sie hierher?", fragte Kate. Wieder hörte Flora Angst in der Stimme der jungen Frau.

„Nein, im Moment nicht. Sie sind etwa hundert Meter entfernt stehen geblieben."

Becky kam und gesellte sich zu Flora und gemeinsam beobachteten sie einige Minuten lang das Geschehen. Floras Schultern schmerzten vor Anspannung und Angst. „Was genau willst du eigentlich mit dem albernen Beil tun?", fragte sie Becky, um sich von ihrer Nervosität abzulenken.

„Dich beschützen natürlich. Immerhin ist dieses Missgeschick meine Schuld."

„Und du glaubst wirklich, ein Beil wird viel gegen ein Dutzend Beduinen ausrichten?"

„Nein ... deshalb bete ich ja zusätzlich."

„Meine furchtlose große Schwester", sagte Flora kopfschüttelnd.

Zuerst schienen die Beduinen nur ein wenig herumzulaufen und miteinander zu reden. Dann sah Flora, wie das erste Zelt aufgeschlagen wurde, ein großes schwarzes Ding, das von niedrigen Stangen gehalten wurde. Anschließend erschien ein zweites Zelt, dann ein drittes.

„Es sieht so aus, als würden sie ihr Lager hier aufschlagen, Kate", erklärte Flora ihr. „Sie haben mehrere schwarze Zelte aus Ziegenfellen."

„Petersen, holen Sie die Hocker", sagte Becky nach einer Weile. „Wir können uns genauso gut setzen, während sie da drüben ein kleines Dorf errichten. Ich glaube nicht, dass sie anfangen werden, mit uns zu verhandeln oder uns abzuschlachten, bevor sie fertig sind – je nach dem, was sie vorhaben."

Es stellte sich heraus, dass sie recht hatte. Mitten in der Wüste entstand eine geordnete Beduinensiedlung aus mehreren Zelten mit provisorischen Pferchen für die Tiere. Rauch stieg von Kochstellen auf und der verführerische Duft exotischer Gewürze wehte zu Floras Lager herüber. Neben dem Scheich erkannte sie mehrere Kameltreiber, die mit ihnen unterwegs gewesen waren. Kurz vor Sonnenuntergang versammelten die Männer sich zum Gebet und verneigten sich in Richtung Osten. Flora nutzte die Gelegenheit, sich den Stand der Sonne zu merken. Zumindest wussten sie dann im Notfall, in welcher Richtung der Golf lag. Auch Mr Farouk und der Koch gingen hinter ihr Zelt, um zu beten – und wahrscheinlich waren es die leidenschaftlichsten Gebete, die diese beiden Männer jemals gesprochen hatten.

Petersen setzte sich, um mit Flora und Becky zu sprechen. „Bei allem Respekt, aber ich finde, wir sollten dem Scheich sagen, dass ich hier das Sagen habe und nicht Mr Farouk. Es ist seine Schuld, dass der Scheich wütend auf uns ist, und nach dem, was Sie gesagt haben, vermute ich, dass die Beduinen mit Ihnen nicht verhandeln werden, weil Sie eine Frau sind."

„Da haben Sie recht", nickte Becky. „Wir werden es Ihnen überlassen, mit dem Scheich zu reden. Ich bleibe in der Nähe, da ich die Sprache verstehe und mich vergewissern will, dass Mr Farouk alles richtig übersetzt."

Floras Magen knurrte vor Hunger und Unbehagen. Während sie auf das Ende des Abendgebetes warteten, wurde sie immer nervöser. „Wann kann ich rauskommen?", jammerte Kate. „Hier drin ist es wie in einem Ofen."

„Noch nicht", sagte Petersen. „Nicht, bis wir herausgefunden haben, was los ist." Er beugte sich vor und flüsterte Flora zu: „Wir können nicht riskieren, dass sie eine Dummheit begeht."

„Ich weiß."

Als die Gebete vorüber waren, versammelten sich die Beduinen kurz, dann führte der Scheich eine Gruppe Männer durch die Wüste zu Floras und Beckys Lager. Petersen erhob sich, das Fleischermesser unter seinem Gewand versteckt. „Sagen Sie dem Scheich, dass ich hier das Sagen habe, Mr Farouk." Er schob den kleinen Mann vor und Becky und Flora folgten. Mr Farouk sah aus, als könnte er jeden Augenblick ohnmächtig werden, aber er tat, was Petersen ihm sagte. Der Scheich wirkte ernst, sein dunkles Gesicht halb verdeckt von seiner Kopfbedeckung. Aber seine Worte waren erstaunlich freundlich, als sie die Übersetzung hörten.

„Sie kommen. Ein Mahl für Sie bereitet. Genießen Sie Gastfreundschaft."

„Wir alle?", fragte Petersen.

Mr Farouk übersetzte seine Frage und dann die Antwort des Scheichs. „Ja. Die Frauen sollen im Zelt mit unseren Ehefrauen essen. Und bringen rothaarige Frau mit."

„Können wir ihnen trauen?", flüsterte Petersen.

„Uns bleibt nichts anderes übrig", erwiderte Becky. „Wir sind hoffnungslos unterlegen. Außerdem hätten sie uns längst umbringen können, wenn das ihre Absicht wäre."

„Also gehen wir", sagte Flora seufzend.

„Wird auch Zeit", sagte Kate, als sie das Mädchen aus dem Zelt holten.

Sie überquerten das steinige Gelände bis zum Lager der Beduinen, wo ein Bankett aus verschiedenen Gerichten und frischem Brot auf einem Teppich vor einem der Zelte ausgebreitet war. Der Scheich lud Petersen und Mr Farouk ein, neben ihm Platz zu nehmen, während Flora, Becky und Kate in eines der niedrigen schwarzen Zelte geführt wurden, wo ein zweites Bankett vorbereitet war. Die beduinischen Frauen gaben ihnen mit Gesten zu verstehen, sie sollten sich setzen, wobei der größte Kissenberg für Kate reserviert war. Jeder Teller mit Essen wurde zuerst Kate angeboten, als wäre sie eine Königin. Sie drängten sie regelrecht, sich satt zu essen. Da es kein Besteck gab, nahmen alle die Finger und Fladenbrotstücke, um aus den Gemeinschaftsschüsseln zu essen. Flora stellte erstaunt fest, dass das Essen köstlich war, verfeinert mit einer Gewürzmischung, die sie noch nie gekostet hatte. Das Hauptgericht des Banketts war eine Platte mit gebratenem Fleisch.

„Was essen wir denn da?", fragte Kate. „Was für Fleisch ist das?"

Flora vermutete, dass es Ziegenfleisch war, sagte aber: „Frag nicht, meine Liebe. Du willst es gar nicht wissen."

„Es schmeckt jedenfalls köstlich", sagte Becky und leckte sich die Finger ab. „Das Brot ist auch herrlich. Warm und rauchig und außen knusprig, aber innen ganz weich."

Flora hörte die Stimmen der Männer draußen und fragte sich, was vor sich ging. „Kannst du hören, was der Scheich sagt?", fragte sie Becky.

Becky drehte den Kopf ein wenig zur Seite und lauschte. „Er gibt damit an, wie reich er ist. Dass er Kate ein gutes Leben bieten kann."

„Das ist also alles eine große Schau? Um uns dazu zu bringen, dass wir sie ihm überlassen?"

„Sieht so aus."

„Ha!", warf Kate ein. „Als würde ich hier leben wollen! Dieses Zelt stinkt nach totem Tier."

„Und was geschieht, wenn wir uns weigern?", wollte Flora wissen.

„Wer weiß?", antwortete Becky achselzuckend. Wenn sie ebensolche Angst hatte wie Flora, ließ Becky es sich jedenfalls nicht anmerken, denn sie aß genüsslich und lächelte die versammelten Frauen freundlich an. Mit der Zeit wurde es dunkel im Zelt und die Beduininnen zündeten Öllampen an. Die meisten Schüsseln waren leer, als eine der Frauen Kate eine üppige Sammlung aus goldenem Halsschmuck, Ohrringen und Armreifen präsentierte. Kate riss die Augen auf, als sie das Gold vorsichtig mit den Fingern berührte, so, als wollte sie den Wert der Juwelen einschätzen. „Sind die für mich?"

„Nimm sie nicht, Kate", warnte Becky. „Wir wissen nicht, was es in dieser Kultur bedeutet, wenn man solche Geschenke annimmt."

Flora sah, dass Kate die glänzenden Schmuckstücke nur widerwillig von sich schob. Wahrscheinlich hatte sie noch nie einen solchen Reichtum gesehen. Die Beduininnen drängten sie, nahmen Kates Hände und versuchten, ihr die klirrenden Armreifen über die Handgelenke zu streifen. Flora fürchtete schon, wenn man sie nicht aufhielt, wäre Kate bald so geschmückt wie eine von ihnen.

Plötzlich stand Becky auf und sagte mit entschlossener Stimme etwas auf Arabisch. Die Frauen erstarrten und sahen Becky an, als wäre sie gerade von den Toten auferstanden. Becky sagte noch etwas und die Frauen ließen Kates Arme los. Und der Schmuck vor ihr fiel auf den Teppich. Flora war nicht sicher, ob sie beunruhigt oder erleichtert sein sollte.

„Was hast du gesagt?", fragte sie ihre Schwester.

„Ich habe gesagt, sie sollen aufhören. Sie sollen dem Scheich sagen, dass wir seine Geschenke nicht annehmen können." Becky lachte und fügte hinzu. „Aber ich glaube nicht, dass das Entsetzen in ihren Gesichtern etwas mit dem Schmuck zu tun hat. Bestimmt hätten sie sich in tausend Jahren nicht träumen lassen, dass ich ihre Sprache spreche."

Kate sah wie ein verängstigtes Kind aus und blickte wortlos zwischen den Frauen hin und her und Flora musste sich beherrschen, sie nicht in den Arm zu nehmen. Niemand schien zu wissen, was sie jetzt tun sollten, bis eine der Beduininnen sich erhob und alle anderen ihr sogleich folgten. Sie schoben Kate und Flora und Becky aus dem Zelt und zu dem Lagerfeuer, an dem die Männer saßen, die Überreste ihrer Mahlzeit vor sich ausgebreitet. Alle Gespräche verstummten, als der Scheich aufstand, woraufhin seine Männer es ihm eilig nachtaten. „Was ist los?", fragte Flora, als der Scheich etwas zu Mr Farouk sagte.

„Er hat gesagt, dass er uns jetzt zu unserem Lager zurückbringt", übersetzte Becky. „Es wird Zeit, dass die Männer vor dem Schlafengehen beten."

„Einfach so. Wir wissen immer noch nicht, was los ist?"

„Nein. Aber ich bin froh, dass du diesen Schmuck nicht angelegt hast, Kate. Es hätte bedeutet, dass du jetzt seine Frau wärst."

Nachdem sie sich von dem Lagerfeuer entfernt hatten, war die mondlose Nacht so schwarz, dass Flora kaum ihre eigenen Füße sehen konnte. Sie nahm Becky und Kate bei der Hand, während die Beduinen einen Kreis um sie herum bildeten und sie zu ihren Zelten zurückbrachten, wobei sie vor Felsbrocken oder Löchern auf dem Weg warnten. „Scheich wünsche gute Nachtruhe", übersetzte Mr Farouk, bevor die Männer gingen.

Floras Herz hatte vor Angst so schnell geschlagen, dass sie nicht sicher war, ob sie überhaupt würde schlafen können. Nachdem sie sich zu einem Faltschemel vorgetastet hatte und darauf niedergesunken war, blickte sie zum Nachthimmel hinauf und bat Gott darum, ihnen zu zeigen, was sie tun sollten. Der riesige Streifen der Milchstraße erstreckte sich von einem Ende des Horizonts zum anderen und ließ mehr Sterne am Himmel erstrahlen, als sie jemals gesehen hatte. „Sieh doch nur, Becky", sagte sie und zeigte nach oben. „Ist das nicht herrlich?" Becky, Kate und Petersen gesellten sich zu ihr, während Mr Farouk und der Koch in der Nähe beteten.

„Was hatte es mit dieser Mahlzeit auf sich?", fragte Petersen, der die Schmuckschatulle aus Sternen über seinem Kopf gar nicht bemerkte.

„Ich glaube, sie wollten uns damit beeindrucken, was für ein gutes Leben sie Kate bieten würden", erwiderte Becky. „Hat der Scheich versucht, mit Ihnen um sie zu feilschen?"

„Nein. Es sei denn, Mr Farouk hat mir nicht die Wahrheit gesagt. Wir haben nur gegessen. Haben Sie etwas von den Frauen erfahren?"

Becky schüttelte den Kopf. „Sie haben meist so leise gesprochen, dass ich es nicht verstehen konnte."

„Jedenfalls haben sie uns nichts getan", sagte Flora seufzend, „und das ist ein gutes Zeichen. Wir wurden gut behandelt, trotz der Anspannung."

„Ja", stimmte Becky zu. „Ich vermute, dass der Scheich morgen früh wiederkommen wird, um wegen Kate zu verhandeln. Sie machen sich besser darauf gefasst, Petersen."

„Was soll ich ihm sagen?"

„Sagen Sie ihm, dass ich nicht zu haben bin!", sagte Kate.

Flora tätschelte ihr den Arm. „Natürlich wird er ihm das sagen, Kate. Aber es ist vielleicht nicht so einfach. Becky und ich werden um Weisheit beten. Ich schlage vor, wir sollten uns alle an den Beduinen ein Beispiel nehmen und niederknien, um zu beten, bevor wir heute Abend schlafen gehen."

„Petersen hat seine Sache heute Abend sehr gut gemacht, nicht wahr?", sagte Flora, als Becky und sie sich im Zelt für die Nacht fertig machten. „Ich bin sehr stolz auf ihn, weil er so die Führung übernommen hat."

„Ich hoffe nur, er begibt sich nicht in Gefahr", sagte Becky.

„Wir müssen für ihn beten."

Kate war ungewöhnlich still gewesen, als sie sich ausgezogen und auf ihr Feldbett gelegt hatte, wo sie sich in die Decken wie in einen Kokon eingehüllt hatte. Flora hätte das Mädchen gerne in den Arm genommen und ihr versichert, dass Gott alles unter Kontrolle hatte, aber Kate würde einen solchen Trost niemals annehmen. „Wir werden nicht zulassen, dass sie dir etwas tun, Kate", sagte sie, als sie die Lampe ausblies. „Das verspreche ich dir." *Und Petersen auch nicht*, fügte sie im Stillen hinzu.

Flora streckte sich auf ihrem Lager aus und zog die Decke bis ans Kinn, während sie an den Tag zurückdachte, an dem sie Sören Petersen und seinem Bruder Gunnar zum ersten Mal begegnet waren. Und mit diesen Gedanken stieg auch ein Gefühl des Bedauerns in ihr auf, eine ganze Karawanenladung voll.

KAPITEL 20

Chicago
1887
Drei Jahre früher

Das Lachen der Kinder weckte einen tiefen Schmerz in Floras Herzen. Sie beobachtete die Osterfeier, die im Speisesaal des Waisenhauses in vollem Gange war, und wünschte, sie könnte wahrhaft glücklich sein. Vor beinahe sechs Jahren hatte sie das Heim gegründet, nachdem sie von ihrer Reise zurückgekehrt war, bei der sie mit Becky den Nil hinaufgefahren war, und es war ein Ort des Glücks, wenn man bedachte, welche persönliche Tragödie jedes einzelne Kind hierher geführt hatte. Sie war stolz auf das, was sie und ihr Vorstand erreicht hatten. Und doch war die Sehnsucht nach einem eigenen Kind immer geblieben.

Die Heimmutter und ihre freiwilligen Helfer schnitten den Kuchen an, den Flora mitgebracht hatte. Sie legten auch Beutel mit Süßigkeiten für die Kinder aus. Becky unterhielt die Kinder, die sich um sie versammelt hatten und auf Stühlen oder zu ihren Füßen auf dem Boden saßen, mit einer Mischung aus Bibelgeschichten und abgewandelten Erzählungen aus *Tausendundeine Nacht*. Wann immer sie bei besonderen Anlässen das Waisenhaus betrat, waren die Kinder außer sich vor Begeisterung.

Draußen waren die grünen Knospen an den Bäumen ein sicheres Zeichen dafür, dass im kühlen Chicago neues Leben entstand. Aber drinnen schien Flora das Waisenhaus trostlos und kalt, so sehr sie auch darauf achtete, dass die Wände immer frisch gestrichen waren, dass bunte Vorhänge an den Fenstern hingen und frische Blumen auf den Tischen standen. Die Einrichtung wirkte grau und farblos auf sie, so wie ihr unfruchtbarer Leib.

Nach der Ägyptenreise war sie mit neuer Entschlossenheit zurückgekehrt, den Kindern in Chicago zu helfen, und nachdem sie eine Stiftung gegründet und einen Vorstand eingesetzt hatte, war das Chicagoer Waisenhaus entstanden. Flora wollte, dass es nicht nur ein Haus war, in dem obdachlose Waisen Adoptiveltern finden konnten, sondern auch ein sicherer Ort, an dem Familien in Not ihre Kinder eine Zeit lang unterbringen konnten und wussten, dass sie gut versorgt waren, bis die Familie wieder zusammengeführt wurde. Und ihre Vision war ein Erfolg gewesen. Wie viele Kinder hier Zuflucht oder eine neue Adoptivfamilie gefunden hatten, das wusste sie nicht mehr. Und doch war Floras Bitte um ein eigenes Kind nicht erhört worden. Ja, sie hatte die Sache in Gottes Hände gelegt – immer wieder, während Edmund und sie Ärzte zu Rate zogen und gemeinsam beteten. Aber in ihrem Herzen wusste sie, dass sie sich gegen Gottes Willen wehrte, weil er nicht ihrem eigenen entsprach.

Die Kinder saßen wie gebannt da, während Becky ihnen die Ostergeschichte erzählte und die Frauen beschrieb, die zum Grab gingen, es leer vorfanden und dann dem auferstandenen Jesus begegneten. Als Floras Blick über die Gesichter der Kinder wanderte, entdeckte sie zwei neue darunter – einen ganz reizenden kleinen Jungen von etwa vier Jahren, der auf dem Schoß eines Jungen im Teenageralter saß. Sie sahen sich so ähnlich mit ihren blonden Haaren und dem hellen Teint, dass sie Brüder sein mussten. Flora bemerkte, wie liebevoll sie miteinander umgingen, ihre Liebe und Zuneigung in jeder Geste offensichtlich. Als Becky mit ihrer Geschichte fertig war und die Kinder sich für ein Stück Kuchen anstellten, fragte Flora die gute Seele des Hauses, Mrs Miller, nach den Neuankömmlingen.

„Die beiden sind vor zwei Wochen zu uns gekommen", erwiderte sie. Mrs Miller war eine warmherzige, rundliche Frau, die den Kindern großzügig die Zuneigung entgegenbrachte, die sie so dringend brauchten. Selbst wenn sie Strenge zeigte, tat sie das auf liebevolle Weise. Zusammen mit ihrem Mann, der Hausmeister und Gärtner war, lebte sie im Waisenhaus. „Diese Jungen waren ganz schmutzig und abgerissen, als sie hier auftauchten", fuhr sie jetzt fort. „Wir hatten keine Ahnung, wie hell ihre Haare und ihre Haut waren. Sie heißen Sören und Gunnar Petersen, deshalb nehmen wir an, dass sie skandinavische Wurzeln haben."

„Sie sind furchtbar dünn. Essen sie denn genug?"

„Jetzt schon. Dafür habe ich gesorgt. Aber daran, wie sie ihr Essen hinuntergeschlungen haben, konnte man sehen, dass sie eine ganze Weile nichts Ordentliches im Magen gehabt hatten."

Flora sah zu, wie die beiden Jungen auf ihr Stück Kuchen und ihre Süßigkeiten warteten. Anstatt sich zu den anderen Jungen in seinem Alter zu gesellen, blieb der ältere Junge bei seinem kleinen Bruder, setzte sich dicht neben ihn und half ihm mit seinem Kuchen. Der Kleine wirkte irgendwie schreckhaft. Während die anderen Vierjährigen durch den Speisesaal rannten und lachten und spielten, klammerte er sich an seinen Bruder. Flora widerstand dem Drang, den kleinen Jungen auf den Schoß zu nehmen und ihr Gesicht in seinen goldenen Haaren zu vergraben. „Sind sie immer so unzertrennlich?", fragte sie die Heimleiterin.

„Ja, und das ist ein gewisses Problem. Jeden Morgen finden wir Sören auf dem Boden in Gunnars Schlafsaal. Er soll eigentlich bei den anderen Jungen in seinem Alter schlafen, aber dort bleibt er nicht. Er lässt seinen kleinen Bruder nicht aus den Augen."

„Dann sollen sie ruhig zusammenbleiben, Mrs Miller, trotz ihres unterschiedlichen Alters. Schicken Sie sie nicht in verschiedene Schlafsäle."

„Aber die Hausregeln besagen ..."

„Manchmal muss man Regeln ignorieren. Man sieht doch, dass es grausam wäre, die beiden zu trennen. Geben Sie ihnen etwas Zeit, um sich einzugewöhnen."

„Ja, Mrs Merriday."

Becky gesellte sich zu ihnen, sie hatte für jede von ihnen ein Stück Kuchen dabei. „Was ist mit ihren Eltern?", fragte Becky, als der ältere Junge seine eigene Tüte mit Süßigkeiten in die Tasche seines Bruders steckte.

„Sie erzählen uns nicht viel. Der Vermieter, der die Behörden informiert hat, sagte, sie hätten mit ihrer Mutter zusammengelebt, bis diese gestorben ist. Einen Vater oder anderen Verwandten scheint es nicht zu geben, soweit er weiß. Er wollte sie nicht auf die Straße setzen, aber sie konnten natürlich die Miete nicht bezahlen. Da hat er uns gefragt, ob wir sie nehmen."

„Es sind reizende Kinder", murmelte Flora. Mit den blonden Haaren und der schmalen Gestalt könnten sie Edmunds Söhne sein. Sie stellte sich vor, wie sie den kleinen Jungen im Arm hielt und ihm einen Gutenachtkuss gab. Dann hielt sie inne. Wie oft hatte sie diesen Kampf schon durchgemacht? Jedes Mal, wenn die Sehnsucht nach einem Kind sie aus der Bahn zu werfen drohte, gab sie diese Sehnsucht an Gott ab, weil sie wusste, wenn es Gottes Wille gewesen wäre, dass Edmund und sie ein Baby haben sollten, dann hätte er ihnen im Laufe der Jahre eines schenken können. Aber jetzt war sie einundvierzig Jahre alt und Edmund siebenundfünfzig und die Zeit, Kinder zu bekommen, war vorbei.

Becky aß den letzten Bissen von ihrem Kuchen und stellte den Teller ab. „Es dürfte nicht allzu schwierig sein, eine Familie zu finden, die diese Jungen adoptiert, denke ich", sagte sie.

„Oh, für den kleinen Gunnar würden wir mühelos ein Zuhause finden", erwiderte Mrs Miller, „aber Sören wird sich nicht von ihm trennen."

„Warum sollte man das auch von ihm verlangen?", fragte Flora. „Ist es bei uns nicht üblich, Geschwister immer zusammen zu vermitteln?"

„Ja, natürlich. Nur hier ist zwischen den beiden ein so großer Altersunterschied. Gunnar ist vier und Sören ist sechzehn – beinahe alt genug, um das Waisenhaus zu verlassen und sich eine Arbeit zu suchen. Wir haben versucht, ihm zu erklären, dass es für Gunnar besser ist, bei einer liebevollen Familie aufzuwachsen, als hier im Heim zu bleiben, aber er besteht darauf, dass sie zusammenbleiben wollen."

„Sie können doch gewiss eine Familie finden, die beide aufnimmt, oder?", fragte Becky.

„Ich wünschte, das könnten wir, Miss Hawes – und wir werden auch weitersuchen. Aber beinahe alle Familien, die eine Adoption anstreben, wollen ein sehr kleines Kind. Sie fürchten, die älteren könnten schlechte Angewohnheiten haben, die man ihnen nicht so leicht austreiben kann."

„Sind deshalb so viele ältere Kinder hier?", wollte Becky wissen.

„Ja, Miss Hawes. Wahrscheinlich werden wir für sie nie eine Familie finden. Wir versuchen, ihnen das Lesen und Schreiben beizubringen, aber oft sind sie in der Schule schon weit zurück, wenn sie herkommen, und sie wollen nicht mit Kindern in einer Klasse sitzen, die halb so alt sind wie sie. Wenn sie siebzehn sind, gehen sie ihrer Wege."

Flora blieb, bis Kuchen und Limonade alle waren und die Kinder zum Spielen auf den Hof hinter dem Haus liefen. Sie wünschte, sie könnte mehr tun, als ihnen dabei zuzusehen, wie sie in den Sonnenschein hinausrannten, aber wenigstens hatte jedes eine warme Jacke und Schuhe, die ihnen passten. Sie würden jeden Tag drei nahrhafte Mahlzeiten bekommen und ein warmes Bett, in dem sie nachts schlafen konnten. Aber kein Geld der Welt konnte ihnen geben, was sie am meisten brauchten – Liebe.

„Du bist so still", sagte Becky, als sie nach Evanston zurückfuhren. „Geht es dir gut, Flora?"

„Ich denke nur nach."

„Und ich denke, wenn es für mich schon schwierig ist, ins Waisenhaus zu gehen und die tragischen Geschichten dieser Kinder zu hören, dann muss es dir das Herz brechen. Ich weiß nicht, wie du das aushältst."

„Es bricht mir tatsächlich das Herz." Einen Moment lang machte sie die Augen zu und sah im Geiste Gunnar vor sich, den kleinen blonden Jungen. Hunderte Waisenkinder hatten im Laufe der Jahre auf der Schwelle des Heims gestanden, aber noch nie hatte sie eine so unvermittelte, tiefe Sehnsucht nach einem Kind verspürt wie heute.

„Darf ich dir eine sensible Frage stellen, Flora? ... Warum habt ihr eigentlich nie ein Kind adoptiert?"

„Ich habe darüber nachgedacht. Aber ich kann sie nicht alle nehmen und es wäre mir unmöglich, eins den anderen vorzuziehen. Und es wäre auch ungerecht. Deshalb habe ich beschlossen, es ist besser, liebevolle Familien für sie zu finden und das Waisenhaus zu einem fröhlichen Ort zu machen, an dem diejenigen, die nicht adoptiert werden, ein gutes Leben haben. Außerdem hätte ich keine Zeit für meine Wohltätigkeitsarbeit, wenn ich selbst Kinder adoptieren würde."

„Aber ich sehe doch, wie sehr du dich nach einem Kind sehnst. Wie du diese beiden neuen Jungen heute angesehen hast ... Vielleicht will Gott dir ja sagen, dass du sie adoptieren sollst und ..."

„Als ich mit dieser Arbeit und auch mit den Sonntagsschulen anfing, hat man mich gewarnt, ich dürfe mich nicht emotional an die Kinder binden. Ich bin sicher, dass meine Arbeit ihr Leben besser macht, und das ist Lohn genug. Natürlich suche ich weiter nach neuen Rezepten gegen Armut und Analphabetismus, aber …"

„Versuchst du jetzt, mich zu überzeugen oder dich?"

Die Tränen brannten Flora in den Augen, aber sie kämpfte dagegen an. „Ich kann mein Herz nicht an jedes Kind verlieren, Becky. Wenn, dann würde ich unter der Last zusammenbrechen und an gebrochenem Herzen sterben. Es gibt einfach zu viele Not leidende Kinder hier in Chicago, zu viel Elend, als dass ich sie alle auf meinen Schultern tragen könnte."

„Bist du sicher, dass du deine Gefühle wirklich so im Griff hast? Selbst mir ist es heute schwergefallen, mein Herz nicht erweichen zu lassen."

„An Tagen wie heute, wenn ich diesen Kindern in die Augen sehe und die Sehnsucht nach der Liebe einer Mutter darin sehe … dann muss ich gehen." Sie tupfte sich mit dem Taschentuch eine Träne fort.

„Ich mache mir Sorgen um dich, Flora. Deine Arbeit macht dir emotional zu schaffen, vor allem, weil du selbst so gerne Kinder hättest …"

„Es ist Gottes Entscheidung, ob ich Kinder bekomme oder nicht, und er hat ganz offensichtlich beschlossen, dass ich keine haben soll." Sie wollte diese schmerzliche Unterhaltung beenden; zum Glück kamen sie kurz darauf zu Hause an. Als Flora nach ihrer Schwester das Haus betrat, hoffte sie, dass Becky die Bitterkeit in ihrem Herzen verborgen geblieben war.

༄

Einen Monat später verließen Flora, Edmund und Becky Chicago, um eine lange geplante Reise nach Griechenland anzutreten. Sie reisten zu Pferde durch die hügelige Landschaft, während Maultiere ihr Gepäck schleppten, und auf dem Weg lasen sie die Apostelgeschichte und die Briefe des Paulus. Da es in den abgelegenen Dörfern nur wenige Gasthäuser gab, übernachteten sie oft in Klöstern, freundeten sich mit den griechisch-orthodoxen Mönchen an, die sie willkommen hießen, und genossen ihre langen, interessanten Diskussionen über die Heilige Schrift. Flora und Becky hatten nach all den Jahren ihr Griechisch noch nicht vergessen und auch nicht ihre frühere Begeisterung für Homers *Odyssee* und *Ilias*.

Eines von Beckys Zielen war es gewesen, die Ruinen von Mykene zu besuchen, von wo aus der *Ilias* zufolge tausend Schiffe aufgebrochen waren, um Troja anzugreifen. Als sie oben auf dem Berg ankamen, war Flora ganz außer Atem. Dann standen sie zu dritt in den zerfallenen Mauern der Zitadelle, während in der Ferne grüne Terrassen zum wolkenlosen blauen Himmel aufstiegen. „Wie atemberaubend!", sagte Flora. „Das gilt für die Aussicht und für den Aufstieg."

„Ja, es ist ungeheuer beeindruckend", fügte Edmund hinzu. „Seht euch nur diese riesigen Steinblöcke an, die vor Tausenden von Jahren hierher geschleppt wurden. Was für ein Einsatz und welch eine Zielstrebigkeit!"

„Noch mehr beeindruckt mich die Hartnäckigkeit der Archäologen von Mykene", sagte Becky. Auf dem Weg den Berg hinauf hatte sie die Geschichte von Heinrich Schliemann erzählt, der all das entdeckt hatte und inzwischen Millionär war. Überzeugt davon, dass Homers Epen auf historischen Fakten beruhten, hatte Schliemann vor neun Jahren hier mit den Ausgrabungen begonnen und die Mauern der Zitadelle und einen Schatz aus goldenen und silbernen Artefakten gefunden, darunter auch eine Maske, die, wie er behauptete, König Agamemnon gehört hatte, der den Angriff auf Troja angeführt hatte.

„Mit jeder archäologischen Entdeckung wird der Geschichte der Menschheit wieder ein neues Kapitel hinzugefügt und das finde ich wunderbar", schwärmte Becky. „Und auch wenn Mykene nichts mit der Bibel zu tun hat, zeigt es, dass etwas, das man früher für einen Mythos gehalten hat, sehr wohl auf historischen Tatsachen beruhen kann. Die Entdeckungen im Heiligen Land und die antiken Schriftrollen, die wir finden, werden das Gleiche belegen."

„Mir gefällt, dass Schliemann seiner Leidenschaft gefolgt ist", sagte Flora, „und sich von seinen Kritikern nicht hat aufhalten lassen. Ich hoffe, wir können irgendwann auf unser Leben zurückblicken und sagen, dass wir auch ein Ziel verfolgt haben."

„Also wirklich", protestierte Edmund. „Wir sind noch viel zu jung, um so zu reden. Ich bin sicher, dass wir noch viele Jahre vor uns haben."

„Und viele Reisen", fügte Becky hinzu.

Flora lächelte ihrer Schwester zu. „Auf uns!", sagte sie und hob ihre Wasserflasche wie zu einem Trinkspruch. „Die Wüstenschwestern!"

„Genau!"

☙

Drei Monate waren sie in Griechenland gewesen. Als sie wieder zu Hause waren, färbten sich die Blätter an den Bäumen bereits gelb. Flora hatte ihr Interesse an den Petersen-Brüdern nicht verloren. Als sie dem Waisenhaus einen Besuch abstatten wollte, ging sie um das Gebäude herum zu dem Hof, um auf dem Spielplatz nach ihnen zu suchen. Der Hof war menschenleer. Es schien ihr ungewöhnlich, dass an einem so warmen Herbstnachmittag niemand hier draußen war, aber vielleicht gab es drinnen eine besondere Veranstaltung. Gleich hinter der Tür stieß sie auf Mrs Miller und hätte sie beinahe nicht erkannt. Die Hausmutter trug eine schmucklose graue Uniform mit einer gestärkten weißen Schürze, auf dem Kopf eine Haube.

„Oh, Mrs Merriday! Willkommen zu Hause", sagte sie, als sie Flora sah. „Ich hoffe, Sie hatten eine gute Reise?"

„Ja, es war sehr schön, Mrs Miller." Normalerweise hätte die ältere Frau Flora herzlich umarmt, aber aus irgendeinem Grunde hielt sie sich zurück. Sie wirkte nervös und so steif wie ihre neue Uniform. Sie hatte sich früher immer wie eine liebe Großmutter gekleidet, hatte bequeme Kleider und Baumwollschürzen getragen und keinen Wert auf eine ordentliche Frisur gelegt. „Warum tragen Sie eine Uniform, Mrs Miller? Sie sieht neu aus."

„Sie ist auch neu. Während Sie fort waren, ist eine Menge geschehen." Sie hob die Hand, um eine entwischte Haarsträhne unter ihre Kappe zu schieben. „Der Direktor ist eine Woche nach Ihrer Abreise krank geworden und musste mit der Arbeit aufhören."

„Ach, du liebe Güte. Ich hoffe, es geht ihm wieder besser."

„Leider ist er gestorben, Ma'am. Der Vorstand hat schnell nach Ersatz gesucht und Mr Wingate eingestellt, um die Arbeit des Direktors zu übernehmen. Er ist hier irgendwo, wenn Sie ihn kennenlernen wollen."

Noch bevor Flora antworten konnte, kamen fünf Schulmädchen aus ihrem Schlafsaal und gingen in einer Reihe den Flur entlang in Richtung Küche. Keine von ihnen sagte ein Wort, geschweige denn, dass jemand kicherte. Als sie Mrs Miller in das leere Wohnzimmer folgte, bemerkte Flora noch andere Veränderungen. Das Waisenhaus schien ihr zu ruhig und die Aufenthaltsräume waren zu ordentlich, wenn man bedachte, wie viele Kinder hier lebten.

„Bitte erzählen Sie mir etwas über den neuen Direktor, bevor ich mit ihm rede, Mrs Miller. Ich sehe, dass hier eine andere Atmosphäre herrscht. Alles wirkt sehr streng und die Kinder sind unnatürlich still. Warum spielen sie nicht draußen? Und warum tragen Sie eine Uni…?" Bevor sie den Satz beenden konnte, hörte Flora aus dem zweiten Stock laute Rufe und Lärm, der auf eine Auseinandersetzung vermuten ließ.

„Oh nein!", sagte Mrs Miller. Sie eilte die Treppe hinauf und Flora folgte ihr auf dem Fuß. Zwei Jungen im Teenageralter prügelten sich auf dem Flur und beschimpften sich gegenseitig. Mrs Miller ging dazwischen und fing an, die beiden voneinander zu trennen. „Stopp! Ihr Jungen müsst aufhören zu zanken! Ich weiß nicht, worum es geht, aber ihr werdet schrecklichen Ärger bekommen, wenn ihr dabei erwischt werdet!" Sie sprach im Flüsterton, als wollte sie nicht, dass jemand sie hörte. Dann ertönte eine donnernde Stimme hinter Flora, sodass sie zusammenzuckte.

„Das reicht!" Ein bärtiger Mann mit der stocksteifen Haltung eines Soldaten marschierte mit einer Reitgerte in der Hand auf sie zu. „Dieses Verhalten wird nicht geduldet!" Er packte einen der Jungen am Arm und riss ihn hoch, dann versetzte er ihm einen Peitschenhieb. Bevor Flora Luft holen konnte, um ihn aufzuhalten, tat er das Gleiche bei dem zweiten Jungen. Flora spürte Mrs Millers Arme um sie, als wollte sie Flora schützen oder aber sie zurückhalten, während der Mann weitertobte. Er befahl allen anderen Jungen, aus dem Schlafsaal zu kommen und sich im Flur aufzustellen, auch diejenigen, die an der Tür gestanden und zugesehen hatten. Dann stieß er die beiden Kampfhähne in den leeren Raum und schloss die Tür hinter ihnen mit seinem Schlüssel zu. „Mit euch beiden befasse ich mich gleich", rief er durch die geschlossene Tür. Es klang wie eine Drohung. „Ihr anderen geht ins Wohnzimmer hinunter und wartet."

„Das … das können Sie nicht machen!", sagte Flora voller Empörung, als sie endlich ihre Stimme wiedergefunden hatte.

„Wer sind Sie denn?" Mr Wingate atmete schwer, während er seine Weste zurechtzog und sein dunkles Haar zurückstrich.

„Ich bin Mrs Edmund Merriday und ich bin im Vorstand dieses Waisenhauses, seit es gegründet wurde. Ich werde nicht zulassen, dass unsere Kinder so behandelt werden."

„Kommen Sie in mein Büro." Er marschierte die Treppe hinunter, als schlüge eine Trommel den Takt, und ging voran ins Büro des Direktors. „Nehmen Sie Platz, Mrs Merriday."

„Ich werde mich nicht setzen! Ich bin entsetzt angesichts dessen, was ich gerade gesehen habe! Sie haben auf einen ganz alltäglichen Streit völlig unangemessen reagiert. Wir schlagen unsere Kinder nicht – grundsätzlich nicht!"

„Wir sind dankbar für alles, was Sie tun, Mrs Merriday. Alle Vorstandsmitglieder des Waisenhauses werden sehr geschätzt. Aber ich bin der neue Direktor hier und ich habe sehr viel Erfahrung im Umgang mit jungen Raufbolden. Diese Jungen müssen lernen, die Regeln zu befolgen." Er legte die Reitgerte auf seinen Schreibtisch, als wäre sie eine Trophäe. Flora hätte sie am liebsten genommen und an ihm ausprobiert.

„Das sind keine Raufbolde, Mr Wingate. Das sind verwaiste Kinder, die Liebe und Zuneigung brauchen."

„Und manchmal auch Disziplin." Er setzte sich hinter seinen Schreibtisch und rückte einen Stapel Unterlagen zurecht, der bereits makellos gerade lag. „Gibt es etwas Bestimmtes, das Sie mit mir besprechen wollten, Mrs Merriday? Wie Sie sehen, habe ich zu tun."

Flora wandte sich ohne ein weiteres Wort um und floh hinaus zu ihrer Kutsche. „Fahren Sie mich nach Hause", sagte sie zu Andrew. Sie war viel zu aufgebracht, zu schockiert, um noch eine Minute länger mit dem brutalen Kleine-Leute-Schinder zu verbringen. Er musste auf der Stelle entlassen werden. Sie würde eine Vorstandssitzung einberufen und den anderen erzählen, was sie erlebt hatte. Edmund war zu Hause, als sie dort ankam, und sie erzählte ihm von dem neuen Direktor und ihrer sofortigen Abneigung gegen ihn. „Wenn er die Kinder vor meinen Augen so behandelt hat, was tut er dann, wenn keine Gäste dabei sind? Ich höre noch immer das Geräusch dieser Gerte auf den Schultern der armen Jungen."

„Meine Liebe, du musst sofort den Aufsichtsrat informieren. Aber in der Zwischenzeit schlage ich vor, dass du noch einen unerwarteten Besuch unternimmst und dich davon überzeugst, ob er immer so gewalttätig ist. Um mehr Munition für den Kampf zu haben, wenn du so willst."

Am nächsten Tag fuhr Flora wieder zu dem Waisenhaus, wobei sie wartete, bis die Kinder alle von der Schule nach Hause zurückgekehrt waren. Wieder war der Hof menschenleer, das Gebäude ungewöhnlich still. Sie machte sich auf die Suche nach Mrs Miller und fand sie im Schlafsaal der kleinen Mädchen, wo sie eine Geschichte vorlas, während die Kinder steif auf ihren Betten saßen. „Was ist los, Mrs Miller? Wo sind all die Kinder?"

Sie klappte das Buch zu und trat mit Flora auf den Flur hinaus. „Die Kinder müssen in ihren Zimmern bleiben, zur Strafe. Wir haben Ausreißer gehabt, Mrs Merriday. Die beiden Buben, die Sie gestern haben kämpfen sehen ..."

„Sind sie wegen Mr Wingate weggelaufen?"

„Höchstwahrscheinlich ... und wegen dem, was passiert ist, als Sie fort waren." Sie hatte die Stimme zu einem Flüstern gesenkt, als hätte sie Angst, jemand könnte ihre Worte hören.

„Sie können mir vertrauen, Mrs Miller. Ich schätze Sie und Ihre wunderbare Arbeit hier sehr. Bitte sagen Sie mir die Wahrheit."

Mrs Miller hatte Tränen in den Augen. „Mr Wingate hat diese Jungen verprügelt, nachdem Sie gegangen waren."

„Nein ...!"

„Dann hat er sie zur Strafe in den Kohlenkeller gesperrt. Sie sind durch den Kohlenschacht hinausgeklettert und weggelaufen."

„Oh nein ... nein ..." Flora war so erschüttert, dass sie sich an die Wand lehnen musste. Sie hätte gestern nicht so eilig entfliehen dürfen. Warum war sie nicht geblieben und hatte die Leitung des Heims übernommen? Sie hätte Mr Wingate auffordern müssen, auf der Stelle zu gehen. „Wie heißen die beiden Jungen?"

„Die beiden, die sich gestern geprügelt haben, sind Ronald Darby und Daniel Nobel. Sie sind eigentlich beste Freunde, Mrs Merriday. Die Zankerei war einfach ihre Art, miteinander umzugehen. Sie kommen aus entsetzlichen Verhältnissen und wissen es nicht besser. Und ein dritter Junge ist mit ihnen weggelaufen. Mr Wingate hatte ihn am Abend zuvor in den Keller gesperrt. Sein Name ist Sören Petersen."

Flora hatte das Gefühl, als drehe sich alles. „Was? Das glaube ich nicht. Er würde niemals weglaufen und seinen kleinen Bruder im Stich lassen. Ist Gunnar auch weggelaufen?"

„Oh, Mrs Merriday ... ich dachte, Sie wüssten Bescheid." Als Mrs Miller ihre beide Hände auf die Arme legte, durchfuhr es Flora kalt. „Der junge Petersen wurde adoptiert."

„Adoptiert! Das kann nicht sein. Wir haben eine ganz klare Richtlinie in diesem Waisenhaus – Geschwister werden nicht getrennt. Niemals!"

„Das war im Sommer, als Sie fort waren. Der neue Direktor hat es veranlasst ..."

„Wo ist er?" Flora hatte nicht gewusst, dass sie zu einer solchen Wut fähig war, aber jetzt stapfte sie in sein Büro, dicht gefolgt von der Heimmutter. Mr Wingate saß hinter seinem Tisch und schrieb etwas. Er wirkte verärgert angesichts der Störung.

„Guten Tag, Mrs Merriday."

„Erstens ist es ganz und gar inakzeptabel, dass alle Kinder in diesem Haus bestraft werden, weil drei von ihnen weggelaufen sind."

„Strafen haben für zukünftige Ausreißer eine abschreckende Wirkung. Die Kinder lernen, dass ein solches Verhalten nicht geduldet wird und dass ihr Verhalten denen schadet, die zurückbleiben."

„Das ist unerhört!" Flora wandte sich an Mrs Miller. „Gehen Sie und lassen Sie auf der Stelle die Kinder aus ihren Zimmern, damit sie draußen spielen können."

Der Direktor war aufgesprungen. „Es steht Ihnen nicht zu, meine Entscheidungen außer Kraft zu setzen ..."

„Tun Sie, was ich gesagt habe!", sagte Flora zu Mrs Miller, und als die ältere Frau davoneilte, sah Flora ein kleines Lächeln auf ihren Lippen.

„Sie haben nicht das Recht, Mrs Merriday ..."

„Zweitens: Wenn es wahr ist, dass diese Jungen davongelaufen sind, weil Sie sie geschlagen und in den Kohlenkeller gesperrt haben, dann werde ich Sie festnehmen und wegen tätlichen Angriffs ins Gefängnis werfen lassen. In diesem Heim werden keine körperlichen Strafen verhängt – niemals! Haben Sie verstanden?"

„In meinem Vertrag steht ganz eindeutig, dass ich das Recht habe …

„Ich bin noch nicht fertig! Man hat mir erzählt, dass einer der Ausreißer Sören Petersen ist und dass sein Bruder adoptiert wurde. Wie kann das sein, wenn in unseren Statuten ausdrücklich steht, dass wir Geschwister *nicht* trennen?"

„Es hat sich herausgestellt, dass sie nur Halbbrüder sind. Sie hatten zwei verschiedene Väter und mit dem zweiten Mann war ihre Mutter offenbar nie verheiratet. Das heißt, der Jüngere ist ein Bas…"

„Wagen Sie nicht, es auszusprechen!", schrie Flora. „Niemand in diesem Haus wird jemals dieses schreckliche Wort benutzen, um eines unserer Kinder zu beschreiben. Diese kleinen Wesen sind Kinder Gottes! Und wenn man bedenkt, unter welchen Umständen unser Heiland geboren wurde, hätte man ihn auch so nennen können."

Mr Wingate blickte trotzig drein. Er trommelte mit den Fingern auf den Schreibtisch, nicht bereit, nachzugeben oder sich bei Flora zu entschuldigen. „Ich habe die Unterlagen der Petersen-Jungen gesehen und konnte keinen Grund erkennen, warum sie zusammenbleiben sollten, da der Jüngere …"

„Wir lassen sie zusammen, weil sie eine Familie sind!" Flora musste sich an der Rückenlehne des Stuhls festhalten, weil ihr ganzer Körper vor Wut bebte. „Sören hat sich um dieses Kind gekümmert, seit es geboren wurde. Die beiden haben keine Familie mehr, sie haben nur noch sich."

„Das ist zum Glück nicht mehr der Fall. Gunnar hat jetzt eine neue Familie. Ich bin überzeugt davon, dass es auf lange Sicht für ihn viel besser sein wird, in einer guten christlichen Familie aufzuwachsen. Das verstehen Sie doch sicher, Mrs Merriday."

„Ich verstehe es nicht und ich bin anderer Meinung. Meine Schwester und ich sind ebenfalls Waisen. Wir verloren unsere Mutter, als ich noch ein Säugling war, und unseren Vater, als ich zwanzig war. Meine Schwester und ich sind schon unser ganzes Leben zusammen und ich kann mir gut vorstellen, wie unglücklich wir wären, wenn jemand uns trennen würde. Noch schlimmer wäre es, wenn Becky und ich noch so klein wären wie diese beiden Knaben."

„Ungeachtet dessen ist es mein Auftrag hier im Waisenhaus, für alle Kinder Familien zu finden. Das habe ich getan. Die Adoptiveltern hatten kein Interesse an einem Jungen, der so alt ist wie Sören. Die Erfahrung hat gezeigt, dass ältere Kinder zu viele Angewohnheiten haben, die sich nicht mehr abgewöhnen lassen. Sie machen Schwierigkeiten und können eine Familie stören. Sörens Verhalten hier hat bewiesen, dass dies wahr ist."

„Ich habe gehört, Sie hätten ihn in den Kohlenkeller gesperrt."

„Um ihn von den anderen Kindern zu trennen, ja. Er konnte seinen Zorn nicht beherrschen."

„Kein Wunder, dass er weggelaufen ist!" Flora war entsetzt. Sie konnte nicht fassen, dass Wingate angesichts ihrer Entrüstung nicht nachgab. Weder ihre Wut noch ihre Argumente konnten ihn umstimmen und es schien ihm nichts auszumachen, dass er von einem Gründungsmitglied und Stifter gemaßregelt wurde. „Was Sie diesen beiden Brüdern angetan haben, ist ein schreckliches Unrecht! Und ich werde dafür sorgen, dass Sie dafür bezahlen!" Sie brüllte ihn geradezu an, aber das war ihr gleichgültig.

„Sie haben ein Recht auf Ihre eigene Meinung, Mrs Merriday, aber ich tue nur, wozu der Aufsichtsrat mich eingestellt hat." Er setzte sich wieder auf seinen Stuhl und nahm einen Stift zur Hand.

Bei diesem widerwärtigen Mann kam sie kein Stück weiter. Um ihn würde sie sich später kümmern, aber jetzt musste sie erst einmal versuchen, den Schaden zu begrenzen, den er angerichtet hatte. „Was wird getan, um Sören und die anderen Jungen zu finden?", fragte sie.

„Wir haben die Polizei informiert, aber Chicago ist eine große Stadt. Sie werden die Ausreißer ins Heim zurückbringen, wenn sie sie finden, aber sie werden keine Zeit auf die Suche verschwenden."

„Zeit verschwenden? Das ist völlig inakzeptabel!"

„Was nützt es schon, sie zurückzuholen? Alle drei sind beinahe in einem Alter, in dem sie ohnehin entlassen werden. Wir versuchen, für die jungen Männer Arbeit und eine Unterkunft zu finden, bevor sie das Heim verlassen, aber Darby und Nobel haben kein Interesse an einer Arbeit gezeigt, geschweige denn an einer Ausbildung."

„Ihre Verachtung für die Kinder, die in Ihrer Obhut sind, ist verabscheuungswürdig! Die Sache ist noch nicht erledigt, Mr Wingate." Auf dem Weg hinaus ließ sie die Tür lautstark ins Schloss fallen.

Edmund sah sogleich, wie erschüttert sie war, als sie zu Hause ankam. „Mein armer Schatz", sagte er, als sie ihm die Geschichte erzählte. „Er hat kein Recht, dich oder diese Kinder so zu behandeln. Wie schnell kann der Aufsichtsrat zusammenkommen? Dieser Mann muss gefeuert werden."

„Ich versuche, so bald wie möglich ein Treffen zu organisieren. Aber für diese armen Brüder ist es zu spät. Der jüngere von ihnen ist schon seit drei Monaten in seiner Adoptivfamilie. Und der ältere ist … ja, wer weiß, wo er ist? Wahrscheinlich lebt er irgendwo in Chicago auf der Straße."

„Du hast getan, was du konntest."

„Aber ich werde sie trotzdem nicht wieder zusammenbringen können." Warum hatte sie die beiden nicht selbst adoptiert? Sie hätte auf Becky hören und ihrem Herzen folgen sollen. Warum hatte sie die Jungen nicht mit nach Hause genommen? Jetzt war es zu spät.

Flora berief eine Sitzung des Aufsichtsrates ein, aber der Vorsitzende war nicht davon überzeugt, dass Mr Wingate entlassen werden sollte. „Es war schwierig, jemanden mit seiner Erfahrung zu finden – und jemanden, der bereit war, für ein so geringes Gehalt zu arbeiten. Außerdem hat Wingate um einen Jahresvertrag gebeten und ihn auch bekommen, sodass wir sein gesamtes Gehalt auszahlen müssten, wenn wir ihn entließen."

„Das ist unerhört! Der Mann gehört ins Gefängnis!"

„Er hat in seinen Vertrag schreiben lassen, dass er das Recht hat, in extremen Fällen auch körperliche Züchtigung durchzuführen."

„Das hätte ich niemals zugelassen", sagte Flora.

Der Vorsitzende zuckte nur mit den Schultern. „Sie waren zu dem Zeitpunkt nicht da …"

„Ich würde sein Gehalt ja persönlich bezahlen, nur um ihn loszuwerden, aber den Gedanken, ihn für das, was er diesen beiden Jungen angetan hat, auch noch zu belohnen – ganz zu schweigen von seinem Umgang mit den Petersen-Brüdern."

„Ich finde auch, dass Wingate ermahnt werden muss", gab der Vorsitzende zu. „Aber wie es aussieht, werden wir ihn entweder abfinden oder ihm eine zweite Chance geben müssen."

Am darauffolgenden Nachmittag ging der Vorsitzende des Aufsichtsrates zusammen mit Flora zum Waisenhaus, um Mr Wingate ihre Entscheidung mitzuteilen. „Nur dass wir uns verstehen", erklärte Flora Wingate, "ich wollte Sie rauswerfen. Die anderen Aufsichtsratsmitglieder haben die Misshandlungen, die ich miterlebt habe, nicht gesehen. Stattdessen haben sie dafür gestimmt, Sie abzumahnen und unter Auflagen weiter zu beschäftigen. Aber von jetzt an wird keines unserer Kinder Prügel beziehen oder eingesperrt werden. Und wenn ich auch nur einmal flüstern höre, dass Sie barsch sind, werde ich dafür sorgen, dass Sie Ihre Stelle verlieren und nie wieder mit Kindern arbeiten werden."

"Ja, Mrs Merriday." Wenigstens schien er diesmal etwas schuldbewusst.

"Und Sie dürfen Geschwister niemals trennen, auch nicht Halbgeschwister. Niemals! Ist das klar? Von jetzt an werden der Aufsichtsrat und ich uns das Recht vorbehalten, jeden Adoptionsvorgang zu prüfen, bevor er endgültig wird."

"Ja, Mrs Merriday."

Das Wort *endgültig* stach Flora mitten ins Herz wie ein Speer. Die Adoption des kleinen Gunnar war endgültig. Er war fort und sein Bruder Sören auch.

KAPITEL 21

Chicago
1888
Zwei Jahre früher

Als es um zwei Uhr morgens an Floras Tür klopfte, fuhr sie schlaftrunken auf. Sie begleitete Edmund zur Tür und stellte überrascht fest, dass Fergus Miller, der Hausmeister des Waisenhauses und Ehemann der Heimmutter, auf der Schwelle stand. Ihr Herz schlug sofort schneller. „Mr Miller, bitte kommen Sie doch herein." Er wagte sich gerade so weit ins Haus, dass sie die Tür schließen konnten, aber keinen Schritt weiter, so als hätte er kein Recht, in einem so feinen Haus zu sein. Angesichts der späten Stunde und der besorgten Miene ihres Gastes befürchtete Flora das Schlimmste. Sie schluckte und fragte: „Was führt Sie zu uns, Fergus?"

„Es tut mir leid, dass ich Sie störe, Mr und Mrs Merriday, aber ich dachte, Sie wollen sicher wissen, dass es heute Nacht im Waisenhaus einen schrecklichen Vorfall gegeben hat."

Edmund legte den Arm um ihre Schultern. „Was ist geschehen?"

„Doch kein Feuer, hoffe ich?", fragte Flora und hielt die Luft an. Ein Brand war die größte Angst der Einrichtung. Sie versuchten, Fluchtrouten zu ermöglichen und Arbeitern und Kindern beizubringen, was sie im Notfall tun mussten. Aber Flora wusste, wie schnell ein Gebäude wie das Waisenhaus in Flammen aufgehen konnte und wie viele Menschenleben ihnen zum Opfer fallen würden, wenn das Feuer ausbrach, während die Kinder schliefen.

„Nein, Mrs Merriday, zum Glück kein Feuer. Drei Eindringlinge sind heute Nacht ins Büro eingebrochen und haben versucht, es auszurauben. Als Mr Wingate die Verbrecher stellen wollte, wurde er angegriffen und brutal zusammengeschlagen. Zwei der Räuber sind davongekommen, aber den dritten hat die Polizei fassen können. Er war der brutalste von den dreien und wollte gar nicht mehr aufhören, den Direktor zu schlagen. Die Polizei hatte Mühe, ihn zu bändigen."

Beinahe ein Jahr war vergangen, seit Flora und der Aufsichtsratsvorsitzende Mr Wingate wegen der körperlichen Züchtigung der Kinder verwarnt hatten. Sie hatten ihm verboten, seine Reitgerte mitzubringen oder jemanden in den Kohlenkeller zu sperren. Seitdem hatte sie von keinen Zwischenfällen mehr gehört, aber die Atmosphäre in dem Waisenhaus kam ihr immer noch bedrückend vor. „Ist Mr Wingate schwer verletzt?", fragte sie.

„Ein paar gebrochene Knochen, Schnittwunden und Prellungen. Aber die Polizei meint, er wird es überleben."

Flora bemerkte, dass Mr Miller zögerte, und fragte: „Gibt es noch etwas, das ich wissen sollte?"

„Na ja, die jungen Männer, die ihn überfallen haben, wohnten früher im Waisenhaus. Wenn die Öffentlichkeit morgen in den Nachrichten davon liest, bekommen unsere Kinder einen schlechten Ruf. Dann werden die Leute im Viertel nicht mehr wollen, dass ihre Kinder in die gleiche Schule gehen wie unsere Waisen."

„Kennen Sie die Namen der Jungen?", fragte sie mit schwerem Herzen.

„Wir glauben, dass Daniel Nobel und Ronald Darby die beiden waren, die geflohen sind."

„Das überrascht mich nicht. Sie hegten beide einen Groll gegen Mr Wingate, weil er sie letztes Jahr geschlagen und in den Keller gesperrt hat." Sie musste unwillkürlich an das Sprichwort denken, dass, wer durchs Schwert lebte, auch durchs Schwert umkommen würde. Wingate hatte diese Jungen selbst gelehrt, dass Gewalt eine akzeptable Form der Strafe war. „Was ist mit dem dritten Jungen?", fragte sie, obwohl sie sich vor der Antwort fürchtete.

„Der, den sie erwischt haben, ist Sören Petersen."

„Oh nein." Flora musste sich setzen. Sie wich zurück und sank auf die unterste Treppenstufe im Foyer.

„Ist das der junge Mann, von dem du mir erzählt hast?", fragte Edmund. „Der mit dem kleinen Bruder?"

Flora nickte. „Mr Wingate hat veranlasst, dass Sörens Bruder adoptiert wurde. Das war eine furchtbare Ungerechtigkeit."

„Deshalb hat er immer noch auf Mr Wingate eingeschlagen, als die beiden anderen schon längst getürmt waren", sagte Miller. „Er wollte wissen, wo sein Bruder ist, und hat gedroht, Wingate zu töten, wenn er es ihm nicht sagt."

„Wo ist Sören jetzt?"

„Im Gefängnis. Man wird ihn wegen Körperverletzung und versuchten Mordes anklagen."

Flora schloss die Augen. Sie konnte sich nicht vorstellen, dass der liebevolle junge Mann, den sie vor einem Jahr mit seinem kleinen Bruder beobachtet hatte, etwas so Bösartiges tun konnte. „Wissen Sie, in welchem Gefängnis?", fragte sie und erhob sich wieder. „Ich will ihn besuchen."

„Nicht heute Nacht, Flora", wandte Edmund ein. „Ich bringe dich gleich morgen früh hin, das verspreche ich dir. Aber jetzt ist nicht der richtige Zeitpunkt. Außerdem kann der junge Mann vielleicht eine Nacht im Gefängnis gebrauchen, um sich zu beruhigen, wenn er in so aggressiver Verfassung war."

Sie dankten Mr Miller und schickten ihn nach Hause. Flora ging wieder zu Bett, konnte aber nicht schlafen. Edmund versuchte, sie zu trösten, aber selbst er konnte ihre Schuldgefühle nicht beruhigen. „Ich mache mir Vorwürfe, weil ich Sören nicht geholfen habe … und Mr Wingate im letzten Jahr nicht gefeuert habe. Ich hätte diese beiden Jungen adoptieren sollen, Edmund. Das hätte ich so gerne gemacht und ich habe mir bildlich vorgestellt, wie sie bei uns leben, aber …"

„Warum hast du mir nichts davon gesagt, Liebling? Ich hätte nichts dagegen gehabt."

„Ich weiß nicht … ich kann es nicht erklären. Irgendwie dachte ich, eine Adoption würde bedeuten, dass es mir an Glauben fehlt. Weil ich dann nicht darauf vertraue, dass Gott uns ein eigenes Baby schenken kann. Ich habe mir alle möglichen Gründe eingeredet, warum ich kein Kind aus dem Waisenhaus adoptieren sollte, weil ich Gott beweisen wollte, dass ich fest genug daran glaube, schwanger zu werden. Als er meinen Glauben nicht belohnt hat, wurde ich wütend auf ihn – und dabei hat er mir die ganze Zeit ein Waisenhaus voller Kinder gezeigt, die unsere Liebe brauchten."

„Oh, Flora, das tut mir so leid. Ich wünschte, ich hätte das gewusst."

„Als ich Sören und den kleinen Gunnar zum ersten Mal gesehen habe, war es mir, als gehörten sie zu uns. Aber ich habe nicht gehandelt, weil … weil ich starrsinnig darauf bestanden habe, dass ich meinen eigenen Willen, mein eigenes Kind haben muss, anstatt das anzunehmen, was Gott mir schenken wollte. Ergibt das einen Sinn?"

„Du hättest zu mir kommen sollen, Flora. Du hättest mir sagen sollen, wie es dir ging."

„Ich weiß, ich weiß. Wahrscheinlich wollte ich nicht, dass du erfährst, wie verbittert ich war, wie sehr ich immer noch meinen Willen bekommen wollte. Wir hatten uns doch geeinigt, dass wir Gottes Willen für uns akzeptieren wollten."

„Ich weiß nicht, was ich sagen soll. Wie kann ich dir bei all dem helfen?"

„Das weiß ich nicht. Ich wünschte nur … ich wünschte, ich wäre meinem Instinkt gefolgt und hätte diese beiden Jungen adoptiert, als ich die Gelegenheit dazu hatte. Jetzt sieh nur, was ich für ein Durcheinander angerichtet habe."

„Das ist nicht deine Schuld, Flora. Dieser Wingate ist dafür verantwortlich und es klingt so, als hätte er heute Nacht dafür die Zeche bezahlt."

Am nächsten Morgen fuhr Edmund mit Flora zum Gefängnis. Sie kamen gerade rechtzeitig zu Sörens Haftanhörung. Es war ein Jahr her, dass Flora ihn zuletzt gesehen hatte, und zuerst hätte sie ihn beinahe nicht erkannt. Sören war schmutzig und abgerissen und hatte ganz offensichtlich seit Monaten nicht mehr gebadet. Die Platzwunden und blauen Flecke von der Prügelei am vergangenen Abend waren nicht verarztet worden und mit getrocknetem Blut verkrustet. Aber die größte Veränderung sah Flora in der Leblosigkeit seiner Augen, in dem hasserfüllten Blick, der früher so liebevoll gewesen war. Jetzt verstand sie, warum die Polizei ihm Handschellen angelegt hatte. Er sah wirklich furchterregend aus.

Der Gerichtsdiener verlas die Anklage gegen ihn: Einbruch, Körperverletzung und Gewalttätigkeit, versuchter Mord. Sie hatten keine Zeit gehabt, einen Anwalt zu beauftragen, deshalb stand Edmund neben dem vom Gericht ernannten Verteidiger, als der

Richter Sören fragte, ob er schuldig oder unschuldig sei. Edmund riet ihm, sich nicht schuldig zu bekennen.

„Euer Ehren, der Bundesstaat beantragt, dass keine Kaution festgesetzt wird", sagte der Anwalt der Gegenseite, „und dass Mr Petersen dem Bezirksgefängnis überstellt wird, weil er eine Gefahr für die Gesellschaft ist. Das Opfer, Mr Wingate, wurde durch die Tätlichkeiten des Beschuldigten schwer verletzt. Außerdem hat der Beschuldigte keinen festen Wohnsitz und keine Angehörigen, sodass Fluchtgefahr besteht."

Flora konnte nicht länger schweigen. „Euer Ehren, darf ich bitte etwas sagen?"

Der Richter runzelte die Stirn. Er kannte Flora und Edmund von den gesellschaftlichen Ereignissen und der einen oder anderen Spendengala, an der er und seine Frau teilgenommen hatte. Flora war in einigen der gesellschaftlichen Kreise, in die Mrs Worthington sie eingeführt hatte, aktiv geblieben, um die wohlhabendsten Bürger von Chicago davon zu überzeugen, dass sie großzügig für die Armen spendeten. „Ja, Mrs Merriday?", sagte er.

„Ich kenne Sören Petersen. Er hat in dem Waisenhaus gelebt, das meine Wohltätigkeitsstiftung unterhält und in dem ich als Freiwillige tätig bin. Wenn Sie so freundlich sein wollen, eine Kaution festzusetzen, werden mein Mann und ich Sören bei uns zu Hause aufnehmen und die Verantwortung für ihn übernehmen."

„Sind Sie sicher, dass Sie wissen, was Sie da tun? Er könnte Ihnen zur Gefahr werden."

„Ich bin davon überzeugt, dass er das nicht wird." Trotzdem setzte der Richter eine sehr hohe Kaution fest und ließ seinen Hammer niedersausen. Flora veranlasste die Zahlung des Betrages und gegen Mittag wurde Sören freigelassen. Als sie vor dem Gefängnis auf der Straße standen, sprach Sören zum ersten Mal, seit er auf „nicht schuldig" plädiert hatte.

„Bringen Sie mich dahin zurück?"

Flora wusste, dass er das Waisenhaus meinte. „Nein, Sören. Sie kommen mit zu uns nach Hause, nach Evanston."

„Warum? Was wollen Sie von mir?" Die Bitterkeit, die hinter seinen kalten blauen Augen brodelte, jagte Flora einen Schauer über den Rücken. Er sah immer noch aus, als wollte er am liebsten jemanden umbringen. Sie hatte impulsiv gehandelt, als sie sich vor Gericht für ihn eingesetzt hatte, ohne zu überlegen, was sie als Nächstes tun würde.

„Sie können für Unterkunft und Verpflegung arbeiten. Immerhin haben wir gerade eine sehr große Summe für Ihre Kaution ausgegeben. Es sei denn, Sie möchten lieber im Gefängnis bleiben?"

Er starrte auf seine aufgeschürften Fingerknöchel und massierte sie. „Nein."

„Dann lasst uns nach Hause fahren." Flora zeigte auf die Kutsche und sah, dass Sören zögerte. „Ist schon gut, Sören. Steigen Sie ein. Er roch, als hätte er sich seit Monaten nicht mehr gewaschen, und der Gestank füllte schnell jeden Winkel der engen Kutsche. Flora widerstand dem Drang, sich mit ihrem Taschentuch Mund und Nase zuzuhalten. „Ich gehe ein großes Risiko ein, aber ich will Ihnen helfen, Sören", sagte sie, als die Kutsche sich in Bewegung setzte, „weil ich nicht glaube, dass Sie ein kaltblütiger Mörder sind. Es hat mir sehr leidgetan, als ich hörte, dass Sie mit den anderen Jungen weggelaufen sind."

„Ich hatte keinen Grund zu bleiben. Wingate hat mir meinen Bruder weggenommen."

„Ich verstehe. Ich habe Sie mit Ihrem Bruder gesehen und Sie waren immer so sanft und liebevoll, ganz anders als diese anderen beiden Jungen. Warum sind Sie mit ihnen geflohen?"

„Sie sagten, sie würden mir helfen, Gunnar zu finden. Und sie wollten sich auch an Wingate rächen. Ich hätte ihn nicht zusammengeschlagen, wenn er mir gesagt hätte, wo Gunnar ist."

„Soweit ich weiß, lebt Ihr Bruder bei einer guten Familie. Mr Wingate glaubte, das sei besser für ihn, als in einem Waisenhaus aufzuwachsen."

„Wissen Sie, wo Gunnar ist?"

„Nein, das weiß ich nicht. Tut mir leid."

„Können Sie es für mich herausfinden?"

Flora seufzte. „Die Adoptionsunterlagen werden vom Gericht versiegelt. Aber im Moment müssen wir uns um Ihre Situation kümmern. Versuchter Mord ist eine sehr schwerwiegende Beschuldigung." Sören antwortete nicht, sondern starrte während der langen Heimfahrt nur weiter auf seine Hände. Als die Kutsche vor Floras Haus hielt, hob er zum ersten Mal den Kopf. Sie sah, wie er das Haus musterte, und auch wenn es keinesfalls ein Herrenhaus war, schien er davor zurückzuschrecken.

Edmund bat ihn, zuerst aus der Kutsche auszusteigen, dann nahm er Floras Hand und hielt sie einen Augenblick zurück. „Kommt ihr beide zurecht oder soll ich bleiben?"

„Natürlich kommen wir zurecht. Du musst zur Arbeit. Becky ist ja bei mir." Sie küsste Edmund und stieg aus, dann führte sie Sören durch den Hintereingang in die Küche. Seit Maria Elana und die Griffins im Ruhestand waren, hatten sie eine neue Köchin und eine neue Hauswirtschafterin. Die Dienstboten saßen gerade am Tisch und aßen zu Mittag, zusammen mit Becky, die ihre Mittagsmahlzeit oft mit ihnen einnahm, wenn sie nicht alleine essen wollte. „Dies ist Sören Petersen", erklärte sie allen.

Becky lächelte und sagte: „Wie geht es Ihnen? Ich bin Rebecca Hawes", aber die anderen musterten ihn misstrauisch. Flora sah, wie die Hauswirtschafterin einen Ellbogen auf die Tischplatte aufstützte und sich verstohlen die Nase zuhielt.

„Sören wird bleiben und für uns arbeiten, aber jetzt braucht er erst einmal ein Bad und seine Wunden müssen versorgt werden. Bitte suchen Sie ihm auch etwas zum Anziehen – vielleicht etwas von Edmunds alten Sachen. Er kann im zweiten Stock in einer der Dienstbotenkammern schlafen."

„Ja, Miss Flora." Die Hauswirtschafterin schob ihren Stuhl zurück und fing an, die Kohlen im Herd zu schüren, um das Badewasser zu erhitzen. Flora lächelte Sören an, aber seine Miene blieb ernst."

„Warum tun Sie das?", fragte er. „Was wollen Sie von mir?"

„Nichts. Ich will nur, dass Sie eine zweite Chance bekommen. Ich werde mein Möglichstes tun, damit Sie nicht ins Gefängnis müssen, indem ich dem Gericht erkläre, dass Mr Wingate Ihnen schreckliches Unrecht angetan hat. Aber wenn Sie weglaufen und verschwinden, ist die Kaution fort, die ich bezahlt habe – und das ist eine ganze Menge. Mit dem Geld hätte ich auch anderen Kindern in Not helfen können. Verstehen Sie, was ich damit sagen will?"

„Ja, Ma'am."

„Ich möchte Ihnen die Gelegenheit geben, einen anderen Weg einzuschlagen. Ich hoffe, Sie sind so klug und nutzen diese Chance."

Als die Hauswirtschafterin Sören mitgenommen hatte, damit er ein Bad nahm, atmete Becky betont aus und fächelte sich mit der Hand Luft zu. „Puh! Ich weiß nicht, wie der Junge sich selbst aushält!"

„Er riecht wirklich ziemlich streng."

„Setz dich und iss etwas mit uns, Flora – wenn du noch Appetit hast. Und dann kannst du mir erzählen, was du mit deinem jüngsten Projekt vorhast."

„Ich weiß es wirklich nicht", sagte sie und ließ sich auf einen Stuhl fallen. „Ich habe Sören gesagt, dass er für uns arbeiten kann, also muss ich wohl irgendeine Arbeit für ihn finden." Die Köchin stellte einen Teller Suppe vor Flora auf den Tisch und schenkte ihr dann einen Tee ein. „Vielleicht kann Sören Edmund helfen ... Ich glaube, der Junge hat schon lange keine Vaterfigur mehr in seinem Leben gehabt."

Becky lachte. „Wenn die Leute erfahren, dass wir einen potenziellen Verbrecher aufgenommen haben, wird das für die feine Gesellschaft noch ein Grund zum Tratschen sein. Aber ich bin stolz auf dich, Flora. Du hast richtig gehandelt."

Die nächste Woche verbrachte Flora damit, im Haus Arbeit für Sören zu finden. Als er erst einmal sauber und ordentlich gekleidet war, hatten die Bediensteten weniger Angst vor ihm und akzeptierten ihn bald als einen der ihren – obwohl Sören, den sie jetzt Petersen nannten, nur selten etwas sagte. Mit Pferden kannte er sich nicht aus und schien sich in ihrer Nähe auch unbehaglich zu fühlen, aber er hatte ein feines Gespür dafür, wenn jemand, mit dem er zusammenarbeitete, etwas brauchte, und kam ihnen schnell zu Hilfe. Vor allem Edmund gegenüber war er sehr aufmerksam und so kam es, dass Edmund, der nie einen persönlichen Kammerdiener hatte haben wollen, einen solchen bekam. Und Sören übernahm diese Funktion sehr gern. Als alles so weit erfolgreich lief, beschloss Flora, dass es an der Zeit war, Petersens juristische Probleme in Angriff zu nehmen.

„Ich werde morgen mit Mr Wingate sprechen", sagte sie zu Becky, nachdem sie eines Abends an die Schlafzimmertür ihrer Schwester geklopft hatte. Becky saß gerade an ihrem Frisiertisch und bürstete sich die dunklen Haare. „Ich will ihn fragen, ob er die Anklage gegen Petersen fallen lässt. Kommst du bitte mit? Du bist viel hartnäckiger als ich – und auch überzeugender, wenn es zu einer Auseinandersetzung kommt."

„Danke. Die meisten Menschen würden Hartnäckigkeit bei zartbesaiteten Frauen wie uns nicht für eine Tugend halten, aber ich betrachte es als Kompliment."

„So war es auch gemeint."

„Soll ich mich bewaffnen?", fragte Becky und schwenkte eine Bürste.

„Nein, nur mit Gebet."

Als Becky und sie am nächsten Morgen beim Büro des Direktors erschienen, war Flora ganz nervös. Dieses Treffen war ungeheuer wichtig. Die Zukunft eines jungen Mannes stand auf dem Spiel. Mr Wingate blieb hinter seinem Schreibtisch sitzen und man sah ihm die Schläge, die er bezogen hatte, noch an, denn sein Gesicht war geschwollen und sein gebrochenes Handgelenk geschient. Flora verschwendete keine Zeit mit Höflichkeiten. „Sie wissen, dass Sie Sören und Gunnar Petersen ungerecht behandelt haben. Die beiden standen einander so nahe, wie es bei Brüdern nur sein kann, auch wenn sie unterschiedliche Väter hatten. Ich verstehe, dass es zu spät ist, die Adoption rückgängig zu machen. Gunnar ist jetzt seit mehr als einem Jahr bei seiner neuen Familie und es wäre allen Beteiligten gegenüber nicht gerecht. Aber Petersen hat mir erzählt, dass Sie ihm nicht einmal die Chance gegeben haben, sich zu verabschieden."

„Ich wusste, dass er Schwierigkeiten machen würde. Seine Gewalttätigkeit hat bewiesen, dass meine Einschätzung richtig war."

„Jeder von uns würde ‚Schwierigkeiten' machen, wie Sie es nennen, wenn wir auf grausame Weise von jemandem getrennt würden, den wir lieben! Haben Sie schon einmal einen lieben Menschen auf diese Weise verloren? Wahrscheinlich nicht, sonst hätten Sie nicht getan, was Sie getan haben. Und darüber hinaus haben Sie ihn in den Kohlenkeller gesperrt!"

„Sind Sie fertig, Mrs Merriday? Ich habe zu tun."

„Nein, ich bin noch nicht fertig. Ich bin gekommen, um Ihnen zu sagen, dass ich all Ihre Arztrechnungen bezahlen werde und eine Entschädigung, die Sie für angemessen halten, wenn Sie die Klage gegen Petersen zurückziehen."

„Das kann ich nicht machen. Er ist eine Gefahr für die Gesellschaft. Er sollte nicht frei herumlaufen, sondern im Gefängnis sitzen."

„Er ist ein siebzehnjähriger Junge, der niemanden hat. Er hat alle Menschen, die ihm je etwas bedeutet haben, verloren. Die schrecklichen Erfahrungen, die er in der Vergangenheit durchmachen musste, können wir nicht ändern, aber wenn Sie die Anklage fallen lassen, können wir ihm einen Neuanfang ermöglichen und eine Zukunft. Sie wissen, dass ich Sie vor einem Jahr hinauswerfen wollte, Mr Wingate. Aber ich beschloss, Ihnen noch eine Chance zu geben. Jetzt sind Sie es Petersen und mir schuldig, ihm dieselbe Gelegenheit zu geben. Eine zweite Chance. Der Junge wird es nicht überleben, wenn er ins Gefängnis muss."

„Er hätte mich beinahe umgebracht."

„Aber er hat es nicht getan." Floras Schultern schmerzten vor Anspannung, während sie wartete. Sie hatten eine Pattsituation erreicht.

Becky trat einen Schritt vor. „Was ist nötig, damit Sie Ihre Meinung ändern, Mr Wingate? Eine Gehaltserhöhung? Eine Barzahlung? Hören Sie auf, so salbungsvoll zu tun, und sagen Sie mir, wie viel Geld Sie wollen."

Einen Moment lang fürchtete Flora, ihre Schwester wäre zu weit gegangen. Stattdessen stellte sich heraus, dass sie das magische Wort ausgesprochen hatte – Geld. Nach einigem Hin und Her einigten sie sich auf einen Betrag und Becky ließ ihn eine eidesstattliche Erklärung unterschreiben, in der er die Klage zurückzog und aussagte, Petersen habe sich nur selbst verteidigt.

Auf dem Heimweg lächelte Flora. Zum ersten Mal an diesem Tag. „Du bist meine Heldin, Becky, weißt du das?"

„Ach was! Wofür sind Schwestern denn da?"

Petersen war in der Kammer und polierte gerade Edmunds Schuhe auf Hochglanz, als Flora nach Hause kam. Als sie ihm die gute Nachricht überbrachten, dass er nicht ins Gefängnis zurückmusste, wankte er und lehnte sich an die Wand, die Hände vors Gesicht geschlagen. Flora hätte ihn gerne in den Arm genommen, tat es aber nicht. „Ich kann mir kaum vorstellen, wie es für Sie gewesen sein muss, das Gefängnis wie ein Damoklesschwert über Ihrem Haupt hängen zu haben. Aber das ist jetzt vorbei, Sören."

Er blickte auf und fuhr sich mit der Hand über die Augen. „Aber Wingate hatte es verdient."

„Lassen Sie uns keine Rachegedanken mehr hegen", sagte sie.

„Wir müssen entscheiden, was jetzt für Sie das Beste ist. Sie können gerne weiter für uns arbeiten, aber das müssen Sie nicht. Wir könnten Ihnen helfen, eine Arbeit und eine Wohnung zu finden, wenn Sie lieber etwas anderes machen möchten. Oder vielleicht möchten Sie ja ein Handwerk lernen." Sie ertappte sich dabei, wie sie die Luft anhielt, weil sie hoffte, er würde bleiben. Sie wünschte sich eine zweite Chance, sein Vertrauen zu gewinnen und irgendwann vielleicht seine Liebe.

Petersen starrte zu Boden, anstatt Floras Blick zu erwidern. „Ich kann nicht lesen und schreiben. Als ich im Waisenhaus war, bin ich ein paar Monate zur Schule gegangen ... bevor ..."

„Ich bin sicher, Edmund hilft Ihnen gerne, wenn Sie es lernen möchten. Er ist froh darüber, dass Sie für ihn arbeiten. Genau genommen sind Sie uns allen eine große Hilfe. Sie sind sehr intelligent, Petersen, und ich bin sicher, Sie werden schnell lernen. Wäre das in Ordnung für Sie? Bitte sagen Sie Ja." Als er nickte, hätte Flora ihn wieder am liebsten in den Arm genommen.

„Gute Nachrichten", berichtete sie Becky wenige Minuten später, als sie ihre Schwester in ihrem Büro fand. „Petersen hat gesagt, dass er bei uns bleiben will."

„Das freut mich."

„Da Sören keine Schulbildung hat, werde ich Edmund bitten, ihn zu unterrichten, aber könntest du ihm auch helfen? Du bist eine ausgezeichnete Lehrerin."

„Natürlich ... Aber du bist dir schon darüber im Klaren, dass er nur deswegen bleibt, weil er hofft, mit deiner Hilfe seinen Bruder zu finden."

„Das weiß ich. Aber die Adoptionsunterlagen werden vom Gericht versiegelt, Becky. Ich kann nichts tun, um ihm zu helfen."

Außer Petersen zu lieben, ihm bei der Verarbeitung seiner Geschichte zu helfen und zu tun, was immer in ihrer Macht stand, um dafür zu büßen, dass sie an seinem tragischen Leben auch eine gewisse Mitschuld trug.

KAPITEL 22

Chicago
1889
Ein Jahr früher

Als das dritte Buch von Edmund und Becky veröffentlicht wurde, sorgte Flora dafür, dass das Ereignis in der Bibliothek der Northwestern University gebührend gefeiert wurde. Sie lud Gelehrte von anderen Universitäten in der Umgebung ein, an dem Empfang teilzunehmen, darunter auch Professoren der University of Chicago, die sich noch im Aufbau befand. Edmund stand aufrecht und stolz neben Flora, während sie darauf wartete, dass die Feierlichkeiten begannen. Daran, dass Becky nicht still stehen konnte und immer wieder an ihrem neuen Kleid zupfte und sich über das Haar fuhr, konnte Flora sehen, dass ihre Schwester nervös war. Flora sah keinen Grund für diese Nervosität. Die ersten beiden Bücher, die Edmund und sie gemeinsam geschrieben hatten, waren gut aufgenommen und rezensiert worden. Flora wollte ihre Schwester gerade an diese Tatsache erinnern, als Becky sich zu Edmund lehnte und sagte: „Es ist sehr mutig von dir, unsere Buchpräsentation hier an der Universität zu machen. Hast du denn keine Angst davor, dass dich die Kollegen wegen meiner mangelnden wissenschaftlichen Qualifikationen verachten werden?"

„Ganz und gar nicht", erwiderte Edmund. „Du bist eine bemerkenswerte Wissenschaftlerin und äußerst geschickt darin, antike Sprachen zu entziffern, auch wenn Cambridge so dumm ist, dir für all deine Studien keinen akademischen Grad zu verleihen, nur weil du eine Frau bist. Außerdem schreibst du viel besser als ich.

Wenn jemand ein Problem damit hat, werde ich ihm gerne meine Meinung sagen."

„Da musst du aber schnell sein", gab Flora zu bedenken, „sonst kommt Becky dir zuvor."

Schließlich öffneten sich die Türen und Edmund und Becky wurden von einem seiner Kollegen dem überraschend großen Publikum vorgestellt. Er lobte ihr Buch als „faszinierenden und frischen Beitrag zur historischen Debatte". Flora hatte das Gefühl, sie müsse vor Stolz platzen, als Glückwünsche und Applaus den Raum erfüllten.

„Danke", sagte Edmund und neigte den Kopf auf seine charmante, etwas schüchtern wirkende Art. „Und jetzt genießen Sie bitte den herrlichen Imbiss, den meine Frau dankenswerterweise vorbereitet hat."

Flora stand zwischen Edmund und Becky, während sie ihre Gäste begrüßten und Exemplare ihres Buches signierten. Sie war unglaublich stolz auf ihren Mann und liebte ihn mehr denn je. Bald würde Edmund sechzig werden. Sein dichtes blondes Haar wurde allmählich grau und seine Schultern waren nicht mehr ganz so straff. Aber er war derselbe wunderbare, dynamische Mann, in den sie sich verliebt hatte. Wie oft während ihrer dreiundzwanzigjährigen Ehe hatte Flora Gott dafür gedankt, dass sie Edmund Merriday geheiratet hatte und nicht Thomas Worthington!

Flora begrüßte Edmunds Kollegen, die sie gut kannte, weil sie schon in ihrem Haus zum Essen eingeladen gewesen waren. Sie genoss das akademische Geplänkel und den lebhaften Gesprächsaustausch. Keiner von ihnen hatte die Möglichkeit, die Einladung zu erwidern, aber sie nahmen sie dankbar an – und Flora lud diese Gelehrten gerne ein. Sie gehörten zu der Sorte Mensch, in deren Gesellschaft sich Becky und sie wohlfühlten. Jedenfalls wohler als unter den vermögenden Gästen, die Flora ebenfalls einlud, um Unterstützung für ihre Wohltätigkeitsorganisationen zu erhalten. Sie dachte oft daran, wie dankbar sie Mrs Worthington dafür war, dass sie ihnen die gesellschaftlichen Regeln und Verhaltensweisen beigebracht hatte, denn dies ermöglichte ihr nun, Geld für die Arbeit zu sammeln, die sie so liebte. Sie hatte sogar einige wohlhabende Gönnerinnen gefunden, die ihr Anliegen teilten und sich in den Aufsichtsräten ihrer Organisationen engagierten. Als sie jetzt das

Lachen und Plaudern in der Bibliothek der Universität hörte, freute Flora sich wieder einmal darüber, dass sie mit je einem Fuß in beiden Welten stand – der reichen Gesellschaft, die ihre leidenschaftliche Hilfe für die Armen unterstützte, und der akademischen Welt, die Edmund und Becky Unterstützung und Austausch bot. Was für unterschiedliche und doch merkwürdig ineinander verschlungene Wege sie und ihre Schwester eingeschlagen hatten.

Als die Zahl der Gäste in der Gratulationsschlange nachließ und Flora dachte, sie könnte sich möglicherweise zum Büfett schleichen, entdeckte sie einen entschlossen wirkenden Herrn in den Fünfzigern, der auf sie zukam. Er hatte ein Exemplar des Buches in der Hand, das bereits voller Unterstreichungen und Zettel war. „Oh ... oh", sagte Flora und stieß Edmund an. „Ich hoffe, das ist kein Kritiker, der auf Streit aus ist."

Aber der Fremde grinste breit, als er schließlich vor ihnen stand und die Hand ausstreckte. „Guten Abend, Miss Hawes, Mr und Mrs Merriday. Ich bin Professor Timothy Dyk von der University of Chicago und ich habe einige Fragen an Sie, wenn Sie nichts dagegen haben." Er war nicht groß und eher stämmig und seine buschigen grauen Haare könnten einen Haarschnitt gut vertragen. Sein Anzug war ausgebeult und zerknittert, aber sein rundes, freundliches Gesicht und sein fröhliches Grinsen waren so entwaffnend, dass Flora sich sofort dafür schämte, dass ihr sein ungepflegter Zustand aufgefallen war. Edmund war auch zerzaust und zerknittert gewesen, als sie ihm zum ersten Mal begegnet waren.

Flora hörte zu, als ihr Mann einige Fragen des Professors beantwortete, aber schließlich zeigte Edmund auf Becky und sagte: „Sie fragen den Falschen, Professor Dyk. Das ist die Spezialität von Miss Hawes. Die Ideen in diesem Kapitel gehen ganz allein auf sie zurück."

Flora hielt die Luft an, während sie sich fragte, ob der Mann Becky beleidigen würde, indem er sich weigerte, sie ernst zu nehmen, aber Professor Dyk wandte sich, ohne zu zögern, an sie und wiederholte seine Frage. Einige Minuten später traten Becky und er zur Seite, lebhaft ins Gespräch vertieft. Flora hakte sich bei Edmund unter und schob ihn in Richtung Büfett. Während Edmund und sie ihre Teller füllten und mit Freunden plauderten, verlor sie ihre Schwester aus den Augen, aber als Flora sich eine Stunde später auf die Suche nach Becky machte, stellte sie erstaunt fest, dass diese noch immer mit dem Professor diskutierte. Es sah nicht so aus, als würden sie streiten, und er schien Becky aufmerksam zuzuhören, während er hin und wieder nickte. Trotzdem behielt Flora die beiden einige Minuten lang im Blick, bereit einzuschreiten, falls es nötig sein sollte. Als Becky über etwas, das der Professor sagte, lachte, kehrte Flora erleichtert an Edmunds Seite zurück.

Viel zu schnell war der Imbiss aufgegessen und die Veranstaltung neigte sich dem Ende zu. Flora stand mit ihrem Mann an der Tür und verabschiedete sich von den Freunden und den anderen Gästen. Professor Dyk war unter den letzten, die gingen, nachdem er die ganze Zeit mit Becky geredet hatte. „Es sah so aus, als hättet ihr beide, du und der Professor, eine anregende Diskussion geführt", sagte Flora auf dem kurzen Heimweg zu ihr. „Genau genommen hat er dich den ganzen Abend mit Beschlag belegt."

„Warum sollte ich mit anderen Leuten reden", erwiderte Becky, „wenn er so faszinierende Fragen stellt?"

„Das freut mich", lächelte Flora. Dann lehnte sie sich mit einem Seufzer an ihren Mann. „Ich bin froh, dass der Abend ein Erfolg war. Vielleicht können wir morgen …"

„Für morgen habe ich Professor Dyk zum Abendessen eingeladen", unterbrach Becky sie. „Erinnere mich daran, dass ich der Köchin Bescheid sage." Ihre frühere Nervosität war verschwunden und einem merkwürdigen Ausdruck der Zufriedenheit gewichen, den Flora nur selten im Gesicht ihrer Schwester sah.

Flora warf Edmund einen verstohlenen Blick zu und versuchte, ein Lächeln zu unterdrücken. „Wunderbar", sagte sie. „Soll ich fragen, ob noch andere Freunde von uns Zeit haben?"

„Wenn du willst", erwiderte Becky. Aber Flora merkte, dass sie mit ihren Gedanken schon wieder ganz woanders war.

Mit einer höflichen Verbeugung öffnete Petersen am nächsten Abend die Tür, als Professor Dyk eintraf. Flora hatte ihn darin unterrichtet, als Butler zu dienen zusätzlich zu seiner Arbeit als Kammerdiener für Edmund. Der Professor blieb gleich hinter der Tür stehen. Er trug denselben Anzug wie am Abend zuvor und Haar und Bart waren unverändert struppig. Erstaunt sah er sich in der Eingangshalle um. „Du liebe Güte! Wenn ich gewusst hätte, dass man mit dem Büchermachen so viel Geld verdient, hätte ich mir überlegt, selbst eins zu schreiben."

„Seien Sie nicht albern", lachte Becky. „Unser Vater hat einige kluge Investitionen getätigt, als er noch lebte. Nehmen Sie seinen Mantel und Hut, Petersen. Folgen Sie mir, Professor, dann zeige ich Ihnen das Buch, das ich gestern Abend erwähnt habe." Sie führte ihn in ihr Arbeitszimmer, während sie wie ein Wasserfall über ihre Forschung und ihre Schlussfolgerungen redete.

„Kennst du diesen Professor Dyk?", flüsterte Flora Edmund zu. Sie waren zurückgeblieben, um ihre anderen Gäste zu begrüßen.

„Noch nie gesehen. Ich glaube, er sagte, er sei von der University of Chicago. Müssen wir uns Sorgen machen?"

„Ich glaube nicht. Becky hat eine ziemlich gute Menschenkenntnis. Immerhin hat sie mich davon überzeugt, dass es besser ist, wenn ich Thomas Worthington den Laufpass gebe und dich heirate, weißt du noch?"

Eine Stunde später waren Becky und der Professor noch immer in ihrem Studierzimmer. Flora streckte den Kopf zur Tür herein und sah, wie sie gemeinsam über den Schreibtisch gebeugt waren und ein Pergament untersuchten, das Becky bei ihrer letzten Reise nach Jerusalem erworben hatte. Sie betrachteten das Schriftstück genau mit einer Lupe. „Ich störe ja nur ungern", sagte Flora, „aber alle anderen Gäste sind eingetroffen und das Essen ist bereit."

Professor Dyk blickte überrascht auf. „Ach, du lieber Himmel! Bitte verzeihen Sie mir, Mrs Merriday. Es war sehr unhöflich von mir, die ganze Zeit mit Miss Hawes zu verbringen, anstatt gesellig zu sein."

„Unsinn. Wir sind eine sehr unkonventionelle Familie. Kommen Sie, Professor." Sie ging voran zum Speisezimmer, in dem der Tisch für ihre gelehrten Gäste ganz schlicht gedeckt war. Flora hatte die Hauswirtschafterin angewiesen, nicht die ganzen einschüchternden Gabeln und Löffel einzudecken, weil sie fürchtete, eine derartige Demonstration ihres Wohlstands könnte ihren Gästen ein unbehagliches Gefühl bescheren.

Das Gespräch bei Tisch war interessant und unterhaltsam wie immer, wenn sie Edmunds Kollegen einluden. Und Professor Dyk hatte ebenfalls gar nichts Steifes an sich. Es zeigte sich, dass er ein äußerst intelligenter Mann war. Edmund stellte ihn ihren anderen Gästen vor und sagte dann: „Erzählen Sie uns ein wenig von sich, Professor."

«Bitte nennen Sie mich doch Timothy. Ich bin vor Kurzem von Pennsylvania hierher gezogen. Dort habe ich Ur- und Frühgeschichte an der Universität gelehrt und dann hat man mir eine Position im Lehrkörper der neuen University of Chicago angeboten und ich dachte, es wäre eine herrliche Herausforderung, eine akademische Einrichtung von Anfang an mit aufzubauen. Ich finde die Bücher, die Mr Merriday und Miss Hawes gemeinsam geschrieben haben, sehr anregend. Ihre wissenschaftlichen Erkenntnisse und Forschungsmethoden lassen nichts zu wünschen übrig und doch kann jeder gut gebildete Laie sie lesen und verstehen. Natürlich bedeutet das nicht, dass ich mit all ihren Schlussfolgerungen einverstanden bin …»

«Aha, da haben wir es!», sagte Becky. Doch sie lachte dabei und das war in Floras Augen ein gutes Zeichen. Becky sah heute Abend sehr hübsch aus. Ihre Wangen waren gerötet. Zuerst dachte Flora, der Grund dafür wäre Rouge, aber das war es nicht. Es war Glück.

«Ich muss etwas gestehen», sagte der Professor, als Petersen ihm und allen anderen Gästen einen Nachschlag anbot. «Als der Vorsitzende meines Fachbereichs hörte, dass ich heute Abend hier eingeladen bin, hat er mich gedrängt, mich bei Ihnen einzuschmeicheln, Mrs Merriday, damit die Universität in Zukunft auf Ihre finanzielle Unterstützung zählen kann. Aber ich habe zu ihm gesagt, eine solche List sei mir zuwider. Ich würde mir meinen Lebensunterhalt lieber auf ehrliche, altmodische Weise verdienen und das Spendensammeln den Experten überlassen.

Flora war von seinem Geständnis belustigt und zugleich angenehm überrascht. «Vielen Dank für Ihre Ehrlichkeit», sagte sie. «Wie Sie sich denken können, werden Becky und ich recht oft um finanzielle Unterstützung gebeten. Bitte sagen Sie Ihrem Fachbereichsvorsitzenden, dass er gerne meine Stiftung besuchen und selbst mit mir über eine mögliche Finanzierung sprechen kann. Und vielleicht will Becky irgendwann ein Stipendium für antike Geschichte übernehmen.»

«Danke, das ist sehr freundlich von Ihnen beiden – und damit bin ich vom Haken. Es würde mich freuen, wenn die University of Chicago eine weltbekannte Institution würde. Da meine Spezialität die antike Geschichte des Nahen Ostens ist, würde ich der Universität gerne dabei helfen, ein Museum von Weltklasse zu gründen, in dem Gelehrte die Artefakte studieren können, die vom Babylonischen und Assyrischen Reich entdeckt werden."

„Edmund hat einige wunderbare Gegenstände gesammelt", sagte Becky. „Und ich habe im Laufe der Jahre selbst einige interessante Einkäufe getätigt."

„Die würde ich sehr gerne sehen."

Nach dem Essen gingen sie zum Kaffee in den Salon und wieder waren Becky und der Professor ins Gespräch vertieft. „Ich bewundere Ihre Bücher sehr", hörte Flora ihn sagen. „Aber leider muss ich Ihnen sagen, dass ich Ihre religiösen Ansichten nicht teile."

„Welcher Religion fühlen Sie sich denn zugehörig?", wollte Becky wissen.

„Ich bin das, was man einen zufriedenen Agnostiker nennen könnte. Ich habe in meinen Studien der Antike gelernt, dass Religionen im Laufe der Jahrhunderte kommen und gehen – und die meisten von ihnen sind inzwischen gegangen. Niemand betet noch Baal oder Moloch oder den Sonnengott Amun-Re an."

Beckys Antwort ließ nicht lange auf sich warten. „Man kann aber nicht sagen, dass wirklich alle Religionen verschwunden sind. Wie erklären Sie zum Beispiel die erstaunliche Langlebigkeit des jüdischen Glaubens? Allen Widrigkeiten zum Trotz und im Angesicht entsetzlicher Verfolgung und Verbannung lebt das Judentum heute immer noch. Und ich würde behaupten, dass das Christentum ein Auswuchs des Judentums ist." Ihr Tonfall klang jetzt schärfer und einen Moment lang fürchtete Flora, der Professor könnte vor den Kopf gestoßen sein. Stattdessen schien seine Miene sich bei der Aussicht auf eine angeregte Debatte zu erhellen.

„Hmm. Ich müsste wohl zugeben, dass diese beiden Religionen die Ausnahme von der Regel sind."

„Vielleicht haben sie ja nur deswegen überlebt, weil sie die einzigen wahren Religionen sind und die anderen Fälschungen?"

„Nun, denken wir einmal über diese Annahme nach", begann er. Die Debatte, die sich anschließend zwischen ihm und Becky entfaltete, dauerte bis spät in den Abend hinein und schon bald kamen Flora, Edmund und die anderen Gäste kaum noch zu Wort. Es war, als würde man an einem Pferderennen teilnehmen und weit zurückfallen, während die führenden Teilnehmer davongaloppierten. Als Becky und Timothy endlich ihre Debatte beendeten und sich umsahen, schienen sie überrascht, dass die anderen Gäste alle nach Hause gegangen waren. Der Professor stand eilig auf. „Ach, du liebe Güte! Ich bin viel zu lange geblieben. Das ist kein guter erster Eindruck, nicht wahr?"

„Sie waren ein sehr interessanter Gast", sagte Flora. „Es ist uns eine Freude, dass wir Sie kennengelernt haben."

„Und ich habe mich ausgezeichnet unterhalten", sagte er auf dem Weg zur Tür. „Danke für einen sehr reizenden Abend. Aber ich habe noch weitere Fragen an Sie, Rebecca. Und es gibt viele andere Themen, über die ich gerne mit Ihnen diskutieren würde. Ich empfinde Ihre Perspektive als eine wunderbar frische, einzigartige Weise, die Geschichte zu betrachten."

Becky stemmte die Hände in die Hüften, als wollte sie ihn herausfordern. „Versuchen Sie etwa, mir noch eine Einladung zum Essen zu entlocken, Professor Dyk?"

„Wenn, dann stelle ich mich nicht sehr geschickt dabei an, fürchte ich."

„Gibt es eigentlich eine Mrs Dyk?", fragte Flora. „Wenn, dann sagen Sie ihr doch bitte, dass wir sie beim nächsten Mal auch gerne kennenlernen würden."

„Leider gibt es keine Mrs Dyk. Wie es scheint, habe ich zu hohe Anforderungen an eine Gefährtin – eine Begegnung des Geistes und der Seele. Ich war einmal mit einer reizenden Frau verlobt – eine Verbindung, die unsere Väter auf den Weg gebracht hatten. Ich wollte gerne heiraten, aber meine Verlobte meinte, wir hätten nicht viel gemein. Wahrscheinlich hatte sie recht. Ich konnte einfach nicht verstehen, warum sie sich überhaupt nicht für Homer oder Herodot interessierte."

„Was für ein munterer Geselle Beckys neuer Freund ist", sagte Flora später an diesem Abend zu Edmund, nachdem sie in ihr Schlafzimmer hinaufgegangen waren. „Ich mag ihn sehr."

„Ich auch. Und *munter* ist genau das richtige Wort. Es beschreibt ihn sehr genau."

In den folgenden Wochen erfreuten sie sich alle an Timothys Gesellschaft und bald war er ein so häufiger Gast, dass es war, als hätte er schon immer zu ihrem Leben dazugehört. Becky und er gingen zusammen in Konzerte und Theateraufführungen und er lud Becky zu einigen seiner Vorlesungen an der Universität ein.

Und auch wenn er eingewilligt hatte, an einem Sonntag mit Becky den Gottesdienst zu besuchen, schien es Flora, als wäre es eher ein Experiment, um seine Neugier zu befriedigen, als eine echte geistliche Suche. Trotzdem hatte Flora ihre Schwester schon sehr, sehr lange nicht mehr so glücklich gesehen. Sie erinnerte sich an die Unterhaltung, die sie vor Jahren in jener sternklaren Nacht in Ägypten geführt hatten, und hoffte, dass Becky endlich ihren Gefährten gefunden hatte.

„Ich glaube, meine Schwester ist dabei, sich zu verlieben", sagte sie eines Abends zu Edmund, nachdem sie mit Becky und Timothy bei einem Sinfoniekonzert gewesen waren. Edmund hatte sich gerade aufs Bett gesetzt, um Schuhe und Socken auszuziehen, und Flora sah ihm bei diesem vertrauten abendlichen Ritual von ihrem Platz am Frisiertisch aus zu. Sie schliefen im selben Zimmer und Bett, auch wenn Floras reiche Freundinnen das sicher sehr merkwürdig fänden. Die meisten Herrenhäuser hatten getrennte Schlafzimmer für Ehemann und Ehefrau, als hätte die Ehe gar nichts mit Liebe und Freundschaft zu tun. „Was hältst du von ihrer Beziehung, Edmund? Kommt es dir nicht so vor, als würden Becky und Timothy einander lieben?"

„Hmm", machte er, während er seine Krawatte lockerte. „Sie scheinen wirklich sehr entspannt und vertraut miteinander. Nicht, dass sie keine Meinungsverschiedenheiten hätten – die haben sie auf jeden Fall! Gelegentlich auch sehr laute."

„Ja, aber ihre Debatten sind intellektuelle Auseinandersetzungen, sie sind nicht persönlich gemeint. Und wenn der eine den anderen nicht überzeugen kann, dann lachen sie meist am Ende gemeinsam und einigen sich darauf, unterschiedlicher Ansicht zu sein. Und hast du bemerkt, wie sie sich beim Abendessen heute unterbrochen und den Gedanken des jeweils anderen zu Ende geführt haben?"

„Du hast für diese Dinge einen schärferen Blick, Liebling."

Flora wandte sich ihrem Spiegel zu und fing an, die Nadeln aus ihrer Frisur zu ziehen. Dann schüttelte sie den Kopf, um ihr Haar zu lockern, damit sie es bürsten konnte. Sie sah die Liebe in Edmunds Augen, während er sie beobachtete – auch nach all den Jahren noch –, und sie glaubte gesehen zu haben, wie Timothy Becky während des Konzerts mit dem gleichen Blick bedacht hatte. Wie sehr sie doch wünschte, es wäre wahr!

„Hast du Rebecca schon mal gefragt, was sie für Timothy empfindet?", wollte Edmund wissen.

„Ich traue mich nicht. Ich hoffe so sehr, dass sie mit ihm glücklich wird, aber andererseits will ich nicht, dass sie verletzt wird. Wenn sie sich in Timothy verliebt und er ihre Gefühle nicht erwidert … wenn er sie einfach ihres Geldes wegen oder aus irgendeinem anderen Grund an der Nase herumführt …"

„Dann bringe ich ihn um", beendete Edmund den Satz. „Ganz einfach. Soll ich allein mit ihm reden? Von Mann zu Mann?"

„Nein, wir warten lieber noch ein wenig. Sie kennen sich noch nicht einmal ein Jahr. Lass mich erst mit Becky reden. Vielleicht deute ich die Sache ja falsch. Obwohl ich es nicht glaube."

Nach einigen Tagen des Zögerns, in denen sie hin- und hergerissen war zwischen dem Bedürfnis, ihrer Schwester zu helfen, und der Überlegung, sich um ihre eigenen Angelegenheiten zu kümmern, beschloss Flora, mit Becky zu sprechen und ihr Rat und gegebenenfalls Trost zu geben, wenn sie ihn brauchte. Eines Abends, als sie von einer Veranstaltung zurückgekehrt waren, ging sie zu Becky und setzte sich auf deren Bett. „Können wir reden?"

„Ich dachte mir schon, dass das kommt", sagte Becky, während sie sich auf einen kleinen Sessel fallen ließ und ihre Schuhe abstreifte. „Es wundert mich nur, warum du so lange gewartet hast. Du willst mich nach Timothy fragen, nicht wahr?"

„Jeder, der Augen im Kopf hat, sieht, wie gern ihr euch habt und …"

„Ich liebe ihn, Flora. Entgegen jeder Wahrscheinlichkeit, vor allem in meinem Alter, habe ich endlich einen Mann gefunden, mit dem ich liebend gern den Rest meines Lebens verbringen würde."

„Weißt du, was Timothy empfindet? Ich möchte nicht, dass du verletzt wirst …"

Becky lachte laut auf. „Er liebt mich auch, Flora. Das hat er mir gesagt. Er sagt, er liebe meinen klugen Verstand und ich sei ihm in jeder Hinsicht eine ebenbürtige Partnerin. Er hat mich gefragt, ob ich ihn heiraten will."

„Timothy hat dir einen Antrag gemacht?"

„Schon mehrmals."

„Das ist doch wunderbar!", sagte Flora und sprang auf. „Warum hast du mir nichts davon gesagt? Sollen wir anfangen, die Hochzeit zu planen?"

Abwehrend hob Becky beide Hände. „Ich kann ihn doch nicht heiraten, Flora? Du weißt doch, dass Timothy nicht gläubig ist. In der Bibel steht: ‚Zieht nicht am fremden Joch mit den Ungläubigen.' Ich kann mich nicht willentlich über die Heilige Schrift hinwegsetzen. Diese Regel wurde aus gutem Grund erlassen. Die Ehe ist eine Verbindung des Geistes und der Seele, nicht nur des Leibes."

„Aber er ist so ein guter Mensch ... und ihr liebt euch doch."

„Hättest du Edmund geheiratet, wenn er nicht gläubig gewesen wäre?"

Flora sank wieder aufs Bett und dachte eine Weile nach. „Ich verstehe, was du meinst", sagte sie schließlich. „Manchmal ist die Liebe einfach nicht genug, nicht wahr?"

„Timothy und ich haben darüber gesprochen, wie wundervoll es wäre, wenn wir verheiratet wären, und wir würden gerne gemeinsam reisen. Es gibt so viele Orte, die ich ihm zeigen möchte – Orte, die er schon immer besuchen wollte. Aber die Reisekosten konnte er sich nie leisten. Und auch für mich würde ein Traum wahr."

„Ich bewundere ihn dafür, dass er nicht so tut, als würde er glauben, nur um deine Hand und dein Bankkonto zu bekommen."

„Im Gegensatz zu einigen anderen Männern, die wir kennen?", fragte Becky mit ironischem Lächeln. „Nein, Timothy ist durch und durch aufrichtig und würde nie lügen, was seine Überzeugungen betrifft. Aber wie können wir wahrhaftig Partner sein, wenn wir uns über das Wichtigste im Leben nicht einig sind – den Glauben an Gott? Und wie kann ich es ertragen, mein Leben mit ihm zu teilen, ihn in jeder Hinsicht zu lieben, während ich weiß, dass er die Ewigkeit nicht mit mir verbringen wird? Als Christin ist es mein höchstes Ziel im Leben, Gott zu dienen, aber dieses Ziel teilt Timothy nicht mit mir. Und dadurch leben wir in getrennten Welten."

„Die offensichtliche Lösung wäre, ihn vom Glauben zu überzeugen."

„Das habe ich versucht – aber bisher ohne jeden Erfolg."

„Ich werde Edmund bitten, sich an der Diskussion zu beteiligen, und dafür sorgen, dass er das Thema Glauben anspricht, wenn sie zusammen sind. Wir werden Timothy schon mürbe machen, Becky. Früher oder später wird er zugeben müssen, dass wir genügend überzeugende Argumente und Beweise geliefert haben."

„Ich hoffe, du hast recht. In der Zwischenzeit hat Timothy angeboten, beim nächsten Mal in der Sonntagsschule mitzuhelfen."

„Wunderbar! Das ist doch ein guter Anfang." Flora lächelte und fügte hinzu: „Ich hoffe, die Kinder verstehen ihn. Wenn ich versuche, über irgendetwas mit ihm zu diskutieren, hängt er mich fast jedes Mal ab."

„Vielleicht kann ihn ja ihr schlichter, kindlicher Glaube überzeugen", überlegte Becky. „Hat Jesus nicht gesagt, dass wir wie ein Kind werden müssen, um ins Himmelreich zu gelangen?"

Am nächsten Sonntag in der Innenstadtgemeinde schien sich Timothy mit dem Schwarm aufgeregter Kinder sehr zu vergnügen, auch wenn er etwas unsicher war, wie er mit ihnen umgehen sollte. Er half dabei, zwei ältere Jungen zu unterrichten, die sich mit dem Lesen schwertaten, und sah fasziniert zu, wie Becky auf ihre unnachahmliche dramaturgische Weise eine biblische Geschichte erzählte. Aber Flora, die ihn beobachtete, vermutete, dass es Becky war, die ihn so fesselte, und nicht die Geschichte.

Auf der Heimfahrt überlegte Flora, wie sie Timothy taktvoll fragen sollte, was er von ihrem Sonntagsschulprojekt hielt, als Becky plötzlich von sich aus das Thema anschnitt und fragte: „Was hältst du von der Lektion des barmherzigen Samariters?"

Er überlegte einen Moment lang und strich sich über seinen noch immer struppigen Bart – der Becky offensichtlich weder auffiel noch störte. „Die Idee, eine moralische Lektion in eine Geschichte zu kleiden, ist interessant", sagte er schließlich. „Es erinnert mich daran, wie andere antike Kulturen oft Fabeln für den Unterricht benutzt haben."

Becky seufzte ungeduldig. „Aber was ist mit dem Inhalt der Geschichte, Timothy. Das, worum es Jesus ging?"

„Sei freundlich zu deinem Nächsten?", fragte er und zuckte mit den Schultern. „Durchaus eine vernünftige Forderung."

„Es ist mehr als das. Jesus gebraucht das Gleichnis, um uns zu sagen, wie wir leben sollen." Sie sah aus, als hätte sie ihn am liebsten geschüttelt. Flora stieß Edmund mit dem Ellbogen an.

„Ich habe gesehen, wie Rebecca und Flora diese Wahrheit in ihrem Leben umsetzen", sagte Edmund. „Haben wir schon einmal erzählt, wie wir drei uns kennengelernt haben?"

„Ich glaube nicht."

„Flora und Rebecca haben mich am Straßenrand auf dem Weg nach Gaza gefunden, nachdem ich von einem verbrecherischen Karawanenführer ausgeraubt worden war, der mich in der sengenden Hitze zurückgelassen hatte. Sie waren zwei junge Frauen, die alleine reisten, aber trotzdem haben sie angehalten und mir ihre Hilfe angeboten, ohne sich klarzumachen, dass ich eine Gefahr hätte sein können. Sie waren ganz furchtlos."

„Wir waren uns der Gefahr durchaus bewusst, mein lieber Edmund", wandte Flora ein, „aber du hast einen ziemlich harmlosen Eindruck gemacht."

„Und was die Furchtlosigkeit betrifft", fügte Becky hinzu, „glauben wir, dass Gott das Ende unserer Tage kennt und wir deshalb keine Angst zu haben brauchen. Aber der wahre Grund, warum wir angehalten haben, ist der, dass wir die Bibel als von Gott inspiriertes Wort betrachten, und danach müssen wir leben."

„Hmm. Als Historiker habe ich damit ein Problem", sagte Timothy und kratzte sich am Kinn. „Es wundert mich, dass es für dich kein Problem ist, Rebecca. Woher wissen wir, dass die Bibel ein wahrer, historischer Bericht dessen ist, was Jesus getan und gelehrt hat? Jeder Autor hat ein Ziel, etwas, das er beweisen will. Seid ihr, du und Edmund, völlig objektiv, wenn ihr an euren Büchern forscht und schreibt?"

„Natürlich nicht. Wir wollen, dass unsere Arbeit überzeugt, und daraus machen wir keinen Hehl. Aber wir ändern nicht die historischen oder archäologischen Fakten, damit sie zu unseren Thesen passen."

„Die Männer, die die Bücher der Bibel geschrieben haben, hatten ebenfalls Ziele. Im Evangelium des Johannes steht ganz klar, dass er sein Evangelium geschrieben hat, ‚damit ihr glaubt, dass Jesus der Christus ist, der Sohn Gottes.' Mit anderen Worten, es wurde geschrieben, um andere zu überzeugen und …"

„Du hast den Vers nicht zu Ende zitiert, Timothy", unterbrach Becky ihn. „Johannes schreibt nämlich weiter: ‚und damit ihr, weil ihr glaubt, das Leben habt in seinem Namen.' Johannes versucht seine Leser davon zu überzeugen, weil er weiß, dass es bei seinen

Worten um Leben und Tod geht. Und das ist ja auch der Grund, warum ich versuche, dich zu überzeugen. Ich möchte, dass du die Fülle des Lebens erfährst, die wir in Christus haben."

Timothy beugte sich vor und nahm Beckys Hand. „Mir ist sehr wohl bewusst, wie viel dir dein Glaube bedeutet – euch allen bedeutet er sehr viel", fügte er hinzu und sah Flora und Edmund an. „Aber es ist einfach ein logischer Schritt, den ich nicht tun kann."

Flora wollte ihm gerade sagen, dass ein solcher Glaubensschritt mehr als Logik erforderte, als Becky ihm entgegnete: „Gut. Lassen wir die Bibel einen Moment lang beiseite. Was ist mit Darwins Buch? Er hatte ganz offensichtlich ein Ziel, als er über die *Entstehung der Arten* schrieb. Er wollte die biblische Schöpfungsgeschichte widerlegen, obwohl er nur wenige wissenschaftliche Beweise vorlegen kann, abgesehen von einigen Fossilien, dafür aber jede Menge Spekulation. Und doch gibst du die Logik auf, um seine Evolutionstheorie zu glauben."

„Darwins Erklärung für den Ursprung des Lebens auf der Erde ist eine sehr logische These. Viel logischer, das musst du zugeben, als ein übernatürliches Wesen, das einen Haufen Dreck nimmt, um daraus einen Mann zu erschaffen, und anschließend aus einer seiner Rippen eine Frau."

„Wenn du dich hören könntest! Du konzentrierst dich auf die Einzelheiten und nicht auf die umfassendere Botschaft des biblischen Schöpfungsberichts – nämlich, dass Gott den Menschen mit einer bestimmten Absicht erschaffen und ihm ein Ziel gegeben hat. Aber Darwins Buch liest du und tust genau das Gegenteil – du nimmst die allgemeine Botschaft, anstatt dich auf die unsinnigen Einzelheiten zu konzentrieren. Kann ein Fisch wirklich von sich aus Beine und eine Lunge entwickeln und aufs Trockene krabbeln? Kann ein Affe irgendwie ein Gehirn entwickeln und geniale Sinfonien und erlesene Gedichte schreiben? Meiner Meinung nach ist eine ungeheure Portion Glaube erforderlich, um sich dieser Theorie anzuschließen." Becky hatte die Stimme erhoben und gestikulierte wild, was sie immer tat, wenn sie sich echauffierte. Flora warf Edmund einen Blick zu, aber er zuckte nur mit den Schultern, als wollte er sagen: *Sie kommt doch prima ohne mich zurecht.*

„Alle Bücher der Bibel, die im Laufe mehrerer Jahrhunderte geschrieben wurden, haben ein gemeinsames Thema und eine gemeinsame These", fuhr Becky fort, „und sie zeichnen ein zusammengesetztes Bild von dem Gott, dem wir dienen. Er offenbart uns, dass es einen Schöpfer gibt, der uns liebt, der diese Erde und alle Geschöpfe darauf für uns erschaffen hat, und dass er in die Geschichte eingegriffen hat, weil er uns zu sich zurückführen will."

Timothy bekam eine von Beckys Händen zu fassen und hielt sie fest. „Mein Problem mit der Bibel ist, dass sie im Laufe der Jahre mit Sicherheit redigiert wurde. Es ist wie bei einem Gerücht, dass jedes Mal ein wenig verändert wird, wenn es der nächsten Person erzählt wird. Jesus fing vor Jahrhunderten als gutmütiger Rabbi an und im Laufe der Zeit wurden ihm immer mehr Wunder zugeschrieben, zum Beispiel die Heilung eines Mannes, der blind geboren worden war, bis dieser ganz gewöhnliche Rabbi schon bald als Sohn Gottes bezeichnet wurde."

Flora rechnete mit der nächsten theologischen Vorlesung von Becky, aber stattdessen senkte sie die Stimme und sagte leise: „Was ist, wenn ich beweisen könnte, dass die Bibel sich nicht verändert hat? Dass sie noch dasselbe Dokument ist, das am Anfang niedergeschrieben wurde?"

„Wie willst du das machen?"

„Du hast gelesen, was Edmund und ich zum *Codex Sinaiticus* geschrieben haben. Edmund ist der Meinung, dass es im Katharinenkloster auf dem Berg Sinai noch mehr Exemplare sehr früher Handschriften geben könnte. Ganze Exemplare. Bis jetzt konnten wir nur Fragmente von Büchern und Schriftrollen finden, aber als die Experten diese Fragmente untersucht haben, kamen sie zu dem Schluss, dass sie fast hundertprozentig den jeweiligen Stellen in unserer Bibel heute entsprechen. Nehmen wir an, wir fänden weitere antike Evangelien, die vollständig sind, und könnten beweisen, dass sie mit unserer Bibel übereinstimmen?"

„Wenn die Beweislage sich in diese Richtung verschiebt ...", lenkte Timothy ein. Aber ihre Diskussion wurde unterbrochen, als sie zu Hause ankamen. Da er nicht zum Essen bleiben konnte, einigten Timothy und Becky sich darauf, ihre Unterhaltung ein anderes Mal fortzusetzen.

„Was mache ich nur falsch, Edmund?", fragte Becky, als sie später im Frühstücksraum eine leichte Mahlzeit zu sich nahmen.

„Soweit ich weiß, nichts", erwiderte er.

„Es tut mir leid, dass wir dir keine große Hilfe waren", sagte Flora. „Aber irgendwann wirst du ihn mürbe machen, meinst du nicht?"

„Es ist noch niemand ins Reich Gottes *diskutiert* worden", wandte Edmund ein. „Dazu ist ein Akt des Vertrauens, eine Änderung der eigenen Sicht nötig. Und die kann nur der Heilige Geist bewirken." Flora wusste, dass er recht hatte, aber Becky schien ihn gar nicht zu hören.

„Timothy schien während unserer Unterhaltung heute durchaus offen zu sein, meint ihr nicht auch?", fragte sie. „Wir müssen unbedingt weitere Handschriften finden, ein paar richtig frühe, und Timothy zeigen, dass die Heilige Schrift nicht durch Menschen verändert wurde. Und ich glaube, wir wissen alle, wo wir sie finden können."

„Du willst zum Katharinenkloster auf dem Berg Sinai, nicht wahr?", fragte Flora. Sie sah, wie sehr ihre Schwester nicht nur ihr Leben mit dem Mann verbringen wollte, den sie liebte, sondern ihn auch zu Christus führen wollte. Becky hatte Edmund und sie damals zusammengebracht und jetzt wollte Flora für sie und Timothy das Gleiche tun. „Und wie kann ich dabei helfen?", fragte sie.

„Finde heraus, wie wir das Kloster besuchen können."

„Es ist auch schon lange mein Traum, zum Sinai zurückzukehren", nickte Edmund.

„Vielleicht können die Mönche, mit denen wir uns in Griechenland angefreundet haben, uns Empfehlungsschreiben für den Erzbischof von Kairo mitgeben", sagte Flora. „Edmund könnte in Cambridge und bei seiner jetzigen Universität um entsprechende Empfehlungen bitten."

„Gute Idee", sagte Becky. „Wir sind keine Gelehrten und haben zu Zaren und Königen keine Verbindungen, deshalb dürften wir nicht als Bedrohung empfunden werden, so wie dieser Kerl von Tischendorf, der ihr Manuskript gestohlen hat."

„Der Schlüssel wird die Fotografie sein", sagte Edmund. „Wir müssen den Mönchen versichern, dass die Manuskripte im Kloster bleiben, wo sie hingehören. Wir werden nur Fotografien der wichtigen Dokumente machen, damit die Gelehrten sie studieren und übersetzen können. Die Artefakte werden nicht beschädigt und sie werden auch nicht woanders hingebracht."

„Das ist eine hervorragende Idee, Edmund", sagte Becky. „Timothy ist ein Wissenschaftler, der großen Respekt vor historischen Quellen hat. Wenn er erst einmal mit den überwältigenden Beweisen konfrontiert wird, muss er zugeben, dass die Bibel ein gültiges historisches Dokument ist."

„Was wir nicht alles aus Liebe tun ...", sagte Flora kopfschüttelnd. „Also Edmund und ich sind dabei, Becky. Fangen wir an, eine Reise zum Sinai zu planen."

„Wunderbar. Aber zuerst muss ich das Fotografieren lernen."

Teil III

Petersen

KAPITEL 23

Die Wüste Sinai
1890

Sören Petersen hätte es sich nie träumen lassen, dass er einmal um die halbe Welt reisen würde, zur Wüste Sinai, weit entfernt von den Slums in Chicago. Und genauso wenig hätte er es sich träumen lassen, hier ausgesetzt zu sein, ohne zu wissen, wo er war oder wie er in die Zivilisation zurückkehren konnte. Bei dem Gedanken, dass er sterben könnte, versuchte er, nicht in Panik zu geraten. Er musste einen Ausweg finden. Es gab Versprechen, die er noch einzulösen hatte. *Kein Baum wächst bis zum Himmel*, sagte er sich. Das Warten würde ein Ende haben, so oder so.

„Wir müssen beten", sagte Miss Flora, bevor sie und Miss Rebecca sich für die Nacht zurückzogen. Petersen war erleichtert, als sie ihn nicht aufforderten, sie bei den Händen zu fassen und noch einmal zu beten. Jedes Mal, wenn sie das taten, fühlte er sich dem Untergang geweiht. Jetzt tastete er sich durch das dunkle Zelt, bis er sein Feldbett gefunden hatte. Aber die Kleidung behielt er an. Er musste bereit sein – wofür, das wusste er nicht. Noch immer hatte er das Messer des Kochs bei sich.

Mr Farouk und der Koch rumorten noch eine Weile herum, aber schließlich begannen sie beide zu schnarchen. Petersen hatte keine Ahnung, wie sie unter diesen Umständen schlafen konnten. Er hatte Angst davor einzuschlafen, weil er damit rechnete, morgen durch die Hand der Beduinen sterben zu müssen. Das nervenzerreißende Abendessen, das er in ihrem Lager zu sich genommen hatte, allein unter Männern, getrennt von den Schwestern, hatte ihm vor Augen geführt, wie hilflos und fern von zu Hause er tatsächlich war.

Letzten Endes hatte Sören Angst vor dem Tod. Seit er für die Schwestern arbeitete, war er mit ihnen in die Kirche gegangen und er hatte sie auch zu ihrer Sonntagsschule begleitet. Aber er wusste immer noch nicht, ob das, was er dort über Gott und den Himmel und die Hölle gelernt hatte, überhaupt stimmte. So oder so – wenn sein Leben verwirkt war, dann passte es ihm nicht, dass Kate Rafferty der Grund dafür war. Er wünschte, er könnte sie morgen einfach an den Scheich verkaufen und das Leben der Schwestern retten, aber das würde Miss Flora niemals zulassen.

Warum nur wollte jemand eine so launische Frau zur Gattin haben – oder auch nur als Bedienstete? Kate machte ihnen nichts als Schwierigkeiten, seit sie vor einem Jahr in ihr Leben geplatzt war. Miss Flora und Miss Rebecca waren gutherzige Menschen und hatten Mitleid mit Kate gehabt, als sie die Polizei hätten rufen und sie ins Gefängnis werfen lassen sollen. Aber da die Schwestern ihn unter ähnlichen Umständen unter ihre Fittiche genommen hatten, konnte Petersen sich wohl kaum beschweren. Wenn sie doch nur geahnt hätten, welchen Ärger sie mit Kate haben würden, gestrandet in der Wüste – dann hätten sie es sich vielleicht anders überlegt.

Er blieb wach und lauschte in die Dunkelheit hinein, ob er irgendwelche verdächtigen Geräusche hörte. Mr Farouks Schnarchen wurde so laut, dass Petersen fürchtete, er würde eines Eindringlings erst gewahr werden, wenn dieser bereits vor ihm stand. Schließlich gab er den Versuch zu schlafen auf und ging hinaus, um vor dem Zelt unter dem Sternenhimmel zu sitzen. Seine Decke nahm er mit, damit er nicht fror. Die Angst schnürte ihm fast die Kehle zu. Immer musste er daran denken, dass der Scheich und seine Schläger sich in der Nacht anschleichen und sie alle umbringen konnten. Den Gedanken, dass den Schwestern etwas zustieß, konnte Petersen nicht ertragen. Sie hatten ihn vor dem Gefängnis bewahrt und ihm geholfen, ein neues Leben zu beginnen. Und dafür hatte er geschworen, sie zu beschützen. Er hasste seine eigene Hilflosigkeit. Und wenn er daran dachte, dass sie nur wegen dieses lästigen Mädchens vielleicht alle sterben würden, kochte er innerlich.

Wie wäre sein Leben wohl, wenn er zu Hause in Chicago geblieben wäre? Petersen konnte diese Frage nicht beantworten. Er blickte zu den unzähligen Sternen hinauf und erinnerte sich daran, wie er mit Gunnar in einer kalten Gasse in Chicago gekauert und zum Himmel hinaufgesehen hatte, hungrig und verlassen. Die Gesichter seiner Eltern waren nur noch eine verschwommene Erinnerung, bis er sein eigenes Spiegelbild betrachtete und die gleichen blonden Haare und blauen Augen sah, die gleiche helle Haut. Falls er beten würde, wie Miss Flora es ihm vorgeschlagen hatte, dann würde er für seinen Bruder beten und nicht für sich selbst. Er würde beten, dass Gunnar an diesem Abend sicher und warm in seinem Bett lag.

Und glücklich.

Mehr als alles andere hoffte Petersen, dass sein Bruder glücklich war.

Während der Nacht nickte er dann doch irgendwann ein und erwachte kurz vor Tagesanbruch, als sich in beiden Lagern die ersten Bewohner rührten. Petersen stand Wache und beobachtete die Beduinen genau, während die anderen in seinem Lager frühstückten. Auch als die Männer sich zu ihrem Morgengebet verneigten, hielt er die Augen offen. Aber er merkte sich, wo die Sonne aufging, denn er wusste, wenn er in die entgegengesetzte Richtung lief, würde die Wüste irgendwann am Golf enden. Miss Flora hatte ihn davon überzeugt, dass sie das Kloster ohne fremde Hilfe nie finden würden, aber sie konnten doch der Sonne gen Westen folgen, oder nicht?

„Da kommen sie", warnte er die anderen, als der Scheich und seine Männer ihre Gebete beendet hatten und sich auf den kurzen Weg zum Lager der Schwestern machten. „Kate muss ins Zelt gehen und dort bleiben." Er hoffte nur, dass die Damen nicht merkten, wie ihm die Angst durch den Körper fuhr und ihm den Magen zusammenzog.

„Wir beten für Sie, Sören", sagte Miss Flora und legte eine Hand auf seine Schulter. „Gott wird bei Ihnen sein."

Die Beduinen blieben in wenigen Metern Entfernung stehen und einer von ihnen rollte auf dem steinigen Boden einen Teppich aus. Der Scheich gab Petersen und Mr Farouk ein Zeichen, sich zusammen mit ihm darauf zu setzen. Die anderen Männer versammelten sich hinter dem Scheich, während die beiden Schwestern hinter Sören standen. Sollte es tatsächlich zu einer Auseinandersetzung kommen, dann waren die beiden Mannschaften höchst ungleich.

Der Scheich ergriff als Erster das Wort und machte dabei ausladende Handbewegungen, während er stolz seine Nase in die Luft reckte. „Er bieten viele Geschenke für Mädchen", übersetzte Mr Farouk. „Schafe … Kamele … Ziegen … Gold und noch mehr."

„Sagen Sie ihm, dass sie nicht zum Verkauf steht und dass wir nicht verhandeln – oder wie auch immer er es nennt", erwiderte Petersen. Er wartete und wurde immer nervöser, je länger die angeregte Unterhaltung zwischen den beiden Männern andauerte. Irgendwann war der Scheich fertig und Mr Farouk übersetzte für Petersen.

„Er sagt, seine Frauen nur Töchter geboren. Er sagt, feuerhaarige Frau mit solchem Temperament wird starken Sohn gebären."

„Das ist doch Unsinn", murmelte Petersen kopfschüttelnd. Der Scheich ergriff wieder das Wort und seine Stimme wurde lauter und seine Gesten ausladender, als er auf die leere Wüste, den endlosen Himmel deutete.

„Er sagt, Sie sollen nennen Preis, egal, wie hoch."

„So kommen wir nicht weiter", sagte Miss Rebecca, die hinter Sören stand. „Die Beduinen denken, das Feilschen wäre ein Spiel. Er wird immer mehr bieten, nicht wahr, Mr Farouk?"

„Es dauert manchmal mehrere Tage, bis Handel perfekt."

Petersen versuchte, nicht zu stöhnen.

„Mr Farouk", sagte Miss Flora. „Können wir dem Scheich nicht irgendwie klarmachen, dass er Kate nicht zur Frau haben kann?"

Er dachte einen Augenblick nach. „Nur, wenn Preis, den Sie nennen, zu hoch."

„Das wagen wir nicht", sagte Miss Rebecca. „Was ist, wenn wir etwas sagen und er bereit ist, diesen überhöhten Preis zu bezahlen?"

Mr Farouk überlegte wieder und kratzte sich an seinem glänzenden Kopf. „Wenn sie schon als Ehefrau versprochen …"

„Sie meinen, wenn sie mit einem anderen Mann verlobt wäre?", fragte Miss Flora nach.

„Ja … aber selbst dann kann sein, dass bieten mehr."

Petersen blickte zu den Schwestern auf, während sie die Information verdauten. „Wir könnten ihm sagen, dass sie mit mir verlobt ist", sagte er nach einer Weile.

Miss Rebecca lachte auf. „Aber der Scheich hat doch gesehen, wie Sie beide sich gestritten haben. Alle haben es mit angesehen. Das wird er niemals glauben."

„Aber nein", wandte Mr Farouk mit erhobener Hand ein. „Der Scheich sagt, er bewundert goldenen Mann, weil lässt sich nichts gefallen von Mädchen."

„Sollen wir es versuchen?", fragte Miss Rebecca. „Glaubt ihr, es wird funktionieren?"

„Kommt nicht infrage. Es ist zu riskant", protestierte Miss Flora. „Was ist, wenn er in Petersen einen Rivalen sieht und ihn zum Duell herausfordert oder etwas in der Art?"

Daran hatte Petersen auch schon gedacht.

„Ich glaube, im Moment haben wir keine andere Wahl", gab Miss Rebecca zu bedenken. „Ich finde, wir sollten es wenigstens versuchen."

„Das gefällt mir ganz und gar nicht", beharrte Miss Flora kopfschüttelnd. „Wir haben diese beiden jungen Menschen den ganzen Weg mit uns geschleift und ich will keinen von beiden verlieren."

Plötzlich hatte Petersen eine Idee. „Ich werde ihm sagen, dass Kate mit mir verlobt ist, aber dass ich es mir überlegen würde, sie zu verkaufen, wenn er uns zum Kloster bringt, wie er es versprochen hat."

„Und dann?", wollte Miss Flora wissen.

„Dann hoffen wir, dass die Mönche uns beschützen, bis wir herausgefunden haben, wie wir wieder aus der Wüste herauskommen."

„Sören, das ist eine sehr kluge Idee!", sagte Miss Rebecca. „Es könnte funktionieren."

„Vermutlich ist es einen Versuch wert", stimmte Miss Flora zu.

Petersen wusste, dass er eine überzeugende Vorstellung abliefern musste, und er hoffte, das starrköpfige Mädchen würde genügend Verstand haben, um mitzuspielen. „Miss Flora, könnten Sie bitte ins Zelt gehen und Kate sagen, dass sie genau das tun muss, was ich sage? Unser aller Leben hängt davon ab."

„Ich werde es versuchen."

Er wartete, dann wandte er sich an Mr Farouk, der besorgt und verwirrt aussah. Petersen hätte ihn am liebsten angeschrien und ihm gesagt, dass dies alles seine Schuld war, weil er die Beduinen überhaupt erst angeheuert hatte. Und er hätte dem Scheich niemals erlauben dürfen mitzukommen. Aber Sören beherrschte sich und wartete, bis er sich wieder beruhigt hatte.

„Mr Farouk, Sie müssen sich bei dem Scheich entschuldigen und ihm erklären, dass Sie mir von Anfang an von seinem Angebot hätten berichten müssen. Sagen Sie ihm, dass ich derjenige bin, mit dem er wegen des Mädchens verhandeln muss, aber dass Ihnen meine Beziehung zu dem Mädchen nicht bewusst war. Sagen Sie ihm, dass Kate mir als Frau versprochen ist." Sören wartete, während Mr Farouk übersetzte, und warf Miss Rebecca einen Blick zu, um zu sehen, ob der Mann auch wirklich sagte, was er sagen sollte. Sie nickte kaum merklich.

Die Miene des Scheichs verdüsterte sich angesichts der Neuigkeit. Er funkelte Petersen an, sodass dessen Herz schneller schlug, aber er zwang sich, nicht zu reagieren. „Sagen Sie ihm, dass ich das Mädchen jetzt rufen werde, Mr Farouk. Und dann müssen Sie bei allem mitspielen, was ich tue oder sage, verstanden?"

„Ja." Farouks Leben stand auch auf dem Spiel. Als er zu Ende übersetzt hatte, stand Petersen sofort auf und wandte sich dem Zelt zu.

„Kate! Komm sofort hierher!", rief er, so laut er konnte. Der Scheich würde seine Worte nicht verstehen, aber er würde merken, wer hier die Autorität hatte. Petersen hielt die Luft an und hoffte, dass Kate ausnahmsweise mal tat, was man ihr gesagt hatte.

Zum Glück kam sie tatsächlich heraus, aber es gelang ihr nicht so recht, demütig zu wirken. Petersen stellte verärgert fest, dass sie trotzig wie immer war und die Hände in die Hüften stemmte, während sie fragte: „Und, was wollen Sie?"

„Du dummes Ding! Verstehst du nicht, dass deine Dickköpfigkeit für den Scheich eine Herausforderung ist? Jetzt will er dich nur noch mehr!" Er packte Kate am Arm und zog sie mit einem Ruck näher. „Sag ihm, dass du meine Frau sein wirst."

„Nur über meine Leiche", kam die Antwort.

„Das übersetzen Sie bitte nicht, Mr Farouk", sagte Petersen leise.

„Ich habe eine Idee", sagte Miss Rebecca. „Wir werden ihm sagen, dass Kates Vater sie Ihnen gegen ihren Willen verkauft hat, um eine Schuld zu begleichen, bevor er starb. Wir werden ihr sagen, dass Sie nur das Ende der Trauerzeit abwarten, bevor Sie Ihren Anspruch durchsetzen."

„Gut. Das ist gut", nickte Petersen. Er gab Farouk zu verstehen, dass er übersetzen solle. Die Augen des Scheichs verengten sich und er verschränkte die Arme, während er zuhörte. Dann fing er an zu schreien.

„Er fragt Mr Farouk, warum er das nicht eher erklärt hat", flüsterte Miss Rebecca. „Er will einen Beweis sehen, dass die Behauptung wahr ist."

Petersen überlegte krampfhaft. Er legte den Arm um Kates Schulter und zog sie an sich. „Wehr dich nicht, Kate, sonst sind wir alle tot", flüsterte er ihr zu. Er konnte spüren, wie sie am ganzen Körper zitterte, aber wie er Kate kannte, wahrscheinlich vor Wut und nicht aus Angst. „Und jetzt, Mr Farouk, sagen Sie ihm, dass ich sein großzügiges Angebot, das Mädchen zu kaufen, in Erwägung ziehen werde, aber nicht unter diesen Bedingungen und nicht mitten im Nirgendwo. Zuerst muss er seinen Teil der Abmachung erfüllen und uns zum Kloster bringen, wie er es versprochen hat."

Der Scheich hörte Mr Farouks Übersetzung zu, antwortete aber nicht. Petersen starrte den Mann an, ohne zu zucken, ein Kräftemessen. Er fragte sich, ob er sich den Respekt des Scheichs verdient hatte, weil er sich von ihm nicht einschüchtern ließ, oder ob dies der Augenblick war, in dem der Beduine ihn ermorden, sich Kate schnappen und mit ihr in der endlosen Wüste verschwinden würde. Er beschloss, noch ein letztes Mal Autorität zu demonstrieren, und hoffte, dass Kate mitspielte. Er ließ sie los und wirbelte sie herum, während er auf das Zelt deutete. „Geh wieder rein!"

Auf der Stelle begann sie mit einer ihrer Tiraden. „Sie denken, Sie wären der große Held, nicht wahr? Aber das sind Sie nicht! Sie sind keinen Deut besser als ich und das wissen Sie auch. Ich muss von Ihnen keine Befehle entgegennehmen, Petersen …" Immer weiter schimpfte sie, während sie zu ihrem Zelt stapfte, aber sie hob die Zeltplane an und verschwand wutschnaubend im Innern. Petersen atmete erleichtert aus.

Schließlich ergriff der Scheich das Wort und Sören wartete, bis Farouk seine Worte übersetzt hatte: „Der Scheich sagt, sie vielleicht Ihnen versprochen, aber sie wildes Pferd, das noch nicht eingeritten. Er wollen haben zur Frau." Wieder sagte der Scheich etwas, dann nickte er. „Er bringt uns zum Kloster."

Petersen versuchte, sich seine Erleichterung nicht anmerken zu lassen. „Wann?", fragte er mit halb zusammengekniffenen Augen.

„Heute. Sie packen Karawane und gehen los." Der Scheich erhob sich und kehrte mit seinen Männern zu seinem Lager zurück. Den Teppich nahmen sie mit.

In beiden Lagern herrschte hektische Betriebsamkeit, während die Zelte abgebrochen und die Kamele beladen wurden. Petersen trug gerade das Gepäck der Schwestern aus ihrem Zelt, als Miss Flora ihn abfing. „Sie haben heute etwas sehr Mutiges getan, Sören. Wir sind sehr dankbar und stolz auf Sie." Dann wandte sie sich an Kate, die mürrisch dreinblickte. „Du solltest ihm danken, Kate. Er hat sein Leben riskiert, um dich und uns alle zu retten." Kate antwortete nicht – aber das hatte Petersen auch nicht erwartet. Das Mädchen schien nicht in der Lage zu sein, etwas Nettes zu tun oder zu sagen. „Und wir alle danken dem allmächtigen Gott dafür, dass er unsere Gebete erhört hat", fügte Miss Flora hinzu.

„Amen!", nickte Miss Rebecca.

Es dauerte keine Stunde, bis die Karawane bereit war, sodass Petersen kurz darauf im Sattel schwankte, während die Kamele unter der Wüstensonne in Richtung Kloster trotteten. Jedenfalls hoffte er, dass das ihr Ziel war. Ihr Leben war verschont worden – erst einmal. Vielleicht gab es ja wirklich einen Gott, der alles geschaffen hatte, und vielleicht erhörte er tatsächlich die Gebete von Menschen wie Miss Flora und Miss Rebecca. Aber als Petersen an die Vergangenheit dachte und an all die schlimmen Dinge, die er getan hatte, die Toten, für die er verantwortlich war … dann bezweifelte er, dass Gott jemals bereit sein würde, seine Gebete zu erhören.

KAPITEL 24

Chicago
1876
Vierzehn Jahre früher

„Kein Baum wächst bis zum Himmel", sagte Sören immer wieder vor sich hin, während er in dem dunklen Treppenhaus vor der Wohnung seiner Eltern saß. Die Tränen liefen ihm über das Gesicht. Er war fünf Jahre alt und sicher, dass seine Mama sterben würde. Er wischte sich Nase und Wangen mit den Fäusten ab, dann versuchte er, sich die Ohren zuzuhalten, aber die schrecklichen Schreie konnte er trotzdem hören. „Geh und warte auf dem Flur, Sören", hatte ihre Nachbarin Mrs Donovan gesagt, als er angefangen hatte zu weinen. „Du kannst wieder reinkommen, wenn das Baby geboren ist."

Mama hielt sich den Bauch und ihr Stöhnen wurde lauter, aber sie brachte heraus: „Sei ein braver Junge, Sören." Er hatte gehorcht. Die beiden Zimmer, in denen er mit Mama und Papa wohnte, befanden sich im dritten Stock eines überfüllten Wohnhauses. Weil Mama im ersten Zimmer war und Papa im zweiten Zimmer schlief, konnte Sören nur auf den Gang. Der fensterlose Raum stank nach Schimmel und Urin. Die Leute passten nicht immer auf, wenn sie ihre Schmutzeimer jeden Morgen die steile, dunkle Treppe hinuntertrugen, um sie auf dem Abtritt auszuleeren.

„Kein Baum wächst bis zum Himmel", flüsterte er wieder. Das hatte Mama immer zu ihm gesagt. Und während er wartete, fragte er sich, ob sie auch an diese Worte dachte. In dem Stadtteil von Chicago, in dem sie wohnten, gab es nicht viele Bäume, weil die meisten von ihnen fünf Jahre zuvor beim großen Feuer verbrannt waren. Aber Sören wusste, was seine Mama meinte, wenn sie es sagte: Nichts dauert ewig. Wenn Mama und er Hunger hatten oder froren, bedeutete „Kein Baum wächst bis zum Himmel", dass die schlimme Zeit bald vorüber sein würde. Und wenn sie etwas zu essen und Kohlen für das Feuer hatten, bedeutete „Kein Baum wächst bis zum Himmel", dass sie die Nahrung und die Wärme genießen sollten, solange sie konnten.

Die Tür hinter ihm ging knarrend auf. Sören wandte sich um und war überrascht, seinen Papa zu sehen. „Gar nicht so einfach für uns Jungs, ein Nickerchen zu machen, was?", fragte er und fuhr sich mit der Hand durch sein rötlich braunes Haar. Bevor Sören antworten konnte, fügte Papa hinzu: „Ist auf der Treppe noch Platz für mich?" Sören rutschte zur Seite und Papa ließ sich mit einem riesigen Seufzer neben ihm nieder. Meistens schlief sein Papa, wenn Sören wach war. Er ging nicht morgens früh zur Arbeit, wie all die anderen Väter im Wohnblock es taten. Wenn sie mit ihren schweren Schuhen die hölzerne Treppe hinunterrannten, wurde Sören wach, aber sein Papa kam dann erst nach Hause. Die anderen Männer im Haus trugen Arbeitskleidung, die fleckig und zerrissen war, und wenn sie nach Hause kamen, rochen sie nach den Viehhöfen oder nach Hafen oder nach Eisenbahn. Papa ging erst zur Arbeit, wenn die Sterne am Himmel standen, und dann war er von Kopf bis Fuß in Sachen gekleidet, die schwarz wie die Nacht waren.

„Hey, hör zu. Es gibt keinen Grund zu weinen", sagte Papa, als er Sörens Tränen sah. „Deiner Mama wird es bald wieder gut gehen." Der nächste Schrei strafte seine Worte Lügen. Daran, wie Papa sich mit den Fingern durchs Haar fuhr und sich räusperte, merkte Sören, dass auch er Angst hatte. „Setz dich auf meinen Schoß, dann erzähle ich dir eine Geschichte. Welche möchtest du hören?"

Sören kroch auf den Schoß seines Vaters. „Die von dem Feuer."

„Die Geschichte?" Er lachte. „Von der bekommst du noch Albträume, mein Junge." Aber Sören wartete und hoffte, Papa würde die Geschichte trotzdem erzählen. „Also gut ... du warst noch ein winzig kleines Baby, als das Feuer diese Stadt zerstört hat. Das Viertel neben unserem hatte in der Nacht davor Feuer gefangen, aber die Feuerwehrleute löschten es, bevor es zu uns kam. Also dachten wir, uns würde nichts passieren, als am Sonntagabend wieder die Glocken läuteten. Aber dann drang plötzlich Rauch in unsere Zimmer und wir sahen ein helles Licht am Himmel, so als würde die Sonne aufgehen, und alle schrien, wir müssten weglaufen. Die Flammen kamen direkt auf uns zu, weißt du? Deine Mutter hat dich aus deinem Bettchen geholt, aber bevor ich Zeit hatte zu überlegen, was wir packen könnten, hörten wir das Feuer auf dem Dach knistern – so schnell breitete es sich aus. In der Nacht wehte ein teuflischer Wind, musst du wissen. Also rannten wir aus dem Haus und ließen alles zurück – gerade noch rechtzeitig. Als ich mich umdrehte, sah ich, wie das Dach einstürzte, genau da, wo wir gerade noch gesessen hatten.

Wir liefen immer weiter und beeilten uns, über den Fluss zu kommen, weil wir dachten, dort würden wir in Sicherheit sein. Auf den Straßen waren alle möglichen Leute – reiche und arme, junge und alte. Alle trugen Säcke und versuchten, ihr Hab und Gut in Sicherheit zu bringen. Die merkwürdigsten Dinge retteten sie – einen Stuhl, eine Uhr, sogar einen Vogelkäfig mit einem Papagei drin. Ich hatte nichts zu tragen, und als die Leute müde wurden und anfingen, Sachen zurückzulassen, ging ich durch einige der Taschen. ‚Lauf über den Fluss‘, sagte ich zu deiner Mutter, ‚dann treffe ich euch beim großen Bahnhof am See.‘ Ich wusste, dies war meine Chance, im Leben voranzukommen. Die Flammen schlugen bis zum Himmel hinauf und rasten auf all die tollen Häuser beim See zu und die reichen Leute dort liefen auch um ihr Leben. Das war meine Gelegenheit mitzunehmen, was sie in den Häusern gelassen hatten. Sie wollten die Sachen nicht und sie würden sowieso verbrennen, warum also nicht? Außerdem gab es eine Menge anderer Kerle, die genau die gleiche Idee hatten wie ich und das auch machten, verstehst du?"

Sören nickte und hoffte, dass Papa weiterreden würde. Jedes Mal erzählte er die Geschichte ein kleines bisschen anders, mit einer oder zwei zusätzlichen Einzelheiten. Aber Sören liebte die herrliche Angst, die er spürte, während er zuhörte, wie Papa die Gefahr beschrieb und das Wettrennen mit den lodernden Flammen.

„An dem Abend habe ich zwei tolle Anzüge ergattert. Ich habe sie einfach über meinen eigenen gezogen, als ich in dem Schlafzimmer von irgendeinem feinen Herrn stand. Einen über den anderen, bis ich so dick aussah wie ein reicher Mann. So musste ich sie nicht tragen, verstehst du? Aber vor allem habe ich kleine Gegenstände mitgenommen, wertvolle Dinge wie Goldschmuck und Silber und so, und das habe ich alles in Kopfkissenbezüge gestopft, die ich fand. Die reichen Leute waren aus ihren Betten gesprungen, ohne sich noch mal umzusehen. Ich hätte damals reich werden können, weil ich mir in diesen Häusern nehmen konnte, was ich wollte, aber ich hatte keinen sicheren Ort, an dem ich die Sachen hätte verstecken können. Das Feuer war dabei, die ganze Stadt aufzufressen.

Ich habe es geschafft, den Flammen davonzulaufen, die durch Chicago jagten. Dabei habe ich alles Mögliche eingesammelt. Es war, als würden die Flammen der Hölle mich jagen. Wie Schwefel regneten sie auf mich herunter."

Sören wusste nicht, was Schwefel war, aber er drückte sich enger an Papas Brust und stellte sich vor, wie Mama mit ihm auf den Armen geflohen war. Wenn er ihr doch jetzt nur helfen könnte, während sie auf der anderen Seite der Tür schrie.

„Dann bin ich beim Bahnhof angekommen, aber du und deine Mutter, ihr wart nicht da", fuhr Papa fort. Er war jetzt richtig in Fahrt und Sören sah, dass er das Erzählen genoss. „Es war mitten in der Nacht, aber der Himmel war taghell. Die Hitze war so groß, als stünde man neben einem Ofen, und ich habe wie ein Hafenarbeiter in all den Klamotten geschwitzt. Das Feuer kam auf den Bahnhof zu und mit den Flammen hinter mir und dem See vor mir blieb mir nichts anderes übrig, als nach Norden zu laufen. Deine tapfere Mutter ist in dieser Nacht mit dir auf dem Arm viele Kilometer weit geflohen – bis zum Lincoln Park hat das Feuer sie getrieben. Am nächsten Morgen habe ich sie mit Tausenden anderer Leute auf dem Friedhof gefunden, wo sie an einem Grabstein lehnte. Ihr habt beide tief und fest geschlafen. Als ich sie weckte, wäre sie vor Schreck beinahe aus der Haut gefahren. Sie wusste nicht, dass ich es war, weil ich die neuen Kleider trug und mein Gesicht und meine Haare vom Ruß ganz schwarz waren. Sie dachte, ich wäre verbrannt." Papa lachte, aber Sören verstand nicht, warum.

„Als alles vorbei war und wir wieder nach Hause konnten, war nichts mehr übrig. Wir hatten kein Dach mehr über dem Kopf. Aber so ging es vielen anderen Leuten auch."

Er machte eine Pause und Sören wollte ihn gerade fragen, was als Nächstes passiert war, als er plötzlich einen Schrei von drinnen hörte, anders als das Schreien vorher. Es war das Schreien eines Babys, wie er es täglich ein Dutzend Mal in seinem Wohnblock hörte. „Klingt so, als hätte deine Mama uns gerade ein neues Baby geschenkt", sagte Papa. Irgendwie sah er erleichtert aus. Er hob Sören von seinem Schoß und stellte ihn auf die Treppenstufe, bevor er selbst aufstand. „Ich gehe mal rein und sehe nach, was los ist. Bleib hier, bis ich dich holen komme."

Die Zeit verging nur langsam und Papa kam nicht wieder. Sören trat mit der Fußspitze gegen die Treppe, sodass eine Armee schwarzer Ameisen und ein paar Schaben aus den Ritzen huschten. Er wünschte, Papa würde sich beeilen. Irgendwann öffnete ihre Nachbarin Mrs Donovan die Tür hinter ihm. „Du kannst jetzt reinkommen, Sören, und deine kleine Schwester kennenlernen."

Mrs Donovon brachte ihn in das erste Zimmer, in dem Papa mit einer Flasche in der einen und einem Glas in der anderen Hand saß, und dann ins zweite Zimmer, in dem Mama im Bett saß und lächelte. Sie war so schön, seine Mama, mit ihren goldenen Haaren und Augen, die so blau waren wie der Himmel. „Komm und begrüße deine neue Schwester", sagte sie. „Sie heißt Hilde." Dann ließ sie Sören aufs Bett klettern und sich neben sie setzen, sodass er Hildes rundes rotes Gesicht und die kleinen, zu Fäusten geballten Hände sehen konnte. „Du wirst bestimmt ein wunderbarer großer Bruder sein und mir helfen, auf sie aufzupassen, nicht wahr?", sagte Mama. Er nickte und hielt die winzige Hand seiner Schwester. Er würde Hilde mit seinem Leben beschützen, so wie Mama ihn vor den Flammen beschützt hatte.

Später am Abend – Sören hatte schon geschlafen –, als Hildes Weinen ihn weckte. Sein Vater war bereits wach und trug seine schwarze Kleidung. Papa nahm Hilde aus der Holzkiste neben dem Bett, in der sie geschlafen hatte, und gab der Kleinen einen Kuss auf die Stirn, bevor er sie Mama in den Arm legte. Dabei hielt er sie so, als könnte sie zerbrechen. „Bitte geh nicht, Erik", sagte Mama und hielt ihn am Ärmel fest. „Wenn dir etwas zustößt …"

„Mir wird nichts zustoßen. Ich muss doch jetzt drei Leute versorgen. Da muss ich was verdienen, das verstehst du doch?"

„Dann such dir eine andere Arbeit, eine richtige Arbeit. Du könntest im Viehhof oder am Hafen arbeiten wie die anderen Männer auch."

Er zog seinen Arm fort und trat einen Schritt zurück. „Ich bin nicht sehr gut darin, Befehle zu befolgen, das weißt du doch. Da muss ich mich irgendeinem rechthaberischen Boss unterordnen, und wozu? Die erwarten, dass man sich für ein paar lausige Dollar kaputtschuftet. In einer guten Nacht kann ich genauso viel Geld machen und noch mehr."

„Ja, in einer guten Nacht. Aber was ist mit all den Nächten, in denen du mit leeren Händen nach Hause kommst? Am Hafen oder im Viehhof hättest du wenigstens immer Arbeit. Wovon sollen die Kinder und ich denn leben, wenn die Polizei dich erwischt und ..."

„Sie werden mich nicht erwischen. Ich arbeite mit einer guten Truppe Jungs zusammen. Wir wissen, was wir tun."

„Kein Baum wächst bis zum Himmel, Erik." Sören hörte, dass ihre Stimme vor Angst zitterte. Oder war es Wut? „Irgendwann wirst du kein Glück mehr haben."

Papa ging zur Tür. „Ich gehe jetzt. Und später bring ich dir und dem Baby etwas Schönes mit."

„Und vertrink nicht alles!" Jetzt war sie eindeutig wütend.

„Ein Mann muss nach einer langen Arbeitsnacht ein bisschen entspannen." Er schloss die Tür von außen. Sören fragte sich, warum Papas Füße nicht die Holztreppe hinunterpolterten, wie es bei all den anderen Männern war. Er ging immer so leise wie die streunenden Katzen, die hinter dem Haus durch die Gassen streiften. Als Papa gegangen war, glaubte Sören, seine Mutter weinen zu hören.

☙

Als Sören sechs war und Hilde schon laufen konnte, ging Mama als Näherin in eine Hemdenfabrik, um zu arbeiten. „Du musst dich um Hilde kümmern, während ich weg bin", erklärte sie Sören. „Kannst du das für mich tun?"

„Warum können Hilde und ich nicht mitkommen?", fragte er. „Ich will bei dir sein."

Sie strich ihm die Haare aus den Augen, dann legte sie kurz die Hand auf seine Wange. „Babys wie Hilde lassen sie nicht in die Fabrik. Und wenn ich nicht arbeiten gehe, haben wir vielleicht nichts zu essen und keine Wohnung."

Sören kamen die Tränen, als er ihr nachblickte. Dann fing auch

Hilde an zu weinen. Er wusste, es war seine Aufgabe, dafür zu sorgen, dass sie ruhig war, während Papa schlief, also nahm er sie auf den Arm und ging mit ihr die Holztreppe hinunter vors Haus. Er erfand Spiele, die er mit ihr spielte, und sang alle Lieder, die Mama ihm vorgesungen hatte, während sie darauf warteten, dass sie am Ende des Tages nach Hause kam. Er vermisste seine Mama und wünschte, Hilde und er müssten nicht den ganzen Tag allein sein. Aber kein Baum wächst bis zum Himmel, versicherte Mama ihm, wenn sie ihm jeden Morgen zum Abschied einen Kuss gab. Und sie hatte recht. Ein Jahr nach Hilde wurde seine zweite Schwester Greta geboren und Mama arbeitete zu Hause, während Papa schlief, nähte Knöpfe an einen Stapel dicker Wollmäntel, die ein Bote zu ihrer Wohnung brachte. Jetzt hatte Sören zwei Schwestern, mit denen er spazieren ging und die er beruhigen musste, wenn sie Hunger hatten, und die er auf den Arm nahm, wenn sie weinten. Er liebte Hilde und Greta von ganzem Herzen und übte, beide gleichzeitig zu tragen – eine auf dem Rücken und eine im Arm – für den Fall, dass er sie jemals vor einem Feuer retten musste.

Dann war Papa mit einem Mal reich. Eines Morgens kam er bei Sonnenaufgang nach Hause und lachte und prahlte, er hätte eine Goldmine gefunden wie die in Kalifornien. „Erik, du machst ja alle Nachbarn wach", sagte Mama und versuchte ihn dazu zu bringen, dass er leiser sprach.

Doch er rief nur noch lauter. „Was kümmert es mich? Ich habe genug Beute, um uns aus diesem Rattenloch herauszubringen!" Dann fiel er aufs Bett, ohne auch nur seine Schuhe auszuziehen, und kurz darauf schnarchte er laut.

Sie zogen dann doch nicht aus, aber in den nächsten Monaten musste Mama keine Näharbeiten mehr machen. Jeden Tag ging sie mit Sören und seinen Schwestern zu den Straßenhändlern, um Kartoffeln und Äpfel und manchmal sogar frisches Hühnchen zu kaufen. Sörens Aufgabe war es, alles nach Hause zu tragen, sodass Mama die kleine Greta auf einem Arm halten und Hilde an die andere Hand nehmen konnte. Aber dann versiegte Papas Goldmine und Mama ging wieder in die Fabrik arbeiten. Zu diesem Zeitpunkt fing Greta gerade an zu laufen und wieder war Sören dafür zuständig, auf seine Schwestern aufzupassen, während Papa schlief. Aber es machte ihm nichts aus. Er liebte sie und sie liebten ihn.

Eines Nachmittags, während Mama noch bei der Arbeit war und die Mädchen ihren Mittagsschlaf hielten, wachte Papa früher auf als sonst. „Möchtest du ein neues Spiel lernen?", fragte er Sören, „und deiner Mutter und deinen Schwestern helfen?"

„Ja, Papa."

„Wenn du lernst, das Spiel richtig gut zu spielen, dann muss deine Mutter nicht mehr arbeiten gehen."

„Was für ein Spiel ist das denn?", fragte Sören. Er kannte nur die Spiele, die andere Kinder im Viertel auf der Straße spielten, mit Stöcken und Metallreifen und anderen Dingen, die sie auf dem Müll fanden.

„Das zeige ich dir gleich, aber zuerst musst du mir versprechen, dass es unser kleines Geheimnis bleibt. Nur wir beide und niemand sonst. So können wir deine Mutter überraschen."

„Können Hilde und Greta auch mitspielen?", fragte Sören.

„Klar, wenn sie ein bisschen älter sind. Sie sind noch nicht so erwachsen wie du. Aber jetzt zeige ich dir erst einmal, was du tun musst." Um das Spiel zu spielen, versteckte Papa Dinge wie Münzen oder zum Beispiel einen Geldbeutel aus Leder in einer seiner Taschen. Dann schloss er die Augen und Sören musste die Münzen herausholen, ohne dass Papa es merkte. Sie übten jeden Tag, während seine Schwestern schliefen und bevor Mama nach Hause kam. Eines Tages dann sagte sein Papa, Sören sei jetzt so weit, dass sie das Spiel draußen auf der Straße spielen konnten, mit anderen Leuten.

„Woher wissen wir denn, ob die Leute mit uns spielen wollen?", fragte Sören.

Papa lachte laut. „Das wissen wir nicht, mein Sohn. Das ist ja das Spiel. Wir spielen ihnen einen Streich und sie merken es nicht einmal. Mit dem Geld, das du bei diesem Spiel gewinnst, kannst du schöne Sachen für deine Mutter und deine Schwestern kaufen. Du möchtest ihnen doch schöne Dinge kaufen, nicht wahr?"

„Hilde mag Pfirsiche", antwortete Sören. „Mama auch."

„Braver Junge! Komm, wir sehen mal, ob wir genug Geld bekommen, um Pfirsiche zu kaufen."

Sören war sehr gut bei dem Spiel. Er war dünn und schnell und konnte zwischen den Leuten auf dem Markt oder an der Straßenbahnhaltestelle hin und her huschen und Münzen und andere Dinge aus ihren Taschen holen, ohne dass sie etwas davon bemerkten.

Währenddessen benutzte Papa die süssen kleinen Mädchen Hilde und Greta, um die Leute abzulenken, sodass sie nicht darauf achteten, was Sören tat. Mit dem Geld, das sie bei dem Spiel gewannen, kauften sie viele schöne Dinge.

Dann konnte Sören eines Tages nicht aufstehen. Sein Kopf schmerzte und sein ganzer Körper fühlte sich an, als stünde er in Flammen. Er versuchte, das Bett zu verlassen, weil er Angst hatte, die Hitze käme von einem Feuer. Er musste seine Schwestern vor den Flammen retten, aber aus irgendeinem Grund konnte er sich nicht rühren. „Bleib ganz ruhig liegen, Sören", sagte Mama und legte einen kühlen Lappen auf seine Stirn. „Es ist das Fieber, das so heiss ist, kein richtiges Feuer." Er war lange krank; manchmal brannte er wie ein Holzscheit im Ofen, ein andermal zitterte er vor Kälte, als würde er draussen unter der Treppe schlafen, während der Wind vom See herüberwehte. In ihm wurde alles zu Wasser und er konnte nicht verhindern, dass es aus ihm herauslief, und seine fiebergeschwächten Beine trugen ihn nicht rechtzeitig zum Abtritt im Hof. Mama sorgte für ihn, kühlte seine Stirn und wechselte seine Kleider und flüsterte ihm und Hilde Lieder zu. Seine Schwester lag zusammengerollt neben ihm im Bett, ihr Körper so warm wie ein Wasserkessel.

Als Sören endlich aufwachte, war das Fieber weg – und Hilde und Greta auch. Mama hatte Tränen in den Augen, als sie ihm erzählte, die Engel hätten die Mädchen in den Himmel mitgenommen. Die Krankheit war im Wasser gewesen – in demselben Wasser, das Sören zum Trinken für seine Schwestern vom Wasserhahn heraufgebracht hatte. „Es tut mir leid, Mama. Es tut mir leid", weinte er. Sie sagte, es sei nicht seine Schuld, aber er fühlte sich verantwortlich. Er hätte auf Hilde und Greta aufpassen und sie beschützen sollen. Aber das hatte er nicht getan.

Einige Monate später kam Papa eines Morgens nicht von der Arbeit zurück. Auch am nächsten Morgen kam er nicht. Und am übernächsten auch nicht. Als zwei Wochen verstrichen waren und er immer noch nicht zurückgekommen war, sagte der Vermieter zu Mama, sie müssten ausziehen. Sören half ihr, alles zu packen, was sie besassen, und in ein Zimmer im Keller eines baufälligen Gebäudes nahe den Bahnlinien zu schaffen. Das einzige Fenster im Zimmer hatte ein Loch, das Mama mit einem Lappen zustopfte, damit die Kälte nicht eindrang. An dem Wasserhahn, der ein ganzes Stück von dem Gebäude entfernt war, standen die Leute immer Schlange. Der stinkende Abtritt lief über, wenn es regnete, und der Inhalt floss über den Hof und in ihr Haus. Sören vermisste sein Zuhause. Denn dort waren die einzigen Erinnerungen, die er an Hilde und Greta hatte. Er hatte Angst, er würde bald all die Dinge vergessen, die sie gemeinsam gemacht hatten, zum Beispiel die Spaziergänge und das Liedersingen auf der Treppe vor dem Haus.

„Wo ist Papa denn?", fragte Sören. „Wird er uns denn hier finden?"

„Dein Vater wird eine Zeit lang nicht nach Hause kommen", erklärte sie. „Die Polizei hat ihn und seine Schwedenbande erwischt. Aber mach dir keine Sorgen. Wir haben immer noch einander, Sören. Und du weißt ja: Kein Baum wächst bis zum Himmel."

Sören sah seinen Papa ein letztes Mal, als er mit Mama ging, um ihn im Gefängnis zu besuchen. „Es dauert nicht mehr lange, bis ich nach Hause komme", versicherte er ihnen. „Sie haben nichts gegen mich in der Hand. Und während ich weg bin, passt du gut auf deine Mama auf, Sören, versprichst du mir das?"

„Ich verspreche es."

Aber sie verurteilten Papa wegen Diebstahls zu zehn Jahren Haft. Noch bevor er sein erstes Jahr abgesessen hatte, starb er bei einer Schlägerei im Gefängnis. Sören war gerade zehn geworden und jetzt war es seine Aufgabe, für seine Mama zu sorgen.

KAPITEL 25

Chicago
1882
Acht Jahre früher

Sörens Mama machte sich Sorgen. Das sah er in ihren Augen, während sie ihm ihre Schüssel mit Porridge über den Tisch zuschob, nachdem er seins aufgegessen hatte. „Hier, mein Schatz, du kannst meins haben. Ich habe nicht viel Hunger und du wächst ja noch." Dann stand sie auf und ging vor der Tür auf und ab, so als wäre draußen etwas Schreckliches, was sonst hereinkommen könnte. Während sie so hin und her lief, bemerkte er, dass ihre Kleider ihr nicht so recht passten, sondern an ihrer schlanken Gestalt hingen, als hätte sie ihr jemand gegeben, der zweimal so dick war wie sie. Sein Magen knurrte immer noch, aber er stand von dem wackligen Tisch auf und überließ ihr das Porridge. Er hatte Papa versprochen, für sie zu sorgen.

„Ich gehe Kohlen fürs Feuer holen", sagte er und zog seine Schuhe an. Die Schnürsenkel waren verschlissen und die Schuhe waren so klein, dass seine Zehen darin wehtaten, aber andere Schuhe hatte er nicht. Sie hatten kein Geld für neue Schuhe, nachdem die Fabrik, in der Mama und er gearbeitet hatten, sie entlassen hatte. Seit Wochen hatten sie Angst davor gehabt und jetzt war es geschehen.

„Es gibt keine Arbeit mehr", hatte einer der Männer gesagt, als Sören zum letzten Mal für seinen Lohn angestanden hatte. „Überall in der Stadt und im Land ist es so. Die reichen Leute verlieren ihr letztes Hemd." Sören fragte sich, ob die Hemden einfach verschwunden waren, während die reichen Leute sie getragen hatten, und ob sie auch andere Kleidungsstücke verloren. Wenn, dann konnte er sie doch vielleicht finden. Aber vor allem musste er neue Schuhe finden.

Sören zwängte seine Füße in die Schuhe und nahm den Jutesack, in dem er die Kohle und andere Dinge, die er auf der Müllhalde fand, trug. „Ich bin bald wieder zurück", sagte er zu seiner Mama. Sie überraschte ihn, indem sie ihn in die Arme nahm und fest drückte. Er war jetzt genauso groß wie sie.

„Ich werde dafür sorgen, dass wir zurechtkommen, mein Schatz, mach dir keine Sorgen", sagte sie. „Wir schaffen das."

„Ich weiß", sagte er. „Kein Baum wächst bis zum Himmel." Er ging mehrere Kilometer an den Bahnschienen entlang und sammelte Kohlebrocken auf, die von den Waggons gefallen waren. Dutzende anderer Jungen taten dasselbe, deshalb konnte Sören nur winzige Stücke finden. Aber immerhin würden sie ihn und Mama wärmen. Als Nächstes suchte er in dem Schutt auf der Müllhalde nach Metallresten und anderen nützlichen Dingen, die reiche Leute weggeworfen hatten. Die konnte er einem Händler verkaufen. Auf diese Weise hatte er die beiden Schüsseln gefunden, aus denen sie jetzt ihr Porridge aßen. Eine von ihnen war etwas angeschlagen und die andere hatte einen kleinen Sprung, aber sie waren besser als nichts. Manchmal fand er Kochtöpfe, die nur ein wenig verbeult waren. Die verkaufte er dem Pfandhaus an der Ecke. Heute hoffte er Schuhe zu finden, die ihm passten. Selbst wenn er nur einen Schuh fand, was vorkam, würde ihm wenigstens ein Fuß nicht wehtun.

Nach einem langen Morgen des Suchens humpelte Sören mit nichts als der Kohle nach Hause. Er zog seine Schuhe aus und trug sie den letzten Kilometer, weil er lieber kalte Füße hatte als zerquetschte. Er wünschte, er könnte immer noch als Taschendieb arbeiten wie damals, als er kleiner war, aber jetzt war er zu groß und zerlumpt, um sich unbemerkt in einer Menschenmenge zu bewegen. Außerdem roch er nach Müllhalde. Die Leute gingen zur Seite, wenn er ihnen zu nahe kam.

Während Sören die Kellertreppe zu ihrer Wohnung hinunterging, hörte er drinnen Stimmen. Die Tür stand offen und er sah, wie Mama ihren Vermieter Mr Fulton anflehte, der im ersten Stock wohnte. „Noch einen Tag. Ich verspreche, dass ich morgen bezahlen werde. Wir können sonst nirgends hin."

„Gut. Noch einen Tag. Dann muss ich das Zimmer an jemand anderen vermieten."

„Es tut mir leid, dass ich heute nichts gefunden habe", sagte Sören, als Mr Fulton gegangen war. „Vielleicht, wenn ich morgen früher gehe …"

„Nein, mein Schatz. Ich weiß, wo ich Arbeit finden kann. Ich werde das Geld für uns besorgen." An diesem Abend ging sie nach Einbruch der Dunkelheit aus dem Haus und ließ ihn allein in der Wohnung zurück. Und sie musste Arbeit gefunden haben, denn die nächsten Monate konnten sie dort bleiben. Sie hatten genug zu essen und Mama gab Sören sogar einen Vierteldollar, um sich beim Lumpenmann ein paar neue Schuhe zu kaufen.

Dann wurde Mama eines Abends krank. Sie schickte Sören nach oben, um Mrs Fulton um Hilfe zu bitten, und einige Stunden später wurde der kleine Gunnar geboren. Sören war jetzt schon ein großer Junge von zwölf Jahren und viel zu alt, um zu weinen, aber als er seinen kleinen Bruder zum ersten Mal im Arm hielt, konnte er nicht anders. Gunnar erinnerte ihn an Hilde und Greta und es war beinahe so, als hätte er sie wieder. Diesmal schwor Sören, dass er auf das neue Baby aufpassen würde, egal, was geschah. Eine Frau war bei allen Mietern gewesen und hatte sie gewarnt, das Wasser auf dem Herd abzukochen, bevor sie es tranken, und Sören sorgte dafür, dass er dem kleinen Gunnar nie auch nur einen einzigen Tropfen Wasser gab, den er nicht zuvor abgekocht hatte. Bis Mama wieder auf den Beinen war, musste er das Geld für die Miete verdienen und er fand Arbeit als Bote in einer Kleiderfabrik, die gerade eröffnet worden war. Jeden Tag lieferte er Heimarbeit in die Wohnungen und trug die fertigen Kleidungsstücke zurück zur Fabrik. Mama war eine seiner Kundinnen. Sie arbeitete bis spät in die Nacht hinein und verdiente für jeden Saum, den sie nähte, ein paar Pennys. Sörens kleine Familie schlug sich durch, bis Mama wieder arbeiten gehen konnte, diesmal als Wäscherin im Palmer House Hotel. „Pass gut auf Gunnar auf, während ich bei der Arbeit bin", sagte sie zu Sören.

Er durchsuchte mehrere Müllhalden, bis er genügend Holz und vier Räder gefunden hatte, um einen kleinen Wagen zu bauen, sodass er Gunnar mitnehmen konnte, wenn er seine Botengänge machte oder Kohle auflas. Hinter Restaurants und Gemüsehandlungen und

Bäckereien wühlte er in den Mülltonnen nach Essensresten, um seiner Familie zu helfen. Wenn Gunnar weinte, sang er Lieder, und wenn seinem Bruder die Kleidung zu klein war, stahl Sören welche von den Wäscheleinen der Nachbarn. Er brachte Gunnar das Laufen und Sprechen bei und schlief nachts neben ihm, um ihn zu wärmen. „Du bist ein wunderbarer großer Bruder", sagte Mama zu ihm. „Irgendwann werden wir eine bessere Wohnung als dieses Rattenloch finden. Kein Baum wächst bis zum Himmel."

Aber dieses Irgendwann kam nie. In dem Frühling, in dem Gunnar vier geworden war, wurde Mama krank und musste sich immerzu erbrechen. Sie wurde so dünn und schwach, dass sie nicht mehr in der Wäscherei arbeiten konnte. Sören bat Mrs Fulton herunterzukommen und ihr zu helfen. „Ich weiß nicht, was ich dir sagen soll", sagte sie, während sie sich die Nase zuhielt. „Geld für einen Arzt habt ihr nicht, oder?" Sören schüttelte den Kopf. Mrs Fulton beugte sich aus einiger Entfernung zu Mama hinunter und rüttelte sie wach. „Mrs Petersen …? Mrs Petersen, gibt es irgendwelche Verwandten, die ich für Sie benachrichtigen kann, damit sie kommen und Ihnen und den Jungen helfen?"

„Da ist niemand", sagte sie, ihre Stimme so leise wie ein Flüstern.

„Sie müssen doch irgendwo eine Familie haben …"

„Nur meine zwei Jungen."

Mrs Fulton erbarmte sich ihrer und kam etwas später mit Hühnersuppe zurück. „Versuch, ihr das einzuflößen, Sören. Du und Gunnar könnt den Rest essen." Die Suppe war das Beste, was Sören je gegessen hatte. Gunnar wollte noch mehr haben, als sie alle war. Aber Mama bekam keinen einzigen Tropfen herunter.

Am nächsten Morgen rührte Mama sich nicht, als Sören sie wecken wollte. Er lief nach oben zur Wohnung ihres Vermieters, wo Eier zum Frühstück aufgetragen wurden. Sören konnte sich nicht erinnern, wann er das letzte Mal ein Ei gegessen hatte. „Bitte helfen Sie mir", flehte er. „Etwas stimmt nicht mit meiner Mama."

Diesmal begleitete Mr Fulton seine Frau mit nach unten. Er beugte sich über Mama, um sie wachzurütteln, dann richtete er sich schnell wieder auf. „Bring die Jungen nach oben in unsere Wohnung", sagte er zu seiner Frau. Mrs Fulton versuchte, Sören und Gunnar zur Tür zu schieben, aber Sören weigerte sich.

„Ich will Mama nicht allein lassen. Ich muss ihr doch helfen."

Mr Fulton schüttelte den Kopf. „Du kannst nichts mehr tun, mein Junge, es tut mir leid. Sie ist von uns gegangen."

Sören musste nicht fragen, wohin Mama gegangen war. Die Engel hatten sie geholt, so wie sie es mit Hilde und Greta gemacht hatten. Er ging in die Hocke und nahm Gunnar in den Arm. Sören war sechzehn Jahre alt und zu groß, um zu weinen, aber er tat es trotzdem. Gunnar weinte mit ihm.

Schließlich überredete Mrs Fulton Sören, mit hinaufzugehen, während ihr Mann anbot, die Behörden zu informieren. Sie machte ihnen Eier zu essen und gab ihnen dicke Brotscheiben. Auch wenn er krank war vor Trauer und Kummer, schlang Sören die Eier und das Brot hinunter und sah zu, wie Gunnar es ihm gleichtat. „Habt ihr überhaupt Geld, um eure Mutter zu beerdigen?", fragte Mr Fulton, als er wieder nach oben kam.

Sören schüttelte den Kopf. Er wusste, wo Mama die Teedose mit dem Geld versteckt hatte, aber er traute diesem Mann nicht. Außerdem würden Gunnar und er das Geld brauchen, um davon zu leben. Am Ende wurde Mama in einem Armengrab beerdigt. Sören hatte keine Ahnung, wo.

Eine Woche später klopfte Mr Fulton an ihre Kellertür. „Du hast bestimmt kein Geld für die Miete, oder?" Sören zeigte ihm alles, was er hatte. Er konnte nicht sehr gut rechnen und wusste nicht, wie man all die Pennys und 10-Cent-Stücke, die er in dieser Woche verdient hatte, zusammenzählte. Sören war alt genug für eine Arbeit in der Fabrik und hatte gehört, dass wieder Leute eingestellt wurden, aber wer würde sich dann den ganzen Tag um seinen Bruder kümmern? Gunnar war schreckhaft und schüchtern und Fremden gegenüber ängstlich. Es machte ihm schreckliche Angst, wenn jemand brüllte, und dann klammerte er sich an Sören, weil niemand anders ihn trösten konnte. „Es reicht nicht", sagte Fulton, nachdem er das Kleingeld gezählt hatte. „Es tut mir leid, aber ich muss dieses Zimmer an jemand anderen vermieten, der dafür bezahlen kann."

Sören versuchte, sich seine Panik nicht anmerken zu lassen. „Ich werde Arbeit finden und Sie bezahlen, sobald ich kann."

„Ihr seid schon eine Woche im Verzug und ich kann es mir nicht leisten zu warten. Es gibt viele Leute, die hier einziehen wollen. Habt ihr keine Verwandten, die euch aufnehmen können? Tanten oder Onkel?" Sören wusste nicht einmal, wovon Mr Fulton redete.

„Jeder hat irgendwo eine Familie", sagte Fulton. Doch Sören antwortete nicht. Er hatte nie gehört, dass Mama oder Papa über eine Familie gesprochen hätten. „Ich gebe euch noch einen Tag, damit ihr überlegen könnt, wohin ihr geht, aber dann müsst ihr hier raus."

Am nächsten Abend packte Sören ihre Decken und ein paar Töpfe und Pfannen zusammen, die ihnen gehörten, und lud alles auf seinen Bollerwagen. Dann machte er sich auf den Weg zu der Gasse hinter der Bäckerei, wo die Wärme vom Ofen durch das Schachtgitter drang, und baute für sie eine kleine Behausung. Er ließ Gunnar im Wagen liegen, wo die Ratten, die durch die Straßen huschten, ihn nicht erreichten, und stopfte die Decke rund um ihn fest, damit er in der kalten Nacht nicht fror. „Wohnen wir jetzt hier?", wollte Gunnar wissen.

„Nur eine Weile, bis ich Arbeit gefunden habe. Kein Baum wächst bis zum Himmel, weißt du noch?"

Eine Woche später wachte Sören kurz nach Tagesanbruch auf und ließ Gunnar schlafend zurück, während er die Gasse entlanglief, um in den Mülltonnen zu wühlen. Er hatte noch keine Arbeit gefunden, aber heute würde er auf die andere Seite der Stadt zu den Viehhöfen gehen und dort nach Arbeit suchen. Wenn er etwas gefunden hatte, würde er nach einem sicheren Ort Ausschau halten, an dem sein Bruder sich den ganzen Tag über verstecken konnte.

Sören war in seine Gedanken und Sorgen wegen der Arbeitssuche vertieft, als er Gunnar plötzlich schreien hörte. Er ließ die halb vergammelten Kartoffeln fallen, die er gefunden hatte, und rannte, so schnell er konnte, die Gasse zurück. Drei Männer standen über Gunnar gebeugt und versuchten, ihn aus dem Wagen zu ziehen, während er verzweifelt brüllte. Einer der Männer war ein Fremder, der zweite ein Polizist und der dritte, der an Gunnars Arm zog, war Mr Fulton. „Lassen Sie ihn los!", schrie Sören. Fulton ließ Gunnar schnell los und Sören nahm seinen kleinen Bruder auf den Arm. „Was fällt Ihnen ein! Verschwinden Sie!"

„Ihr Jungen könnt nicht so leben", sagte Fulton kopfschüttelnd. „Das ist nicht recht. Im Winter werdet ihr erfrieren."

„Er hat recht", sagte der Beamte. „Wir können euch doch nicht auf der Straße schlafen lassen."

„Aber Sie dürfen uns nicht verhaften", sagte Sören. „Wir haben nichts verbrochen!" Am liebsten wäre er weggelaufen, aber er wusste, dass sie ihn leicht einholen würden, wenn er Gunnar trug. Und Gunnar konnte noch nicht schnell genug laufen, um ihnen zu entkommen.

„Nun beruhigt euch doch", sagte der Polizist. „Wir wollen euch doch nur helfen, nicht verhaften. Mr Miller und ich wollen euch in das Waisenhaus bringen, wo er arbeitet. Da könnt ihr in einem richtigen Bett schlafen und bekommt genug zu essen."

„Was sind denn Waisen?", fragte Sören.

Die drei Männer warfen sich Blicke zu. „Das sind Kinder, die keine Mutter und keinen Vater haben, die für sie sorgen können", erklärte Mr Miller. „Wir helfen ihnen, neue Eltern und ein Zuhause zu finden. Du möchtest doch, dass dein Bruder ein gutes Leben hat, nicht wahr?" Sören wusste nicht, was „ein gutes Leben" bedeutete. Dies war das einzige Leben, das er kannte. „Komm mit, bei mir seid ihr in Sicherheit, das verspreche ich euch."

„Und was ist mit unseren Sachen?", fragte Sören. Er hielt immer noch Gunnar auf dem Arm, der ihn unter keinen Umständen loslassen würde.

„Lasst alles hier. Das Zeug taugt nichts", sagte Fulton.

„Das mag sein, aber es gehört uns. Mehr haben wir nicht."

Mr Miller lächelte. „Dann sammelt ein, was ihr mitnehmen wollt. Aber die Töpfe und Kleider könnt ihr hierlassen. Im Waisenhaus wird für euch gekocht und ihr bekommt neue Kleider."

Sören nahm die zerschlissene Decke aus dem Bollerwagen und wickelte Gunnar darin ein. Sie hatte immer auf Mamas Bett gelegen und er erinnerte sich daran, wie Papa sich tagsüber damit zugedeckt hatte, während Sören sich um Hilde und Greta gekümmert hatte. „Den Wagen habe ich für Gunnar gebaut", sagte er. „Wir brauchen ihn vielleicht."

„Den braucht ihr nicht, mein Junge", sagte Mr Miller. Er hatte ein gütiges Gesicht und ein warmherziges Lächeln, sodass es leicht war zu tun, was er sagte. „Wenn ihr ihn hierlasst, kann jemand anders ihn benutzen." Sören beschloss, dass der Mann recht hatte. Er trug Gunnar zu der wartenden Kutsche. Mr Miller klopfte auf den Kutschsitz und forderte Sören und Gunnar auf, neben ihm Platz zu nehmen.

„Ihre Mutter war eine gute Frau", sagte Mr Fulton, als Mr Miller zur Abfahrt bereit war. „Sie hat versucht, gut für sie zu sorgen. Ihre

Söhne waren ihr ein und alles. Finden Sie eine gute Familie für die Jungen, ja?"

Sie fuhren sehr lange und überquerten zwei Brücken, bevor sie vor einem großen zweigeschossigen Steinhaus hielten. Draußen war ein großes Schild, das Sören nicht lesen konnte. Er hörte Kinderstimmen, und als Mr Miller sie um das Haus herumführte, sah er Kinder im Hof spielen. Eine freundlich aussehende Frau mit grauen Haaren und einem geblümten Kleid kam heraus, um sie zu begrüßen. „Herzlich willkommen! Ich bin Mrs Miller, die Heimmutter. Wir haben schon auf euch gewartet. Wie heißt ihr denn?"

„Sören Petersen. Und mein Bruder heißt Gunnar."

„Das hier wird jetzt eine Zeit lang euer Zuhause sein. Kommt rein – ich verspreche, dass wir gut für euch sorgen werden."

Sören hielt immer noch Mamas Decke fest, als er ihr ins Haus folgte, und Gunnar klammerte sich an sein Bein. „Wie alt seid ihr beiden eigentlich?", fragte Mrs Miller, während sie sie in eine riesige, warme Küche schob, in der mehrere Frauen Gemüse schnippelten und Brotteig kneteten und in einem riesigen Topf auf dem Herd rührten. Der Duft von Gewürzen und frischem Brot ließ Sörens Magen knurren.

„Ich bin sechzehn und Gunnar ist vier", sagte er. Er wusste ihr Alter, weil Mama immer an ihre Geburtstage gedacht und ihnen gesagt hatte, wenn sie wieder ein Jahr älter geworden waren.

„Habt ihr schon gefrühstückt?", fragte Mrs Miller. „Wahrscheinlich nicht, weil es ja noch so früh ist. Setzt euch hierher an den Tisch, dann bringe ich euch eine Schüssel Porridge. Mögt ihr Porridge?" Sören nickte. Es war lange her, dass er irgendetwas Warmes gegessen hatte, geschweige denn Porridge. Der Brei in der Schüssel, die sie vor ihn hinstellte, war ganz anders als alles, was er jemals gegessen hatte – dick und süß und mit Milch gekocht. Nachdem Gunnar und er ihr Essen hinuntergeschlungen hatten, hob Gunnar die Schüssel hoch, um sie auszuschlecken. „Möchtet ihr noch etwas?", fragte die freundliche Frau. Sören war zu benommen, um etwas zu erwidern. Mrs Miller lachte und füllte ihre Schüsseln erneut. „Esst, so viel ihr wollt. Hier werdet ihr immer genug zu essen haben. Wenn ihr fertig seid, mache ich ein heißes Bad für euch fertig und bringe euch ein paar neue Sachen zum Anziehen." Weder Sören noch Gunnar hatte jemals ein Bad genommen. Es war

ein ganz merkwürdiges Gefühl, sauber zu sein, so als hätte er seine alte Haut gegen eine neue eingetauscht. Anschließend führte Mrs Miller sie in ein großes Zimmer mit Betten, die in mehreren Reihen aufgestellt waren. „Das wird dein Bett sein, Gunnar."
„Und wo ist Sörens Bett?", fragte er.
„Das zeige ich ihm gleich. Du schläfst hier in diesem Zimmer mit den Jungen, die in deinem Alter sind, und Sören hat sein Bett in dem Schlafsaal oben, zusammen mit den Jungen, die so alt sind wie er."
Gunnar schlang die Arme um Sörens Bein wie eine Weinranke. „Nein! Ich will bei Sören bleiben!"
„Es tut mir leid, aber das geht nicht. Wir haben Regeln ..."
„Ich will nicht hierbleiben! Bring mich nach Hause, Sören!"
„Lassen Sie mich mit ihm reden", sagte Sören. Er wartete, bis die Hausmutter ein wenig zurückgetreten war, und ging dann neben Gunnar in die Hocke. „Wir müssen hierbleiben, damit wir etwas zu essen haben. Du willst doch keinen Hunger mehr haben, oder? Und möchtest du nicht lieber hier schlafen als draußen, wo überall Ratten sind? Weißt du noch, wie viel Angst du vor ihnen hattest?"
„Aber ich will bei dir schlafen."
Sören legte die Hand um das Ohr seines Bruders und flüsterte, damit nur Gunnar es hörte. „Ich schleiche mich in dein Zimmer und schlafe neben dir, sobald alle eingeschlafen sind, in Ordnung?" Gunnar antwortete mit einer Umarmung.
Die wunderschöne Miss Flora mit ihren goldenen Haaren bekam Sören zum ersten Mal bei der Osterfeier zu sehen. Wenn sie den Speisesaal betrat, war es, als würden Sonnenschein und Wärme mit eintreten. Sie erinnerte ihn an Mama, nur dass Miss Floras Augen die Farbe von Holz hatten und die von Mama waren so blau wie sauberes Wasser gewesen. Und Mama war viel dünner gewesen als Miss Flora, vor allem am Schluss, bevor sie gestorben war. Sören hatte sich gesorgt, dass Gunnar und er vergessen könnten, wie Mama ausgesehen hatte, deshalb nahm er seinen Bruder auf den Schoß und flüsterte ihm ins Ohr: „So hat unsere Mama ausgesehen, erinnerst du dich? Sie hatte Haare in dieser Farbe und das gleiche schöne Lächeln. Wenn wir Miss Flora sehen, wird sie uns helfen, uns an Mama zu erinnern."
Miss Flora war auch liebevoll und gütig. Als er zufällig einmal

hörte, wie sie sagte, dass Geschwister nie getrennt werden dürfen, hatte er weniger Angst davor, was mit ihnen geschehen würde. Dann erklärte Mrs Miller ihm, er müsse nicht mehr hinunterschleichen, um bei Gunnar zu schlafen, weil Miss Flora erlaubt hätte, dass sie die Regeln in ihrem Fall lockern. Nur wenn Sören in der Schule war, waren Gunnar und er voneinander getrennt. Zuerst schrie und weinte Gunnar jeden Morgen und flehte ihn an, nicht zu gehen. „Warum kann er nicht mitkommen?", fragte Sören. „Ich habe Mama versprochen, dass ich auf ihn aufpasse."

„Wir passen gut auf ihn auf", sagte Mrs Miller.

Sören hasste die Schule. Er machte sich solche Sorgen um seinen Bruder, dass er sich nicht konzentrieren konnte. Außerdem war er noch nie zur Schule gegangen und musste mit Kindern in einer Klasse sitzen, die kaum älter waren als Gunnar. Er passte kaum in die Schulbank. „Ich habe dich vermisst", sagte Gunnar jeden Tag, wenn Sören nach Hause kam. „Warum musst du nur den ganzen Tag weg sein?"

„Ich will nicht, aber sie sagen, ich muss."

☙

An einem sonnigen Samstagmorgen sagte die Hausmutter zu allen, sie sollten sich die Gesichter waschen und die Haare kämmen und ihre besten Sachen anziehen. Sören verstand nicht, warum. „Was ist los?", fragte er einen Jungen namens Dan, der ungefähr so alt war wie er.

„Ein paar Familien kommen, die uns vielleicht adoptieren wollen."

„Sie sehen uns an und suchen einen von uns aus", fügte ein anderer Junge, der Ronald hieß, hinzu. „Wer ausgesucht wird, kann in einem richtigen Haus mit einer Mutter und einem Vater wohnen."

„Das glaube ich nicht", sagte Dan.

Sören hatte keine Ahnung, was es bedeutete, in einem „richtigen" Haus zu wohnen. Er erinnerte sich an die 2-Zimmer-Wohnung mit Mama und Papa und Hilde und Greta, aber die Engel hatten sie alle in den Himmel geholt, und niemand konnte jemals ihren Platz einnehmen.

„Sie wollen immer kleine Kinder wie deinen Bruder", sagte Dan.

„Pass auf. Sie werden jemanden in seinem Alter nehmen. Uns will keiner."

„Du musst ganz viel lächeln", sagte Ronald, „dann nehmen sie dich vielleicht."

Dan schüttelte den Kopf. „Nee, wer weiß, wo du wirklich endest, wenn sie dich mitnehmen. Hier sind wir besser aufgehoben." Sören beschloss, dass es für ihn auch gut genug war, hier mit Gunnar zu leben. Sobald er alt genug war, würde er eine Arbeit finden und selbst für Gunnar sorgen.

Mrs Miller brachte Sören und Gunnar hinunter zum Büro des Direktors, als sie an der Reihe waren. Sören hielt Gunnars Hand ganz fest, sodass die Leute wussten, dass sie zusammengehörten. Die Frau ging vor Gunnar in die Hocke und frage lächelnd: „Wie alt bist du, Kleiner?"

„Er ist mein Bruder", sagte Sören. „Er ist vier und ich bin sechzehn."

Die Frau richtete sich wieder auf und wandte sich an den Mann hinter ihr. Er schüttelte den Kopf und die Hausmutter führte Sören und Gunnar wieder aus dem Zimmer. Sören war nicht sicher, ob Gunnar verstand, was gerade geschehen war, aber er verstand es. Und als er mit seinem Bruder wieder hinaufging, um wieder die Alltagskleidung anzuziehen, drückte er Gunnars Hand und sagte: „Ich verspreche dir, dass wir immer zusammenbleiben werden, Gunnar. Ich werde immer für dich sorgen."

KAPITEL 26

Chicago
1887
Drei Jahre früher

Der Himmel vor dem Fenster war immer noch grau, als die Hausmutter eines Morgens in Sörens Schlafsaal kam. "Aufwachen, Jungs", sagte sie und rüttelte einige von ihnen wach. "Ihr müsst euch anziehen und nach unten gehen. Macht schnell. Der neue Direktor will, dass alle sich auf dem Hof aufstellen."

Gunnar schlief noch zusammengerollt im Bett neben ihm. Sören wollte ihn nicht stören, trotzdem weckte er ihn sanft. "Komm, Gunnar. Wie es scheint, sind Leute gekommen, die uns ansehen wollen." Er zog seine eigenen Kleider an und half dann seinem schläfrigen Bruder dabei.

"Ich habe Hunger", sagte Gunnar und rieb sich die Augen.

"Ich weiß. Bestimmt essen wir gleich." Er hielt Gunnars Hand, während sie auf den Hof hinausgingen und sich zu den anderen wartenden Kindern gesellten. Sie wurden aufgefordert, jeweils einen Meter voneinander entfernt zu stehen, aber Gunnar weigerte sich, Sörens Hand loszulassen. Einige Minuten später kam ein kleiner, dunkelhaariger Mann heraus und musterte sie, den Rücken steif wie eine Eisenstange.

"Mein Name ist Mr Wingate und ich bin der neue Direktor dieses Waisenhauses", sagte er. "Die Regeln sind hier viel zu lasch. Von jetzt an werden Ordnung und Disziplin mit aller Strenge durchgesetzt." Gunnar klammerte sich an Sörens Bein, während Mr Wingate seine neuen Regeln verkündete und die Strafen auflistete, die jedem drohten, der dagegen verstieß. Er hatte ein gemeines Gesicht und eine beißende Stimme. Plötzlich hielt der Direktor inne und sah Gunnar mit finsterem Blick an. „Du da! Ich habe gesagt, ihr sollt einen Meter auseinander stehen. Das ist so viel." Er hob die Hände, um die Entfernung zu demonstrieren. „Auseinander, ihr zwei." Sören spürte, dass sein Bruder vor Angst bebte, als Wingate die kleine Peitsche schwenkte, die er bei sich trug.

„Tu, was er sagt. Geh zur Seite", sagte Sören und stieß Gunnar ein wenig an. Aber sein Bruder klammerte sich nur noch fester an sein Bein. Mr Wingate trat einen Schritt auf sie zu und befahl ihm ein zweites Mal, sich zu bewegen, aber Gunnar war wie angewurzelt. „Wie heißt ihr?", fragte Mr Wingate, als Sören versuchte, Gunnars Hände von seinem Bein zu lösen.

„Sören Petersen und …"

„Was? Sprich lauter!"

„Ich heiße Sören Petersen und dies ist mein Bruder Gunnar. Er mag es nicht, wenn Menschen ihn anbrüllen oder versuchen, uns voneinander zu trennen."

Wingate packte Gunnar und riss ihn fort, dann platzierte er ihn ein Stück von Sören entfernt. Gunnar weinte heftig, blieb aber stehen. „Als ehemaliger Direktor einer Jungenschule in Ohio habe ich gelernt, dass alle zufriedener sind, wenn in einer Einrichtung Ordnung herrscht." Er redete immer weiter über die neuen Regeln und all die Arbeiten, die sie von jetzt an würden erledigen müssen, und auch über neue Reinlichkeitsmaßstäbe. Er endete mit den Worten: „Meine Aufgabe ist es, für jeden in diesem Heim eine Familie zu finden. Das würde euch doch gefallen, nicht wahr?" Sören spürte, wie ihn ein Schauer der Angst durchfuhr. Wingate sah Gunnar an, als er die Frage stellte.

In den folgenden Wochen kamen mehr Leute denn je, um sich die Kinder anzusehen. Der neue Direktor bestand darauf, dass Gunnar wieder in seinem eigenen Saal schlief, und er schlug Sören mit seiner kleinen Peitsche, als er ihn dabei erwischte, wie er nachts hinunterschlich. „Mach das noch einmal, dann bezieht ihr beide Prügel", warnte Wingate ihn.

Sören versuchte geduldig zu sein und abzuwarten, bis Miss Flora wiederkam, weil er sicher war, dass sie dem neuen Direktor sagen würde, er solle sie zusammenbleiben lassen. Aber die Hausmutter sagte, Miss Flora sei verreist. Der ganze Sommer verging und sie war immer noch nicht zurück. Bald würde das neue Schuljahr beginnen. „Bitte weine nicht, wenn ich zur Schule gehe", flehte er Gunnar an, der noch nicht alt genug war, um selbst in die Schule zu gehen. „Wenn du das tust, wird Wingate uns beide bestrafen."

Sören hasste die Schule. Die Schüler, die nicht aus dem Waisenhaus kamen, machten sich über die Waisen lustig. Aber wenn sie sich wehrten oder versuchten, die Schule zu schwänzen, bekamen sie die Peitsche des Direktors zu spüren. Jeden Tag schob Sören sich sofort, wenn die Schule aus war, an den anderen vorbei und rannte zum Waisenhaus, so schnell er konnte. Dort wartete Gunnar schon auf dem Hof auf ihn. „Was hast du den ganzen Tag über gemacht?", fragte er dann. „Hast du mit den anderen Kindern gespielt?"

Dann kam ein warmer, sonniger Septembertag, an dem Gunnar nicht an der üblichen Stelle wartete, als Sören von der Schule nach Hause kam. „Wo ist mein Bruder?", fragte er die Spielplatzaufsicht. „Haben Sie Gunnar gesehen?"

Die Frau wandte den Blick ab, anstatt Sören anzusehen. „Du musst hineingehen und mit Mr Wingate sprechen." Sören war schon außer Atem vom Rennen und jetzt wurde ihm von der aufsteigenden Panik ganz schwindelig. Er konnte seine Füße nicht schnell genug bewegen, während er ins Gebäude stolperte und in das Büro des Direktors stürmte. Wingate, der hinter seinem Schreibtisch saß, blickte überrascht auf.

„Wo ist mein Bruder? Die anderen sagen, Sie wissen, wo er ist."

„Erst einmal kannst du nicht einfach so hier hereinplatzen, ohne anzuklopfen ..."

„Sagen Sie mir, wo er ist!", schrie Sören.

Wingate stand auf und griff nach seiner kleinen Peitsche. „Er ist an einem sicheren und glücklichen Ort bei einer neuen Familie, um ..."

„NEIN!" Mit einem wilden Aufschrei sprang Sören um den Schreibtisch herum und stieß Wingate gegen die Wand. „Das können Sie nicht machen!", schrie er, packte den Mann am Revers und stieß seinen Kopf gegen die Wand. „Sagen Sie mir, wo er ist! Holen Sie ihn zurück! Ich will meinen Bruder!" Der Lärm brachte Mr Miller und einige andere Mitarbeiter auf den Plan. Sie zogen Sören fort und hielten ihn fest, aber er schrie weiter: „Gebt mir meinen

Bruder wieder!" Er war wahnsinnig vor Wut und Trauer. Wingate schlug mit seiner Peitsche auf Sören ein, damit er aufhörte, sich zu wehren, aber er spürte die Schläge kaum. Der schreckliche Schmerz in seinem Herzen war das Schlimmste, was er je erlebt hatte.

„Schleppen Sie ihn ins Untergeschoss und sperren Sie ihn in den Kohlenkeller, bis er sich beruhigt hat", befahl Wingate.

„Sie dürfen uns nicht trennen!", brüllte Sören auf dem Weg hinunter, während er weiter um sich schlug und versuchte, sich zu befreien. „Wir sind doch Brüder!"

„Nein, seid ihr nicht", sagte Wingate, bevor er die Tür zuschlug. „Deine Mutter war eine Prostituierte und dein Bruder war ein Bastard. Du bist wahrscheinlich auch einer!"

Sören weinte und tobte stundenlang angesichts der furchtbaren Ungerechtigkeit und seiner eigenen Hilflosigkeit. Er schlug und trat gegen die Tür, bis seine Fäuste und Füße schmerzten und seine Kehle ganz rau war, aber es half nichts. Zusätzlich zu all dem war er krank vor Sorge um seinen Bruder. Gunnar würde schreckliche Angst haben. Noch nie im Leben war er von Sören getrennt gewesen und er fürchtete sich vor Fremden. Er würde glauben, dass Sören sein Versprechen gebrochen und ihn im Stich gelassen hatte.

Als Sören schließlich den Versuch aufgab, die Tür einzutreten, saß er im dunklen Keller und plante seine Rache. Er würde den Direktor foltern, bis er ihm sagte, wo Gunnar war, und ihn dann mit bloßen Händen umbringen.

Im Laufe des folgenden Monats endete Sören mehrmals im Keller. Anschließend beruhigte er sich immer so weit, dass er Mrs Miller und ihren Mann und alle anderen, die im Waisenhaus arbeiteten, fragen konnte, ob sie wussten, wo Gunnar war. Dann sah er Direktor Wingate und konnte seine Wut nicht beherrschen. „Wenn du mich noch einmal angreifst, lasse ich dich ins Gefängnis werfen", drohte Wingate, bevor er ihn wieder einmal in den Keller sperren ließ. Am selben Abend verprügelte Wingate zwei Jungen aus Sörens Schlafsaal, Ron Darby und Dan Nobel, und sperrte sie zu ihm in den Kohlenkeller.

„Wir müssen uns diese Behandlung nicht gefallen lassen", sagte Ron. „Sobald ich hier wieder rauskomme, laufe ich weg."

„Ich auch", sagte Dan. „Aber warum nicht jetzt gleich? Ich wette, wir könnten uns durch den Schacht dort oben quetschen." Die winzige Öffnung hoch oben an der Wand war die einzige Lichtquelle außer dem Spalt unter der verschlossenen Tür.

„Und wie sollen wir so hoch klettern?", fragte Ron.

„Ich glaube, ich weiß, wie", sagte Sören. Er hatte den ganzen Monat über Zeit gehabt, einen Plan zu schmieden, aber allein konnte er seine Flucht nicht durchführen. „Ich will mitkommen."

„Du bist zu zart besaitet", spottete Dan. „Was weißt du schon vom Leben auf der Straße?"

Sören stand auf und ging auf sie zu. Die Jungen hatten mitbekommen, mit welcher Wut er sich auf den Direktor gestürzt hatte, und wichen einen Schritt zurück. „Gunnar und ich haben auf der Straße gelebt, bevor sie uns hierher gebracht haben. Mein Vater war ein berühmter Dieb. Habt ihr schon mal was von der Schwedenbande gehört? Er war ihr Anführer. Er hat mir das Stehlen beigebracht. Und ich bin richtig gut darin."

„Mir ist es egal, wenn du mitkommen willst", sagte Dan. „Wie willst du denn hier rauskommen?"

„Zuerst müsst ihr schwören, dass ihr mir helft, meinen Bruder zu finden und es Wingate heimzuzahlen."

„Klar. Wir hassen ihn auch."

„Gut. ... Wir müssen die ganze Kohle unter dem Schacht aufschichten, dann können wir raufklettern. Neben der Tür steht eine Schaufel, die wir benutzen können. Dann helfen wir uns gegenseitig nach oben." Sie schichteten die Kohle, so hoch sie konnten, dann half Ron Sören und Dan per Räuberleiter nach oben, damit sie hinausklettern konnten. Anschließend beugte Sören sich hinunter und zog Ron hoch. Sie waren frei.

☙

Monatelang lebte Sören mit seinen Freunden auf der Straße. Ein paarmal versuchte er, eine richtige Arbeit zu finden, aber immer wenn jemand ihn herumkommandierte oder ungerecht behandelte, konnte er seine Wut nicht beherrschen. Er und seine Freunde überlebten, weil sie in Häuser einbrachen oder Leute ausraubten, die den Fehler machten, sich nach Einbruch der Dunkelheit draußen aufzuhalten. Manchmal wurden seine Partner gewalttätig und schlugen auf jeden ein, der seine Wertsachen nicht schnell genug herausgab. „Ihr müsst ihnen doch nichts tun", sagte Sören dann, aber die anderen beiden Jungen schienen die Grausamkeit zu genießen. Sie verschwendeten einen Großteil ihres Geldes darauf, sich zu betrinken, während Sören seinen Anteil für Straßenbahnfahrkarten ausgab. Jede Woche fuhr er in einen anderen Teil von Chicago und wanderte durch die Parks und Wohnviertel, um seinen Bruder zu suchen. Er wollte mit Gunnar an einen Ort fliehen, an dem niemand sie finden konnte. Aber als seine Suche erfolglos blieb, überkam ihn die Verzweiflung. Er fürchtete, dass er seinen Bruder nie wiedersehen würde.

„Ich bin es leid, mir eure Ausreden anzuhören", sagte Sören zu seinen Partnern, als beinahe ein Jahr verstrichen war. Sie hatten sich für eine Nacht ein billiges Hotel gegönnt und saßen in dem trostlosen Raum und tranken. „Ihr habt geschworen, dass ihr mir helfen werdet, meinen Bruder zu finden und es Wingate heimzuzahlen."

„Wie sollen wir das denn machen?", fragte Dan.

Sören hatte über diese Frage nachgedacht. „In seinem Büro hat Wingate die Unterlagen für alle Adoptionen. Helft mir, dort einzubrechen, damit ich in seinen Akten nachsehen kann."

„Und was haben wir davon?", wollte Ron wissen.

„In der Schreibtischschublade bewahrt er Bargeld auf. Ich war mal in seinem Büro und habe gesehen, wie er eine Rolle Geldscheine herausgeholt hat, um einen Lieferanten zu bezahlen. Außerdem dachte ich, ihr wolltet euch auch an ihm rächen."

Zwei Nächte später zerbrach Sören in einer mondlosen Nacht eine Glasscheibe des Bürofensters, griff hinein, um es zu entriegeln, und öffnete dann das Fenster, damit er einsteigen konnte. Dan und Ron suchten im Schreibtisch nach Geld, während Sören sich am Aktenschrank zu schaffen machte, in dem die Unterlagen aufbewahrt wurden. Er öffnete einige Laden, die voller Papiere waren, aber weil der Mond nicht schien, konnte er kaum etwas sehen. Außerdem konnte er nicht gut genug lesen, um Gunnars Namen zu erkennen. Er suchte nach *Petersen*, denn seinen Nachnamen zu buchstabieren hatte er in den wenigen Monaten in der Schule gelernt. Dann bemerkte er Zahlen auf einigen der Schubladen. Vielleicht waren das Jahre. Er fand eine, auf der 1887 stand, und hatte gerade begonnen, sie zu durchsuchen, als er einen Aufschrei hörte.

„He! Was fällt euch ein!" Wingate stand mit seiner verfluchten Peitsche in der Tür.

Ein Jahr voller Wut und Frustration kochten in Sören über und er stürzte sich auf den Mann, stieß ihn zu Boden und bearbeitete ihn mit den Fäusten. „Wo ist mein Bruder? Sagen Sie mir sofort, wo er ist, oder ich bringe Sie um!" Halb hörte er, wie Ron ihm zurief, er solle abhauen. Mr Miller stand draußen auf der Straße und rief nach der Polizei. Es war Sören gleichgültig. Verzweifelt versuchte er die Wahrheit aus Wingate herauszuprügeln. Vielleicht wäre es ihm auch gelungen, wenn die Polizei ihn nicht gepackt und ins Gefängnis geworfen hätte.

Diese lange, hoffnungslose Nacht, in der er allein in einer Gefängniszelle saß, war der Tiefpunkt in Sörens Leben. Würde er den Rest seines Lebens hier verbringen und im Gefängnis sterben, so wie es seinem Vater ergangen war? Er überlegte sogar, seinem Leben selbst ein Ende zu setzen und damit den Schmerz und Kummer zu beenden, die in ihm brannten, aber wenn er das tat, würde Gunnar nie die Wahrheit erfahren. Er würde glauben, dass Sören ihn nicht mehr lieb hatte. Sören hätte am liebsten die Hände vors Gesicht geschlagen und um all die Lieben geweint, die er verloren hatte, aber er fürchtete sich vor den gewalttätigen Männern, mit denen er sich die Zelle teilte.

Am nächsten Morgen legten ihm die Wachen schwere Handschellen an und brachten ihn zu einem anderen Gebäude auf der gegenüberliegenden Straßenseite. Er hatte keine Ahnung, was los war. Dann sah er Miss Flora und hätte beinahe geweint. Sie sagte dem Richter, dass sie ihn haben wolle, und nachdem er noch ein paar Stunden in seiner Gefängniszelle gesessen hatte, wurde Sören freigelassen. Er fürchtete, Miss Flora würde ihn zum Waisenhaus zurückbringen, aber stattdessen nahm sie ihn mit zu sich nach Hause. Einige Wochen später regelten Miss Rebecca und sie irgendwie die Sache mit Mr Wingate und sorgten so dafür, dass Sören nicht wegen versuchten Mordes im Gefängnis landete. Als sie ihm diese Nachricht verkündeten, schwor er insgeheim, auf die Schwestern aufzupassen und sie zu beschützen, solange er konnte.

Zum ersten Mal in seinem Leben wohnte Sören in einem Haus – auch wenn er nur Dienstbote war und im zweiten Stock schlief. Es war ein friedvoller Ort und Lachen und Essen und Musik erfüllten die Stockwerke darunter. Miss Flora und die anderen waren freundlich und geduldig mit ihm, und obwohl ihre sanfte Art seine Wut hätte bezähmen müssen, schien sie dadurch nur noch mehr zu entflammen. Die Schwestern waren unzertrennlich – so wie er und Gunnar es einst gewesen waren.

Sören würde die Suche nach seinem Bruder niemals aufgeben. Er sparte das Geld, das die Schwestern ihm bezahlten, um Bahnfahrkarten zu kaufen, damit Gunnar und er verschwinden konnten. Die Schwestern erwarteten von ihm, dass er jeden Sonntag mit ihnen in die Kirche ging, aber den Rest des Tages verbrachte Sören damit, verschiedene Teile von Chicago zu erkunden, indem er die Straßen auf und ab ging und dem Klang von spielenden Kindern folgte, immer auf der Suche nach seinem Bruder.

„Sagen Sie mir, welche Arbeit Sie gerne tun würden", sagte Miss Flora ganz am Anfang. „Gibt es etwas Bestimmtes, das Sie ausprobieren möchten?"

„Ich möchte die Kutsche fahren", antwortete er, obwohl er nichts von Pferden verstand und Angst vor ihnen hatte. Aber vielleicht entdeckte er Gunnar irgendwo, wenn er aus dem Haus war und die Schwestern oder Mr Edmund herumfuhr.

„Versuchen wir es", antwortete Miss Flora. Sören war ein furchtbarer Kutscher. Die Pferde schienen ihn nicht zu mögen; der Hauptkutscher Andrew wurde ungeduldig. Aber Sören wollte nicht aufgeben.

Dann geschah es. Als Sören die Schwestern eines Tages nach Hause fuhr, sah er Gunnar auf der anderen Straßenseite gehen, an der Hand einer Frau. Er trug keinen Hut und sein blondes Haar leuchtete in der Sommersonne. Sören riss so heftig an den Zügeln, dass das Pferd sich aufbäumte und die Kutsche mit quietschenden Reifen zum Stillstand kam. Die Schwestern schrien auf, als sie aus ihren Sitzen geschleudert wurden. Der Fahrer der Kutsche hinter ihm, die ebenfalls abrupt halten musste, stieß wilde Flüche aus. Aber das war Sören egal. Er sprang vom Kutschbock und rannte auf seinen Bruder zu, wobei er Haken schlug, um dem Verkehr auf der Straße auszuweichen, und rief: „Gunnar! Gunnar, warte! Ich bin's, Sören!"

Aber der Junge war nicht Gunnar.

Schock und Enttäuschung trafen ihn wie ein Schlag. Tränen

trübten seinen Blick, als er zur Kutsche zurückkehrte und versuchte, das Pferd und den aufgebrachten Kutscher zu beruhigen. Dann sah er nach seinen Passagieren. Zum Glück ging es beiden Schwestern gut. „Es tut mir leid … schrecklich leid … Ich dachte …" Er brachte den Satz nicht zu Ende.

„Sören, was ist los?", fragte Miss Flora.

„Ich dachte, ich hätte meinen Bruder gesehen", sagte er und wischte sich die Tränen am Ärmel ab. „Ich versuche schon so lange, ihn zu finden … Wir konnten uns nicht einmal voneinander verabschieden …"

Miss Flora nahm seine Hand. „Es war ein großes Unrecht von Mr Wingate, Sie beide zu trennen."

„Gunnar wird nicht verstehen, warum ich nicht bei ihm bin. Ich habe ihm versprochen, dass ich immer für ihn sorgen würde, und er glaubt bestimmt, ich hätte mein Versprechen gebrochen."

„Er ist in einer guten Familie, da können Sie sicher sein. Das Waisenhaus wählt die Adoptivfamilien sehr sorgfältig aus."

„Aber ich muss selbst sehen, wie es ihm geht."

„Es tut mir wirklich leid, Sören, aber das ist nicht möglich."

Er nickte, als würde er das verstehen, aber er verstand es nicht. Er kletterte auf den Kutschbock und fuhr den restlichen Weg nach Hause, während er weder seine Tränen noch seine zitternden Hände beherrschen konnte.

Als Andrew sein aufgebrachtes Pferd sah und erfuhr, was geschehen war, verbannte er Sören aus dem Kutschhaus. „Geh rein und arbeite als Diener, wenn sie dich noch wollen. Aber an meine Pferde lasse ich dich nicht mehr ran." Sören schlich durch die Hintertür ins Haus und ging gerade an der Speisekammer vorbei, als er die Schwestern in der Küche reden hörte.

„Wir sollten ihm helfen, seinen Bruder zu finden", sagte Miss Rebecca gerade. Sörens Herz begann schneller zu schlagen. „Wir könnten ihm wenigstens die Chance geben, sich selbst davon zu überzeugen, dass es seinem Bruder gut geht, und sich von ihm zu verabschieden."

„Die Adoptionsunterlagen sind versiegelt, Becky, und können von niemandem außer dem Direktor eingesehen werden, nicht einmal von mir."

„Das ist doch lächerlich. Du hast das Waisenhaus nicht nur gegründet, du investierst viel Zeit und Geld in diese Organisation. Warum darfst du die Akten nicht einsehen?"

„Sie sind in Mr Wingates Büro eingeschlossen."

„Gott befiehlt uns, Gerechtigkeit zu suchen und Barmherzigkeit zu lieben, und Sörens Situation fällt eindeutig in diese Kategorien. Was man diesen Brüdern angetan hat, war eine schreckliche Ungerechtigkeit und wir müssen barmherzig mit ihnen sein."

„Aber wie?", fragte Miss Flora.

Lange antwortete Miss Rebecca nicht. Sören wollte sich schon davonschleichen, als sie plötzlich sagte: „Wir haben schon lange kein Abenteuer mehr erlebt, Flora."

„Da hast du wohl recht ... Woran denkst du denn?"

„An etwas, das ein wenig unmoralisch ist – und vielleicht auch ein bisschen illegal –, aber in diesem Fall ist es trotzdem das Richtige. Willst du nicht dabei helfen, dieses Unrecht wiedergutzumachen?"

„Natürlich will ich das. Aber Gunnar hat jetzt eine neue Familie. Wir können sein Leben doch nicht auf den Kopf stellen."

„Ich schlage ja auch gar nicht vor, dass wir das Kind entführen. Ich möchte Petersen nur eine Gelegenheit geben, ihn ein paar Minuten zu sehen."

„Das fände ich auch wunderbar, aber Mr Wingate wird niemals zulassen, dass wir einfach in sein Büro spazieren und seine Akten einsehen."

„Dann müssen wir wohl einbrechen. Wir werden Masken tragen und uns ganz in Schwarz kleiden und dann schlagen wir mitten in der Nacht ein Fenster ein. Das könnte Spaß machen!"

Sören fragte sich, ob Miss Becky das ernst meinte. Sie war ganz anders als alle anderen Frauen, denen er jemals begegnet war, und er zweifelte keinen Augenblick daran, dass sie dazu in der Lage wäre. Aber als Miss Flora lachte, wurde ihm bewusst, dass es ein Scherz gewesen war.

„Wir werden nichts Derartiges tun, Becky. Aber wenn du eine Idee hast, wie du den Direktor ein paar Minuten lang ablenken kannst, kann ich mich vielleicht hineinschleichen und die Akten durchsehen ..."

„Kommt nicht infrage, Flora. Ich würde viel lieber den Dieb spielen. Ich habe nicht so viel zu verlieren wie du, wenn ich erwischt werde und ins Gefängnis muss. Du bist ein hochgeschätztes Mitglied der feinen Gesellschaft von Chicago. Es wäre doch zu schade, wenn dein Ruf ruiniert würde. Oder der von Edmund. Du musst auch an ihn denken."

„Du willst nur den ganzen Spaß haben, nicht wahr?"

„Natürlich. Wie schnell können wir unseren Plan umsetzen?"

„Lass mich überlegen ... Unsere jährliche Osterfeier ist in wenigen Wochen. Wenn Mr Wingate zusammen mit all den Kindern bei der Feier ist, haben wir vielleicht die Chance, uns in sein Büro zu schleichen."

„Wunderbar. Deine Aufgabe ist es, ihn abzulenken, Flora."

„Das ist eine echte Herausforderung, denn Mr Wingate und ich können uns nicht leiden."

Sörens Herz begann so laut in seinen Ohren zu pochen, dass er erst hörte, wie die Köchin durch die Hintertür kam, als es schon zu spät war. „He, Sie!", rief sie. „Was glauben Sie, was Sie da machen?"

„Ich ... ich wollte nur ..."

„Sie haben gelauscht, nicht wahr?"

Gleich darauf erschien Miss Rebecca in der Tür. „Was ist los?"

„Ich habe Petersen dabei erwischt, wie er gelauscht hat", sagte die Köchin.

„Aber Sie haben über Gunnar und mich gesprochen. Ich möchte Ihnen helfen, Miss Rebecca. Lassen Sie mich die Kutsche fahren ..."

„Kommt überhaupt nicht infrage! Sie müssen versprechen, hier zu Hause zu bleiben und nicht in die Nähe des Waisenhauses zu gehen. Wenn Mr Wingate Sie sieht, wird das alles zunichtemachen. Dann merkt er, was wir vorhaben."

Vor Enttäuschung hätte Sören am liebsten gegen die Wand geboxt. Auch Miss Flora erschien jetzt im Türrahmen. „Vertrauen Sie uns, Sören?", fragte sie. Die Erfahrung hatte ihn gelehrt, niemandem zu vertrauen, aber ihm blieb nichts anderes übrig. Er nickte.

Als Sören am Tag der Osterfeier der Kutsche hinterhersah, konnte er kaum atmen. Die Hauswirtschafterin hatte ihn damit beauftragt, das Silber zu polieren, während er wartete, und es war der längste Nachmittag, an den er sich erinnern konnte. In dem Augenblick, als er die Kutsche wieder in der Auffahrt hörte, ließ er das Poliertuch fallen und rannte hinaus. „Haben Sie herausgefunden, wo Gunnar ist?"

Miss Flora lächelte. „Alles ging glatt", sagte sie. „Wir haben seine Anschrift. Gehen wir hinein, um zu besprechen, was wir als Nächstes tun."

„Bitte sagen Sie mir, wo er wohnt", flehte Sören, als sie hineingingen. „Ich muss ihn sehen!"

„Zuerst werden Rebecca und ich sein neues Zuhause besuchen und …"

„Nein! Ich will mitkommen! Ich will Gunnar sehen! Bitte!" Es war ihm zuwider zu betteln, aber nur so konnte er seinen Bruder sehen. Die Damen legten ihre Hüte und Umschlagtücher ab und gaben sie ihm, damit er sie an den Garderobenständer im Flur hängte, aber er würde nicht ohne eine Antwort gehen.

„Wir können nicht zulassen, dass Sie Gunnars Leben durcheinanderbringen", sagte Flora. „Wir haben erfahren, dass er in einem sehr schönen Viertel wohnt, und sein Adoptivvater hat ein eigenes Geschäft und verdient gut. Gunnar ist jetzt seit über einem Jahr bei ihnen …"

„Ich muss wissen, dass sie ihn gut behandeln."

„Sie können Becky und mir vertrauen, dass wir das in Erfahrung bringen und Ihnen die Wahrheit sagen. Wenn er in der Familie nicht gut aufgehoben ist, verspreche ich, dass wir die Behörden informieren und dafür sorgen werden, dass er seinen Adoptiveltern weggenommen wird."

Die Tränen, die in Sörens Augen brannten, machten ihn wütend, aber er redete weiter. „Ich verspreche, dass ich nichts tun werde, um ihm zu schaden. Bitte lassen Sie ihn mich sehen. Ich muss mit ihm reden. Wir hatten nie die Chance, uns voneinander zu verabschieden."

Die Schwestern sahen sich an, eine Verständigung ohne Worte. „Versprechen Sie uns, dass Sie nicht versuchen werden, mit ihm durchzubrennen?", fragte Miss Rebecca.

„Wie kann ich das versprechen, wenn ich doch gar nicht weiß, wie es ihm geht und wie sie ihn behandeln?"

„Wenn es irgendwelche Misshandlungen oder Ähnliches gibt, dann gebe ich Ihnen mein Wort, dass wir es den Behörden mitteilen werden", sagte Miss Flora. „Aber wir werden Ihnen nur dann ein Treffen ermöglichen, wenn Sie uns versprechen, dass Sie nicht in sein neues Leben eingreifen."

„Und Sie müssen uns versprechen, dass Sie keinen Aufstand machen", fügte Miss Rebecca hinzu. „Können wir Ihnen vertrauen?"

Die Hoffnung ließ Sörens Herz heftig hämmern. „Ja, ich verspreche es."

Dann wandte Miss Flora sich an ihre Schwester. „Bist du bereit für das nächste Abenteuer, Becky?"

„Darf ich diesmal eine Maske tragen?"

„Nein. Aber wahrscheinlich werden wir ein paarmal die Unwahrheit sagen müssen. Möge Gott uns vergeben."

Miss Flora legte eine Hand auf seinen Arm. „Sie müssen wissen, dass es falsch ist zu lügen, Sören ..."

„Außer, um ein Leben zu retten", warf Miss Rebecca ein. „Oder um ein Unrecht wiedergutzumachen, wenn es keinen anderen Weg gibt. Wissen Sie noch, wie Rahab gelogen hat, um die israelitischen Spione zu retten? Und hat König Davids Frau Michal nicht auch gelogen, um ihren Mann vor König Saul zu beschützen?"

Sören hatte keine Ahnung, wovon sie sprachen. „Wann kann ich Gunnar sehen?"

„Sobald Becky und ich uns einen Plan zurechtgelegt haben."

Die ganze Woche über hörte Sören sie flüstern und Pläne schmieden, aber sie achteten immer darauf, dass er nicht verstand, was sie sagten. Er fand es schwierig, sich zu gedulden. Selbst Mr Edmund bemerkte, wie nervös und unruhig Sören war, während er wartete. „Sie werden Ihnen helfen, Petersen", versicherte er seinem Diener. „Sie können den beiden vertrauen."

Endlich, mehr als eine Woche, nachdem die Schwestern Gunnars Adresse in Erfahrung gebracht hatten, riefen sie ihn nach dem Frühstück in Miss Rebeccas Arbeitszimmer. „Wir haben Folgendes geplant", begann sie. „Wir werden die neue Familie Ihres Bruders besuchen und so tun, als wäre es ein Kontrollbesuch des Waisenhauses."

„Sie wissen ja, dass es unrecht ist zu lügen", unterbrach Miss Flora ihre Schwester, „und es tut mir leid, dass wir gezwungen sind, es zu tun. Wir sehen nur keine andere Möglichkeit, der Gerechtigkeit zu dienen und Ihnen und Ihrem Bruder Gottes Barmherzigkeit zu erweisen, deshalb muss es sein."

Miss Rebecca lächelte und verdrehte die Augen. „Hoffentlich wird der gute Gott uns dieses eine Mal vergeben, solange wir es nicht zur Gewohnheit oder zu unserem Lebensstil machen zu lügen. Flora wird im Haus bleiben und mit Gunnars neuen Eltern über mögliche Probleme sprechen, die sie vielleicht hatten, und sie fragen, ob sie Vorschläge haben, wie man in Zukunft dafür sorgen kann, dass Adoptionen reibungslos verlaufen. In der Zwischenzeit werde ich Gunnar bitten, mit mir nach draußen zu gehen – wo Sie warten. Sie haben nur wenig Zeit, um mit ihm zu reden, Sören. Dann müssen wir wieder fahren. Verstanden?" Er nickte.

„Nein, Sie müssen mir Ihr Wort geben", sagte Miss Flora. „So wie Sie es getan haben, als wir das viele Geld für die Kaution bezahlt haben, um Sie aus dem Gefängnis zu holen. Sie werden uns in furchtbare Schwierigkeiten bringen, wenn Sie Ihr Wort nicht halten."

Dieses Versprechen wollte Sören nicht abgeben. Er hatte Gunnar mehr als ein Jahr lang gesucht und jetzt wollte er mit ihm davonlaufen. Aber wenn er nicht genau das tat, was die Schwestern sagten, bekam er vielleicht überhaupt keine Gelegenheit, ihn zu sehen. Er schluckte und sagte: „Sie haben mein Wort."

Das Warten war das Schlimmste. Die Schwestern sagten Sören erst, wann sie den Besuch machen würden, als es so weit war. Miss Flora bestand darauf, dass Andrew die Kutsche lenkte und Sören in der Kabine saß und den Sichtschutz herunterzog. „Damit niemand Sie mit uns zusammen sieht", sagte sie. Aber Sören wusste, dass sie es taten, damit er nicht sah, wo Gunnar wohnte. Vor Aufregung war ihm ganz übel.

Als sie losfuhren, versuchte er, sich einzuprägen, wie oft und in welche Richtung sie abbogen, aber es waren zu viele Straßen. Außerdem fuhr Andrew vielleicht absichtlich einen Umweg. Es war ein grauer Tag ohne Sonnenschein, sodass Sören sich nicht einmal an der Sonne orientieren konnte, um zu erfahren, in welche Richtung sie fuhren. Er lauschte den Geräuschen der Straße unter den Kutschrädern und versuchte, andere Hinweise wie vorbeiratternde Straßenbahnen und entfernte Zugsignale zu erkennen. Fischgeruch in der Luft verriet ihm, dass sie wahrscheinlich in der Nähe des Lake Michigan waren oder vielleicht am Chicago River. Dann hielten sie und er erkannte den knarrenden, stöhnenden Klang der Drehbrücke, die sich öffnete, um Schiffe durchzulassen. Miss Flora sprach den ganzen Weg über mit Sören, stellte ihm Fragen über seinen Bruder und darüber, wie ihr Leben gewesen war, bevor sie ins Waisenhaus gekommen waren. Damit versuchte sie ihn abzulenken. Als sie länger als eine Stunde gefahren waren, hatte Sören keine Ahnung mehr, wo er war.

Aber er würde Gunnar wiedersehen. Schon bei dem Gedanken daran kamen ihm die Tränen – dabei war er doch viel zu alt, um zu weinen. Konnte er sein Versprechen wirklich halten und nicht mit seinem Bruder durchbrennen? Sören beschloss, dass die Antwort von Gunnar abhing. Wenn er dort glücklich war und das Leben bei seiner neuen Familie wirklich ein besseres Leben war als das, was Sören ihm bieten konnte, dann würde er ihn gehen lassen. Sören hatte alle anderen Menschen im Stich gelassen, für die zu sorgen er versprochen hatte – Hilde, Greta, seine Mama –, und er fürchtete, er würde wieder versagen, wenn er mit Gunnar flöh.

Endlich hielt die Kutsche an. „Wir sind da", sagte Miss Rebecca. „Es ist das Haus auf der rechten Seite." Sören hob den Sichtschutz an und spähte hinaus. Eine Baumreihe warf Schatten auf die Straße und er hörte Vögel singen. Das zweigeschossige Steingebäude hatte große Fenster und einen grünen Rasen vor dem Haus. Es war ein Haus, von dem er nie zu träumen gewagt hatte, als er in Gunnars Alter gewesen war. Bevor sie ausstiegen, fassten die Schwestern und er sich bei den Händen und Miss Flora sprach ein Gebet. Sörens Herz pochte so laut in seinen Ohren, dass er kaum ein Wort verstand, bis sie laut „Amen" sagte.

„Denken Sie daran, hier in der Kutsche zu warten, bis Flora und ich beide im Haus sind", erklärte Miss Rebecca ihm. Sören nickte. Seine Hände zitterten, als er erneut den Sichtschutz am Fenster anhob und dabei zusah, wie die beiden die Treppe hinaufgingen und vor der Haustür stehen blieben. Eine Frau kam an die Tür. Er hielt die Luft an, während die Schwestern kurz mit ihr sprachen. War das eine Bedienstete oder Gunnars neue Mutter? Was war, wenn Gunnar nicht zu Hause war? Dann öffnete die Frau die Tür ein wenig weiter und Miss Flora und Miss Rebecca verschwanden im Haus. Sören glaubte, sein Herz werde platzen, als er aus der Kutsche stieg.

„Viel Glück, Petersen", sagte Andrew von seinem Kutschbock aus.

Sören blickte auf und nickte. Dann eilte er um das Haus herum in den Garten, wie die Schwestern ihn angewiesen hatten. Es war eine kleine Rasenfläche mit einem großen Baum in der Mitte und

Blumen an den Rändern. Er suchte sich einen Platz, wo er warten konnte, halb hinter einem Busch verborgen, und beobachtete die Hintertür. Nach einer Zeit, die ihm wie eine Ewigkeit erschien, kam Miss Rebecca heraus. Sie hielt Gunnar an der Hand. Tränen trübten Sörens Blick, als er langsam aus dem Gebüsch trat, um seinen Bruder nicht zu erschrecken. „Hey, Gunnar. Erinnerst du dich noch an mich?"

„Sören!", jauchzte sein Bruder und rannte in seine Arme. Sein kleiner Leib fühlte sich nach über einem Jahr anders an – stärker, runder – und doch so vertraut. Sie gehörten zusammen, davon war er überzeugt.

„Hey, lass dich mal ansehen", sagte Sören, als er sich von Gunnar löste, und wischte sich verstohlen über die Augen. „Du siehst gut aus, Gunnar. Wie ich sehe, hast du neue Kleider. Und das sind richtig schöne Schuhe."

„Sie haben mir erzählt, du wolltest nicht mehr mein Bruder sein", jammerte Gunnar. Der verzweifelte Blick in den Augen seines kleinen Bruders zerriss Sören das Herz. Er zog Gunnar wieder in seine Arme.

„Das ist eine Lüge, Gunnar! Der Mann im Waisenhaus hat uns beide betrogen. Du wirst immer mein Bruder sein, für immer und ewig. Das wird sich niemals ändern. Deshalb bin ich heute hergekommen. Ich habe vom ersten Tag an versucht, dich zu finden. Ich habe überall gesucht und bin mit der Straßenbahn durch jedes Viertel von Chicago gefahren. Miss Flora und Miss Rebecca haben mir geholfen, dich zu finden."

„Kann ich jetzt mit dir nach Hause gehen?"

Sören schloss die Augen. Wie sehr er sich danach sehnte, Gunnar mitzunehmen! Er wählte seine Worte sorgfältig, weil er wusste, dass Miss Rebecca sie hörte. „Behandeln sie dich hier gut?"

„Ja. ... Ich habe jetzt eine neue Mama und einen neuen Papa", sagte Gunnar mit einem schwachen Lächeln. Er war nicht mehr dünn und seine Wangen sahen so glatt und gesund aus wie zwei rote Äpfel. Offensichtlich aß er gut und spielte draußen und schlief nachts in einem weichen Bett und er hatte eine Mutter, die ihn küsste und ihm Lieder vorsang, so wie Mütter es taten. Sören wusste, dass er seinem Bruder nichts von all dem bieten konnte. Er fuhr Gunnar mit den Fingern durch sein seidiges Haar.

„Das ist toll, Gunnar. Hast du Spaß mit deiner neuen Familie?"

„Papa trägt mich auf den Schultern, wenn wir in den Park gehen, ganz hoch in der Luft. Und Mama liest mir abends Geschichten vor ..." Sören wandte den Blick ab und schluckte seine Tränen hinunter.

„Das ist doch gut, oder? Sie lieben dich ganz bestimmt, nicht wahr? Und liebst du sie auch?"

„Ja ... aber ich vermisse dich, Sören. Ich will bei dir sein."

Er dachte daran, dass es ihm nicht gelungen war, auf Hilde und Greta aufzupassen. Und er wusste, dass er auch für Gunnar nicht würde sorgen können. Miss Flora hatte recht – Gunnar gehörte hierhin. Sören liebte ihn mehr als alles auf der Welt. Er musste tun, was richtig war. „Du hast hier so ein schönes Zuhause", sagte und zeigte auf das Haus. „Ein solches Haus oder so schöne Kleider oder genug zu essen kann ich dir nicht geben. All das würde ich gerne für dich tun ... aber das kann ich nicht." Die Wahrheit schnitt wie ein Messer mitten in sein Herz.

„Warum kommst du nicht hierher und wohnst bei uns? Ich werde Papa fragen, ob ..."

Sören zog ihn wieder in seine Arme und drückte ihn ganz fest. „Nein, tu das nicht. Sag deinem Papa nichts. Er weiß nicht, dass ich heute hier bin, um dich zu sehen. Wenn er es herausfindet, ist er vielleicht böse auf Miss Flora und ich möchte nicht, dass sie Ärger bekommt."

„Aber ich will nicht, dass du wieder gehst."

„Das will ich auch nicht, das kannst du mir glauben. Aber es ist ja auch nicht für immer. Weißt du noch, was Mama immer gesagt hat?"

„Kein Baum wächst bis zum Himmel", antwortete Gunnar leise.

„Genau. Im Moment müssen wir getrennt leben. Aber ich verspreche, dass ich zurückkommen werde, Gunnar. Miss Flora und Miss Rebecca werden uns helfen, damit wir uns ab und zu sehen können." Er blickte von dort, wo er im Gras kniete, zu Miss Rebecca auf und sah, wie sie nickte, während sie mit ihrem Taschentuch ihre Augen betupfte. „Ich bin jetzt erwachsen, Gunnar, und zu alt für Eltern, die für mich sorgen. Aber ich bin froh, dass du eine Mama und einen Papa hast, die dich lieb haben."

„Wohnst du immer noch im Waisenhaus?"

„Nein, ich arbeite für Miss Flora und Miss Rebecca. Da wohne ich auch in einem schönen Haus."

„Es tut mir leid, aber wir müssen gehen", sagte Miss Rebecca mit einem Blick in Richtung Tür.

Sören umarmte seinen Bruder noch einmal. „Ich muss jetzt Auf Wiedersehen sagen. Es dauert vielleicht eine Weile, aber ich komme wieder, um dich zu besuchen."

„Versprochen?"

„Ich verspreche es." Er drückte Gunnar ein letztes Mal. „Und jetzt trockne dir die Augen und geh mit Miss Rebecca hinein und lass dir nicht anmerken, dass du geweint hast. Das muss im Augenblick unser besonderes Geheimnis bleiben." Gunnar erwiderte seine Umarmung. Wie Sören seine Wärme vermisste, den Trost, den er verspürte, wenn sein kleiner Bruder ihm so nah war. „Bis bald", flüsterte Sören und ließ ihn dann los.

Miss Rebecca streckte den Arm aus, um Gunnar an die Hand zu nehmen, und Sören sah zu, wie sie beide die Treppe hinauf und ins Haus gingen. Dann wandte er sich um, rannte zur Kutsche zurück und stieg schnell ein. Dort kamen ihm die Tränen. Er bedeckte das Gesicht mit beiden Händen und weinte bitterlich um all die Menschen, die er geliebt und verloren hatte – um Mama und Papa, um Hilde und Greta und vor allem um Gunnar. Er überlegte kurz, ob er wieder aus der Kutsche springen und sich im Gebüsch verstecken sollte, wo die Schwestern ihn nicht finden konnten. Vielleicht konnte er auf der Straße leben und seinen Bruder von Weitem beobachten und hin und wieder mit ihm sprechen. Aber er tat es nicht. Gunnar war glücklich hier. Außerdem vertrauten die Schwestern darauf, dass er sein Wort hielt.

Wenige Minuten später kamen sie aus dem Haus und stiegen zu ihm in die Kutsche. „Danke, Herr", sagte Miss Flora mit einem Riesenseufzer. „Alles ist gut gegangen." Miss Rebecca zog den Sichtschutz herunter, während Andrew dem Pferd das Signal gab loszulaufen, und die Kutsche rollte vorwärts.

Sören wollte etwas zu ihnen sagen, ihnen dafür danken, dass sie ihm geholfen hatten, seinen Bruder zu finden, und ihm die Chance gegeben hatten, ihn zu sehen. Aber der Kloß in seinem Hals war so groß, dass er nichts herausbrachte. Gunnar Lebewohl zu sagen war schwerer als alles, was er jemals getan hatte.

KAPITEL 27

Chicago
1889
Ein Jahr früher

Vorsichtig setzte Sören einen Fuß vor den anderen und versuchte, das Tablett mit dem Essen ruhig zu halten und nichts zu verschütten, als er die Treppe zu Mr Edmunds Schlafzimmer hinaufstieg. Was als hartnäckiger Husten begonnen hatte, war inzwischen so schlimm geworden, dass Mr Edmund im Bett bleiben musste. Sören sorgte jetzt schon seit mehreren Wochen für ihn, half ihm zum Bad, holte Dinge für ihn, trug Essen hinauf, wenn Mr Edmund sich kräftig genug fühlte, um etwas zu sich zu nehmen – und ließ den stetigen Strom der Ärzte herein, die mit Medizin und Verbänden und Heilmitteln kamen, um Mr Edmunds Husten und Fieber zu behandeln. Nichts half und sein Husten war manchmal so schlimm, dass er kaum Luft holen konnte. Sören musste ihm auf den Rücken klopfen, bis er wieder atmen konnte.

Er erreichte das Schlafzimmer, ohne etwas zu verschütten, und stellte das Tablett auf einen kleinen Tisch. „Danke, Petersen", sagte Mr Edmund. „Helfen Sie mir bitte, mich aufzusetzen?" Sören fasste ihn vorsichtig unter den Achseln und schüttelte die Kissen hinter ihm auf, damit er es bequemer hatte. Er fühlte sich viel dünner an als vor seiner Krankheit.

„Die Köchin hat für Sie auch einen Tee und etwas Toast geschickt, Miss Flora", erklärte Sören ihr. „Soll ich sie neben Ihren Stuhl stellen?"

„Ja, danke. Das wäre gut." Miss Flora trug noch ihren Morgenmantel und hatte das goldene Haar zu einem langen Zopf geflochten. Die letzten Nächte hatte sie schlafend auf einem Sessel neben ihrem Mann verbracht, während Sören auf einem Feldbett in Mr Edmunds Ankleidezimmer schlief, sodass er in der Nähe war, wenn sie ihn brauchten. Er brachte Miss Flora Tee und Toast und stellte dann das Frühstückstablett auf Mr Edmunds Schoß. Seine Hände zitterten so sehr, dass Sören ihm beim Essen helfen musste.

Miss Flora las ihrem Mann Bücher vor, wenn er wach war, und das bedeutete, dass Sören sie auch zu hören bekam – Geschichten über Gefahren und Abenteuer an fernen Orten wie Troja oder Griechenland. Als er diese Geschichten hörte, fragte Sören sich, wie die Welt jenseits von Chicago wohl war und wie es wäre, dorthin zu reisen. Die vielen Stunden, in denen Mr Edmund schlief, verbrachte Miss Flora damit, Sören das Lesen und Schreiben beizubringen. „Sie machen das sehr gut", hatte sie erst letzte Woche zu ihm gesagt. „Bald werden Sie es sein, der Mr Edmund die Bücher vorlesen kann." Sie übten auch die Zahlen und wie man sie addierte, subtrahierte, multiplizierte und dividierte.

Sören hob die Tasse an Mr Edmunds Lippen, damit er einen Schluck trinken konnte. „Es ist mir ganz und gar nicht recht, dass meine Krankheit alle Pläne durcheinanderbringt." Edmund sprach beinahe im Flüsterton, weil er einen neuerlichen Hustenanfall vermeiden wollte.

„Ich habe keine Pläne, mein lieber Edmund, außer dich gesund zu pflegen."

„Aber es ist beinahe Sommer und ich werde nicht zum Sinai reisen können, wie wir es vorhatten. Rebecca und du, ihr müsst ohne mich reisen."

„Unsinn. Wir können einen Sommer ohne Reise verschmerzen, während du dich erholst."

„Aber Rebecca hat extra für unsere Reise das Fotografieren gelernt und ich weiß, wie erpicht sie darauf ist, weitere Handschriften zu finden, damit sie Timothy überzeugen kann …" Er fing an zu husten und konnte gar nicht mehr aufhören. Miss Flora stellte ihre Tasse ab und setzte sich neben ihn aufs Bett.

„Reg dich nicht auf, Edmund. Wir verschieben die Reise einfach um ein Jahr. Das Kloster und seine Handschriften sind dann immer noch da."

„Und was ist mit deinen Sonntagsschulen?", fragte er, nachdem Sören ihm geholfen hatte, etwas Wasser zu trinken. „Seitdem ich krank bin, warst du nicht mehr dort."

„Ich bin sicher, sie werden auch ohne mich überleben."

„Aber ich will nicht, dass du deine wohltätige Arbeit aufgibst. Bitte stell eine Schwester ein, die bei mir bleiben kann, damit Rebecca und du nächsten Sonntag gehen könnt." Miss Flora wollte protestieren, aber er legte einen blassen Finger auf seine Lippen. „Petersen wird euch begleiten, nicht wahr?", fragte er zu ihm gewandt. „Die Kirche ist in einem ziemlich rauen Stadtviertel. Andrew fährt, aber mir wäre wohler, wenn Sie auch dabei wären."

„Natürlich, Sir. Ich fahre gerne mit."

„Dann ist das geregelt. Widersprich mir nicht, Flora, sonst fange ich vielleicht wieder an zu husten." Er lächelte sie an, nahm dann eine Scheibe Toast in die zittrige Hand und biss ein winziges Stückchen davon ab.

In der darauffolgenden Woche fuhr Sören mit Miss Flora und Miss Rebecca zu einer ihrer Sonntagsschulen. Erinnerungen an seine Kindheit und an seine Mama und seinen Papa kamen in ihm hoch, als er die vielen zerlumpten Kinder sah, die in die Kirche strömten. Er war mit Kindern wie diesen aufgewachsen, hatte mit ihnen an den Bahngleisen Kohlen gesammelt, sich mit ihnen um Mülltonnen geprügelt, die etwas zu essen versprachen. Damals hätte Sören sich niemals vorstellen können, in einem feinen Haus zu wohnen. Er hörte zu, als die Schwestern ihren Bibelunterricht machten, und überlegte, wie viel sie für ihn getan hatten. Und er dachte an Gunnar. Sein Bruder würde nicht in einem hässlichen Wohnblock aufwachsen und auf einer dreckigen Straße spielen wie diese Kinder. Er würde nicht sterben, weil er verseuchtes Wasser getrunken hatte wie Hilde und Greta. Sören wusste, dass er sich für Gunnar freuen sollte, aber der Schmerz in seiner Brust, wenn er an ihn dachte, ließ einfach nicht nach.

Beinahe eine Stunde war vergangen, als Sören sah, wie ein Mädchen durch die Hintertür hereinschlüpfte und dann stehen blieb, um sich umzusehen. Miss Rebecca hatte die Bibelgeschichte zu Ende erzählt und die Kinder hatten sich in Gruppen zusammengefunden, um lesen und schreiben zu üben. Das Mädchen wirkte nervös, so als würde es jeden Augenblick die Flucht ergreifen, falls ihm nicht gefiel, was es sah. Leuchtend rote Haare lugten unter ihrem runden Männerhut hervor und sie war merkwürdig gekleidet. Wie es aussah, trug sie ein Herrenhemd und sonst nichts über ihrem Unterrock und den langen Unterhosen. Sören schätzte sie auf etwa siebzehn Jahre – älter als die meisten anderen Kinder. Miss Flora sah sie auch und ging auf sie zu, um sie zu begrüßen.

„Hallo, bist du neu hier? Ich bin Miss Flora. Und wie heißt du?"

„Kate." Sie ließ weiter ihren Blick schweifen, als suche sie eventuelle Fluchtwege. Sören hatte sich genauso verhalten, als er mit Ronald und Dan auf der Straße gelebt hatte.

„Ich fürchte, für die Bibelgeschichte bist du zu spät", sagte Miss Flora, „aber möchtest du gerne lernen, deinen Namen zu lesen und zu schreiben?" Sie streckte die Hand aus, um Kates Arm zu berühren, aber das Mädchen zuckte zusammen und wich zurück.

„Ich gucke nur zu."

„In Ordnung. Aber wenn du es dir anders überlegst, mach gerne mit."

Miss Flora kehrte zu ihren Schülern zurück. Sören beobachtete das Mädchen eine Weile. Kate näherte sich den anderen zentimeterweise, so als wollte sie doch noch mitmachen, aber irgendwann verlor er das Interesse an ihr und fing an zu träumen. Er machte sich Sorgen um Mr Edmund und seinen immer schlimmer werdenden Husten. Die Ärzte kamen und gingen und Miss Flora und Miss Rebecca beteten, aber weder die Gebete noch die Medizin schienen etwas zu nutzen.

Plötzlich erregte eine abrupte Bewegung Sörens Aufmerksamkeit. Das rothaarige Mädchen rannte an ihm vorbei in Richtung Tür, Miss Floras Tasche in der Hand! Sören sprintete hinter ihr her, aber Kate hatte so viel Vorsprung, dass die schwere Tür vor seiner Nase ins Schloss fiel. Als er sie aufgerissen hatte, um ihr nach draußen zu folgen, war sie verschwunden. Die nächsten zwanzig Minuten verbrachte er damit, hinter Mülltonnen und in engen Gassen zu suchen, aber es war nichts mehr von ihr zu sehen. Sören trat frustriert gegen eine leere Tonne, wütend auf das Mädchen und auf sich selbst. Mr Edmund hatte ihn gebeten, auf Miss Flora aufzupassen, und er hatte versagt. Ihre Handtasche war fort.

„Macht nichts", sagte Miss Flora, als Sören mit leeren Händen zurückkehrte. „Der Herr weiß wohl, dass das arme Kind das Geld dringender braucht als ich."

Wie konnte Miss Flora nur Mitleid mit ihr haben? Schließlich war sie lediglich ein dreckiger Dieb – genau wie er. Sören konnte Miss Flora nicht einmal in die Augen sehen, während er an all die Menschen dachte, die er ausgeraubt hatte, und an all die Straßenverkäufer, denen er etwas gestohlen hatte. Er und seine Freunde hatten einmal einen Betrunkenen ausgenommen, ihn zusammengeschlagen und dann auf der Straße liegen lassen. Sören empfand tiefe Reue wegen all dem, was er früher getan hatte, und noch mehr deswegen, weil er heute nicht aufgepasst hatte. Kate gehörte ins Gefängnis, weil sie die Schwestern bestohlen hatte. Sie taten so viel, um den Armen zu helfen – und ihm.

Am nächsten Sonntag stand Sören Wache und hielt die Augen offen, um zu sehen, ob die rothaarige Diebin dreist genug sein würde, um zurückzukommen und sie noch einmal zu bestehlen. Auf dem Hin- und Rückweg suchte er die Straßen nach dem Mädchen mit dem runden Hut ab, aber es war nirgends zu sehen.

൦ൣ

Am folgenden Samstagmorgen erschien Professor Dyk im Haus der Schwestern zu einem Besuch. Inzwischen war er ein regelmäßiger Gast und begrüßte Sören mit einem breiten Grinsen und einem Klaps auf den Rücken, wenn er die Haustür öffnete. „Wie geht es Ihnen heute, Petersen?"

„Gut, Sir. Danke."

„Freut mich, das zu hören." Er plauderte mit Petersen und erzählte ihm von den Straßenbahnen, die er genommen hatte, und wie dicht der Verkehr gewesen war. Sören mochte Professor Dyk beinahe so gern wie Mr Edmund. Er hatte eine lustige, tollpatschige Art an sich und nahm sich immer Zeit, mit Sören und den anderen Bediensteten zu sprechen. Sören wartete auf eine Gelegenheit zu fragen, ob er den Hut des Professors nehmen könne, als Miss Rebecca aus ihrem Arbeitszimmer kam und sie zu sich winkte.

„Du wirst dem armen Jungen noch ein Ohr abschwatzen, Timothy. Komm rein … Sie auch, Petersen, es gibt etwas, das wir Ihnen sagen wollen." Er folgte ihr und dem Professor ins Arbeitszimmer.

Miss Rebeccas Kameraausrüstung war in Transportkisten verpackt, die bei der Tür standen, und das überraschte ihn.

Miss Rebecca lächelte, als sie sich an Sören wandte. „Wir wollten es nicht erwähnen, bis wir sicher waren, Petersen, aber wir haben organisiert, dass Sie Gunnar treffen können. Und diesmal ganz ohne Heimlichtuereien. Seine neuen Eltern waren sehr aufgebracht, als sie erfuhren, dass man Sie und ihn getrennt hat, und …"

„Wann?", unterbrach er sie.

„Heute."

Sören wollte etwas sagen und machte den Mund auf, aber kein Laut kam heraus. Sein Herz raste so sehr, dass er fürchtete, es würde gleich platzen.

„Flora und ich waren noch einmal bei den Eltern, um mit ihnen zu sprechen, und obwohl sie großes Mitgefühl haben, machen sie sich Sorgen, dass es Gunnars Leben durcheinanderbringen könnte, wenn er Sie sieht. Er ist immer noch ein sehr sensibles Kind. Also haben sie darum gebeten, ob wir heute mit einem kurzen Probetreffen beginnen können, um zu sehen, wie Gunnar darauf reagiert. Und da sie nicht wollen, dass wir zu ihnen kommen, haben wir uns am Bärenkäfig im Lincoln Park Zoo verabredet."

„I… ich weiß nicht, was ich sagen soll …"

„Sie brauchen gar nichts zu sagen, Petersen. Und wenn Sie mir jetzt bitte mit der Kamera helfen, können wir uns auf den Weg machen. Ich werde Gunnars Eltern fragen, ob ich ein Foto von Ihnen und Gunnar machen kann, damit jeder ein Bild hat, das er ansehen kann, solange Sie getrennt sind."

Sören beugte sich schnell über die Ausrüstung und griff nach Kisten und Stativ in der Hoffnung, dass Miss Rebecca seine Tränen nicht sah. Draußen wartete Andrew bereits mit der Kutsche auf sie. Innerhalb weniger Minuten luden sie die Kamera-Utensilien ein und machten sich auf den Weg. Miss Rebecca beschäftigte sich seit mehreren Monaten mit dem Fotografieren. Überall im Haus hingen Werke von ihr. Im Keller hatte sie sich von Zimmerleuten eine Dunkelkammer bauen lassen und hatte Sören eingeladen, ihr beim Entwickeln der Bilder zu helfen. Er liebte es, wenn die blassen Bilder aus der Wanne mit der streng riechenden Flüssigkeit auftauchten und er sie zum Trocknen an die kleine Leine hängte.

Als er neben Andrew auf dem Kutschbock saß, zog sein Magen

sich vor lauter Aufregung zusammen. Er war froh, dass sie ihm nicht schon früher von dem Besuch erzählt hatten, sonst wäre er zu abgelenkt gewesen, um irgendetwas anderes zu tun. Selbst jetzt ging alles so schnell, dass er nicht ganz sicher war, ob er wach war oder träumte. Es war ein sonniger Herbsttag und Professor Dyk und Miss Rebecca fuhren mit offenem Verdeck zum Park. Er konnte sie reden und lachen hören, während sie in Richtung Stadt fuhren.

„Ist es nicht ein herrlicher Tag?", fragte Miss Rebecca.

„Spektakulär! Wenn du doch nur nachgeben und mich heiraten würdest, wäre jeder Tag so schön wie dieser."

„Du weißt, dass ich dich noch heute Nachmittag heiraten würde, wenn du gläubig wärst. Was braucht es noch, Timothy? Warum kannst du nicht einfach loslassen und diesen Glaubensschritt tun?"

„Diese Frage kann ich nicht beantworten ... Ich weiß es wirklich nicht."

„Über welches Hindernis stolpert denn dein allzu logischer Verstand heute?"

„Liebste Rebecca, ich habe getan, worum du mich gebeten hast, und das Matthäusevangelium gelesen und ich verstehe nicht, wie eine kluge Frau wie du ehrlich glauben kann, dass Jesus all diese Wunder getan hat. Auf dem Wasser gehen? Wie kann man von einem rationalen Menschen erwarten, dass er etwas glaubt, das der Wissenschaft widerspricht? Das Problem habe ich bei allen Religionen. Vom Anbeginn der Geschichte haben primitive Menschen Götter erfunden, um Vorgänge in der Natur zu erklären. Und in dem Maße, wie die Wissenschaft Fortschritte macht, wird irgendwann niemand mehr an übernatürliche Wunder glauben."

„Wunder sind nur dann absurd, wenn man nicht an einen allmächtigen Gott glaubt. Du solltest nicht nur diese isolierte Geschichte in der Bibel betrachten, sondern die Gesamtheit der Heiligen Schrift. Sie zeichnet ein Bild davon, wer Gott ist und wie er ist. Wenn du ihn erst einmal kennst, Timothy, wenn du das ungeheure Ausmaß seiner Liebe spürst, wirst du wissen, dass er Wunder tun kann. Ist das Leben selbst nicht ein Wunder? Die Liebe zwischen Mann und Frau? Ein Kind, das im Leib seiner Mutter heranwächst? Eine Raupe, die sich in einen Schmetterling verwandelt? Der einzige Grund, warum wir sie nicht als Wunder betrachten, ist die Tatsache, dass wir sie gewohnt sind. Was das Gehen auf dem Wasser betrifft, wurde das Neue Testament geschrieben, als es noch Augenzeugen für diese Ereignisse gab."

„Woher willst du wissen, dass die Geschichten nicht bei späteren Abschriften noch verändert und ausgeschmückt wurden?"

„Da sind wir wieder bei der alten Frage", sagte Miss Rebecca. „Wir haben schon über dieses Argument diskutiert und ich habe nicht vor, es noch einmal zu tun. Außerdem haben wir gleich Lincoln Park erreicht. Verderben wir uns nicht diesen schönen Tag. Lass uns die Unterhaltung später fortsetzen."

Sören war schon im Lincoln Park gewesen. In dem Jahr, als er auf der Straße gelebt hatte, war dies einer der Orte gewesen, an denen er Gunnar gesucht hatte. Heute würde er ihn tatsächlich sehen. Er nahm Miss Rebeccas Kameraausrüstung aus der Kutsche und trug sie zum Bärenkäfig. Hoffentlich musste er nicht so lange warten. Die Spannung würde er sonst nicht aushalten. Was war, wenn Gunnars Eltern es sich anders überlegt hatten und doch nicht kamen?

Doch dann sah Sören ihn! Gunnar stand am Käfig und blickte in die Menge und nicht zu den Bären. Als er Sören sah, ließ er die Hand des gut gekleideten Mannes los und rannte auf ihn zu. Sören stellte die Kisten ab, zog seinen Bruder in seine Arme und drückte ihn ganz fest an sich. Er war entschlossen, nicht zu weinen oder irgendetwas anderes zu tun, das Gunnar erschrecken könnte. Dieses Treffen musste gut verlaufen, damit sie sich öfter sehen konnten.

Während Miss Rebecca und der Professor sich mit Gunnars Eltern unterhielten, setzte Sören sich ins Gras und nahm Gunnar auf den Schoß. „Du bist ja schon richtig groß, Gunnar. Erzähl mir, was du so gemacht hast. Gehst du jetzt in die Schule?"

Gunnar erzählte ihm von seinem Leben und Sören hatte seinen Bruder noch nie so glücklich und redselig erlebt. Besonders begeistert berichtete er von dem kleinen Hund, den seine Eltern ihm gekauft hatten. „Ich wollte ihn mitbringen, damit du ihn kennenlernst", sagte Gunnar, „aber Papa hat gesagt, vielleicht beim nächsten Mal. Du kommst mich doch wieder besuchen, oder?"

„Das würde ich natürlich gerne. Aber es hängt von dir ab, Gunnar. Du musst ein großer Junge sein und darfst nicht weinen, wenn wir uns heute verabschieden, denn deine Mama und dein Papa wollen nicht, dass du traurig bist. Wenn du jammerst, erlauben sie uns nicht, dass wir uns sehen. Kannst du tapfer sein und mir vertrauen, wenn ich sage, dass ich wiederkomme?"

„Warum kannst du nicht bei uns wohnen?"

„Weil ich jetzt eine Arbeit habe. Und du musst zur Schule gehen."

„Und warum kann ich dann nicht bei dir sein?"

Sören hätte seinen Bruder so gerne mitgenommen, damit sie jeden Tag zusammen sein konnten. Der Schmerz ihrer ungerechten Trennung stieg wieder in ihm auf. Aber er wusste auch, dass er sich zusammenreißen musste, sonst würde er Gunnar für immer verlieren. „Deine neue Mama und dein neuer Papa würden dich sehr vermissen, wenn du bei mir wärst. Und würdest du sie nicht auch vermissen? Und dein neues Hündchen? So ist es am besten für uns alle. Ich bin immer noch dein Bruder und ich habe dich sehr, sehr lieb. Und von jetzt an sehen wir uns sooft, wie wir können."

Sie redeten beinahe eine Stunde lang, bis Sören bemerkte, dass Gunnars Eltern näher kamen. Seine Mutter wirkte besorgt. „Miss Hawes möchte jetzt gerne ein Bild von dir machen, Gunnar", sagte sie. „Und dann müssen wir gehen." Miss Rebecca hatte Stativ und Kamera bereits bei einer Parkbank aufgebaut und wartete darauf, dass sie sich für eine Fotografie setzten.

„Denk dran ... nicht weinen", flüsterte Sören, als sie beide in die Kamera blickten. Dann umarmten sie sich ein letztes Mal und ihre gemeinsame Zeit war vorüber.

Auf dem Heimweg fühlte Sören eine Mischung aus Freude und Schmerz. Er wollte Miss Rebecca fragen, ob sie in den Keller gehen und die Bilder sofort entwickeln konnte. Aber noch bevor Sören sich auf dem Sitz umdrehen und sie danach fragen konnte, hatten der Professor und sie schon wieder angefangen zu diskutieren.

„Die Welt ist so komplex, Timothy. Du hast doch heute die Tiere im Zoo gesehen – wie kannst du glauben, dass ein Bison oder ein Bär sich aus einer einfacheren Spezies entwickelt hat?"

„Und wie kannst du glauben, dass sie alle in ein riesiges Boot passten?"

Miss Rebecca schnaubte verärgert. „Selbst wenn ich bereit wäre zu akzeptieren, dass sie sich entwickelt haben – woher kam dann die erste Tiergattung? Woher kommen Minerale und andere Bausteine des Lebens?"

„Ich gehe davon aus, dass die Wissenschaft irgendwann die Antworten auf deine Fragen entdecken wird."

„Folge doch ausnahmsweise einmal deinem Herzen und nicht deinem Verstand, Timothy. Du hast die Vernunft und die Logik zu deinem Gott gemacht – und genau das ist der Grund, warum antike Kulturen Götzen aus Holz und Stein gehauen haben. Sie glaubten nur an Götter, die sie sehen und anfassen konnten. Du machst es genauso!"

Sie hatte die Stimme erhoben und der Professor gab ihr ein Zeichen, leiser zu sprechen. „Lass uns nicht streiten, meine Liebe. Petersen hat gerade eine schöne Zeit mit seinem Bruder verbracht. Genießen wir doch den Nachmittag."

Zu Sörens Enttäuschung hatte Miss Rebecca an diesem Tag nicht die Möglichkeit, die Fotografien zu entwickeln. Er würde warten müssen. Einige Tage später versorgte er gerade Mr Edmund, als der Professor nach oben kam, um ihn zu besuchen. Mr Edmund war nach einer Nacht mit schrecklichen Hustenanfällen so schwach, dass er nicht ohne fremde Hilfe aufrecht sitzen oder essen konnte. Sören fürchtete, dass er sterben würde, aber er wollte ihn nicht auch noch verlieren.

„Soll ich zu einem besseren Zeitpunkt wiederkommen?", fragte Professor Dyk.

„Nein, komm rein und leiste mir Gesellschaft", sagte Mr Edmund und schlug die Augen auf. Sören saß an einem kleinen Tisch und löste die Mathematikaufgaben, die Miss Flora ihm aufgegeben hatte. Er machte Anstalten zu gehen, aber Mr Edmund sagte: „Sie können bleiben und Ihre Aufgaben machen, mein Junge. Sie stören uns nicht."

Sören konzentrierte sich auf seine Arbeit und hörte nicht zu, bis die Stimme des Professors lauter wurde. „Glaub mir, Edmund, ich habe darüber nachgedacht, wie einfach es wäre zu sagen, dass ich glaube, was du und Rebecca und Flora glaubt. Dann könnte ich den Rest meines Lebens mit ihr verbringen. Aber es wäre eine Lüge und ich bringe es nicht über mich, die Frau, die ich liebe, anzulügen."

Mr Edmund brachte ein schwaches Lächeln zustande. „Aber wenn es keinen Gott gibt, keinen Maßstab für Recht und Unrecht, wieso glaubst du dann, dass eine Lüge moralisch verwerflich ist?"

Der Professor lachte. „Da hast du natürlich recht. Aber Rebecca glaubt, dass es falsch ist, dem anderen in Glaubensfragen etwas vorzumachen. Schlimm genug, dass sie weniger von mir hält, nur weil ich kein Christ bin. Da kann ich wenigstens ihren Maßstab von Gut und Böse annehmen."

„Sie liebt dich sehr."

„Das weiß ich ... ich weiß. Und ich liebe sie."

„Du fühlst dich nicht nur zu Rebecca hingezogen, weil sie so klug ist, sondern auch weil sie eine gute Seele hat – und das ist der Heilige Geist, der in ihr lebt. Ich will dir eine Frage stellen, Timothy. Was glaubst du, woher die Liebe kommt? Ist sie reine Biologie? Etwas, das sich in unseren Herzen und Gedanken entwickelt hat, wie wir uns aus niederen Spezies entwickelt haben, wie Mr Darwin glaubt?"

„Das ist eine interessante Frage ... so muss es wohl sein."

„Oder könnte es eine andere Erklärung dafür geben? Vielleicht lieben wir, weil wir als Ebenbild eines Gottes geschaffen wurden, der uns Menschen auch liebt. Wie würde es deine Ansichten beeinflussen, wenn du wüsstest, dass das, was du für Rebecca empfindest, nur ein winziger Eindruck davon ist, was der Gott, der das Universum geschaffen hat, für dich empfindet?"

Sören blickte auf. Konnte es sein, dass Gott ihn genauso liebte, wie Sören Gunnar liebte? Das war eine starke Liebe! Er würde für seinen Bruder sterben. Und dem Pastor in der Kirche zufolge war es genau das, was Jesus getan hatte.

„Ich habe zu viel Leid gesehen", sagte der Professor, „und dazu gehört auch, was du im Augenblick durchmachst, um an einen liebenden Gott zu glauben."

„Über das Thema Leiden haben wir schon gesprochen. Ich habe erklärt, dass das Böse in dieser Welt die Entscheidung des Menschen war, nicht Gottes Wille. Dass sein Sohn gelitten hat und gestorben ist, um uns von diesem Bösen zu befreien."

„Aber warum sind wir dann nicht frei? Warum gibt es immer noch Dunkelheit?"

„Ich behaupte ja nicht, dass ich alle Antworten kenne, aber ich glaube, Gott hat das Böse auch deshalb noch nicht verurteilt, weil er will, dass jeder Mensch die Gelegenheit bekommt, ihn kennenzulernen. Jeder Stamm und jedes Volk und jede Sprache. Was mein Leiden betrifft, so heißt es in der Bibel, *dass dieser Zeit Leiden nicht ins Gewicht fallen gegenüber der Herrlichkeit, die an uns offenbart werden soll. Was du siehst, ist nicht alles, was es gibt."*

„Dann glaubst du also an den Himmel? Ohne dass es dafür wissenschaftliche Beweise gibt?"

„Ja. Und das fällt mir auch gar nicht schwer, weil ich hier auf der Erde immer wieder einen kleinen Vorgeschmack davon erlebe. Wenn ich meine Frau im Arm halte und wir gemeinsam lachen – dann ist das ein winziges Stück Himmel. Wenn ich die wundervolle Welt betrachte, die Gott nur für uns erschaffen hat, die Millionen Sterne im Universum, die Vielfalt der Blumen und Tiere. Gott hat die Erde als unser Zuhause erschaffen und es war für uns der vollkommene Lebensraum, bis das Böse kam."

„Du glaubst tatsächlich an einen Teufel mit Hörnern und Mistgabel?"

„Du hast im Sezessionskrieg gekämpft, Timothy. Du hast mit eigenen Augen gesehen, was der Mensch seinen Mitmenschen antun kann und wie unmenschlich die Sklaven behandelt wurden. Das ist böse. Du kannst nicht leugnen, dass es das Böse gibt."

„Wir scheinen nicht viel aus der Geschichte gelernt zu haben, oder?"

„Jesus ist gestorben, um uns vom Bösen zu erlösen. Er ist von den Toten auferstanden und deshalb weiß ich, dass auch ich auferstehen werde. Und dann werden wir auf einer ganz neuen Erde ewig leben. In der Zwischenzeit gibt Gott jedem von uns eine Aufgabe, damit wir sein Reich wieder aufbauen, ein Leben nach dem anderen."

Professor Dyk antwortete nicht. Hatte das, was Mr Edmund gesagt hatte, ihn überzeugt? Und überzeugte es Sören? Während er darauf wartete, dass die Männer weitersprachen, fiel ihm auf, dass Mr Edmund lange geredet hatte, ohne zu husten.

„Du gibst mir immer viel Stoff zum Nachdenken, Edmund", sagte der Professor schließlich. „Ich wollte nicht so lange bleiben und dich ermüden. Ich werde ein anderes Mal wiederkommen."

„Was macht Ihre Mathematik?", fragte Mr Edmund, als Professor Dyk gegangen war. Sören reichte ihm den Zettel mit den Aufgaben. Mr Edmund sah ihn durch und lächelte dann. „Sie sind ein sehr gescheiter junger Mann, Petersen. Lernen Sie weiter."

Sören sah zu dem unberührten Glas Wasser auf dem Nachttisch, dem Tablett mit dem unangetasteten Essen und dann zu Mr

Edmund, dessen Haut so blass war wie das Blatt Papier in seiner Hand. „Brauchen Sie etwas?", fragte er. „Kann ich Ihnen irgendetwas bringen?"

„Nein, bitte setzen Sie sich, Petersen. Ich möchte Sie um etwas bitten." Sören setzte sich auf die Kante des Stuhls, auf dem der Professor gerade gesessen hatte, bereit, sofort aufzuspringen. „Ich werde vielleicht bald in den Himmel gehen", sagte Mr Edmund, „und ich möchte Sie bitten, etwas für mich zu tun … Werden Sie helfen, sich an meiner Stelle um meine Frau und ihre Schwester zu kümmern? Sie sind ganz besondere Damen und beide mögen Sie sehr. Wenn ich nicht gesund werde, müssen Sie auf die beiden aufpassen, wenn ich gestorben bin. Sie haben einander und ihren Glauben, also werden sie weitermachen. Aber es dauert vielleicht eine Weile, bis sie wieder auf die Beine kommen."

Sören hätte sich am liebsten geweigert. Er musste Mr Edmund sagen, dass er nicht gut darin war, für andere Menschen zu sorgen. Er hatte versprochen, sich um Hilde und Greta zu kümmern, und sie waren gestorben. Er hatte Papa versprochen, für Mama zu sorgen, und sie war gestorben. Er hatte Gunnar versprochen, dass er immer für ihn da sein würde, und er hatte versagt. Jetzt war es seine Aufgabe, sich um Mr Edmund zu kümmern, und auch er lag im Sterben. Sören räusperte sich. Er musste etwas sagen. Mr Edmund wartete.

„Ich verspreche es", sagte er schließlich.

„Gut. Das ist gut. Danke, Sören. Ich weiß, dass ich Ihnen vertrauen kann." Er streckte den Arm aus und nahm Sörens Hand, die er mit beiden Händen festhielt.

☙

Miss Flora und Miss Rebecca beteten so sehr dafür, dass Mr Edmund gesund wurde, und so viele Ärzte kamen und gingen mit ihren Heilmitteln, dass Sören nicht fragen wollte, wann er Gunnar wiedersehen konnte. Jetzt hatte er erst einmal die Fotografie, die Miss Rebecca von ihnen beiden gemacht hatte, und sie hatte auch eine an Gunnar geschickt, damit sein Bruder ihn nicht vergaß. In der Zwischenzeit nahm Sören seine Aufgabe, sich um die Schwestern zu kümmern, sehr ernst. Wann immer sie bei der Sonntagsschule halfen, begleitete Sören sie. Einmal stand er hinten im Raum und hörte Miss Rebecca zu, wie sie von Jesus erzählte, der Lazarus von den Toten auferweckte. Wie sehr wünschte er sich, Jesus würde auch Mr Edmund heilen. Da plötzlich sah er sie – die diebische kleine Rothaarige namens Kate. Diesmal trug sie einen Strohhut, um ihre Haare zu verstecken, aber er erkannte sie trotzdem. Er sah zu, wie sie sich in den Raum vorschob, und positionierte sich schon einmal in der Nähe der Tür, während er darauf wartete, dass er sie auf frischer Tat ertappen konnte. Miss Flora ging zu ihr und sprach mit ihr, aber das Mädchen schüttelte den Kopf. Hatte Miss Flora die Diebin erkannt? Wahrscheinlich nicht, denn sie wandte sich wieder den anderen Kindern zu.

Sören ließ Kate keine Sekunde aus den Augen, während sie sich langsam der Handtasche von Miss Flora näherte. In dem Augenblick, als sie danach griff, hechtete Sören durch den Raum und packte sie. „Halt! Diebin!", rief er und entwand ihr die Tasche. Den anderen Arm hatte er um Kates Taille geschlungen und sie wandt sich in seinem festen Griff.

„Lassen Sie mich los!", schrie sie und schlug und trat Sören. Er war größer und viel stärker als sie und die Schläge machten ihm nichts aus.

„Das ist dasselbe Mädchen, das Sie schon einmal bestohlen hat", sagte er und riss ihr den Hut vom Kopf. „Ich halte sie fest, während Sie die Polizei rufen."

Die Kinder hatten ihre Schularbeiten liegen gelassen und verfolgten das Drama mit großen Augen. Aber anstatt die Polizei zu rufen, sagte Miss Flora: „Gehen wir in den Gottesdienstraum, um diese Angelegenheit zu regeln, dann können die Kinder weiterlernen." Sören schleifte das Mädchen durch die Tür in die Kirche und Miss Flora und Miss Rebecca folgten ihnen. Drinnen schien die Stille Kate zu beruhigen. Sie hörte auf, sich zu wehren, und blickte zu den bleiverglasten Fenstern hinauf, die wie Juwelen funkelten, und zu dem hölzernen Kreuz, das vorne hing.

„Wie heißt du, mein Kind?", fragte Miss Flora.

„Kate Rafferty."

„Ich möchte nicht, dass eine hübsche junge Dame wie du ins Gefängnis kommt. Erzähl mir, wofür du das Geld brauchst."

„Um zu leben", sagte sie mit trotziger Miene. Sie schien kein bisschen reumütig zu sein oder sich dafür zu schämen, dass sie erwischt worden war.

„Hast du Mühe, eine Arbeit zu finden?"

„Ich hatte eine Arbeit in der Fabrik, aber die war schrecklich."

„Becky und ich verstehen das", sagte Miss Flora. „Wir haben auch einmal versucht, in einer Kleiderfabrik zu arbeiten, aber die Bedingungen waren so entsetzlich, dass wir es nur einen Tag lang ausgehalten haben." Kate entspannte sich in Sörens Umklammerung, aber er wusste, dass es ein Trick war. Sobald er den Griff lockerte, würde sie davonlaufen. Sie blickte immer wieder über die Schulter zur Tür, so als warte sie auf jemanden. Hatte sie einen Komplizen? Er hielt sie noch fester.

„Wohnst du hier in der Nähe? Hast du eine Familie?", fragte Miss Rebecca.

„Das geht Sie nichts an."

„In gewisser Weise schon", wandte Miss Rebecca ein, „und zwar aus zwei Gründen. Der eine ist, dass du beschlossen hast, uns zu bestehlen – zweimal, wenn ich nicht irre –, deshalb sind wir durch deine Tat miteinander verbunden. Und zweitens geht uns dein Wohlergehen etwas an, weil in der Bibel steht, dass wir den Armen und Obdachlosen, denen wir begegnen, helfen sollen. Ich frage nach Auskünften, weil ich versuche herauszufinden, wie man dir am besten helfen kann."

„Ich wohne nirgends", sagte Kate. „Ich brauche Geld, um zu essen."

„Und wie alt bist du?", fragte Miss Flora. „Vielleicht kannst du in dem Waisenhaus wohnen, das wir …"

„Ich bin keine Waise. Ich bin achtzehn und alt genug, um für mich selbst zu sorgen."

„Andere Leute zu bestehlen, ist kaum eine anständige Methode, für dich selbst zu sorgen", sagte Miss Rebecca. „Ich vermute, du kannst uns das Geld, das du uns schon gestohlen hast, nicht zurückgeben, richtig?"

„Natürlich nicht. Ich wollte doch noch mehr klauen."

„Wie ich das sehe", fuhr sie fort, „steht in der Bibel, wenn ein Dieb nicht zurückzahlen kann, was er gestohlen hat, muss er seine Schulden abarbeiten, zuzüglich einer Strafe. Hast du schon einmal als Dienstmädchen gearbeitet, Kate?"

„Ha! Wer würde mich denn schon nehmen?", sagte sie und zeigte auf ihre abgerissene Kleidung. Dieses Mal trug sie nicht nur ein Männerhemd über ihrer Unterwäsche, aber ihre verschlissene Bluse und ihr Rock sahen aus, als gehörten sie einer viel kräftigeren Frau.

„Wir wären bereit, dich mit zu uns nach Evanston zu nehmen", sagte Miss Flora, „und dir Essen und ein warmes Zimmer zu geben. Aber im Gegenzug müsstest du arbeiten, um das Geld, das du uns gestohlen hast, zurückzuzahlen."

„Es sei denn, du gehst lieber ins Gefängnis", fügte Miss Rebecca hinzu. „Dort geben sie dir auch ein Bett und eine warme Mahlzeit."

„Aber wenn du fleißig arbeitest, könnte in Zukunft eine bezahlte Arbeit daraus werden, Kate."

Sören konnte es nicht fassen, was er da hörte. Die Schwestern brauchten doch gar kein weiteres Dienstmädchen. Wie konnten sie einer Diebin wie Kate so vertrauen, dass sie sie in ihr Haus einluden? Doch dann fiel ihm ein, wie sie ihm vertraut und ihn mit zu sich genommen hatten. Und er hatte viel schlimmere Dinge getan, als nur zu stehlen.

„Was meinst du?", wollte Miss Flora wissen.

Kate warf wieder einen Blick in Richtung Tür. „Ich hab nichts zu verlieren. Ich mach's."

Sören fand, dass die Schwestern eine Menge zu verlieren hatten, wenn Kate ihr Vertrauen missbrauchte.

„Musst du deinen Eltern oder irgendjemand anderem sagen, wohin du gehst oder dass du bei uns wohnen wirst?", fragte Miss Flora. „Wir könnten auf dem Weg deine Sachen abholen ..."

„Ich hab nichts und niemanden. Und Sie können mich jetzt loslassen", sagte sie zu Sören. „Das tut weh."

„Woher weiß ich, dass du nicht wegläufst, wenn ich dich loslasse?"

„Weil ich es gesagt hab."

Miss Flora nickte und Sören ließ sie los. Aber er war bereit, sofort wieder zuzufassen, falls sie die Flucht ergriff. Kate rieb sich die dünnen Arme. „Und jetzt?"

„Gib uns ein paar Minuten, um unsere Arbeit hier in der Kirche zu beenden, dann können wir fahren", antwortete Miss Rebecca.

Als sie zu Hause ankamen, heftete Sören sich an Kates Fersen und sah zu, wie sie das schöne Haus und die Einrichtung mit den gierigen Blicken einer Diebin begutachtete. Es schien ihm verdächtig, dass Kate so erpicht darauf war, ein ganz neues Leben zu beginnen, vor allem, weil es bedeutete, dass sie Befehle befolgen und Manieren lernen musste. Er selbst hatte seine Gründe gehabt, es zu tun – zu Beginn, um seinen Bruder zu finden, und später, weil die Schwestern ihm versprochen hatten, ihm ein Treffen mit Gunnar zu ermöglichen. Im Laufe der Zeit hatte er dann den Schwestern helfen wollen, weil sie so gut zu ihm gewesen waren. Aber was waren Kates Motive? Er wünschte, er wüsste es. Es würde ihm nicht möglich sein, sie ständig zu beobachten, und das machte ihm Sorgen.

Die Hauswirtschafterin kümmerte sich um Kate. Sie bekam etwas zu essen, konnte baden und erhielt eine einfache Dienstmädchenuniform. Sören wandte sich an die Schwestern und fragte: „Woher wollen Sie wissen, dass das Mädchen Sie nicht wieder bestiehlt und mit der Beute verschwindet?"

„Das kann natürlich sein", erwiderte Miss Rebecca. „Aber ich glaube, Gott will, dass wir dieses Risiko eingehen."

„Wir müssen ihr Barmherzigkeit erweisen, Sören", fügte Miss Flora hinzu. „Jesus hat gesagt: *Umsonst habt ihr's empfangen, umsonst gebt es auch.* Wir müssen auch für sie beten – nicht damit sie sich so verändert, wie wir uns das wünschen, sondern dass sie so wird, wie Gott sie haben möchte."

„Meinst du, er möchte vielleicht, dass sie eine Diebin ist?", fragte Miss Rebecca.

Miss Flora lachte. „Du bist unmöglich, Becky!"

ಌ

Sören fand, dass Kate in einer grauen Dienstmädchenuniform mit weißer Schürze albern aussah – wie ein sturer Maulesel, der eine Haube trägt. Kate sah immer unordentlich und schmutzig aus, und als die Schwestern versuchten, ihr beizubringen, wie man bei Tisch bedient, ließ sie ständig Dinge fallen. Die Köchin weigerte sich, Kate in die Küche zu lassen. „Ich hantiere hier mit scharfen Messern", sagte sie, „und das Mädchen hat sein Temperament nicht im Griff." Die Hauswirtschafterin verlor die Geduld mit Kate, nachdem sie dreimal an einem Tag den Putzeimer umgestoßen und versucht hatte, Feuer im Salon zu machen, ohne den Kaminzug zu öffnen. Miss Flora beschloss, Kate zur Zofe auszubilden, was vermutlich bedeutete, dass sie sich um Miss Flora kümmern sollte, wie er sich um Mr Edmund kümmerte – ihre Kleider zurechtlegte, dafür sorgte, dass sie sauber und geplättet waren, sie wieder aufhängte und Miss Floras Hüte und Handschuhe reinigte. Durch Kates jüngste Tätigkeit lief Sören ihr ständig über den Weg, weil Miss Flora und Mr Edmund sich ein Schlafzimmer teilten. Mr Edmund hatte seinen Schrank und sein Ankleidezimmer auf der einen Seite und Miss Flora auf der anderen.

Miss Flora hatte eine unendliche Geduld mit Kate, obwohl das Mädchen in Sörens Augen unfähig war. „Ich weiß, dass Kate nicht einfach ist", hörte er einmal Miss Flora zu Miss Rebecca sagen, „aber es wäre grausam, sie wieder auf die Straße zu schicken. Und sie ist zu wild und ungestüm, um für jemand anderen zu arbeiten." Sören war der Meinung, dass sie wie ein Kamin voller Glut war. Ein einziger Atemstoß – für gewöhnlich von ihm – genügte und Kate stand in Flammen.

Zuerst bemerkte Sören es kaum, aber Mr Edmunds Gesundheit begann sich langsam zu bessern. Er hörte auf zu husten. Sein Gesicht hatte wieder etwas Farbe und er nahm an Gewicht zu. Seine Ärzte nannten es ein Wunder. Am Ende des Winters war er kräftig genug, um sich anzukleiden und seine Mahlzeiten unten einzunehmen. Als es Frühling wurde, konnte er bereits am Gottesdienst teilnehmen und er überlegte, wieder arbeiten zu gehen.

„Man sollte meinen, dass Timothy sieht, wie unsere Gebete für dich erhört wurden", sagte Miss Rebecca eines Tages auf dem Weg zur Kirche. „Aber er hält es ausschließlich für das Verdienst der Ärzte."

„Dann müssen wir eben dafür sorgen, dass Timothy von ihnen die Wahrheit erfährt", sagte Mr Edmund. „Dr Owens sagt, er kann sich meine Genesung nicht erklären."

„Ich komme bei Timothy einfach nicht weiter", sagte Miss Rebecca seufzend.

„Du wirst ihn niemals überzeugen, Rebecca", erwiderte Mr Edmund. „Das kann nur der Heilige Geist."

„Ich weiß, ich weiß. Aber neulich hat er wieder davon angefangen, dass er nicht an die Korrektheit der Heiligen Schrift glaubt, und das hat mich auf eine Idee gebracht. Weißt du noch, dass wir davon gesprochen haben, zum Sinai zu reisen, um nach antiken

Manuskripten zu suchen? Wie wäre es denn, wenn wir für diesen Sommer eine Reise planen?"

„Ich weiß nicht", sagte Miss Flora. „Ich fürchte, eine solche Reise wäre für Edmund so kurz nach seiner Krankheit zu anstrengend. Vielleicht sollten wir warten …"

„Kommt nicht infrage!", unterbrach Mr Edmund sie. „Ich werde nicht zulassen, dass ihr eure Reise noch einmal verschiebt. Ich weiß ja, dass ihr beide sehr wohl in der Lage seid, auch ohne mich zu reisen."

Sören wusste, dass es nicht recht war zu lauschen, aber er konnte einfach nicht anders. Etwas begann sich in ihm zu regen, als sie vom Reisen sprachen, und er fragte sich, wie es wäre, eine andere Stadt oder ein anderes Land kennenzulernen. Die Bücher, die Miss Flora ihm vorgelesen hatte, hatten ihm einen Vorgeschmack auf eine viel größere Welt gegeben, die voller neuer und interessanter Dinge war. Die weiteste Entfernung, die er jemals zurückgelegt hatte, war die von Chicago nach Evanston und das waren knapp zwanzig Kilometer. Er drehte sich auf seinem Platz neben dem Kutscher um und sagte: „Ich fahre gerne mit und passe für Sie auf die Damen auf, Mr Edmund."

Miss Flora runzelte besorgt die Stirn. „Die Wüste Sinai ist auf der anderen Seite der Erde, Petersen. Sie ist ganz anders als Chicago. Zuerst wäre da die lange Reise übers Meer und dann müssten Sie auf einem Kamel reiten und …"

„Lass ihn doch mitkommen, wenn er möchte", sagte Miss Rebecca. „Ich finde, es wäre wunderbar, wenn er etwas von der Welt sehen könnte."

„Wären Sie wirklich bereit, an meiner Stelle mitzureisen?", fragte Mr Edmund.

Sören hatte ein merkwürdiges Gefühl im Magen, als er darüber nachdachte. Er hatte Gunnar noch zweimal besucht, seit es Mr Edmund wieder besser ging, und er würde seinen Bruder eine Zeit lang nicht sehen können, wenn er eine lange Reise unternahm. Aber vielleicht bekam er nie wieder die Gelegenheit, ein solches Abenteuer zu erleben. „Ja, Sir", antwortete er schließlich. „Ich wäre bereit."

„Dann ist es also abgemacht", sagte Miss Rebecca.

„Und was ist mit mir?", fragte Kate. Sie saß ebenfalls auf dem Kutschbock, auf der anderen Seite von Andrew. Miss Flora und

Miss Rebecca bestanden darauf, dass sie jede Woche mit ihnen in die Kirche ging, auch wenn Kate nicht das geringste Interesse zeigte und dem Gottesdienst kaum Aufmerksamkeit schenkte. Wenigstens hatte sie dort nichts gestohlen – bislang.

„Möchtest du wirklich mitkommen, Kate?", fragte Miss Flora. „Mir war nicht bewusst, dass du dich fürs Reisen interessierst."

„Ich interessiere mich dafür, aus dieser dämlichen Stadt wegzukommen."

Sören schloss die Augen und hoffte, die Schwestern würden nicht nachgeben, sondern das streitlustige Mädchen zu Hause lassen. Er war es leid, jeden Tag mit Kate zu tun zu haben. Ja, er würde es genießen, einige Monate lang seine Ruhe vor ihr zu haben.

„Nun ja", sagte Miss Flora, „es würde dir die Gelegenheit geben, eine Zeit lang auf einem anderen Weg zu wandeln als dem, auf dem du früher unterwegs warst."

Kate blickte über die Schulter, so wie sie es immer tat, als erwarte sie, dass jemand sie verfolgte. Dann verschränkte sie die Arme und sagte: „Ich will mit."

„Also gut", nickte Miss Rebecca. „Dann könnt ihr beide mitkommen."

Teil IV

Kate

KAPITEL 28

Die Wüste Sinai
1890

„Seht doch! Da ist es!", sagte Miss Rebecca, als sie den Kamm einer kleinen Anhöhe erreicht hatten. „Das da vorne muss das Kloster sein."

Kate blinzelte in die Richtung, in die Miss Rebecca zeigte, und sah quadratische, von Menschen errichtete Mauern, die sich mitten in der Wüste in eine Felsspalte zwängten. Die Mauern hatten die gleiche öde, braune Farbe wie die Felsen drum herum und fügten sich so gut in die endlose Weite ein, dass nur ihre Form sie verriet.

„Das ist nicht Ihr Ernst", schnaubte Kate verächtlich. „Das ist es? Wir sind tagelang auf stinkenden Kamelen durch die Wüste geritten, um *hierherzukommen*? Es sieht aus wie etwas, das ein Kind aus Sand gebaut hat." Sie hätte am liebsten ausgespuckt.

Es dauerte noch anderthalb Stunden, bis sie das Kloster erreichten, und aus der Nähe sah es auch nicht besser aus, fand Kate. Sie hatte gehofft, es wäre ein sicheres Versteck, weit weg von dem Scheich und seinen Männern, aber die Mauern um die Ansammlung antiker Gebäude sahen aus, als würden sie bei der kleinsten Berührung einstürzen. Und sie saß immer noch mitten im Nirgendwo fest. Natürlich hatte sie keine Großstadt erwartet, aber das hier war ja nicht einmal ein Dorf! „Wer will denn schon hier draußen leben?", fragte sie. „Und wie sollen wir jemals wieder nach Hause kommen?"

„Man hat mir gesagt, dass die Mönche hier im Katharinenkloster Pilgern gegenüber sehr gastfreundlich sind", sagte Miss Rebecca.

„Was die Heimreise betrifft, so haben wir ein paar Wochen Zeit, das herauszufinden, und in der Zwischenzeit gibt es jede Menge zu tun."

Sie kamen an das große hölzerne Tor, das in die Klosteranlage führte, und Kate entdeckte erleichtert etwas frisches Grün und die eine oder andere immergrüne Pflanze. Es musste also irgendwo Wasser geben. Vor der Mauer stiegen sie ab und Miss Rebecca und Miss Flora sprachen mit einem bärtigen Mann, der ans Tor gekommen war, als sie sich genähert hatten. Er war ganz in Schwarz gekleidet und hatte einen merkwürdigen schwarzen Hut auf dem Kopf – wie ein kurzer Zylinder ohne Krempe. Nachdem sie sich einige Minuten unterhalten hatten, wandte Miss Flora sich zu ihnen um. „Er wird uns zum Prior des Klosters bringen. Sie sollten uns begleiten, Sören. Du auch, Kate."

Kate folgte ihnen hinein und durch die schmalen Gassen, vorbei an einer Steinkirche mit einem quadratischen Turm darauf. Die Männer in dem Kloster schienen ihr groß und sehr dünn zu sein und sie trugen lange schwarze Gewänder, struppige Bärte und die gleiche Art Hut wie der Mann am Tor. Sie sahen sich so ähnlich, dass Kate sich fragte, wie man sie auseinanderhalten sollte. Ihr Anführer blieb vor einer kleinen Holztür in einem Gebäude aus Stein und Putz stehen. Er ging hinein und bedeutete den Schwestern kurz darauf einzutreten.

„Wenn es euch nichts ausmacht, bittet er darum, dass ihr beide einen Moment hier wartet", sagte Miss Flora. Die Tür schloss sich hinter ihnen und Kate war mit Petersen allein.

„Ich kann nicht fassen, dass wir diesen langen Weg zurückgelegt haben, um *hierherzukommen*", sagte sie. „Was können sie denn hier wollen, was wir in Chicago nicht haben?"

„Antike Handschriften zum Beispiel." Petersen klang mürrisch und ungeduldig, wie üblich. „Miss Rebecca hat dich vor dieser Reise gewarnt, Kate. Ich war dabei. Du hättest nicht mitkommen dürfen, wenn du nicht bereit bist, fremde Orte zu besuchen oder neue Dinge auszuprobieren."

„Hören Sie auf zu meckern. Sie können mir gar nichts vorschreiben."

„Doch, das kann ich. Du …"

„Ich werde mich umsehen. Sie können ja hierbleiben und sich

selbst Vorschriften machen." Sie machte Anstalten, den schmalen Weg zu der alten Kirche entlangzugehen, aber Petersen packte sie am Arm und riss sie zurück. „Au! Lassen Sie mich los!"

„Du kannst hier nicht alleine herumlaufen", sagte er mit gesenkter Stimme. „Dies ist ein privates Kloster, in dem Mönche leben. Es wäre so, als ... als würdest du ungebeten in einem Haus herumschnüffeln. Außerdem hat Miss Flora gesagt, wir sollen hier warten, und sie hat auf jeden Fall das Recht, dir Vorschriften zu machen."

„Na gut! Dann bleibe ich eben hier. Lassen Sie mich aber sofort los."

„Nein. Ich traue dir nicht. Du hast uns allen schon genügend Ärger beschert."

„Ich habe überhaupt nichts gemacht. Schließlich ist es nicht meine Schuld, dass der dämliche Scheich mich heiraten will. Jedenfalls habe ich ihm keinen Grund dazu gegeben. Und wenn Sie mich nicht auf der Stelle loslassen, fange ich an zu schreien, so laut ich kann." Er ließ ihren Arm los.

Weil sie nichts anderes zu tun hatte, ließ Kate sich im Schatten neben der Tür nieder, um zu warten. In der Ferne jenseits der Mauern umgaben hohe Felsberge das Kloster, sodass sie sich ganz klein vorkam. Es verging eine Weile, aber sie vermutete, dass drinnen alles gut lief, denn sie hörte von Zeit zu Zeit Lachen. Petersen stand bei ihr, als wäre er auch aus Stein – aber er lachte nicht. Eigentlich konnte sie sich nicht daran erinnern, dass er jemals gelacht hatte, seit sie bei den Schwestern lebte und mit ihnen unterwegs war. Er war so groß, bleich und kalt und erinnerte Kate an einen Eiszapfen.

Nach einer langen Zeit, wie es schien, ging die Tür wieder auf und die Schwestern und zwei bärtige Mönche kamen heraus. Kate rappelte sich auf und klopfte sich den Staub vom Rock. „Tut mir leid, dass ihr warten musstet", sagte Miss Flora. „Der Prior wird uns jetzt alles zeigen und Becky mit Pater Galakteon, dem Bibliothekar, bekannt machen. Sie sind einverstanden, dass wir hierbleiben und vor den Toren des Klostergartens unsere Zelte aufschlagen, das ist die gute Nachricht."

„Warum können wir nicht innerhalb der Mauern unser Lager aufbauen, wo wir vor dem Scheich und seinen Männern sicher sind?", fragte Kate, während sie sich auf den Weg zur Kirche machten.

„Weil dies ein Kloster ist", erwiderte Miss Flora mit gesenkter Stimme. „Es ist ein religiöser Ort. Hier leben nur Männer."

„Haben Sie den Mönchen denn gesagt, dass der Scheich uns in der Wüste allein zurückgelassen hat und ..."

„Schhh ... leise, Kate", mahnte Miss Flora. „Einen Schritt nach dem anderen."

Sie warfen einen Blick in die Kirche und Kate hätte von draußen niemals geahnt, wie schön und geheimnisvoll sie von innen aussah. Sie hatte ein trostloses, dunkles Gebäude erwartet, aber die Wüstensonne strömte durch die Fenster hoch über den kunstvoll verzierten Säulen und ließ das Gold, das den vorderen Teil der Kirche ausschmückte, aufleuchten, als stünde es in Flammen. Ein riesiger Kronleuchter schwebte von der hohen Decke, dazu hingen Dutzende anderer kleinerer Gegenstände herab. Im ganzen Raum war es still und roch nach starkem Parfum.

„Diese Kirche ist mehr als eintausend Jahre alt", flüsterte Miss Flora Kate und Petersen zu. „Könnt ihr euch das vorstellen?" Damit war Kate überfordert. So weit konnte sie nicht zählen. Da sie auf der Straße gelebt hatte, war ihr nichts anderes übrig geblieben, als die Monate und Jahre anhand der Wetterumschwünge einzuordnen.

Als sie wieder in das gleißende Sonnenlicht hinaustraten, schirmte Kate ihre Augen ab. Sie gingen um die Kirche herum, um einen kümmerlichen Baum anzusehen, der aus der Seite des Gebäudes herauswuchs. Die Schwestern schienen sehr beeindruckt und ehrfürchtig und nickten feierlich, als die Mönche auf den Baum zeigten und die ganze Zeit etwas vor sich hin murmelten. „Sie erklären gerade, dass dies der brennende Dornbusch ist, den Mose in der Wüste sah. Seine Wurzeln befinden sich unter dieser Kapelle."

„Der Mose aus der Bibelgeschichte?", fragte Kate ungläubig. „Ist das nicht unglaublich lange her?"

„Ja, mehrere Tausend Jahre", nickte Miss Flora.

„Das glaube ich nicht", sagte Kate. „Wenn er mehrere Tausend Jahre alt wäre, müsste dieser Busch doch viel größer sein."

„Ich bin auch skeptisch, Kate", sagte Miss Rebecca. Sie sah aus, als versuchte sie, nicht zu lachen. „Aber wir müssen so tun, als wären wir beeindruckt. Sonst sind wir bald wieder bei den Beduinen in der Wüste." Kate bemühte sich, nicht die Augen zu verdrehen.

Der letzte Halt war die Bibliothek, obwohl der Raum Kates Meinung nach eher aussah wie ein staubiger Lagerraum mit Regalen voller alter Papierstapel. Der Bibliothekar, Pater Galakteon, sah genauso aus wie der Prior und all die anderen Mönche, außer dass er deutlich begeisterter war, als er sie begrüßte und mit den Schwestern plauderte, als hätte er seit tausend Jahren niemanden mehr zum Reden gehabt. Vielleicht war das ja auch so. Sie redeten und lachten so lange, dass Kate sich nach einer Sitzgelegenheit umsah. Kaum hatte sie etwas Passendes gefunden, da war es auch schon Zeit zu gehen.

„Wunderbare Neuigkeiten!", flüsterte Miss Flora auf dem Weg zurück zu den Kamelen. „Der Bibliothekar erinnert sich an meinen Edmund damals. Er hat eingewilligt, Becky und mich bei ihm in der Bibliothek arbeiten zu lassen. Wir können gleich morgen früh anfangen."

„Das ist eine gute Nachricht", sagte Petersen mit seinem üblichen Stirnrunzeln.

Kate zuckte nur mit den Schultern. Wenigstens hatten sie den langen Weg hierher nicht umsonst zurückgelegt. „Hilft er uns auch, den Scheich loszuwerden und wieder nach Hause zu kommen?", fragte sie.

„Im Moment soll uns der Scheich nicht kümmern", sagte Miss Flora. „Ich werde mich umhören und so viel wie möglich über ihn herausfinden. Wir sind hierhergekommen, um in der Bibliothek zu arbeiten, und jetzt, wo wir die Erlaubnis dazu haben, müssen wir uns darauf konzentrieren."

„Du kannst mit mir zusammen in der Bibliothek arbeiten, Kate", schlug Miss Rebecca vor. „Vielleicht verliert der Scheich ja das Interesse, wenn du eine Weile nicht zu sehen bist."

Mr Farouk und die beduinischen Kameltreiber hatten beide Lager aufgeschlagen, als sie wieder zu dem Garten hinausgeführt wurden. Kate war nicht glücklich darüber, dass die Lager in Sichtweite voneinander errichtet worden waren, so als wäre der Scheich entschlossen, sie im Auge zu behalten. Der Koch hatte die Hühner und Truthähne aus den Kisten gelassen und das Geflügel rannte herum und gackerte und pickte, als würde es die Freiheit genießen. Die Vögel hatten ja keine Ahnung, wie kurz ihre Freiheit sein würde! Ihre eigene Situation war auch nicht viel besser, wurde Kate bewusst. Sie hatte gehofft, das Kloster würde ihnen Sicherheit bieten und sie wären den Scheich und seine Männer ein für alle Mal los, aber sie fühlte sich immer noch so, als würde ein Schwert über ihrem Kopf schweben – oder im Falle des Scheichs sein rostiges altes Gewehr.

„Hier sind wir doch genauso schlecht dran wie in der Wüste", klagte Kate, als sie sich auf einen Falthocker fallen ließ. „Diese dünnen alten Mönche könnten ja nicht einmal sich selbst verteidigen, geschweige denn uns."

„Gott kennt das Ende unserer Tage", sagte Miss Flora.

Jedes Mal, wenn Miss Flora diese Worte wiederholte, hätte Kate am liebsten laut geschrien. Sie erinnerten sie nur daran, dass sie einmal würde sterben müssen, und das wollte sie noch nicht. „Rufen Sie mich, wenn das Essen fertig ist", sagte sie und ging in ihr Zelt, um sich zu verkriechen.

☙

Früh am nächsten Morgen erwachte Kate von einem Glockenläuten, das wie Feueralarm klang. Mit rasendem Herzen sprang sie von ihrem Feldbett auf, bereit zur Flucht. „Keine Sorge", sagte Miss Flora und gähnte dabei. „Die Glocken rufen nur die Mönche zum Gebet."

„Ich dachte, nur die Beduinen beten so früh am Morgen. Die Sonne ist ja noch nicht einmal richtig aufgegangen."

„Ich weiß. Aber da wir ohnehin wach sind", sagte Miss Rebecca, „können wir auch genauso gut schnell frühstücken und uns an die Arbeit machen."

Petersen ging mit ihnen zur Bibliothek des Klosters, beladen mit der Kameraausrüstung. Während er die Transportkisten auspackte, drehte sich Kate im Raum um die eigene Achse und betrachtete die staubigen Regale. „Was ist denn das ganze Zeug hier? Das sieht aber nicht aus wie die Bibliothek bei Ihnen zu Hause."

„Das liegt daran, dass diese ‚Bücher' sehr alt sind", erklärte Miss Rebecca. „Sie stammen aus einer Zeit, als man alles auf Schriftrollen geschrieben hat und nicht in Buchblöcken, die in Leder eingebunden sind. Ich hoffe, dass einige von ihnen aus der Zeit Jesu stammen. Kannst du dir das vorstellen? Unsere Aufgabe wird es sein, jedes einzelne Dokument anzusehen und Pater Galakteon bei der Katalogisierung zu helfen."

„Was bedeutet das?"

„Wir machen eine Liste von allem, was es hier gibt, und ordnen die Handschriften, sodass die Mönche wissen, was sie haben und wo sie es finden können. Dann können auch Wissenschaftler, die hierherkommen und die Dokumente untersuchen wollen, sie finden. Ich habe auch vor, einige der Schriftrollen zu fotografieren, damit Bibelkundler, die nicht zum Kloster reisen können, sofort mit dem Studium der Bilder beginnen können."

„Und warum können das die Mönche nicht selbst machen?" Kate war immer noch nicht klar, warum sie überhaupt hierhergekommen waren.

„Weil viele dieser Rollen und Kodizes in Aramäisch verfasst sind", erwiderte Miss Rebecca, „oder in anderen Sprachen, die die Mönche nicht verstehen. Genau für diesen Zweck habe ich antike Sprachen studiert."

„Und weil wir hoffen, ein altes Exemplar der Bibel zu finden", fügte Miss Flora hinzu, „damit der Professor sieht, dass die Worte der Heiligen Schrift sich im Laufe der Jahrhunderte nicht geändert haben."

In einer Ecke des Raumes in der Nähe der Tür fingen sie an zu arbeiten. Der Plan war, zunächst alle Regale an den Wänden durchzusehen, um anschließend diejenigen in der Mitte in Angriff zu nehmen. Miss Rebecca bestand darauf, dass Kate Seidenhandschuhe trug, und gab ihr die Anweisung, die Rollen und Blätter eins nach dem anderen vorsichtig von den Regalen zu nehmen, die zerbrechlichen Pergament- und Vellumdokumente auszurollen, damit Miss Rebecca die Schrift mit ihrer Lupe untersuchen und sehen konnte, was daraufstand. Miss Flora schrieb alles in ein riesiges Buch, das im Kloster bleiben sollte, und eine zweite Kopie fertigte sie für die Forscher in der Heimat an. Miss Floras andere Aufgabe war es, mit Pater Galakteon, dem Bibliothekar, zu reden und ihn zu beschäftigen, damit er Miss Rebecca nicht im Weg war und sie schneller arbeiten konnte. Es half, dass er mehrmals am Tag aufsprang und zum Gebet davonlief.

Kate und Miss Rebecca arbeiteten an einem kleinen Tisch, der so alt aussah, dass Kate sich fragte, ob Mose ihn selbst gebaut hatte. Sie gingen jedes Manuskript durch, eins nach dem anderen, und Kate musste sehr vorsichtig sein, damit die Blätter nicht in ihren Händen zerfielen. Ihre Nase kribbelte von dem ganzen Staub und hin und wieder musste sie sich abwenden und niesen. Sie hatte noch nie eine Arbeit gemacht, bei der sie so geduldig und ruhig sein musste. Und abgesehen von Miss Flora und dem Mönch, die auf Griechisch plauderten, war es hier sehr still, ganz anders als in der lauten Kleiderfabrik, in der sie einmal gearbeitet hatte. „Du machst das sehr gut", sagte Miss Rebecca, nachdem Kate eine besonders zerbrechliche Schriftrolle entrollt hatte. „Du hast viel Fingerspitzengefühl."

„Das habe ich beim Klauen gelernt."

Miss Rebecca lachte laut auf, sodass Miss Flora und Pater Galakteon aufblickten und zu ihnen herübersahen. „Tut mir leid … tut mir leid …", sagte Miss Rebecca, bevor sie etwas in der Sprache des Mönchs hinzufügte. Die beiden setzten ihre Unterhaltung fort und Miss Rebecca wandte sich wieder an Kate. „Ich bewundere deine Ehrlichkeit, Kate. Sie ist sehr erfrischend bei jemandem, der … na ja, eigentlich unehrlich ist. Du bist ein sehr widersprüchliches Wesen. Das gefällt mir. Es ist viel besser, als langweilig zu sein."

Kate war nicht sicher, ob Miss Rebecca sie gerade gelobt hatte, aber sie glaubte schon. Selbst nach all der Zeit wusste sie noch nicht so recht, was sie von den Schwestern halten sollte. Aber sie waren immer sehr freundlich zu ihr gewesen. Und großzügig. Und Kate war noch nie im Leben jemandem begegnet, der freundlich war, ohne etwas dafür zu verlangen.

„Was ist dein größter Wunsch, Kate?", fragte Miss Rebecca plötzlich. Sie hatte aufgehört zu arbeiten und legte ihre kleine Lupe fort.

„Wie meinen Sie das?"

„Gibt es etwas, das du besonders gerne tun oder sehen möchtest? Etwas, dem du dein Leben widmen würdest?"

„Mir fällt nichts ein", erwiderte Kate achselzuckend. „Ich nehme jeden Tag, wie er kommt … etwas zu essen finden, einen Platz zum Schlafen, mich in Acht nehmen vor …" Beinahe hätte sie *Joe und seinen Männern oder der Polizei* gesagt, aber sie biss sich gerade noch auf die Zunge.

„In Acht nehmen wovor, meine Liebe?"

„Sie wissen schon … vor Ärger … und bösen Leuten. Wo ich

herkomme, versucht immer jemand, einen übers Ohr zu hauen. Ich hab gelernt, für mich selbst zu sorgen, weil's sonst keiner macht."

„Diese Situation mit dem Scheich muss für dich sehr schlimm sein. Du bist es offensichtlich gewohnt, auf dich selbst aufzupassen. Du kennst dich auf der Straße aus, da ist es sicher schwierig, hier zu sein, wo du keine Kontrolle mehr hast."

Kate fühlte, wie ihr die Tränen kamen, und wandte schnell den Blick ab. Noch nie hatte sie so sehr das Gefühl gehabt, dass ihr die Kontrolle entglitt. „Ich wusste nicht, dass es so sein würde", sagte sie, als sie ihrer Stimme wieder traute. „So einen Ort hätte ich mir nie träumen lassen."

„Es tut mir wirklich leid. Es ist meine Schuld, dass du nicht besser vorbereitet warst, bevor du beschlossen hast mitzukommen. Aber ich war überrascht und sehr froh, als du dich so entschieden hast, weil es zeigt, dass du einen Sinn für Abenteuer hast. Du bist stark und mutig, Kate Rafferty, und das bewundere ich an dir. Aber es wird sich noch zeigen, was aus dieser Reise wird, die du unternommen hast."

„Wie meinen Sie das?"

„Also, immer wenn Flora und ich eine unserer Reisen gemacht haben, hat uns das wieder zu einem Puzzleteil unseres Lebens geführt und dann sind wir mit einem neuen Ziel nach Hause zurückgekehrt. Ich war froh darüber, dass du mitgekommen bist, weil ich gehofft hatte, du würdest auch etwas über dich selbst lernen und darüber, was Gott mit dir vorhat. Du hast viele bewundernswerte Eigenschaften, die er gebrauchen könnte."

„Ha! Zum Beispiel, dass ich eine Diebin bin?"

„Dein Fingerspitzengefühl gebraucht er doch schon, wie man hier sieht. Alle unsere Erfahrungen machen uns zu dem, was und wer wir sind. Und wenn wir bereit sind zu fragen, wird Gott uns zeigen, wie wir diese Erfahrungen für ihn einsetzen sollen."

Kate beugte sich wieder über die Schriftrolle und konzentrierte sich auf ihre Arbeit. Diese Unterhaltung war ihr zunehmend unangenehm. Wenn Gott wirklich alles von ihr wüsste, wie Miss Rebecca sagte, dann würde er nichts mit ihr zu tun haben wollen.

„Ich möchte dich noch einmal fragen, Kate – wie stellst du dir deine Zukunft vor, wenn du nach Hause kommst?"

„Sie meinen, *falls* wir nach Hause kommen", sagte sie, bemüht, das Thema zu wechseln.

„Ach, das wird schon", sagte Miss Rebecca mit einer wegwerfenden Handbewegung. „Ich glaube nicht, dass Gott schon eine von uns im Himmel haben möchte. Es gibt doch sicher etwas, das du gerne tun würdest, außer für Flora und mich zu arbeiten. Was tust du am liebsten?"

„Ich hatte noch nie die Gelegenheit, darüber nachzudenken."

„Würdest du denn gerne zur Schule gehen? Dich verlieben und heiraten?"

Kate spürte, wie bei all den neugierigen Fragen ihr Jähzorn aufflackerte, und sie bemühte sich um Selbstbeherrschung. „Ich habe nie jemanden geliebt und mich hat auch noch nie jemand geliebt."

Miss Rebecca antwortete nicht, und als Kate aufblickte, sah sie Tränen in Miss Rebeccas Augen. Behutsam legte sie ihre Finger auf Kates Hand. „Ich will dir nur sagen, dass du ein Risiko eingehen und träumen darfst, Kate. Gott hat dich für eine bestimmte Aufgabe erschaffen. Siehst du nicht, wie er dein Leben bisher geführt hat? Es war kein Zufall, der dich zu uns gebracht hat." Kate sagte nichts in der Hoffnung, dass Miss Rebecca den Hinweis verstand und sie in Ruhe ließ, wenn sie schwieg. Wagte sie, sich eine Zukunft vorzustellen, zu der es nicht dazugehörte, vor Joe oder vor der Polizei davonzulaufen? Was würde sie gerne tun, wenn sie die Wahl hätte?

„Denk einmal darüber nach, Kate", sagte Miss Rebecca und tätschelte ihre Hand, „dann sprechen wir ein anderes Mal wieder darüber."

Eine Woche verging und Kate genoss die Arbeit mit Miss Rebecca so sehr, dass sie beinahe ihre Probleme mit dem Scheich vergessen hätte. Miss Rebecca brachte ihr bei, wie man die Kamera bediente, und obwohl Kate ihre fertigen Fotografien erst sehen würde, wenn sie wieder zu Hause waren, fand sie den Vorgang faszinierend. Gemeinsam hatten sie alle Regale an den Wänden der Bibliothek durchkämmt und jeden Gegenstand katalogisiert. Als Nächstes wollten sie sich die Regale in der Mitte des Raumes vornehmen.

„Wir haben einige interessante Texte gefunden", erzählte Miss Rebecca ihrer Schwester, als sie nach dem Abendessen um ihren

Klapptisch herumsaßen, „aber leider haben wir nichts entdeckt, das wir gebrauchen könnten, um Timothy umzustimmen. Doch es gibt noch viele andere Dokumente, deshalb hoffe ich, dass …"

Plötzlich brachen in der stillen Wüste Gewehrsalven los, gefolgt von etwas, das wie ein Kriegsschrei aus dem Beduinenlager herüberdrang. Kate sprang auf und suchte nach einem Ort, an dem sie sich verstecken konnte. Auch die Schwestern waren eilig von ihren Falthockern aufgestanden und hätten dabei beinahe den Tisch umgeworfen.

„Was in aller Welt ist da los?", fragte Miss Flora. „Wissen Sie das, Mr Farouk? Ich hoffe, die Beduinen feiern nur etwas."

Mr Farouk zog den Kopf ein, als fürchtete er, eine der Schwestern könnte ihn schlagen. „Der Scheich ist wütend … Er will über das Mädchen sprechen, aber ich habe ihm gesagt, dass er warten muss."

„Und jetzt schießt er auf uns, um unsere Aufmerksamkeit zu erlangen?", fragte Miss Flora ungläubig.

„Warum haben Sie so etwas Dummes getan?", wollte Miss Rebecca wissen. Sie sah aus, als hätte sie den kleinen Mann am liebsten geschüttelt. „Sie hätten es uns sofort sagen müssen! So sind wir doch überhaupt erst in dieses Dilemma geraten!"

„Ich wollte Sie nicht stören …"

„Uns stören!", schrie sie. „Er schießt mit seinem Gewehr auf uns, um uns aufzuschrecken! Sie und ich, wir müssen sofort hinübergehen und die Männer beruhigen."

„Zu spät", sagte Miss Flora. „Da kommen sie schon."

Kate konnte sehen, wie Mr Farouk zitterte, als Petersen und er vortraten, um den Scheich zu begrüßen. Dieser trug sein Gewehr und die Beduinen um ihn herum schrien und benahmen sich ganz und gar verrückt. „Geh ins Zelt, Kate", sagte Miss Rebecca. Kate wich einige Schritte zurück, so als würde sie gehorchen, aber sie blieb nahe genug stehen, um mit anzuhören, was Mr Farouk und Miss Rebecca übersetzten.

„Der Scheich beschuldigt Petersen, er habe sein Wort gebrochen", sagte Miss Rebecca, während der Mann tobte. „Er sagt, er hat uns zum Kloster geführt und jetzt will er wissen, wie Petersen sich entschieden hat."

„Was soll ich ihm sagen?", fragte Petersen ruhig. Der Mann war ein Eiszapfen. Nichts konnte ihn erschüttern, nicht einmal Gewehrsalven.

„Konntest du mit den Mönchen sprechen?", fragte Miss Rebecca ihre Schwester. „Werden sie uns helfen?"

„Ich habe es versucht, aber sie interessieren sich nicht für dieses Drama. Der Prior sagte, sie leben hier draußen, um der Welt zu entfliehen und mit Gott Gemeinschaft zu haben. Und da das Problem etwas mit weltlichen Gelüsten zu tun hat und sie ein Keuschheitsgelübde abgelegt haben, halten sie sich aus der Angelegenheit heraus."

„Hast du ihnen denn erklärt, dass wir nur mit der Karawane des Scheichs wieder nach Hause kommen können?", wollte Miss Rebecca wissen.

„Der Prior sagte, wir könnten gerne hier warten, bis die nächste Pilgergruppe kommt. Er meint, hin und wieder bekommen sie Besuch. Aber er kann nicht garantieren, dass sie uns mitnehmen würden oder genügend Kamele für uns alle hätten."

„Bald gehen uns die Lebensmittel aus", gab Miss Rebecca zu bedenken. „Wenn wir den Scheich verärgern, reitet er vielleicht ohne uns fort."

„Er warten auf Antwort", sagte Mr Farouk. „Was soll ich sagen?"

Petersen holte tief Luft, als wollte er sich wappnen. „Sagen Sie ihm, dass ich beschlossen habe, das Mädchen selbst zu heiraten. Der Scheich hat mir geholfen zu sehen, wie begehrenswert Kate ist, und jetzt will ich sie selbst zur Frau nehmen. Und ich möchte ebenfalls einen Sohn haben."

Miss Flora legte eine Hand auf seinen Arm. „Warten Sie, Sören. Sind Sie sicher, dass sie das tun wollen? Das müssen Sie nicht. Wir können auch versuchen, noch einen anderen Weg zu finden."

„Doch, ich bin mir sicher. Sagen Sie es ihm, Mr Farouk."

Der kleine Mann übersetzte Petersens Worte und noch bevor er geendet hatte, stieß der Scheich die nächste Tirade aus und schwenkte dabei brüllend sein Gewehr.

„Er will wissen, wann. Wann genau?", übersetzte Miss Rebecca. „Er glaubt Sören nicht. Er sagt, wenn er das Mädchen wirklich wollte, hätte er es längst in sein Zelt mitgenommen. Er sagt, dass er es nicht getan hat, ist der Beweis dafür, dass er lügt." Als der Scheich endlich mit Brüllen fertig war, stand er dort, das Gewehr gen Himmel gerichtet, und funkelte Petersen an.

Kate konnte sich nicht länger beherrschen. „Was sollen wir jetzt machen?"

„Du solltest doch im Zelt bleiben!", flüsterte Miss Flora ärgerlich. „Du darfst dich nicht blicken lassen!"

„Nein! Hier geht es um mich, also hab ich auch das Recht zu hören, was los ist."

Miss Rebecca wandte sich zu ihr um. „Wenn wir hier lebend herauskommen wollen, sieht es aus, als müsstest du Petersen heiraten."

„Eher sterbe ich!"

„Das ist natürlich auch eine Möglichkeit", erwiderte Miss Rebecca und unterdrückte dabei ein Lächeln. „Deine anderen Optionen sind, den Scheich zu heiraten oder den Rest deines Lebens bei den Mönchen im Kloster zu verbringen. Oder zu hoffen, dass irgendwann jemand vorbeikommt und dich nach Hause bringt."

„Und was ist, wenn ich mich weigere? Was, wenn ich keinen von beiden heiraten will? Werden Sie mich dann zwingen?"

„Nein, natürlich nicht", sagte Miss Flora. „Aber wenn du einwilligst, Petersen zu heiraten, wird es nur auf dem Papier sein. Es wird also keine eheliche Vereinigung stattfinden. Das kann ich dir bei dem Scheich nicht versprechen."

„Und du wärest auch Petersens einzige Frau", fügte Miss Rebecca hinzu. „Wenn ich das richtig verstanden habe, hat der Scheich mehrere Frauen. Oh, und er erwartet, dass du ihm einen Sohn gibst. Schwer zu sagen, was geschehen wird, wenn du eine Tochter bekommst wie alle seine anderen Frauen."

Kate zog eine angewiderte Grimasse. „Wer hatte überhaupt diese dämliche Idee?"

„Mir gefällt die Aussicht ebenso wenig wie dir", sagte Petersen. „Aber ich werde alles dafür tun, dass Miss Flora und Miss Rebecca in Sicherheit sind – sogar dich heiraten!"

„Und wenn wir diese vorgetäuschte Heirat durchziehen", sagte Kate, „was geschieht dann?"

„Dann ist der Scheich hoffentlich davon überzeugt, dass er dich nicht haben kann", sagte Miss Flora, „und gibt den Gedanken an eine Ehe mit dir auf."

„Und hoffentlich ist er dann nicht so wütend, dass er seine Kamele und seine Kameltreiber nimmt und uns hier gestrandet zurücklässt", fügte Miss Rebecca hinzu.

„Er nicht machen", versicherte Mr Farouk ihnen. „Kamele bringen viel Geld. Er wollen Ihr Geld."

„Ich hoffe, Sie haben recht, Mr Farouk", sagte Miss Rebecca. „Bis jetzt haben Sie sich meistens geirrt."

„Muss ich denn dann immer noch mit Petersen verheiratet sein, wenn wir zu Hause sind?", fragte Kate.

„Da die Ehe nicht vorschriftsmäßig geschlossen wurde, gilt sie nicht", erwiderte Miss Flora. „Und ihr werdet euch kein richtiges Trauversprechen geben, da wir die Einzigen sind, die Englisch verstehen. Es wird so sein, als würdet ihr in einem Theaterstück spielen."

„Bist du bereit, es zu versuchen, Kate?", fragte Miss Rebecca. „Uns allen zuliebe?"

Der Scheich hatte sie in die Enge getrieben und dies schien der einzige Ausweg zu sein. „Na gut", erwiderte Kate.

Petersen stieß einen lauten Seufzer aus, was Kate als Erleichterung deutete. Dann übernahm er wieder die Führung. „Sagen Sie dem Scheich, dass ich das Mädchen auf der Stelle heiraten werde. In zwei Tagen werden wir die Hochzeit feiern, damit wir noch Zeit für die Vorbereitungen haben. Er und seine Leute sind natürlich zur Feier eingeladen."

„Drehen Sie damit nicht das Messer in der Wunde?", gab Miss Flora zu bedenken.

„Mag sein. Aber er muss glauben, dass es echt ist."

Nachdem Mr Farouk übersetzt hatte, starrte der Scheich Petersen sehr lange an. Der Eiszapfenmann zuckte nicht einmal mit der Wimper. „Zwei Tage", sagte der Scheich schließlich. „Ich werde als Zeuge dabei sein." Dann drehte er sich um und stapfte davon, seine Männer dicht auf den Fersen.

„Haben wir denn überhaupt genügend Vorräte, um eine Hochzeitsfeier auf die Beine zu stellen?", fragte Miss Flora.

„Ich weiß nicht", antwortete Miss Rebecca. „Vielleicht verkauft der Scheich uns eine Ziege oder zwei. Die könnten wir dann braten. Hör zu", sagte sie an Kate gewandt, „wenn dieser Plan funktionieren soll, musst du in den nächsten Tagen Petersen gegenüber netter sein. Der Scheich findet dich so anziehend, weil er dich für temperamentvoll hält. Aber wenn du zurückhaltend bist, will er dich vielleicht gar nicht mehr."

„Ich weiß nicht, was *zurückhaltend* bedeutet", sagte Kate.

Miss Rebecca lachte und überraschte Kate, indem sie ihr einen Arm um die Schulter legte und sie kurz drückte. „Du ahnst gar nicht, wie wahr das ist, meine Liebe. Ich mag dich, Kate! ... Also, du weißt, wenn ihr ‚verheiratet' seid, müsst ihr so tun, als würdet ihr zusammenleben."

Bei dem Gedanken fröstelte es Kate. „Ich weiß nicht, ob ich das kann. Darüber muss ich nachdenken." Sie stapfte zu ihrem Zelt, um allein zu sein, während sie sich fragte, wie sie eigentlich in diese Zwickmühle geraten war. War diese vorgetäuschte Hochzeit wirklich der einzige Ausweg? Sie legte sich auf ihr Bett und starrte zu der Zeltplane über ihr hinauf. Ihr war, als würde sie von anderen immer ausgenutzt.

Wie war sie überhaupt hierhergekommen?

KAPITEL 29

Chicago
1889
Ein Jahr früher

Kate Rafferty saß auf dem Boden der Gefängniszelle und versuchte nicht zu würgen, während eine ihrer Zellengenossinnen sich in einen Eimer übergab. Kate war schon an ziemlich üblen Orten gewesen, aber so tief war sie noch nie zuvor gesunken. All die Gelegenheiten, bei denen sie gedacht hatte, ihr Leben könnte nicht schlimmer werden – zum Beispiel, als ihr Vater sich betrunken und sie geschlagen hatte oder der Vorarbeiter in der Fabrik sie abgefangen und bedrängt hatte –, waren nichts im Vergleich dazu, in einer eiskalten Zelle hinter Gittern zu sitzen, mit vier anderen Frauen und nur einem Metalleimer, in dem sie ihr Geschäft verrichten konnten – unmittelbar vor den Wachen und allen anderen.

Vor diesem Abend hatte Kate beinahe ein Jahr lang von der Hand in den Mund gelebt, seit ihr Vater sie hinausgeworfen hatte, weil sie die Arbeit in der Fabrik aufgegeben hatte. Ihm war es egal gewesen, dass der Vorarbeiter von Kate weitaus mehr wollte als handgearbeitete Nähte. „Wenn du deine Arbeit nicht behalten und für deinen Lebensunterhalt bezahlen kannst", hatte ihr Vater geschrien, „kannst du auch nicht unter meinem Dach leben. Das hier ist schließlich kein verdammtes Hotel." Er hatte angefangen, die Fäuste zu schwingen, und Kate hatte die Flucht ergriffen mit nichts außer dem, was sie am Leibe trug. Seither hatte sie gestohlen, um zu überleben, und damit war sie auch ganz erfolgreich gewesen, bis sie zu übermütig geworden war und versucht hatte, vor einem Theater die Handtasche einer Frau zu stehlen. Da hatte irgendein Weltverbesserer sie geschnappt. „Du bist ganz schön in Schwierigkeiten", hatte der Polizist zu Kate gesagt, als er die Zellentür zuschlug.

Die Nacht schien kein Ende nehmen zu wollen, und da es in der Zelle nur zwei Betten gab und die anderen Frauen größer und gemeiner waren als sie, setzte Kate sich in eine Ecke – so weit wie möglich von dem stinkenden Eimer entfernt – und versuchte zu schlafen. Es erwies sich als unmöglich, weil sie solche Angst davor hatte, was mit ihr geschehen würde, und nicht wusste, ob sie jemals wieder aus dem Gefängnis freikommen würde. Als das Tageslicht langsam durch das einzige Fenster der Zelle fiel, brachten die Wärter ihnen wässrigen Haferbrei und trockenes Brot.

Anschließend blieb Kate nichts anderes übrig, als den Eimer zu benutzen. Ihr war nach Weinen zumute, aber sie wollte den anderen nicht die Genugtuung geben, sie besiegt zu sehen. Als der Wärter zurückkam, um das Frühstücksgeschirr einzusammeln, brachte er einen Eimer Wasser, ein Stück Seife und ein verschlissenes Handtuch. „Macht euch sauber, Mädels", sagte er. „Ihr müsst heute Morgen vor Gericht erscheinen."

Kate wartete bis zum Schluss, weil ihr bewusst war, dass sie mit gerade einmal achtzehn Jahren die jüngste und kleinste der Frauen war. Die anderen benahmen sich alle, als wäre dieser Aufenthalt im Gefängnis reine Routine für sie. „Was wird mit uns geschehen?", fragte sie, als die letzte Frau ihr Handtuch und Seife überließ.

„Warst du noch nie hier?", fragte die Frau. Kate schüttelte den Kopf. „Soll ich Joe fragen, ob er dir hilft, wenn er mich hier rausholt?"

„Warum nicht", sagte Kate achselzuckend. Sie tat so, als wäre es ihr gleichgültig, aber jede Hilfe, selbst von einem Fremden, war besser als nichts. Wenige Minuten später kam ein gut aussehender und elegant gekleideter Mann in den Vierzigern den Gang zu ihrer Zelle herunter, sein schwarzes Haar glänzte genauso wie seine Schuhe. Ihm folgte ein kleiner, untersetzter Mann mit Nickelbrille und einem Lederbeutel. Die Frau, mit der Kate gesprochen hatte, sprang von ihrem Bett auf, als sie ihn sah.

„Joe! Bist du gekommen, um mich hier rauszuholen?"

„Ich versuch's, Sugar. Hey, wer ist denn diese kleine Schönheit?", fragte er, als er Kate entdeckte.

„Ich heiße Kate Rafferty", sagte sie und lief schnell zum Gitter. „Können Sie mich auch hier rausholen?"

„Hm, ich weiß nicht. Du hast keinen umgebracht, oder?" Er lächelte. Einige seiner Zähne waren mit Gold überzogen, sodass es funkelte, wenn er grinste.

„Ich hab versucht, die Handtasche von so 'ner Frau zu klauen", erwiderte Kate. „Sie hat geschrien wie ein abgestochenes Schwein und da haben sie mich geschnappt. Wenn Sie mir sagen könnten, wie ich hier rauskomme, wäre ich sehr dankbar."

„Das hier ist deine erste Straftat, Kate?"

„Wie meinen Sie das?" Es war nicht das erste Mal, dass sie eine Handtasche gestohlen hatte, aber sollte sie ihm das erzählen?

Joe lachte leise. „Ich meine: Bist du schon mal erwischt und in den Knast geworfen worden?"

„Nein."

„Hmm. Ich werde sehen, was ich tun kann. Wir sehen uns vor Gericht, meine Damen."

Kurz darauf scheuchten die Wärter Kate und die anderen vier Frauen in den Gerichtssaal, wo sie vor dem Richter erscheinen mussten. Kate hatte keine Ahnung, was dort vor sich ging, aber der Mann mit den Goldzähnen hielt Wort und sagte dem Mann mit der Aktentasche, er solle sich neben sie stellen und ihr helfen, mit dem Richter zu reden, wenn sie an der Reihe war. Ein paar Stunden später wurden Kate und die Frau, die anscheinend Sugar hieß, aus dem Gefängnis entlassen. Joe wartete mit seiner Kutsche auf sie. „Steig ein, dann bringe ich dich nach Hause, Sugar. Du auch, Kate."

Sie zögerte. Sollte sie diesem Fremden trauen? Was erwartete er als Gegenleistung dafür, dass er ihr geholfen hatte? „Komm schon, spring rein", sagte Sugar. „Joe ist ein netter Kerl."

Kate beschloss, das Risiko einzugehen. Sie überlegte, dass sie immer noch rausspringen und weglaufen konnte, falls es nötig war. „Warum haben Sie mir heute geholfen?", fragte sie, als die Kutsche sich in Bewegung setzte.

„Willst du meine Geschichte hören?", gab er zurück. Entspannt lehnte er sich auf seinem Sitz zurück und schlug die langen Beine übereinander, um es sich bequem zu machen. „Ich bin auf der Straße aufgewachsen, genau wie ihr Mädchen. Ich weiß, wie es ist, im Gefängnis zu landen und niemanden zu haben, der einem hilft. Dem Richter ist es ganz egal, dass ihr nicht versteht, was los ist oder wie ihr euch verteidigen müsst. Er will nur, dass Leute wie wir für immer weggesperrt werden, damit in den Straßen von Chicago aufgeräumt werden kann. Nachdem ich einen Weg gefunden hatte, von der Straße zu kommen, und einen guten Job und viel Geld in der Tasche hatte, habe ich deshalb beschlossen, ab und zu mit meinem Anwalt zum Bezirksgefängnis von Cook County zu gehen und anderen Leuten aus dem Schlamassel zu helfen."

Seine Geschichte schien Kate glaubwürdig. Er sprach und benahm sich wie jemand, der aus den raueren Vierteln der Stadt kam, aber trotzdem war er gut gekleidet und fuhr in einer schicken Kutsche, also musste er erfolgreich sein. Der Fahrer schien zu wissen, wo Sugar wohnte, und setzte sie zuerst ab. „Wohin jetzt, Mr Joseph?", fragte der Mann anschließend.

Joe wandte sich an Kate. „Hör mal, ich weiß, dass wir uns noch nicht kennen, und ich kann verstehen, wenn du zögerst, mir zu vertrauen. Aber du siehst aus, als hättest du ein bisschen Pech gehabt. Und – nimm das bitte nicht persönlich – du könntest ein Bad gebrauchen. Wenn du willst, kannst du mit zu mir kommen, dann kann meine Haushälterin sich um dich kümmern. Ich fahre gleich zur Arbeit, bin also nicht mal zu Hause. Aber wenn dir das nicht recht ist, sag mir, wohin du willst, dann sag ich meinem Kutscher, dass er dich dorthin bringt."

Das Angebot schien zu gut, um es abzulehnen. Kate war müde und dreckig und außerdem hatte sie Hunger. Sie beschloss, es zu riskieren. „Ich glaube, ich nehme Ihr Angebot an. Aber ich kann Sie für Ihre Hilfe nicht bezahlen …"

„Keine Angst", sagte er mit einem kleinen Lachen. „Hübschen jungen Mädchen wie dir helfe ich gerne." Etwas an der Art, wie er das sagte, ließ Kate misstrauisch werden. Aber sie war zu erschöpft und hatte zu große Angst, dass sie wieder im Gefängnis landen könnte. Daher hörte sie nicht auf ihr Gefühl. Wie versprochen, brachte Joe sie zu seinem Haus in einem sehr eleganten Teil der Stadt und stellte sie seiner Haushälterin Mrs Stevens vor. Dann ging er wieder. Mrs Stevens war klein und rund. Im Ernstfall würde Kate einen Ringkampf gegen sie gewinnen, deshalb ließ sie sich zu einem heißen Bad und einer warmen Mahlzeit überreden. Aber zuvor kundschaftete sie drei oder vier Fluchtrouten aus. Ihr Haar hatte sich schon lange nicht mehr so sauber und glänzend angefühlt und sie steckte es nicht hoch, sondern ließ es locker über die Schultern fallen.

„Mr Joseph kommt erst in ein paar Stunden zurück", sagte Mrs Stevens anschließend. „Du siehst aus, als könntest du ein Nickerchen gebrauchen." Kate war erschöpft, nachdem sie die ganze Nacht kaum geschlafen hatte, also rollte sie sich auf dem Sofa im Salon zusammen, nahe bei der Haustür, für den Fall, dass sie fliehen musste. Das Haus befand sich in einer Seitenstraße, weit entfernt von jedem Verkehrslärm. Das einzige Geräusch war die Uhr, die auf dem Kaminsims tickte. Kate fühlte sich sicher und warm und es war ein so neues Gefühl für sie, dass sie die Augen schloss und kurz darauf tief und fest schlief.

Sie erwachte, als ein Schlüssel in der Haustür gedreht wurde. Kate sprang eilig auf, bereit zur Flucht. Mr Joe stand mit mehreren Päckchen auf dem Arm im Foyer. „Tut mir leid, Kate. Ich wollte dich nicht erschrecken. Hier, die sind für dich", sagte er und hielt ihr die Schachteln hin. „Ich dachte, du könntest vielleicht ein paar neue Sachen gebrauchen, deshalb habe ich eine meiner Angestellten losgeschickt, damit sie dir was kauft. Ich hoffe, du bist nicht böse."

„Danke", sagte sie, während sie die Päckchen entgegennahm. Das Herz schlug ihr immer noch bis zum Hals.

„Zeigen Sie ihr, wo sie sich umziehen kann, Mrs Stevens." Kate folgte ihr zu dem gefliesten Zimmer, in dem sie gebadet hatte, und zog schnell den Rock und die Bluse an, die Mr Joe ihr gekauft hatte. Er hatte sogar ein hübsches kleines Unterhemd, einen Unterrock und gerüschte lange Unterhosen mitgebracht. Und Schuhe. So feine Kleidung hatte Kate noch nie besessen. Sie betrachtete sich im Spiegel und erkannte das Mädchen, das sie sah, gar nicht wieder. Diese Veränderung machte ihr Angst. Das war alles zu viel. Sie musste hier raus. Auf der Stelle. Eilig verließ sie das Zimmer und ging den Flur entlang bis zur Haustür. Mr Joe saß im Salon und las eine Zeitung, und als er sie sah, stand er auf.

„Atemberaubend!", flüsterte er. „Hast du eine Ahnung, wie hübsch du bist?"

Etwas an seinem Blick liess Kates Herz so schnell schlagen, dass sie Angst hatte, es könnte platzen. Sie streckte die Hand nach dem Türgriff aus und drehte daran. Die Tür öffnete sich. „Danke für die Kleider und für Ihre Hilfe, Mr Joe. I… ich werde versuchen, alles zurückzahlen, aber jetzt muss ich gehen."

„Ich verstehe. Ich hätte auch Angst, wenn ich du wäre und ein Fremder all diese netten Dinge für mich täte. Aber du brauchst keine Angst zu haben, Kate. Du kannst gehen, wenn du willst, und ich fahre dich sogar nach Hause, wenn du das wünschst. Sag mir einfach, wo du wohnst." Kate wusste nicht, was sie sagen sollte. Sie senkte den Blick auf ihre Füsse und die nagelneuen Lederschuhe, die Joe ihr gegeben hatte. „Ach, Kate", sagte er seufzend. „Ich habe das Gefühl, du hast gar kein Zuhause – habe ich recht? Ich weiss, wie das ist. Weisst du, ich habe eine Freundin, bei der du ein paar Tage bleiben kannst, bis du wieder auf eigenen Füssen stehst. Darf ich dich vielleicht zu ihrem Haus fahren? Wenn es dir dort nicht gefällt, kannst du ja wieder gehen."

„Warum nicht", sagte Kate achselzuckend. Draussen war es inzwischen dunkel und kalt und sie konnte auf keinen Fall hier bei Joe bleiben.

„Gut. Dann lass uns fahren." Er ging voran zu der Kutsche, die noch vor dem Haus stand. Kate fröstelte in der Kälte. Mrs Stevens hatte ihre Jacke ebenso wie ihre anderen Kleidungsstücke mitgenommen. „Dir ist kalt", bemerkte Joe. „Ich hätte daran denken sollen, dir auch ein Tuch zu kaufen. Vielleicht hat meine Bekannte eines, das du leihen kannst." Sie fuhren durch die Innenstadt von Chicago den Lakeshore Drive entlang zu einem sehr vornehmen Viertel, wenige Häuserblocks vom See entfernt. „Du weisst jetzt, wo du bist, nicht wahr?", fragte Joe. „Siehst du? Ich bringe dich nicht an einen Ort, den du nicht kennst." Sie hielten vor einem ansehnlichen dreigeschossigen Steingebäude. Hinter den Vorhängen schien sanftes Licht. Ein stämmiger Mann in Uniform stand an der Tür, wie die Männer, die vor schicken Innenstadthotels die Tür bewachten. Er öffnete ihnen die Kutschentür und tippte sich an den Hut.

„'n Abend, Mr Joseph."

Drinnen wirkte das Haus schummrig und unheimlich mit seinen gemusterten Tapeten und der schwachen Beleuchtung. Eine ausladende Treppe führte in den ersten Stock hinauf und auf jeder Seite des Eingangs befand sich ein Salon, ebenfalls mit dunkler Tapete, dazu gab es Samtvorhänge vor den Fenstern und viele weiche Sofas und Sessel, die überall verteilt herumstanden. Joe führte sie in einen der Salons, in dem drei gut gekleidete Männer mit Getränken in der Hand saßen. Die Art, wie sie Kate von oben bis unten musterten, jagte ihr einen Schauer über den Rücken. Sie musste fort von hier.

„M... mir gefällt es hier nicht, Mr Joe. Ich gehe jetzt besser." Sie ging zurück ins Foyer und sah, dass die Wache draußen ihr den Weg versperrte. „Lassen Sie mich vorbei", sagte sie. Dann versuchte sie sich an ihm vorbeizuschieben, aber er packte sie und hielt ihr den Mund zu. Kate trat und kämpfte mit aller Macht, aber er war viel zu stark für sie. Er trug sie die Treppe hinauf in einen anderen schwach beleuchteten Salon im zweiten Stock. Dieser war voller Frauen, die nichts als Unterwäsche trugen.

„Du kannst genauso gut aufhören, dich zu wehren, Kate", sagt Joe, während sie um ihr Leben kämpfte. „Du wirst dir nur wehtun." Sie wusste, dass es stimmte. Schon jetzt spürte sie die Druckstellen von den breiten Händen des Mannes, aber ihre Tritte und Schläge perlten an ihm ab, als spürte er sie gar nicht. „Hier wirst du von jetzt an leben. Du bist ein hübsches Mädchen, Kate. Mit dir werde ich eine Menge Geld verdienen."

Joe nickte dem anderen Mann zu und er ließ sie auf den Boden fallen. Kate wusste, dass er sie wieder packen würde, wenn sie versuchte wegzulaufen, und außerdem zitterte sie so sehr, dass sie nicht sicher war, ob ihre Beine ihr gehorchen würden. Sie blickte in die Runde der anderen Frauen, die sie mit leisem Interesse beobachteten. Keine von ihnen schien Mitleid mit ihr zu haben. Warum hatte sie Joe nur vertraut? Wie hatte sie bloß so dumm sein können? Im Gefängnis zu sitzen, wäre besser gewesen als das hier.

„Sie dürfen mich hier nicht gefangen halten", sagte Kate mit bebender Stimme.

„Ich habe dich aus dem Gefängnis geholt und dafür gesorgt, dass die Anzeige wegen Diebstahls fallen gelassen wird, oder nicht? Du gehörst jetzt mir. Und du wirst für mich arbeiten, um für all die Mühe zu bezahlen. Zieh Rock und Bluse aus, Kate. Und deine Schuhe." Als sie zögerte, sagte Joe: „Entweder du tust, was ich sage, oder mein Freund wird dir behilflich sein." Kate gehorchte, aber ihre Finger zitterten so heftig, dass sie kaum mit den Knöpfen zurechtkam. Joe nahm ihr die Kleider und Schuhe ab und wandte sich zum Gehen. „Und komm nicht auf die Idee wegzulaufen. Die Straßen gehören mir. Ich werde dich finden. Sagt ihr, was dann passiert, meine Damen." Er ging mit dem Wärter und schloss die Tür hinter sich. Kate hörte, wie sich ein Schlüssel im Schloss drehte. Vor Angst konnte sie kaum noch atmen.

„Setz dich doch, Kleines", sagte eine blonde Frau. „Du gehst heute nirgends mehr hin. Und wie Joe gesagt hat: Wenn du versuchst abzuhauen, werden er und seine Männer dich finden und dich halb tot schlagen."

„Wir hatten ein Mädchen namens Honey hier, das zweimal weggelaufen ist", fügte eine vollbusige kleine Brünette hinzu. „Joe hat sie so zusammengeschlagen, dass sie gestorben ist."

„Überall in der Stadt hat er seine Männer, die für ihn arbeiten", fuhr die Blondine fort. „Sie werden dich finden. Solche Rotschöpfe wie dich gibt es nicht viele. Sogar die Polizei steht auf Joes Gehaltsliste. Und Richter und Anwälte. Sie kommen uns hier gerne besuchen."

„Was glaubst du, wie Joe dich aus dem Knast bekommen hat?", sagte die Brünette lachend.

„Ich wäre lieber im Gefängnis", sagte Kate. „Oder tot!"

Die Blondine erhob sich und versuchte, den Arm um Kates Schultern zu legen und sie zu einem der Sofas zu führen, aber Kate stieß sie fort. „Wie du willst!", sagte die Frau achselzuckend. „Aber du wirst sehen, dass es hier gar nicht so schlecht ist. Joe hat nette Kunden, reiche Männer, die gut riechen und einem schöne Geschenke machen. Er lässt nicht zu, dass böse Leute uns besuchen, egal, wie viel Geld sie ihm anbieten. Du wirst hier ein gutes Leben haben."

„Ein gutes Leben? Indem ich mich verkaufe? Niemals!"

„Du hältst dich wohl für etwas Besseres, was?", fragte eine dritte Frau. Sie lag ausgestreckt auf einer Chaiselongue und rauchte eine Zigarette. Den Rauch blies sie Kate ins Gesicht.

„Ich bin nur hier, weil Joe mich reingelegt hat", erwiderte Kate.

Die Frau lachte sie aus. „Bist du wirklich so dumm?", fragte die Brünette. „Hast du ernsthaft geglaubt, du bekommst etwas umsonst? Aber Eva hat recht, Joe sorgt gut für uns. Uns geht es hier besser, als es uns jemals auf der Straße gehen könnte. Wo wärst du denn jetzt, wenn Joe nicht gekommen wäre? Immer noch im Gefängnis, wette ich."

„So überleben Frauen wie wir", sagte die Frau mit der Zigarette. „Einen anderen Weg gibt es nicht. Glaubst du, ein Mädchen wie du findet einen netten Ehemann, vor allem, nachdem du im Gefängnis warst? Finde dich damit ab: In den Vierteln, aus denen wir kommen, haben wir nur eine Zukunft, indem wir in der Fabrik oder in einer Hotelwäscherei arbeiten, bis wir einen Hafenarbeiter oder ein Raubein vom Viehhof heiraten – und diese Männer wollen alle dasselbe, was die Männer hier wollen. Nur dass du in einem Schweinestall wie dem wohnen musst, in dem du aufgewachsen bist, ohne fließendes Wasser, mit einem Haus voller Babys, für die du nicht genug zu essen hast, und einem Mann, der seinen Lohn vertrinkt, sodass du und deine Kinder hungern müssen."

„So war es doch sicher bei dir zu Hause, oder?", fragte die Blondine.

Die Raucherin zog wieder an ihrer Zigarette. „Wenigstens haben wir es hier warm und wir sind satt und gut versorgt", sagte sie und blies den Rauch aus. „Die Männer, die hierherkommen, haben Ehefrauen, die kalt wie Eis sind und ihnen überhaupt keine Liebe zeigen. Glaub mir, hier wirst du wirklich geschätzt – vielleicht sogar geliebt, wenn der richtige Freier kommt und Geschmack an dir findet."

„Warst du schon mal mit einem Mann zusammen?", wollte die Brünette wissen. Als Kate nicht antwortete, wechselten die anderen Frauen vielsagende Blicke. „Joe hat einen sehr reichen Klienten, der für junge, unerfahrene Mädchen wie dich mehr bezahlt. Ich vermute, er wird dich aufheben, bis dieser Kunde herkommt."

Auf der anderen Seite des Raumes öffnete sich eine Tür und eine ältere Frau in einem tief ausgeschnittenen Seidenkleid und mit funkelnder Halskette trat ein. Die Haare trug sie aufwendig hochgesteckt und sie sah beinahe aus wie eine Dame der feinen Gesellschaft, so wie Kate sie gestern vor dem Theater gesehen hatte – war das wirklich erst gestern gewesen? Wie war sie nur in diesen Albtraum geraten? In so kurzer Zeit?

„Hallo, ich bin Madame Augusta", sagte die Frau. Kate verschränkte die Arme vor der Brust, als die Frau sie von oben bis unten musterte. „Joe hat nicht übertrieben, als er sagte, du seist eine Schönheit. Aber ein bisschen mehr können wir dich noch herausputzen. Komm mit, Kate." Sie zeigte auf die Tür hinter sich, dann legte sie ihre eiskalte Hand auf Kates Schulter und führte sie hinaus. Im Moment blieb Kate nichts anderes übrig, als zu gehorchen. Sie beschloss, dass es klug war, erst einmal mitzuspielen, damit sie glaubten, sie würde sich fügen, während sie überlegte, wie sie fliehen konnte. Es würde schwierig sein, ohne Kleider oder Schuhe sehr weit zu kommen, aber sie würde lieber sterben, als das zu tun, was man von ihr verlangte.

Von unten hörte Kate das Lachen von Männerstimmen, als Madame Augusta sie einen langen Gang entlang zu einem Schlafzimmer mit einem schnörkeligen Messingbett brachte. Eine Gaslampe erleuchtete den Raum und ein warmes Feuer brannte im Gaskamin. Neben dem Feuer stand ein Tisch und darauf ein Tablett mit Essen – Rinderbraten und Kartoffeln und grüne Bohnen, ein Korb mit Brötchen und Butter. Kates Magen knurrte vor Hunger. „Du kannst dich entspannen und etwas essen", sagte Madame Augusta. „Joe hat mir gesagt, dass ich dir ein paar Tage zum Eingewöhnen geben soll, bevor du Gäste empfängst." Kate ballte ihre Hände zu Fäusten, während sie alles tat, um ihre Wut zu unterdrücken. Sie musste mitspielen. Sie musste fliehen. Als sie sich an den Tisch setzte und nach einem der Brötchen griff, fröstelte sie. „Braves Mädchen", sagte Madame Augusta. Sie wandte sich um und ging hinaus. Die Tür schloss sie hinter sich ab.

Mit jedem Tag, der verging, tat Kate so, als würde sie sich ein bisschen wohler fühlen. Madame und ihre Dienstmädchen bereiteten ihr warme, duftende Bäder zu und verwöhnten sie mit Schönheitskuren, schnitten ihr die Nägel und das Haar. Sie durfte den Gang entlang zu dem Salon im Obergeschoss gehen, in den Joe sie zu Beginn hatte bringen lassen, damit sie die anderen Frauen sehen konnte. Kate bemühte sich, mit ihnen zu lachen und nicht zu zeigen, dass sie schreckliche Angst hatte. Es gab reichlich zu essen und es schmeckte köstlich, das Zimmer war warm, das Bett weich und luxuriös, aber Kate wusste, dass ihr nicht mehr viel Zeit blieb. Der einzige Ausweg war das Fenster in ihrem Schlafzimmer. Vom ersten Stock war es weit bis hinunter auf die Gasse, aber sie vermutete, dass sie es schaffen konnte, ohne sich beide Beine zu brechen, wenn sie ihre Bettlaken zusammenknotete und ein Ende am Bettpfosten befestigte. Eines Abends blickte sie nach dem Abendessen durch das Fenster nach unten, als sie hörte, wie die Tür sich öffnete. Erschrocken fuhr sie herum. Joe stand dort.

„Hallo, kleine Schönheit." Er kam langsam auf sie zu und musterte sie. „Wie ich sehe, hat Augusta ganze Arbeit geleistet, was dich betrifft. Dreh dich mal für mich um." Kate gehorchte. „Gut. Gut", sagte er, als sie ihm wieder das Gesicht zuwandte. „Denk daran zu lächeln und versuch, nicht so verängstigt auszusehen." Dann ging er wieder. Ihre Zeit war abgelaufen.

Mit zitternden Händen riss sie die Laken vom Bett und so schnell sie konnte, knotete sie sie zusammen. Würde ihr improvisiertes Seil lang genug sein? Sie zerrte das Bett näher ans Fenster, dann band sie ein Ende der Laken am Pfosten fest. Ein eiskalter Luftstoß schlug ihr entgegen, als sie das Fenster öffnete. Sie konnte nicht halb nackt auf die Straße, aber woher sollte sie etwas zum Anziehen nehmen? An den Geräuschen, die aus dem Zimmer nebenan drangen, erkannte Kate, dass ihre Nachbarin Herrenbesuch hatte, und sie beschloss, ein Risiko einzugehen. Kate schlüpfte aus ihrem Zimmer und öffnete die Tür nebenan, so leise sie konnte. Eine Melone lag auf einem Stuhl gleich neben der Tür. Mit diesem Hut konnte sie ihre Haare bedecken. Auf dem Boden, ein Stück entfernt, lag ein gestreiftes Männerhemd. Kate kroch auf allen vieren hinein, um sich Hemd und Hut zu schnappen, und hastete dann in ihr Zimmer zurück.

Sieh nicht hinunter, ermahnte sie sich, als sie die Beine über das Fenstersims schwang. Die rauen Backsteine schürften ihre ganze Haut auf, aber sie hatte keine Zeit, sich darüber Gedanken zu machen. Ihr Seil aus Laken endete fast drei Meter über dem Boden, also blieb ihr nichts anderes übrig, als loszulassen und zu hoffen, dass sie sich nichts brach. Ihre Landung jagte ihr einen stechenden Schmerz durch den ganzen Körper, aber sie nahm den Hut, der ihr vom Kopf gefallen war, rappelte sich auf und rannte los.

Kate musste sich, so schnell sie konnte, von dem Haus entfernen, also ignorierte sie, dass ihr die Füße von dem kalten Steinfußboden schmerzten und das Stechen in der Seite sich anfühlte wie eine Messerklinge. Sie rannte die dunkle Gasse entlang, bis sie nicht mehr konnte und sich ihr Herz anfühlte, als würde es platzen. Dann sank sie zu Boden und kroch hinter eine Mülltonne, bis sie genügend Kraft gesammelt hatte, um weiterzulaufen. Dies war ein reiches Viertel und Kate wusste, dass sie Verdacht erregen würde, wenn jemand sie nachts in Unterwäsche herumlaufen sah. Sie wartete, bis sie wieder atmen konnte, dann stand sie auf und lief weiter, immer weiter, durch die lange, kalte Nacht. Der gefährlichste Teil war die Überquerung des Flusses. Sicher würden Joes Männer dort nach ihr Ausschau halten. Sie beschloss, eine der Drehbrücken zu nehmen. Dort wartete sie im Schatten, bis die Brücke aufschwang und die Fahrzeuge, die hinüberwollten, eine Schlange bildeten. Auf Händen und Knien kroch Kate zwischen den Autos hindurch und klammerte sich dann hinten an eine Kutsche mit Verdeck, bis sie das andere Ufer erreicht hatte. Bei Tagesanbruch hatte sie die South Side erreicht, zerschlagen und erschöpft – aber in Sicherheit. Sie schlich sich in einen nicht abgeschlossenen Stall hinter einem Gemüseladen, rollte sich im Heu zusammen und schlief.

Der Klang von Kirchenglocken weckte sie am nächsten Morgen. Sie erinnerte sich daran, dass sie in der Nacht eine Kirche gesehen hatte, und fragte sich, ob jemand dort ihr helfen würde. Kate lugte aus dem Stallfenster und beobachtete den Eingang der Kirche. Selbst die armen Leute in diesem Viertel hatten ihre besten Sachen angezogen, um zum Gottesdienst zu gehen. Mit ihrer Unterwäsche und dem Herrenhemd würde sie zweifellos auffallen. Diese Christenleute wären entsetzt von ihr. Erst recht, wenn sie erfuhren, an welchem Ort sie gewohnt hatte. Lange stand sie am Fenster, bis der Gottesdienst beendet war und die Menschen wieder herauskamen. Ein Mann in einem langen schwarzen Gewand und Priesterkragen stand an der Tür und gab allen die Hand. Dann geschah etwas Merkwürdiges. Dutzende Kinder trafen bei der Kirche ein und betraten sie durch einen Seiteneingang. Die meisten von ihnen waren in Lumpen gekleidet, viele liefen barfuß wie sie selbst. Sie beschloss, das Risiko einzugehen und ihnen zu folgen, denn sie wusste, dass es nur eine Frage der Zeit war, bis jemand in den Stall kam, um sich um die Pferde zu kümmern. Sie schob ihre Haare unter den Hut und ging hinaus.

Am meisten Angst hatte sie, als sie für alle gut sichtbar die Straße überquerte. Aber sie gelangte zur Kirche, ohne Aufmerksamkeit zu erregen, und schlich sich zur Hintertür hinein, durch die auch die Kinder gegangen waren. Eine Weile stand Kate in einem kleinen Vorraum und beobachtete von dort aus das Geschehen. Zwei Frauen mittleren Alters erzählten den Kindern Geschichten und ein Stück weiter auf einem Stuhl lag eine Frauenhandtasche. Sie war aus Leder und sah teuer aus und wahrscheinlich enthielt sie viel Geld. Kate versuchte herauszufinden, wie sie an all den Kindern vorbeikommen konnte, um die Tasche zu stehlen, als sie plötzlich alle aufstanden und in einen anderen Teil des großen Raumes gingen, um sich an Tische zu setzen. Kate nahm all ihren Mut zusammen und betrat zögernd den Raum. Sie war noch nicht weit gekommen, als die eine der beiden Damen auf sie zueilte und fragte, ob sie mitmachen wolle. Zum Glück ging die Frau wieder, als Kate „Nein, danke" sagte.

Kate bewegte sich ganz langsam durch den Raum, ein Auge immer auf die Handtasche gerichtet, das andere auf einen groß gewachsenen, schlanken Mann mit blonden Haaren, der an der Tür stand. Sobald sie den Riemen der Handtasche umfasst hatte, rannte Kate hinaus und schlug dem blonden Mann die Tür ins Gesicht. Sie wusste, dass man sie leicht entdecken würde, wenn sie die Straße entlangrannte, also lief sie um die Kirche herum und kroch in das dichte Gebüsch neben dem Haupteingang. Erleichterung durchströmte sie, als sie die Handtasche öffnete und sah, wie viel Geld sich darin befand. Es war genug, um Kleider und Schuhe und etwas zu essen zu kaufen; genug, um sich eine Weile zu verstecken, bis Joe es leid war, nach ihr zu suchen; genug, um nicht wieder stehlen zu müssen und anschließend von der Polizei verhaftet zu werden. Joe hatte gesagt, dass die Polizisten für ihn arbeiteten. Kate überlegte, ob sie eine Bahnfahrkarte kaufen und Chicago für immer verlassen sollte, aber sie wusste nicht, wie sie das anstellen sollte, da sie nicht lesen konnte. Außerdem konnte es gut sein, dass Joes Männer den Bahnhof im Auge behielten.

Am Ende reichte das Geld in der Handtasche nicht annähernd so lange, wie Kate gehofft hatte, obwohl sie Kleidung und Schuhe und einen Strohhut von einem Gebrauchtwarenhändler gekauft hatte. Es dauerte nicht lange, bis sie an einem Sonntagmorgen wieder bei der Kirche erschien und hoffte, dass sie ein zweites Mal davonkommen würde, wenn sie die Frauen beklaute. Alles war wieder genauso wie zuvor – die Damen, die vielen Kinder, der schlanke Mann mit den blonden Haaren. Und die Handtasche, scheinbar eine neue, die genau dort lag, wo sie beim ersten Mal gelegen hatte. Aber diesmal schnappte der blonde Mann sie, bevor sie fliehen konnte. „Halt! Diebin!", rief er, während er ihr die Tasche aus den Händen riss.

Den anderen Arm hatte er um Kates Taille geschlungen und er hielt sie fest, während sie um sich schlug und trat, um sich zu befreien.

„Lassen Sie mich los!", brüllte sie.

„Das ist dasselbe Mädchen, das Sie schon einmal bestohlen hat", sagte der Mann und riss ihr den Hut vom Kopf, sodass ihre leuchtend roten Haare zum Vorschein kamen. Er war größer und stärker als sie und die Schläge schienen ihm nichts auszumachen. „Ich halte sie fest, während Sie die Polizei rufen", sagte er. Kate wurde vor Schreck ganz schlecht, denn dann würde sie im Gefängnis enden, wo Joe sie ganz sicher fand.

Aber die Frauen riefen nicht die Polizei. „Gehen wir in den Gottesdienstraum, um diese Angelegenheit zu regeln", sagte eine von ihnen. Der Mann schleppte Kate in die Kirche und etwas an dem stillen Frieden und der Schönheit des Ortes beruhigte sie ein wenig. Trotzdem konnte sie nicht verstehen, warum diese albernen reichen Frauen ihr anboten, sie mit nach Hause zu nehmen und sie für sich arbeiten zu lassen. Sie war schon einmal von Joe getäuscht worden, der so nett gewesen war, bis er sie eingesperrt hatte. Aber wenn sie nicht einwilligte, würde Kate wieder im Gefängnis landen und dort würde Joe sie mit Sicherheit finden. Sie überlegte gerade, was sie tun sollte, als eine der Damen erwähnte, dass sie in Evanston lebten. Joe würde nie auf die Idee kommen, dort nach ihr zu suchen.

„Was meinst du?", fragte die blonde Dame sie.

Kate warf einen letzten Blick in Richtung Tür, als erwartete sie, Joe oder die Polizei dort zu sehen. Am Ende fürchtete sie ihn und seine Schläger mehr als diese Frauen. „Ich hab nichts zu verlieren", sagte sie. „Ich mach's."

KAPITEL 30

Die Wüste Sinai
1890

Zu Kates Scheinhochzeit brachte der Scheich sein Gewehr mit. Zufällig sah sie gerade zum Zelt hinaus, als er mit seinen Männern ankam. „Er macht mich nervös", sagte sie zu Miss Flora und Miss Rebecca. „Er tut so, als wäre er eine Art Gefängniswärter."

„Mit seinem albernen Gewehr ist er wahrscheinlich für sich selbst eine größere Gefahr als für uns", sagte Miss Rebecca. „Aber nur für den Fall, dass er doch ein oder zwei Worte Englisch versteht und es uns nur nicht gesagt hat, müssen wir die Hochzeit so authentisch wie möglich aussehen lassen. Wenn ihr mich nicht braucht, werde ich mich draußen aufhalten und seine Gespräche belauschen, um zu sehen, ob unsere Vorbereitungen ihn überzeugen." Sie band die Plane vor dem Eingang los und schlüpfte hinaus.

„Halt still, Liebes", sagte Miss Flora, „damit ich deinen Schleier feststecken kann." Miss Flora hatte Zweige von einem der Bäume im Klostergarten gepflückt und zu einem Kranz gebogen, den sie an Kates Schleier befestigte. Die Schwestern hatten alle ihre Kleider durchsucht und nach ein paar Stichen hier und da trug Kate jetzt eine Spitzenbluse und einen langen Baumwollrock, von dem Miss Rebecca behauptete, dass sie darin sehr hübsch aussehe. Die Hochzeit sollte vor dem Kloster im Garten stattfinden, weil es dort sehr viel schöner war als im Rest der Wüste um sie herum. Die Mönche, die an der Zeremonie nicht teilnehmen würden, hatten Miss Flora erlaubt, die Klosterküche zu benutzen, um das Festmahl zu kochen. Auf dem kleinen Reisekocher hätte sie das unmöglich geschafft. Kate hatte bereits beschlossen, dass sie nichts davon essen würde – erstens, weil sie zu nervös war, und zweitens, weil Miss Rebecca Mr Farouk zum Lager der Beduinen geschickt hatte, um eine Ziege zu kaufen, die gebraten werden sollte, und davon würde Kate auf gar keinen Fall etwas essen!

„Es wird Zeit, Liebes", sagte Miss Flora, als die letzte Haarnadel festgesteckt war. „Du siehst wunderschön aus."

Kate holte zitternd Luft und duckte sich unter der Plane am Zelteingang hindurch. Miss Flora hakte sich bei ihr unter, um Kate zwischen den Beeten den Weg entlangzuführen. Miss Rebecca würde die Zeremonie durchführen und sie stand neben Petersen am Ende des Steinpfades. Ein Schweißtropfen rann über Petersens schmales Gesicht. Er sah ein wenig mitgenommen aus.

„Liebe Anwesende", begann Miss Rebecca. „Wir sind heute hier versammelt, um an einer schrecklichen Täuschung teilzuhaben, in der Hoffnung, dass unser Leben verschont werden wird und wir nicht den Rest unserer Tage in diesem Kloster verbringen müssen. Bitte alle lächeln", fügte sie hinzu. „Dies ist ein fröhlicher Anlass."
Petersen setzte ein flüchtiges Lächeln auf – das erste, das Kate jemals bei ihm gesehen hatte –, aber sie machte sich nicht die Mühe zu lächeln, da niemand es hinter ihrem Schleier sehen konnte.

Sie vollführten weiter zum Schein die verschiedenen Schritte einer Trauung und irgendwann legten sie ihre Hände aufeinander und Miss Rebecca fragte: „Wollt ihr aus der Wüste Sinai herauskommen und wieder nach Chicago zurückreisen? Dann lächelt und sagt: ‚Ich will.'"

„Ich will!", wiederholte Kate.

„Den Ring bitte", sagte Miss Rebecca. Petersen zog den Ring heraus, den Miss Flora ihm geliehen hatte, und schob ihn auf Kates Finger. „Versprecht ihr, diesen Ring seiner rechtmäßigen Besitzerin zurückzugeben, sobald diese Scheinehe aufgelöst ist?", fragte Miss Rebecca mit strahlendem Lächeln.

„Ich verspreche es", sagten Kate und Petersen gleichzeitig. Dann kam der Augenblick, den Kate am meisten gefürchtet hatte. Petersen musste den Schleier anheben und Kate auf überzeugende Weise küssen. Vorsichtig hielt er ihre Hände – so wie man vielleicht einen Hund berührte, bei dem man nicht ganz sicher war, ob er bissig war – und einen Augenblick lang berührten seine Lippen die ihren.

Anschließend blickte Kate zu ihm auf und tat so, als hätte es ihr gefallen. Besser er als der Scheich, dachte sie mit Schaudern.

Die anderen gratulierten ihnen und Mr Farouk half dabei, das Essen und einen der Klostertische in den Garten hinauszutragen. Petersen hielt Kates Hand in seiner großen, verschwitzten Hand, während der Scheich und seine Männer auf sie zukamen. Miss Rebecca und Mr Farouk standen daneben, um zu übersetzen. „Bitte sagen Sie dem Scheich, wie leid es mir tut, dass sein Werben erfolglos war, und dass mir seine Enttäuschung durchaus bewusst ist", sagte Petersen.

„Und sagen Sie ihm, dass wir für ihn zu unserem Gott beten und ihn bitten werden, ihm den Sohn zu schenken, den er sich wünscht", fügte Miss Flora hinzu.

„Das war eine nette Geste", flüsterte Miss Rebecca, während Mr Farouk übersetzte. Kate hoffte, dass der Scheich sie jetzt in Ruhe lassen würde, aber er fing an, laut zu reden und sein Gewehr zu schwenken. „Oh ... oh", sagte Miss Rebecca. „Wie es scheint, möchte er, dass wir jetzt gleich mitkommen und für seine Frau beten."

„Das macht mir nichts aus", antwortete Miss Flora. „Kate, du solltest Becky und mich begleiten, um dem Scheich zu zeigen, dass du ihm nicht böse gesinnt bist."

„Das gefällt mir nicht", murmelte Kate, während sie dem Scheich und seinem Gefolge aus dem Garten und zum Beduinenlager folgte. Der Scheich blieb vor einem Zelt stehen und gab den drei Frauen ein Zeichen hineinzugehen. Sie alle bückten sich und in der Dunkelheit gingen sie langsam weiter, Miss Flora als Erste.

„Ach, du liebe Güte", sagte Miss Flora, nachdem sie vor der Frau des Scheichs stehen geblieben war. Nachdem ihre Augen sich an das Dämmerlicht gewöhnt hatten, wusste Kate auch, warum. Die Frau lag auf Kissen gelagert auf einem Teppich in der Mitte des Zelts, während vier andere Frauen ihr Luft zufächelten, um sie zu kühlen. Der riesigen Wölbung ihres schwarzen Gewandes nach zu urteilen war die Frau sehr, sehr schwanger. „Ach, du liebe Güte", wiederholte Miss Flora. „Ich dachte, wir würden dafür beten, dass irgendwann in ferner Zukunft ein Sohn geboren wird, wenn wir alle wieder zu Hause in Chicago sind – nicht für ein Kind, das jede Minute auf die Welt kommen kann!"

„Und jetzt?", flüsterte Kate.

„Siehst du, wozu all die Lügerei führt?", sagte Miss Flora an ihre Schwester gewandt. „Es hat alles mit einer einzigen kleinen Notlüge begonnen und jetzt wird unsere Lage immer schlimmer. Das sollte uns allen eine Lektion sein."

„Du hast recht", sagte Miss Rebecca, „aber ich bin mir nicht sicher, ob wir unter den gegebenen Umständen etwas anderes hätten tun können. Wir waren dem Scheich auf Gedeih und Verderb ausgeliefert – und der Gnade Gottes –, seit wir auf dem Sinai angekommen sind."

„Wenn wir einpacken und gleich heute nach Hause abreisen", fragte Kate, „meinen Sie, wir können dann verschwinden, bevor sie noch ein Mädchen zur Welt bringt?"

„Möglich", sagte Miss Rebecca, „aber ich kann noch nicht weg von hier, weil ich mit den Aufgaben in der Bibliothek noch nicht fertig bin."

„Dann sollten wir besser anfangen zu beten", sagte Miss Flora. „Alle auf die Knie."

„Wie kann Gott unser Gebet erhören?", fragte Miss Rebecca, während sie auf die Knie sank, um zu beten. „Das Kind kann jeden Tag geboren werden und sein Geschlecht liegt längst fest."

„Ich glaube an einen Gott der Wunder", sagte Miss Flora. „Wenn er Abraham und Sara in ihrem hohen Alter ein Kind schenken kann, kann er dem Scheich auch einen Sohn schenken. Außerdem bete ich nicht nur unseretwegen, dass wir diese Situation heil überstehen, sondern der Scheich und seine Familie sollen außerdem sehen, dass unser Gott ein persönlicher Gott ist, der uns liebt und unsere Gebete erhört. Ich will ihm die Ehre geben."

Kate fand, dass beide Schwestern verrückt waren, aber sie folgte ihrem Beispiel, als die beiden niederknieten, die Augen schlossen und der Schwangeren die Hände auf die Schultern legten. Miss Flora flehte Gott an, ihnen zu vergeben, dass sie gelogen hatten, anstatt auf ihn und seinen Schutz zu vertrauen. Sie bat ihn, barmherzig zu sein und ihr Gebet um einen Sohn für den Scheich durch ein Wunder zu erhören – oder wenigstens die Geburt so lange hinauszuzögern, bis sie sicher wieder in Kairo waren. Sie betete mehrere Minuten lang und endete mit dem, was Kate von den Gottesdiensten als Vaterunser erkannte. Kate stimmte in das Gebet mit ein, weil sie fürchtete, wenn sie Gott nicht um Hilfe bat, würde sie am Ende den

Rest ihres Lebens ganz in Schwarz gekleidet in diesem stickigen Zelt verbringen, umgeben von diesen hysterischen Frauen und ihrem waffenschwingenden Ehemann. Schlimm genug, dass sie die nächsten paar Wochen mit ihrem falschen Ehemann verbringen musste. Anschließend kehrten alle in den Klostergarten zurück und der Scheich und seine Männer schienen das Fest zu genießen. Aber selbst als alles aufgegessen war, machten sie keine Anstalten zu gehen. Kate war es leid, neben Petersen auf einem Falthocker zu sitzen, und wollte gerade aufstehen und etwas anderes tun, als Miss Rebecca zu ihnen kam, um mit ihnen zu sprechen. „Ich habe Nachrichten, die euch nicht gefallen werden", sagte sie. „Ich habe die Unterhaltung der Beduinen belauscht und wie es scheint, ist es Teil ihrer Tradition zu bleiben, bis Braut und Bräutigam in ihr Hochzeitszelt gehen. Sie wollen Lieder singen, während ihr … ihr wisst schon …"

Kate wünschte sich nichts sehnlicher als einen Ort, an dem sie sich verstecken konnte, aber natürlich gab es keinen. „Sie haben gesagt, wir müssten nicht … Sie wissen schon."

„Das müsst ihr auch nicht. Nimm Petersen nur an der Hand und geht zusammen ins Zelt. Dann kann Sören in etwa einer Stunde den Kopf rausstrecken und winken."

Kate war so wütend, dass sie jemanden hätte schlagen können, aber das würde auch nichts nützen. Sie ließ es zu, dass Petersen ihre Hand nahm und sie ins Zelt führte, während die Beduinen riefen und jubelten.

Im Zelt war es von der Nachmittagssonne noch warm und der Schweiß stand auf Kates Stirn, während sie sich einen Platz suchte, der möglichst weit von Petersen entfernt war. „Ich habe ein Messer", erklärte sie ihm. „Das hab ich dem Koch gestohlen. Wenn Sie mir zu nahe kommen, stoße ich Ihnen das Ding zwischen Ihre mageren Rippen."

„Keine Sorge!", wehrte er mit erhobenen Händen ab. „Lieber würde ich mit einer Schlangenbrut leben als mit dir." In dem immer schwacher werdenden Licht funkelten sie sich an, während der Lärm draußen weiterging.

„Warum haben Sie bei der Sache überhaupt mitgemacht?", wollte Kate von ihm wissen.

„Das habe ich doch schon gesagt – ich habe es für Miss Flora und Miss Rebecca getan. Sie waren sehr gut zu mir. Und ich habe Mr Edmund versprochen, dass ich auf sie aufpasse. Und wenn das bedeutet, dass ich mir das Zelt mit dir teile, um mein Versprechen zu halten, dann tu ich es."

„Ha! Sie wollen genauso aus dieser Wüste raus wie ich. Sie machen das doch nur, um Ihre eigene Haut zu retten."

„Natürlich will ich nach Hause. Es gibt Versprechen, die ich halten muss, und Menschen, die sich darauf verlassen, dass ich wiederkomme. Aber wenn die Schwestern in Gefahr sind, dann würde ich für sie sogar bis zum Tod kämpfen, weil sie auch für mich gekämpft haben." Er schwieg einen Moment, dann fügte er hinzu: „Zu dir waren sie auch gut."

Kate wandte den Blick ab, damit er nicht die Tränen in ihren Augen sah. Sie waren gut zu ihr gewesen und freundlicher als jeder andere Mensch in ihrem Leben. Inzwischen hatte sie die beiden richtig gern und wusste tief in ihrem Innern, dass auch sie all das hier nur ihnen zuliebe tat. Sie war immer noch nicht ganz sicher, was Miss Rebecca in der Bibliothek zu finden hoffte, aber Kate war wild entschlossen, ihr dabei zu helfen, damit sie den komischen Professor heiraten konnte, den sie so liebte.

Nach einer Weile war Kate es leid herumzusitzen, und als es im Zelt so dunkel wurde, dass sie Petersen kaum noch sehen konnte, wickelte sie sich in eine Decke und legte sich auf das Feldbett. „Von dem Lärm draußen bekomme ich Kopfschmerzen", murmelte sie. Petersen begab sich zur Tür und hob die Zeltplane an, um den Kopf hinauszustrecken. Tosender Jubel brandete auf und der Scheich feuerte sein Gewehr ab. Kate wünschte, sie könnte sehen, ob Petersen rot geworden war. Sie seufzte, als er wieder hereinkam und die Stimmen allmählich verklangen. „Vielleicht können wir jetzt ein bisschen schlafen."

Sie hörte raschelnde Geräusche auf der anderen Seite des Zeltes, als Petersen sich hinlegte und eine bequeme Schlafposition fand. Sie starrte immer noch zu der Zeltplane hinauf, als sie ihn flüstern hörte: „Gute Nacht, Kate."

Die nächste Woche über blieb es im Beduinenlager ruhig und Kate wagte zu hoffen, dass der Scheich ihnen ihr Täuschungsmanöver abgekauft hatte. Die Tage verbrachte sie mit Miss Rebecca in der Bibliothek, und während sie das allerletzte Regalbord mit Handschriften bearbeiteten, konnte Kate die zunehmende Enttäuschung spüren. „Wir haben einige spannende Dokumente gefunden", sagte sie zu Kate, „und ich weiß, dass die Gelehrten sich freuen werden, aber noch immer keine Bibel."

„Vielleicht haben die Mönche ja woanders noch mehr Sachen. Soll ich mal in diesen Schränken nachsehen?", fragte Kate. Miss Rebecca sah skeptisch aus. Die beiden winzigen Türen unter der Dachschräge, auf die Kate zeigte, sahen eher wie Falltüren zu einem Miniaturverließ aus und nicht wie richtige Wandschränke. Alles im Kloster war so alt und unheimlich, dass Kate insgeheim hoffte, Miss Rebecca würde Nein sagen. Die Mönche hatten den Schwestern gezeigt, was sich unter der Kirche befand. Dort hatten sie Schädel von Hunderten von Mönchen gesehen, die im Laufe der Jahre hier gelebt hatten. Kate würde auf der Stelle in Ohnmacht fallen, wenn sie eine der kleinen Türen öffnete und ein Skelett herausfiel.

„Vielleicht können wir ja kurz hineinschauen und nachsehen, was sich darin befindet", sagte Miss Rebecca schließlich. Kate ging auf allen vieren und wappnete sich, als sie versuchte, die kleine Tür zu öffnen. Zuerst klemmte sie und Kate zog so fest daran, dass sie rückwärts fiel und auf ihrem Allerwertesten landete, als die Tür schließlich mit einem lauten Knarren aufsprang. Sie wischte sich den Staub aus den Augen und entdeckte eine Holzkiste, die aussah, als wäre sie eine Million Jahre alt. Vorsichtig zog sie die Kiste aus dem Schrank ans Licht.

„Die sieht aus wie eine Schatztruhe, nicht wahr?", lächelte Miss Rebecca. Sie kam herbei und setzte sich neben Kate auf den Boden, um die Kiste zu öffnen. Der hölzerne Deckel war mit Scharnieren versehen, die sich mit erneutem rostigem Knarren öffneten. „Ach, du liebe Güte", sagte Miss Rebecca, als sie einen Blick in die Truhe warf.

„Was ist das?", fragte Kate. Die Kiste enthielt sechs schimmelig aussehende Packen Papier, jeder so groß wie ein Buch.

„Ich glaube, das sind Kodizes – antike Bücher, die mit der Hand geschrieben und zwischen zwei Deckeln eingebunden wurden. Hol du sie bitte heraus, Kate. Ich bin so aufgeregt, dass meine Hände zittern."

Kate kniete sich vor die Kiste und hob die Bücher eins nach dem anderen heraus und legte sie vorsichtig auf den Boden. Sie waren schmutzig und sahen aus, als hätten sie schon zur Zeit Jesu in dem Wandschrank gelegen. Miss Rebecca nahm ihre Brille und die Lupe, um sich die unleserliche Schrift anzusehen. „Ich glaube nicht, dass eine dieser Handschriften eine Bibel ist", sagte sie und es klang enttäuscht. „Könntest du bitte dieses hier vorsichtig aufschlagen, damit ich mir die ersten Seiten ansehen kann?" Vorsichtig schob Kate das Messer mit der dünnen Klinge zwischen die Seiten, wie sie es in den vergangenen Wochen gelernt hatte, und blätterte vorsichtig um, wohl wissend, dass die Blätter leicht zu Staub zerfielen. Miss Rebecca betrachtete es mehrere Minuten lang, bevor sie sich wieder aufrichtete. „Es ist ein Band über das Leben einer Heiligen. Kein Wunder, dass die Mönche es so gut verstaut haben."

Kate nahm das Messer und schlug vorsichtig die nächste Seite auf. Sie betrachtete die merkwürdige Schrift und das schmierige Pergament und sagte: „Ich weiß ja nicht, wie Sie das überhaupt lesen können. Für mich sieht das so aus, als hätte jemand irgendwas über die beschriebenen Seiten gekritzelt."

„Lass mich mal sehen." Diesmal studierte Miss Rebecca das Blatt einige Minuten lang, und als sie schließlich zu Kate aufblickte, schien sie erschüttert, so als hätten sie hinter der kleinen Tür doch ein Skelett gefunden. „Katie! Das ist ein *Palimpsest*!"

„Ein was?"

„Ich habe noch nie eins gesehen, aber ich weiß, dass Mönche früher alte Pergamentblätter ein zweites Mal benutzt haben, um ein neues Buch zu verfassen, indem sie die Tinte abgekratzt und über den alten Text einen neuen geschrieben haben."

„Dann haben sie das mit dem Abkratzen aber nicht besonders gut gemacht, weil ich die alte Schrift immer noch sehen kann."

„Ich weiß. Ist das nicht fantastisch? Schlag bitte eine andere Seite für mich auf, Katie, und dann such Flora und sag ihr, dass sie sofort herkommen soll." Kate tat, was Miss Rebecca gesagt hatte, und lief durch die Klosteranlage und in den Garten hinaus, wo Miss Flora und Petersen damit beschäftigt waren, ihre schwindenden Lebensmittelvorräte zu sichten, während der Koch und Mr Farouk versuchten, eines der wenigen übrig gebliebenen Hühner einzufangen. Die Vögel hatten offenbar begriffen, welches Schicksal ihnen bevorstand, und waren auf der Flucht.

„Miss Rebecca möchte, dass Sie gleich zu ihr gehen", sagte Kate ganz außer Atem. „Ich glaube, sie hat etwas Wichtiges gefunden." Auch Petersen kam mit und gemeinsam eilten sie zur Bibliothek zurück.

„Flora, ich habe ein Palimpsest gefunden", sagte Miss Rebecca, als die Neuankömmlinge vor ihr standen und einer nach dem anderen zu niesen begann. „Oder vielmehr hat Kate es für mich gefunden. Bei der oberen Schrift geht es um das Leben einer Heiligen, aber seht ihr die schwache Schrift darunter? Die Überschrift auf dieser Seite hier lautet *Matthäus* und auf der nächsten Seite, die beim zweiten Mal auf dem Kopf beschriftet wurde, steht *von Lukas*. Es ist eine Bibel, Flora! Wir haben Seiten einer antiken Bibel gefunden!" Die Schwestern umarmten sich und führten einen kleinen Freudentanz auf und dann umarmte Miss Flora Petersen, während Miss Rebecca Kate überraschte und sie fest in die Arme schloss. Kate konnte sich nicht erinnern, dass sie jemals so umarmt worden war, und angesichts der Wärme von Miss Rebeccas Armen und ihrer ansteckenden Freude kamen Kate die Tränen. „Wir haben es geschafft! Wir haben es geschafft!", jubelte Miss Rebecca. „Ich bin so stolz auf dich, Kate, dass du das entdeckt hast!"

„Das ist eine wunderbare Neuigkeit", bestätigte Miss Flora, bevor sie erneut heftig niesen musste.

„Aber das Beste kommt noch", sagte Miss Rebecca. „Ich habe bereits herausgefunden, wie alt diese Bibel ist! Während Kate dich geholt hat, habe ich das Datum und die Unterschrift des Schreibers gefunden, der das Buch abgeschrieben hat. Siehst du? Dort steht: *1009 Jahre Alexander*, womit Alexander der Große gemeint ist. Das heißt, nach unserem modernen Kalender wurde es etwa 700 n. Chr. geschrieben. Und das ist der neuere Text!"

„Ach, du liebe Güte", flüsterte Miss Flora. „Das heißt, der Bibeltext ist sogar noch älter?"

„Ja! Meine Vermutung ist, dass der erste Text mindestens 200 Jahre älter sein muss, damit er so überschrieben werden konnte. Wenn ich recht habe, wurde der ursprüngliche Text um 500 n. Chr. geschrieben – und damit wäre es das früheste bekannte aramäische Evangelium, das jemals gefunden wurde!"

Miss Flora musste sich setzen. Es war, als würden ihre Beine sie nicht länger tragen. „Ach, du liebe Güte! Ich wünschte, wir hätten Champagner, um zu feiern."

„Zum Feiern haben wir keine Zeit", gab Miss Rebecca zurück. „Wir müssen dies sofort dem Prior und Pater Galakteon zeigen. Und es gibt viel zu tun, wenn wir den ganzen Kodex fotografieren wollen, bevor unsere Zeit hier im Kloster um ist. Die Welt muss das alles sehen!"

Die Schwestern eilten davon, um den Prior aufzusuchen, und kurz darauf kamen sie mit ihm und Pater Galakteon und einem Dutzend neugieriger Mönche zurück. Kate sah, dass sie wegen dieses zusammengeklebten Packens aus Buchseiten alle ganz aufgeregt waren, auch wenn sie nicht verstand, was die Männer sagten. Der Bibliothekar und mehrere andere boten an zu bleiben und zu helfen und dann machten sie sich gleich an die Arbeit. Kate hatte die schwierigste Aufgabe von allen, nämlich die Seiten, die jahrhundertelang aufeinandergelegen hatten, behutsam voneinander zu trennen. Das Pergament war so trocken und brüchig wie Herbstlaub, und wenn sie nicht aufpasste, zerbrach es in winzige Teile. Jede Seite gab sie an Miss Flora und die Mönche weiter, die vorsichtig die obere Tintenschicht abkratzten, damit das darunterliegende Werk zum Vorschein kam. Petersen hatte Stativ und Kamera aufgebaut und machte Fotografien von den Seiten. Dann entfernte er die gebrauchten Negative und verstaute sie sorgfältig, bevor er sie durch neue ersetzte. Miss Rebecca saß mit Stift und Papier und ihrer Lupe da und arbeitete daran, den Text zu entziffern.

Kate spürte genau, wie wichtig ihre Arbeit war. Miss Rebecca und sie entdeckten diese antike Bibel nicht nur um des Professors willen, sondern damit die ganze Welt sie sehen konnte. Wie war es nur dazu gekommen, überlegte Kate, dass sie früher auf der Straße und in einem Bordell gelebt hatte und jetzt eine so wichtige Entdeckung machte? Sie beugte sich über das Pergament, um die nächste Seite zu lösen, und wagte es kaum, dabei zu atmen.

„*Ich bin so stolz auf dich*", hatte Miss Rebecca zu ihr gesagt. Es war das erste Mal in ihrem Leben, dass jemand so etwas zu Kate Rafferty gesagt hatte.

KAPITEL 31

„Ich kann nicht glauben, dass wir tatsächlich rechtzeitig fertig geworden sind", sagte Kate, als sie sich ein letztes Mal in der Bibliothek umsah. Sie war bereit, nach Hause zurückzukehren. Petersen hatte die letzten Seiten des Kodex fotografiert, und nachdem Miss Rebecca die losen Seiten wieder zu einem Buch zusammengefügt hatte, hatte Miss Flora es in einen Seidenbeutel gelegt, den sie aus einem ihrer Schals genäht hatte. Der Prior des Klosters bewahrte den antiken Kodex jetzt an einem Ehrenplatz in seinem Arbeitszimmer auf. Kate und Miss Rebecca hatten die beiden kleinen Wandschränke der Bibliothek noch weiter durchsucht, aber nichts gefunden, was so wichtig war wie das Palimpsest.

„Bist du bereit, morgen wieder auf ein Kamel zu steigen, Kate, und quer durch die Wüste zu reiten?", fragte Miss Rebecca, als sie über das Klostergelände zu ihrem Lager im Garten gingen.

„Ich kann nicht sagen, dass ich mich auf den Kamelritt freue, aber es wird schön sein, wieder Ahornbäume und grünes Gras zu sehen – und sogar Schnee", antwortete sie. Sie sah, wie Miss Flora vor dem sogenannten „Brautzelt" mit Petersen sprach, und beide wandten sich Kate und Miss Rebecca zu, als sie näher kamen.

„Wir haben ein Problem", sagte Miss Flora. „Mr Farouk hat dem Scheich gesagt, dass wir morgen früh aufbrechen wollen, und ihn aufgefordert, seine Karawane bereitzuhalten, aber er weigert sich zu gehen. Er sagt, wir müssten alle hier warten, bis sein Sohn geboren ist." Bei dieser Nachricht zog sich Kates Magen vor Angst zusammen. Sie fühlte sich gefangen, so wie damals, als Joe sie in das Bordell gesperrt hatte. Und diesmal gab es kein Fenster, aus dem sie klettern konnte.

„Und was ist, wenn das Baby ein Mädchen ist?", fragte Kate.

«Der Scheich glaubt, wir hätten ihm einen Jungen versprochen», erwiderte Miss Flora. «Wer weiß, was geschieht, wenn es keiner wird.»

Miss Rebecca nahm ihren Hut ab und wischte sich mit ihrem Ärmel den Schweiß von der Stirn. «Weiß er, dass wir kaum noch genug zu essen haben, um bis zum Golf zurückzukommen? Oder dass Schiffspassagen nach Amerika auf uns warten?»

«Es scheint ihn nicht zu interessieren. Er wird uns als Geiseln festhalten, bis seine Frau einen Sohn hat.»

«Ich werde dem Koch sagen, dass er für mich nichts zum Abendessen zubereiten soll», sagte Miss Rebecca. «Mir ist gerade der Appetit vergangen.»

Kate hatte auch nicht viel Appetit. Die jüngste Forderung des Scheichs hatte sie nervös gemacht. Sie hatten nicht mehr viel zu essen. Die Datteln, die sie inzwischen so gern aß, waren beinahe alle und der Koch hatte nur noch ein Huhn, dessen Leben bislang verschont worden war, damit es frische Eier legen konnte. Bevor sie an diesem Abend schlafen gingen, bat Miss Flora Kate und Petersen, sie und Miss Rebecca bei den Händen zu fassen, damit sie alle zusammen beten konnten. Die Schwestern übernahmen das Beten, während Kate zum leuchtenden Vollmond und zu den unzähligen Sternen hinaufblickte und sich fragte, wovor sie mehr Angst hatte: vor Joe und seinen Männern oder vor dem Scheich und seinem Gefolge. Sie alle bescherten ihr Albträume. Als sie zu Ende gebetet hatten, sah sie einen der in Weiß gekleideten Kameltreiber am Gartentor stehen, so wie er es jeden Abend tat, um sich davon zu überzeugen, dass Petersen und sie wirklich im selben Zelt schliefen. Schnell ging sie hinein, um sich zu entkleiden und unter ihre Decke zu kriechen.

Petersen kam wenige Minuten später herein und zog das lange, weiße Gewand aus, das Mr Farouk ihm am Anfang ihrer Reise gegeben hatte. Er hatte Wort gehalten und war in den letzten Wochen immer auf seiner Seite des Zeltes geblieben und irgendwann hatte Kate dem Koch das Küchenmesser zurückgegeben. Jetzt blickte sie im Mondlicht zu ihm hinüber, wie er auf dem Rücken dalag, die Hände hinter dem Kopf verschränkt. Er war zu groß für das Bett, sodass seine Füße ein ganzes Stück über das Fußende hinaushingen.

„He, Petersen", sagte Kate. „Glauben Sie, dass das wirklich funktioniert?"

Er drehte den Kopf, um sie anzusehen. „Dass was funktioniert?"

„Sie wissen schon ... so zu beten, wie die Schwestern das tun. Sind Sie auch Christ, so wie die beiden?"

Er schwieg einen Augenblick und fragte dann: „Bist du es denn?"

„So haben wir nicht gewettet. Ich habe zuerst gefragt."

Petersen schnaubte und blickte wieder zur Decke aus Zeltplane hinauf. „Miss Rebecca hat mich am Morgen nach dem Sandsturm gefragt, was ich vom Beten halte. Die Antwort auf die Frage weiß ich wohl immer noch nicht. Manchmal kommt es mir so vor, als würde Gott zuhören und die Gebete von Menschen beantworten – zum Beispiel, als Mr Edmund gesund geworden ist. Aber andererseits ... ich weiß nicht ..." Seine Stimme verstummte und er schwieg einen Moment lang. „Was das Christsein betrifft ... Ich bin kein guter Mensch wie die Schwestern. Ich weiß nicht, was sie dir erzählt haben, aber ich bin früher mal verhaftet und ins Gefängnis geworfen worden."

Kate schluckte. „Ich auch", sagte sie leise. Sie dachte daran, wo sie gelandet war, nachdem sie aus dem Gefängnis gekommen war, und schloss die Augen vor Scham. Nein, sie war auch kein guter Mensch. „Miss Rebecca hat mich gefragt, was ich gern mit meinem Leben anfangen würde, und ich wusste nicht, was ich ihr antworten sollte. Wissen Sie, was Sie machen werden, wenn wir wieder in Chicago sind?"

„Ich würde gerne weiter für die Schwestern und Mr Edmund arbeiten, wenn sie mich lassen."

„Sie sind ein besserer Dienstbote als ich ... obwohl ich mir wahrscheinlich mehr Mühe geben könnte, wenn ich bleibe." Sie wartete und fragte sich, was Petersen sagen würde. Er war ihr schärfster Kritiker und brüllte sie immerzu an, wenn sie einen Fehler machte. Sie hatte keine Ahnung, warum sie jetzt so mit ihm sprach, aber nachdem sie in den letzten Wochen so eifrig an dem Palimpsest gearbeitet hatte und ihre Hoffnung, morgen nach Hause zu reisen, so plötzlich zerschlagen worden war, hatte Kate einfach keine Kraft mehr zu kämpfen. Wenn die Gebete der Schwestern nicht funktionierten, gab es nicht mehr viel, was sie tun konnten.

„Ich hoffe, du fängst nicht wieder mit dem Klauen an", sagte

Petersen schließlich. „Du bist ein richtig schlaues Mädchen, Kate, und könntest alles Mögliche tun, wenn wir zu Hause sind."

„Danke." Kate wollte noch mehr sagen, aber sie brachte nichts heraus. Bei den Worten *zu Hause* hatte sie einen dicken Kloß im Hals verspürt. Wenn sie nicht weiter bei den Schwestern arbeiten konnte, hatte sie kein Zuhause, zu dem sie zurückkehren konnte. Sie schluckte und sagte: „Gute Nacht, Sören."

Drei Tage vergingen. Kate wartete jeden Morgen im Zelt, während die Schwestern und Petersen mit Mr Farouk zum Lager der Beduinen gingen, um mit dem Scheich zu reden. Er gab keinen Zentimeter nach.

Weil sie sonst nicht viel zu tun hatte, fragte Miss Rebecca Kate, ob sie gerne lesen und schreiben lernen würde. „Warum nicht ...", sagte sie achselzuckend. Wenn sie lesen konnte, würde sie eine Fahrkarte kaufen und Chicago verlassen können. Jeden Tag saßen sie im Schatten der klösterlichen Akazien und füllten die leeren Seiten hinten in Miss Rebeccas Tagebuch mit Buchstaben und Wörtern. Jeden Abend vor dem Schlafengehen reichten sie sich die Hände und beteten.

In der vierten Nacht riss ein Schuss Kate aus dem Schlaf. Petersen schlüpfte hinaus, während Kate im Zelt herumirrte und sich Schienbeine und Zehen stieß, während sie im Dunkeln ein Versteck suchte. Sie war zu verängstigt und zu müde, um klar zu denken. Dann kam Miss Rebecca herein und gleich darauf spürte Kate ihre Arme um sich und hörte ihre Stimme, die sie beruhigte. „Du bist in Sicherheit, Kate. Du brauchst keine Angst zu haben. Es ist nur der Scheich, der sein Gewehr abfeuert." Miss Rebecca hielt sie im Arm, bis sie sich beruhigt hatte, und sagte dann. „Bleib hier, während ich hinausgehe und nachsehe, was los ist."

Kate konnte die Beduinen am Tor zum Garten rufen hören. Sie sank auf die Knie und schloss die Augen. „Bitte mach, dass der Scheich einen Jungen bekommt", betete sie. „Bitte, Gott. I... ich verspreche auch, dass ich nicht mehr stehlen werde, wenn du uns alle hier heraus holst."

Wenige Minuten später streckte Miss Rebecca den Kopf herein. „Der Scheich will, dass wir zu seinem Zelt kommen und beten. Seine Frau bekommt ihr Kind."

„Weiß dieser dumme Kerl nicht, dass es längst zu spät ist, für einen Jungen zu beten?", fragte Kate, während sie ihre Kleider und Schuhe zusammensuchte.

„Offenbar nicht." Mit diesen Worten ging Miss Rebecca wieder hinaus.

Kate klammerte sich an Miss Rebecca, als sie im Dunkeln den steinigen Weg zum Lager des Scheichs zurücklegten. Schon von Weitem konnten sie die Schmerzensschreie und das Stöhnen seiner Frau hören. Kate wollte weder ihr noch sonst einer Frau dabei zusehen, wie sie ihr Kind bekam, und den Schwestern ging es genauso, aber ihnen blieb nichts anderes übrig. Miss Flora ging voran ins Zelt und sie setzten sich in der Nähe der Frau im Kreis auf den Boden und hielten sich bei den Händen, während sie beteten. Kate hätte sich eine so merkwürdige Nacht wie diese nicht einmal im Traum vorstellen können. Sie war auf der anderen Seite der Erde, saß mitten in der Nacht in einem Zelt aus Ziegenfellen und wartete darauf zu erfahren, ob diese Beduinenfrau einem Jungen das Leben schenkte und sie alle frei waren, oder einem Mädchen, was für sie den Untergang bedeutete.

„Diese Nacht scheint kein Ende zu nehmen, nicht wahr?", flüsterte Miss Rebecca zwischen den Gebeten und den Schreien der Frau.

„Ja – und der armen Mutter kommt es bestimmt erst recht so vor", flüsterte Miss Flora zurück. „Stell dir nur vor, wie sie sich fühlen wird, wenn es wieder ein Mädchen ist."

„Es tut mir schrecklich leid, dass ich uns in diese Lage gebracht habe", sagte Miss Rebecca.

„Unsinn", erwiderte ihre Schwester. „Ein langweiliges Leben lohnt sich doch kaum. Wir gehören hier hin, meinst du nicht auch? Auf den Weg, der zum Dienst für Gott führt? Ist das nicht der Kern des Glaubens – weitergehen und vertrauen auf das, was man nicht sieht?"

Kate war sich sicher, dass die Schwestern weiter an Gott glauben würden, auch wenn er ihre Gebete heute Nacht nicht erhörte. Solche Menschen wie diese beiden Frauen hatte sie noch nie in ihrem Leben getroffen und in diesem Augenblick war es ihr eigenes inständiges Gebet, dass sie bei ihnen leben und für sie arbeiten konnte, wenn sie wieder zu Hause waren. Und von ihnen lernen.

Kate war gerade eingenickt, als der schwache Schrei eines Säuglings sie weckte. Allmählich wurde der Himmel über dem Zelt hell.

„Ist es ein Junge?", flüsterte sie, obwohl sie die Antwort fürchtete.

„Ich gehe nachsehen." Miss Flora erhob sich und streckte Rücken und Arme. Dann näherte sie sich dem Kreis der Frauen, die um die junge Mutter herumstanden. „Gott sei gelobt!", sagte sie und hob die Hände. „Der Scheich hat einen Sohn!"

„Das ist eine wundervolle Nachricht", sagte Miss Rebecca. „Danke, Gott! Danke!" Sie zog Kate in ihre Arme und drückte sie ganz fest, während das Gewehr des Scheichs ertönte.

Mit einem Mal wurde Kate von einer Freude überwältigt, die ihr die Tränen in die Augen trieb. Gott hatte ihre Gebete erhört. Sie konnte diesen Ort verlassen und nach Hause zurückkehren – wo auch immer das war. Darüber würde sie sich Gedanken machen, wenn es so weit war, aber in diesem Augenblick brauchte sie sich keine Sorgen mehr über den Scheich zu machen.

Miss Rebecca hielt Kate fest im Arm und zum ersten Mal, seit sie denken konnte, erwiderte Kate eine Umarmung.

Teil V

Rebecca

KAPITEL 32

Der Atlantik
1890

Rebecca blickte von dem Buch, das sie las, auf und ließ den Blick über das weite graugrüne Meer wandern, das bis zum Horizont reichte. Das rhythmische Hämmern der Heizkessel unter ihren Füßen war ein tröstliches Geräusch. Flora und sie saßen im Freien auf Liegestühlen, um die Beine hatten sie sich karierte Decken geschlungen, während sie lasen. „Dem Himmel sei Dank, dass die Heimreise bis jetzt so glattgeht", sagte Rebecca.

„Man soll den Tag nicht vor dem Abend loben, Becky", warnte Flora. „Nicht, dass du es herbeiredest! Erinnerst du dich an das schreckliche Unwetter auf dem Mittelmeer vor Jahren?"

„Ich war sicher, wir würden Schiffbruch erleiden wie der Apostel Paulus. Aber vor allem um ihretwillen bin ich froh, dass diese Überfahrt ereignislos war", sagte Rebecca und deutete auf Kate und Petersen, die in entgegengesetzten Richtungen über das Deck liefen und sich die Beine vertraten.

„Auf dieser Reise haben sie mehr als genug Abenteuer erlebt, meinst du nicht?", lachte Flora.

„So viel steht fest! Und ich glaube, die Ehe bekommt ihnen, oder wie siehst du das? Auch wenn es eine vorgetäuschte, vorübergehende Ehe ist. Sie scheinen eine Art Friedensvertrag geschlossen zu haben."

Flora schlug das Buch zu, in dem sie gelesen hatte, und legte die Hände darauf. „Ich habe viel über Sören und Kate nachgedacht und über alles, was sie unseretwegen durchgemacht haben. Ich habe wegen ihrer Zukunft gebetet, Becky, und beschlossen ..."

„Warte", unterbrach Rebecca sie. „Bevor du weitersprichst, möchte ich dir sagen, was ich entschieden habe."

„Ach, du liebe Güte. Das klingt aber ernst."

„Es ist ernst." Rebecca hielt inne und holte tief Luft. „Du weißt, wie sehr ich dafür gebetet habe, dass Timothy gläubig wird. Ich liebe ihn so sehr, Flora, dass mir die Seele schmerzt, wenn ich daran denke, dass ich die Ewigkeit getrennt von ihm verbringen muss. Es tut schrecklich weh!" Selbst jetzt war der Schmerz so echt, dass Rebecca sich am liebsten gekrümmt hätte.

Flora nahm ihre Hand. „Gott hat uns mit dem Sohn des Scheichs ein Wunder geschenkt, und vielleicht …"

„Das weiß ich. Ich weiß. Und ich weiß auch, dass Gott Timothy von einem Moment zum nächsten verändern kann, so wie er es mit Saulus auf dem Weg nach Damaskus getan hat. Mir ist klar, dass Gott Timothys freien Willen respektiert und dass die Entscheidung zu glauben oder nicht letzten Endes seine Entscheidung ist. Aber das wollte ich dir nicht sagen. Ich drücke mich ungeschickt aus, Flora. Lass mich noch einmal von vorn anfangen." Wieder machte sie eine Pause. Wenn sie die Worte aussprach, würden sie wahr werden und sie würde den Weg zu ihrem nächsten Abenteuer einschlagen. War sie sich sicher, dass sie das tun wollte? Sie holte noch einmal tief Luft. „Unabhängig davon, ob ich eine Zukunft mit Timothy habe oder nicht, möchte ich nicht den Rest meines Lebens allein verbringen. Und deshalb habe ich beschlossen, Kate Rafferty als meine Tochter anzunehmen."

„Was?", fragte Flora ungläubig. „Du meinst, gesetzlich adoptieren?"

„Ja. Ich möchte sie in unsere Familie aufnehmen und sie als meine Tochter erziehen, nicht als alberne Kammerzofe – eine Tätigkeit, für die sie übrigens überhaupt nicht geeignet ist. Kate und ich haben uns viel unterhalten, während wir zusammengearbeitet haben, und ich bin zu dem Schluss gekommen, dass sie keine Arbeit und keine neuen Kleider oder Manieren braucht oder auch nur lesen und schreiben lernen muss, obwohl wir daran schon arbeiten. Was sie braucht, ist Liebe. Sie hat mir erzählt, dass sie noch nie von einem Menschen geliebt wurde und dass sie selbst auch noch nie jemanden geliebt hat."

„Ach, das arme Mädchen."

„Ich habe versucht, sie davon zu überzeugen, dass Gott sie liebt, aber sie kann diese grundlegende Wahrheit nicht verstehen, weil sie gar nicht weiß, was Liebe ist. Sie hat es nie erfahren. Ich möchte ihr zeigen, dass ich sie liebe, Flora, mit all ihren Ecken und Kanten, damit sie anfangen kann zu glauben, dass Gott sie auch liebt."

„Oh, Becky." Flora hatte Tränen in den Augen. Sie beugte sich vor und umarmte ihre Schwester. „Das ist eine wundervolle Idee!"

„Ich weiß, dass es nicht einfach sein wird, aber das ist das Elternsein ohnehin nur selten. Sie ist mir sehr ähnlich, weißt du, so stur und eigensinnig. Sie sagt, was sie denkt, und das gefällt mir – meistens jedenfalls. Ich habe selbst nicht viel Übung darin, andere Menschen so zu lieben, wie Jesus es mir gebietet, aber Gott weiß, dass ich es versuchen muss."

„Du hast meine ganze Unterstützung, Becky. Und die von Edmund auch, da bin ich mir sicher."

„Gut. Danke. Aber du wolltest mir etwas über Sören und Kate erzählen, bevor ich dich unterbrach."

„Wir denken ähnlich, Becky. Das war schon immer so. Ich wollte dir sagen, dass ich Edmund fragen will, ob wir Sören adoptieren können. Ich möchte, dass er unser Sohn ist. Ich bin sicher, dass Edmund einwilligen wird, denn er liebt Sören auch, aber ich hatte Sorge, welche Wirkung meine Entscheidung auf Kate haben könnte und welche Komplikationen es für unseren Haushalt bedeuten würde. Dieses Problem hast du jetzt für mich gelöst."

„Stell dir nur vor: Wir werden in unserem Alter noch Eltern!", sagte Rebecca, als Flora sie erneut umarmte.

„Ich weiß, dass solche einschneidenden Veränderungen in unserem Leben für keinen von uns leicht sein werden, aber …"

„Ach was! Wer schert sich schon um ‚leicht'?", erwiderte Rebecca. „Leicht ist langweilig. Wir können eine schöne Herausforderung gebrauchen, um das Leben interessanter zu machen."

„Was meinst du, wie wir es ihnen sagen sollen? Immerhin sind sie beide über achtzehn. Es könnte ja auch sein, dass sie gar nicht adoptiert werden wollen."

„Ich glaube nicht, dass sie etwas dagegen haben werden, Flora. Schließlich haben wir zusammen eine Menge erlebt und schon jetzt gehören sie zur Familie." Kaum hatte Rebecca den Satz beendet, da sahen sie Kate und Sören wieder aus unterschiedlichen Richtungen das Deck entlangmarschieren. Sören winkte kurz, als er bemerkte, dass Flora und sie ihn ansahen. Plötzlich lachte Rebecca, weil ihr noch ein Gedanke kam. „Wie sollen wir ihnen nur erklären, wie vermögend sie sein werden? Petersen kann addieren und subtrahieren, aber Kate kann kaum bis einhundert zählen."

„Uns wird schon etwas einfallen. Ich weiß, dass es dir Freude bereiten wird, Kate als deine Tochter zu erziehen und ihr alles Mögliche beizubringen", sagte Flora, als die jungen Leute wieder aus ihrem Blickfeld entschwunden waren. „Aber was ist mit Timothy? Wie passt er in dieses neue Familienbild?"

Rebecca spürte den vertrauten Schmerz in der Magengegend, als ihre Schwester Timothy erwähnte. Wie konnte die Liebe eine so überströmende Freude sein und ihr zugleich so großen Kummer machen? „Ich weiß nicht, ob unsere Entdeckung im Katharinenkloster Timothy überzeugen wird. Ehrlich gesagt bezweifle ich es, vor allem, weil es lange dauern wird, bis die Forscher eine vollständige Transkription der Seiten erstellt haben." Sie hielt inne, entschlossen, nicht zu weinen. „Ich glaube, ich muss Timothy loslassen. Freunde werden wir immer bleiben, daran ändert sich nichts. Aber ich muss unsere Beziehung beenden und die Tatsache akzeptieren, dass ich ihn vielleicht niemals heiraten kann. Es tut einfach sehr weh."

„Oh, Becky ..."

„Bitte kein Mitleid, Flora. Du weißt, dass ich Mitleid hasse. Wenigstens brauche ich das Leben nicht allein zu verbringen, wenn ich Kate adoptiere. Und Gott hat mir ein Leben voller Arbeit für ihn gegeben – und genügend Freude und Erfüllung für zwei Leben. Es wäre egoistisch von mir, mehr zu verlangen."

Als Rebecca und Flora in Chicago am Bahnhof ankamen, warteten dort schon Timothy und Edmund auf sie. Ein Blick auf den geliebten Mann mit seinen zerzausten Haaren und Rebeccas Entschlossenheit löste sich in Luft auf. Sie liebte ihn. Es war ein wunderbares Gefühl, nach all den Monaten wieder in seinen Armen zu sein, und sie wollte für immer mit ihm zusammen sein. Wie konnte sie ihn da gehen lassen? Und doch wusste sie, dass sie es tun musste.

Timothy hatte eine Kutsche gemietet, damit sie beide alleine miteinander sprechen konnten, während die anderen mit Andrew fuhren. Als die Gepäckträger die Koffer in die beiden Wagen geladen hatten, machten die Kutschen sich auf den Weg. „Timothy, ich habe tatsächlich gefunden, was ich gesucht habe!", sagte Rebecca, als der Wagen sich in Bewegung setzte. „Ich glaube, meine Entdeckung könnte ein vollständiges Exemplar der Evangelien sein! Die Seiten waren in der verkehrten Reihenfolge, deshalb werde ich es erst wissen, bis wir die ganze Transkription haben, aber ich konnte das Manuskript auf etwa 500 n. Chr. datieren! Kannst du dir das vorstellen? Dann wäre es eines der frühesten Exemplare, die je gefunden wurden! Ich wünschte, du hättest dabei sein und es mit eigenen Augen sehen können! Kate hat es in einem winzigen, staubigen Wandschrank gefunden, wo es mit einem halben Dutzend anderer Kodizes lag, und die Seiten waren alle miteinander verklebt – und es war ein Palimpsest, Timothy. Zuerst habe ich das nicht erkannt, aber dann hat Kate die Schrift darunter entdeckt und ich konnte eine Überschrift entziffern – *von Lukas* – und da wäre ich beinahe in Ohnmacht gefallen! Ich habe meine Lupe genommen und … Warum siehst du mich so an?"

„Weil ich dich unbedingt küssen will und du nicht aufhörst zu reden." Er zog sie an sich und gab ihr einen Kuss, bis die Kutsche durch ein Schlagloch fuhr und sie ruckartig voneinander getrennt wurden. Er seufzte zufrieden. „Ich liebe dich so sehr, mein liebes Mädchen! Nur meine Rebecca kann sich so für einen antiken Kodex begeistern. Und ich kenne keine andere Frau in Chicago, die auch nur weiß, was ein Palimpsest ist." Er küsste sie wieder und sagte dann: „Jetzt darfst du weiterreden, meine Liebe. Du hast mir von diesem wunderbaren Fund erzählt."

„Er ist herrlich, Timothy, weil er beweist, dass das, was ich dir die ganze Zeit zu sagen versuche, wahr ist. Die Evangelien sind im Laufe der Jahre nicht verändert und bearbeitet worden. Sie sind noch genauso, wie sie es vor mehr als tausend Jahren waren. *Tausend Jahre!* Ich weiß, dass es dauern wird, eine vollständige Transkription der Seiten anzufertigen und sie genau mit unseren modernen Evangelien zu vergleichen, aber ich bin mir schon jetzt sicher, dass die Seiten aus dem Lukasevangelium, an denen ich gearbeitet habe, gleich sind. Die Geschichte von der Jungfrau Maria, die Geburt Jesu in Bethlehem, die Engel, die den Hirten erschienen sind – sie sind alle in einem Exemplar des Evangeliums zu finden, das Jahrhunderte alt ist!" Rebecca sah ihm in die Augen, als könnte sie ihm so ihren Willen aufzwingen. Sie wünschte so sehr, er würde sagen, dass er überzeugt sei, dass er jetzt glaube, aber sie wusste, dass dies eine unrealistische Hoffnung war. Ein Wunder hatte sie in diesem Sommer schon erlebt, als die Hebamme den schreienden Sohn des Scheichs hochgehalten hatte, und sie wagte kaum, auf ein zweites zu hoffen. „Sag etwas, Timothy. Ich verspreche, dass ich eine Weile den Mund halten werde."

„Ich habe mich ohne dich schrecklich gefühlt, Rebecca", sagte er und strich mit den Fingern sanft über ihre Wange. „Ich möchte nie wieder von dir getrennt sein."

Rebecca musste den Blick abwenden. Sie betete um Kraft, damit sie tun konnte, was sie tun musste. „Ich kann nicht mehr mit dir auf diese Weise zusammen sein, Timothy. Es tut mir leid, aber es ist einfach zu schwer. Ich liebe dich mehr, als du ahnen kannst, aber für uns gibt es keine Zukunft – außer als Freunde." Er lehnte sich auf seinem Sitz zurück und schloss die Augen. „In der Bibel steht, dass ich Gott von ganzem Herzen, mit ganzer Seele und ganzem Gemüt und mit ganzer Kraft lieben soll", fuhr sie fort, während ihr die Tränen über die Wangen liefen. „Wie können wir eins sein, wenn der liebe Gott das Ziel meines Lebens ist, er aber in deinem Leben keine Rolle spielt? Es tut mir leid, Timothy. ... Es tut mir furchtbar leid."

Er gab ihr sein Taschentuch, damit sie ihre Tränen trocknen konnte, dann hielt er sie im Arm, während er versuchte, sie zu trösten. „Mir tut es auch leid, mein liebes Mädchen ... Ich habe Zeit mit Edmund verbracht, während ihr fort wart, und er hat mich gewarnt, dass dies geschehen könnte. Er hat mir auch gesagt, dass noch nie ein logisches Argument einen Menschen in das Reich Gottes gelockt hat. Er sagte, ich müsste mein Bedürfnis nach Vernunft und Logik ablegen und Gott einfach bitten, sich mir zu zeigen. Und dann auf seine Antwort warten."

„Und hast du das getan?", fragte sie, doch sie wagte nicht zu hoffen.

„Ja, Rebecca. Ich habe wirklich versucht, die Argumente in meinem Verstand auszuschalten und einfach zu hören. Ich will dich nicht verlieren."

„Aber ...? Ich höre das Zögern in deiner Stimme, Timothy."

Er seufzte. „Ich fürchte, ich habe Gottes Stimme nicht gehört. Es tut mir leid, das sagen zu müssen, aber wenn er versucht hat, mit mir durch einen brennenden Dornbusch oder einen Engelsboten zu reden, habe ich es jedenfalls nicht bemerkt."

„Ich werde die Hoffnung nicht aufgeben. Jesus hat gesagt, wenn wir ihn suchen, werden wir ihn auch finden, wenn wir es von ganzem Herzen wollen. In der Zwischenzeit sollte meine Entdeckung wenigstens eines deiner Argumente entkräften."

„Ja, das klingt tatsächlich vielversprechend. Und aus rein historischer Perspektive gesprochen, hast du eine unglaubliche Entdeckung gemacht. Ich bin stolz auf dich."

Als sie zu Hause ankamen, wollte Rebecca als Erstes die Kiste mit den Artefakten und Manuskriptfragmenten auspacken, die Flora und sie in Kairo erworben hatten. Sie bat Andrew, eine Brechstange zu holen, nachdem er die Kiste ins Foyer geschleppt hatte. „Ich kann es kaum erwarten, Edmund und dir zu zeigen, was wir gekauft haben", erklärte sie Timothy. „Wir haben denselben Händler im Teppichladen getroffen und er hatte mehrere wundervolle Stücke für uns. Bestimmt haben wir zu viel dafür bezahlt, aber wenigstens stehen sie jetzt der Wissenschaft zur Verfügung."

Nachdem Andrew zurück war und die Kiste geöffnet hatte, kramte Rebecca darin und holte vorsichtig jedes kostbare Stück heraus, sodass schon bald überall auf dem Boden Verpackungsmaterial lag. Während Edmund und Timothy die Schätze bewunderten, zog Rebecca ihre Schwester beiseite.

„Können wir Sören und Kate heute Abend unsere Entscheidung mitteilen? Ich will nicht noch einen Tag warten, sondern endlich damit beginnen, sie wie Kinder zu behandeln und nicht wie Dienstboten."

„Das will ich auch. Ich werde mit Edmund reden. Wir laden Kate und Sören ein, heute mit uns zu Abend zu essen, dann erzählen wir ihnen die Neuigkeiten."

Es war viel gutes Zureden nötig, um Sören und Kate dazu zu überreden, dass sie sich an den Tisch setzten und mit ihnen aßen, anstatt sie als Butler und Dienstmädchen zu bedienen. „Was ist los, Rebecca?", beugte Timothy sich flüsternd vor. „Warum sitzen der Butler und das Dienstmädchen bei uns?"

„Das wirst du gleich sehen." Das Unbehagen der beiden jungen Leute war so offensichtlich, dass Flora beschloss, mit ihren Neuigkeiten nicht bis zum Ende der Mahlzeit zu warten. Rebecca freute sich und war doch zugleich so nervös, dass sie kaum still sitzen konnte. Sie hatte Flora gebeten anzufangen, damit sie Zeit hatte, ihre Gedanken zu ordnen.

„Edmund und ich möchten Ihnen – dir etwas sagen, Sören", begann Flora. „Du sitzt heute hier mit uns am Tisch, weil wir nicht länger wollen, dass du unser Bediensteter bist. Wir möchten, dass du unser Sohn wirst." Sören wurde ganz blass im Gesicht. Rebecca glaubte sein Herz von der anderen Seite des Tisches aus hämmern zu hören, und als sie seinen Blick voller Staunen und Hoffnung und Zweifel sah, kamen Rebecca die Tränen. Sie hatte die „Adoptionsparaden" im Waisenhaus mit angesehen, bei denen die Kinder an potenziellen Eltern zur Inspektion vorbeiliefen und sich jedes Mal fragten, ob sie an diesem Tag eine neue Familie finden würden. Sie konnte nur erahnen, was in Sörens Kopf vor sich ging, jetzt, wo er endlich auserwählt war. Er schien nicht fähig, etwas zu sagen.

„Ich hätte dich und Gunnar adoptieren sollen, als ihr gerade ins Waisenhaus gekommen wart", fuhr Flora fort, „aber meine eigene Sturheit hat mich blind gemacht für das, was Gott vorhatte. Edmund liebt dich ebenso sehr, wie ich es tue. Bist du damit einverstanden, unser Sohn zu sein?"

Sören legte über seinem leeren Teller die Arme auf den Tisch und verbarg das Gesicht darin. Seine Schultern bebten, während er weinte. Flora und Edmund standen beide auf und gingen zu ihm. Sie legten ihm einen Arm um die Schultern und fuhren ihm sanft über den Rücken. „Was meinst du?", fragte Edmund. „Bitte sag Ja."

Sören blickte auf, das Gesicht ganz nass von Tränen, und nickte.

„Da ist noch etwas", sagte Rebecca, die jetzt keinen Augenblick länger warten wollte. Sie wandte sich an Kate, die von dem, was gerade geschehen war, ganz benommen und verwirrt schien. „Kate, du erinnerst mich an mich selbst, du bist so voller Widersprüche", begann sie. „Als Zofe bist du nicht so geeignet, aber du bist eine wunderbare Assistentin und Freundin. Ich würde dich gerne als meine Tochter adoptieren. Ich glaube, wir beide könnten zusammen ein sehr interessantes Leben führen."

Kate sah sie mit großen, angsterfüllten Augen an und schüttelte den Kopf. „Nein. ... Nein, das können Sie nicht. Sie wissen doch, dass ich eine Diebin bin ..."

„Du *warst* eine Diebin", unterbrach Rebecca sie. „Deine Vergangenheit spielt keine Rolle mehr. Wir alle verzeihen dir und Gott wird es auch tun, wenn du ihn darum bittest."

„Aber Sie wissen doch gar nicht alles, was ich getan habe", sagte sie, immer noch kopfschüttelnd.

„Ich brauche nicht alles zu wissen, obwohl du es mir gerne erzählen kannst, wenn du dich dann besser fühlst."

„Nein, das kann ich nicht! Und ich kann auch nicht Ihre Tochter sein ... Ich bin nicht gut genug!" Sie sprang auf und hätte beinahe ihren Stuhl umgestoßen. Dann rannte sie aus dem Zimmer.

„Entschuldigt mich." Rebecca erhob sich ebenfalls. „Bitte esst weiter." Sie folgte Kate in ihr Zimmer im zweiten Stock und war ganz außer Atem, als sie oben ankam. Ihr entging nicht die Ironie, dass die beiden Menschen, die sie liebte – Kate und Timothy – sich weigerten, Barmherzigkeit und ein neues Leben anzunehmen. Kates Tür stand offen und sie lag bäuchlings auf dem Bett und schluchzte. Rebecca setzte sich neben sie auf die Bettkante und strich eine Weile über ihr schönes rotes Haar, bevor sie etwas sagte.

„Ich muss nicht wissen, was in der Vergangenheit los war, Kate. Das würde nichts an der Tatsache ändern, dass ich dich zur Tochter haben möchte. Du kannst Gott alles erzählen und ihn um Vergebung bitten, dann vergibt er dir. Deshalb ist Jesus für dich gestorben."

Allmählich beruhigte Kate sich und hörte auf zu schluchzen. Schließlich drehte sie sich um und setzte sich auf, um Rebecca anzusehen, während sie die Tränen fortwischte, die weiter über ihre Wangen kullerten. „Aber Sie müssen die Wahrheit über mich kennen. Ich bin nämlich hierher nach Evanston gekommen, damit ich mich verstecken konnte. Es gibt einen Mann namens Joe, der mich aus dem Gefängnis geholt hat, nachdem ich versucht hatte, eine Handtasche zu stehlen, und jetzt sucht er mich. Er hat gesagt, ich sei sein Besitz, und er wollte, dass ich in seinem Bordell arbeite, aber ich bin weggelaufen. Er sagt, er hat Polizisten und sogar Richter, die für ihn arbeiten, und wenn sie mich finden, bekomme ich einen Riesenärger. Deshalb wollte ich auch mit Ihnen in die Wüste reisen. Ich musste so weit wie möglich weg von Joe."

Die Last der Angst und Schuld, die Kate mit sich herumgetragen hatte, machte Rebecca sprachlos. Am liebsten hätte sie diesen „Joe" mit bloßen Händen erwürgt, weil er einem achtzehnjährigen Mädchen so etwas angetan hatte. „Du hättest es mir eher sagen sollen,

Kate. Flora und ich haben Anwälte, die sich um solche Probleme kümmern können."

„Wie denn? Wenn Joe mich findet, wird er mich verprügeln und in sein Bordell zurückbringen!"

„Es muss doch einen Bericht über deine Verhaftung geben. Meine Anwälte können den Namen der Person herausfinden, der dich ausgelöst und deine Geldstrafe bezahlt hat. Wenn wir Joes Nachnamen haben, können wir gegen ihn vorgehen. Es ist gegen das Gesetz, wenn Polizisten und Richter Bestechungsgelder annehmen, ganz zu schweigen davon, dass es gegen das Gesetz verstößt, wenn Joe ein Bordell führt. Er ist derjenige, der auf der Flucht sein wird, nicht du. Ich kann dir versichern, dass du auch nicht einen einzigen Tag länger Angst haben musst, Kate."

Kate starrte sie an, als wagte sie nicht zu glauben, was sie hörte. „Warum wollen Sie all das für mich tun?"

„Weil ich dich ins Herz geschlossen habe und möchte, dass du der Mensch wirst, der du in Gottes Augen sein sollst. Ich glaube, dass du eine wunderbare Tochter wärst." Dann wagte Rebecca es, Kate in die Arme zu nehmen. Tränen der Freude stiegen ihr in die Augen, als Kate ihre Umarmung erwiderte.

Irgendwann lösten sie sich voneinander und Rebecca gab Kate ihr Spitzentaschentuch. „Wenn wir zu Christus kommen, ist unsere Vergangenheit vergeben und wir dürfen ganz neu anfangen. So wird es für dich jetzt auch sein. Von jetzt an heißt du Kate Hawes. All dies gehört dir", sagte sie mit einer Handbewegung, die das Zimmer einschloss. „Du musst auch nicht mehr im zweiten Stock schlafen. Du kannst dir das Schlafzimmer aussuchen, das dir am besten gefällt. Morgen kannst du mir helfen, die Fotografien zu entwickeln, und dann sehen wir, wie sie geworden sind. Du warst sehr geschickt im Umgang mit den antiken Manuskripten und ich bin sicher, du könntest diese Arbeit auch in Zukunft machen, wenn du willst. Professor Dyk und ich haben schon darüber gesprochen, ein Institut für antike Studien des Nahen Ostens zu gründen, wenn die Universität von Chicago erst einmal etabliert ist. John D. Rockefeller hat sein Interesse bekundet, ein solches Institut finanziell zu unterstützen, und das würde ich auch gerne tun ... Aber ich presche mal wieder zu weit vor, nicht wahr?", sagte sie lachend. „Die Frage ist: Erlaubst du mir, dich zu adoptieren, Kate? Willst du meine Tochter sein?"

Kate nickte und fiel ihr erneut um den Hals, während sie weinte, als könnte sie nie wieder damit aufhören. Rebecca dachte an all die wunderbaren Augenblicke in ihrem Leben – durch die Welt zu reisen, die Pyramiden zu sehen, sich in Timothy zu verlieben, den antiken Kodex mit den Evangelien zu finden – und wusste, dass dieser Moment zu den allerschönsten gehörte.

„Jetzt ist es offiziell", sagte sie, als Kate und sie ihre Tränen getrocknet, das Gesicht mit kaltem Wasser benetzt und sich wieder zu den anderen in den Speisesaal gesellt hatten. „Wir sind jetzt eine Familie." Aber als sie bemerkte, dass Timothys Platz am Tisch leer und sein Stuhl zurückgeschoben war, war ihr Lächeln verschwunden. „Wo ist Timothy?", fragte sie.

Edmunds Miene war kummervoll. „Er hat uns gebeten, ihn zu entschuldigen. Er sagte, er müsse gehen."

„Hat er gesagt, warum?", fragte Rebecca. Edmund schüttelte den Kopf. Sie nahm Kates Hand und drückte sie, aber ihr war, als würde ihr das Herz brechen.

KAPITEL 33

Rebecca stand mit Sören und Kate in der Dunkelkammer im Keller und entwickelte die Bilder, die sie im Katharinenkloster aufgenommen hatten. „Seht nur, wie vollkommen dies hier ist", sagte sie, während sie die fertige Fotografie hochhielt. „Ich bin heilfroh, dass sie so gut geworden sind. Und die akademische Gemeinschaft wird es auch freuen." Bis jetzt waren alle Fotografien, die sie entwickelt hatten, gelungen, die zuunterst liegende Schrift so sichtbar, dass man sie übersetzen konnte. „Lasst uns für heute Schluss machen", sagte sie und schaltete das Licht aus. Sie konnten immer nur kurz in der Dunkelkammer arbeiten, bevor der beißende Geruch der Chemikalien sie wieder hinaustrieb. Es würde lange dauern, Hunderte Bilder von dem Kodex zu entwickeln, aber es gab keinen Grund zur Eile. Mehr als eine Woche war verstrichen, seit Timothy so plötzlich das Haus verlassen hatte. Seitdem hatte Rebecca nichts von ihm gehört. Die neu gefundenen Evangelien würden für Forscher und andere Skeptiker von unschätzbarem Wert sein, wenn auch nicht für Timothy.

Rebecca hatte sich noch mit vielen anderen Dingen beschäftigt, abgesehen von der Entwicklung der Fotografien. Sie hatte Zeit damit verbracht, den richtigen Ort zu finden, um den Katalog mit den Werken in der Klosterbibliothek zu veröffentlichen. Außerdem hatte sie ein Konzept für das Buch erstellt, das sie über das Palimpsest, das sie gefunden hatten, schreiben wollte, zusammen mit ihren eigenen Schlussfolgerungen. Sie war auch in die Innenstadt zu Floras Büro gefahren, um mit ihren Anwälten zu sprechen. Sie sollten einen Mitarbeiter der Pinkerton-Detektei anheuern, der „Joe" ausfindig machte, und dafür sorgen, dass er im Gefängnis landete, wohin er ganz eindeutig gehörte. Und vor allem waren Flora, Edmund

und sie mit Sören und Kate zum Bezirksgericht gegangen, um den Adoptionsvorgang in die Wege zu leiten.

„Ich finde, nächstes Jahr sollten wir alle nach Cambridge reisen", sagte Rebecca, als sie jetzt die Kellertreppe hochging. „Dort gibt es einen Spezialisten, der mir helfen kann, das Entstehungsdatum unserer Evangelien zu bestätigen."

„Gibt es in Cambridge Kamele?", fragte Kate. „Und Scheichs? Wenn, dann bleibe ich lieber zu Hause."

„Nein", lachte Rebecca. „Cambridge ist in England, wo Edmund geboren wurde. Es ist ein sehr zivilisiertes Land, das verspreche ich dir." Sie waren gerade auf dem Treppenabsatz angekommen, als das Geräusch des Türklopfers durchs Foyer hallte.

„Ich sehe nach, wer das ist", sagte Sören. Die Angewohnheit, sich um Besucher zu kümmern, hatte er bislang nicht abgelegt und einen neuen Butler hatten sie noch nicht eingestellt, aber wie sie Flora kannte, würde sie sicher bald einen Kandidaten aus dem Waisenhaus mitbringen. Rebecca überließ es Sören, die Tür zu öffnen, während sie in die Küche im hinteren Teil des Hauses ging, um die Köchin um eine Tasse Tee zu bitten.

„Ich bringe Ihnen den Tee ins Arbeitszimmer, wenn er fertig ist, Miss Rebecca", sagte die Köchin. Rebecca stieß die Schwingtür auf, die von der Küche auf den Gang führte, und erstarrte, als sie eine vertraute Stimme aus dem Foyer vernahm.

Timothy.

Ihr Herz begann schmerzhaft zu hämmern. Konnte sie es schon ertragen, ihm gegenüberzutreten? Sie war sich nicht sicher. Eigentlich brauchte sie mehr Zeit, damit ihre Wunden heilten. Ein Dutzend Mal hatte sie versucht, ihm einen Brief zu schreiben und ihm alles zu sagen, was sie auf dem Herzen hatte, aber jeder Versuch war am Ende zusammengeknüllt in ihrem Papierkorb gelandet. Sie hielt die Luft an und betete, dass Sören ihm nicht sagen möge, dass sie zu Hause war, oder ihn gar einlud hereinzukommen. Dann schlich sie ein wenig näher, damit sie hören konnte, worüber Timothy und Sören sprachen, und stellte überrascht fest, dass sich eine dritte Stimme in die Unterhaltung einschaltete – Kates Stimme.

„Hören Sie mir mal gut zu, Professor", sagte Kate. „Miss Rebecca … oder besser gesagt, meine Mutter … ist für Sie bis ans Ende der Erde gereist! Wir wissen ganz genau, was sie alles durchgemacht hat, weil wir dabei waren! Wir sind mit zwei Eisenbahnen und drei verschiedenen Schiffen gefahren, nur um bis in die Wüste Sinai zu kommen. Dann sind wir auf Kamelen geritten. Sind Sie schon mal auf einem Kamel geritten, Professor? Sonst wüssten Sie nämlich, wie sehr Miss Rebecca Sie liebt, das können Sie mir glauben! Also sagen Sie besser nicht, dass die Bibel, die sie gefunden hat, Sie nicht überzeugt."

Rebecca schloss die Augen und lächelte, während sie sich an die Wand lehnte, wo die anderen sie nicht sehen konnten. Sie konnte sich gut vorstellen, wie Kate dastand, die Hände in die Hüften gestemmt, und Timothy furchtlos entgegentrat. Kein Wunder, dass er sprachlos zu sein schien. Dann mischte der leise Sören sich in die Diskussion ein, was Rebecca überraschte.

„Professor Dyk, ich möchte Ihnen sagen, dass ich auf dem Sinai zum Glauben gekommen bin, und es lag nicht an dem Buch, das wir gefunden haben. Ich gehe mit den Schwestern in den Gottesdienst, seitdem ich für sie arbeite, aber die Geschichten, die sie dort und in der Sonntagsschule erzählen, schienen mir wie Märchen. Dann sind wir in der Wüste gestrandet mit einem verrückten Scheich, der gerne mit seinem Gewehr um sich geschossen und alle halb zu Tode erschreckt hat, und da habe ich nicht mehr eine Religion gesehen, sondern Glauben – so wie in der Bibel. Wir waren völlig hilflos da draußen, aber Gott hat uns beschützt."

„Das stimmt", sagte Kate. „Es gab Zeiten, da war ich verrückt vor Angst, aber die Schwestern nicht. Keine andere feine Dame würde alleine dort in der Wüste herumreisen, aber die beiden haben keine Angst, weil sie Gott vertrauen. Immer, wenn wir in Schwierigkeiten waren, haben sie gesagt, wir sollen uns bei den Händen fassen, und dann haben wir gebetet. Und wissen Sie was? Ich hätte nicht gedacht, dass Gott uns hilft, aber das hat er. Er hat dem Scheich sogar einen Sohn gegeben, weil Miss Flora und Miss Rebecca dafür gebetet haben."

„Gott hat auch ihre Gebete für Mr Edmund erhört", fuhr Sören fort. „Er ist wieder gesund geworden, als die Ärzte schon sicher waren, er würde sterben. Aber nicht nur die Tatsache, dass er nicht gestorben ist, hat mich davon überzeugt, an Gott zu glauben. Es war, weil Mr Edmund keine Angst vor dem Tod hatte. Wie die Schwestern immer sagen: ‚Gott kennt das Ende unserer Tage.' Und

Mr Edmund hat mir gesagt, egal ob er lebt oder stirbt, er würde immer glauben, dass Gott ihn liebt."

„Und ich sage Ihnen noch etwas", sagte Kate, als Sören eine kurze Pause einlegte. „Sie hätten mich da draußen bei dem Scheich lassen können, um ihr eigenes Leben zu retten, aber das haben sie nicht getan. Ich habe im Leben schon viele böse Leute gesehen – gierige Leute, die mich an Männer wie den Scheich verkaufen wollten, weil sie nur an sich selbst interessiert waren. Aber jemanden wie Miss Flora und Miss Rebecca habe ich vorher noch nie gesehen. Ich will genauso sein wie sie. Die beiden werden Ihnen sagen, warum sie so sind, wie sie sind, nämlich weil sie Jesus kennen. Und deswegen will ich ihn auch kennenlernen."

Rebecca schlug sich die Hand vor den Mund, um einen Schluchzer zurückzuhalten. Sie wünschte, ihre Schwester könnte hören, was Sören und Kate gerade sagten. Flora würde einen Freudentanz aufführen, wenn Rebecca es ihr erzählte.

„Die meisten reichen Damen haben keine Zeit für Menschen wie Kate und mich", sagte Sören, „oder für diese armen, zerlumpten Kinder in der Sonntagsschule und im Waisenhaus. Die meisten Leute wenden sich ab und gehen in die andere Richtung, wenn sie uns kommen sehen. Aber Miss Flora und Miss Rebecca sehen uns in die Augen und sagen uns, dass Gott uns liebt – und dann zeigen sie uns, dass es wahr ist, indem sie uns selbst lieben."

„Wissen Sie, ein schlauer Mann wie Sie sollte mal darüber nachdenken", sagte Kate. Wieder malte Rebecca sich aus, wie sie dort stand, das Kinn auf ihre vorwitzige Weise vorgereckt. „Die Schwestern haben alles. Sie könnten hier in ihrem Haus sitzen wie Königinnen und sich rund um die Uhr von anderen bedienen lassen. Aber das tun sie nicht. Miss Flora geht ins Waisenhaus und in die schlimmen Stadtviertel und verbringt dann den Rest des Tages in ihrem Büro und überlegt, wie sie ihr Geld an Menschen geben kann, um die sich sonst niemand kümmert, weil Jesus das genauso tun würde, wenn er so reich wäre wie sie. Und Miss Rebecca – meine Mutter – reist an gefährliche Orte, um zu studieren, und schreibt dann stundenlang an Büchern, damit sie kluge Leute wie Sie davon überzeugen kann, dass es Gott wirklich gibt und er sie liebt."

„Kate hat recht – das ist der Grund für alles, was sie tun. Jeder soll erfahren, dass es Gott gibt und dass er uns liebt. Ich habe in der Kirche gehört, dass Jesus gekommen und für uns gestorben ist, damit all die schlimmen Dinge, die wir getan haben, vergeben werden und wir Gottes Kinder werden können. Aber das habe ich nie verstanden, bis die Schwestern genau das für uns getan haben. Kate und ich haben beide im Gefängnis gesessen, aber trotzdem haben sie uns gerettet. Wir hatten nichts zu bieten außer einer Menge Ärger ..." Sörens Stimme brach und er musste einen Moment lang innehalten. „Und trotzdem haben sie uns als ihren Sohn und ihre Tochter angenommen. Alles, was sie haben, gehört jetzt auch uns. Verstehen Sie denn nicht, dass das kein Märchen ist? Dass es die Geschichte des Evangeliums ist?"

„Wenn Sie nicht glauben, dass die Bibel wahr ist, Professor, dann sind Sie vielleicht ein schlauer Mann, aber trotzdem ein Dummkopf. Und Sie werden auf ganz viel verzichten müssen – nicht nur darauf, meine Mutter zu heiraten."

Eine ganze Weile sagte keiner mehr etwas. Rebecca hätte zu gerne gewusst, was Timothy dachte. Sie wartete und hielt die Luft an, bis er schließlich das Schweigen brach.

„I... ich weiß nicht, was ich sagen soll." Den anderen schien es ebenso zu gehen, denn es folgte eine weitere Pause. „I... ich bin gekommen, um mit Rebecca zu reden ... wenn sie mich empfängt. Ob sie vielleicht ...?"

„Ich bin hier, Timothy", sagte sie und trat aus ihrem Versteck.

Timothy hatte Tränen in den Augen. Er sah aus, als hätte er gerade mit Müh und Not einen Sturm überlebt und seine Beine würden ihn nicht mehr lange tragen. Er blickte von Kate zu Sören und wieder zu Kate, als erwarte er, dass sie noch etwas sagen würden. Dann wandte er sich an Rebecca. „Meine Liebe", sagte er mit gesenkter Stimme. „Ich glaube, ich bin gerade meinem brennenden Dornbusch begegnet."

Rebecca ging zu ihm und schloss ihn in die Arme, während sie im Stillen Gott lobte.

Epilog

Chicago
Heiligabend 1890

Sören saß in Gunnars Wohnzimmer und sah zu, wie sich sein Bruder auf dem Boden mit der Spielzeugeisenbahn beschäftigte, die er ihm zu Weihnachten gekauft hatte. Sören hatte ihm gerade von seinen Abenteuern in der Wüste Sinai erzählt – wie sie die alten Pyramiden von Ägypten gesehen hatten, auf einem Kamel geritten waren und mit einem beduinischen Scheich zu Abend gegessen hatten.

„Das war aber eine beeindruckende Reise, junger Mann", sagte Gunnars Vater, der in einem Sessel am Kamin saß. Er paffte an seiner Zigarre und blies duftenden Rauch in den Raum.

„Erzähl es noch mal!", bettelte Gunnar.

Sören lachte und fuhr Gunnar durch den blonden Haarschopf. „Ich glaube, einmal ist für heute genug. Im nächsten Sommer werde ich nach England fahren, dann habe ich ganz viele neue Geschichten, die ich dir erzählen kann, wenn ich wiederkomme. Diesmal fahren wir alle zusammen, sogar mein neuer Vater, Mr Edmund. Und der Professor kommt auch mit, jetzt, wo er und Miss Rebecca verheiratet sind." Er sollte sie Tante Becky und Onkel Timothy nennen, aber Sören hatte sich an die neuen Namen noch nicht gewöhnt. „Ich habe eine Cousine, die Kate heißt und die auch mitkommt."

„Ich habe auch eine Cousine und zwei Cousins und das Mädchen wird richtig sauer, wenn wir sie ärgern."

„Meine Cousine ist auch ganz schön temperamentvoll. Aber

Kate und ich kommen allmählich ganz gut miteinander aus. Sie verbringt die meiste Zeit mit Tante Becky und Onkel Timothy, weil sie nie zur Schule gegangen ist, und sie versucht, alles aufzuholen." Kate war viel ausgeglichener geworden, seitdem sie vor Joe keine Angst mehr haben musste. Er saß im Gefängnis, wo er auch hingehörte, und würde nie erfahren, dass es Kate war, die ihn hinter Gitter gebracht hatte.

„Kannst du jetzt kommen und bei mir wohnen?", fragte Gunnar und kletterte auf Sörens Schoß.

„Ich wohne in meinem eigenen Haus, Gunnar, mit meinen neuen Eltern. Aber deine Mama hat gesagt, dass ich herkommen und dich besuchen kann, wann immer ich will, und du kannst mich auch bei mir zu Hause sehen. Vielleicht kannst du irgendwann mal über Nacht bleiben." Gunnar schien diese Regelung zu akzeptieren. Er lächelte und lehnte sich auf Sörens Schoß zurück. „Ich habe übrigens eine neue Arbeit", sagte Sören, „und du wirst nie erraten, wo – im Waisenhaus!"

Gunnar blickte zu ihm auf und runzelte die Stirn. „Das Haus mag ich nicht."

„Ich weiß. Mir hat es dort auch nicht gefallen. Aber Mr Wingate ist nicht mehr da. Es wurde ein neuer Direktor eingestellt und ich bin sein Assistent."

„Warum das?"

„Weil du und ich wissen, wie es sich anfühlt, dort zu leben, nicht wahr? Wir verstehen, wie viel Angst diese Kinder haben und wie verwirrt sie sind. Ich habe eine Menge Ideen, wie man das Waisenhaus verbessern könnte. Zum Beispiel soll es ein Klassenzimmer für die älteren Kinder geben, die noch nicht lesen und schreiben können, damit sie nicht mit all den jüngeren Kindern in die öffentliche Schule gehen müssen. Aber vor allem wollte ich dort arbeiten, weil es mir Spaß macht, mich um Menschen zu kümmern." Das hatte Sören schon sein Leben lang getan und jetzt hatte er die Mittel, um richtig für Kinder wie Hilde und Greta und Gunnar zu sorgen. Seine neuen Eltern hatten ihm versichert, dass er jeden Beruf ausüben konnte, den er wollte, aber im Moment wollte er den Kindern helfen, die ihn am meisten brauchten.

„Das Essen ist gleich fertig", sagte Gunnars Mutter, die gerade in ihrer Schürze das Wohnzimmer betrat. „Habt ihr Jungs Hunger?"

„Ja!", rief Gunnar und kletterte von Sörens Schoß. „Ich könnte ein ... ein Kamel essen!"

Gunnars Eltern lachten und Sören sah die Liebe in den Augen seiner Mutter, als sie Gunnar ansah. Genauso hatte ihre Mama ihn und Gunnar immer angesehen. Im Stillen dankte Sören Gott dafür, dass sie nie wieder hungrig und obdachlos sein würden. Mama wäre glücklich gewesen.

Es klingelte an der Tür und Gunnars Tante und Onkel und ihre Kinder strömten ins Zimmer, darunter auch die kleine Cousine, die Schneeflocken von ihrem Mantel klopfte. Sören würde zum Abendessen bleiben, aber er hatte versprochen, rechtzeitig nach Hause zu kommen, damit er zum Mitternachtsgottesdienst in die Kirche gehen konnte. „Du musst dabei sein", hatte Kate ihm auf ihre lästige direkte Art gesagt. „Das ist das erste Mal, dass der Professor die Weihnachtsgeschichte als Christ hört, und das müssen wir mit ihm feiern."

„Für uns ist es auch das erste Mal", hatte Sören eingewandt.

„Ich weiß", hatte sie verächtlich geschnaubt. „Deshalb sieh zu, dass du da bist."

Sören saß neben seinem Bruder, als sich alle zum Essen um den Tisch versammelten. Sie neigten die Köpfe, während Gunnars Vater das Tischgebet sprach. Es gab so viel zu essen, dass Sören es gar nicht alles auf seinen Teller tun konnte. Morgen würden er und seine Eltern im Waisenhaus Weihnachten feiern. Kate und Miss Rebecca und der Professor würden auch dort sein. Sören hatte beschlossen, seinen Lohn dafür auszugeben, für jedes Kind im Waisenhaus ein Geschenk zu kaufen, und Kate hatte ihn begleitet, um für die Mädchen etwas auszusuchen. „Ich hoffe, meine Mutter kauft dem Professor – meinem Vater, meine ich – einen neuen Anzug zu Weihnachten", hatte Kate ihm gesagt. „Er könnte einen gebrauchen."

Sören lehnte sich auf seinem Stuhl zurück und lächelte Gunnars Eltern an, während er an seine eigenen dachte. Die Freude, die in ihm aufstieg, trieb ihm Tränen in die Augen. Deshalb hatte Gott an Weihnachten seinen Sohn auf die Erde gesandt: um neues Leben und Freude zu bringen. Freude für die Welt.

Anmerkungen der Autorin

Die Idee für diesen Roman stammt von der wahren Geschichte der beeindruckenden Zwillingsschwestern Agnes und Margaret Smith, die 1843 in Schottland geboren wurden. Wie diese klugen Autodidaktinnen im Kloster auf dem Berg Sinai ein Exemplar der Evangelien von 500 n. Chr. entdeckten, ist in dem faszinierenden Buch *The Sisters of Sinai: How Two Lady Adventurers Discovered the Hidden Gospels* von Janet Soskice nachzulesen. Obwohl einige Einzelheiten aus ihrem Leben geliehen sind, habe ich meine fiktiven Schwestern nach Chicago ziehen lassen, eine Stadt, mit der ich besser vertraut bin.

Agnes und Margaret Smith entdecken die „verborgenen Evangelien" in einem Palimpsest – einem Buch, das mit einem neueren Buch überschrieben wurde, wahrscheinlich, um Schreibmaterial zu sparen. Nachdem die Schwestern die oberste Schicht abgekratzt hatten, konnte das biblische Manuskript fotografiert, transkribiert und von Gelehrten studiert werden. Die Smith-Schwestern waren auch wesentlich an der Entdeckung der Kairoer Geniza beteiligt, einer Sammlung von ungefähr 300 000 antiken Manuskriptfragmenten, die in dem Lagerraum einer Synagoge in Ägypten gefunden wurden. Mehrerer moderner und alter Sprachen mächtig, waren Agnes und Margaret Smith sehr angesehene Forscherinnen in einer Zeit, in der Frauen keine höheren akademischen Grade erlangen konnten. Weil die Schwestern einen starken Glauben hatten, reisten sie furchtlos mit einer beduinischen Karawane über die Sinai-Halbinsel und schleppten Kisten mit Hühnern und Puten mit sich (aber ohne den verliebten Scheich aus meinem Roman). Auch das Lieblingsmotto der Schwestern habe ich mir geborgt: „Gott kennt das Ende unserer Tage. Wir brauchen keine Angst zu haben." Ihr Vertrauen auf Gott hat ihnen ermöglicht, erstaunliche Dinge zu tun und ein erfülltes, abenteuerreiches Leben zu Gottes Ehre zu führen.

Leserinnen und Lesern, die mehr über frühe archäologische Entdeckungen im Nahen Osten wissen wollen, empfehle ich das Buch *Götter, Gräber und Gelehrte* von C. W. Ceram. Um mehr über die rationalen Argumente für das Christentum zu erfahren, die meine Romanfigur Rebecca gebraucht hat, um Timothy zu überzeugen, eignen sich Bücher von Lee Strobel, zum Beispiel *Der Fall Jesus*.

Wenn Ihnen „Wüstenschwestern" gefallen hat, werden Sie auch „Töchter der Küste" mögen.

Töchter der Küste
ISBN 978-3-86827-706-7
400 Seiten, Paperback

Niederlande 1845: Geesje ist 15, als ein Stein im Schaufenster ihres Vaters ihre Kindheit zerstört. Wegen ihres lebendigen Glaubens werden sie fortan immer wieder angegriffen und schikaniert. Schließlich sehen ihre Eltern keinen anderen Ausweg, als nach Amerika auszuwandern. Doch Geesje ist alles andere als begeistert. Zumal sie den Mann, den sie liebt, in den Niederlanden zurücklassen muss. Wird sie ihn jemals wiedersehen?

Gut 50 Jahre später erinnert Geesje sich zurück. Sie ahnt nicht, dass unweit von ihr die junge Anna vor ähnlichen Entscheidungen steht, wie sie sie einst treffen musste. Vor allem aber ahnt sie nicht, dass ausgerechnet diese junge Frau ihrem Herzen endlich Frieden schenken könnte.